Über dieses Buch Es scheine, so schrieb Goethe, »die Hauptaufgabe der Biographie zu sein, den Menschen in seinen Zeitverhältnissen darzustellen, und zu zeigen, inwiefern ihm das Ganze widerstrebt, inwiefern es ihn begünstigt, wie er sich eine Welt- und Menschensicht daraus gebildet, und wie er sie, wenn er Künstler, Dichter, Schriftsteller ist, wieder nach außen abgespiegelt«. Conradys Biographie, die erste seit der dreibändigen Gesamtdarstellung von Emil Staiger aus den Jahren 1952–59, folgt dieser Maxime, indem sie die wichtigsten Stationen von Goethes Leben auf dem Hintergrund der von Kriegen und der Französischen Revolution geprägten Epoche nachzeichnet. Durch seine genaue Kenntnis der Briefe und Tagebücher Goethes und seiner Zeitgenossen macht der Autor auch auf bisher kaum beachtete Einzelheiten historisch-sozialgeschichtlicher oder biographischer Natur aufmerksam, die dem bisher häufig idealisierten Goethe-Bild einige neue Facetten hinzufügen. Darüber hinaus arbeitet Conrady die neueren Erkenntnisse der Goethe-Forschung auf und vermittelt zugleich einen Zugang zu Goethes umfangreichem dichterischen Werk. Der erste Band umfaßt die Zeit von 1749–1789, von der Kindheit in Frankfurt über die Italienische Reise bis zur Rückkehr nach Weimar.

Der Autor Karl Otto Conrady, geb. 1926, ist seit 1961 ord. Professor für Neuere deutsche Literatur, seit 1969 an der Universität Köln. Zahlreiche Publikationen auf dem Gebiet der deutschen Literaturwissenschaft.

Karl Otto Conrady

Goethe

Leben und Werk

Erster Band

Hälfte des Lebens

Fischer Taschenbuch Verlag

Ungekürzte Ausgabe
Veröffentlicht im Fischer Taschenbuch Verlag GmbH,
Frankfurt am Main, September 1988

Lizenzausgabe mit freundlicher Genehmigung der Athenäum
Verlag GmbH, Königstein/Ts.

Umschlaggestaltung: Buchholz/Hinsch/Hensinger
Umschlagabbildung: Aquarell von Schmoll.
Archiv für Kunst und Geschichte, Berlin
Druck und Bindung: Clausen & Bosse, Leck
Printed in Germany
ISBN-3-596-25670-4

Inhalt

Vorwort

Dieses Buch ist nicht für die gelehrten Literaturwissenschaftler und kenntnisreichen Kritiker geschrieben, die mit Goethe vertraut sind. Es ist vielmehr für Leser gedacht, die über sein Leben einläßlich informiert und in seine Werke eingeführt werden möchten oder sich erneut mit ihnen beschäftigen wollen. Leben und Werke zusammen darzustellen, sich dabei auf einen immer noch überschaubaren Umfang zu beschränken, den Text übersichtlich und für jeden Interessierten lesbar zu halten: das ist ein ebenso reizvolles wie schwieriges Vorhaben. Viele hundert Seiten wären erforderlich, wollte man allein aus Goethes langem Leben von 1749–1832 alles berichten, was erwähnenswert ist, und erschöpfende Interpretationen seiner Dichtungen, theoretischen Schriften und naturwissenschaftlichen Abhandlungen würden zahlreiche Bände füllen. So war ich trotz der beachtlichen Seitenzahl, die mir der Verlag eingeräumt hat, zur Konzentration auf das Wichtige gezwungen. Dabei durften jedoch weder Verständlichkeit und Durchsichtigkeit der Darstellung leiden noch das Verweilen bei wichtigen Stationen dieses bedeutenden Lebens ungebührlich verkürzt werden, dem es bei äußerlichem Erfolg und Glanz an innerer Unruhe und Krisen nicht gemangelt hat. „Man hat mich immer als einen vom Glück besonders Begünstigten gepriesen", soll Goethe am 27. Januar 1824 gegenüber Eckermann geäußert haben, „auch will ich mich nicht beklagen und den Gang meines Lebens nicht schelten. Allein im Grunde ist es nichts als Mühe und Arbeit gewesen, und ich kann wohl sagen, daß ich in meinen fünfundsiebzig Jahren keine vier Wochen eigentliches Behagen gehabt. Es war das ewige Wälzen eines Steines, der immer von neuem gehoben sein wollte."

Kein Biograph kann ein Leben darstellen, wie es ‚wirklich gewesen ist'. Auch wer rückschauend über sich selbst berichtet, befindet sich nicht in besserer Lage, wie Goethes Memoiren anschaulich beweisen. Jede biographische Darstellung bietet eine Deutung, für die ihr Verfasser verantwortlich zeichnet. Zwar darf er nur dann wagen, eine Lebensgeschichte zu schreiben, wenn er die verfügbaren historischen Belege verschiedenster Art (wie Tagebücher, Briefe, Werke und Äußerungen der Zeitgenossen) sorgfältig gesichtet und gewogen hat. Aber auch diese dokumentarischen Zeugnisse sind kein ‚Tatsachenmaterial', weil sie, wo sie mehr liefern als ein bloßes Datum, mit Deutungen durchsetzt sind.

Eine Biographie ist der Versuch einer Annäherung an Leben und Werk eines Menschen, die Beachtung verdienen. Sie gehört nicht zur literarischen Gattung der Lobrede, sondern muß sich durch ihr ernstliches Bemühen qualifizieren, das Eigentümliche eines besonderen Lebens sichtbar zu machen: wie es sich entwickelte und welche Wandlungen es durchlief, in welche Krisen es geriet und wie es sie bestand oder scheiterte, welche produktiven Leistungen ihm gelangen und was uns als Hinterlassenschaft geblieben ist. Wenn der Versuch einer Annäherung gelingt, wird er den Leser zu selbständiger – neuer oder wiederholter – Beschäftigung und Auseinandersetzung mit der Persönlichkeit und einzelnen Werken ermuntern.

Wer über Goethe schreibt, ist der Goethe-Forschung verpflichtet. Er hat von ihr gelernt, baut auf Fundamenten, die Generationen von Forschern gelegt haben. Er steht in ihrer Schuld. Die Goethe-Philologie hat freilich längst Ausmaße erreicht, die ein einzelner nicht mehr überblikken kann. Über beinahe jede Frage, die Goethes Leben und Werk stellen, sind spezielle Abhandlungen verfaßt worden, ohne daß es zu gleichlautenden Ergebnissen gekommen wäre oder kommen könnte. Immer wieder ergeben sich neue Gesichtspunkte, neue Fragestellungen, und die Perspektiven der Betrachter bleiben nicht die gleichen. Die Diskussion über Goethe und seine Werke, oft in lebhaftem Für und Wider ausgetragen, ist jedenfalls nicht in Gefahr, so bald zu verstummen. Und von Zeit zu Zeit wagen es Autoren, eine Gesamtdarstellung zu schreiben, wie zuletzt Emil Staiger in den drei Bänden *Goethe* (1952-1959) und Richard Friedenthal in dem aufs Biographische konzentrierten Buch *Goethe. Sein Leben und seine Zeit* (1963).

Trotz der unerläßlichen Hilfe, die jeder, der sich öffentlich über Goethe äußert, bei der Goethe-Forschung sucht und findet, habe ich darauf verzichtet, das Buch mit Anmerkungen anzureichern. Die Lesbarkeit hatte Vorrang, und der an fachwissenschaftlichen Nachweisen wenig oder nicht interessierte Leser soll bei seiner Lektüre durch ‚Fußnoten' nicht gestört werden. Um jedoch denen, die Einzelproblemen nachgehen wollen, eine Orientierungshilfe zu geben, habe ich am Ende des Buches in einem kleinen Kapitel „Hinweise" notiert, die bequeme Wege zu ergänzender und weiterführender Literatur öffnen.

Der Verzicht auf den Apparat der Anmerkungen durfte selbstverständlich nicht zu Lasten der Genauigkeit und Nachprüfbarkeit der Zitate gehen. Ich habe sie reichlich geboten, damit die Menschen aus jener Zeit, die schon (oder erst) zwei Jahrhunderte zurückliegt, selbst zu Wort kommen. Wo nach den Zitaten ohne weitere Angaben nur Ziffern genannt sind (etwa: 9, 350), verweisen sie auf Band und Seite der „Hamburger Ausgabe" von Goethes Werken, die wie andere Editionen in meinen „Hinweisen" beschrieben ist. In anderen Fällen habe ich Abkürzungen benutzt, die am Schluß der Hinweise in einem Verzeichnis aufgeschlüsselt sind. Bei Zitaten aus Briefen sind Datum, Schreiber und Empfänger kenntlich gemacht, so daß sie in den entsprechenden Briefausgaben und Dokumentensammlungen leicht zu finden sind.

Bei der Schreibweise der alten Texte habe ich mich an kein starres Prinzip gebunden. Sowohl originalgetreue Wiedergabe als auch modernisierte Fassungen kommen vor. Die Briefe von Goethes Mutter etwa mußte ich, um ihre volle Eigenart zu bewahren, in der originalen Schreibart mit ihren Kuriositäten belassen. Auch Goethes Briefe und Tagebuchaufzeichnungen sind nur an einigen Stellen in der Groß- und Kleinschreibung heutigen Gepflogenheiten angeglichen worden; ansonsten sollten sie sich in einer Goethe-Biographie in ihrer originalen Form präsentieren, samt den Willkürlichkeiten ihrer Zeichensetzung. Stellen aus Dichtungen erscheinen dagegen, wie es der Zusammenhang nahelegte, bald in alter, bald in moderner Schreibweise. Die Atmosphäre der fernen Zeit soll sich auch auf diese Weise gelegentlich bemerkbar machen. Ich habe jedoch keine Bedenken gehabt, andere Texte von damals in heutiger Orthographie zu schreiben.

Für Rat und Hilfe bei Gliederung und Durchsicht des Manuskripts danke ich herzlich Frau Dr. Beate Pinkerneil und Frau Dr. Annalisa Viviani.

Vaterstadt
und
Elternhaus

Die Freie Reichsstadt Frankfurt am Main

Als Johann Wolfgang Goethe am 28. August 1749 in Frankfurt geboren wurde, waren gerade hundert Jahre seit dem Ende des Dreißigjährigen Krieges vergangen. Auch die Freie Reichsstadt am Main hatte die Folgen des Krieges zu spüren bekommen, der weite Teile des deutschen Reiches verheerte. Mal waren es Franzosen, mal Kaiserliche gewesen, die das Gebiet der Stadt verwüsteten. Alle Neutralität, die man zu wahren trachtete, half da wenig. Große Opfer an Geld mußten gebracht werden, um jeweils den Abzug der fremden Truppen zu erreichen. Als 1648 Friede geschlossen wurde, hatten die Frankfurter aber Grund genug, nicht nur das Ende der Kriegsjahrzehnte zu feiern, sondern auch mit der politischen Position ihrer Stadt zufrieden zu sein; denn sie war unabhängig geblieben, und der Protestantismus hatte bewahrt werden können.
Als Stadt in günstiger Verkehrslage ist Frankfurt schon im 11. und 12. Jahrhundert aufgeblüht. Seit 1150 läßt sich die Herbstmesse nachweisen; im 14. Jahrhundert kam eine zweite Messe im Jahr hinzu, und Frühjahrs- und Herbstmesse sind es gewesen, die seit dem 15. Jahrhundert den europäischen Ruf der Messestadt Frankfurt begründet und die Entwicklung zu einer beachtlichen Handelsstadt gefördert haben.
In der Geschichte des Reiches ist Frankfurt berühmt als Ort, wo Kaiser und Könige gewählt und gekrönt worden sind. 1356 wurde ein schon lange bestehender Brauch durch Reichsgesetz festgeschrieben: die Wahl des Königs hatte in der Wahlkapelle des Frankfurter Doms zu erfolgen. So bestimmte es die mit dem goldenen Kaisersiegel versehene und deshalb so genannte „Goldene Bulle" Kaiser Karls IV. Nach diesem Datum sind nur fünf Könige und Kaiser nicht mehr hier gewählt worden, wobei in den Wahlakten jedoch Frankfurt stets als eigentliche Wahlstadt ausdrücklich bestätigt wurde. Seit der Krönung Maximilians II. 1562 fand auch diese Zeremonie, die bis dahin in Aachen gefeiert worden war, in der Stadt der Königs- und Kaiserwahl statt, und das ist so geblieben bis zum Ende des alten Reiches. 1372 hatte Frankfurt ganz formell die Reichsunmittelbarkeit als Freie Reichsstadt gewinnen können, indem das Reichsschultheißenamt an die Stadt überging. Damit besaß sie die Gerichtshoheit und hatte niemand über sich als den Kaiser. Wer Reichs-, Stadt- und Gerichtsschultheiß wurde, wie Goethes Großvater Textor im Jahre 1747, war sich dieser Tradition bewußt.
Die Stadt hat Zeiten des Aufstiegs und der Blüte erlebt und hat ebenso, auf florierenden Handel in Deutschland und Europa angewiesen, bittere Jahre des Niedergangs durchmachen müssen. Kriegsgeschehen hat sie nicht verschont, und die in früheren Zeiten wütenden Seuchen haben sie wie andere Städte und Landstriche heimgesucht. Auch an Unruhen und

heftigen sozialen Kämpfen hat es nicht gefehlt. Von alledem wußten natürlich die gebildeten Bürger der Stadt. Die Freie Reichsstadt am Main war einer der sog. Reichsstände, die das Heilige Römische Reich Deutscher Nation bildeten und es im Reichstag repräsentierten. Aus über 300 souveränen Territorien, fast autonomen Gebieten und Städten setzte sich das buntscheckige föderative Gebilde des Reiches zusammen, für das der Staatsrechtslehrer Samuel Pufendorf 1667 das böse, aber treffende Wort von einem „irregulären und einem Monstrum ähnlichen Körper" prägte. Im Reichstag, der als ‚immerwährender' seit 1673 in Regensburg tagte, saßen die Obrigkeiten der Landesterritorien und Städte zusammen, gegliedert in die drei Reichskollegien des Kurfürstenkollegs, des Reichsfürstenrates und der Städte. Die Obrigkeiten waren hier vertreten, nicht die große Masse der Bürger und Bauern, die Jahrhunderte brauchten, um für sich verfassungsmäßig gesicherte Rechte zu erstreiten. Viel gab es auf der höchsten Ebene des Reiches im 18. Jahrhundert freilich nicht mehr zu entscheiden; dem Reich und dem Kaiser an seiner Spitze waren bedeutende Befugnisse nicht geblieben; die Territorien hatten mehr und mehr ihre eigenen Hoheitsrechte festigen und ausbauen können. Reichstag und Reichskammergericht, das seit 1693 in Wetzlar residierte, waren die beiden einzigen Institutionen, in denen der Kaiser und die Reichsstände zu gemeinsamer politischer Beratung und Entscheidung vereinigt waren. In Wien stand dem Kaiser als beratendes Kollegium noch der Reichshofrat zur Verfügung und unter seiner alleinigen Kontrolle, eine Behörde aus adligen und gelehrten Räten, die auch als juristische Berufungsinstanz und oberste Zensurbehörde tätig werden konnte. Goethes Vater hat, wie später sein berühmter Sohn, beim Reichskammergericht Erfahrungen in der juristischen Praxis gesammelt und es sich auf seiner Kavalierstour nicht entgehen lassen, auch den Reichstag in Regensburg und den Reichshofrat in Wien kennenzulernen.
Man darf nicht glauben, in einer Freien Reichsstadt, wo kein Fürst monarchisch regierte, seien jedem Einwohner gleiche Rechte gewährt worden und Handel und Wandel hätten sich ohne störende Einflüsse entfaltet. Das Gemeinwesen war streng hierarchisch gegliedert, und die einzelnen Kasten sorgten dafür, daß ihre Macht und ihr Einfluß nicht geschmälert wurden. Jede Zunft paßte auf, daß kein Unbefugter in ihr tätig wurde; selbst die Tagelöhner achteten strikt auf die zunftgemäße Einteilung ihrer Arbeitsbereiche. Es war alles andere als leicht, das Bürgerrecht zu erwerben. Man mußte einem der drei christlichen Bekenntnisse angehören, also Lutheraner, Katholik oder Reformierter sein, und das zu entrichtende Bürgergeld machte eine erhebliche Summe aus. Beisassen und Fremde hatten mindere Rechte als die Bürger, nicht zu reden von den Juden, die bis 1728 gelbe Ringe als besonderes Kennzeichen tragen

mußten und auch später noch an Sonntagen und christlichen Feiertagen ihre Judengasse nicht verlassen durften.

Die Herrschaft im Gebiet der Reichsstadt Frankfurt lag beim Rat mit seinen drei „Bänken" von je 14 Mitgliedern: den Schöffen, den jüngeren Ratsherren, den Handwerkerräten. Alle waren auf Lebenszeit gewählt. Lange wurde der Rat ergänzt, ohne daß die Masse der Bürger hätte Einfluß nehmen können. Es galt das Prinzip der Selbstzuwahl, so daß sich die patrizischen Kreise der beiden ersten Bänke die Ämter gleichsam vererbten, zumal ein Aufrücken aus der Handwerkerbank nicht möglich war. Die Handwerkerräte ihrerseits wurden von den übrigen Ratsherren gewählt, und folglich hatten nur genehme Personen eine Chance. Von irgendeiner Mitwirkung der Bürgerschaft bei den städtischen Geschikken konnte also keine Rede sein. Nur die Bürgeroffiziere der 14 Quartiere, in die die Stadt eingeteilt war, durften Beschwerden beim Rat vorbringen. Als Fragwürdigkeiten auch in der Verwaltung der Stadt, die dem Rat oblag, zu offenkundig wurden, blieb den Bürgeroffizieren keine andere Möglichkeit, als sich an den Kaiser zu wenden. Nach langen Untersuchungen kam es in den Jahren 1725 bis 1732 zu kaiserlichen Resolutionen und Ordnungen, die die bisherige Verfassung der Stadt änderten und bis zum Ende der reichsstädtischen Zeit in Kraft blieben. Jetzt hieß es: Rat und Bürgerschaft vereint, „keines von ihnen allein macht den unmittelbaren Reichsstand aus". Das bedeutete, daß die Wahlen ebenso der Aufsicht durch einen Ausschuß der Bürgerschaft unterstellt wurden wie die gesamte übrige Tätigkeit des Rats.

Viel war damit nicht erreicht worden. Denn Vormacht und beherrschender Einfluß der patrizischen Geschlechter waren kaum geschwächt worden. Seit dem Mittelalter hatten sich solche Familien zu geschlossenen Gesellschaften verbunden, von denen nur das Haus Alt-Limpurg und das Haus Frauenstein überdauerten. Immer waren es insgesamt 20 Plätze, die diese beiden Geschlechter von den Sitzen der beiden ersten Bänke innehatten. Die übrigen fielen vornehmlich an „Graduierte": Doktoren und Lizentiaten der Jurisprudenz und Medizin. Dagegen saßen auf der Handwerkerbank 14 Mitglieder aus den ratsfähigen Zünften, je 2 Metzger, Schmiede, Bäcker und Schuhmacher, je ein Gärtner, Kürschner, Gerber, Fischer und zwei Vertreter aller sonstigen Handwerke. Alljährlich wurden zwei Bürgermeister bestimmt, einer aus den Schöffen, einer aus der zweiten Bank. Etwas hervorgehoben war der Schultheiß: im Ratssaal des Römers stand ihm ein besonderer Platz zu, an einem eigenen Tisch und etwas höher als die anderen Ratsmitglieder. Er leitete das Schöffengericht, das „Reichsgericht zu Frankfurt", das in allen Zivilsachen entschied und auch die Oberinstanz für alle umliegenden Gerichte

war. Als Vertreter des Kaisers war er der vornehmste Beamte der Stadt.
Man kann ermessen, was es bedeutete, ins Schultheißenamt der Stadt Frankfurt berufen zu werden. Johann Wolfgang Textor, Goethes Großvater mütterlicherseits, wurde diese Auszeichnung 1747 zuteil, obwohl er weder aus einer vornehmen noch besonders reichen Familie stammte. Eine solche Karriere war im damaligen Frankfurt möglich, wenn man durch fachliche Leistung und überzeugende Arbeit im Rat das Vertrauen der beiden ersten Ratsbänke hatte gewinnen können.
So sah die Ordnung der Stadt aus, in der Goethe geboren wurde. Sein Großoheim, Johann Michael von Loen, hat in einem Briefessay 1741 Frankfurt humorvoll beschrieben:

> Die Stadt Franckfurt ist eine der schönsten Städte im deutschen Reich, sie ist zwar nur mittelmäsig groß, aber sehr angebauet und volckreich: die Lage derselben ist unvergleichlich und die Gegend daherum ist eine der angenehmsten in der Welt. Der Mayn formiret gegen den Aufgang von Seiten der Brücke ein rechtes Schaugerüste, wo sich die Stadt auf beyden Seiten in einem prächtigen Ansehen zeiget. Sowohl in der Stadt, als ausserhalb derselben sind die schönsten Spaziergänge. Man siehet allenthalben Höfe und Lustgärten, deren einige sehr wohl angelegt sind, und kostbar unterhalten werden.
>
> Es ist nur schade, daß das Inwendige der Stadt gröstentheils sehr übel gebauet ist. Die meisten Häuser sind von Holz und Laimen aufgeführet, und haben weder Einrichtung noch Bequemlichkeit. Dieses ist ein allgemeiner Fehler in allen alten Städten, die in der Gegend des Rheinstrohms liegen. Eine so schlechte Bauart ist Ursache, daß an diesem Ort die Feuersbrünste so leicht überhand nehmen und öfters ganze Strassen in die Asche legen. [...]
>
> Es finden sich hier unter den Kaufleuten sehr gute Familien. Man beobachtet in ihren Häussern eine ungemeine Reinlichkeit, welche sie, nebst ihrer ganzen Aufführung sehr deutlich von gemeinen Bürgersleuten unterscheidet. Es ist wahr, daß der Eifer für die Reinlichkeit bey einigen allzusehr übertrieben wird. Man kann auch in guten Sachen ausschweiffen und lächerlich werden. [...]
>
> Die Handlung ist die Seele dieser reichen Stadt: sie allein hält sie empor und giebt ihr einen Rang unter den vornehmsten Städten der Welt. Unter den Kaufleuten selbst giebt es grosse und ehrwürdige Männer, die als wahre Patrioten ihre erworbene Reichthümer zur Aufnahme der Stadt und zum besten ihrer Mitbürger, insonderheit der Armen, mit vielem Ruhm zu gebrauchen wissen. Diese Leute haben meistens in ihrer Jugend schöne Reisen gethan, verstehen die vornehmsten europäische Sprachen,

lesen gute Bücher und zeigen in ihrem ganzen Umgang eine edle Lebensart. [...]

Man findet hier auch viele gelehrte Leute, deren einige sich durch ihre Wissenschafften berühmt gemacht haben: sie haben nicht alle das Unglück so arm zu seyn, als es insgemein Leute von diesem Handwerck zu seyn pflegen. Sie kennen die Welt, sie wissen zu leben und sind gleichwohl gelehrt. [...]

Es ist hier ganz etwas gemeines, daß man einem Schneider, einem Schreiner, einem Schuhmacher und dergleichen, den Titel, dem Wohledlen giebt. Ja der geringste Tagdieb weis sich groß damit ein freyer Reichsbürger zu seyn. [...]

Der alte Adel zeiget in verschiedenen Stücken die Schwachheiten der eigensinnigen Greisen, die sich nicht mehr nach der Mode richten wollen. Der neue Adel im Gegentheil gleichet einer wilden und unbesonnenen Jugend, welche alle ihre Ausschweiffungen für lauter Artigkeiten will gelten machen. [...]

O ihr Einwohner dieser Stadt! denk ich manchmahl bey mir selber, wie glücklich wäret ihr, wann ihr euer Glück erkennen woltet! Der Himmel hat euch alles gegeben, um eure Tage in Friede und in Ruhe zuzubringen; und ihr verhindert euch selbst einander den Genuß dieser Glückseligkeit durch eure Eifersucht und durch den Mangel einer gewissen natürlichen Einträchtigkeit, welche das süsseste Band des geselligen Lebens ist. [...]

(*Beschreibung der Stadt Franckfurt,* in: *Kleine Schrifften,* 1750)

Johann Caspar Goethe, Sohn des Wirts zum Weidenhof und Kaiserlicher Rat

Die Forschung hat sich hingebungsvoll bemüht, alles mehr oder weniger Wissenswerte über Goethes Ahnen zutage zu fördern. Die Sippe der Goethes scheint aus dem Thüringischen zu stammen; die mütterliche Linie der Familien Textor und Walther weist ins Fränkische; die Lindheimers, zu denen die Großmutter mütterlicherseits gehört, sollen aus dem Hessischen kommen. Auch wenn man weiter in die Geschichte der Familien zurückgeht, sind es vornehmlich Thüringer, Franken und Hessen, die die Ahnentafel bestimmen. Vermutungen sind nicht ausgeblieben: die größere Intelligenz rühre von den fränkischen und hessischen Ahnen Goethes her und das großelterliche Ehepaar Textor-Lindheimer habe sie dem berühmten Träger des Namens Goethe vererbt. Müßige Spekulationen, die über Leben und Werk Johann Wolfgangs kaum Stichhaltiges aussagen. Auch der gern vorgetragene Hinweis, unter Goethes Ahnen seien Fürsten und Bauern, Künstler (wie Lukas Cranach) und Handwerker, Adlige und Ratsherren der Städte anzutreffen und er gehöre somit allen deutschen Schichten zu, besagt wenig. Er bezeugt nur, wie sehr man den großen Deutschen als Verkörperung und Eigentum des ganzen Volkes betrachten möchte.

Friedrich Georg Göthe, der Großvater, war der Sohn eines Hufschmiedemeisters in Artern an der Unstrut. Er hatte das Schneiderhandwerk gelernt, war herumgezogen, wie es Brauch war, hatte etwa vier Jahre in Lyon und Paris gelebt, scheint ein Könner seines Fachs gewesen zu sein und kam 1686 nach Frankfurt, als nach der Aufhebung des Edikts von Nantes Lutheraner in Frankreich ihren Glauben nicht mehr frei bekennen durften. Als „Fridericus Georg Göthé" unterschrieb er seinen Antrag auf Bürgerrecht, das er 1687 erhielt. Er heiratete die Tochter eines Meisters seiner Schneiderzunft, was in damaliger Zeit für Niederlassung und Fortkommen vorteilhaft war. Sein Geschäft muß floriert haben; er konnte sich ein ansehnliches Vermögen erarbeiten. In Frankfurt brauchte niemand mehr als 15 000 Gulden Vermögen anzugeben, dies war der Höchstsatz, der für die Steuer veranschlagt wurde, und diesen hat Friedrich Göthé nach einigen Jahren erreicht. Als 1700 seine Frau gestorben war, heiratete er fünf Jahre später ein zweites Mal: die verwitwete Cornelia Schellhorn, geborene Walther, zu deren Erbe aus erster Ehe der Gasthof „Zum Weidenhof" gehörte; auch sie die Tochter eines Schneidermeisters, 1668 in Frankfurt geboren.

Der „Weidenhof" war ein vornehmes Gasthaus nahe der Hauptwache, an der Ecke von Zeil und Weidengasse, ein stattlicher dreistöckiger Bau mit einer Front von zehn Fenstern. Unter den Gasthöfen der Stadt rangierte er an vierter Stelle. Friedrich Göthé ließ das Schneidern sein und wurde Hotelier. Er sollte es nicht bereuen: Als er 1730 starb, hinterließ er ein ansehnliches Vermögen. 19 000 Gulden bares Geld lagen, in siebzehn ledernen Geldsäcken aufbewahrt, für Frau Cornelia bereit; hinzu kamen die Immobilien: der Weidenhof, je ein Haus an der Eschenheimer und Bockenheimer Gasse, Hypotheken und Grundstücksbeleihungen, der Garten vor dem Friedberger Tor und der Weinberg am Röderberg. Von diesem stattlichen Erbe stammte die finanzielle Unabhängigkeit, derer sich sein Sohn, Goethes Vater, und Goethe selbst zeitlebens erfreuen durften.

Beim Tode Friedrich Göthés 1730 lebten von seinen insgesamt elf Kindern nur noch drei, darunter als einziges Kind aus der zweiten Ehe der Sohn Johann Caspar, alleiniger Erbe des großen Vermögens der Mutter.

Vater Göthé hatte mit seinem 1710 geborenen Sohn Johann Caspar anderes im Sinn, als ihn auf die Übernahme des „Weidenhofes“ vorzubereiten. Aufsteigermentalität schlug durch. Er wollte ihm Zugang zu den graduierten Kreisen der Stadt ermöglichen, aus denen ja auch Ratsherren der beiden ersten „Bänke“ gewählt wurden. So hat der erfolgreiche Hotelier des „Weidenhofes“ viel für die Ausbildung seines Sohnes getan. Als Vierzehnjährigen schickte er ihn aufs renommierte Gymnasium Casimirianum nach Coburg, eine streng lutherische Schule. Auf dem, was hier an theologischem Fundament gelegt worden ist, scheint Johann Caspar beharrt zu haben. Der Sohn wußte später in *Dichtung und Wahrheit* davon zu berichten, aber auch von seiner eigenen Loslösung aus der Glaubenswelt des strengen Luthertums.

Seit 1730 schloß sich ein Studium der Jurisprudenz in Gießen und Leipzig an; zu seiner Ausbildung gehörte auch ein Aufenthalt am Reichskammergericht zu Wetzlar. Mit üblichem Pomp wurde Ende 1738 in Gießen die Promotion zum Dr. iur. gefeiert. Das war eine ausgedehnte Festlichkeit, mit Glockenläuten und feierlichem Aufzug, mit Musik und würdigen Worten in Latein, mit Gottesdienst und Tafelei, mit Gedichten und Gesang. Alles mußte von den jungen Doctores bezahlt werden. Die Fakultät, die sich bei dem seltenen Ereignis einer Promotion stets auch selbst feierte, nahm ihren Preis für die Verleihung solcher akademischen Würden. Johann Caspars wissenschaftliche Arbeit, seine Dissertation, die freilich ebenso erforderlich war, handelte, in lateinischer Sprache verfaßt, von Fragen des römischen und deutschen Erbvollzugs. In Frankfurt war unterdessen 1730 der Vater gestorben, und 1735 hatte die Mutter Cornelia den „Weidenhof“ verkauft, nachdem sie wenig früher zwei Häuser am Großen Hirschgraben erworben hatte. Dort war nun für Johann Caspar sein Zuhause und ist es bis zu seinem Tode geblieben.

Lebhaft ist darüber gerätselt worden, welche Ziele, welche Aufgaben sich der promovierte Sohn des Frankfurter „Weidenhof“-Wirts in seinem Leben eigentlich gesetzt habe. Viel Gutes ist über Johann Caspar Goethe nicht geschrieben worden. Im Alter sei er pedantisch gewesen; Züge eines allzu gestrengen Hausherrn hat man ihm eingezeichnet, und von einer respektablen beruflichen Tätigkeit oder gar Karriere sei schon überhaupt nicht zu reden. In Wahrheit aber dürfte das Leben von Goethes Vater alles andere als unerfüllt oder gar gescheitert gewesen sein. Die Geschichtsschreiber sind gegen Eltern und Nachkommen außergewöhnlicher Persönlichkeiten oft ungerecht. Ihr Blick scheint gebannt auf den Einzigartigen gerichtet. Alles, was vor ihm war, und alles, was nach ihm kam, wird an ihm gemessen. Doch auch Vorfahren und Nachfahren haben ihr eigenes volles Leben gelebt, nach eigenem Sinn, mit eigenen Freuden und Mühen, mit Höhepunkten und Enttäuschungen.

Johann Caspar Goethe hatte es nicht nötig, eine bezahlte Tätigkeit zu suchen, um sein Dasein fristen zu können. Vielleicht hat er einmal ernsthaft daran gedacht, ein Amt in der Heimatstadt zu übernehmen; vielleicht hat er nur mit dem Gedanken gespielt und insgeheim mehr die Ungebundenheit einer freien Existenz geliebt, mit ihren besonderen Möglichkeiten zum Umgang mit Bildern und Büchern, Wissenschaft und Kunst. Von ihm selbst ist uns keine Äußerung bekannt, wie er sich sein Leben vorgestellt, was er erhofft und was er vermißt hat.

Dr. iur. Goethe konnte sich nach dem mit Erfolg abgeschlossenen Studium eine Bildungsreise leisten. In Regensburg lernte er den Reichstag kennen und in Wien den Reichshofrat, jene beschwerlich arbeitenden, aber funktionierenden höchsten Behörden des Heiligen Römischen Reiches Deutscher Nation. Von Wien aus ging es nach Italien; den Karneval 1740 erlebte er in Venedig; er besuchte Ferrara, Bologna, machte in Rom zunächst nur kurz Station, weil es weiter gehen sollte nach Neapel. Der Aufstieg auf den Vesuv fehlte ebensowenig im Programm wie ein Abstecher nach Herculaneum, das man erst 1719 entdeckt hatte. Der Vater war also schon dort gewesen, wohin es später den berühmten Sohn ziehen sollte, und auch der Vater hat notiert, was er sah und was ihn beeindruckte. Zwei Wochen blieb er, von Neapel wieder nach Norden reisend, in Rom, und noch einmal verweilte er, dieses Mal fast zwei Monate, in Venedig, das ihn besonders zu fesseln schien. Erst Ende 1741, nachdem er sich auch an der Universität Straßburg, wohl des Ansehens zuliebe, noch einmal als Studierender eingeschrieben hatte, kehrte der reisende Kavalier wieder nach Frankfurt zurück. Die Eindrücke jener Monate vergaß er nicht. Viel später erst schrieb er seinen Reisebericht, seine ‚Italienische Reise', den *Viaggio in Italia.* Es sind fingierte Reisebriefe, ein Band von über 1000 handschriftlichen Seiten im Quartformat. Und nun könnte man aufzählen, was Johann Caspar im Unterschied zu Johann Wolfgang alles nicht gesehen, nicht erwähnt hat, aber auch umgekehrt: wie der Vater den Bildhauer und Baumeister Bernini als bedeutenden Künstler für sich entdeckte, der für den Sohn wohl wegen der Kritik Winckelmanns so belanglos war, daß er in seiner *Italienischen Reise* keinen Platz fand.

Für den zurückgekehrten über Dreißigjährigen stellte sich die Frage nach seiner weiteren Existenz. Bis 1748 lebte er als Junggeselle im Hause der Mutter am Großen Hirschgraben, als Doktor der Jurisprudenz zur kleinen und besonders geachteten Schicht der Graduierten in Frankfurt gehörig. Wahrscheinlich bemühte er sich um ein Amt in der Stadt, aber ohne Erfolg, dann scheint er ein solches Vorhaben rasch aufgegeben zu haben. 1742 begann er, eine umfangreiche Dokumentensammlung von

über zwanzig Foliobänden zur Rechtsgeschichte Frankfurts anzulegen, eine Arbeit, die er über Jahrzehnte fortsetzte.
In Frankfurt und seiner Umgebung spielten sich in diesen Jahren aufregende politische Ereignisse ab. Nach dem Tod Kaiser Karls VI. am 20. Oktober 1740 war es zu schweren Verwicklungen gekommen; Bayern erkannte die sog. Pragmatische Sanktion nicht an, die eine weibliche Thronfolge erlaubte und nun Maria Theresia, der Tochter Karls VI., die Habsburgischen Lande zufallen ließ. Karl Albrecht von Bayern meldete eigene Ansprüche an; andere europäische Staaten sahen sich in ihren Machtpositionen berührt, Frankreich ging mit Bayern zusammen, England unterstützte Österreich; der österreichische Erbfolgekrieg zog sich über Jahre hin, der Einfall Friedrichs II. von Preußen in Schlesien bildete nur den Auftakt. In Frankfurt, der rechtmäßigen Wahlstadt der Kaiser, tagten unterdessen die Wahlgremien. Es herrschte die bei solchen Anlässen gewohnte Betriebsamkeit; die Delegationen, mit großem Troß angereist, gaben Empfänge und organisierten die rituellen höfischen Festlichkeiten. Es war so, wie es Goethe in *Dichtung und Wahrheit* aus Anlaß der Krönung Josephs II. ausführlich beschrieben hat. Man einigte sich endlich in den Frankfurter Wahlversammlungen 1742 auf den bayerischen Kurfürsten Karl Albrecht; am 12. Februar konnte seine Krönung als Kaiser Karl VII. stattfinden. Er war in einer prekären Lage, besaß er doch nicht einmal sein eigenes Land; denn die Österreicher waren dort eingefallen, und so residierte er in der Krönungsstadt Frankfurt. 1742 erlitt er abermals eine Schlappe: Bei Dettingen in der Nähe Frankfurts siegten die Engländer unter ihrem König Georg II., dem Verbündeten Maria Theresias, über Franzosen und Bayern. Erst im Herbst des nächsten Jahres, als die Österreicher verloren hatten, konnte Karl VII. wieder nach München ziehen. Bald aber wurde eine neue Kaiserwahl fällig. Und nun, nach dem Tode Karls VII. am 20. Januar 1745, wurde Franz Stephan von Lothringen, Gemahl Maria Theresias, als Franz I. zum Kaiser gewählt. Wieder sah Frankfurt die pompösen Feierlichkeiten; dem jungen Goethe haben Miterlebende davon erzählt, so daß er später nicht versäumte, im ersten Band von *Dichtung und Wahrheit* darüber zu berichten.
Für Johann Caspar war das alles nächste Wirklichkeit. Kurze Zeit erst amtierte Karl VII. als deutscher Kaiser in Frankfurt, da reichte der junge Rechtsgelehrte dem Herrscher einen Antrag ein, in dem er um die Verleihung des Titels „Wirklicher Kaiserlicher Rat" ersuchte. Im damals üblichen dekorativen Zeremonialstil begründete er sein Vorhaben:

> [...] Nachdem ich nun nicht allein durch die letzthin von Ew. Kayserl. & Königl. Majestät in allerhöchster Person alhier eingenommenen Huldi-

gung ein allerunterthänigst-treu-gehorsambster Knecht geworden, sondern auch durch den auf verschiedenen Teutschen Academien in denen Studiis gelegten Grund und deren volligen Vollendung so wohl, als nachhero bey dem Kayserl. Cammer-Gericht zu Wetzlar, dem Reichs-Tage zu Regenspurg und dem Reichs-Hoffrath viele Jahre hindurch erlernte Reichs-Praxeos, so fort auff Reisen geschöpffte Einsicht verschiedener vornehmen Europäischen Staaten, Sitten und Gebräuche, die erforderlichen Eigenschafften, Gott. Ew. Kayserl. & Königl. Majestät und dem Vatterlande ersprießlich dienen zu können, hoffentlich acquiriret, So erkühne mich ebenfalls Ew. Kayserl. & Königl. Majestät obgedachte meine wenige qualitäten zu vördrist zu Dero allerhöchsten Diensten allgehorsamst zu offeriren, Zugleich aber allerhöchst Dieselben zu bitten, mir Dero würklichen Kayserl. Raths Caracter allermildest zu conferiren, welche allerhöchste Kayserl. Gnade Zeitlebens mit Treuaufrichtigsten Diensten zu demeriren mein einziges Augenmerk seyn wird, Der ich übrigens in allertiefester Verehrung, zu Dero allerhöchsten Kayserl. Huld und Gnade mich fernerhin empfehlende, ersterbe

Ew. Kayserl. und Königl. Majestät
allerunterthänigster treugehorsambster Knecht
Johann Caspar Goethe J. U. D. [Doktor beider Rechte]

Mit Dekret vom 16. Mai 1742 wurde Johann Caspars Wunsch erfüllt. Nun war er „Kaiserlicher Rat", hatte einen Titel, wie ihn nur wenige in der Freien Reichsstadt besaßen: der Schultheiß, die sieben ältesten Schöffen und der älteste Syndikus. Es ist müßig, darüber zu spekulieren, ob der Titel eine Laufbahn öffnen sollte; jedenfalls hat der Herr Rat sie nicht beschritten. Er blieb der unabhängige, von seinem und seiner Mutter Vermögen lebende Doktor beider Rechte, der sich im Großen Hirschgraben seine Welt aufbaute. Es war die Welt gelehrten Müßiggangs, in der Geschichte, Wissenschaft und Kunst gepflegt wurden.
Man muß sich das Verzeichnis der Bibliothek von Goethes Vater ansehen, um zu erkennen, welche Fülle des Wissens er zu greifen suchte und wie aufgeschlossen er auch für die Literatur seiner Zeit war. Hier zeigte sich noch etwas von jenem Streben nach enzyklopädischer Gelehrsamkeit, das für das 17. und frühe 18. Jahrhundert bezeichnend war. Man stelle sich nur die große Zahl an Gemälden und Kunstgegenständen vor, die er in seinem Haus zusammentrug, um die Leidenschaft des Sammlers zu ermessen. Man denke nur an den Kreis der wohlhabenden Frankfurter Bürger, die sich der Bildung und Wissenschaft widmeten und mit denen der Herr Rat verkehrte, um zu begreifen, daß sein Leben als „Particulier", als Privatmann, der von seinem Vermögen lebte, weder langweilig noch borniert, weder griesgrämig noch enttäuscht war. Im zweiten Buch von *Dichtung und Wahrheit* kann man nachlesen, wie es in

jenem Frankfurter Zirkel eines zu Kunst und Bildung fähigen, weil begüterten Bürgertums zuging, das mit seinen Liebhabereien selbstverständlich nicht das alltägliche Leben einer für damalige Verhältnisse großen Stadt von 36 000 Einwohnern prägte.
Der Kaiserliche Rat war schon achtunddreißig Jahre alt, als er am 20. August 1748 mit Catharina Elisabeth Textor, der siebzehnjährigen Tochter des Stadtschultheißen, Hochzeit feierte. Es mag sein, daß Johann Caspar auch aus gesellschaftlichen Erwägungen diese Verbindung einging. Doch wer will heute abwägen, was die Ehepartner damals zu ihrer Entscheidung bewog? Jedenfalls ist die spätere Bemerkung in *Dichtung und Wahrheit* falsch, der Vater habe durch diese Trauung bewußt eine mögliche Aufnahme in den Rat der Stadt verhindern wollen. Denn Johann Caspar Goethe konnte schon deshalb nicht mehr in den Rat gewählt werden, weil in ihm bereits seit 1747 sein Halbbruder saß, der Zinngießermeister Hermann Jacob Goethe. Vielleicht hat der respektable Herr Rat seine spätere Frau bei Johann Michael von Loen kennengelernt, der mit einer Schwester der Frau Stadtschultheiß Textor verheiratet und in jenem Kreis gelehrter Frankfurter eine auch durch seine Schriften bekannte Persönlichkeit war. In seinem Hause, mainabwärts vor den Toren Frankfurts, wurde die Hochzeit gefeiert.
Johann Wolfgang war das erste Kind in dieser Ehe. Fünf weitere Geschwister sind zur Welt gekommen, aber auch in dieser Familie forderte die damals hohe Kindersterblichkeit ihren Tribut. Nur Cornelia, 1750 geboren und enge Vertraute des jungen Wolfgang, überlebte die Kinderjahre; doch auch sie starb schon 1777, kurz nach der Geburt ihrer zweiten Tochter. Die anderen Geschwister gingen früh dahin. Hermann Jacob lebte nur von 1752 bis 1759, Catharina Elisabeth von 1754–1756, Johanna Maria von 1756–1759 und Georg Adolph von 1760–1761. Solcher Kummer und solche Sorgen waren im Haus am Großen Hirschgraben also vertraute Gäste.
1755 war ein bedeutsames Jahr im Leben des Rats Goethe und seiner Familie. Nach dem Tode der Mutter Cornelia am 1. April 1754 allein verfügungsberechtigt über Haus, Grund und Vermögen, setzte er den Umbau des Hauses ins Werk. Aus den beiden Häusern wurde ein einziges, geräumiges, mit großen Vorsälen auf den Etagen und einer breiten Treppe die Stockwerke hinauf, in deren Gitter die Initialen J. C. G. und C. E. G. eingeformt waren. Den Eingang schmückte ein Wappen, in dessen unterer Hälfte drei Leiern zu sehen waren: Zeichen jener Welt der Wissenschaft und der Musen, in der der Kaiserliche Rat zu leben gewillt war.
Von 1759 an, als die Franzosen die Stadt besetzt hielten, gab es Einquartierung im Hause, die sich immerhin bis in den Sommer des Jahres 1761

hinzog und Johann Caspar wenig Freude bereitete, mochte auch der Königsleutnant Graf Thoranc, der höchste französische Offizier, ein kunstbegeisterter und kenntnisreicher Mann sein. Denn der Herr Rat sympathisierte, anders als Schwiegervater Textor und mancher einflußreiche Bürger der Wahl- und Krönungsstadt, die sich Wien verbunden fühlten, mit dem preußischen Friedrich II. Am 13. April, dem Karfreitag des Jahres 1759, soll es einen schweren Zusammenstoß zwischen dem Kaiserlichen Rat und dem französischen Grafen gegeben haben. Bei Bergen, vor den Toren Frankfurts, war es zur Schlacht zwischen Herzog Ferdinand von Braunschweig und den Franzosen unter dem Herzog von Broglie gekommen; auf beiden Seiten kämpften deutsche Truppen. Vater Goethe hatte in seinem Garten vor dem Friedberger Tor auf den Sieg des Braunschweigers gehofft, und nun, nach der Rückkehr ins Haus am Großen Hirschgraben, dachte er nicht daran, dem Grafen Thoranc, wie dieser erwartete, zum Sieg zu gratulieren; vielmehr erging er sich in Verwünschungen. Nur mühsam gelang es offenbar, einen folgenschweren Konflikt beizulegen.

1763 räumten die Franzosen die Stadt; im Jahr darauf brachten die Krönungsfeierlichkeiten für Joseph II. wieder höfischen Glanz und, für die niederen Stände, Volksbelustigungen in die alte Stadt. Politisch ruhigere Jahre zogen ein; der Kaiserliche Rat konnte sich in seinem Haus ungestört seinen Aufgaben widmen: der Erziehung der Kinder, seinen Kunstsammlungen, der Literatur. Er ließ es an nichts fehlen, um den Kindern eine gediegene Grund- und Weiterbildung zu ermöglichen, und dazu gehörten das Erlernen von Sprachen ebenso wie Musikunterricht, der Besuch von Theateraufführungen und Konzerten. Als im Sommer 1763 Leopold Mozart, Maître de la Musique de la Chapelle de Salzbourg, mit seinen Kindern Wolfgang Amadeus und Nannerl nach Frankfurt kam, um diese Wunderkinder im Scharfschen Saale auf dem Liebfrauenberg vorzuführen, erwarb auch Rat Goethe Eintrittskarten. In sein Ausgabenbuch trug er unter dem 25. August 1763 ein: „Pro Mus. conc. duor. infant. 4,7“, für das Konzert zweier Kinder.

Vom 1. Januar 1753 bis zu seinem Schlaganfall am 10. September 1779 hat Johann Caspar Goethe dieses Haushaltsbuch geführt, den *Liber domesticus,* zuerst in Latein, dann auch in Deutsch; sogar Frankfurter Dialektausdrücke und Französisches mischten sich ein. Sorgfältig notierte er die Ausgaben, so daß wir verfolgen können, wie gelebt und gewirtschaftet wurde. Da sind zum Beispiel die Kosten für die „convivia amicorum“, die Geselligkeiten mit Freunden, verzeichnet, für die nur ein paarmal im Jahr stattfindenden großen Wäschen, für Großeinkäufe an Butter und Schinken, für Kleidung und vieles andere mehr. Vorratswirtschaft zu treiben war damals selbstverständlich; nur Kleinigkeiten erstand man beim Krämer. Es war ein wohlhabendes Haus. Wirklicher Reichtum freilich sammelte sich bei den Frankfurter Kaufleuten und Bankiers. Das Bankhaus Ohlenschlager verdiente 1773 allein am Wechselgeschäft 40 000 Gulden. Das zinstragende Kapital brachte Goethes Vater jährlich 2700 Gulden ein; eine beachtliche Summe, wenn man bedenkt, daß der höchste Beamte, der Stadtschultheiß, 1800 Gulden jährlich erhielt, ein Maurer bei voller Beschäftigung auf 200 Gulden kam und Personal und Dienstboten bei freier Kost und Unterkunft mit 15–24 Gulden zufrieden sein mußten. Nach dem *Liber Domesticus* gaben Goethes jährlich 2592 Gulden für die Lebenshaltung aus, mithin weniger als die Zinsen, und immerhin wurden 10 % für Kunst und Literatur, Erziehung und Bildung aufgewendet, damit weit mehr, als besagter Maurer pro Jahr zusammenbekam. Hätte er vier Gulden für ein Konzert der Mozart-Wunderkinder erübrigen können? Trotz der sorgfältigen Buchführung – Frau Rat setzte mit ihrem Kassa-Buch den *Liber domesticus* fort – war das Vermögen 1808, beim Tode von Goethes Mutter, auf die Hälfte geschrumpft. Manche Großausgaben, etwa der Umbau des Hauses 1755, der spätere Umzug der Mutter und auch Wertverlust haben wohl die Substanz angegriffen, worüber uns das verlorene Hauptbuch hätte Auskunft geben können.

Goethes Vater knauserte nicht, wenn es um die Ausbildung der Kinder, die fortlaufende Ergänzung seiner Bibliothek und den Erwerb von Gemälden und Kunstgegenständen ging. Für jedes Studienjahr Johann Wolfgangs von 1765–1768 ließ er rund 1200 Gulden springen, eine Summe, die jede Bewegungsfreiheit garantierte. Das Haus des Kaiserlichen Rats wurde ein Zentrum für die Frankfurter Maler seiner Zeit. Wie wir wissen, rangierte die Galerie Johann Caspars unter den 15 sehenswerten Kunstkabinetten der Stadt an zwölfter Stelle. Sie dürfte etwa 120 Bilder umfaßt haben. Der persönliche Verkehr der Familie Goethe mit den Künstlern und Aufträge an sie waren offenbar selbstverständlich. Trautmann, Seekatz, Juncker, Schütz, Nothnagel, sie alle pflegten guten Kontakt mit Goethes Vater. Als schließlich der einquartierte Graf Thoranc den Frankfurter Künstlern den Auftrag erteilte, für sein Heimatschloß nahezu 400 Bilder zu malen, war das Haus am Großen Hirschgraben so etwas wie eine zeitgenössische Malerakademie.

Im September 1779 traf den Rat ein erster, im Oktober 1780 ein zweiter schwerer Schlaganfall, nach dem er nicht mehr selbst essen und nur noch mühsam sprechen konnte. „Der arme Herr Rath, ist schon seit Jahr und Tag sehr im abnehmen – vornehmlich sind seine Geistest kräffte ganz dahin – Gedächnüß, Besinnlichkeit, eben alles ist weg. Das Leben das Er jetzt führt ist ein wahres Pflantzenleben“, schrieb seine Frau am 20. August 1781 an Lavater. Das Leiden zog sich noch eine Weile hin; am

25. Mai 1782 starb der Wirkliche Kaiserliche Rat Johann Caspar Goethe, 71 Jahre alt.
An Spannungen zwischen ihm und seinem Sohn hat es sicherlich nicht gefehlt. Der Vater pochte, bei aller materiellen Großzügigkeit, auf sein Recht als Hausherr und Vater. Er forderte das juristische Studium des Sohnes in Leipzig und verwarf Wolfgangs Wunsch, nach Göttingen zu gehen. Bei aller Aufgeschlossenheit für Gegenwärtiges lebte er nach Vorstellungen, für die gesellschaftliche Etikette und zeremonielle Normen etwas selbstverständlich zu Respektierendes waren, und ließ sich in seinem Luthertum nicht beirren. Er hatte Italien gesehen und Frankreich kennengelernt, seine Erinnerungen daran und auch Sehnsüchte behalten. Wie hätte er sonst nach Jahren seinen *Viaggio in Italia* niedergeschrieben! Aber er kapselte sich in seine Welt am Großen Hirschgraben ein. Und er war in kleinen, alltäglichen Dingen zweifellos nicht ohne Pedanterie, vielleicht nicht ohne Anwandlungen von Mißmut und Melancholie, was für die Mitlebenden allemal belastend ist. Produktiv und damit schöpferisch hat er sich nicht verwirklicht. Wahrscheinlich ist diese Tatsache, die ja kein Manko in einem ansonsten erfüllten Leben darstellen muß, dafür verantwortlich, daß spätere Beurteiler seine Existenz als eng und eingeschränkt empfunden haben. Im 6. Buch von *Dichtung und Wahrheit* klingt dies an, eben dort, wo Goethe von der Abneigung gegen seine Vaterstadt spricht, die ihm immer deutlicher geworden sei. „Mein Vater, in die Angelegenheiten der Stadt nur als Privatmann verflochten, äußerte sich im Verdruß über manches Mißlungene sehr lebhaft. Und sah ich ihn nicht, nach so viel Studien, Bemühungen, Reisen und mannigfaltiger Bildung, endlich zwischen seinen Brandmauern ein einsames Leben führen, wie ich mir es nicht wünschen konnte? Dies zusammen lag als eine entsetzliche Last auf meinem Gemüte, von der ich mich nur zu befreien wußte, indem ich mir einen ganz anderen Lebensplan, als den mir vorgeschriebenen, zu ersinnen trachtete“ (9, 240).
Goethe ist, wenn nicht alles täuscht, mit dem Verhältnis zu seinem Vater nie ganz ins reine gekommen. Liebevoll ehrfürchtiger Respekt war es, der dem alten Goethe die Sätze diktierte. „Meinem Vater war sein eigner Lebensgang bis dahin ziemlich nach Wunsch gelungen; ich sollte denselben Weg gehen, aber bequemer und weiter“ (9, 32). Der Kaiserliche Rat hat seinen Sohn bewundert und dessen Weg, wenngleich nicht ohne Sorgen und Bedenken, mit liebender Anteilnahme verfolgt. Einen „singulären“ Menschen nannte er ihn in einem der wenigen erhaltenen Briefe (an Schönborn, 24. 7. 1776), und als er aus Weimar das Gedicht *Seefahrt* erhielt, schrieb er es eigenhändig ab, so als wollte er seine eigene Skepsis beschwichtigen und sich einprägen, was der Sprecher dieser Verse an Selbstsicherheit und Vertrauen in die Zukunft ausdrückte. Im 12. Buch

von *Dichtung und Wahrheit* verlieh Goethe dann dem väterlichenLeben sogar das Prädikat „zufrieden“: „Der Vater, in seinen verjährten Liebhabereien und Beschäftigungen ein zufriedenes Leben führend, war behaglich, wie einer, der trotz allen Hindernissen und Verspätungen seine Plane durchsetzt“ (9, 503 f.).

Catharina Elisabeth Textor, Tochter des Stadtschultheißen und Frau Rat Goethe

Wesentlich genauer als über den Vater unterrichten uns Dokumente über die Mutter Catharina Elisabeth, geborene Textor, vor allem ihre Briefe, von denen viele in einer hinreißenden Erzähllaune geschrieben sind. Die Textors waren eine alte, bedeutende Juristenfamilie und seit 1690 in Frankfurt ansässig. Der Urgroßvater Catharina Elisabeths, Johann Wolfgang Textor (1638–1701), war Professor und Universitätsrektor in Heidelberg, ehe er 1689 nach der Eroberung der Stadt durch die Franzosen flüchtete und ein Jahr später Syndicus des Frankfurter Magistrats wurde. Ein Sohn Christoph Heinrich (1666–1716), ebenfalls Jurist, lebte als Advokat und Kurpfälzischer Hofgerichtsrat in der Freien Reichsstadt, und dessen ältestem Sohn, Goethes Großvater Johann Wolfgang Textor (1693–1771), blieb es vorbehalten, 1747 als Reichs-, Stadt- und Gerichtsschultheiß das höchste Amt der Stadt zu bekleiden, obwohl er keiner der vornehmen Patrizierfamilien angehörte. Er blieb offenkundig ein bewußter Bürger, hielt außer der selbstverständlich geforderten Repräsentanz seines Amtes nichts von Pomp und aufwendiger Lebensführung, liebte seinen Garten und hat es, wenn die Überlieferung stimmt, abgelehnt, geadelt zu werden. Anna Margaretha Lindheimer (1711–1783) wurde seine Frau, Tochter eines Juristen, deren Großvater väterlicherseits Metzger und Viehhändler in Frankfurt gewesen war, während der Großvater mütterlicherseits bedeutende juristische Positionen in Hessen innegehabt hatte. An dieses Großelternpaar Textor/Lindheimer sind die ersten Verse gerichtet, die wir von Goethe besitzen: das Alexandrinergedicht zu Neujahr 1757.

Für die Ausbildung seiner Töchter scheint der Stadtschultheiß nicht gerade viel übrig gehabt zu haben. Vermutlich hielt er es, ganz im Sinne der Zeit, für ausreichend, wenn sie halbwegs schreiben und rechnen konnten und dann einer Verheiratung entgegensahen. Catharina Elisabeth, am 19. Februar 1731 geboren, war siebzehn, als sie den Kaiserlichen Rat Goethe ehelichte. So blieb ihr noch Zeit genug, mit jenen Gebieten bekannt zu werden, die ihr Mann pflegte und die ihr bis dahin fremd gewesen sein dürften. Ihre ganze Neigung hat später freilich dem Theater gehört, mit allem gesellschaftlichen Drum und Dran, auch mit engem Kontakt zum Schauspieldirektor Großmann und seit 1784 mit einer ans Leidenschaftliche grenzenden Beziehung zum Schauspieler Unzelmann, die sich jedoch nach 1788 ins Nichts auflöste.

Es fällt schwer, nicht ins Schwärmen zu geraten, wenn man von der „Frau Rath Goethe" berichtet, wie sie uns in ihren Briefen begegnet. Freilich, an ihrer Rechtschreibung dürfen wir uns nicht stoßen. Sie schrieb, ohne auf Regeln zu achten, die sie ohnehin nicht gelernt hatte. „Der Fehler lage am Schulmeister", meinte sie halb entschuldigend, halb selbstironisch. Nur lautes Lesen hilft bisweilen, den Sinn ihrer Buchstabenfolgen zu entdecken. Dann hört man, was sie gemeint hat, als sie „pradiodißmuß" (Patriotismus) schrieb oder „Tramtugische" (Dramaturgische) Blätter oder „Lotheri" (Lotterie), in der sie, zusammen mit dem Sohn in Weimar, anscheinend lebhaft gespielt hat. „Dein Looß ist mit 50 f heraus gekommen 5 wurden abgezogen vor die übrigen 45 f habe wieder ein neues zur 13ten Lotheri genommen – 728 ist die No:", teilte sie ihm am 4. Dezember 1797 mit.

Welche Lebenskraft und -freude in dieser Frau; welches Gottvertrauen in den schweren Jahren, die ihr nicht erspart blieben, nicht beim Sterben ihrer fünf Kinder zwischen 1756 und 1777 und nicht in den langen Zeiten von Krieg und Einquartierung in den neunziger Jahren, als sie alles allein zu bewältigen hatte; welcher Optimismus, den sie auch den andern weitergeben wollte; welche Sicherheit jenseits der Konventionen, als sie Christiane Vulpius, mit der ihr Sohn in freier Gemeinschaft zusammenlebte, ganz selbstverständlich als Familienmitglied akzeptierte! Ihre Haltung, das Leben zu nehmen, wie es eben ist, und nie die Hoffnung aufzugeben, war nicht zu erschüttern: „Mein Befinden ist Gott sey [Dank] gantz gut, ich bin wohl und auch vergnügt – trage was ich nicht ändern kan mit Gedult – warte auf beßre Zeiten ängstige mich aber nicht vor der Zeit" (1. 1. 1793). „Es gibt doch viele Freuden in unseres Lieben Herr Gotts seiner Welt! Nur muß mann sich aufs suchen verstehen – sie finden sich gewiß – und das kleine ja nicht verschmähen" (28. 2. 1796). „Unsere jetzige Lage ist in allem Betracht fatal und bedencklich – doch vor der Zeit sich grämen oder gar verzagen war nie meine Sache – auf Gott vertrauen – den gegenwärtigen Augenblick nutzen – den Kopf nicht verliehren – sein eignes werthes Selbst vor Kranckheit [...] zu bewahren – da dieses alles mir von jeher wohlbekommen ist, so will ich dabey bleiben" (1. 8. 1796).

Am wachsenden Ruhm des Sohnes nahm sie lebhaft Anteil, freute sich über die vielen Gäste, die das Haus am Hirschgraben besuchten, genoß die Verbindungen, die sich nach Weimar spannen, zur Herzoginmutter Anna Amalia, zum Hoffräulein v. Göchhausen, dem sie lustige Reimbriefe schrieb, ließ sich Lektüre von dort schicken und mahnte, wenn Bertuchs *Journal des Luxus und der Moden* oder der *Teutsche Merkur* nicht gekommen waren. Und sie sandte ihrerseits Frankfurter Gaben ins Weimarer Haus, nicht nur zu Weihnachten: Stoffe, Kleider, Taschentücher, Spitzen und Leckerbissen, Kastanien z. B.: „mein Wunsch ist, daß sie Euch in Gänßebraten – und blau kohl wohl schmecken und noch beßer bekommen mögen" (18. 10. 1806). Sie geizte auch nicht mit Ratschlägen und Warnungen gegenüber dem erwachsenen Sohn, der sich mit manchen Antworten Zeit ließ; mehr als einmal mußte sie ihn mahnen, und eine Zeitlang liefen die Nachrichten vom und zum Sohn über Fritz v. Stein.

1795, als sie das Haus am Hirschgraben verkauft hatte, zog sie in eine passende Wohnung am Roßmarkt mit trefflichem Ausblick: „die Hauptwache gantz nahe – die Zeil da sehe ich biß an Darmstädter Hof – alles was der Catharinenporte hinein und heraus kommt so mit der Bockenheimerstraße u.s.w." (24. 8. 1795). Vom Inventar des alten Hauses wurde veräußert, was nur möglich war. Der Erlös für die riesigen Weinvorräte, die im Keller lagerten, darunter alte Jahrgänge, brachte viel ein; auch die Bibliothek des Kaiserlichen Rats (von 1693 Stück sprach sie im Brief vom 19. Dezember 1793) kam zur Auktion, nachdem der Sohn in Weimar und Schwiegersohn Schlosser davon erhalten hatten, was sie sich wünschten. (Durch den Katalog, der bei dieser Gelegenheit angefertigt worden ist, kennen wir die Bestände der väterlichen Bibliothek im Großen Hirschgraben genau.) Bis zu ihrem Tod am 13. September 1808 hat sie in jenem Haus „Zum Goldnen Brunnen" am Roßmarkt gewohnt, aufgeschlossen und lebensmutig, zuguterletzt das Ende bewußt und gelassen erwartend, nicht ohne alle Einzelheiten für ihr Ableben vorbereitet zu haben.

Über das Verhältnis des Sohns zur Mutter wird kaum wirkliche Klarheit zu gewinnen sein. In mütterlichen Frauengestalten seiner Dichtung, sagt man, spiegele sich aufs schönste der unauslöschliche Eindruck der Mutter und die Erinnerung an sie. Das mag sein. Aber auch Merkwürdigkeiten sind zu erwähnen. Erst von 1792 an hob der Sohn die Briefe auf, die ihm die Mutter aus Frankfurt schrieb. Ganze vier Briefe aus den vielen Jahren davor hat er bewahrt, und er scheint sie mit Bedacht ausgewählt zu haben. Es sind gerade solche, in denen er und seine Mutter in hellem Licht erscheinen (23. 3. 1780; 17. 6. 1781; Februar 1786; 17. 11. 1786). Im ersten dieser Briefe klingt die begeisterte Zustimmung der Frau Rat aus Frankfurt: „Wenn es aber auch kein Weimar und keine solche herrliche Menschen drinne gäbe – ferner keinen Häschelhanß – So würde ich Catholisch [...] Da uns aber Gott so begnadig hat, so freuen wir uns auch dieses Erdeleben" (23. 3. 1780). Und über die Nachricht des Italienreisenden aus Rom freute sie sich am 17. 11. 1786: „Jubeliren hätte ich vor Freude mögen daß der Wunsch der von frühester Jugend an in deiner Seele lag, nun in Erfüllung gegangen ist." Warum hat Goethe alle anderen Briefe jener Jahre vernichtet? Hat die Mutter, die, nicht mundfaul, in der Regel mit ihrer Meinung nicht hinter dem Berg hielt, ihrem „Hätschelhans" vielleicht auch unwirsche Briefe geschrieben, in denen von Irrungen und Wirrungen die Rede war, die sie sorgenvoll oder gar mit Mahnungen verfolgte, oder auch solches berührt, das nicht mehr in das Bild vom eigenen Leben paßte, an dem ihm später gelegen war?

In der Vaterstadt und zu Besuch bei der Mutter ist der Weimarer Goethe nur gelegentlich noch gewesen, zum letzten Mal für drei Wochen im August des Jahres 1797. Zu ihrer Beerdigung im September 1808 ist er nicht nach Frankfurt gereist; von Franzensbad, wo er sich zur Kur aufhielt, kehrte er am 17. September nach Weimar zurück. Die Frau Rat ihrerseits hat die thüringische Residenzstadt kein einziges Mal besucht. Daraus darf man allerdings keine falschen Schlüsse ziehen. Denn auch zur Tochter Cornelia Schlosser im badischen Emmendingen ist sie nicht gefahren. Offensichtlich reiste sie ungern, war doch damals jede größere Reise mit erheblichem Zeitaufwand und Unbequemlichkeiten verbunden. „Das Reisen war nie meine Sache", hat sie selbst erklärt (2. 7. 1784), und so ist es bei Abstechern nach Offenbach, Wiesbaden, Heidelberg geblieben. Weiter scheint sie nie gekommen zu sein. Mit Stolz schrieb sie, als sie weiblichen Besuch im Elternhaus des bekannten Sohnes herumgeführt hatte: „Die Dame muß reisen um die gelehrten Männer Deutschlands zu sehen, bei mich kommen sie Alle ins Haus, das war ungleich bequemer" (23. 12. 1784). Goethe hat zunächst auch nicht gerade gedrängt, seine Mutter in Weimar zu sehen. Fürchtete er vielleicht, sie könne mit ihren Bildungslücken dort nicht bestehen oder mit ihrer offen-freimütigen Art Anstoß, mit ihrer behenden Redeweise unliebsames Aufsehen erregen? Schließlich hat sie selbst einmal vermerkt: „Wenn ich so gerne schriebe als schwätzte; so soltet Ihr Wunder hören" (28. 3. 1808), wo sie doch schon beim Schreiben eine lebhafte Gangart, über Stock und Stein sozusagen, einzuschlagen vermochte! Ob aus den vernichteten Briefen einiges zu entnehmen gewesen wäre? Es bleiben alles Vermutungen. In den Kriegswirren der neunziger Jahre hat Goethe die Mutter dann mehrfach aufgefordert, nach Weimar zu kommen, aber sie ist in Frankfurt geblieben.

Dichtung und Wahrheit bietet keine Schilderung und keine Charakteristik der Mutter, und nur *ein* Gedicht (im frühen Brief an Cornelia aus dem Mai 1767) hat der Sohn ihr gewidmet. So mag es denn doch sein, daß alles, was der Dichter über sie zu sagen hatte, in die Gestaltung der Mutter in *Hermann und Dorothea* eingegangen ist, jenes Epos, das die

Frau Rat besonders liebte. Nicht zu vergessen natürlich die bekannten Spruchzeilen aus dem Alter, in denen Goethe mit leiser Selbstironie auf seinen jugendlichen Drang nach Originalität zurückblickte:

Vom Vater hab ich die Statur,
Des Lebens ernstes Führen,
Vom Mütterchen die Frohnatur
Und Lust zu fabulieren.
Urahnherr war der Schönsten hold,
Das spukt so hin und wieder;
Urahnfrau liebte Schmuck und Gold,
Das zuckt wohl durch die Glieder.
Sind nun die Elemente nicht
Aus dem Komplex zu trennen,
Was ist denn an dem ganzen Wicht
Original zu nennen?

Kindheit
in Frankfurt

28. August 1749

Im Frankfurter Kirchenbuch ist die Taufe Wolfgang Goethes durch den Hauptpfarrer an der Katharinenkirche, Dr. Fresenius, der auch schon die Eltern getraut und die Mutter konfirmiert hatte, protokolliert:

> 1749. Augustus. Getauffte hierüben in Franckfurth. Freytags den 29. dito. p. H. Doct. u. Sen. Fresenium privatim. Goethe, der Hoch Edelgebohrene und Hochgelahrte Herr Johann Caspar, Ihro röm. Kayserl. Majest. würckl. Rath und beider Rechten Doct. alhier; dann S. T. Frau Catarina Elisabetha, dessen Ehe-Consortin, geb. Textorin, einen gestrigen Donnerstags Mittags zwischen 12 und 1 Uhr gebohrenen Sohn und 1 tes Kind Johann Wolfgang. Der Hierzu erbethene H. Gevatter war der Frau Kindbetterin leibl. Vatter, der Wohlgeborene Herr, Herr Johann Wolfgang Textor, Hochansehnlicher Schultheiß allhier wie auch Ihro Röm. Kayserl. Majest. würcklicher Rath.

Sachlich-nüchtern und zeichenhaft-bedeutungsvoll zugleich beginnt die Autobiographie *Dichtung und Wahrheit;* sie bringt das eigene Ich mit der Konstellation der Gestirne in Verbindung, also mit Höherem, das das Einzelschicksal mitbestimmt:

> Am 28. August 1749, mittags mit dem Glockenschlage zwölf, kam ich in Frankfurt am Main auf die Welt. Die Konstellation war glücklich; die Sonne stand im Zeichen der Jungfrau, und kulminierte für den Tag; Jupiter und Venus blickten sie freundlich an, Merkur nicht widerwärtig; Saturn und Mars verhielten sich gleichgültig: nur der Mond, der soeben voll ward, übte die Kraft seines Gegenscheins um so mehr, als zugleich seine Planetenstunde eingetreten war. Er widersetzte sich daher meiner Geburt, die nicht eher erfolgen konnte, als bis diese Stunde vorübergegangen.
>
> Diese guten Aspekten, welche mir die Astrologen in der Folgezeit sehr hoch anzurechnen wußten, mögen wohl Ursache an meiner Erhaltung gewesen sein: denn durch Ungeschicklichkeit der Hebamme kam ich für tot auf die Welt, und nur durch vielfache Bemühungen brachte man es dahin, daß ich das Licht erblickte. Dieser Umstand, welcher die Meinigen in große Not versetzt hatte, gereichte jedoch meinen Mitbürgern zum Vorteil, indem mein Großvater, der Schultheiß Johann Wolfgang Textor, daher Anlaß nahm, daß ein Geburtshelfer angestellt, und der Hebammenunterricht eingeführt oder erneuert wurde; welches denn manchem der Nachgebornen mag zugute gekommen sein (9, 10).

Das ist geschrieben aus der Sinnsuche des Alters, die noch im frühesten Beginn Bedeutung erkennen will. In verwandtem Ton klingen die ersten Verse der *Urworte. Orphisch* aus dem Herbst des Jahres 1817:

Wie an dem Tag, der dich der Welt verliehen,
Die Sonne stand zum Gruße der Planeten,
Bist alsobald und fort und fort gediehen
Nach dem Gesetz, wonach du angetreten.
So mußt du sein, dir kannst du nicht entfliehen [...].

Alles mag so stimmen, was in *Dichtung und Wahrheit* über den schwierigen Verlauf der Geburt aufgezeichnet ist. Nachprüfbar ist es nicht; denn wir besitzen kein medizinisches Protokoll über das, was in jener Mittagsstunde im Geburtszimmer des Hauses zu den drei Leiern geschehen ist. Höchst geschickt und bewußt übrigens, wie im zweiten Abschnitt des Berichts, nachdem zuvor die Bindung an Bezirke über dieser Welt angedeutet worden ist, dieser Einzelne sogleich bedeutsam mit den Mitbürgern verknüpft wird, indem die nützlichen Folgen der schweren Geburt für Mitlebende und Nachfolgende erwähnt werden.

Niemand kann darauf verzichten, sich in Goethes ausführliche Erzählung der Jahre 1749 bis 1775, eine Autobiographie von vielen hundert Seiten, zu vertiefen, wenn er erfahren will, was der junge Mensch bis zur folgenreichen Reise nach Weimar im Herbst 1775 erlebt und als eindrucksvoll und lebensprägend angesehen hat. Freilich muß man sich darüber im klaren sein, daß in *Dichtung und Wahrheit* und die anderen autobiographischen Schriften stets auch die Sicht und Erfahrung des Alters mit eingegangen sind, also zu erwägen ist, ob sie für das einzig gültige Wort gehalten werden dürfen. Diese zur Abwägung auffordernde Überlegung nimmt *Dichtung und Wahrheit* nichts von seiner Bedeutung. Sie weist dem Werk nur den ihm gemäßen Platz zu: Es ist selbst ein Kunstwerk, das der alte Dichter geschaffen hat und das von diesen Voraussetzungen her eingeschätzt werden muß. Es hat noch anderes im Sinn, als nur Auskunft über den Ablauf des jugendlichen Lebens zu geben.

Natürlich kommt man nicht umhin, immer wieder auf *Dichtung und Wahrheit* zurückzugreifen. Viele haben zu Recht bewundert, wie genau sich der altgewordene Goethe noch an Einzelheiten aus der Jugendzeit erinnern konnte, selbst wenn ihm keine Dokumente mehr vorlagen. Aber manchmal unterliefen ihm auch Irrtümer. Jene unscheinbare Differenz zwischen der Zeitangabe der Geburt im Taufprotokoll und in *Dichtung und Wahrheit* mag ein belangloses Beispiel dafür sein, wie dem Autobiographen an kleinen Rückungen gelegen war. Und einen Geburtshelfer gab es auch vorher schon; vielleicht, daß seinen Aufgaben nun größere Aufmerksamkeit als bisher gewidmet wurde.

Autobiographisches. Briefe. Tagebücher. Erinnerungen

Goethes Leben und alles, was mit ihm zusammenhängt, ist aufs genaueste dokumentiert. Generationen von Forschern haben das Material, aus dem sich der Lebensweg des vor hundertfünfzig Jahren Gestorbenen rekonstruieren läßt, zusammengetragen, gesichtet, geordnet und erläutert. Was er getan und gelassen, gelesen und geschrieben, geforscht und gedichtet: man hat es bis in die entlegensten Winkel aufgespürt. Den Ablauf des in der Tat einmaligen Lebens- und Schaffensweges kann man beinahe Tag für Tag verfolgen. Briefe und andere schriftliche Zeugnisse geben Auskunft, und vor allem sind es Goethes eigene Aufzeichnungen, die eine Fülle von Informationen bieten. In der Großherzogin-Sophien-Ausgabe, der sog. Weimarer Ausgabe, mit ihren 143 Bänden sind es allein 50 Bände, die die Briefe, und 13 Bände, die seine Tagebücher beanspruchen, jeder Band durchschnittlich 400 Seiten stark. Der Lebensbericht *Dichtung und Wahrheit*, der bis zur Übersiedlung nach Weimar reicht, ist darin ebensowenig enthalten wie andere umfängliche autobiographische Schriften und Skizzen.
Bei den von Goethe selbst stammenden Äußerungen über sein Leben, seine Werke und seine Tätigkeit muß man unterscheiden zwischen Berichten, die aus der Rückschau auf frühere Lebensphasen geschrieben wurden, und Aufzeichnungen, die als unmittelbare Quellen angesehen werden dürfen, weil sie aus der Zeit stammen, von der sie berichten. Die Niederschriften in einem fortlaufend geführten Tagebuch sind etwas anderes als eine Autobiographie, in der ein erwachsener oder altgewordener Mensch über seine Schicksale spricht und sich und anderen über die Kontinuität oder Diskontinuität, über Einheit oder Zerrissenheit seines gelebten Lebens Rechenschaft ablegen will. Auch Briefe Goethes darf man wohl zu den ‚unmittelbaren Quellen' rechnen, wenngleich sie meistens den Blick auf den Adressaten nicht verleugnen, damit von anderer Art sind als private Tagebücher und ausführliche, auf Folgerichtigkeit bedachte autobiographische Werke. Von Goethe besitzen wir alle hier erwähnten Formen selbstbiographischer Schriften und Zeugnisse.
Seine Briefe, soweit sie erhalten sind, setzen früh ein. Die ersten gehören ins Jahr 1764, als der Schreiber noch keine fünfzehn Jahre alt war; der letzte Brief, an Wilhelm von Humboldt gerichtet, trägt das Datum des 17. März 1832.
Die Tagebücher, die Goethe mit größerer oder geringerer Intensität fast sein ganzes Leben lang geführt hat, beginnen mit einem schmalen Heft von der ersten Reise in die Schweiz im Juni 1775. Man mag zu ihnen auch die *Ephemerides* hinzurechnen, jenes Notizbuch, in dem er in

Frankfurt und Straßburg in den Jahren 1770 und 1771 lesenswerte Literatur und Wissenwürdiges aus gelesenen Büchern festgehalten hat. Die Tagebücher enden mit der Notiz vom 16. März 1832: „Den ganzen Tag wegen Unwohlseins im Bette zugebracht." Es gibt bezeichnende Unterbrechungen in ihnen; sie betreffen die Weimarer Zeit von Juni 1782 bis September 1786 und von November 1786 bis Januar 1790, jene Lebensphase also, die immer noch besonders schwierig zu erfassen ist.

Alle anderen großen autobiographischen Schriften Goethes, neben denen es auch kleinere Skizzen gibt, stammen aus der Zeit des Alters, sind Rückschau auf Früheres, suchen Zusammenhänge im eigenen Leben, sind Lebensdeutung. 1809 begann er an *Dichtung und Wahrheit* zu arbeiten; 1813 waren die Teile I bis III vollendet, während der IV. Teil erst 1831 abgeschlossen werden konnte. Zwischen dem Berichteten und der Abfassungszeit des Berichts lag dann immerhin mehr als ein halbes Jahrhundert. Die *Italienische Reise*, die Zeit vom 3. September 1786 bis März 1788 umfassend, wurde fast dreißig Jahre später geschrieben, von 1813 bis 1816, und die *Campagne in Frankreich*, die *Belagerung von Mainz*, deren Geschehen in die Jahre 1792 und 1793 fällt, wurden 1820 bis 1822 vollendet. Ebenfalls spät sind die *Annalen* (die *Tag- und Jahreshefte)* verfaßt, zwischen 1817 und 1825, die als Ergänzung der anderen autobiographischen Werke gedacht waren und, dem Titel gemäß nach Jahren geordnet, von 1775, wo *Dichtung und Wahrheit* endet, bis ins Jahr 1822 gehen. Die von ihm selbst heraugegebenen oder zum Druck vorbereiteten Briefwechsel hat er als Zusatz zu den lückenhaft gebliebenen autobiographischen Darstellungen angesehen: den Briefwechsel mit Schiller aus den Jahren 1794 bis 1805 und die Korrespondenz mit Zelter, die von 1799 bis 1832 reicht.

Wenn Goethe rückblickend über sich selbst schrieb, wollte er in seinem eigenen Leben wiederfinden, was sich ihm als Natur- und Lebensgesetzlichkeit erschlossen hatte. Solche Betrachtung war darauf angelegt, noch im wechselvollen Auf und Ab des Lebens das Beharrende zu erkennen und noch das Widersprüchliche und Disharmonische als in einer sinnvollen Lebensentwicklung und Lebensganzheit aufgehoben zu begreifen. Das ist beeindruckend, ja faszinierend. Doch müssen wir uns solcher Selbstdeutung nicht ohne weiteres und in allen Punkten anschließen, auch wenn sie für manche Goetheforscher eine geradezu einschüchternde Überzeugungskraft besessen hat.

Wie reich das dokumentarische und autobiographische Material auch ist, beachtliche Lücken und Ausfälle sind nicht zu übersehen. Für sie ist zu einem guten Teil Goethe selbst verantwortlich. Was er an eigenen Unterlagen vernichtet hat, ist erstaunlich viel: Briefe, Jugendarbeiten, Fragmentarisches. Autodafés, die Vernichtung eigener Papiere, hat er mehrfach veranstaltet. Bisweilen scheint ihn das Gefühl der Fragwürdigkeit dessen, was da geschrieben stand, übermannt zu haben, und im Grunde wohlmeinende Bemerkungen von Freunden haben solches Gefühl nur noch verstärkt. „In meiner besten Zeit sagten mir öfters Freunde, die mich freilich kennen mußten: was ich lebte, sei besser, als was ich spreche; dieses besser, als was ich schreibe; und das Geschriebene besser als das Gedruckte. – Durch solche wohlgemeinte, ja schmeichelhafte Reden bewirkten sie jedoch nichts Gutes: denn sie vermehrten dadurch die in mir ohnehin obwaltende Verachtung des Augenblicks, und es ward eine nicht zu überwindende Gewohnheit, das, was gesprochen und geschrieben ward, zu vernachlässigen und manches, was der Aufbewahrung wohl wert gewesen wäre, gleichgültig dahinfahren zu lassen." (JA 4, 252)

Am 11. 5. 1767 teilte er aus Leipzig der Schwester Cornelia mit: „Mein Belsazer ist zu Ende", doch schränkte er sogleich ein: „aber ich muß von ihm sagen was ich von allen meinen Riesen Arbeiten sagen muß, die ich als ein ohnmächtiger Zwerg unternommen habe." Fünf Monate später wurden dieses Trauerspiel und anderes verbrannt: „Belsatzer, Isabel, Ruth, Selima, ppppp haben ihre Jugendsünden nicht anders als durch Feuer büsen können" (an Cornelia, 13. 10. 1767).

Dichtung und Wahrheit verweist auf die „Masse von Versuchen, Entwürfen, bis zur Hälfte ausgeführten Vorsätzen", die mehr aus Mißmut als aus Überzeugung in Rauch aufgegangen seien (9, 282). Bevor es nach Straßburg ging, verhängte der junge Autor wiederum „ein großes Haupt-Autodafé" über seine Arbeiten. Mehrere angefangene Stücke, Gedichte, Briefe und Papiere wurden vernichtet, „und kaum blieb etwas verschont außer dem Manuskript von Behrisch, ‚Die Laune des Verliebten' und ‚Die Mitschuldigen'" (9, 350). Den *Werther* hätte er, bestürzt über eine beiläufige Bemerkung von Freund Merck, beinahe ebenfalls in die Flammen geworfen, so wie Wilhelm Meister „den größten Teil seiner Arbeiten in Feuer aufgehen" ließ (7, 153).

Das Weimarer Tagebuch vermerkt am 7. 8. 1779 mit spürbarem Ernst: „Zu Hause aufgeräumt, meine Papiere durchgesehen und alle alten Schaalen verbrannt. Andre Zeiten andre Sorgen. Stiller Rückblick aufs Leben." Das ist übrigens jene Stelle, an der auch eingetragen ist: „Die Zeit dass ich im Treiben der Welt bin seit 75 Oktbr. getrau ich noch nicht zu übersehen. Gott helfe weiter."

Vor Antritt der dritten Reise in die Schweiz 1797 verbrannte der fast Vierzigjährige alle an ihn seit 1772 gesandten Briefe, „aus entschiedener Abneigung gegen Publikation des stillen Gangs freundschaftlicher Mitteilung", wie es später in den *Annalen* hieß (JA 30, 56). Reicht dieses Argument wirklich als Begründung aus? Ist es nicht doch verwunderlich, ja befremdend, daß so viele Dokumente aus dem engsten Familienkreis weggeschafft wurden? Frühe Briefe der Mutter sind ebenso verschwunden wie solche der Schwester Cornelia; nichts ist vorhanden von Käthchen Schönkopf, von Friederike Oeser, von Friederike Brion, von Lili Schönemann, zu schweigen von möglichen Briefen des Vaters. Aus der langen Zeit von 1766 bis 1792 sind, wie bereits erwähnt, nicht mehr als vier Briefe der gewiß nicht schreibfaulen Mutter an den Sohn erhalten. Auch die Schreiben des Herzogs bis 1792 wurden nicht verschont. Nur ein Zufall rettete die fünf Jahrgänge bis 1797, von wo an die Briefe bewahrt wurden.

Noch im hohen Alter hat Goethe Briefe verbrannt. Als er 1827 von Marianne von Willemer die Briefe des Jugendfreundes Johann Adam Horn erhielt, konnten sie vor dem Gericht des Greises keine Gnade finden, dem beim Rückblick aufs eigene Leben an irritierenden Dokumenten nicht gelegen war. Er suchte Sinnzusammenhang und folgerichtige Entwicklung. Goethes Argumentation ist aufschlußreich genug:

> Eigentlich waren es uralte, redlich aufgehobene Briefe, deren Anblick nicht erfreulich sein konnte; hier lagen mir eigenhändige Blätter vor Augen, welche nur allzu deutlich ausdrückten, in welchen sittlich kümmerlichen Beschränktheiten man die schönsten Jugendjahre verlebt hatte. Die Briefe von Leipzig waren durchaus ohne Trost; ich habe sie alle dem Feuer überliefert; zwey von Straßburg heb ich auf, in denen man endlich ein freyeres Umherblicken und Aufathmen des jungen Menschen gewahr wird. Freylich ist bey heiterem innern Trieb und einem löblich geselligen Freysinn noch keine Spur von *woher?* und *wohin?* von *woaus? woein?* deshalb auch einem solchen Wesen gar wundersame Prüfungen bevorstanden (an Marianne von Willemer, 3. 1. 1828).

Goethe hat sich offenbar ein bestimmtes Bild von seinem Leben gemacht, in dem er störende Farben nicht dulden mochte. Dieses Bemühen um Selbstinterpretation für sich und andere, das sich in den großen autobiographischen Schriften des Alters so eindrucksvoll auswirkte, setzte spätestens in den neunziger Jahren ein; das Autodafé von 1797 beweist es deutlich genug.

Schulische Ausbildung des Knaben

Über Kindheitsjahre wird gern fabuliert. Manches, was später erzählt wird, kann nicht nachgeprüft werden, wenn unmittelbare Zeugen und Dokumente fehlen. Jede Erinnerung modelliert und rückt zurecht. So hat Bettina von Arnim, geb. Brentano, obwohl erst 1785 geboren, von

Goethes Mutter mancherlei aus seiner Jugendzeit erzählt bekommen – Jahrzehnte nach der Kindheit – und dann das Ihrige an liebenswürdig schwärmerischen Anekdoten in ihrem *Goethes Briefwechsel mit einem Kinde* hinzugedichtet.

Goethe selbst tut die allerersten Jahre ziemlich schnell ab: das Zerdeppern des Geschirrs auf der Straße, wozu ihn die gegenüber wohnenden Ochsensteins angestiftet hätten; eine Skizze über das Innere und die Umgebung des Elternhauses; ein Hinweis auf des „sonst sehr lakonischen Vaters" Vorliebe „für die italienische Sprache und für alles, was sich auf jenes Land bezieht" (9, 14); Bemühungen des Kaiserlichen Rats um die Bildung der Mutter, ums Italienische, ums Klavierspielen und Singen; das Puppenspiel, das die Großmutter am Weihnachtsabend 1753 geschenkt habe – viel mehr bietet der Lebensbericht über die frühesten Jahre nicht und ist nach wenigen Seiten bereits im Jahre 1755. Da ging es in eine öffentliche Schule, und der Junge fing an, sich draußen umzutun. „Um diese Zeit war es eigentlich, daß ich meine Vaterstadt zuerst gewahr wurde" (9, 17); für den Autobiographen ein willkommener Anlaß, dem Leser die Krönungsstadt samt ihren zentralen Ereignissen wie Messen und Krönungen vorzustellen. Danach konnte zum eigenen Bildungsgang zurückgekehrt werden.

Archivalische Forschungen haben aufhellen können, wie der junge Wolfgang ausgebildet wurde. Das Ausgabenbuch des Vaters, der *Liber domesticus*, verzeichnet mancherlei Ausgaben, die für Lehrer und Anschauungsmaterial erforderlich waren. Von 1752 bis 1755 wurde der kleine Sohn in die Spielschule der „Ludimagistrae Hoffin" geschickt, wie wenig später auch die Geschwister Cornelia und Hermann Jacob. Es war nicht weit bis zur nahen Weißadlergasse, wo die Witwe Maria Magdalena Hoff ihre Kleinkinderschule unterhielt. Obwohl sie zu den Reformierten gehörte, die bei der strengen Vorherrschaft der Lutheraner in Frankfurt einen schweren Stand hatten, vertraute ihr der überzeugt lutherische Rat seine Kinder an; ein Zeichen von Toleranz. Immerhin hatte er 1747, als es um eine Kirche für die Reformierten in der Stadt ging, im Kollegium der Graduierten nur für ein Gotteshaus vor der Stadtbefestigung, allerdings auf Frankfurter Gebiet gestimmt. Das war schon ein Zugeständnis, wo andere Bürger den Reformierten, die erhebliche wirtschaftliche Erfolge zu verzeichnen hatten, in Glaubensdingen nicht im geringsten entgegenkommen mochten. (Noch 1768 durften die Reformierten, obwohl zu den reichsten Familien der Stadt zählend, in Frankfurt keinen Gottesdienst halten.) Bei der Hoffin hat Wolfgang wohl bereits lesen gelernt. Wofür sonst die Ausgabe für ein ABC-Buch mit Sprüchen Salomonis und einen Katechismus mit Bibelsprüchen (am 14. 2. und 16. 12. 1754)?

Als im Frühjahr 1755 der Umbau des Hauses am Großen Hirschgraben begann und ruheloses Treiben im Gebäude herrschte, kam der Junge in eine öffentliche Elementarschule. Solche Grundschulen waren im damaligen Frankfurt Privateinrichtungen, die allerdings der Kontrolle unterstanden. Die Schule des deutschen Schul-, Schreib- und Rechenmeisters Johann Tobias Schellhaffer hatte einen guten Ruf. Nicht zuletzt war er wegen seiner schönen Handschrift bekannt. Schließlich mußte damals noch alle schriftliche Mitteilung, sofern es sich nicht um Gedrucktes handelte, handschriftlich erfolgen, und so gehörte Schönschreiben zu den elementaren Fähigkeiten, die erworben werden mußten. Bis Januar 1756 besuchte der Grundschüler Goethe die Anstalt Schellhaffers, in der entsprechend den Sitten der Zeit eine rüde Erziehungsmethode mit den üblichen körperlichen Züchtigungen geherrscht haben dürfte. Hier lernte er lesen, rechnen und schreiben in einer für ein sechseinhalbjähriges Kind weit fortgeschrittenen Weise. Lese- und Schreibübungen machten mit christlichem Glaubens- und Gedankengut vertraut, das für Kinder damals zu einem so selbstverständlichen Besitz wurde, daß zeitlebens daraus zitiert und darauf angespielt werden konnte. Das Titelblatt des gängigen ABC-Buches ist bezeichnend genug, das 1754 in dritter und 1773 in fünfter Auflage in Frankfurt bei Brönner erschien: *Das / grose Franckfurter / ABC-Buchstabier- / und / Lese-Buch, / in welchem nicht nur zu / diesen nöthigen Wissenschaften / sondern auch / zum fertigen Schreiben / eine gründliche und deutliche / Anweisung / vorgelegt wird, / Nebst angehängten Lebens-Regeln, / verschiedener Reimgebätlein, kurtzen Fragen / aus dem Catechismo D. Luthers, einigen Gebete und / Seufzer, Fragen und Sprüche auf hohe Fest- / Tage, und anderen nöthigen / Sachen.* In leichten Gelegenheitsversen dachte der fast Siebzigjährige 1816 an jene Zeit zurück:

Als der Knabe nach der Schule,
Das Pennal in Händen, ging
Und mit stumpfer Federspule
Lettern an zu kritzeln fing,
Hofft' er endlich schön zu schreiben
Als den herrlichsten Gewinn;
Doch daß das Geschriebne bleiben
Sollte, sich durch Länder treiben,
Gar ein Wert der Federspule,
Kam ihm in der engen Schule,
Auf dem niedern Schemel-Stuhle
Wahrlich niemals in den Sinn. [...]

(Der Gräfin Titinne O' Donell,
die eine meiner Schreibfedern verlangte)

Viel Freizeit blieb den Schülern nicht, die von 7–10 und von 13–16 Uhr in der Schule waren. Aber in dieser Lebensphase streunte laut *Dichtung und Wahrheit* der Junge erstmals ausschweifend durch seine Vaterstadt.
Wahrscheinlich waren es die Pocken, die das frühzeitige Ende des Schulbesuchs bei Schellhaffer herbeiführten. Danach wurde Goethe nur noch von Privatlehrern unterrichtet. Das war damals ohne Risiko für den weiteren Bildungsgang möglich, weil niemand nach einem Abitur fragte, wenn man sich in einer Universität zum Studium einschrieb. Natürlich ließ sich auch der Vater, privatisierend, sammelnd, lesend, manche eigene Unterweisung nicht nehmen.
Der „Magister artis scribendi" Johann Henrich Thym kam ab Herbst 1756 ins Haus. Er war ein Meister seines Fachs, der noch 1760, nach dem Ende des regelmäßigen Unterrichts, für Johann Wolfgang Goethe in kunstvollster Schrift ein eigenes Buch *Vorschriften* verfaßte. Die Ähnlichkeit der ausgebildeten Schrift Goethes mit den Mustern in diesem Buch ist frappierend. Nicht nur das Schreiben wurde weiter verfeinert, auch um Rechnen, Geschichte oder Geographie wird sich Thym gekümmert haben. Regelrechte Wettkämpfe im Schönschreiben wurden veranstaltet, „Stechschriften" (nach dem Ausdruck „stechen" beim Reiterkampf) verfaßt, von denen einige Blätter unter den Schülerarbeiten Goethes, den *Labores Juveniles,* erhalten sind. Immer wurde auch hier bei den Schreibübungen Inhaltliches vermittelt: Sentenzen, Spruchweisheiten, Bibelworte. Wie es heißt, war es damals in besseren Kreisen geradezu Mode geworden, sich beim Schreibmeister Thym unterrichten zu lassen.
Unterricht in verschiedenen Sprachen kam selbstverständlich hinzu: Latein und später Griechisch bei Johann Jacob Gottlieb Scherbius, seit Ende 1756 einer der wichtigsten Hauslehrer Goethes; Französisch bei Mademoiselle Gachet; Italienisch, wenigstens in Grundzügen, bei Domenico Giovinazzi, dessen Hilfe sich der Vater auch bei der Niederschrift seines *Viaggio in Italia* bediente; Englisch beim englischen Sprachmeister Johann Peter Christoph Schade, der ebenfalls Goethes Vater und Schwester Cornelia mitunterrichtete und dessen erster Kursus im Goethehaus im Sommer 1762 abgeschlossen wurde. Als in der nahen Pension von Leopold Heinrich Pfeil, der früher Kammerdiener und Sekretär im Hause Goethes gewesen war, junge Ausländer wohnten und sich engerer Kontakt mit dem jungen Engländer Harry Lutton angebahnt hatte, besonders zwischen Cornelia und ihm, konnte in unterhaltsamer Konversation das Englische weiter vervollkommnet werden. Nicht genug mit alledem, auch ins Judendeutsch, das in der Frankfurter Judengasse lebendige Gegenwart war, wollte der Schüler eingeführt wer-

den, was ein gewisser Christamicus besorgte, der nach Ausweis des Haushaltungsbuchs Honorar für seinen Unterricht erhielt. In so viele Sprachen eingeführt, dichtete der Schüler schließlich einen mehrsprachigen Roman, von dem jedoch außer Goethes eigenem Bericht im vierten Buch von *Dichtung und Wahrheit* nichts erhalten ist:

> Nun bekenne ich, daß es mir immer lästiger wurde, bald aus dieser bald aus jener Grammatik oder Beispielsammlung, bald aus diesem oder jenem Autor den Anlaß zu meinen Arbeiten zu nehmen, und so meinen Anteil an den Gegenständen zugleich mit den Stunden zu verzetteln. Ich kam daher auf den Gedanken, alles mit einmal abzutun, und erfand einen Roman von sechs bis sieben Geschwistern, die, voneinander entfernt und in der Welt zerstreut, sich wechselseitig Nachricht von ihren Zuständen und Empfindungen mitteilen. Der älteste Bruder gibt in gutem Deutsch Bericht von allerlei Gegenständen und Ereignissen seiner Reise. Die Schwester, in einem frauenzimmerlichen Stil, mit lauter Punkten und in kurzen Sätzen, ungefähr wie nachher „Siegwart" geschrieben wurde, erwidert bald ihm, bald den andern Geschwistern, was sie teils von häuslichen Verhältnissen, teils von Herzensangelegenheiten zu erzählen hat. Ein Bruder studiert Theologie und schreibt ein sehr förmliches Latein, dem er manchmal ein griechisches Postskript hinzufügt. Einem folgenden, in Hamburg als Handlungsdiener angestellt, ward natürlich die englische Korrespondenz zuteil, so wie einem jüngern, der sich in Marseille aufhielt, die französische. Zum Italienischen fand sich ein Musikus auf seinem ersten Ausflug in die Welt, und der jüngste, eine Art von naseweisem Nestquackelchen, hatte, da ihm die übrigen Sprachen abgeschnitten waren, sich aufs Judendeutsch gelegt, und brachte durch seine schrecklichen Chiffern die übrigen in Verzweiflung und die Eltern über den guten Einfall zum Lachen (9, 123 f.).

Auch das Hebräische wollte der junge Goethe lernen. Längst war er im Alten Testament bewandert und von seinen Geschichten und Gestalten eingenommen. Da er es im Original lesen wollte, wurde der Rektor des Frankfurter Gymnasiums, Johann Georg Albrecht, für den Privatunterricht engagiert, der spätnachmittags im alten Barfüßerkloster, dem Sitz des Gymnasiums, in der ansehnlichen Bibliothek der Rektorwohnung stattfand. Fortwirkendes Ergebnis dieser Stunden dürfte aber weniger die Kenntnis des Hebräischen gewesen sein als vielmehr eine weitere Erschütterung der christlichen Glaubenswahrheiten. Schon das Erdbeben von Lissabon hatte 1755 den Knaben offenbar betroffen und nachdenklich gemacht. Nun kam es in den Stunden bei Rektor Albrecht zu kritischen Fragen, die auf unwahrscheinliche Begebenheiten und Ungereimtheiten des Testaments zielten und aus dem lebhaft gefühlten Widerspruch zwischen Glauben und Vernunft herrührten. Albrecht, im

Amt streng lutherisch, ansonsten ein kritischer aufklärerischer Theologe, ließ sich auf nichts so recht ein, verwies den fragenden Jungen aber „auf das große englische Bibelwerk, welches in seiner Bibliothek bereit stand" (9, 128); ein vielbändiges Werk, das eine neue Übersetzung des Bibeltextes mit vielen Auslegungen enthielt. Nur die Übertragungen der ersten Bände ins Deutsche kann Wolfgang eingesehen haben, weil das ganze Werk erst später abgeschlossen vorlag. Da den Auslegungen englischer Theologen auch noch die deutscher Gottesgelehrter hinzugefügt waren, konnte der fragende Schüler zwar keine bündigen Auskünfte erhalten, immerhin aber den Auslegungsstreit der Theologen kennen lernen und damit Argumente, die gegen den dogmatischen Wahrheitsanspruch der Bibel ins Feld geführt wurden; denn sie waren genannt, um dagegen die vermeintlich unerschütterlichen Glaubenspositionen eines konservativen Luthertums zu behaupten. Wenn nicht alles täuscht, war es spätestens seit dieser Zeit mit der Sicherheit im Glauben der Väter und der Amtskirche bei Goethe dahin.

Wie immer man über die Stichhaltigkeit einzelner Berichte in *Dichtung und Wahrheit* urteilen mag: es ist bezeichnend, wie ausgiebig über die Beschäftigung des Knaben mit der Bibel und vornehmlich mit dem Alten Testament gesprochen wird. Dort tauchten für ihn gewiß Urbilder menschlicher Lebensweise und Verhaltensweisen auf. Beispielhafte Familienschicksale prägten sich ein, überglänzt vom jahrtausendealten Schein religiöser Bedeutsamkeit. Urbildliches auf sich wirken und in eigene dichterische Produktivität übergehen zu lassen: hier, in der Hinwendung des Knaben zu den Geschichten und Gestalten des alten Testaments, begann jenes Goethesche Vermögen und Verfahren, das sich in vielen Variationen lebenslang durchhielt. Nie war es ein bloßes Nacherzählen, sondern Neugestaltung. Dabei war solcher Rückgriff auf die Bestände des Alten Testaments im 18. Jahrhundert fast geläufig. Klopstock, Bodmer, Moser erwähnte Goethe selbst, als er auf sein eigenes „prosaisch-episches Gedicht" über Joseph zu sprechen kam.

> Die Geschichte Josephs zu bearbeiten war mir lange schon wünschenswert gewesen; allein ich konnte mit der Form nicht zurecht kommen, besonders da mir keine Versart geläufig war, die zu einer solchen Arbeit gepaßt hätte. Aber nun fand ich eine prosaische Behandlung sehr bequem und legte mich mit aller Gewalt auf die Bearbeitung. Nun suchte ich die Charaktere zu sondern und auszumalen, und durch Einschaltung von Inzidenzien und Episoden die alte einfache Geschichte zu einem neuen und selbständigen Werke zu machen.

Von dieser Jugendarbeit ist nichts erhalten geblieben.

Das erwähnte Jahr 1755 war für den kleinen Johann Wolfgang ein besonders bedeutungsvolles Jahr. Ende April begann der Umbau des Hauses. Das Nebenhaus wurde abgerissen, ein neuer Keller eingefügt, und der Junge, wie ein Maurer ausgerüstet, durfte den mit LF markierten Grundstein legen, den *lapis fundamentalis.* Der Herr Rat baute geschickterweise nur innen um, so daß – was bei Neubauten untersagt war – die Überhänge der einzelnen Stockwerke erhalten bleiben konnten. Es wurde ein stattliches Gebäude, und die Einrichtung der drei Geschosse mit den sieben Vorderfenstern, zu denen das Dachgeschoß und auf den Etagen ein rückwärts angebautes Zimmer zum Hof kam, ließ sich Goethes Vater einiges kosten. Viele Gemälde wurden in einem Zimmer zusammengehängt, die Bibliothek beanspruchte einen Raum, und in einem Vorraum prangten nun zwölf große Ansichten von Rom. Ein Garten gehörte zu diesem Haus am Rande der Stadt zum Kummer seiner Bewohner jedoch nicht hinzu, nur ein kleiner Hof. Aber aus den Obergeschossen konnte der Blick über Gärten der Nachbarschaft schweifen bis hin zur Silhouette der Taunusberge.

Ein früher Eindruck. Das Erdbeben von Lissabon

Neben dem Umbau des Hauses, der Ende 1755 bereits beendet wurde, war das Erdbeben von Lissabon ein Ereignis, das den Jungen tief bewegte. Es setzte damals die zivilisierte Welt in Schrecken und förderte vielseitiges Nachdenken über die so oft berufene Güte Gottes. Goethe war sechs Jahre alt, als am 1. November 1755 die Katastrophe über die große Stadt hereinbrach. *Dichtung und Wahrheit* (9, 29) erinnert an den „ungeheuren Schrecken“, den dieses Naturereignis „über die in Frieden und Ruhe schon eingewohnte Welt“ verbreitet habe. In einer knappen Schilderung, die nicht weniger eindringlich ist als der berühmte Anfang von Kleists Novelle *Das Erdbeben in Chili,* wird der Untergang der weltbekannten Handels- und Residenzstadt vergegenwärtigt, im Präsens einer unmittelbaren Betroffenheit:

> Die Erde bebt und schwankt, das Meer braust auf, die Schiffe schlagen zusammen, die Häuser stürzen ein, Kirchen und Türme darüber her, der königliche Palast zum Teil wird vom Meere verschlungen, die geborstene Erde scheint Flammen zu speien: denn überall meldet sich Rauch und Brand in den Ruinen. Sechzigtausend Menschen, einen Augenblick zuvor noch ruhig und behaglich, gehen mit einander zugrunde, und der Glücklichste darunter ist der zu nennen, dem keine Empfindung, keine Besinnung über das Unglück mehr gestattet ist. Die Flammen wüten fort, und mit ihnen wütet eine Schar sonst verborgner, oder durch dieses Ereignis in

> Freiheit gesetzter Verbrecher. Die unglücklichen Übriggebliebenen sind dem Raube, dem Morde, allen Mißhandlungen bloßgestellt; und so behauptet von allen Seiten die Natur ihre schrankenlose Willkür.

Die Berichte der Zeit liefern erschreckende Zahlen: von den 200 000 – 250 000 Einwohnern Lissabons wurden mehr als 60 000 getötet. In einer Höhe von etwa dreißig Metern schlugen die Flutwellen über das Ufer der Stadt und verstärkten das Chaos. Das Lissaboner Erdbeben, das im 18. Jahrhundert zu zahlreichen Schriften und bildlichen Darstellungen anregte, bedeutete für viele Menschen weit mehr als ein bloßes Naturgeschehen mit Schrecken, Tod und Elend. Der Glaube an die unerforschliche Güte Gottes wurde ebenso erschüttert wie die optimistische Ansicht von dieser Welt als der besten aller möglichen. Das Übel rührte ja nicht von bösen Menschen her, sondern ging über alle menschliche Verursachung hinaus. Wo waren noch Gerechtigkeit und Menschenliebe Gottes, wenn er es zuließ, daß unterschiedslos Schuldige und Unschuldige, Säuglinge und Greise, Männer und Frauen, ohne gewarnt zu sein und ohne sich wehren zu können, im Nu dahingerafft wurden? Da konnten Predigten, in denen beharrlich die Unbegreiflichkeit Gottes beschworen wurde, nicht mehr alle beeindrucken, und der Appell, auch die Katastrophe von Lissabon sei „als ein Rathschluß der Gerechtigkeit Gottes mit einer kindlichen Ehrfurcht fuer die Majestaet des Allerhoechsten“ (v. Haller, *Physikalische Betrachtungen von den Erdbeben*, Frankfurt 1756) aufzufassen, fand nicht nur willige Hörer. Goethe ließ es, wenngleich aus der Sicht des Alters, an Deutlichkeit über die Wucht solcher Erschütterung, die ihn schon als Kind betroffen habe, nicht mangeln: „Gott, der Schöpfer und Erhalter Himmels und der Erden, den ihm die Erklärung des ersten Glaubensartikels so weise und gnädig vorstellte, hatte sich, indem er die Gerechten mit den Ungerechten gleichem Verderben preisgab, keineswegs väterlich bewiesen. Vergebens suchte das junge Gemüt sich gegen diese Eindrücke herzustellen, welches überhaupt um so weniger möglich war, als die Weisen und Schriftgelehrten selbst sich über die Art, wie man ein solches Phänomen anzusehen habe, nicht vereinigen konnten“ (9, 30 f).

Zeit seines Lebens hat Goethe die Erinnerung an dieses zerstörerische Naturereignis nicht verloren, das auch seinen Vater veranlaßt hatte, sich die Schrift *Die traurige Verwandlung von Lissabon in Schutt und Asche* (1755/56) anzuschaffen. In der Sulzer-Rezension von 1772 mag von solchen Eindrücken etwas nachklingen: „Was wir von Natur sehn, ist Kraft, die Kraft verschlingt; [...] schön und häßlich, gut und bös, alles mit gleichem Rechte nebeneinander existierend“ (12, 18). Als er 1809/10 *Dichtung und Wahrheit* vorbereitete, beschäftigte er sich erneut mit zeit-

genössischen Berichten über das große Beben, und nach der französischen Juli-Revolution von 1830 nannte er in einem Atemzug das Naturereignis von 1755 und die revolutionären Umwälzungen von 1789 und 1830: „Wie das Erdbeben von Lissabon fast im Augenblick seine Wirkungen auf die entferntesten Seen und Quellen spüren ließ, so sind auch wir von jener westlichen Explosion, wie vor vierzig Jahren unmittelbar erschüttert worden" (an Wilhelm v. Humboldt, 19. 10. 1830). In solcher Zusammenrückung fällt Licht sowohl auf die Größe der Naturkatastrophe als auch auf die in Revolutionen ausbrechenden Kräfte, die Goethe immer als zerstörerische meinte ansehen zu müssen.
Die Mutter hat Bettina von Arnim allerdings eine anders gefärbte Geschichte erzählt. Als Wolfgang aus einer Predigt gekommen sei (möglicherweise des Senior Fresenius, die dieser drucken ließ: *Bus-Gedancken bey den grosen Erschütterungen, die Gott im Reich der Natur entstehen lässet, an dem außerordentlichen Bus- und Bet-Tage wegen des grosen Erdbebens den 16. Jan. 1756 vorgetragen*), habe er auf die Frage des Vaters, wie er die Ansprache verstanden habe, erwidert, am Ende möchte alles noch viel einfacher sein, als der Prediger meine; Gott werde wohl wissen, daß der unsterblichen Seele durch böses Schicksal kein Schaden geschehen kann.
Die tiefen Spuren, die das Lissaboner Erdbeben in Goethes Erinnerung und Denken gegraben hat, lassen vermuten, daß die Erzählungen der Frau Rat eher ihrer unbeirrbaren Glaubenssicherheit entsprachen als zutreffend wiedergaben, was wirklich in ihrem Sohn vorging. Der Sommer des nächsten Jahres habe bei einem schlimmen Unwetter erneut, so die Reminiszenz in *Dichtung und Wahrheit*, nähere Gelegenheit gegeben, „den zornigen Gott, von dem das Alte Testament so viel überliefert, unmittelbar kennen zu lernen" (9, 31).
Sehr früh pflegte der Knabe für sich eine eigentümliche Art der Gottesverehrung, und mit ihrer Schilderung ließ der Autobiograph im Alter bedeutsam genug das 1. Buch von *Dichtung und Wahrheit* ausklingen. Eine Gestalt konnte der Knabe dem Gott, „der mit der Natur in unmittelbarer Verbindung stehe" (9, 43), nicht verleihen. Aber er wollte ihm „auf gut alttestamentliche Weise einen Altar errichten. Naturprodukte sollten die Welt im Gleichnis vorstellen, über diesen sollte eine Flamme brennen und das zu seinem Schöpfer sich aufsehnende Gemüt des Menschen bedeuten." So baute er aus Stücken der Naturaliensammlung auf dem Notenpult des Vaters einen Altar. Beim Aufgang der Sonne entzündete er mit einem Brennglas Räucherkerzchen, „die Andacht war vollkommen". Als sich aber dann die Kerzen in den Lack des Notenständers einbrannten, wußte der junge Priester freilich den Schaden zu verdecken, „allein der Mut zu neuen Opfern war ihm vergangen, und fast möchte

man diesen Zufall als eine Andeutung und Warnung betrachten, wie gefährlich es überhaupt sei, sich Gott auf dergleichen Wegen nähern zu wollen" (9, 45).

An Nähe zu Dunklem und Abgründigem fehlte es dem aufgeweckten Sohn im Hause seiner glaubensfesten Eltern nicht. Nicht nur daß Geschwister geboren wurden und binnen kurzem wieder dahingingen; von 1758 an lebte ein Geistesgestörter im Hause „Zu den drei Leyern", fast Tür an Tür mit Johann Wolfgang: Goethes Vater war Vormund des schon früh elternlos gewordenen Johann David Balthasar Clauer, der 1732 geboren war und 1755 in Göttingen noch promovieren konnte. Dann aber verfiel er in Trübsinn, der sich später zu Tobsuchtsanfällen steigerte, so daß zeitweilig zwei Grenadiere ins Haus genommen werden mußten. Der Kaiserliche Rat sah es als seine Pflicht an, für den Unglücklichen zu sorgen, und hat ihn fünfundzwanzig Jahre lang in seinem Haus beherbergt, bis es 1783 nicht mehr ging. *Dichtung und Wahrheit* schweigt darüber, obwohl Vormundschafts- und Krankenberichte in den Jahren 1763–65 vom jungen Goethe und ab 1767 bis 1773 von der Schwester Cornelia selbst geschrieben wurden, gewiß vom Vater diktiert.

Die Bibliothek des Vaters

Von nicht zu überschätzender Bedeutung war für den Knaben die Bibliothek des Vaters. Wir kennen die Bestände aus jenem Auktionsverzeichnis, das beim Verkauf des Hauses am Großen Hirschgraben angefertigt worden ist, und dürfen staunen über die Weite der Interessen des Rats Goethe. Altes und ganz Neues wurde hier zusammengebracht. Es kann gut sein, daß etliche Anschaffungen auf Wünsche des Sohnes zurückgingen, wie auch die Familie an der Lektüre des Hausherrn teilnahm oder teilzunehmen hatte. Eine Systematik der Bibliothek kann immerhin folgende große Abteilungen aufzählen: Allgemeines (darunter Bibliographien, Nachschlagewerke, Periodica); Wörterbücher und Sprachlehren; Theologie (mit zahlreichen Bibelausgaben und Kommentaren); Philosophie (einschließlich Pädagogik); Klassische Altertumswissenschaft (mit einem Grundbestand der alten griechischen und lateinischen Autoren); Geschichte; Neuere Sprachen und Literatur; Kunstgeschichte; Rechts- und Staatswissenschaften; Geographie; Mathematik und Naturwissenschaften; Francofurtensien. Fern von jeder Einseitigkeit waren in den einzelnen Sparten die unterschiedlichsten Standpunkte vertreten.

In *Dichtung und Wahrheit* hat Goethe aus der Erinnerung gewisse Standardwerke genannt: erwartungsgemäß, möchte man sagen, den *Orbis pictus* des Comenius, der die ganze Welt in Bildern faßlich darstellen sollte, die große Foliobibel mit den Kupfern von Merian (die im Bücherverzeichnis übrigens nicht erscheint), den *Robinson Crusoe* des Daniel Defoe, die *Insel Felsenburg* des Johann Gottfried Schnabel *(Wunderliche Fata einiger Seefahrer, absonderlich Alberti Julii [...])* von 1731, und selbstverständlich hatte der Knabe Goethe auch Zugang zu Fénelons *Telemach,* jenem damals als Kinderbuch verbreiteten Werk, in dem die abenteuerlichen Fahrten des Telemach erzählt werden und das nichts anderes darstellt als eine Prinzenerziehung in Romanform. Das Bürgertum des 18. Jahrhunderts griff gern zu diesem pädagogisch-moralischen Kompendium erwünschter Menschenbildung. Benjamin Neukirch, dessen Übersetzung Goethe zuerst kennenlernte, hatte die Prosa Fénelons in ausladende Alexandrinerverse übertragen (*Begebenheiten / Des / Prinzen von Ithaca, / [...] Aus dem Französischen des Herrn von Fénelon, / In Deutsche Verse gebracht[...],* 1727). Nicht vergessen wurde die *Acerra philologica,* zu deutsch: philologisches Weihrauchkästchen, eine Sammlung von Geschichten und Anekdoten zur Einführung in Sprache und Welt der Antike, die Goethe noch 1830 aus der Weimarer Bibliothek entlieh und in der er, laut Tagebuch, mit dem Enkel Walther las. Einprägsame, merkwürdige Handlungen und bildhafte Darstellungen scheinen den Jungen besonders gefesselt und die Erinnerung des Greises geprägt zu haben.

Jugendliche Erfahrungen

Mögen Goethes Vater die französische Einquartierung und Besatzung auf die Nerven gefallen sein, für den Knaben brachten sie neue Erlebnisse: neben dem nahen Umgang mit den für Graf Thoranc arbeitenden Malern im Elternhaus insbesondere die Begegnung mit der Welt des Theaters. Schon vorher hatte er wohl von fahrenden Theatergruppen, die in Frankfurt gastierten, gehört oder auch Aufführungen gesehen; nun aber kam es zu ständigen Vorstellungen französischer Schauspieler im „Junghof". Großvater Stadtschultheiß hatte ein Freibillett spendiert, worüber der Vater keineswegs erfreut war, und so saß der Schüler nun täglich, wie er später schrieb, „vor einer fremden Bühne, und paßte um so mehr auf Bewegung, mimischen und Rede-Ausdruck, als ich wenig oder nichts von dem verstand, was da oben gesprochen wurde, und also meine Unterhaltung nur vom Gebärdenspiel und Sprachton nehmen konnte. Von der Komödie verstand ich am wenigsten, weil sie geschwind gesprochen wurde und sich auf Dinge des gemeinen Lebens bezog, deren Ausdrücke mir gar nicht bekannt waren. Die Tragödie kam seltner vor, und der gemessene Schritt, das Taktartige der Alexandriner, das Allgemeine des Ausdrucks machten sie mir in jedem Sinne faßlicher" (3. Buch; 9, 90 f.). Früh wurde er hier mit Tragödien und Komödien vertraut, schärfte sich sein Blick für dramatische Konstellationen und theatralische Erfindungen. Destouches, Marivaux, La Chaussée, auf den das „rührende Lustspiel", die „comédie larmoyante", zurückgeht, ihre Stücke sah er auf der Bühne und lernte dabei in der französischen Sprache hinzu. Verse aus Racines Tragödien deklamierte er „nach theatralischer Art und Weise [...] mit großer Lebhaftigkeit", ohne daß er „noch eine ganze Rede im Zusammenhang hätte verstehen können" (9, 91). So lernte er noch vor Shakespeare die klassische französische Tragödie des 17. und das französische Lustspiel des 18. Jahrhunderts kennen und vollzog damit so etwas wie die allgemeine deutsche Literaturentwicklung von den Franzosen hin zu Shakespeare, wie sie Lessing theoretisch in seiner *Hamburgischen Dramaturgie* begründet hat. Aber die Kunst des genau kalkulierten Mit- und Gegeneinanders im dramatischen Spiel, wie er es so früh im Theater der Franzosen im „Junghof" beobachten konnte, sollte auch ihm bei seinen frühesten (erhaltenen) Stücken, etwa in den *Mitschuldigen* oder im *Clavigo*, mit staunenswerter Sicherheit zur Verfügung stehen und ihm auch in späteren Jahren griffbereit bleiben.

Es muß hier nicht erzählt werden, wie Goethe in seiner Frankfurter Jugend ihn bewegende öffentliche und familiäre Ereignisse in der Freien Reichsstadt aufgenommen hat; es würde nur ein dürftiger Nachbericht dessen sein, was er in seinen Lebenserinnerungen eindringlich geschildert hat: das bunte Gewimmel zur Zeit der Messen; die Besuche beim Großvater Textor zu Hause und in seinem Garten; die Feierlichkeiten zur Krönung Josephs II. 1764 (in der längst berühmten historischen Darstellung im 5. Buch von *Dichtung und Wahrheit*); das Vergnügen der Weinlese im Weinberg des Vaters vor dem Friedberger Tor; die Fahrt mit dem Höchster Marktschiff auf dem Rhein; den Besuch der Judengasse; ein Brand in der winkligen Enge der Stadt und anderes mehr.

„Wir mußten Zeugen von verschiedenen Exekutionen sein, und es ist wohl wert zu gedenken, daß ich auch bei Verbrennung eines Buchs gegenwärtig gewesen bin. [...] Es hatte wirklich etwas Fürchterliches, eine Strafe an einem leblosen Wesen ausgeübt zu sehen" (4. Buch; 9, 150 f.). Nicht ein französischer komischer Roman war es, wie Goethe meinte, der „exekutiert" wurde, sondern aller Wahrscheinlichkeit nach handelte es sich um die Schriften des religiösen Schwärmers Johann Friedrich Ludwig, die am 18. November 1758 mit pompösem Zeremoniell auf Befehl des Kaisers verbrannt wurden. Derartiges war damals keine Seltenheit. Auch Rousseaus *Emile* und sein *Contrat social*, die ins Jahr 1762 gehören, wurden in Genf durch den Henker öffentlich ver-

brannt. Heinrich Heine hat später im *Almansor* prophezeit: „Dort wo man Bücher verbrennt, verbrennt man auch am Ende Menschen." Trotz Goethes Erinnerung und Heines Mahnung meinten bei der nationalsozialistischen Bücherverbrennung am 10. Mai 1933 auch deutsche Literaturprofessoren Feuerreden halten zu müssen.
Verwirrungen und Nöte sind dem 14–15jährigen nicht erspart geblieben. Er lernte Freunde kennen, die seine leichte Fähigkeit, Gedichte und Episteln zu verfassen, schätzten und für Machenschaften ausnutzten; er verliebte sich in ein Gretchen, über das allein die Passagen in *Dichtung und Wahrheit* Auskunft geben, und geriet in peinliche Verwicklungen, als unrechtmäßiges Verhalten von Kumpanen jenes bekannten Kreises aufgedeckt wurde und die offiziellen Untersuchungen auch ihn einbeziehen mußten. Sogar ein Hofmeister wurde ins Haus genommen, um den Jungen zu lenken und zu leiten.
Auch wenn er dann nicht, wie gewünscht, nach Göttingen gehen durfte, wo er bei Philologen wie Christian Gottlob Heyne und Johann David Michaelis gern ein Studium der alten Welt aufgenommen hätte, so begrüßte er doch den Aufbruch zur Universität Leipzig als Loslösung aus Verhältnissen, die allmählich zu eng wurden, „und ein solcher Versuch, sich auf seine Füße zu stellen, sich unabhängig zu machen, für sein eigen Selbst zu leben, er gelinge oder nicht, ist immer dem Willen der Natur gemäß" (6. Buch; 9, 242). Am 3. Oktober 1765 kam der sechzehnjährige Student zur Zeit der Messe in Leipzig an.
Die Frankfurter Jahre 1749–1765 waren Zeiten wohlbehüteter Kindheit und einer vielseitigen Ausbildung. Mit einer Selbstverständlichkeit ohnegleichen begann der Knabe, sich Sprache als produktives Gestaltungsmittel anzueignen und in diesem Medium schöpferisch tätig zu sein. Von seinem zehnten Lebensjahr an hat er sich, wie ein Brief aus Leipzig bekennt, als Poet gesehen (11./15. 5. 1767). Mit der Sprache Welt zu greifen und zu gestalten scheint für ihn von früh an eine geradezu naturhafte Lebensäußerung gewesen zu sein, noch vor aller Reflexion über die Bedingungen, Möglichkeiten und Schwierigkeiten solchen Unterfangens. Das Autodafé, das er rücksichtslos über die Knabenwerke verhängte, beweist: Vor den bewußt gewordenen Anforderungen zeitgemäßen künstlerischen Schaffens konnten sie nicht mehr bestehen.
Goethe wurde als Kind einer wohlhabenden, im lutherischen Glauben und in den überkommenen reichsstädtischen Ordnungen verwurzelten Familie in eine Welt gültiger und verpflichtender Traditionen hineingeboren. Sie blieben ihm kein gesicherter Besitz, im Gegenteil. Schon in diesen frühen Jahren setzte er den überlieferten Glauben zweifelnden Fragen aus. Auch die Starrheit einer Gesellschaft, in der die vornehmen patrizischen Familien nach wie vor ausschlaggebend und religiöse und

geistig-literarische Toleranz und Freiheit keineswegs gewährleistet waren, wurde vom Enkel des Reichs- und Stadtschultheißen erkannt. Ihm waren „die heimlichen Gebrechen einer solchen Republik nicht unbekannt geblieben, um so weniger, als Kinder ein ganz eignes Erstaunen fühlen und zu emsigen Untersuchungen angereizt werden, sobald ihnen etwas, das sie bisher unbedingt verehrt, einigermaßen verdächtig wird". Der alte Goethe sprach rückschauend von einer „Abneigung gegen meine Vaterstadt", die ihm damals immer deutlicher geworden sei. „Und wie mir meine alten Mauern und Türme nach und nach verleideten, so mißfiel mir auch die Verfassung der Stadt, alles, was mir sonst so ehrwürdig vorkam, erschien mir in verschobenen Bildern" (6. Buch; 9, 240).

Erste schriftliche Versuche

Etliche Schularbeiten des Knaben sind erhalten geblieben. Goethe selbst hat irgendwann den lateinischen Titel *Labores Juveniles* (jugendliche Arbeiten) auf eines der Blätter geschrieben. Es sind Übersetzungsaufgaben, Vokabellisten, „Stechschriften", Sentenzen, wobei nicht mehr festzustellen ist, wieviel Hilfe und Korrekturen des Vaters und der Lehrer diesen schriftlichen Übungen zugute gekommen sind. Wie in Sprachlehrbüchern bis in die jüngste Zeit üblich, wurde auch damals an erbaulichen Sprüchen und allgemeinen moralischen Betrachtungen die Fertigkeit der Sprache erprobt und eingeübt. „Der Gehorsam ist eine schöne und herrliche Tugend" („Obedientia est pulchra et praeclara virtus"; *Exercitium privatum XII*). Auch Beobachtungen aus der Natur und aus dem alltäglichen Leben gaben das Thema her. Merkwürdig berührt es, wenn wir in einer der „Stechschriften" jene Formulierung lesen, die uns aus der *Prometheus*-Hymne vertraut geworden ist: „Da ich ein Kind war [...]" (7. 6. 1757). In einem Dialog zwischen Vater und Sohn sind zweifellos wirkliche Erlebnisse des Jungen aufbewahrt. Er steigt mit dem Vater in den Keller hinab, gibt vor, beobachten zu wollen, wie die Weinfässer aufgefüllt werden, und möchte in Wahrheit den Grundstein einmal wiedersehen, den „lapis fundamentalis".

> F[ilius]. Nunmehro sehe ich ihn wohl und erinere mich, daß ich ihn unter vielen Feyerlichkeiten mit eigener Hand eingemauret habe.
> P[ater]. Kanstu dich noch mehrer Umstände die dabey vorgefallen erinneren.
> F. Warumnicht. Ich sehe mich nehmlich in der Tiefe als einen Maurer gekleidet mit der Kelle in der Hand unter vielen Maurer-Gesellen stehen, und hatte den Steinmetzen-Meister zur Seiten.

P. Wurde den dabey sonst nichts geredet?
F. Ja wohl. Es fing der Obergeselle zwar nach Gewohnheit aine Rede an konte sie aber nicht ausfüren und unterlies nicht sich die Haare auszuraufen da er von so vielen Zuschauern inzwischen ausgelacht wurde.
P. Was denckestu den nun gutes bey diesem Stein, nach dem dich so sehr verlanget?
F. Ich gedencke und wünsche daß er nicht eher als mit dem Ende der Welt verrucket werden möge.

Erstaunlich ist denn doch, daß schon der Achtjährige im März 1758 einige Übungen, „so ehemals der Herr Conrector Reinhard zur Nachahmung des Justins denen Primanern privatim teutsch in die Feder gegeben", zu übersetzen imstande war.
Die jahrzehntelange Folge der Goetheschen Gedichte eröffnet ein Neujahrsglückwunsch an die Großeltern Textor zum Jahre 1757:

Erhabner GrosPapa!
Ein Neues Jahr erscheint,
Drum muß ich meine Pflicht und Schuldigkeit entrichten,
Die Ehrfurcht heist mich hier aus reinem Hertzen dichten,
So schlecht es aber ist, so gut ist es gemeint. [...]

Das Gedicht ist – wie auch das Neujahrsgedicht 1762 – ohne Belang. Es zeigt jedoch, wie der Knabe darin bewandert war, in herkömmlicher Art ein Glückwunschgedicht, das zugleich ein Lobgedicht auf die Angesprochenen ist, zu verfertigen. Die einleitende Floskel der affektierten Bescheidenheit stammt ebenso aus dem Arsenal jener rhetorisch bestimmten Lyrik wie die Abfolge der Wünsche, die in der vorgestanzten Form der Alexandrinerverse vorgetragen werden. Ein gängiges Thema wird in solchen Gedichten mit den passenden Bild- und Schmuckstücken der Sprache ausstaffiert, damit man sich daran erfreue. Das ist noch eine Verfahrensweise, wie sie im 17. und frühen 18. Jahrhundert gang und gäbe war. Hier hat der junge Poet seine frühesten literarischen Erfahrungen gesammelt.
Auch das lange, sechzehnstrophige Gedicht von 1765, das gegen Goethes Willen 1766 in der Frankfurter Wochenschrift *Die Sichtbaren* gedruckt wurde, *Poetische Gedanken über die Höllenfahrt Jesu Christi*, verharrt in Thematik und künstlerischer Ausgestaltung ganz im Bann der Tradition. Für den Goethe von 1830 steckte das Gedicht, das eine Erlösungsmöglichkeit der in die Hölle Verdammten entschieden verneint, „voll orthodoxer Borniertheit" (E 17. 3. 1830). Die prunkende Darstellung infernalischer Verdammnis und eines triumphierenden

Richters Jesu Christi, deren rhetorische Mittel ganz im Dienst des *commovere,* des Erschütternwollens, stehen, weist zurück auf ausladende religiöse Gedichte eines Adolf Schlegel oder Johann Andreas Cramer. Nicht ein erlösender, barmherziger Christus tritt auf, sondern wie ein donnernder Jupiter fährt der Menschensohn in die Hölle, um das Verdammungsurteil über die abgefallenen, verlorenen Seelen zu bekräftigen. In paukendem Fortissimo zieht die Parade paralleler und auf Wirkung bedachter Sätze und Satzteile die Verse hindurch; auch hier ein voller Nachklang aus ‚barocker' Lyrik:

> [...]
> Die Hölle sieht den Sieger kommen,
> Sie fühlt sich ihrer Macht genommen.
> Sie bebt und scheut Sein Angesicht.
> Sie kennet Seines Donners Schrecken.
> Sie sucht umsonst sich zu verstecken.
> Sie sucht zu fliehn und kann es nicht.
> Sie eilt vergebens, sich zu retten
> Und sich dem Richter zu entziehn,
> Der Zorn des Herrn, gleich ehrnen Ketten,
> Hält ihren Fuß, sie kann nicht fliehn.
> [...]

Den ersten (erhaltenen) Brief hat Goethe am 23. Mai 1764 geschrieben, als er sich um Aufnahme in die Arkadische Gesellschaft zu Phylandria bewarb, eine jener geheimbündlerischen Vereinigungen, deren es damals viele gab und in denen man sich um bürgerlich-tugendhafte Normen und Verhaltensweisen bemühte, aber auch literarische Geselligkeit pflegte. Es versteht sich von selbst, daß ein Schreiben dieser Art die üblichen zeremoniellen Formeln benutzte. In seiner Selbstvorstellung berief sich der jugendliche Briefschreiber ausdrücklich auf Gottlieb Wilhelm Rabener, mit dessen „Freyer" (in den *Satirischen Briefen* 1751–1755) er es teile, „daß ich meine Fehler voraus sage". „Einer meiner Haupt Mängel, ist, daß ich etwas hefftig bin. Sie kennen ja die colerische Temperamente, hingegen vergißt niemand leichter eine Beleidigung als ich. Ferner bin ich sehr an das Befehlen gewohnt, doch wo ich nichts zu sagen habe, da kann ich es bleiben laßen." Die drei Briefe, die wegen der Aufnahme in die Gesellschaft an Ludwig Isenburg von Buri geschrieben wurden, sind nur unter zwei Gesichtspunkten interessant: als ein frühes Dokument für Goethes Bekanntschaft mit solchen Bünden und, wohl wichtiger, als Anregung zu grundsätzlichen Überlegungen. Wie weit gibt sich überhaupt in Briefen das Persönliche des Schreibers zu erkennen, wieweit dürfen wir Nachgeborenen das dort Niedergeschriebene als authenti-

schen, ‚wahren' Ausdruck der Persönlichkeit des Verfassers auffassen? Wieweit führt vielleicht (selbst-)stilisierende Absicht dem Schreibenden die Feder? Und vor allem: Wieweit ist ein Mensch überhaupt imstande – und sei er noch so begabt – sich selbst zu erkennen und über sich Auskunft zu geben? Immer bleibt wohl ein Rest. Kann nicht ein scheinbar ganz persönlicher Brief das Erdichtete eines Gedichts übertreffen? Hier melden sich Fragen, die nicht einhellig zu beantworten sind. Denn keine Instanz kann angerufen und keine Überprüfungsmethode angewandt werden, die zweifelsfrei zu entscheiden vermöchten, was in einem Brief (oder sonstigen autobiographischen Niederschriften) ‚wahre' oder ‚stilisierte' Aussage ist. Interpretation, Selbstdeutung ist beim Schreiben immer mit am Werk, wenn es über bloße Einzeltatsachen hinausgeht. Sie hat ihrerseits nichts mit blanker Willkür zu tun, sondern ist mit dem gelebten Leben verwoben, von seinen Bedingungen und Möglichkeiten gezeichnet. Gleichwohl sind Briefe für uns wichtige, aufschlußreiche Zeugnisse der inneren Biographie eines Menschen.
Ist das nun Schilderung von wirklich Geschehenem oder Ergebnis fabulierender Lust, was der fünfzehnjährige Goethe seiner Schwester Cornelia am 21. 6. 1765 aus Wiesbaden an „absonderlichen Schicksaalen" berichtet?

> Dencke nur wir haben allhier – Schlangen, das häßliche Ungeziefer macht den Garten, hinter unserm Hause, gantz unsicher. Seit meinem Hierseyn, sind schon 4. erlegt worden. Und heute, laß es dir erzählen, heute morgen, stehen einige Churgäste und ich auf einer Terasse, siehe da kommt ein solches Thier mit vielen gewölbten Gängen durch das Graß daher, schaut uns mit hellen funckelnden Augen an spielt mit seiner spitzigen Zunge und schleicht mit aufgehabenem Haupte immer näher. Wir erwischten hierauf die ersten besten Steine warfen auf sie loß, und traffen sie etliche mahl, daß sie mit Zischen die Flucht nahm. Ich sprang herunter, riß einen mächtigen Stein von der Mauer, und warf ihr ihn nach. er traf und erdruckte sie, worauf wir über dieselbe Meister wurden sie aufhängeten und zwey Ellen lang befanden.

Leipziger Studienjahre

In der Welt des Kleinen Paris

Als Goethe im Oktober 1765 nach Leipzig kam, begann für ihn ein fast dreijähriger Aufenthalt in einer Stadt von etwa 30000 Einwohnern, die sich zum führenden deutschen Messeplatz entwickelt hatte. Dreimal im Jahr strömten hier, an einem zentralen Ort des Handels zwischen West- und Osteuropa, die Kaufleute zusammen. Zweifellos war die Stadt an der Pleiße weltoffener und ‚moderner' als die Reichsstadt am Main. Schon die städtebauliche Anlage war großzügiger als das enge, verwinkelte Frankfurt, und die „Große Feuerkugel", in der der Ankömmling sein Quartier nahm (so genannt nach ihrem Wahrzeichen, einer brennenden Handgranate), war eine jener Häuseranlagen,die von vier Seiten einen Hof umschlossen. Nach zwei Straßen wandten sie ihr Gesicht und waren, „in großen himmelhoch umbauten Hofräumen eine bürgerliche Welt umfassend, großen Burgen, ja Halbstädten ähnlich" (9, 245). „Klein Paris" wurde Leipzig verehrungsvoll oder auch mißbilligend tituliert. Sächsische Residenzstadt war Dresden, das ganz anders als die Handels- und Universitätsstadt Leipzig auf den Hof ausgerichtet war und seine Pracht als „Elbflorenz" entfaltete.
Zwar hatte Leipzig im Siebenjährigen Krieg 1756–1763 unter den Kriegskontributionen Friedrichs II. von Preußen heftig zu leiden gehabt, aber Handel und Wandel waren wieder aufgeblüht. Hier gab seit je nicht der Hof den Ton an, sondern eine Schicht wohlhabender Bürger und die Gebildeten der Universitätsstadt bestimmten das Verhalten und die geistig-künstlerische Produktion und Rezeption: Bankiers, Kaufleute, Beamte, Pastoren, Professoren und Magister.
Leipzig war für Goethe eine neue Welt. Die Stadt „ruft dem Beschauer keine altertümliche Zeit zurück; es ist eine neue, kurz vergangene, von Handelstätigkeit, Wohlhabenheit, Reichtum zeugende Epoche, die sich uns in diesen Denkmalen [den Baulichkeiten der Stadt] ankündet" (*DuW;* 9, 245). Hier gab man sich anders als in Frankfurt, und was Goethe sah und hörte, war offensichtlich mit den Kategorien, die er bisher kennengelernt hatte, nicht angemessen zu verstehen. Das alles hing damit zusammen, daß es hier kein jahrhundertelanges Regiment mächtiger Patriziergeschlechter gegeben und nicht eine einzige Konfession unnachsichtig ihren Anspruch auf Vorherrschaft geltend gemacht hatte. Weltluft wehte hier, wenn auch in der Universität vormals heftige Konflikte zwischen orthodoxen und aufklärerischen Gelehrten ausgetragen worden waren und immerhin Persönlichkeiten wie Christian Thomasius und Christian Wolff hatten weichen müssen. Toleranz schien hier praktiziert zu werden. Bewies das nicht die Aufführung von Lessings *Minna von Barnhelm*, jenem heiter-ernsten Lustspiel um ein

sächsisches Edelfräulein und einen preußischen Offizier, in einer Stadt, die durch den Krieg des im Stück mit Wohlwollen bedachten Preußenkönigs schwer belastet worden war, was ihre Einwohner keineswegs vergessen hatten?

Nach seinen eigenen Worten in *Dichtung und Wahrheit* machte Goethe in Leipzig schon durch seine Kleidung den Eindruck, als sei er „aus einer fremden Welt hereingeschneit" (9, 250). Mit seiner altmodisch provinziellen Frankfurter Tracht erregte er in dem galanten Klein-Paris Deutschlands Anstoß und Heiterkeit, so daß ihm nichts anderes übrig blieb, als sich „eine neumodische, dem Ort gemäße" Garderobe zuzulegen. Auch mit seinem Frankfurter Deutsch hatte er Schwierigkeiten. Es war altertümlicher, wuchernder und derber als jene klare, ‚vernünftige', zweckgerichtete Ausdrucksweise, die die Gebildeten Leipzigs kultivierten und als deren Lehrmeister Gottsched, Gellert und Weiße galten.

Die Anpassung an die ungewohnte Umgebung war nicht einfach. In Leipzig konnte „ein Student kaum anders als galant sein, sobald er mit reichen, wohl und genau gesitteten Einwohnern in einigem Bezug stehen wollte," notiert *Dichtung und Wahrheit* (9, 252). Freilich war das galante Verhalten eine ziemlich heikle Sache, weil es eher Ausdruck eines noch schwankenden Suchens war als geprägter, sicherer Stil. Ihn hatten die Bürger, die nach Neuem Ausschau hielten, noch nicht gefunden. Man blickte auf das, was jeweils Mode war, was weltläufig schien, und fremdländische Einschläge gehörten dazu. Höfische Elemente der Etikette wurden in bürgerliche Zusammenhänge eingepaßt, was zu Erscheinungen führte, die schon damals kritisiert und verspottet wurden: „Was heuer galant ist, das heißt übers Jahr altmodisch. Die Galanterie in Kleidern ist gar nicht zu determiniren. Kurz aber davon zu reden, heißt es nichts anders, als alle neuen Moden mitzumachen, und dieses so oft als etwas Neues aufkommt. Jedermann suchet galant zu sein. Gemeiniglich hält man denjenigen vor galant, der heut zu Tage halb teutsch, halb französisch redet, und weil dieses in der teutschen Welt ungemein eingerissen ist, so giebt man auf den Discours derer Menschen genau Achtung."

Goethe genoß die Freiheit, sich in der neuen Leipziger Welt unabhängig von väterlicher Leitung bewegen zu können. Im Brief an Johann Jacob Riese drückte er am 21. 10. 1765 seine Stimmung aus, die Prosa mit dem Vers wechselnd und sich im poetischen Bilde stilisierend:

> So wie ein Vogel der auf einem Ast
> Im schönsten Wald sich, Freiheit athmend, wiegt,
> Der ungestört die sanfte Luft genießt,
> Mit seinen Fittigen von Baum zu Baum,
> Von Busch auf Busch sich singend hinzuschwingen.

> Genug stellt euch ein Vögelein, auf einem grünen Aestelein in allen seinen Freuden für, so leb ich.

Er blieb, um das vorwegzunehmen, in den Leipziger Jahren auf der Suche nach Orientierung. „Ich mache hier große Figur! – Aber noch zur Zeit bin ich kein Stutzer. Ich werd es auch nicht", hieß es im selben Brief an Riese. Im Sommer des nächsten Jahres meldete der Frankfurter Freund Horn an Wilhelm Karl Ludwig Moors: „Von unserm Goethe zu reden – der ist immer noch der stolze Phantast, der er war, als ich herkam. Wenn Du ihn nur sähest, Du würdest entweder vor Zorn rasend werden oder vor Lachen bersten müssen. Ich kann gar nicht einsehen, wie sich ein Mensch so geschwind verändern kann. Alle seine Sitten und sein ganzes jetziges Betragen sind himmelweit von seiner vorigen Aufführung unterschieden. Er ist bei seinem Stolze auch ein Stutzer, und alle seine Kleider, so schön sie auch sind, sind von so einem närrischen Goût, der ihn auf der ganzen Akademie auszeichnet" (12. 8. 1766).

Von launischem Hin und Her ist in manchen Berichten über Goethe noch Jahre hindurch die Rede; auch er selbst porträtiert sich in seinen Briefen oft als einen unstet Suchenden. Als er sich endlich der Leipziger Lebensart anzupassen versucht hatte, mußte er einsehen, daß es damit nicht getan war; er sollte der Gesellschaft, nachdem er sich „ihrem Sinne gemäß gekleidet, [. . .] nun auch nach dem Munde reden" (6. Buch; 9, 254). Da ihn aber, was er sich von „Unterricht und Sinnesförderung" bei seinem akademischen Aufenthalt versprochen hatte, nicht recht befriedigte, ging er zu den geselligen Verpflichtungen in Distanz.

Mit seinem stattlichen Budget von 1000 Talern jährlich, die der Vater zahlte, konnte Goethe freilich leben, wie es ihm gefiel. Selbstverständlich waren nur gut gestellte Studenten in der Lage, dem galanten Geschmack zu frönen. Wenn Goethe schrieb, er hoffe im Jahr mit 300 oder sogar 200 Talern auszukommen (an Riese, 21. 10. 1765), so war das ein Bluff, wie die ansehnliche Speisekarte, die er sogleich folgen ließ, zeigt. (Oder prunkt hier poetisches Erzählvergnügen?)

> Merckt einmahl unser Küchenzettul. Hüner, Gänse, Truthanen, Endten, Rebhüner, Schnepfen, Feldhüner, Forellen, Haßen, Wildpret, Hechte, Fasanen, Austern pp. Das erscheinet täglich. nichts von anderm groben Fleisch ut sunt Rind, Kälber, Hamel pp das weiß ich nicht mehr wie es schmeckt. Und die Herrlichkeiten nicht teuer, gar nicht teuer.

Goethe war nach Leipzig gekommen, um Jura zu studieren, wie der Vater es wollte. Vorbereitet darauf war er recht gut; den „Kleinen Hoppe" hatte er schon zu Hause studieren müssen, ein handliches juristisches Repetitorium; er konnte sich „vorwärts und rückwärts darin examinieren lassen" (6. Buch; 9, 238). Über die Intensität seines Jurastudiums können wir kaum mehr als Vermutungen anstellen. Sicher ist jedenfalls, daß er sich sogleich mit seinem Empfehlungsschreiben zu Professor Böhme begab, der Staatsrecht und Geschichte lehrte und dessen Frau sich besonders darum bemühte, ihn mit den Gewohnheiten gesellschaftlichen Verhaltens vertraut zu machen. Allerdings war es für den praktizierenden Poeten ausgemachte Sache, sich auch in den philologischen und poetologischen Gebieten umzutun, was Böhme lebhaft mißbilligte. Und da das, was in der Juristerei geboten und gefordert wurde, sich offenbar rasch als dürftig erwies, auch andere Vorlesungen langweilten und enttäuschten, wird der junge Student viel Zeit für seine eigenen Neigungen gehabt haben.

Kunst und Literatur

Kunst und Literatur widmete er, wie konnte es nach den Frankfurter Anfängen und Erfahrungen anders sein, besondere Aufmerksamkeit. Wohl noch 1765 bekam er Kontakt zu Adam Friedrich Oeser, den man im Jahr zuvor zum Direktor der neugegründeten Leipziger Kunstakademie (der „Zeichnung-Mahlerey und Architectur-Academie") berufen hatte. Oeser war Maler, Kupferstecher und Bildhauer, doch hat er auf Goethe, der sich im Zeichnen weiter ausbilden wollte, weniger als Zeichenlehrer gewirkt denn als ein Kunstverständiger, der den Schülern die Augen für die antike Kunst öffnete. Hier begegnete Goethe zum ersten Mal Winckelmannschem Geist. In Dresden hatte Mitte der fünfziger Jahre Johann Joachim Winckelmann enge Beziehungen zu Oeser gehabt, und in dessen epochemachender Schrift *Gedanken über die Nachahmung der griechischen Werke in Malerei und Bildhauerkunst* (Dresden 1755) steckt auch Oeserscher Anteil. So habe er, erinnerte sich Goethe, „das Evangelium des Schönen, mehr noch des Geschmackvollen und Angenehmen" (9, 314), seinen Schülern unablässig überliefert. Das erste, was er empfohlen und immer wiederholt habe, sei „die Einfalt in allem, was Kunst und Handwerk vereint hervorzubringen berufen sind". Doch zeigten Oesers eigene künstlerische Arbeiten, daß er, obwohl „ein abgesagter Feind des Schnörkel- und Muschelwesens und des ganzen barokken Geschmacks" (9, 309), noch keineswegs zur Strenge und Klarheit einer klassizistischen Form gefunden hatte, und es waren wohl auch mehr die einprägsamen Worte von Einfalt und Stille als Ideal der Schönheit, die beeindruckten, als die Wirklichkeit antiker Kunstwerke selbst, zudem die Akademie nur über Abgüsse des *Laokoon* und des *Tanzenden*

Faun verfügte. Als Goethe im März 1768 in Dresden war, um sich die Kunstschätze anzusehen, hat er denn auch auf die Skulpturensammlung verzichtet und sich lieber den niederländischen Meistern zugewandt, deren Stil ihm aus dem Anschauungsunterricht bei den ‚holländernden' Frankfurter Malern im Elternhaus vertraut war.
Oesers Verdienst war es, den jungen Studenten an zentrale Fragen der Kunst heranzuführen, die in ihm lebendig blieben: was das Schöne und was das Ziel der Kunst sei. Diese Bedeutung des Leipziger Kunstlehrers, mit dem Goethe in Verbindung geblieben ist, betonte der Dankbrief vom 9. November 1768 aus Frankfurt: „Was binn ich Ihnen nicht schuldig, Theuerster Herr Professor, dass Sie mir den Weg zum Wahren und Schönen gezeigt haben, dass Sie mein Herz gegen den Reitz fühlbaar gemacht haben. [...] Den Geschmack den ich am Schönen habe, meine Kenntnisse, meine Einsichten, habe ich die nicht alle durch Sie?"
Anschauungsunterricht in Sachen Kunst vermittelten den Schülern Adam Oesers zusätzlich private Kunstsammlungen, die wohlhabende Leipziger Bürger, wie der Bankier und Ratsbaumeister Gottfried Winckler oder der Kaufmann und Ratsherr Johann Zacharias Richter, aufgebaut hatten. Neben einer großen Zahl von Bildern, die der niederländischen Schule zuzurechnen waren, gab es Gemälde, die den Italienern Tizian, Veronese und Reni zugeschrieben wurden, sowie eine Fülle von Originalzeichnungen und Kupferstichen.
Jetzt lernte Goethe zudem die Kunst des Radierens. Im Obergeschoß des Hauses der Familie Breitkopf, in dem Johann Wolfgang verkehrte, wohnte der Nürnberger Kupferstecher Johann Michael Stock, der seit einiger Zeit in Leipzig lebte und auch für den Breitkopfschen Verlag künstlerisch tätig war. Zwischen den oberen und unteren Stockwerken teilte der Besucher nun seine Zeit, und unter Stocks Anleitung fertigte Goethe Landschaftsradierungen nach Vorlagen anderer an. „Da hast Du eine Landschaft", heißt es in einem Brief an Behrisch vom 26. 4. 1768, „das erste Denkmal meines Namens und der erste Versuch in dieser Kunst." Vielleicht bezieht sich diese Bemerkung auf eine der beiden erhaltenen Landschaftsradierungen und darauf, daß erstmals sein Name als der eines produktiven Künstlers auftaucht: „gravé par Goethe".
Zur Ostermesse 1766 waren Frankfurter Bekannte in Leipzig eingetroffen, Johann Adam Horn und Johann Georg Schlosser, der 1773 Goethes Schwester Cornelia heiraten sollte. Schlosser stieg „in einem kleinen Gast- oder Weinhause ab, das im Brühl lag und dessen Wirt Schönkopf hieß" (7. Buch; 9, 266). Hier nahm jetzt auch Goethe seinen Mittagstisch, machte neue Bekanntschaften und lernte, um soviel vorwegzunehmen, die Tochter des Hauses, Anna Catharina Schönkopf kennen und lieben.

Johann Georg Schlosser, zehn Jahre älter als Goethe und bereits „ein unterrichteter, schon charakterisierter Mann" (9, 267), wollte Leipzig nicht verlassen, ohne die Koryphäen der Stadt besucht zu haben. Bei damaligen Verhältnissen, wo man den Kreis der Gebildeten leicht überblicken konnte, waren solche Aufwartungen an der Tagesordnung. Den Besuch bei Gottsched hat Goethe in *Dichtung und Wahrheit* eigens geschildert (9, 267 f.). Anekdotenhaft ist der Auftritt erzählt, wie die Besucher den kahlköpfigen stattlichen alten Mann überraschten, der seine große Allongeperücke noch nicht aufgesetzt hatte. Wie er hier als etwas lächerliche Repräsentationsfigur gezeichnet wurde, so hatte schon der junge Goethe im Brief an Riese vom 30. Oktober 1765 den einstmals berühmten Literaturreformator mit herben Spottversen bedacht.

Gottscheds Ansehen war verblaßt. Auch Goethe vermochte seine wirkliche Bedeutung nicht mehr richtig einzuschätzen. Die abwertenden Urteile haben sich die Jahrhunderte hindurch fortgepflanzt. Eine gerechte Würdigung jenes Paradeautors der frühen Aufklärungszeit ist freilich schwer genug, weil seine Vorstellungen von Dichtung den Späteren bald fremd und fern vorkamen. Schon zu Goethes Leipziger Zeit konnten sie Schriftsteller und Leser nicht mehr zufriedenstellen; die bürgerliche Schicht der Gebildeten hegte andere Wünsche und Erwartungen. Dabei kann schwerlich bestritten werden, daß Johann Christoph Gottsched, der 1729 in Leipzig zum außerordentlichen Professor der Poesie und 1734 zum ordentlichen Professor für Logik und Metaphysik ernannt worden war, mit seiner Literaturreform einer bestimmten Phase in der Formierung der bürgerlichen Gesellschaft entsprach. Wenn nun auch das Bürgertum eine angesehene literarische Kunst für sich beanspruchte, so hatte sie Normen zu folgen, die nicht hinter der bislang dominierenden höfischen Repräsentationskunst zurückblieben. Kurz gesagt: eine lehrhaft-nützliche Dichtung im Dienst eines von höfischen Vorbildern sich lösenden Bürgertums wurde hier anvisiert. Deutlich zeigten sich Merkmale dieser Übergangsphase. Volkstümliche Literatur war dem regelgebenden Gottsched ebenso verpönt wie die von Unwahrscheinlichkeiten strotzende Oper, die feudaler Repräsentation diente; nach wie vor sollten in der Tragödie nur Personen hohen Standes auftreten, und doch hatte die tragische Handlung einen moralischen Satz auszugestalten, der für ein bürgerliches Publikum von Nutzen sein könnte. Mit großer Strenge führte Gottsched sein dichtungstheoretisches Gebäude auf. Seine Lehre von der Dichtung beruhte auf einer systematischen philosophischen Grundlage. (In zwei handlichen Bänden seiner *Ersten Gründe der gesamten Weltweisheit* faßte er 1733/1734 die Philosophie Christian Wolffs zusammen und machte sie damit einem weiteren Publikum zugänglich.) Da in der vernünftigen Natur nichts mit Widerspruch geschieht und alles im Rahmen der Wahrscheinlichkeit bleibt, muß auch in der Dichtung alles „bei der Vernunft die Probe aushalten". Dichtung hat aber nicht nur dem Prinzip solcher Naturnachahmung zu folgen, sondern auch der Forderung nach moralischer Lehrhaftigkeit zu genügen. Recht bald erwies sich das gutgemeinte System der Regeln und Vorschriften als zu starr und zu wenig anpassungsfähig, als daß es den Absichten und Erwartungen von Autoren und Publikum noch genügte. Es konnte der gewünschten Darstellung von Familiär-Privatem und freundschaftlich Geselligem, von intimer Häuslichkeit, Freuden und Bekümmernissen bürgerlicher Mentalität nicht entsprechen.

Daß es Christian Fürchtegott Gellert gelang, Gedichte und Erzählprosa, Schauspiele und Briefe zu verfassen, die solcher Lebenswelt entsprachen, machte seinen großen Erfolg aus. Ursprünglich zum Schülerkreis Gottscheds zählend, hatte er 1744 in Leipzig die Lehrbefugnis erhalten und war 1751 Professor an der Fakultät für schöne Künste, Moral und Redekunst geworden. Nicht anders als bei Gottsched hieß es auch in seinen *Moralischen Vorlesungen*, Tugend sei „die Übereinstimmung aller unserer Absichten, Neigungen und Unternehmungen mit der göttlichen Anordnung, die sich stets auf unser Glück und das Beste unserer Nebenmenschen bezieht". Aber das wurde nun entschieden auf den bürgerlichen Lebensbereich bezogen. Extreme waren zu vermeiden, Mäßigung nach vernünftigem Mittelmaß war gewünscht. Der Bewältigung des alltäglichen Lebens hatte Literatur zu dienen. Höflichkeit, Liebe und Gelassenheit im zwischenmenschlichen Umgang, Gemütsruhe in der demütigen Sicherheit christlichen Glaubens: dies waren Leitvorstellungen. Literatur sollte sie mit Empfindung vermitteln, und als ihr gemäßer Stil galt eine (gleichwohl kunstvolle) lebensnahe Natürlichkeit.

Nur wenn man Gellert, der selbst eine spannungsreiche und gar nicht unkomplizierte Natur gewesen ist, aus diesen historischen Zusammenhängen löst und wenn man von Dichtung das freie Spiel der Einbildungskraft und ästhetisches Raffinement erwartet, können seine Arbeiten als belanglos und künstlerisch geringwertig abgetan werden. Seiner geschichtlichen Stellung angemessen ist solche Abwertung nicht, wenngleich seine stark besuchten *Moralischen Vorlesungen* auch Themen behandelten, die uns Heutigen unter solcher Überschrift abwegig erscheinen müssen: Diät in der Ernährung, Zimmerlüftung, körperliche Bewegung, Mienenspiel, Tonlage der Stimme und ähnliches mehr. Seine *Fabeln und Erzählungen* waren im 18. Jahrhundert bei denen, die lesen konnten, nach der Bibel die verbreitetste Lektüre. Noch Wochen nach seinem Tod am 13. Dezember 1769 pilgerten so viele Menschen zu seinem Grabe, daß der Johannisfriedhof in Leipzig geschlossen werden mußte. Es war Adam Oeser, der 1774 ein Gellert-Denkmal schuf, und

1777 schrieb Goethe zum Geburtstag der Weimarer Herzoginmutter Anna Amalia, einer Verehrerin Oesers, die Verse:

Gellerts Monument von Oeser

Als Gellert, der geliebte, schied,
Manch gutes Herz im stillen weinte,
Auch manches matte, schiefe Lied
Sich mit dem reinen Schmerz vereinte;
Und jeder Stümper bei dem Grab
Ein Blümchen an die Ehrenkrone,
Ein Scherflein zu des Edlen Lohne
Mit vielzufriedner Miene gab:
Stand Oeser seitwärts von den Leuten
Und fühlte den Geschiednen, sann
Ein bleibend Bild, ein lieblich Deuten
Auf den verschwundnen werten Mann;
Und sammelte mit Geistesflug
Im Marmor alles Lobes Stammeln,
Wie wir in einen engen Krug
Die Asche des Geliebten sammeln.

Goethe hat in Leipzig bei Gellert „Literaturgeschichte über Stockhausen" gehört und sein Praktikum belegt, wie *Dichtung und Wahrheit* mitteilt, wo auch von Merkwürdigkeiten des berühmten Professors erzählt wird, der auf einem zahmen Schimmel einherzureiten pflegte. Die berühmten *Moralischen Vorlesungen* scheint der Student ebenfalls besucht zu haben. Aufschlußreich ist es zu erfahren, was denn bei Johann Christoph Stockhausen, dessen Buch der Vorlesung zugrundelag, zu finden war (*Kritischer Entwurf einer auserlesenen Bibliothek für den Liebhaber der Philosophie und schönen Wissenschaften*, Berlin 1757, 3. Aufl. 1764). Albrecht v. Haller und Gellert wurden dort lobend erwähnt, ebenso Klopstocks *Messias* und Hamanns *Sokratische Denkwürdigkeiten*, und von Richardsons Büchern hieß es, sie verdienten den ersten Rang unter den guten Romanen. Begebenheiten, Charaktere, Wahrscheinlichkeit, Moral, alles stimme aufs feinste zusammen, um sie zu Meisterstücken dieser Art zu machen. Lawrence Sterne und Edward Young fehlten gleichfalls nicht in Stockhausens Empfehlungsliste. Lesewelt eines gebildeten Publikums tut sich hier auf. Gellert also als bemühter Vermittler der damals modernen Literatur? Solche Schlußfolgerung bleibt trügerisch. Denn ein Zuhörer seiner Vorlesungen hat berichtet, er habe ihn nie die Namen Klopstock, Ewald v. Kleist, Wieland, Geßner, Lessing, Gerstenberg nennen hören (*Frankfurter Gelehrte Anzeigen* vom 21. 2. 1772).

Der Literaturprofessor scheint in seinem Praktikum, in dem literarische Arbeiten der Schüler besprochen und gestriegelt wurden, die Zuhörer zur Poesie nicht gerade ermuntert zu haben. Ihm lag mehr an moralischer Unterrichtung; Poesie war für die Nebenstunden da.
Für Goethes eigene dichterische Produktivität war Gellerts Einfluß unbedeutend. Das beweisen seine späteren Äußerungen und die Dichtungen der Leipziger Zeit. Aber mag es auch nicht mehr als distanzierte Kenntnisnahme gewesen sein, die Goethes Verhältnis zu Gottsched und Gellert charakterisierte, so darf man nicht übersehen, daß der junge Student in Leipzig als aufmerksamer, kritischer Beobachter mit Theorie und Praxis einer Literatur in Berührung kam, die sich als modern-bürgerliche zu erkennen gab und in der Gottsched und Gellert verschiedene Phasen repräsentierten. Da er selbst noch auf der Suche war und eine klare Orientierung noch nicht gefunden hatte, mußte er zunächst in solchem Horizont seine Position finden.
Der Leipziger Student und Dichter befand sich in einer schwierigen Situation. Als er aus Frankfurt in die neuartige Welt des deutschen ‚Klein-Paris' kam, empfing ihn Kritik. Dialekt, Benehmen, Kleidung paßten nicht in diese Umgebung. So suchte er sich anzupassen und den modischen Forderungen des Auftretens und Betragens zu entsprechen. Schlimmer für ihn war, daß seine dichterischen Versuche nicht bestehen konnten. Und er war doch selbstsicher und selbstbewußt hergekommen, hatte in einem naturhaften poetischen Schwung gedichtet und war von Reflexionen nicht gestört und belastet gewesen! „Ich tat es mit immer wachsender Leichtigkeit, weil es aus Instinkt geschah und keine Kritik mich irre gemacht hatte" (6. Buch; 9, 240). Damit war es jetzt vorbei. Im Brief an Riese vom 28. April 1766 schilderte er seine Lage in einer eingefügten Versepistel:

> Du weißt, wie sehr ich mich zur Dichtkunst neigte.
> [...]
> Ach du weißt mein Freund,
> Wie sehr ich (und gewiß mit Unrecht) glaubte,
> Die Muße liebte mich und gäb mir oft
> Ein Lied. Es klang von meiner Leyer zwar
> Manch stolzes Lied, das aber nicht die Musen,
> Und nicht Apollo reihten. Zwar mein Stolz
> Der glaubt es, daß so tief zu mir herab
> Sich Götter niederließen, glaubte, daß
> Aus Meisterhänden nichts Vollkommners käme,
> Als es aus meiner Hand gekommen war.
> [...]
> Allein kaum kam ich her, als schnell der Nebel

Von meinen Augen sank, als ich den Ruhm
Der großen Männer sah, und erst vernahm,
Wie viel dazugehörte, Ruhm verdienen.
Da sah ich erst, daß mein erhabner Flug,
Wie er mir schien, nichts war als das Bemühn
Des Wurms im Staube, der den Adler sieht,
Zur Sonn sich schwingen und wie der hinauf
Sich sehnt. Er sträubt empor, und windet sich,
Und ängstlich spannt er alle Nerven an
Und bleibt am Staub. Doch schnell entsteht ein Wind,
Der hebt den Staub in Wirbeln auf, den Wurm
Erhebt er in den Wirbeln auch. Der glaubt
Sich groß, dem Adler gleich, und jauchzet schon
Im Taumel. Doch auf einmahl zieht der Wind
Den Odem ein. Es sinkt der Staub hinab,
Mit ihm der Wurm. Jetzt kriecht er wie zuvor.

Im Praktikum Gellerts und vollends bei Professor Clodius (an dem er sich später mit seiner Parodie *An den Kuchenbäcker Händel* rächte) wurde er gebeutelt und wagte dann auch nicht mehr, dort seine Arbeiten zu präsentieren.

Was konnte er tun? Ein halbes Jahr brauchte er nach eigener Auskunft, „biß ich mich wieder erholen und auf Befehl meiner Mädgen, einige Lieder verfertigen konnte" (an Cornelia, 11. 5. 1767). In *Dichtung und Wahrheit* nannte er Gründe für die Krise, die ihn zeitweilig zum Verstummen brachte. Es sei ihm bange gewesen, daß ihm etwas, was er geschrieben, gegenwärtig gefallen möchte und er müsse es denn doch, wie so manches andere, vielleicht nächstens für schlecht erklären. „Diese Geschmacks- und Urteilsungewißheit beunruhigte mich täglich mehr, so daß ich zuletzt in Verzweiflung geriet." Der so tief Verunsicherte verachtete nach einiger Zeit seine begonnenen und beendeten Arbeiten so sehr, daß er „eines Tags Poesie und Prose, Plane, Skizzen und Entwürfe sämtlich zugleich auf dem Küchenherd verbrannte" (6. Buch; 9, 257 f.). Davon berichtete er der Schwester Cornelia am 12. Oktober 1767. Mochte Goethe auch die Leipziger Welt und ihre Verhaltensformen und -normen mit kritischen Bemerkungen bedenken (wie im Brief an Cornelia vom 18. Oktober 1766), so kam er doch nicht umhin, sich in einer dort anerkannten Dichtungsweise zu bewähren, wenn er als Poet bestehen und respektiert werden wollte. Und darauf, zweifellos, kam es ihm an; eine Situation, die in Hinwendung und Distanz von Widersprüchlichkeiten nicht frei war. Gottscheds und Gellerts Vorstellungen konnten ihn nicht mehr leiten. Gellerts christliches Moralisieren und empfindsame Tugendhaftigkeit zumal vermochten den, der schon in Frankfurt das Zweifeln gelernt hatte, nicht zu beeindrucken. Aufschlußreich genug, daß es nicht ein einziges Gedicht Goethes im Stil jener *Geistlichen Oden und Lieder* gibt, die Gellert zuhauf gedichtet hat, wie etwa „Wenn ich, o Schöpfer, deine Macht"; „Dies ist der Tag, den Gott gemacht"; „Die Himmel rühmen des Ewigen Ehre". Verfiel er schon mal in jenen christlichen Liedton, so wurde eine Parodie daraus:

Mel.: O Vater der Barmherzigkeit

O Vater alles wahren Sinns
Und des gesunden Lebens,
Du Geber köstlichen Gewinns,
Du Fördrer treuen Strebens,
Sprich in mein Herz dein leises Wort,
Bewahre mich so fort und fort
Für Heuchlern und für Huren.

Was ihm blieb: sich an Themen und Motiven auf dem Spielfeld der bürgerlichen weltlich-scherzhaften Rokokodichtung zu bewähren. So war ein Bündnis mit dieser Dichtung vorprogrammiert, auf Zeit, sozusagen auf Erprobungszeit.

Goethes Leipziger Lyrik

Wenn man die oft nur andeutenden Urteile Goethes über seine frühesten Dichtungen, die dem Feuer übergeben wurden, zusammennimmt, so scheint die Kritik besonders auf Weitschweifigkeit, unkontrollierte Ausführung und mangelndes Nachdenken über die Bedeutung des Gehalts zu zielen. „Bestimmtheit", „Präzision" und „Kürze" sind im literaturgeschichtlichen Exkurs des 7. Buches von *Dichtung und Wahrheit* positive Merkmale, denen sich Gesichtspunkte wie „lakonisch", „gedrängt", „heitere Naivität", „gefaßt und genau", „mit großer Anmut" zugesellen (9, 269). Es fällt nicht schwer, solche Eigenschaften in der weltlich-spielerischen, scherzhaften, Witz und Ironie genau plazierenden Lyrik wiederzuerkennen, die unter der Bezeichnung Rokokopoesie in der Literaturgeschichte verbucht wird.
Aus dem Brief an Cornelia vom 11.–15. Mai 1767 spricht wiedergewonnenes Selbstvertrauen. Die knabenhafte Überheblichkeit, auf die er im Brief an Riese anspielte, ist allerdings geschwunden:

> Da ich ganz ohne Stolz bin, kann ich meiner innerlichen Überzeugung glauben, die mir sagt, daß ich einige Eigenschaften besitze die zu einem Poeten erfordert werden, und daß ich, durch Fleiß einmal einer werden

könnte. Ich habe von meinem zehenten Jahre, angefangen, Verse zu schreiben, und habe geglaubt sie seyen gut, jetzo in meinem 17ten sehe ich daß sie schlecht sind, aber ich bin doch 7 Jahre älter, und mache sie um 7 Jahre besser.

[...]

Vorm Jahre als ich die scharfe Critick von Clodiusen über mein Hochzeitgedichte laß, entfiel mir aller Muht, und ich brauchte ein halbes Jahr Zeit biß ich mich wieder erholen und auf Befehl meiner Mädgen, einige Lieder verfertigen konnte. Seit dem November habe ich höchstens 15 Gedichte gemacht die alle nicht sonderlich groß und wichtig sind, und von denen ich nicht eins, Gellerten zeigen darf, denn ich kenne seine jetzige Sentiments über die Poesie. Man lasse doch mich gehen, habe ich Genie; so werde ich Poete werden, und wenn mich kein Mensch verbessert, habe ich keins; so helfen alle Criticken nichts.

Die Gedichte, die hier erwähnt werden, gehörten zweifellos zu jener heiteren weltlichen Lyrik, die um die Mitte des 18. Jahrhunderts von Autoren wie Friedrich von Hagedorn, Johann Wilhelm Gleim, Johann Nikolaus Götz, Johann Peter Uz, Heinrich Wilhelm von Gerstenberg, Christian Felix Weiße und manchen anderen gepflegt wurde und die in geselligen Kreisen Leipzigs Heimrecht besaß. Ihre Motive sind auf einen kleinen, aber charakteristischen Themenkreis bezogen. Liebe wird in ihren vielfältigen Konstellationen geistreich ausformuliert: wie die Partner sich suchen und Schamhaftigkeit und Tugend ihr wechselvolles Spiel mit dem Begehren treiben; wie Heimlichtun nötig ist und doch keinen Zweck hat; wie das Mädchen sich sträubt und doch nachgeben möchte und auch nachgeben wird; wie die Mutter aufpaßt und dennoch überlistet wird; welche Geschicklichkeit im Partnerspiel erforderlich ist, um zum erotisch-sexuellen Genuß zu kommen, der hier (in der Dichtung wenigstens) als selbstverständliches Ziel gesetzt und mit Worten gepriesen wird. Als Schäferin und Schäfer können im Gedicht die Spielenden erscheinen, und die Namen aus der Tradition der europäischen Schäferdichtung sind so geläufig wie Amor und Venus, Bacchus und Morpheus. In der idealen Landschaft eines lieblichen Tals mit Wiese und Bach, Hecken und Hütte, Blumenduft und Vogelgesang, bei lindem Zephirwind und mildem Frühling oder reifem Herbst gedeiht solches Spiel besonders gut. Wein und Lieder, Küsse und Vertraulichkeiten, Freundschaft und Geselligkeit: davon sprechen die Gedichte. Doch Mäßigkeit in allem Genuß und Zufriedenheit in bewußt gewählter Bescheidenheit bleibt die verkündete Devise. Und gern enden die Verse in einer witzigen Pointe, so als sei das Spiel um eben dieses überraschenden Schlusses willen inszeniert worden. Die großen Herren und mächtigen Täter der Geschichte sind hier nicht gefragt; ausdrücklich werden sie verbannt.

An die Schönen

Singt, ihr Dichter,
Singt und schmeichelt,
Singt und bettelt,
Singt von Helden;
Ich will singen,
Ich will spielen,
Aber wahrlich
Nicht von Helden.

Hört, ihr Schönen,
Hört *mich* singen!
Meine Saiten
Sind nicht blutig,
Meine Lieder
Sind nicht traurig.
Hört! – Ich singe
Nur von Mädchen,
Und ich spiele
Nur von Liebe!

(J. W. L. Gleim)

Goethe ist mit dieser Lyrik vertraut gewesen. Seine drei schmalen Sammlungen von Gedichten, in denen Leipziger Verse gleichen Zuschnitts versammelt sind, zeigen es, und philologischer Spezialarbeit fällt es nicht schwer, Übernahmen und Anklänge ausfindig zu machen. Zephir, Wollust, Zärtlichkeit, Weihrauch, Schmetterling, süß, tändeln: solche und ähnliche Ausdrücke waren bekanntes Vokabular in der damaligen Gesellschaftspoesie, und Goethe benutzte sie ganz ungezwungen.
Da Goethes frühe kleine Anthologien, deren Inhalt sich zum Teil überschneidet, in den gängigen Gedichtausgaben – und auch in den von ihm selbst besorgten Editionen – nicht in ihrer ursprünglichen Zusammenstellung erscheinen, seien sie hier mit ihren Gedichtüberschriften aufgeführt.
Das Buch *Annette* hat der Freund Ernst Wolfgang Behrisch als eine Sammlung von 19 Gedichten in Schönschrift angefertigt. Erst 1895 ist diese Handschrift aus dem Nachlaß der Luise von Göchhausen wieder aufgetaucht. Der Band enthält: *An Annetten. – Ziblis, eine Erzählung. – Lyde, eine Erzählung. – Kunst die Spröden zu fangen, Erste Erzählung. – Kunst die spröden zu fangen, Zwote Erzählung. – Triumph der Tugend Erste Erzählung. – Triumph der Tugend Zwote Erzählung. – Elegie auf den Tod des Bruders meines Freundes. – Ode an Herrn Professor Zachariae. – An den Schlaf. – Pygmalion, eine Romanze. – Die Liebhaber. – Annette an ihren Geliebten. – An einen jungen Prahler. – Madrigal. – Das Schreyen nach dem Italiänischen. – Madrigal aus dem Französischen. – Madrigal aus dem Französischen des Herrn v. Voltaire. – An meine Lieder.*
Bei der Sammlung *Lieder mit Melodien* handelt es sich um eine Handschrift von Schreiberhand mit Melodien, die vermutlich von Bernhard Theodor Breitkopf stammen. Sie gehört zum Nachlaß Friederike Oesers und enthält: *Amors Grab. – Wunsch eines kleinen Mädgen. – Unbestän-*

digkeit. – Die Nacht. – An Venus. – Der Schmetterling. – Das Schreyn. – Liebe und Tugend. – Das Glück. – Die Freuden.

Neue Lieder heißt die erste gedruckte Sammlung Goethescher Gedichte, auf der sein Name jedoch nicht genannt ist. Sie erschien zur Michaelismesse 1769, vordatiert auf 1770. In ihr stehen: *Das Neujahrslied. – Der wahre Genuß. – Die Nacht. – Das Schreyen. – Der Schmetterling. – Das Glück. – Wunsch eines jungen Mädgens. – Hochzeitlied. – Kinderverstand. – Die Freuden. – Amors Grab. – Liebe und Tugend. – Unbeständigkeit. – An die Unschuld. – Der Misanthrop. – Die Reliquie. – Die Liebe wider Willen. – Das Glück der Liebe. – An den Mond. – Zueignung.*

Die Gedichte zeigen beträchtliche Vielfalt der Formen. Das strophenlose, reimlose Gedicht ist ebenso vertreten wie das strophische, gereimte; die Mischform von Prosa und Vers, wie sie Gerstenberg in seinen idyllenhaften *Tändeleyen* praktiziert hatte (gerade 1765 in 3. Auflage erschienen), kommt ebenso vor wie das knappe pointierte Gebilde, und in die *Neuen Lieder* klingt auch das Lied des Singspiels hinein, das Johann Adam Hiller in Leipzig pflegte. Ihn, den Leiter der „großen Konzerte", der Singspiele Weißes mit großem Erfolg vertonte, hatte Goethe dort erlebt und sicherlich auch des Sperontes Liedersammlung *Singende Muse an der Pleisse* kennengelernt. Von hier aus war übrigens der Weg zum Volkslied nicht sehr weit.

Wiederholt hat man die Leipziger Lyrik des jungen Goethe mit dem Etikett „Anakreontik" versehen, wohl dadurch verführt, daß Goethe selbst im 7. Buch seiner Autobiographie vom „anakreontischen Gegängel" spricht (9, 272). Diese summarische Bezeichnung ist jedoch, streng genommen, nicht angebracht. 1554 hatte Henricus Stephanus in Paris eine Sammlung *Anacreontea* herausgegeben, sechzig Gedichte, die dem griechischen Dichter Anakreon aus Teos (6. Jh. v. Chr.) zugeschrieben wurden *(Anacreontis Teij odae),* in Wahrheit aber Nachahmungen in ‚anakreontischer Manier' waren. Anakreontische Oden waren reimlose Strophen in einem bestimmten Versmaß (katalektische, bzw. akatalektische jambische Dimeter), mit charakteristischen Motiven von Liebe, Wein, Weib und Gesang. An die vermeintliche Wiederentdeckung des Anakreon schloß sich eine gesamteuropäische Strömung in der Lyrik an, wobei bald auch leichte, lockere Strophen mit Reimen gedichtet wurden. Um es kurz zu machen: Längst hat die Forschung gezeigt, daß nicht alle Rokokodichtung des deutschen 18. Jahrhunderts in Form und Motiven ‚anakreontisch' ist und daß Goethe seine Anregungen der ganzen Vielfalt jener zeitgenössischen scherzhaften Lyrik verdankt. Salomon Geßner, Gerstenberg, Wieland, der epigrammatische Stil Lessings, die französische „poésie fugitive": sie zum Beispiel sind Traditionen verbunden, für

die andere Namen als nur Anakreon zeugen, etwa Theokrit, Epikur, Horaz, Catull, die europäische Schäferpoesie. Ihnen allen ist die Leipziger Lyrik Goethes verpflichtet. (Übrigens ist das Eröffnungsgedicht der Sammlung *Annette, An Annetten,* das einzige Gedicht dieses Büchleins in streng anakreontischer Form.) Doch unabhängig von dieser literaturgeschichtlichen Spezialfrage kann immerhin das Etikett ‚anakreontischer Stil' im allgemeinen Verständnis für Merkmale wie Leichtigkeit, Natürlichkeit, Zärtlichkeit, Genuß- und Lebensfreude stehen, wie sie die von den *Anacreontea* faszinierten Nachahmer in ihren Versen pflegten. Damit wird eine scharfe Grenzziehung zur Rokokopoesie insgesamt schwierig, wenn man nicht allein das anakreontische Versmaß für bestimmend hält.
Annette freilich ist nicht der Name irgendeiner erdachten Schäferin. Anna Catharina Schönkopf ist gemeint, die Tochter jenes Speisewirts, an dessen Mittagstisch der Sechzehnjährige 1766 durch Johann Georg Schlosser gelangt war. Von der Zuneigung zu ihr, die drei Jahre älter war als der junge Student, berichtet behäbig *Dichtung und Wahrheit* (im 7. Buch), auch davon, wie „durch unbegründete und abgeschmackte Eifersüchteleien" ihr und ihm die schönsten Tage verdorben wurden (9, 284). Näher an die Wirklichkeit dieser frühen Liebe führen die Briefe, vor allem an den elf Jahre älteren Freund Ernst Wolfgang Behrisch, dem er als treuem Ratgeber vieles von der „Geschichte des Herzens" (20. 11. 1767) anvertraute. Schwester Cornelia indes erzählte er nur Beiläufiges oder Verschleierndes, wie im August 1767, als er Annette und seine Muse als ein- und dasselbe ausgab („et ce sera a l'avenir mon Annette, ou ma Muse, ce que sont des synonymes"). „Ich liebe ein Mädgen, ohne Stand und ohne Vermögen, und jezo füle ich zum aller erstenmahle das Glück das eine wahre Liebe macht", bekannte er dagegen Freund Moors am 1. Oktober 1766. Die Verbindung dauerte bis ins Frühjahr 1768, dann löste sie sich, und Käthchen Schönkopf heiratete zwei Jahre darauf Dr. Kanne, den späteren Vizebürgermeister der Stadt Leipzig. „Es sind heute zwey Jahre daß ich ihr zum erstenm. sagte, daß ich sie liebte, Zwey Jahre Behrisch, und noch. Wir haben mit der Liebe angefangen, und hören mit der Freundschafft auf" (an Behrisch, 26. 4. 1768). Es gab offenbar viel Launisches im Verhalten des Liebhabers, ein Hin und Her zwischen Besitzen- und Verzichtenwollen, zwischen dem Traum von dauerhafter Bindung und dem Wissen, daß Loslösung nötig sei. Wahrscheinlich hat Käthchen Schönkopf, sich der Altersdifferenz und auch des gesellschaftlichen Unterschieds bewußt, nie an ein dauerndes Zusammensein gedacht, und vielleicht rührt daher ein Teil der vom jungen Goethe erlittenen, aber auch ausgekosteten Spannung dieses Verhältnisses. Eine frühe Werther-Konstellation? Horn

schrieb jedenfalls an Moors am 3. 10. 1766: „Er liebt sie sehr zärtlich, mit den vollkommen redlichen Absichten eines tugendhaften Menschen, ob er gleich weiß daß sie nie seine Frau werden kann." Aber auch Goethe hat, in dieser wohl ersten ernsthaften Liebe, die Ungebundenheit nicht preisgeben wollen, was seinen inneren Zwiespalt nur verstärkte. Das Wort von der „Wetterfahne, die sich dreht, immer dreht", paßte auf ihn (an Behrisch, 2. 11. 1767). „Ich sage mir oft: wenn sie nun deine wäre, und niemand als der Tod dir sie streitig machen, dir ihre Umarmung verwehren könnte? Sage dir was ich da fühle, was ich alles herumdencke – und wenn ich am Ende bin; so bitte ich Gott, sie mir nicht zu geben". So am 7. November 1767. Und ein paar Monate später: „Höre Behrisch ich kann, ich will das Mädgen nie verlassen, und doch muss ich fort, doch will ich fort" (März 1768). Mitunter mag man als heutiger Leser der Briefe nicht recht entscheiden, ob die Leidenschaftlichkeit, die in ihnen aufflammt, und die Eifersucht, die beschrieben wird, wirklich Ausdruck gelebten Lebens sind oder Übernahmen aus der Spielkonstellation der Liebespoesie jener Zeit.

In den Briefen an Behrisch tauchen etliche Namen von Mädchen auf, ohne daß man Jetty, Fritzgen, Auguste identifizieren könnte. Als er am 7. November 1767 heftig und widersprüchlich seine Zuneigung zu Käthchen Schönkopf beredete, phantasierte er gleich anschließend ungeniert über die Chancen, die er bei Fritzgen wohl haben könnte; kurz darauf das Eingeständnis: „Kennst du mich in diesem Tone Behrisch? Es ist der Ton eines siegenden iungen Herrn. Und der Ton, und ich zusammen! Es ist komisch. Aber ohne zu schwören ich unterstehe mich schon ein Mädgen zu verf – wie Teufel soll ich's nennen. Genug Monsieur, alles was sie von dem gelehrichsten und fleißigsten ihrer Schüler erwarten können." Bramarbasierendes Gehabe? Übernahme der frivolen Spielsituationen aus der galanten Dichtung in den privaten Brief? Signale einer jugendlichen Unsicherheit, der mit Auftrumpfen begegnet wurde? Freund Behrisch als kundiger Lehrmeister erotischer Freizügigkeit? Niemand wird das eindeutig beantworten können. Der Schluß der Romanze *Pygmalion* paßt zu den Briefen, auch zu denen über Annette, wie die Briefe zum Gedicht passen:

Drum seht oft Mädchen, küsset sie,
Und liebt sie auch wohl gar,
Gewöhnt euch dran, und werdet nie
Ein Tor, wie jener war.

Nun, lieben Freunde, merkt euch dies,
Und folget mir genau;

Sonst straft euch Amor ganz gewiß,
Und gibt euch eine Frau.

Jedenfalls ist das Erotische – ob fiktiv oder durchlebt – irritierendes Element der Leipziger Zeit. Kein Wunder, daß ein etwas späterer Brief zu waghalsigen Spekulationen ermuntert hat:

Mann mag auch noch so gesund und starck seyn, in dem verfluchten Leipzig, brennt man weg so geschwind wie ein schlechte Pechfackel. Nun, nun, das arme Füchslein, wird nach und nach sich erholen. Nur eins will ich dir sagen, hüte dich ia für der Lüderlichkeit. Es geht uns Mannsleuten mit unsern Kräfften, wie den Mädgen mit der Ehre, einmal zum Hencker eine Jungferschafft, fort ist sie. Man kann wohl so was wieder quacksalben, aber es wills ihm all nicht thun (an Gottlob Breitkopf, August 1769).

In den skizzierten Zusammenhängen ist Goethes Leipziger Dichtung entstanden. Sich einübend in die Gesellschaftslyrik seiner Zeit, belehrt vom kunstverständigen Adam Oeser und Wielands Dichtung der Grazie und Natürlichkeit bewundernd, suchte er künstlerisches Niveau zu gewinnen, das seiner Suche nach Präzision, pointiertem Ausdruck und heiterer Anmut ebenso entsprach wie dem Geschmack des Leipziger Kreises. Zugleich hinterließ die Verbindung mit Käthchen Schönkopf ihre Spuren im Leben jener Jahre von 1766 bis 1768.

Es ist eindrucksvoll, mit welcher Sicherheit Goethe die neuen Gedichte formte und wie selbstverständlich er mit den Größen des Tages wie Christian Felix Weiße und Daniel Schiebeler zu konkurrieren vermochte. Es ging in dieser Lyrik nicht um den Ausdruck persönlicher Gefühle, Erlebnisse, Leidenschaften. Das haben ihr spätere Betrachter als Mangel angelastet. Ganz im Bann dessen, was sog. Erlebnis- und Stimmungslyrik an ‚Lyrischem' bot, konnte man sich mit Gedichten, die anderen Prinzipien folgten, nicht mehr anfreunden. Dabei kann schon ein flüchtiger Überblick über die europäische Lyrik lehren, daß es die Poeten in den Jahrhunderten vor Klopstock und vor den Sesenheimer Versen Goethes keineswegs darauf abgesehen hatten, im Gedicht einem unverwechselbar persönlichen Gefühl und Erlebnis Ausdruck zu verleihen. Etwas anderes wurde versucht. Wenn man es einmal formelhaft (und nur annäherungsweise) umschreiben will: In solcher ‚nicht-lyrischen Lyrik' sollten ein Thema und seine Motive sprachkünstlerisch ausgestaltet werden. Formulierungskunst war gewünscht, für die die ‚Innerlichkeit' des Dichters durchaus untergeordnete Bedeutung hatte. Mit Kalkül und bewußter Distanz wurden die Verse ziseliert. Ein Thema durfte mehrfach behandelt werden; denn auf die kunstfertige Variation der sprachli-

chen Gestaltung kam es an. Reflektierende, meditierende Züge zeichneten diese Gedichte aus. Das ‚Lyrische', wo angeblich ‚Welt' und ‚Ich' verschmelzen und ‚Stimmung' sich ausbreitet, war ganz fern. Fast überflüssig zu erwähnen, daß solche ‚nicht-lyrische Lyrik' in vielen Spielarten immer wiederkehrt.
Liebe ist in Goethes Leipziger Gedichten nicht ein Ereignis, das den Menschen im Innersten trifft, wenigstens wird sie sprachlich so nicht ausgedrückt; sie bleibt ein Spiel, das der Verständige zu spielen weiß. (Oder müßte es heißen: dessen Regeln auch ein Siebzehnjähriger im Vers zu formulieren versteht?)

So schwer ist's nicht, wie ich geglaubt,
Dem Mädchen eine Gunst zu rauben;
Hat sie uns nur erst eins erlaubt,
Das andre wird sie schon erlauben.

(*Kunst, die Spröden zu fangen*)

Weil dieses Gedicht so unpersönlich bleibt und es im wesentlichen um ein geistreiches, intellektuelles Spiel geht, kann sich die Aussage so weit vorwagen, daß sie Laszives streift. Wieviel ‚unerotischer' sind unter diesem Aspekt die späteren Liebesgedichte der Straßburger Zeit und im Lili-Umkreis!
In den beiden Erzählungen des langen Gedichts *Triumph der Tugend* wird mit beachtlichem Raffinement geschildert, wie eine Gelegenheit zum Liebesvollzug sich anbahnt und in nächste Nähe rückt und wie dann doch das Mädchen sich entzieht, weniger um der Tugend willen als vielmehr aus einem erstaunlichen Wissen um die Psychologie der Lust in einer Gesellschaft, in der zwar verbal-poetisch die erotischen Freuden gefeiert werden können, sie aber in Wirklichkeit zu einer Tabuzone gehören. Solche Lehren des weisen Genusses sollen in witzig-scherzhafter Form vermittelt werden, wie am Schluß der ersten Erzählung im *Triumph der Tugend:*

Doch schnell entriß sie sich den Armen,
Die sie umfaßten: Aus Erbarmen,
Rief sie, komm, eile weg von hier.
Bestürzt und zitternd folgt er ihr.

Da sprach sie zärtlich: Laß nicht mehr
Dich die Gelegenheit verführen;
O Freund, ich liebe dich zu sehr,
Um dich unwürdig zu verlieren.

Und das Ende der zweiten Erzählung:

Freund, dieses ist der Tugend Lohn;
O, wärst du gestern tränend nicht entflohn,
Du sähst mich heute
Und ewig nie mit Freude.

Unter der Überschrift *Liebe und Tugend* läuft diese Argumentation ab:

Wenn einem Mädchen, das uns liebt,
Die Mutter strenge Lehren gibt
Von Tugend, Keuschheit und von Pflicht,
Und unser Mädchen folgt ihr nicht
Und fliegt mit neu verstärktem Triebe
Zu unsern heißen Küssen hin,
Da hat daran der Eigensinn
So vielen Anteil als die Liebe.

Doch wenn die Mutter es erreicht,
Daß sie das gute Herz erweicht,
Voll Stolz auf ihre Lehren sieht,
Daß uns das Mädchen spröde flieht;
So kennt sie nicht das Herz der Jugend,
Denn wenn das je ein Mädchen tut,
So hat daran der Wankelmut
Gewiß mehr Anteil als die Tugend.

Ein geläufiges Thema: die mütterliche Warnung bringt nicht viel. Das doppelte „wenn – so" zeigt deutlich, wie hier das verständig-witzige Sprechen regiert. Und zweimal bringt die Pointe überraschend ans Licht, daß die Überschrift besser ‚Eigensinn und Wankelmut' lautete als *Liebe und Tugend.* Immer wieder tauchen in Dichtungen dieser Art dieselben Stichworte auf: Tugend, Keuschheit, Wankelmut, Eigensinn, Küsse u.ä. Über die „Kunst, die Spröden zu fangen" verfaßte der junge Goethe in einer Mischung von Prosa und Versen kokett-erotische Erzählungen. Kußgedichte gehören zum Grundbestand der europäischen Liebeslyrik seit der Renaissance. Die *Basia*-Dichtungen eines Johannes Secundus haben Scharen von Nacheiferern angeregt, und auch Goethe richtete 1776 seine Verse „Lieber, heiliger, großer Küsser" *An den Geist des Johannes Secundus,* den er noch im hohen Alter rühmend erwähnte.
Man darf die Leipziger Lyrik nicht als ein belangloses Vorspiel zum ‚eigentlichen' Goethe abtun. Gewiß, die Aufmerksamkeit heutiger Leser, falls sie überhaupt Goethe lesen und nicht nur seinen Namen in bildungspolitischen Diskussionen zitieren, richtet sich auf gewichtigere Texte, an denen ja kein Mangel ist. Aber es sollte nicht übersehen wer-

den, daß Goethe zeitlebens jene Art von ‚nicht-lyrischer Lyrik' ebenso selbstverständlich wie virtuos handhabte. Noch die Gelegenheitsgedichte des Alters verweisen in ihrer Anlage oft genug auf die Erprobung im spiel- und argumentationsfreudigen Genre der frühen Rokokodichtung. Für den Literaturliebhaber steckt in der intimen Nachbarschaft des Frühen und Späten ein eigentümlicher Reiz.

Wenn Phöbus Rosse sich zu schnell
In Dunst und Nebel stürzen,
Geselligkeit wird blendend hell
Die längste Nacht verkürzen.
Und wenn sich wieder auf zum Licht
Die Horen eilig drängen,
So wird ein liebend Frohgesicht
Den längsten Tag verlängen.

(*An Frau Clementine von Mandelsloh;*
Weimar, am kürzesten Tage 1827)

Anakreons gedachte Goethe noch um 1785 in einem Epigramm in antiker Form (*Anakreons Grab*), und das kleine Gedicht *An die Cikade* (JA 2, 81) hielt sich eng ans anakreontische Original („Selig bist du, liebe Kleine").
Die Leipziger Bildungserlebnisse, die Hinwendung zur Rokokopoesie, die Verbindung zu Käthchen Schönkopf und die erotische Spielwelt: das waren entscheidende Elemente der damaligen Erfahrung Goethes. Nur wenn man ernst nimmt, was seine Leipziger Jahre insgesamt ausfüllte, kann man begreifen, wieso er jene bekannte Äußerung aus *Dichtung und Wahrheit*, alles, was von ihm bekannt geworden, seien „nur Bruchstücke einer großen Konfession", gerade an die Besprechung der Leipziger Dichtung angeschlossen und nicht erst im Zusammenhang mit späteren Dichtungen getan hat.

Nun lernte ich durch Unterredung überhaupt, durch Lehre, durch so manche widerstreitende Meinung, besonders aber durch meinen Tischgenossen, den Hofrat Pfeil, das Bedeutende des Stoffs und das Konzise der Behandlung mehr und mehr schätzen, ohne mir jedoch klar machen zu können, wo jenes zu suchen und wie dieses zu erreichen sei. Denn bei der großen Beschränktheit meines Zustandes, bei der Gleichgültigkeit der Gesellen, dem Zurückhalten der Lehrer, der Abgesondertheit gebildeter Einwohner, bei ganz unbedeutenden Naturgegenständen war ich genötigt, alles in mir selbst zu suchen. Verlangte ich nun zu meinen Gedichten eine wahre Unterlage, Empfindung oder Reflexion, so mußte ich in meinen Busen greifen; forderte ich zu poetischer Darstellung eine unmittelbare Anschauung des Gegenstandes, der Begebenheit, so durfte ich nicht

> aus dem Kreise heraustreten, der mich zu berühren, mir ein Interesse einzuflößen geeignet war. In diesem Sinne schrieb ich zuerst gewisse kleine Gedichte in Liederform oder freierem Silbenmaß; sie entspringen aus Reflexion, handeln vom Vergangenen und nehmen meist eine epigrammatische Wendung.
> Und so begann diejenige Richtung, von der ich mein ganzes Leben über nicht abweichen konnte, nämlich dasjenige, was mich erfreute oder quälte oder sonst beschäftigte, in ein Bild, ein Gedicht zu verwandeln und darüber mit mir selbst abzuschließen, um sowohl meine Begriffe von den äußeren Dingen zu berichtigen, als mich im Innern deshalb zu beruhigen. Die Gabe hierzu war wohl niemand nötiger als mir, den seine Natur immerfort aus einem Extreme in das andere warf. Alles, was daher von mir bekannt geworden, sind nur Bruchstücke einer großen Konfession, welche vollständig zu machen dieses Büchlein ein gewagter Versuch ist (9, 282 f.).

Nicht alles in dieser Selbstinterpretation des alten Goethe läßt sich plausibel auf die Leipziger Zeit und ihre Dichtungen beziehen, doch ist manches wichtig genug. Die Suche nach dem „Bedeutenden des Stoffes", ohne das es für ihn keine gewichtige Dichtung gibt, datiert er immerhin auch in jene frühe Zeit, aber er mußte es in sich selbst suchen. Die „wahre Unterlage" zu seinen Gedichten, wobei „Empfindung" und „Reflexion" gleiche Berechtigung besitzen, kann nur all das gewesen sein, was die geschilderte Leipziger Erfahrungswelt insgesamt ausgemacht hat. So sind die „Bruchstücke einer großen Konfession" mitnichten als Beichten, als intime Bekenntnisse aufzufassen, sondern in viel weiterem Sinn als Dokumente einer vielfältigen Erfahrungswirklichkeit des produktiv Tätigen, der auf diese Weise mit der ‚Welt' und sich selbst ins reine kommen wollte. Für den Suchenden und Ruhelosen, „den seine Natur immerfort aus einem Extreme in das andere warf", war schöpferische Produktivität eine Möglichkeit, schwieriges Leben zu bewältigen.

Goethesches in den frühen Gedichten

Liebhaber von Goethes Lyrik haben gern danach Ausschau gehalten, ob sich nicht schon in Gedichten aus der Leipziger Zeit etwas vom eigentümlich ‚Goetheschen' späterer Jahre ankündigt. Beim Gedicht *Die Nacht* meint man auf solcher Spur zu sein. Die älteste Fassung, im Mai 1768 einem Brief an Behrisch beigefügt, lautet:

> *Die Nacht*
>
> Gern verlass' ich diese Hütte,
> Meiner Liebsten Aufenthalt,

Wandle mit verhülltem Tritte
Durch den ausgestorbnen Wald.
Luna bricht die Nacht der Eichen,
Zephirs melden ihren Lauf,
Und die Bircken streun mit Neigen
Ihr den süssten Weihrauch auf.

Schauer, der das Herze fühlen,
Der die Seele schmelzen macht,
Flüstert durch's Gebüsch im Kühlen.
Welche süße, schöne Nacht!
Freude, Wollust kaum zu fassen!
Und doch wollt ich Himmel Dir
Tausend solcher Nächte lassen,
Ließ mein Mädgen eine mir.

Zum ersten Mal scheint ‚Stimmung' eingefangen zu sein, wenn auch die gedichtete Situation der bekannten Lyrik der Zeit verbunden bleibt. Die Schilderung des Zaubers nächtlicher Landschaft im Schein des Mondes, die die Verse 3-13 füllt, deutet Neues an, freilich erst zaghaft im Zusammenspiel mit Staffage-Wörtern wie Luna, Zephir, Wollust, und Landschaften im Mondlicht gibt es auch sonst in der Dichtung des 18. Jahrhunderts. Doch die Adjektive („mit verhülltem Tritte", „ausgestorbner Wald", „süßter Weihrauch", „süße, schöne Nacht") folgen hier nicht allein dem Gebot kunstverständiger Setzung, sondern verbreiten ‚Stimmungshaftes', und „Herz" und „Seele" werden nicht nur zitiert, sondern ihr Fühlen und Empfinden gelangt in den Versen zu sprachlichem Ausdruck, der mit den Klängen der Vokale beachtliche Musikalität gewinnt. Zwei Zeilen staunend-freudige Ausrufe, dann allerdings die Wendung zum witzig-pointierenden Schluß. Indem so, was nur schwer zu beschreiben ist, ‚Stimmungshaftes' aufkommt, schwindet bei Traditionswörtern wie „Luna", „Zephir" ihre distanzierte Nüchternheit und Kühle, und eben das macht es Goethe später möglich, solche Bezeichnungen wieder und weiterhin zu verwenden. Im Gedicht *Die Nacht* ist jenes Schwanken zwischen Fortbewegung von der Geliebten („*Gern* verlass' ich") und erwünschter Nähe zu ihr anwesend, das den Schreiber der leidenschaftlichen Briefe an Behrisch umtrieb. So ist es auch ein Gedicht der Einsamkeit, in dem der Sprechende die Atmosphäre der nächtlichen Landschaft genießt und gern darauf verzichten würde, wenn die Zweisamkeit ihm Erfüllung brächte. Nacht- und Mondpoesie: das ist oft genug Fluchtpoesie, Ersatzerfüllung, wenn Mangel erfahren wird.
Ein anderes Gedicht, das vorausweist, ist direkt *An den Mond* gerichtet, gehört in die Sammlung der *Neuen Lieder* und wohl schon in die Frankfurter Zeit nach der Rückkehr aus Leipzig. Es bietet in der ersten Stro-

phe ein eindringliches Bild der nächtlichen Landschaft, um dann freilich in der zweiten und dritten Strophe wieder das scherzende Spiel zu treiben: Auch der Mond hätte nichts davon, wenn er das schlafende Mädchen nur durch das Gitterfenster betrachten könnte: „Voll Begierde zu genießen, / So da droben hängen müßen; / Ey, da schieltest du dich blind.“

An den Mond

Schwester von dem ersten Licht,
Bild der Zärtlichkeit in Trauer!
Nebel schwimmt mit Silberschauer
Um dein reizendes Gesicht.
Deines leisen Fußes Lauf
Weckt aus Tagverschloßnen Hölen
Traurig abgeschiedne Seelen,
Mich und nächt'ge Vögel auf.

Forschend übersieht dein Blick
Eine großgemeßne Weite!
[...]

In der Darstellung der Natur setzt in Goethes Lyrik das Neue ein. Ohne die Wirkung, die der Schotte James Macpherson mit seinen fingierten Dichtungen des angeblich alten keltischen Sängers Ossian ausübte, ist das kaum zu denken. 1765 waren sie erschienen, die Übersetzung des Denis von 1768 hat Goethe wohl bald kennengelernt. Dort breiteten sich dunkle, empfindungsgesättigte Landschaftsschilderungen aus. In den Zeilen Goethes sind landschaftliche Elemente nicht mehr nur kulissenhafte Versatzstücke für galante Spielkonstellationen, sondern sie erhalten ein gewisses, wenn auch noch bescheidenes Eigenrecht. – Auf den Bildbereich des Nebels darf eigens aufmerksam gemacht werden: er bleibt vertraut bis in die letzten Gedichte des Greises. „Du bist uns kaum entwichen, und schwermüthig ziehen / Aus dumpfen Höhlen (denn dahin / Flohn sie bey deiner Ankunft, wie für'm Glühen / Der Sonne Nebel fliehn).“ Hier, in der *Ode an Herrn Zachariae*, zum ersten Mal: vorm Licht der Sonne zerteilt sich der Nebel. Dieses von der Anschauung wieder und wieder bestätigte Bild gewinnt später an Bedeutsamkeit, wo in der *Zueignung* (1784) der Nebel sich löst: „[...] es war kein Nebel mehr. / [...] Aus Morgenduft gewebt und Sonnenklarheit, / Der Dichtung Schleier aus der Hand der Wahrheit“, bis hin zu den letzten Dornburger Versen von 1828: „Früh, wenn Tal, Gebirg und Garten / Nebelschleiern sich enthüllen [...]“.
Fern allen Rokokospiels und anakreontischen Vergnügens behaupten die drei *Oden an meinen Freund* aus dem Jahre 1767 ihren eigenen Platz in

der Jugenddichtung Goethes. Ernst Wolfgang Behrisch, dem nun schon mehrfach genannten Freund, sind sie gewidmet. Er war, immerhin elf Jahre älter, für Goethe der Kenner und Begutachter in Sachen Literatur, gleichzeitig Ratgeber und Vertrauter in geselligen und amourösen Fragen, liebte einen locker-freimütigen Ton, betrachtete das Leben skeptisch und dürfte auch zynischen Bemerkungen nicht abgeneigt gewesen sein. 1760 war er auf Empfehlung Gellerts Hofmeister des jungen Grafen von Lindenau geworden, wohnte in Auerbachs Hof, und dorthin gingen von der „Großen Feuerkugel", Goethes Quartier, die ersten Briefe vom Oktober 1766 und Oktober 1767. Im Herbst jenes Jahres mußte Behrisch seine Stelle aufgeben, nach Meinung seines Bruders wegen einer Ohrfeige, die er seinem Zögling in Uniform verabreicht hatte, während Goethe in *Dichtung und Wahrheit* Späße und Torheiten der ganzen Clique dafür verantwortlich machte, und „unglücklicherweise hatte Behrisch, und wir durch ihn, noch einen gewissen anderen Hang zu einigen Mädchen, welche besser waren als ihr Ruf; wodurch denn aber unser Ruf nicht gefördert werden konnte." (7. Buch; 9, 305). Die Umstände, die zum Verlust der Stelle führten, und der Abschied haben Goethe offenbar aufgebracht. Drei Oden schrieb er seinem Freund, der am 13. Oktober 1767 an den Dessauer Hof reiste, wo er als Erzieher des vierjährigen Grafen Waldersee tätig sein konnte. Der Kontakt zu Behrisch ist auch später nicht abgerissen, und noch im Gespräch mit Eckermann am 24. Januar 1830 schweifte die Erinnerung zurück an „die alten Späße, womit wir so schändlich unsere Zeit verdarben."

Die *Oden an meinen Freund* schlugen nun einen neuen Ton an. Nichts von Spiel und Tändelei, Scherz und witziger Pointierung; kein Einpassen der Sprache in eine vorgegebene feste Form, sondern ‚freie Rhythmen': die ersten in Goethes Lyrik, freilich noch in Strophen zu je vier Zeilen. Deutlich, hart die Kritik an der Leipziger Welt in der Gegenüberstellung des „schönen Baums" zu „der Erd aussaugendem Geize" und „der Luft verderbender Fäulnis". In knappen Strichen entwirft die zweite Ode ein Bild feindlich-unfreundlicher Natur, dabei nur die Wirklichkeit der sumpfigen, nebligen Niederungen an Pleisse und Elster schärfer zeichnend, gedrängt und dicht in der sprachlichen Fügung, die sich zum Teil mit bloßer Nennung begnügt:

Tote Sümpfe
Dampfende Oktobernebel
Verweben ihre Ausflüsse
Hier unzertrennlich.

Gebärort
Schädlicher Insekten,
Mörderhülle
Ihrer Bosheit.

Trennung sei Tod, verkündet exaltiert die dritte Ode, „Dreifacher Tod / Trennung ohne Hoffnung / Wiederzusehn", und der Sprechende selbst sieht sich als Eingekerkerten, der auf Freiheit wartet. Die beiden letzten Strophen klingen wie ein Bekenntnis Goethes über seine eigene Leipziger Situation. Doch so stürmend und drängend die Verse auch auftrumpfen, so dominieren doch die vom Anlaß bestimmte Aufwallung, die poetische Solidarisierung mit dem Freund:

Du gehst, ich bleibe.
Aber schon drehen
Des letzten Jahrs Flügelspeichen
Sich um die rauchende Achse.

Ich zähle die Schläge
Des donnernden Rads,
Segne den letzten,
Da springen die Riegel, frei bin ich wie du.

Die Wahrheit des Anlasses, die Eindruckshaftigkeit der Schilderung unwirklicher, unheimlicher Natur, der Ausdruck persönlicher Betroffenheit sind zu Recht betont worden und weisen diesen Oden eine Sonderstellung in der frühen Lyrik Goethes zu. Doch sie bleiben zunächst ein einzelnes Ereignis. In ihrer Unvermitteltheit und mit der persönlichen Anrede des Freundes gehören sie ohnehin in die Ausdruckssphäre der Briefe; wie denn auch die Oden erst 1818 mit den Briefen an Behrisch zu Goethe zurückgelangt und vor der Quartausgabe von 1836 nie gedruckt worden sind. ‚Lyrik-Geschichte' haben sie also nicht machen können.

Wie ein Fremdkörper steht in der Sammlung *Annette* die *Elegie auf den Tod des Bruders meines Freundes.* Bei genauerem Hinsehen zeigt sich aber schnell, wie sehr dieses Gelegenheitsgedicht der langen Tradition des Trauergedichts verhaftet ist.

Die Laune des Verliebten

Wie vertraut der Leipziger Student Goethe mit damals gern gepflegten Formen und Gattungen der Literatur war und wie sicher und souverän er über sie verfügte, beweisen nicht nur seine Gedichte, sondern auch das Schäferspiel *Die Laune des Verliebten.* Die Tradition der Schäferdichtung reicht in die Antike zurück, bis zu Theokrit und Vergil, und war seit der Renaissance in Europa wieder aufgeblüht. Die Schäferwelt der Dichtung blieb von der Wirklichkeit abgehoben, ein besonderer Bereich,

in dem Hirten mit ihren Freunden und Geliebten in friedvoll lieblicher Landschaft lebten und vor allem oder gar ausschließlich über Glück und Nöte der Liebe sprachen. Jeder Leser wußte, daß es eine idealisierte Welt war, in der die Hirten ihr Dasein zubrachten, richtiger: verspielten. Gottsched hatte im Kapitel „Von Idyllen oder Schäfergedichten" *(Versuch einer Critischen Dichtkunst,* 1730) betont: „Die Wahrheit zu sagen, der heutige Schäferstand, zumal in unserm Vaterlande, ist derjenige nicht, den man in Schäfergedichten abschildern muß. Er hat viel zu wenig Annehmlichkeiten, als daß er uns recht gefallen könnte. Unsere Landleute sind mehrenteils armselig, gedrückte und geplagte Leute. Sie sind selten Besitzer ihrer Herden; und wenn sie es gleich sind: so werden ihnen doch so viel Steuren und Abgaben auferlegt, daß sie bei aller ihrer sauren Arbeit kaum ihr Brot haben." Auch „Laster" herrschten unter ihnen, so daß sie nicht als „Muster der Tugend" gelten könnten. Deshalb biete die Schäferdichtung die „Nachahmung des unschuldigen, ruhigen und ungekünstelten Schäferlebens, welches vorzeiten in der Welt geführet worden. Poetisch würde ich sagen, es sei eine Abschilderung des güldenen Weltalters." Salomon Geßner, bekannter Schweizer Idyllendichter, wußte ebenfalls, daß in Wahrheit „der Landmann mit saurer Arbeit untertänig seinem Fürsten und den Städten den Überfluß liefern muß und Unterdrückung und Armut ihn ungesittet und schlau und niederträchtig gemacht haben" („An den Leser", *Idyllen,* 1756).
Gedichtetes Spiel also in der Schäferdichtung, fern von den Zwängen der Wirklichkeit. In ihm vermochten Poeten vorzuführen, wie glückliches Leben sein und ein zwischenmenschlicher Konflikt gelöst werden könnte. Doch wurde solche ‚Gegenbildlichkeit' zur Realität nicht immer ausdrücklich hervorgehoben. Schäferdichtung gab es in mancherlei Formen, als Roman, als Lyrik, als kleine Prosa, in die Dialoge der Hirten eingeflochten waren, und auch als Drama. Zu Goethes Jugendzeit fand man Gefallen am kleinen Schäferspiel in einem Akt. Johann Leonhard Rost, Gellert, Gleim, Karl Christian Gärtner waren bekannte Autoren dieser Gattung nach französischem Muster. Das Schema der Handlung war einfach. Zwei Paare bildeten das ganze Personal des Stücks; das eine genoß das Glück harmonischer Zweisamkeit, ohne sich vor der Welt zu verschließen, während das andere, von Eifersüchteleien gequält oder durch Zurückhaltung eines Partners verunsichert, zu solcher Harmonie erst finden, noch hingeführt werden mußte. Die glücklich Liebenden halfen dabei. Am Schluß waren alle Hindernisse überwunden. Auch das schwierige Paar hatte gelernt, daß sprödes Sichzieren verfehlt ist und Liebe nicht bedeuten darf, den Partner restlos besitzen zu wollen und ihn anderer Geselligkeit zu entziehen. Nach diesem Muster schrieb Goethe *Die Laune des Verliebten.* Literaturkenner zögern nicht, dieses klei-

ne Werk als den Höhepunkt der Geschichte des deutschen Schäferspiels zu bezeichnen, der zugleich ihr Ende bedeutet. Von übersteigerter Eifersucht ist Eridon geplagt, der bei Amine Treulosigkeit wittert, wenn sie auch andern als begehrenswert erscheint und an unschuldiger, wenngleich erotisch gestimmter Geselligkeit Vergnügen findet. Egle und Lamon fühlen sich dagegen sicher und unbeschwert in ihrer Zuneigung und versuchen Eridon von seiner Eifersucht zu heilen. Eine Intrige der liebeskundigen Egle bringt zuwege, daß Eridon selbst, in eine verführerische Situation gebracht, sich als verführbar erweist und bloßgestellt wird. Da bleibt ihm nichts anderes, als seinen Egoismus einzusehen und zu begreifen, daß sein eifersüchtiges Betragen eine Liebesbeziehung zerrütten kann. Goethe erfüllte genau die Anforderungen, die diese Dichtungsgattung stellte. Differenziert sind die Unterschiede im erotischen Spiel der vier Personen gezeichnet; präzise ist der Dialog geführt, witzig und pointiert; und von Schritt zu Schritt der zum guten Ende führenden Handlung verkünden Sentenzen Sinn und Lehre der Vorgänge. Das alles im Maß des Alexandrinerverses, der mit seiner festliegenden Gliederung Gedanken besonders klar konturieren kann und auch den Ausdruck seelischer Erregung durch seine strenge Form bändigt.

> Besänftige den Sturm, der dich bisher getrieben (V. 229).
> Heißt uns die Liebe denn die Menschlichkeit verlassen? (V. 317)
> Du mußt ihn lieben, doch Dich nicht beherrschen lassen (V. 383).

Aber es war nicht nur ein literarisches Gedankenspiel, das Goethe hier inszenierte. Er schrieb das Stück als Betroffener. Wie Eridon war auch er in seiner Zuneigung zu Käthchen Schönkopf von Eifersuchtsanwandlungen nicht frei. So las er sich in dieser Schäferdichtung selbst die Leviten. Das Stück sei „sorgfältig nach der Natur copirt", schrieb er der Schwester Cornelia im Oktober 1767. In *Dichtung und Wahrheit* bezog er es ausdrücklich auf seine damalige Verfassung: „Ich stellte mir ihre Lage, die meinige und dagegen den zufriedenen Zustand eines anderen Paares aus unserer Gesellschaft so oft und so umständlich vor, daß ich endlich nicht lassen konnte, diese Situation, zu einer quälenden und belehrenden Buße, dramatisch zu behandeln" (9, 285).
Im Stück werden aber nicht nur die Launen der Eifersucht diskutiert, sondern auch das erwünschte richtige Verhalten der Liebenden in einer Gesellschaft, zu der Scherz, Zärtlichkeit, tändelndes Spiel als liebens- und lebenswerte gesellige Verhaltsweisen hinzugehören. An den Reizen, die den Liebenden an die Partnerin binden, soll auch die Gesellschaft teilhaben dürfen, und der Liebende findet damit nur um so mehr Gefallen an seiner Geliebten. „Wo keine Freiheit ist, wird jede Lust getötet"

(V. 419). Die ausschließliche Bindung an den einen Partner führt zu Verkrampfungen im gesellig-gesellschaftlichen Miteinander, wenn nicht die Offenheit zu weiteren freunschaftlichen Beziehungen gewahrt bleibt, in denen das Erotische seine Ausstrahlungs- und Anziehungskraft durchaus behalten darf. So bietet *Die Laune des Verliebten* den Entwurf eines geselligen Zusammenlebens, in dem die Ansprüche der Liebe zweier Menschen mit den Bedürfnissen einer Gesellschaft, die die Freiheit zu spielerischer Erotik gewahrt wissen will, zum Ausgleich gebracht sind; ein Entwurf in der Schäferwelt freilich, womit angezeigt ist, wie schwierig ein solcher Ausgleich in der Wirklichkeit sein würde.

Im Spiegel der Briefe

Goethes Briefe aus Leipzig! Achtunddreißig aus jenen Jahren sind erhalten geblieben, davon zwölf an die Schwester Cornelia, zwanzig an Behrisch, der Rest an Frankfurter Freunde. Kein großer Bestand, aber hier sind Spuren eigenwilliger Schreibweise zu erkennen, Töne persönlichen Engagements und leidenschaftlichen Gefühls zu hören, wie sie in seine damalige Dichtung nicht eingedrungen sind. Freilich muß man daran denken, daß auch in Briefen, die so unmittelbar persönlich zu sein scheinen, sprachliche Überformung des wirklich Gelebten und Erlebten am Werk sein kann, daß sie ein eigenes Sprachspiel entfalten, nicht minder ‚literarisch' als ein literarisches Werk, und daß die Korrespondenz sich vielleicht ganz der Sphäre des Adressaten an- und einpaßt. Die Interpretation von Briefen ist nicht leichter als die Interpretation dichterischer Texte. Wenn Goethe einem Brief an Cornelia die Verse einfügte, die Christian Felix Weiße nachgedichtet sind: „Von kalten Weisen rings umgeben / Sing ich was heisse Liebe sey; / Ich Sing vom süßen Saft der Reben / Und Wasser trinck ich oft dabey", so wollte er den falschen Schluß von seiner leichten, lockeren Dichtung auf sein wirkliches Leben verhindern helfen. Trifft das nicht auch schon für die prahlende Prosa des ersten Briefs vom 12. 10. 1765 zu? „So weit von Mädgen. Aber noch eins. Hier habe ich die Ehre keines zu kennen dem Himmel seye Danck. Cane pejus et angue turpius [Schlimmer als ein Hund und schimpflicher als eine Schlange]! Mit jungen schönen W – doch was geht das dich an."

Zu prahlen und sich in Positur zu setzen, das verstand der flotte Schreiber von Leipzig ausgezeichnet. Auf der Bühne seiner Briefe agierte er und schien sich selbst dabei zuzusehen. Und noch bei den Eifersuchtsszenen und Leidenschaftsausbrüchen in einigen Briefen an Behrisch ist die Frage berechtigt, wieviel Kunst des Arrangements hier vorherrscht, auch wenn es um niemand anders als Käthchen Schönkopf geht. Doch ist natürlich kein Anlaß, daran zu zweifeln, daß den Schreiber beschäftigt und bewegt, wovon er spricht; nur darf man das briefliche Sprachspiel nicht ohne weiteres mit dem wirklich Gelebten gleichsetzen.

Wie Briefe geschrieben werden sollten, hat der junge Goethe bei Gellert gelernt. Dessen Anweisungen waren bekannt und berühmt. 1742 hatte er in einem kleinen Aufsatz seine *Gedanken von einem guten deutschen Briefe* in den *Belustigungen des Verstandes und des Witzes* vorgelegt und 1751 ein ganzes Buch von gut dreihundert Seiten folgen lassen: *Briefe, nebst einer Praktischen Abhandlung von dem guten Geschmacke in Briefen.* Da war theoretisch erörtert, welchen Prinzipien ein Brief zu folgen habe, und ein Sammlung von Musterbriefen war beigefügt. „Wovon wir reden können, davon können wir auch schreiben", hieß es im Aufsatz, und die Abhandlung schärfte als erstes ein, der Brief vertrete die Stelle eines Gesprächs, er sei „eine freye Nachahmung des guten Gesprächs". Gegen das Unnatürliche, gegen eine „kanzleyförmige Schreibart", gegen steife, ungebräuchliche Floskeln im Brief richtete sich Gellerts Kritik. Das hieß nun nicht, man solle einfach so schreiben, wie im alltäglichen Umgang geredet wird. „Man hat mehr Zeit, wenn man schreibt, als wenn man spricht. Man kann also, ohne Gefahr unnatürlich zu werden, etwas sorgfältiger in der Wahl seiner Gedanken und Worte, in der Wendung und Verbindung derselben seyn." Man solle sich sowohl „von dem Altfränkischen als von dem Neumodischen in der Sprache gleich weit entfernet" halten. Gepflegte Natürlichkeit der Rede im Brief also, eine „anständige und vernünftige Schreibart", das wünschte der Briefmeister Gellert, und ähnliche Forderungen waren auch anderwärts laut geworden. „Schreibe wie Du redest, so schreibst Du schön", hatte 1743 schon der vierzehnjährige Lessing seine Schwester ermahnt.

Nun war es freilich seit der Antike ein Gemeinplatz, daß ein Brief wie ein Gespräch und der mündlichen Rede nachgebildet sein solle. Doch solche allgemeinen Aussagen können bekanntlich vielerlei meinen; ein Gespräch und eine Rede können zu verschiedenen Zeiten sehr unterschiedlich angelegt und ausgeführt sein. Im ‚Barock' suchten Rede und Gespräch zeremoniellen Ansprüchen zu genügen, und diese waren von höfischer Etikette geprägt. Jetzt, wo die Bürger sich ihrer Stellung bewußt wurden und literarische Bildung zu entwickeln suchten, die ihnen gemäß schien, verloren solche Ansprüche an Bedeutung. Gleichwohl zeigen Gellerts Musterbriefe, daß jene Natürlichkeit und Ungezwungenheit, die er theoretisch proklamierte, durch Schicklichkeit und Gemessenheit, Wohlanständigkeit und Auswogenheit gezähmt wurden. Eben diese Grenzen sittsamer Temperiertheit überschritt der jugendliche Goethe in einigen Passagen seiner Briefe, wo Ausrufe sich vordrängen, der ruhig gemessene Satzablauf aufgestört wird und der Schreiber sich nicht mehr gebärdet wie die von Gellert gewünschte Person, „welche die Wohlredenheit völlig in ihrer Gewalt hätte". Da ist bei Goethe wirklich Ernst gemacht mit dem theoretischen Prinzip, man solle schreiben, wie man rede. „Meine – Ha! Siehst du! Die ist's schon wieder. Könnte ich nur zu einer Ordnung kommen, oder käme Ordnung nur zu mir. Lieber, lieber. [...] Nun aber! Hinter ihrem Stuhl Herr Ryden, in einer sehr zärtlichen Stellung. Ha! Dencke mich! Dencke mich! auf der Gallerie! mit einem Fernglaß –, das sehend! Verflucht! Oh Behrisch ich dachte mein Kopf spränge mir für Wuht" (10. 11. 1767). Der Ausdruck der Leidenschaft wird hier möglich, und die Zierlichkeit des Rokoko ist preisgegeben. Die Rolle des Rasenden und Verzweifelten vermag Goethe im Brief sprachlich zu artikulieren, und es ist bezeichnend genug, daß er in dem mehrteiligen Brief vom 10. 11. 1767 vermerkt: „Mein Brief hat eine hübsche Anlage zu einem Werckgen, ich habe ihn wieder durchgelesen, und erschröcke vor mir selbst." Auch ein Brief kann also leisten, was Goethe sich an jener genannten Stelle in *Dichtung und Wahrheit* von seinen Dichtungen versprach: „dasjenige was mich erfreute oder quälte, oder sonst beschäftigte, in ein Bild, ein Gedicht zu verwandeln und darüber mit mir selbst abzuschließen". Und in der Dichtung der Zeit bestätigte die literarische Gattung des Briefromans eindrucksvoll die Möglichkeiten solcher Prosa.

An Kraft des Ausdrucks, an Empfindung und Leidenschaftlichkeit übertreffen die Leipziger Briefe die Dichtungen Goethes aus dieser Zeit. Dazu bedurfte es nicht einmal des spannungsreichen Verhältnisses zu Käthchen Schönkopf. Auch der Schwester Cornelia flatterten Briefe zu, in denen die Unausgeglichenheit des Schreibers nicht mit Floskeln kostümiert, sondern sprachlich direkt vergegenwärtigt wurde. Da schrieb jemand wirklich, wie wohl geredet wurde, und wovon er reden konnte, davon meinte er auch schreiben zu können. Natürlich war nicht in allen Briefen dieser persönliche Redeton.

Als gelehriger Schüler Gellerts präsentierte sich der junge Student: „Ich habe eben jetzo Lust mich mit dir zu unterreden; und eben diese Lust bewegt mich an dich zu schreiben" (6. 12. 1765). Er suchte die Lehren Gellerts an die Schwester weiterzugeben, spielte sich als Schulmeister auf, und in manchen Partien seiner Lehrepisteln an Cornelia verfiel er in die Manier altkluger Bevormundung. In einem besonderen Abschnitt „Critick über deinen Brief" besprach er Wörter und Formulierungen, die er meinte verbessern zu müssen. „Allein ich muß dich auch lesen lernen", mahnte er am 7. 12. 1765 und gab Anweisungen, wie sie die Stücke lesen sollte. Romane allerdings verbot er ihr völlig, „den einzigen Grandison ausgenommen, den du noch etlichemahl lesen kannst, aber nicht obenhin, sondern bedächtig". Der Roman genoß im 18. Jahrhundert, ehe Wieland und Goethe selbst mit eigenen Werken dieser Gattung die Kunstrichter eines Besseren belehrten, bei Kritikern geringes Ansehen. Die abenteuerlichen Verwicklungen, die erotischen Irrungen und Wirrungen, das phantastisch Wunderbare: all das schien nicht geeignet, diesen Büchern Respekt zu verschaffen. „Wer Romans liest, liest Lügen", hatte 1698 der Zürcher Theologe Gotthard Heidegger verkündet, und manche sprachen es ihm nach.

Bemerkenswert, wen der auf nützliche schwesterliche Lektüre bedachte Bruder gelten ließ: die moralisierenden, empfindsamen Briefromane des Engländers Samuel Richardson, *Pamela* (1740), *Clarissa Harlowe* (1748), *Sir Charles Grandison* (1753). „Aber mercke dirs, du sollst keine Romanen mehr lesen, als die ich erlaube. [...] Aber laß dirs nicht Angst seyn Grand. Cla. und Pa. sollen vielleicht ausgenommen werden" 6. 12. 1765). Für das Lesepublikum waren, wie die Mahnung zeigt, Romane längst zur beliebten Lektüre geworden.

Der junge Schreiber ‚paradierte' in Deutsch, Englisch, Französisch, und Verse stellten sich zwischendurch wie von selbst ein. Wir können den Briefen manche sachlichen Information entnehmen: wie er zunächst noch im Fahrwasser der französischen Lehren des guten Geschmacks und der klassischen Dichtungstheorie eines Boileau segelte und damit nahe bei Gottscheds Auffassungen blieb; welche Theaterstücke er schätzte oder doch beachtete (Lillos *Merchant of London*, Lessings *Miss Sara Sampson*, Voltaires *Zaire*, Weißes *Die Poeten nach der Mode*, Molieres *Tartuffe*); welche Literatur seine Aufmerksamkeit fand (z. B. John Milton und Edward Young, Ariost und Tasso) und wie das, was später Weltliteratur hieß, ihm von früh an vertraut war und nicht erst mühselig hinzugewonnen werden mußte; wie Shakespeare ihm bekannt wurde (wohl durch die Sammlung von William Dodd, *The Beauties of Shakespeare*, 1752) und er ihm nicht erst in Straßburg durch Herder, wie man oft lesen kann, nahegebracht werden mußte. Schon am 30. 3. 1766 wurde er als „un grand Poète" apostrophiert, und als Goethe unter dem 7. 12. 1765 den 5. Akt des *Belsazar* in fünffüßigen Jamben ankündigte, berief er sich auf den Briten: „Dieses Schwester ist / Das Versmas das der Britte braucht, wenn er / Auf dem Coturn im Trauerspiele geht." Zum erstenmal ist hier Shakespeare erwähnt, dessen Werke in englischer und deutscher Sprache (in der Übersetzung Wielands) auch in der väterlichen Bibliothek standen.

Die Leipziger Briefe dokumentieren das Befinden ihres Schreibers. In die Lockerheit und selbstsichere Belehrungsfreude mischten sich früh anders gefärbte Aussagen. Die Sicherheit war wohl nur aufgesetzt; immer bestand Gefahr, daß Zweifel und Erschütterungen sie ins Wanken brachten. „Ich binn nur aus Laune heiter wie ein Aprilltag, und kann immer 10 gegen 1 wetten daß morgen ein dummer Abendwind Regenwolcken heraufbringen wird“ (an Cornelia 14. 10. 1767). Das Bild von der „Wetterfahne die sich dreht, immer dreht“, spricht für sich; in Briefen aus Sesenheim sollte es sich wieder einstellen. Der unruhige, unstete Goethe, der es sich und anderen schwer machte und der als Greis am 27. 1. 1824 zu Eckermann nichts anderes zu bekennen wußte, als daß sein Leben „das ewige Wälzen eines Steines“ gewesen sei, „der immer von neuem gehoben sein wollte“, der Suchende, dem angebotene Sicherheiten nicht genügen konnten: er war es von früh an und ist es geblieben. „Und ich gehe nun täglich mehr Bergunter 3 Monate noch Behrisch, und darnach ist’s aus. Gute Nacht ich mag davon nichts wissen“, lauten die letzten Sätze der Leipziger Briefe (an Behrisch, Mai 1768). In solcher Befindlichkeit wurde all das, wofür die Chiffre Leipzig stehen kann, zu eng, und die sprachliche Ausdrucksfähigkeit, die Goethe gegeben war, drängte über die vorgezeichneten Grenzen hinaus, in einigen Gedichten, in Briefstellen.

Frankfurter Intermezzo

Monate der Krankheit und Krise

Goethe hat sich im Alter nicht gern an die augenscheinlich heiklen Leipziger Jahre 1765–68 erinnern lassen. Daß keine Briefe der Mutter und des Vaters bewahrt worden sind, ist schon erwähnt worden; auch keine Zeile Cornelias an den Bruder ist mehr vorhanden. Goethe hat unnachsichtig weggeräumt, was für ihn nur noch frühe Schlacken waren. Als 1827 die Briefe an den Jugendfreund Johann Adam Horn wieder in seine Hände gelangt waren, hat er sie bekanntlich vernichtet (S. 30).

Nun hatten die Semester in der sächsischen Universitätsstadt in der Tat nicht viel gebracht, was er nach außen vorweisen konnte, besonders nicht, wenn man an die Erwartungen des Vaters dachte, der einen ausgebildeten und für die Promotion bereiten Juristen erwartete. Und was konnte die Belehrung, Erfahrung und nicht eben umfangreiche praktische Erprobung in Sachen Literatur und Kunst wirklich zählen? Und war es richtig, daß sich die Verbindung zu Käthchen Schönkopf von Liebe in Freundschaft gelöst hatte? Fragen genug, die Unruhe schüren mußten. Im Juni 1768 wurde Goethe ernsthaft krank. *Dichtung und Wahrheit* nennt gleich mehrere Gründe dafür. Einen „hypochondrischen Zug“ habe er schon von Haus aus mitgebracht, nun habe die mißmutige Stimmung zugenommen; verstärkt seien Schmerzen in der Brust aufgetreten, die vielleicht von einem Sturz mit dem Pferde oder noch von der Hinreise nach Leipzig herrührten, als der umgestürzte Reisewagen bei Auerstedt nur mit Mühe hatte aufgerichtet werden können; die ganze unvernünftige Lebensweise mit Kaltbaden und Kühlschlafen, mißverstandene Anregungen Rousseaus, und eine unzuträgliche Ernährung hätten zum desolaten Zustand beigetragen. Ein Blutsturz war der Höhepunkt. Niemand wird nachträglich entscheiden können, wieviel Psychisches bei dieser Krankheit mit im Spiel war und ob die körperlichen Störungen eine Krise anzeigten, die nach fast drei Jahren Leipzig ausgebrochen war. Jedenfalls war es ein kranker Neunzehnjähriger, der an seinem Geburtstag, am 28. August 1768, von Leipzig aufbrach und in den ersten Septembertagen wieder im heimatlichen Frankfurt eintraf. Mehrere Monate lang machte Goethe in Frankfurt die Krankheit zu schaffen. Eine Geschwulst am Hals mußte geschnitten werden; schwere Verdauungsstörungen belästigten den Patienten; Liegekuren wurden angeordnet; es gab Besserungen und Rückfälle, bis er sich im Winter 1769 wiederhergestellt fühlte. Fing die Gesundheit zunächst an, „wieder etwas zu steigen“ (9. 11. 1768), so scheint es dem Kranken zwischen dem 7. und 10. Dezember nach Cornelias Tagebuch besonders schlimm ergangen zu sein; einer Phase der Besserung folgte im Januar wieder eine Verschlechterung, und am 14. Februar 1769 meldete der Patient an Oeser nach Leipzig, er sei wirklich „noch ein Gefangner der Kranckheit, obgleich mit der nächsten Hoffnung, bald erlöst zu seyn".

Über diese Krankheit hat man mancherlei Vermutungen angestellt. Äußerungen in Brief und Vers, die in der Tat anspielungsreich sind (z. B. im Gedicht *Zueignung:* „Der Fuchs, der seinen Schwanz verlor, / Verschnitt jetzt gern uns alle"), haben auch einige Mediziner bewogen, eine venerische Erkrankung zumindest für möglich zu halten. Doch sind die Argumente brüchig. Vor allem bleibt unverständlich, warum der Kranke auf solches Mißgeschick andere aufmerksam machen wollte. Die Symptome der Krankheit und des Heilungsverlaufs lassen vielmehr auf eine Lungen- und gleichzeitige Halslymphdrüsentuberkulose schließen, zu denen die Verdauungsbeschwerden als störende Belastung hinzukamen.

Die Monate im Elternhaus bis zum Aufbruch nach Straßburg waren eine wichtige Phase im Leben Goethes. In ihnen zeigte sich, wie sehr sich der aus Leipzig krank Zurückgekehrte auf der Suche befand. Er war „weder an Leib noch Seele ganz gesund" (9, 340), eine feste Orientierung besaß er nicht, und er wußte, daß Frankfurt nur eine Zwischenstation sein konnte; denn das Studium war noch nicht abgeschlossen. In dieser Verfassung war Goethe prädisponiert, auf Angebote zu hören und vielleicht einzugehen, die ihm nicht nur punktuelle, sondern umfassende Antworten auf die Frage nach dem Sinn des Daseins versprachen und einige Sicherheit verhießen.

Auf der Suche

In Leipzig scheinen ihm Christentum und Kirche sehr fern gewesen zu sein. Nichts läßt darauf schließen, daß er ernsthaft davon berührt wurde. Allenfalls Ernst Theodor Langer hat ihm philosophisch-weltanschauliche und religiöse Probleme nahegebracht. Daran erinnerte die Bemerkung im Brief an ihn vom 24. November 1768: „Gewiss ich weiss was in mir Ihre Predigt gewürckt hat. Liebe und Condescendenz [Nachgiebigkeit] gegen die Religion, Freundschafft gegen das Evangelium, heiligere Verehrung gegen das Wort. Genung, alles was Sie tuhn konnten. Freylich binn ich mit allem dem kein Christ, aber ist das, die Sache eines Menschen mich dazu zu machen [?]" Zu Langer, der 1767 als Nachfolger Behrischs Hofmeister beim Grafen v. Lindenau geworden war, hatte Goethe erst allmählich ein Vertrauensverhältnis gefunden, und gerade in einigen Briefen an ihn (der 1781 Lessings Stelle als Bibliothekar in Wolfenbüttel übernahm) hat jenes philosophische und religiöse Nachsinnen, das die Krankheitsmonate in der Heimatstadt erfüllte, offene und verdeckte Spuren hinterlassen.

Goethes Mutter hatte dort Kontakt zu einem Kreis frommer Leute gefunden, die sich in ihrer pietistischen Glaubenshaltung der Herrnhuter Brüdergemeinde nahe fühlten. Susanna von Klettenberg, „aus deren Unterhaltungen und Briefen die ‚Bekenntnisse der schönen Seele' entstanden sind, die man in ‚Wilhelm Meister' eingeschaltet findet" (*DuW*, 8. Buch; 9, 338 f.), genoß in diesem Zirkel besonderes Ansehen und war dem Haus Goethe auch durch verwandtschaftliche Beziehungen verbunden. In persönlich bestimmter Frömmigkeit das wahre Heil zu finden, in Abkehr vom sündhaften Selbst und in der Öffnung der Seele zu Gott, um ganz von ihm ergriffen zu werden, das bewegte diese „abgesonderten Frommen" (9, 340). Nur in gesammelter Stille und reuiger Bekehrung, so meinte man, könne der Durchbruch zu Gott geschehen. „Heiterkeit und Gemütsruhe verließen sie [das Fräulein von Klettenberg] niemals. Sie betrachtete ihre Krankheit als einen notwendigen Bestandteil ihres vorübergehenden irdischen Seins; sie litt mit der größten Geduld, und in schmerzlosen Intervallen war sie lebhaft und gesprächig. Ihre liebste ja vielleicht einzige Unterhaltung waren die sittlichen Erfahrungen, die der Mensch, der sich beobachtet, an sich selbst machen kann; woran sich denn die religiosen Gesinnungen anschlossen, die auf eine sehr anmutige, ja geniale Weise bei ihr als natürlich und übernatürlich in Betracht kamen. [...] Nun fand sie an mir, was sie bedurfte, ein junges, lebhaftes, auch nach einem unbekannten Heile strebendes Wesen, das, ob es sich gleich nicht für außerordentlich sündhaft halten konnte, sich doch in keinem behaglichen Zustand befand, und weder an Leib noch Seele ganz gesund war" (9, 339 f.).

Bereits im Vorgriff auf Anfang März 1769 konstatierte Goethe am 30. Januar 1769, er sei dann schon ein halbes Jahr wieder zu Hause „und auch schon ein Halbjahr kranck", aber ebenfalls: „ich habe in dem Halbenjahr viel gelernt" (an Käthchen Schönkopf). Es ist indes alles andere als leicht, im einzelnen zu erkennen, was er in den besagten Monaten gelernt hat. Die Dokumente sind spärlich, sie beschränken sich im wesentlichen auf Andeutungen und Anspielungen. Was im 8. Buch von *Dichtung und Wahrheit* berichtet ist, bedarf ebenso der Erläuterung im einzelnen und einer die Zusammenhänge aufschließenden Interpretation wie die einschlägigen Briefstellen; ferner müssen Notizen beachtet werden, die erst später in die *Ephemerides* eingetragen wurden, jenes Tagebuch mit Lesefrüchten, Buchangaben und eigenen Anmerkungen, das wohl zu Anfang des Jahres 1770 begonnen worden ist.

Der Brief, den Goethe am 17. Januar 1769 an Ernst Theodor Langer geschrieben hat, ist seit der Veröffentlichung dieser Briefe 1922 stets besonders gern zitiert worden; denn er schien in manchen Formulierungen die endlich gewonnene Nähe zum christlichen Glauben zu belegen, mochten auch immer noch Zeichen des Schwankens und einer letzten Unentschlossenheit zu bemerken sein. Er war zwar kein bündiger Bericht über das, was mit dem Schreiber dieser Zeilen vorgegangen war, enthielt aber aufsehenerregende Partien:

> Es ist viel mit mir vorgegangen; ich habe gelitten, und binn wieder frey, meiner Seele war diese Calcination sehr nütze, meine relativen Umstände haben sich auch dadurch gebessert, und wenn mein Cörper :wie sie behaupten: auch jetzo eine wahre Hoffnung, zur Besserung haben kann, weil sich die nächste Ursache meiner Kranckheiten entdeckt hat; so weiß ich keinen glücklichern Vorfall, in meinem Leben, als diesen schröcklichen.
> [...]
> Langer ich habe meine Betrachtungen manchmal, es ist doch schröcklich! Ich binn jung und auf einem Weege der gewiss hinaus aus dem Labyrynte führt, wer ist's der mir versprechen könnte, das Licht wird dir immer leuchten wie jetzt, und du wirst dich nicht wieder verirren. Doch Sorgen! Sorgen! Immer Schwäche im Glauben. Petrus war auch in unserm Gusto, ein rechtschaffner Mann, biss auf die Furchtsamkeit. Hätte er fest geglaubt der Jesus habe Macht über Himmel Erde und Meer, er wäre über's Meer trocknen Fusses gewandelt, sein Zweifel machte ihn sincken. Sehen Sie lieber Langer es steht kurios mit uns; Mich hat der Heiland endlich erhascht, ich lief ihm zu lang und zu geschwind, da kriegt er mich bei den Haaren. Ihnen jagt er gewiss auch nach, und ich wills erleben dass er sie einhohlt, für die Art nur möchte ich nicht gut sagen. Ich binn manchmal hübsch ruhig darüber, manchmal wenn ich stille ganz stille binn, und alles Gute fühle was aus der ewigen Quelle auf mich geflossen ist. Wenn wir auch noch so lange irre gehn, wir beyde, am Ende wirds doch werden.

Hier fallen Stellen auf, die mit wirklich christlichen Vorstellungen und Glaubensüberzeugungen schwer in Einklang zu bringen sind. Von einer nützlichen „Calcination" wird anfangs berichtet; was über Petrus und Jesus gesagt wird, zeugt nicht gerade von unverbrüchlichem Jesusglauben, und was mit dem „Heiland", der ihn „erhascht" habe, und mit der „ewigen Quelle" gemeint sei, bleibt zu fragen.
Ungemein gelehrter neuerer Forschung ist es zu verdanken, daß Anspielungen und wie beiläufig erscheinende Bemerkungen Goethes über das, was er in seiner Frankfurter Krankheitsphase gelernt hat, in ihrer weitreichenden Bedeutung erkannt und aufgeschlüsselt worden sind. So ist inzwischen wohl zweifelsfrei erwiesen, daß Goethes damalige Beschäftigung mit sog. hermetischem Gedankengut intensiver gewesen ist und beträchtlichere Konsequenzen, als bisher angenommen, hatte. Hermetik: das ist ein Sammelbegriff für eine geheimnisvolle Gesamtwissenschaft, die sich anheischig machte, wahre Erkenntnis von Gott, Welt und

Menschen zu besitzen und zu vermitteln, und die einen unlöslichen Zusammenhang vom Höchsten bis zum Niedersten, zwischen dem Ganzen und dem einzelnen glaubte behaupten zu können. In hermetischen Schriften vielfältiger Art wurde seit der Spätantike solche Weisheit, die sich von einer Uroffenbarung her verstand, über Jahrhunderte weitergereicht, aufgebaut, modifiziert und in verschiedenen Bereichen angeeignet, etwa in der Mystik, der Naturphilosophie, der Alchimie, auch in einer hermetischen Medizin, die die einzelne Krankheit in den erschauten und philosophisch entwickelten Gesamtzusammenhängen von Gott, Welt und Mensch zu diagnostizieren und mit Mitteln zu heilen suchte, in denen die Kraft des Universums steckte. Hermetische Schriften, im *Corpus Hermeticum* der Spätantike zunächst überliefert, gaben sich als Offenbarung des Hermes Trismegistos (daher die Bezeichnung ‚Hermetik' und ‚hermetisch'), womit der ägyptische Gott Toth gemeint war. Religiöse Offenbarung und philosophische Weisheit platonischer Herkunft waren da eine eigentümliche Verbindung eingegangen, und gerade diese erbte sich jahrhundertelang fort und machte es damit möglich, daß sich das hermetische Vorstellungsgut in mancherlei Bahnen und Richtungen verzweigte. Urweisheit meinte man in solchen hermetischen Traditionen aufbewahrt.

Das Faszinierende an der Hermetik, in früheren Jahrhunderten und auch im 18. Jahrhundert von denen verspürt, die sich ihr zuwandten, lag gewiß in ihrem Angebot, eine geheim und neben offiziellem Kirchenglauben und/oder ‚materialistischer' Naturwissenschaft tradierte Gesamterkenntnis zu vermitteln, der auch verborgenste Zusammenhänge nicht verschlossen blieben. Wer sich ihr hingab, durfte glauben, der Schau und Erkenntnis einer verbindenden Einheit in der Vielheit teilhaft zu werden. Alles hing mit allem zusammen; das eine verwies auf das andere; Analogien konnten aufgespürt werden, die immer aufs neue den geheimnisvollen göttlichen Zusammenhang anschaulich werden ließen. Die *analogia entis*, die wesenhafte Übereinstimmung alles Seienden, war schon vorausgesetzt, wenn im einzelnen die überall wirkenden Kräfte aufgespürt wurden.

Auch im 18. Jahrhundert war hermetisches Denken lebendig, wenngleich keine Angelegenheit für die vielen; denn philosophierendes Nach- und Mitdenken war erforderlich, das die im Universum herrschenden Verweisungszusammenhänge und Analogien samt den ihnen zuerkannten Wirkungen denkend-schauend-glaubend nach- und mitvollziehen konnte, das z. B. bereit war anzunehmen, daß sich aus einem Urquell die ursprüngliche Einheit Gottes stufenweise in vielerlei ‚Welten' vervielfältigt habe und die einzelnen Stufen nur Wandlungen des göttlichen Lebens seien, daß auf allen Stufen Konzentration und Expansion wirke, und es Lebensprinzipien gebe (wie Licht und Feuer), die sich in allem, was geworden ist und lebt, manifestieren, daß ein Stein der Weisen, ein Universalmittel gefunden werden könne, in dem sich die Wirkkräfte des Ganzen der göttlichen Natur ballen – und ähnliches mehr. Hermetisches Denken konnte sehr wohl die Nähe zum christlichen Dogma bewahren und eine eigene geheimnisvolle Interpretation der Bibel ausbilden. Es konnte sich aber auch weit davon entfernen, wenngleich die ‚Göttlichkeit' der im Ganzen und im einzelnen wirkenden Kräfte selbstverständliche Grundannahme blieb.

Was hier nur angedeutet ist, damit wenigstens etwas von der Bedeutungsweite der Hermetik sichtbar wird, wurde damals in umfangreichen subtilen und auch abstrusen Argumentationen und Darlegungen entfaltet. Das war nicht der Glaubensinhalt der anerkannten Religionen, trotz des religiösen Antriebs, All-Erkenntnis der Gott-Natur zu erreichen. Und es war nicht Naturwissenschaft, die Materie dem mathematisch-physikalischen Experimentier- und Beweisverfahren unterwarf, obgleich die hermetische Philosphie auf die Natur bezogen war, um sich ihrer geheimen Gesetzlichkeit zu versichern.

Goethe hat während seiner Frankfurter Krankheitszeit Zugang zu hermetischen Büchern gefunden. Der behandelnde Arzt Dr. Johann Friedrich Metz scheint dabei bedeutenden Einfluß gehabt zu haben, zumal es ihm gelang, mit seinem „Universalmittel" endlich die „für gewisse Momente vernichtete Verdauung" (9, 342) wieder in Ordnung zu bringen. *Dichtung und Wahrheit* ist die einzige Stelle, an der etwas deutlicher wird, wie wichtig die Beschäftigung mit der Hermetik für den jungen Goethe war. Doch hat der Autobiograph auch distanzierende, relativierende Bemerkungen in seinen Bericht eingestreut:

> Arzt und Chirurgus gehörten auch unter die abgesonderten Frommen [...]. Der Arzt, ein unerklärlicher, schlau blickender, freundlich sprechender, übrigens abstruser [!] Mann, der sich in dem frommen Kreise ein ganz besonderes Zutrauen erworben hatte. Tätig und aufmerksam war er den Kranken tröstlich; mehr aber als durch alles erweiterte er seine Kundschaft durch die Gabe, einige geheimnisvolle selbstbereitete Arzneien im Hintergrunde zu zeigen, von denen niemand sprechen durfte, weil bei uns den Ärzten die eigene Dispensation [Herstellung und Lieferung von Arznei] streng verboten war. Mit gewissen Pulvern, die irgend ein Digestiv [Abführmittel] sein mochten, tat er nicht so geheim; aber von jenem wichtigen Salze, das nur in den größten Gefahren angewendet werden durfte, war nur unter den Gläubigen die Rede, ob es gleich noch niemand gesehen, oder die Wirkung davon gespürt hatte. Um den Glauben an die Möglichkeit eines solchen Universalmittels zu erregen und zu stärken, hatte der Arzt seinen Patienten, wo er nur einige Empfänglichkeit fand, gewisse

> mystische chemisch-alchemische Bücher empfohlen, und zu verstehen gegeben, daß man durch eignes Studium derselben gar wohl dahin gelangen könne, jenes Kleinod sich selbst zu erwerben; welches um so notwendiger sei, als die Bereitung sich sowohl aus physischen als besonders aus moralischen Gründen nicht wohl überliefern lasse, ja daß man, um jenes große Werk einzusehen, hervorzubringen und zu benutzen, die Geheimnisse der Natur im Zusammenhang kenne müsse, weil es nichts Einzelnes sondern etwas Universelles sei, und auch wohl gar unter verschiedenen Formen und Gestalten hervorgebracht werden könne (9, 340 f.).

Beim Fräulein von Klettenberg war das Interesse an solchen Lehren schon geweckt worden. Wellings *Opus mago-cabbalisticum* hatte sie insgeheim studiert, und es „bedurfte nur einer geringen Anregung, um auch mir diese Krankheit [!] zu inokulieren. Ich schaffte das Werk an [...]".

> Gedachtes Werk erwähnt seiner Vorgänger mit vielen Ehren, und wir wurden daher angeregt, jene Quellen selbst aufzusuchen. Wir wendeten uns nun an die Werke des Theophrastus Paracelsus und Basilius Valentinus; nicht weniger an Helmont, Starkey und andere, deren mehr oder weniger auf Natur und Einbildung beruhende Lehren und Vorschriften wir einzusehen und zu befolgen suchten. Mir wollte besonders die „Aurea Catena Homeri" gefallen, wodurch die Natur, wenn auch vielleicht auf phantastische Weise, in einer schönen Verknüpfung dargestellt wird; und so verwendeten wir teils einzeln, teils zusammen viele Zeit an diese Seltsamkeiten [...].

In Homers *Ilias* (VIII 18 ff.) spricht der Göttervater Zeus von einer goldnen Kette, die vom Himmel herab hänge, und für die Hermetiker war diese goldene Kette Homers Sinnbild für den unlöslichen Zusammenhang aller Naturwesen vom höchsten bis zum niedrigsten, aber auch für die ungebrochene Kontinuität des Denkens aller Weisen die Zeiten hindurch. Die *Aurea catena Hommeri. Oder: eine Beschreibung von dem Ursprung der Natur und natürlichen Dingen*, 1723 anonym erschienen, speicherte solche Weisheit; Goethe erinnerte sich daran mit besonderer Aufmerksamkeit. Alles hängt mit allem zusammen, so die naturphilosophische Erkenntnis dieses Werkes, das – anders als Wellings *Opus* – nicht auf Theosophisches ausgerichtet war. Aus dem Urstoff seien die vier Elemente entstanden; Verwandlung ineinander sei möglich; in allen Stoffen steckten Grundbestandteile, und so seien das Mineralische, Vegetabilische und Animalische miteinander verwandt.
Der starke Einfluß eines anderen Werkes wird in *Dichtung und Wahrheit* noch eigens hervorgehoben, der *Kirchen- und Ketzergeschichte* Gottfried Arnolds. In ihr wurden gerade jene Denker, Theologen,

Gruppen und Sekten außerhalb der etablierten Konfessionen gewürdigt, so daß, wie Goethe schreibt, der Leser dieses umfangreichen zweibändigen Werkes (von dem Goethes Vater eine Ausgabe von 1729 besaß) über manche Ketzer, die man sich bisher als toll oder gottlos vorgestellt habe, eines Besseren belehrt worden sei. Und dann zog der Autobiograph die Summe:

> Der Geist des Widerspruchs und die Lust zum Paradoxen steckt in uns allen. Ich studierte fleißig die verschiedenen Meinungen, und da ich oft genug hatte sagen hören, jeder Mensch habe am Ende doch seine eigene Religion, so kam mir nichts natürlicher vor, als daß ich mir auch meine eigene bilden könne, und dieses tat ich mit vieler Behaglichkeit. Der neue Platonismus lag zum Grunde; das Hermetische, Mystische, Kabbalistische gab auch seinen Beitrag her, und so erbaute ich mir eine Welt, die seltsam genug aussah (9, 350).

Der sogleich folgende Entwurf einer hermetisch fundierten ‚privatreligiösen' Kosmogonie [Weltentstehungslehre] beschließt das 8. Buch mit deutlichem Akzent.

Wenn man die Ergebnisse der offensichtlich ernsthaften Beschäftigung des jugendlichen Goethe mit hermetischem Philosophieren gebührend beachtet, liest sich jener Brief an Langer vom 17. Januar 1769, in dem er mitteilte, ihn habe „der Heiland endlich erhascht", anders als ein Bekenntnis zum christlichen Glauben mit Jesus als zentraler Gestalt. „Calcination" bedeutet nämlich in der Alchimie die erste Stufe der Reinigung; den Glauben an die Göttlichkeit des wiederauferstandenen Jesus bekräftigt der Schreiber ganz und gar nicht; und das Wort vom „Heiland" muß sich nicht unbedingt auf Jesus beziehen; es kann vielmehr, wie im Alten Testament, Gott bezeichnen und hier wahrscheinlich auch den Gott im hermetischen Sinn, in der Bedeutung von Geist und Leben. Christliche Hermetiker zauderten nicht, den „Stein der Weisen" als Naturheiland zu apostrophieren. Auch das Wort von der „ewigen Quelle" muß nicht auf Christus, sondern kann allgemein auf das Göttliche verweisen. („Heiland" so zu verstehen, wie angedeutet, ist jedoch nur dann haltbar, wenn der hier in Anspielungen sich äußernde Briefschreiber bereits zuvor, also wahrscheinlich in den Dezembertagen, die Wirkung des Universalmittels erfahren hat und mit Hermetischem schon recht vertraut war. Es gibt Indizien dafür; zweifelsfrei zu beweisen ist es nicht.)

Die Welt des jungen Goethe, die auf den letzten Seiten des 8. Buches von *Dichtung und Wahrheit* skizziert ist, sah wirklich „seltsam genug" aus. Eine späte Konstruktion des Autobiographen ist das nicht, dafür gibt es zu viele Belege aus den frühen Jahren; vielmehr haben sich in der

Jugendzeit gewonnene Grundanschauungen bis ins Alter durchgehalten.

> Ich mochte mir wohl eine Gottheit vorstellen, die sich von Ewigkeit her selbst produziert; da sich aber Produktion nicht ohne Mannigfaltigkeit denken läßt, so mußte sie sich notwendig sogleich als ein Zweites erscheinen, welches wir unter dem Namen des Sohns anerkennen; diese beiden mußten nun den Akt des Hervorbringens fortsetzen, und erschienen sich selbst wieder im Dritten, welches nun ebenso bestehend lebendig und ewig als das Ganze war.

Hiermit war der Kreis der Gottheit geschlossen. Der Produktionstrieb setzte sich jedoch fort, und so wurde ein Viertes geschaffen: Luzifer, „welchem von nun an die ganze Schöpfungskraft übertragen war, und von dem alles übrige Sein ausgehen sollte". Er aber wollte ganze Selbständigkeit, folgte nur dem Prinzip der Konzentration, die „süße Erhebung zu ihrem Ursprung" ließ er bei seinen Geschöpfen verkümmern. Aus dieser Konzentration „entsprang nun alles das, was wir unter der Gestalt der Materie gewahr werden, was wir uns als schwer, fest und finster vorstellen, welches aber, indem es, wenn auch nicht unmittelbar, doch durch Filiation vom göttlichen Wesen herstammt, ebenso unbedingt mächtig und ewig ist als der Vater und die Großeltern". Dieser Schöpfung fehlte „die bessere Hälfte: denn alles, was durch Konzentration gewonnen wird, besaß sie, aber es fehlte ihr alles, was durch Expansion allein bewirkt werden kann". Eine Zeitlang sahen die Elohim (wohl die drei anfangs genannten göttlichen Wesen) diesem Zustand zu, dann aber gaben sie „dem unendlichen Sein die Fähigkeit, sich auszudehnen, sich gegen sie zu bewegen; der eigentliche Puls des Lebens war wieder hergestellt, und Luzifer selbst konnte sich dieser Einwirkung nicht entziehen. Dieses ist die Epoche, wo dasjenige hervortrat, was wir als Licht kennen, und wo dasjenige begann, was wir mit dem Worte Schöpfung zu bezeichnen pflegen. So sehr sich auch nun diese durch die immer fortwirkende Lebenskraft der Elohim stufenweise vermannigfaltigte; so fehlte es doch noch an einem Wesen, welches die ursprüngliche Verbindung mit der Gottheit wieder herzustellen geschickt wäre, und so wurde der Mensch hervorgebracht, der in allem der Gottheit ähnlich, ja gleich sein sollte, sich aber freilich dadurch abermals in dem Falle Luzifers befand, zugleich unbedingt und beschränkt zu sein [...]."

Der eigentliche Puls des Lebens: Konzentration und Expansion; der Wille zum Eigensein und das Sichöffnen zum Ganzen: beides zusammen ist Lebensgesetz; und so wird es zur Pflicht, „uns zu erheben und die Absichten der Gottheit dadurch zu erfüllen, daß wir, indem wir von einer Seite uns zu verselbsten genötiget sind, von der andern in regelmäßigen Pulsen uns zu entselbstigen nicht versäumen" (9, 353).

Was hier als philosophisch-spekulative ‚Privatreligion' sichtbar wird, die sich Goethe seit seiner Krankheit in Frankfurt zurechtgelegt hat und die eine Aneignung hermetischer Anschauungen von Gott, Welt und bestimmenden Lebenskräften nicht verleugnen kann, hat der Suchende und Nachdenkliche damals eher verschleiert als offen bekannt. Sie trug zu viele persönliche Züge, war zu sehr aus Quellen gespeist, die nicht gerade zu den anerkannten Lehrbüchern des Glaubens und der Wissenschaft gehörten, als daß ein jugendlicher Schüler jedermann sein glaubendes Wissen und seinen wissenden Glauben hätte darlegen mögen. Und vor allem war die „eigene Religion" selbst erst frühes Resultat eines noch unsicheren Ausgreifens in neue Bezirke, eines auf Anregungen sich einlassenden Probierens, zu dem sogar alchimistische Versuche mit dem eigenen Windöfchen gehörten. In der Straßburger Zeit war die „Chymie" noch immer seine heimlich Geliebte, wie er dem Fräulein von Klettenberg schrieb, während er seinen „Umgang mit denen frommen Leuten" als „nicht gar starck" bezeichnete (26. 8. 1770). Die Anregungen des Dr. Metz und der hermetischen Schriften wirkten weiter; doch sicher in der Erkenntnis von Gott, Natur und Mensch fühlte sich Goethe damals gewiß noch nicht. Wie tastend nach wie vor die unscharfe Bemerkung im Karfreitagsbrief 1770 an Limprecht! „Wie ich war so binn ich noch, nur dass ich mit unserm Herre Gott etwas besser stehe, und mit seinem lieben Sohn Jesu Christo. Draus folgt denn, dass ich auch etwas klüger binn, und erfahren habe, was das heisst: die Furcht des Herrn ist der Weisheit Anfang. Freylich singen wir erst das Hosianna dem *der da kommt* [...]" (13. 4. 1770).

Was ihm aus der Hermetik zukam, ist beachtlich; aber nicht alles, was der junge Student gedacht, geäußert und dichterisch formuliert hat, muß darauf zurückgeführt werden, wenn auch die Versuchung groß ist, nun überall hermetisches Gut aufzuspüren. Denn da Hermetik es immer auf eine Gesamtdeutung der Welt abgesehen hat, tauchen auch für alles, was es an wichtigen Erscheinungen und Vorgängen gibt, Namen, Begriffe, Bilder auf. Ihre Bedeutungsweite ist indes oft so groß, daß in ihnen nicht nur Hermetisches enthalten sein muß. So mag man „Freude" in einem hermetischen Modell, das die Bereiche des wirkenden Lebens einander zuordnet, als Ausdruck des Expansiven ansehen. Doch gab es im 18. Jahrhundert auch eine weit verbreitete und in vielen Gedichten ausgeprägte Auffassung der Freude, die mit Hermetischem nichts zu tun hat. Wenn der endlich Gesundete aus Straßburg schrieb: „Der Himmels Arzt hat das Feuer des Lebens in meinem Körper wieder gestärckt, und Muth und Freude sind wieder da", so gab sich hier gewiß der zentrale hermetische Begriff „Lebensfeuer“ zu erkennen; aber nun braucht deshalb nicht jede dichterische Äußerung, die sich des Wortes Feuer und seines Wortfeldes bedient, hermetischem Geist zugeordnet und nur aus ihm verstanden zu werden.

Goethe beharrte ausdrücklich auf dem persönlichen Charakter seiner frühen philosophischen Religion. Das erklärt sich auch aus den Zusammenhängen des auf Erkenntnis des Ganzen gerichteten philosophisch-religiösen Betrachtens selbst. Wenn Makrokosmos und Mikrokosmos, große und kleine Welt, das Ganze und das einzelne, Gott, Natur und Mensch verbunden und in allem göttliches Leben und göttlicher Geist anwesend waren, dann kam auch dem Subjektiven und seinen individuellen Ansichten etwas von solcher Würde und Berechtigung zu. Und erwiesen nicht gerade die vielfältigen Ergebnisse des Nachdenkens weiser Menschen, mochten sie auch nur in einer „Ketzerhistorie“ richtig gewürdigt worden sein, daß es eine einzig wahre Religion nicht geben kann? Im *Brief des Pastors zu* ^xxx^ *an den neuen Pastor zu* ^xxx^ schrieb Goethe 1773 dann unmißverständlich: „Denn wenn man’s beim Lichte besieht, so hat jeder seine eigene Religion [. . .].“ Wenn wir immer „recht im Herzen fühlten, was das sei: Religion, und jeden auch fühlen ließen, wie er könnte, und dann mit brüderlicher Liebe unter alle Sekten und Parteien träten, wie würde es uns freuen, den göttlichen Samen auf so vielerlei Weise Frucht bringen zu sehen. Dann würden wir ausrufen: Gottlob, daß das Reich Gottes auch da zu finden ist, wo ich’s nicht suchte“ (12, 234). Dieser Brief zeigt, wie sehr sein Verfasser dem aufklärerischen Toleranzdenken verbunden war, was *Dichtung und Wahrheit* bestätigt: das Hauptthema des Schreibens sei „die Losung der damaligen Zeit, sie hieß *Toleranz*, und galt unter den besseren Köpfen und Geistern“ (9, 512). Toleranzideen der Aufklärung und Anschauungen von der Teilhabe auch des einzelnen Subjekts am Göttlichen vermochten ein Bündnis einzugehen, in dem man die Anteile beider nicht gut aufrechnen kann.

Anfang 1770 trug Goethe in sein Heft mit Lesefrüchten und eigenen Notizen, die *Ephemerides*, lateinische Sätze ein, deren Herkunft bis heute unbekannt geblieben ist und die wahrscheinlich vom Tagebuchschreiber selbst stammen. Sie lesen sich wie eine Zusammenfassung grundsätzlicher und für ihn gültiger Annahmen: Getrennt von Gott lasse sich Natur nicht erfassen; beider Verhältnis zueinander sei analog dem von Seele und Körper; die Seele könne man nur im Körper erkennen, Gott nur, wenn man die Natur durchschaut habe; Gott sei ein und alles; alles entstamme dem göttlichen Wesen. Solche Anschauung befinde sich durchaus in Übereinstimmung mit der Bibel, aber auch die emanatistische Philosophie verbürge Wahrheit, nach der alles dem Quellgrund des

Göttlichen entströme. Die dann folgende forcierte Abgrenzung gegen den ‚Spinozismus' ist sachlich kaum gerechtfertigt und wohl nur der Reflex einer damals gängigen Verurteilung des Spinozismus als Atheismus.

> Separatim de Deo, et natura rerum disserere difficile et periculosum est, eodem modo quam si de corpore et anima sejunctim cogitamus; animam non nisi mediante corpore, Deum non nisi perspecta natura cognoscimus, hinc absurdum mihi videtur, eos absurditatis accusare, qui ratiocinatione maxime philosophica Deum cum mundo conjunxere. Quae enim sunt, omnia ad essentiam Dei pertinere necesse est, cum Deus sit unicum existens, et omnia comprehendat. Nec Sacer Codex nostrae sententiae refragatur, cujus tamen dicta ab unoquoque in sententiam suam torqueri, patienter ferimus. Omnis antiquitas ejusdem fuit sententiae, cui consensui quam multum tribuo. Testimonio enim mihi est virorum tantorum sententiae, rectae rationi quam convenientissimum fuisse systema emanativum; licet nulli subscribere velim sectae, valdeque doleam Spinozismum, teterrimis erroribus ex eodem fonte manantibus, doctrinae huic purissimae, iniquissimum fratrem natum esse. (DjG 1,431)
> [Voneinander getrennt Gott und die Natur der Dinge zu erörtern ist ebenso schwierig und gefährlich, als wenn wir über Körper und Seele getrennt nachdenken; die Seele erkennen wir nur durch die Vermittlung des Körpers, Gott nur aus der Betrachtung der Natur. Von daher erscheint es mir abwegig, jene der Absurdität zu zeihen, die in einer besonders philosophischen Schlußfolgerung Gott mit der Welt in Verbindung gebracht haben. Alles nämlich, was ist, bezieht sich notwendigerweise auf das Wesen Gottes, weil Gott das einzigartig Seiende ist und alles umfaßt. Zwar steht der ‚Sacer Codex' (die Bibel) unserer Anschauung nicht im Wege, daß aber dennoch ein jeder dessen Worte zu seiner persönlichen Meinung verdreht, nehmen wir gelassen hin. Die ganze Antike war derselben Ansicht, der ich ein hohes Maß an Zustimmung zolle. Als Beweis nämlich dient es mir, daß sich mit der Ansicht bedeutender Männer, mit der rechten Vernunft die Lehre der Emanation in weitgehender Übereinstimmung befand. Freilich, ich will keiner Sekte beipflichten, und sehr schmerzt es mich, daß im Spinozismus – zumal seine abscheulichen Irrtümer aus eben dieser Quelle fließen – dieser reinen Lehre ein äußerst ungleicher Bruder erwachsen ist.]

Frankfurter Monate von September 1768 bis März 1770: Zwischenzeit; Umschauhalten; Abwägen von Angeboten, die auf die philosophischen Fragen nach Gott, Natur, Mensch und nach dem Ort des eigenen Daseins eine zuverlässige Antwort versprachen; Hoffnung, auf einem Weg zu sein, „der gewiß hinaus aus dem Labyrinthe führt", aber immer auch Zweifel, „Sorgen! Sorgen! Immer Schwäche im Glauben" (17. 1. 1769). Die Begegnung mit den pietistisch Frommen um Susanna von Klettenberg brachte ihm ein Leben aus dem verinnerlichten Glauben nahe, das ihn beeindruckt haben muß, wie noch die „Bekenntnisse einer schönen Seele“ im *Wilhelm Meister* bezeugen, und sein Interesse ging so weit, daß er am 21./22. September 1769 sogar an einer Synode der Brüdergemeinde in Marienborn in der Wetterau teilnahm. In die Glaubensgewißheit des Christentums ließ er sich indes nicht heimholen. Bedeutungsvoll war jedoch, daß er mit einer Sprache in Berührung kam, die seit Spener und Zinzendorf einen Wortschatz ausgebildet hatte, der einer ständigen Selbstbeobachtung und Analyse seelischer Regungen dienen sollte und entsprechend geschmeidig war. Jetzt ist „meine Seele still, ohne Verlangen, ohne Schmerz, ohne Freude, und ohne Erinnerung“, bekannte er Langer am 8. September 1768 und beschrieb damit genau eine Seelenlage, wie sie auch pietistische Frömmigkeit wünschte. Im Brief vom 17. Januar 1769 tauchte wieder jenes zentrale Wort Stille auf: „Meine Seele ist stiller als Ihre [...]“.

Wie auch immer die sich verschränkenden Anregungen, Anmutungen und Zumutungen durch Pietismus und Hermetik gewesen sein mögen, sie führten zu einer Bereicherung der Lebenssicht, zur Kenntnis von Anschauungen, die auf All-Erkenntnis zielten (was ihre Faszination ausgemacht haben wird), und zur Ausbildung eigener Vorstellungen, die dem fragenden Suchen Halt vermitteln konnten, ohne es allerdings zur Ruhe zu bringen. „Zuwachs an Kenntnis ist Zuwachs an Unruhe“, dieses alte Wort (9, 324) galt auch hier. Gewiß machten sich in dieser krisenhaften Zwischenzeit religiöse Bedürfnisse geltend, die offenbar nur zu befriedigen waren, wenn der Suchende sich auf mancherlei einließ. Einseitigkeit war nicht gefragt und Selbstsicherheit suspekt. Das war es ja, was ihn dann in Straßburg bei den pietistisch Frommen abstieß. „Lauter Leute von mäsigem Verstande, die mit der ersten Religionsempfindung, auch den ersten vernünftigen Gedancken dachten, und nun meynen das wäre alles, weil *sie* sonst von nichts wissen“ (an S. v. Klettenberg, 26. 8. 1770).

Ergebnisse der religiös-philosophischen Spekulation konnten helfen, das eigene Leben zu stabilisieren. Wenn auch im Menschen „der eigentliche Puls des Lebens“ schlug und ihm in der göttlichen Gesamtordnung aufgegeben war, sich „in regelmäßigen Pulsen“ zu „verselbsten“ und zu „entselbstigen“, dann mußte es darauf ankommen, solche Individualität zu voller Wirkung kommen zu lassen, das Lebensfeuer, das in allem Lebendigen war, immer neu zu entfachen. Wenn Gott nicht getrennt von der Natur und Natur nicht ohne Gott gedacht werden konnte, dann war Natur etwas anderes als bloß zu zitierende Versatzkulisse für rokokohaftes dichterisches Spiel und benötigte wohl einen anderen sprachli-

chen Ausdruck. Was Goethe in Straßburg und später möglich wurde, es stand hiermit in Zusammenhang.
Eine Eintragung, die kurz vor jenem „Separatim de Deo [...]" in den *Ephemerides* steht, liest sich heute wie eine frühe Ouvertüre zur Farbenlehre. Sie beeindruckt durch Genauigkeit und Ruhe der Beobachtung und Beschreibung:

> In der Hälfte des Januars erschien folgendes Phänomen. An der Gegend der Horizonts wo im Sommer die Sonne unterzugehen pflegt, war es ungewöhnlich helle, und zwar ein blaulig gelber Schein, wie in der reinsten Sommernacht von dem Orte wo die Sonne untergegangen ist heraufscheindt, dieses Licht nahm den vierten Theil des sichtbaren Himmels hinaufzu ein, darüber erschienen rubinrothe Streifen, die sich :zwar etwas ungleich: nach dem lichten Gelb zuzogen. Diese Streifen waren sehr abwechselnd und kammen biss in den Zenith. Man sah die Sterne durchfunckeln. Auf beyden Seiten von Abend und Norden war es von dunckeln Wolken eingefasst, davon auch einige in dem gelben Scheine schwebten. Überhaupt war der Himmel rings umzogen. Die Röthe war so starck dass sie die Häusser und den Schnee färbte und dauerte ohngefähr eine Stunde von sechs bis 7. abends. Bald überzog sich der Himmel, und es fiel ein starcker Schnee.

In jenen Frankfurter Monaten pflegte der kranke und genesende Goethe beileibe nicht nur Umgang mit Pietisten, studierte hermetische Schriften und setzte alchimistische Versuche an. (Ohnehin kann niemand genau nachweisen, welche Bücher er wirklich und wie gründlich gelesen hat.) Schließlich verstand er sich als Poet und Künstler, und was er in Leipzig begonnen und geübt, setzte er fort: das Zeichnen und Radieren. Im Oktober 1769 erschienen die bereits genannten *Neuen Lieder* (mit der Jahreszahl 1770), von Bernhard Theodor Breitkopf komponiert, das erste Buch Goethes, freilich ohne daß sein Name genannt war. Auch wenn einige Gedichte in die Frankfurter Zeit gehören, so sind sie doch insgesamt vom ‚Leipziger Stil' der Lyrik Goethes geprägt.
Seine Aufmerksamkeit war nicht eingeengt. Im Brief an den Leipziger Buchhändler Reich nannte er am 20. Februar 1770 Adam Oeser als Lehrer des Schönheitsideals von Einfalt und Stille, um sogleich anzufügen: „Nach ihm und Schäckespearen, ist Wieland noch der einzige, den ich für meinen ächten Lehrer erkennen kann [...]." Auch als er wenig später, am 11. Mai 1770, Ernst Theodor Langer andeutete, seine hermetischen Interessen hielten unvermindert an, hieß es emphatisch: „O es ist eine gar lange Reihe, von Hermes Tafel, biss auf Wielands Musarion." Das war in der Tat eine große Spanne, von der *Tabula Smaragdina,* die Hermes Trismegistos zugesprochen wurde, bis zur Verserzählung *Mu-*

sarion oder die Philosophie der Grazien, die den Leipziger Studenten schon 1768 begeistert hatte, als Oeser ihm die Druckfahnen zeigte. Der reizenden Griechin Musarion gelang es zuguterletzt, ihren Freund Phanias vom Wahn einer asketischen Lebensanschauung zu heilen und ihn zum stillvergnügten Genuß irdischen Daseins zu führen. Vernunft und Sinne verbanden sich zu weltfreundlicher Gemeinsamkeit, und alle Überheblichkeit philosophisch noch so würdevoller Bekenntnisse gab sich als das zu erkennen, was sie war: lebensfremde, menschenfeindliche Einseitigkeit, „Flitterkram von falschen Tugenden und großen Wörtern".

Im Oktober 1769 besuchte Goethe den Mannheimer Antikensaal, der damals berühmt war; denn nirgends sonst in Deutschland fanden sich so viele Gipsabgüsse antiker Plastiken. In einem französisch geschriebenen Brief berichtete er Langer am 30. November von seinen Eindrücken. Später vermischte er in *Dichtung und Wahrheit* (9, 500 ff.) diesen ersten Besuch in der Mannheimer Ausstellung mit einem zweiten auf der Rückreise von Straßburg im Herbst 1771. Auf die Laokoon-Gruppe sei seine größte Aufmerksamkeit gerichtet gewesen.
Winckelmann hatte in den 1755 erschienenen *Gedanken über die Nachahmung der griechischen Werke in der Malerei und Bildhauerkunst* an dieser Plastik „edle Einfalt und eine stille Größe" als „das allgemeine vorzügliche Kennzeichen der griechischen Meisterstücke" erläutert, es allerdings nicht bei der zum Schlagwort gewordenen Formel bewenden lassen: „So wie die Tiefe des Meers allezeit ruhig bleibt, die Oberfläche mag noch so wüten, eben so zeiget der Audruck in den Figuren der Griechen bei allen Leidenschaften eine große und gesetzte Seele", lautete der anschließende Satz. Das Winckelmannsche Ideal ist folglich spannungsreich und mit den Worten „Einfalt" und „stille Größe" allein nicht erfaßt. Unter ruhiger Oberfläche können Leidenschaften verborgen sein, und ebenso: leidenschaftlicher Ausdruck läßt doch eine „große und gesetzte Seele" erkennen. Ein Jahrzehnt nach Winckelmann versuchte Lessing am Beispiel des Laokoon den Unterschied zwischen Plastik und Dichtung zu bestimmen. Würde der in Stein gehauene Laokoon schreien, so schriee er für alle Zeiten. In der Dichtung dagegen sei der Schrei, da Poesie an den Zeitablauf gebunden sei, nur ein vorübergehendes Moment, und daher sei dort ein schreiender Laokoon gestattet. Herder setzte sich im ersten seiner *Kritischen Wälder* (1769) mit dieser Auffassung auseinander. Goethe seinerseits berichtete in *Dichtung und Wahrheit:*

> Ich entschied mir die berühmte Frage, warum er nicht schreie, dadurch, daß ich mir aussprach, er könne nicht schreien. Alle Handlungen und

> Bewegungen der drei Figuren gingen mir aus der ersten Konzeption der Gruppe hervor. Die ganze so gewaltsame als kunstreiche Stellung des Hauptkörpers war aus zwei Anlässen zusammengesetzt, aus dem Streben gegen die Schlangen, und aus dem Fliehn vor dem augenblicklichen Biß. Um diesen Schmerz zu mildern, mußte der Unterleib eingezogen und das Schreien unmöglich gemacht werden (9, 502).

Im Aufsatz *Laokoon* (1798) kam er auf diese Fragen zurück. Auf den Besuch im Mannheimer Antikensaal datierte der Autobiograph das „große und bei mir durchs ganze Leben wirksame frühzeitige Schauen", wenn es auch „für die nächste Zeit von geringen Folgen" gewesen sei (9, 502).

Die Mitschuldigen

Goethes dichterische Arbeit ging im Frankfurter Intermezzo weiter, auch die kritische Sichtung früherer Arbeiten beschäftigte ihn. Laut *Dichtung und Wahrheit* veranstaltete er abermals ein Autodafé seiner Arbeiten, nur das Manuskript von Behrisch, *Die Laune des Verliebten* und *Die Mitschuldigen* seien davor bewahrt worden (9, 350). Was *Die Mitschuldigen* betrifft, so hat er sich offenbar geirrt, als er meinte, sie seien in Leipzig entstanden. Vielleicht hat er sich dort schon mit Stoff und Thematik befaßt, aber aus Briefstellen ergibt sich ziemlich schlüssig, daß er die Fassungen dieses Theaterstücks zwischen November 1768 und Mitte Februar 1769 niedergeschrieben hat. Die erste Fassung besteht aus einem einzigen Akt, dessen fünfzehn Auftritte eine Spielhandlung abschnurren lassen, die den Zuschauern die Personen des Geschehens Szene für Szene bei fragwürdigen Handlungen und in verqueren Situationen präsentiert. Mit einer Einführung in einen bestimmten Handlungszusammenhang, einer Exposition, hält sich das Stück erst gar nicht auf. Söller, wie ein Harlekin gekleidet und so das Farcenhafte des Spiels signalisierend, stellt sich kurz dem Publikum als jemand vor, dem das Motto recht ist: „Man kömmt auch durch die Welt mit Schleichen und mit List" (A 4, 39), und dann kommt er schnell zu Sache: Er erbricht die Schatulle und stiehlt das Geld, das Alcest gehört, der in dem Gastzimmer logiert, in das Söller eingedrungen ist. Doch schon muß er in den Alkoven flüchten, denn der Wirt, sein Schwiegervater, dringt ins nämliche Zimmer ein, weil er einen Brief haben möchte, der vielleicht Neuigkeiten enthalten könnte; ihnen jagt er, tratschsüchtig und sensationslüstern, ständig nach. Und Söller gibt, im Alkoven verborgen, seine Kommentare dazu. Doch auch dem Wirt bleibt keine Zeit. Sophie, seine Tochter und

Söllers Frau, stellt sich im Zimmer ein, zu einem geheimen Rendezvous mit Alcest, ihrem früheren Geliebten, verabredet. Söller muß es sich anhören, wie sie über ihn schimpft und Alcests Liebe nachtrauert: „Du bist zu zärtlich, Herz. Was ist denn dein Verbrechen? / Versprachst du treu zu seyn? Und konntest du's versprechen? / Dem Menschen treu zu seyn, an dem kein gutes Haar, / Der unverständig, grob, falsch!" – „Meine Hand hat er, Alcest inzwischen / Besitzt, wie sonst, mein Herz" (A 4, 42 f.). Sie findet die Wachsleuchte, die der flüchtende Vater bei seinem Spionieren verloren hat. Sogleich schon der nächste, der 4. Auftritt: Alcest erscheint zum Stelldichein und muß sich getäuscht sehen: Sophie geht nicht so weit, wie er wohl hoffte. „Ich geh, weil ich dich liebe. / Ich würde einen Freund verlieren, wenn ich bliebe" (A 4, 46), gesteht sie ihm. Ein kurzer Monolog Söllers, der sich als Hahnrei betrachten muß und seinen Kummer nur noch im Wein zu ertränken weiß, und ein längeres Selbstgespräch Alcests, der schließlich auch den Diebstahl entdeckt, beschließen die sechs Auftritte im Gastzimmer Alcests. Jetzt sind der Verwicklungen genug; die Szenen 7–15 in der Stube des Wirts müssen die Auflösung bringen. Das zieht sich hin; denn jeder trachtet zu verschleiern, warum er im Gastzimmer des Alcest gewesen sei. Der Wirt beschuldigt gar die Tochter, das Geld genommen zu haben; Alcest ist konsterniert über solche Entdeckung, Sophie ihrerseits darüber, daß er solches zu glauben wagt; und Söller gerät schwer in Bedrängnis: „Es wird mir siedend heis! So war's dem Docktor Faust / Nicht halb zu Muth; nicht halb wars so Richard dem Dritten! / Höll' da! Der Galgen da! Der Hahnrey in der Mitten!" (A 4, 61) Zum ersten Mal erwähnte Goethe hier den Doktor Faust. Am Schluß ist alles geklärt, und alle müssen eingestehen, daß jeder etwas getan hat, was mehr oder minder nicht korrekt war. „All wart ihr im Verdacht, und ihr habt Alle Schuld" (A 4, 69).

Goethe hat wohl sehr bald gemeint, die Szenenfolge dieses einaktigen Spiels benötige eine Exposition, in der die Eigenheiten der Personen und ihr Verhältnis zueinander einsichtig würden. So entstand schon 1768 die zweite Fassung in drei Akten, wobei der zweite Akt weitgehend unverändert die ursprüngliche einaktige Fassung bot und der erste Motivationen für die einzelnen Verwicklungen lieferte. Söller erscheint nun als jemand, der Spielschulden gemacht hat und im Haushalt nicht sparen kann noch will, und Sophie hat im 4. Auftritt Gelegenheit, sich monologisierend selbst vorzustellen, wehmütig auf die früheren Jahre zurückzublicken, wo sie, um geheiratet zu werden, eben den Söller nahm.

In seinem Lebensbericht hat Goethe der Erwähnung der *Mitschuldigen* einige wichtige Bemerkungen vorausgeschickt (7. Buch; 9, 285 f.). Er habe zeitig „in die seltsamen Irrgänge geblickt, mit welchen die bürgerliche Sozietät unterminiert ist. Religion, Sitte, Gesetz, Stand, Verhältnisse, Gewohnheit, alles beherrscht nur die Oberfläche des städtischen Daseins." Man darf fragen, ob es das komödiantische Spiel dieses Stücks verträgt, so betrachtet zu werden. Farce, aber auch Lustspiel, ohne genauer zu unterscheiden, hatte Goethe *Die Mitschuldigen* früher genannt (an Friederike Oeser, 13. 2. 1769). Man könnte im einzelnen zeigen, daß das Stück im Grunde, fern von den späten Hinweisen seines Autors, nichts anderes tut, als den Erfordernissen der Gattung ‚Farce' zu entsprechen: dem Zuschauer turbulente Täuschungen und Verwicklungen in rascher Folge zu servieren, Burleskes auszuspielen und das Publikum zum Lachen zu bringen, zu nichts sonst als unbeschwertem Gelächter, das von irgendwelchen moralischen Bedenken nicht beeinträchtigt wird. Mögen das auch fragwürdige Handlungen und Verhaltensweisen sein, die das Spiel vorführt: sie wollen in einer Farce nicht gewogen, nicht kritisiert sein; denn Lachen ist Trumpf, und es durch immer neue komische Situationen anzustacheln, darum geht es. So kann man *Die Mitschuldigen* sehen und lesen, und gewiß hat ihr junger Verfasser sich in der Praxis des Lustspiels üben wollen. Daß manche Verse und Wendungen von Moliére und Shakespeare übernommen sind, beweist das nur. Genau sind die Szenen aufs Komödiantische hin gebaut, und erstaunlich sicher fügt sich die Sprache in das strenge Versmaß des Alexandriners. Aber in der Farce allein geht das Stück über die Mitschuldigen nicht auf. Welche Skepsis grundiert diesen Text! Es sind ja nicht harmlose Zufallsverwicklungen, bloße Situationskomik, keine nur das Lachen provozierenden Pointen, von denen dieses Lustspiel lebt. Wunsch nach Geld, Sucht nach Neuigkeiten, halb willige, halb unwillige Ehepartnerschaft, gegenseitiges Täuschen und Beschuldigen: sind das nicht – über das Komödienrepertoire hinaus – Verhaltensweisen, wie sie die „bürgerliche Sozietät" kennzeichnen und zugleich unterminieren? Was in der Beziehung Sophie – Alcest – Söller an Konfliktstoff steckt, ist vollends so brisant, daß er leicht die Grenzen einer Farce und eines Lustspiels sprengen könnte. Die Notwendigkeit, sich in soziale Gewohnheiten zu fügen, hat Sophie zur Ehe mit Söller gebracht; das Glück der Liebe, einmal mit Alcest empfunden, blieb nur Erinnerung im Schatten des Verzichts. Alcest hingegen erscheint als der Typ des Mannes, der es sich leisten kann, freizügig zu sein, und der wohl nie ernsthaft daran gedacht hat, sich mit der Tochter eines Wirts auf Dauer zu verbinden.

So hat der späte Goethe nicht ganz unrecht, wenn er in *Dichtung und Wahrheit* nachträglich andeutet, wieviel Gespür für die Gebrechen der Sozietät diesem Lustspiel zugrunde lag, das er kurz nach der Rückkehr aus Leipzig gedichtet hatte. Ein Publikum, das nicht nur aufs Lachen aus ist, merkt das wohl und zeigt bei allem Spaß auch Zeichen des Betroffenseins. Carl Friedrich Zelter, der Duzfreund der letzten Jahrzehnte, berichtete am 27. November 1824 von einer Berliner Aufführung der *Mitschuldigen* nach Weimar. Das „vorstädtische Publikum" habe sich gegen den ersten Rang „in Dreistigkeit des Beifalls" hervorgetan. Goethe antwortete darauf am 3. Dezember 1824: „Die Wirkung der Mitschuldigen ist ganz die rechte. Ein sogenanntes gebildetes Publikum will sich selbst auf dem Theater sehen [...]; das Volk aber ist zufrieden daß die Hanswürste da droben ihm Späße vormachen an denen es keinen Teil verlangt."

Neue Erfahrungen in Straßburg

Stadt. Landschaft. Freunde

Es kostete für den wieder gesunden Zwanzigjährigen keine Überwindung, erneut von Frankfurt aufzubrechen; denn hier war der Lebensabschnitt, der eine nachweisliche Berufsqualifikation und nicht nur poetische Etüden bringen sollte, nicht zu Ende zu führen. „Ich fügte mich [...] ohne Widerstreben, nachdem ich so manchen guten Vorsatz vereitelt, so manche redliche Hoffnung verschwinden sehn, in die Absicht meines Vaters, mich nach Straßburg zu schicken, wo man mir ein heiteres lustiges Leben versprach, indessen ich meine Studien weiter fortsetzen und am Ende promovieren sollte" (*DuW;* 9, 355). Anfang April 1770 kam der Student beider Rechte in der etwa 50 000 Einwohner zählenden Stadt im Elsaß an, die zwar schon seit neunzig Jahren zu Frankreich gehörte, aber noch ganz die Züge einer alten deutschen Stadt trug, mit dem Münster Erwins von Steinbach als weithin sichtbarem Wahrzeichen. Der Rhein bildete noch keine wirkliche Grenzscheide. Die königlichen französischen Beamten übten die Macht aus, doch es wirkten wie in der Vaterstadt am Main Ratsherren und Schöffen, und die Zünfte beanspruchten noch ihre Rechte. Protestanten und Katholiken, an Zahl etwa gleich, kamen miteinander aus, Reformierte gab es wenig. Die Universität war im Fach Medizin recht bedeutend, ansonsten bot sie wenig Anregungen. „So wie es mir in Leipzig gegangen war, ging es mir hier noch schlimmer. Ich hörte nichts, als was ich schon wüßte." Johann Daniel Schöpflin, den Professor der Geschichte und Beredsamkeit, würdigte er allerdings noch im Lebensbericht als einen der „glücklichen Menschen, welche Vergangenheit und Gegenwart zu vereinigen geneigt sind, die dem Lebensinteresse das historische Wissen anzuknüpfen verstehn". Wer französisch reden und schreiben wollte, konnte es tun; ein unsinniger Kampf um die Vorherrschaft einer Sprache wurde nicht ausgefochten. „Die Sprache der Straßburger ist deutsch", vermerkte Friedrich Christian Laukhard, der um 1781 die Gegend besuchte, „aber das jämmerlichste Deutsch, das man hören kann." Hoscht, bescht, Madeli, Bubeli usw. sei Straßburger Dialekt, und sogar von der Kanzel töne es „vum Herr Jesses Kreschtes". Das alles dürfte Goethe wenig gestört haben, dessen Frankfurterisch sich bekanntlich in berühmte Reime eingeschlichen hat („Ach neige, / Du Schmerzensreiche [...]").
Im Zentrum der Stadt, am belebten Fischmarkt, nahm er beim Kürschnermeister Schlag Quartier, und am 18. April 1770 trug er sich in die „*Matricula Generalis maior*" der Universität ein als „*Ioannes Wolfgang Goethe Moeno-Francofurtensis*". Wie in Leipzig fand er rasch Anschluß an einen Kreis junger Leute, den er beim Mittagstisch der Schwestern Lauth in der Knoblochgasse kennenlernte. Dieser Tischgesellschaft prä-

sidierte kraft Autorität und Alter der damals achtundvierzigjährige Junggeselle Johann Daniel Salzmann, der als Jurist am Vormundschaftsgericht in Straßburg arbeitete, wissenschaftlich interessiert war und sich mit Fragen der Moral, der literarischen Bildung, der Pädagogik beschäftigte. Er muß durch seine Souveränität und Ausgeglichenheit für die jungen Studenten eine Vertrauensperson gewesen sein und mit seinem aufgeklärten Sinn für die Erfordernisse praktischen Lebens beeindruckt haben, „ein Mann, der durch viel Erfahrung mit viel Verstand gegangen ist; der bei der Kälte des Bluts womit er von ieher die Welt betrachtet hat, gefunden zu haben glaubt: dass wir auf diese Welt gesetzt sind besonders um ihr nützlich zu seyn, dass wir uns dazu fähig machen können wozu denn auch die Religion etwas hilfft; und daß der brauchbaarste der Beste ist" (an S. v. Klettenberg, 26. 8. 1770). So verwundert es nicht, daß Goethe gerade Salzmann brieflich etwas von seiner Unruhe, Beklemmung und Not anvertraute, als er Friederike Brion begegnet war.
Der Theologe Franz Christian Lerse war auf Korrektheit des Auftretens und Umgangs bedacht, „sprach treuherzig, bestimmt und trocken lebhaft, wobei ein leichter ironischer Scherz ihn gar wohl kleidete"; durch seine Unparteilichkeit war er geeignet, als schlichtender Schiedsrichter bei Auseinandersetzungen einzugreifen, die unter den jungen Menschen nicht ausblieben. Im *Götz von Berlichingen* hat Goethe ihm in der gleichnamigen Gestalt von Franz Lerse ein literarisches Denkmal gesetzt. Heinrich Leopold Wagner, Autor des Dramas *Die Kindermörderin,* verkehrte ebenfalls in der Tischrunde.
Auch Johann Heinrich Jung, der sich als Schriftsteller später Jung-Stilling nannte, stieß zu jener Tischgesellschaft, die zeitweise an die zwanzig Personen umfaßte, ein merkwürdiger Mann, der in unerschütterlicher pietistischer Gläubigkeit alle Widrigkeiten als Prüfungen Gottes annahm und auf Gottes Hilfe vertraute, „die sich in einer ununterbrochenen Vorsorge und in einer unfehlbaren Rettung aus aller Not, von jedem Übel augenscheinlich bestätige" (9, 370). Es war ihm nicht immer leicht, Spott und Zweifel zu ertragen, an dem die Mitstudenten ihren Spaß hatten. Goethe aber verstand ihn, hatte er doch schon in Frankfurt im pietistischen Zirkel Menschen solcher „Natürlichkeit und Naivetät" kennengelernt. Ihm hat Jung denn auch, bei Goethes Besuch in Elberfeld im Juli 1774, das Manuskript seiner Lebensgeschichte anvertraut, *Henrich Stillings Jugend,* das 1777 erschien und dem weitere Teile folgten: *Jünglingsjahre* (1778), *Wanderschaft* (1778). Da berichtete nun Jung über die Straßburger Zeit, als er dort Medizin studierte. Seine Jugend im Siegerländischen war schwer gewesen; sieben Mal war er beruflich gescheitert, als Dorfschullehrer und Hauslehrer; dann unterstellte er sich, nach einem Erweckungserlebnis, ganz der Führung und Vorsehung Gottes,

wurde Schneidergeselle, wieder Hauslehrer, tat Dienst bei einem Kaufmann im Bergischen Land, der ihm 1770 überraschend vorschlug, Medizin zu studieren. „Gott hat gewiß diese Sache angefangen, er wird sie auch gewiß vollenden", heißt es gläubig in *Henrich Stillings Wanderschaft.* Er wurde ein geachteter Augenarzt, litt unter einigen Mißerfolgen, gab den Beruf auf, wurde noch Professor für Kameralwissenschaften und lebte zuletzt als freier Schriftsteller im Dienst religiöser Erwekkung. Über alle Stationen dieses wunderlichen Lebens berichteten weitere autobiographische Schriften (*Häusliches Leben,* 1789; *Lehr-Jahre,* 1804; *Henrich Stillings Alter,* 1817). In der *Wanderschaft* hat Jung aufgezeichnet, wie er zur Straßburger Tischgesellschaft kam und den jungen Goethe sah. Die Stelle ist immer wieder zitiert worden, aber sie enthält vielleicht Züge späterer Idealisierung; denn als Jung-Stilling dies zu Papier brachte, war der Student mit dem „freien Wesen" bereits der berühmte Dichter des *Götz:*

> Des andern Mittags giengen sie zum erstenmahl ins Kosthaus zu Tische. Sie waren zuerst da, man wies ihnen ihren Ort an. Es speiseten ungefähr zwanzig Personen an diesem Tisch, und sie sahen einen nach dem andern hereintreten. Besonders kam einer mit großen hellen Augen, prachtvoller Stirn, und schönem Wuchs, muthig ins Zimmer. Dieser zog Herrn Troosts und Stillings Augen auf sich; ersterer sagte gegen letztern: das muß ein vortreflicher Mann seyn. Stilling bejahte das, doch glaubte er, daß sie beyde viel Verdruß von ihm haben würden, weil er ihn für einen wilden Cammeraden ansah. Dieses schloß er aus dem freyen Wesen, das sich der Student ausnahm; allein Stilling irrte sehr. Sie wurden indessen gewahr, daß man diesen ausgezeichneten Menschen Herr Göthe nannte (*Lebensgeschichte,* Darmstadt 1976, S. 263 f.).

Jung-Stilling erinnerte sich auch, daß es Goethe gewesen sei, der ihm „in Ansehung der schönen Wissenschaften einen andern Schwung" gegeben und ihn mit Ossian, Shakespeare, Fielding und Sterne bekannt gemacht habe. Leicht lassen sich jedoch aus anderen Briefen und Dokumenten der Zeit widersprüchliche Charakterisierungen Goethes zusammentragen. Sie beweisen in ihrer Unterschiedlichkeit vor allem eins: daß dieser junge Mensch Aufmerksamkeit erregte und es schwierig war, sein wahres Wesen zu erkennen.

Etliche Mediziner gehörten zu jener Tischgesellschaft, und Goethe ging mit in ihre Vorlesungen bei den Professoren Spielmann und Lobstein. Bei seinen forcierten Anstrengungen, sich abzuhärten und so zu stählen, daß ihn nichts Ungewöhnliches mehr aus der Fassung bringen könnte, war ihm die Anatomie „auch deshalb doppelt wert, weil sie mich den widerwärtigsten Anblick ertragen lehrte, indem sie meine Wißbegierde

befriedigte" (9, 374). Wißbegierde trieb ihn auch zur Chemie, wobei allerdings die Frankfurter alchimistischen Versuche im Zeichen der Hermetik die ausschlaggebende Rolle gespielt haben dürften.
Ein bedeutendes offizielles und zugleich privat unterhaltsames Ereignis fiel in die ersten Wochen des Straßburger Aufenthalts. Am 7. Mai zog Marie Antoinette, die Tochter Maria Theresias und Frau des späteren Ludwig XVI., auf ihrem Weg nach Paris in Straßburg ein. Viel Prunk, große Feierlichkeiten, „durch welche das Volk aufmerksam gemacht wird, daß es Große in der Welt gibt" (9, 362), erregten Aufsehen. Noch im Alter wußte Goethe, wie ihn die Gobelins, die ein Empfangsgebäude auf einer Rheininsel schmückten und die nach Raffaelschen Vorlagen gewirkt waren, beeindruckt und wie ihn andere Wandteppiche bestürzt hatten, weil sie die Geschichte von Iason, Medea und Kreusa darstellten und „also ein Beispiel der unglücklichsten Heirat" waren. Kunstvoll ist diese Erinnerung als Vorausdeutung auf das Ende dieser Königin auf dem Schafott in die Schilderungen der Festlichkeiten eingewoben. Im Brief an Langer vom 11. Mai 1770 meldete sich freilich auch Widerspruch gegen das hochherrschaftliche Gepränge: „Diese Paar Tage waren wir nur Adjecktiva unserer Dauphine. Wie sehr verläugnen wir unser ganzes Herz vor den drapdornen [goldgewebten] Kleide Majestät, das iedem gradgewachsenen Menschen besser stehen würde als einem bucklichten König. Und doch, wenn wir gerührt sind, ist unser Stolz unwürcksam, das wissen unsere Fürsten und unsere Mädgen, und machen mit uns was sie wollen." In *Dichtung und Wahrheit* erwähnt Goethe ein eigenes französisches Gedicht, in dem er die Ankunft Christi, „welcher besonders der Kranken und Lahmen wegen auf der Welt zu wandeln schien", mit der Ankunft der Königin verglichen habe. Doch zuvor stufte er in der späten Autobiographie die Anordnung der Obrigkeit, daß sich keine mißgestalteten Personen, keine Krüppel und ekelhaften Kranken auf dem Weg der Königin zeigen sollten, als „ganz vernünftig" ein. Als junger Student in Straßburg hätte er das schwerlich so gesehen.
Die elsässische Landschaft, an der Goethe gleich Gefallen fand, hat er ausgiebig erkundet. Ende Juni brach er mit dem Juristen Engelbach und dem Mediziner Weyland zu einem mehrtägigen Ritt auf, der sie nach Zabern, Saarbrücken und ins untere Elsaß führte. Ausführlich hielt er später die Eindrücke gerade jener Reise fest (*DuW;* 9, 415 ff.). Mit ihr verband sich für ihn der Anfang seines „Interesses der Berggegenden" und der „Lust zu ökonomischen und technischen Betrachtungen, welche mich einen großen Teil meines Lebens beschäftigt haben". In der Saarbrücker Gegend wurden Steinkohlengruben, Eisen- und Alaunwerke besichtigt, und eine bisher unbekannte Welt der Arbeit, des menschlichen Kampfes mit der Natur, wurde unmittelbar anschaulich. Wenn

nicht alles trügt, gewannen außerdem erstmals geologische Formationen die Aufmerksamkeit des Reisenden.
In jenen Tagen schrieb Goethe einen Brief, in dem sich, durch das Naturerlebnis ausgelöst, eine Stimmung äußert, wie sie bei ihm bis dahin unbekannt war. Zum erstenmal eine Satzperiode, in der sich in den wie- oder wenn-Satzteilen die bewegenden Eindrücke sammeln, bis zum anhaltenden „da", von dem aus die Summe des Beschriebenen gezogen wird. Als Goethe diese Zeilen zu Papier brachte, lagen die Begegnungen mit Herder und die Liebe zu Friederike Brion noch vor ihm.

> Gestern waren wir den ganzen Tag geritten, die Nacht kam herbey und wir kamen eben aufs Lothringische Gebürg, da die Saar im lieblichen Thale unten vorbey fließt. Wie ich so rechter Hand über die grüne Tiefe hinaussah und der Fluß in der Dämmerung so graulich und still floß, und lincker Hand die schweere Finsterniß des Buchenwaldes vom Berg über mich herabhing, wie um die dunckeln Felsen durchs Gebüsch die leuchtenden Vögelgen still und geheimnißvoll zogen; da wurds in meinem Herzen so still wie in der Gegend und die ganze Beschweerlichkeit des Tags war vergessen wie ein Traum, man braucht Anstrengung um ihn im Gedächtniß aufzusuchen [...] (Saarbrück, 27. 6. 1770).

Das ist ein Vorklang jenes Werther-Briefes vom 10. Mai, der beginnt: „Wenn das liebe Tal um mich dampft und die hohe Sonne an der undurchdringlichen Finsternis meines Waldes ruht [...]". Diese Satzperiode der Empfindsamkeit, wie man sie genannt hat, geht auf eine lange Tradition zurück, wenigstens in ihrer rhetorischen Struktur. Der Predigt war sie vertraut; sie findet sich auch im letzten Gespräch, das Augustinus im 9. Buch der *Confessiones* mit seiner Mutter führt. Die aufsteigenden wenn-Sätze, das Innehalten und das abschließende Resultat: damit muß natürlich nicht immer Empfindsames, Emotionales ausgedrückt sein. Die Leipziger Lyrik zeigte bereits räsonierende wenn-so-Folgen witzigen Spiels; in Briefen und Betrachtungen können solche Satzperioden der sachlichen Beschreibung und reflektierenden Darlegung dienen. So ist es dann auch später in Prosa und Versen des betrachtenden, überschauend Abstand haltenden Goethe. Herder hatte übrigens die langen wenn-Perioden schon kritisiert (in der 3. Sammlung *Über die neuere deutsche Literatur;* SW 1, 507); sie verschleierten nur einen Mangel an Gedanken und „übertäubten" das Ohr, „um nicht die Leere des Verstandes zu zeigen". Goethe las diese Schrift Herders erst im Sommer 1772.
Mit welcher inneren Einstellung Goethe in Straßburg sein Leben zu bestehen suchte, deuten Bemerkungen an, die er als Zuspruch dem jungen Hetzler, der kurz vor seinem Studium stand, am 24. August 1770 in

einem Brief nach Frankfurt schrieb. „Die Sachen anzusehen so gut wir können, sie in unser Gedächtniß schreiben, aufmerksam zu seyn und keinen Tag ohne etwas zu sammeln, vorbeygehen lassen." Jenen Wissenschaften müsse man nachgehen, die dem Geist eine gewisse Richtung gäben; jedes Ding sei an seinen Platz zu stellen und sein Wert sei zu bestimmen. „Dabey müssen wir nichts seyn, sondern alles werden wollen." Aus solchen Sätzen sprechen Mut und Zuversicht. Frau Aja erinnerte sich noch 1801, der Sohn habe am ersten Tag seines Straßburger Aufenthalts in einem Büchlein, das ihm der Rat Moritz mitgegeben hatte, zufällig einen bedeutungsschweren Spruch aufgeschlagen: „– du schriebst mirs und du warst wundersam bewegt – ich weiß es noch wie heute! Mache den Raum deiner Hütten weit, und breite aus die Teppige deiner Wohnung, spahre sein nicht – *dehne deine Seile lang und stecke deine Nägel fest,* denn du wirst aus brechen, zur rechten und zur lincken. Jesaia – 54. v. 3.4." (7. 2. 1801).

Die Worte an Hetzler waren auch Selbstzuspruch. Wie nötig die Aufmunterung für ihn war, beweisen Briefe in einem Ton der Bedrückung, Trauer, Unerfülltheit und Wehmut, der sich bei ihm nie verlieren sollte, und auch Passagen, in denen sich das Unstete seiner inneren Verfassung niederschlug. „Es ist ja doch alles Dämmerung in dieser Welt" (19. 4. 1770). „Mein ietziges Leben ist vollkommen wie eine Schlittenfahrt, prächtig und klinglend, aber eben so wenig fürs Herz, als es für Augen und Ohren viel ist" (14. 10. 1770). „Die Welt ist so schön! so schön! Wer's genießen könnte!" (5. 6. 1771)

Begegnung mit Herder

Goethe und Straßburg: die Verbindung beider Namen weckt vor allem die Erinnerung an die Begegnung mit Johann Gottfried Herder und Friederike Brion in Sesenheim. Überschwenglich werden in der Goethe-Literatur die Straßburger Ereignisse gefeiert. Für die gesamte deutsche Kulturentwicklung sei das Zusammentreffen Herders mit Goethe unschätzbar wichtig gewesen; es habe sich um die wohl wunderbarste und folgenreichste Begegnung gehandelt, die die deutsche Geistesgeschichte kenne; hier habe der junge Dichter zu sich selbst gefunden, sei er zum Selbstbewußtsein seiner Schöpferkraft gelangt, hier, in der Freundschaft der beiden, sei die Geniebewegung zum Durchbruch gekommen. So und ähnlich klingen germanistische Hymnen. Und die Monate der Liebe zu Friederike werden mit Glanz übergossen, so als sei hier etwas Einmaliges und Unvergleichliches geschehen, Beispiel jugendlicher Liebe überhaupt, die in berückenden Versen voll Gefühl und Erleben besungen worden sei. Nur: was sich wirklich abgespielt hat, kann niemand genau wissen. Die Dokumente sind so spärlich und dürftig, daß aus Verehrung genährte Legendenbildung frei wuchern kann und konnte. Niemand vermag zu sagen, worüber Herder und Goethe wirklich gesprochen haben, als sie in Straßburg zusammen waren. Niemand kann bündig beweisen, daß es gerade Herders bedurfte, damit Goethe das wurde, was er geworden ist. Von Genie und Shakespeare redeten auch andere, etwa Gerstenberg; von den Ossian-Fälschungen und von alter Poesie waren viele fasziniert. Doch bleibt auch dies Spekulation: was geschehen wäre, wenn Goethe Herder in Straßburg nicht getroffen hätte. Man muß aus den Zeugnissen abzuschätzen versuchen, was zwischen den beiden verhandelt wurde. Eine immer wieder zu lesende Behauptung ist allerdings vorab zu korrigieren: durch Herder sei dem fünf Jahre Jüngeren Shakespeare vermittelt worden. Ihn kannte Goethe längst und hatte ihn schon im Brief vom 20. Februar 1770 ausdrücklich neben Oeser und Wieland als seinen Lehrer genannt.

In seiner biographischen Rückschau hat Goethe selber den Straßburger Wochen mit Herder großes Gewicht beigemessen. „Denn das bedeutendste Ereignis, was die wichtigsten Folgen für mich haben sollte, war die Bekanntschaft und die daran sich knüpfende nähere Verbindung mit Herder. [...] Was die Fülle dieser wenigen Wochen betrifft, welche wir zusammen lebten, kann ich wohl sagen, daß alles, was Herder nachher allmählich ausgeführt hat, im Keim angedeutet ward, und daß ich dadurch in die glückliche Lage geriet, alles, was ich bisher gedacht, gelernt, mir zugeeignet hatte, zu komplettieren, an ein Höheres anzuknüpfen, zu erweitern" (10. B.; 9, 402, 409). Solche rühmenden Äußerungen vertragen gewiß keine wesentlichen Abstriche. Doch sollte man nicht vergessen, daß nach dem Auf und Ab der nie spannungslosen Beziehungen beider Männer *Dichtung und Wahrheit* bestrebt war, dem ein Jahrzehnt zuvor Gestorbenen ein versöhnliches, ehrenvolles Andenken zu bereiten. Aus der Straßburger Zeit selbst liegen keinerlei Dokumente vor. Von beiden Seiten gibt es keine brieflichen Äußerungen, aus denen Genaueres über das Zusammensein zu erfahren wäre. Herder hat in seinen Straßburger Briefen Goethe nicht erwähnt. Erst als Caroline Flachsland, seine Verlobte, den Dichter in ihrem Darmstädter Kreis kennengelernt hatte und Herder davon berichtete, äußerte auch er sich über den jungen Bekannten: „Goethe ist würklich ein guter Mensch, nur äußerst leicht und viel zu leicht und spatzenmäßig, worüber er meine ewigen Vorwürfe gehabt hat." Er sei der einzige gewesen, der ihn besucht und den er gern gesehen habe. Einige gute Eindrücke, „die einmal würksam werden können", glaube er ihm gegeben zu haben (Bückeburg, 21. 3. 1771).

Anfang September 1770 war Johann Gottfried Herder in Straßburg eingetroffen. 1744 im ostpreußischen Morungen geboren, hatte er, nach bitterer Jugendzeit und Jahren als Gymnasiallehrer und Prediger in Königsberg und Riga, im Juni 1769 plötzlich alles hinter sich gelassen und eine Seefahrt begonnen, die ihn über Dänemark nach Deutschland bringen sollte und dann doch nach Frankreich führte. Es war ihm in jedem Sinn in Riga zu eng geworden. Er wollte weg von bloßer Gelehrsamkeit, suchte Welterfahrung, drängte zum Tätigsein, zum Handeln in größerem Wirkungskreis. „Wenn werde ich so weit sein, um alles, was ich gelernt, in mir zu zerstören, und nur selbst zu erfinden, was ich denke und lerne und glaube? [...] Nichts als menschliches Leben und Glückseligkeit ist Tugend: jedes Datum ist Handlung; alles übrige ist Schatten, ist Raisonnement" (St 295).

So philosophierte er auf dem Schiff und schrieb manches in das *Journal meiner Reise im Jahr 1769* (das erst 1846 veröffentlicht wurde), in flutenden Gedanken, Gedankenbruchstücken, skizzenhaft, Ausrufe einstreuend. Über Kopenhagen ging es nach Frankreich, mehrere Monate blieb er in Nantes, hatte die Möglichkeit, sich umzusehen und zu lesen, war im November in Paris, voll von Vorurteilen gegen französische Art und Unart, traf Gelehrte von Rang, studierte das Theater – und wurde doch nicht beeindruckt. Dort erreichte ihn das Angebot, Lehrer und Reisebegleiter eines Eutiner Prinzen zu werden. Im März 1770 fand er sich in Holstein ein, machte sich mit der prinzlichen Gesellschaft im Juli auf die Reise, die nach Italien führen sollte, und mußte schon bald merken, wie unerfreulich seine Position war, wie wenig er geachtet wurde. Über Göttingen, Kassel, Darmstadt, wo er seiner künftigen Frau begegnete, gelangte die Reisegruppe nach Straßburg; dort entschloß sich Herder, die Einladung, Hauptpastor beim Grafen von Schaumburg-Lippe in Bückeburg zu werden, anzunehmen. Zunächst aber wollte er sich durch eine Operation von seinem störenden Augenleiden befreien.

Als Patienten, den eine Tränenfistel quälte und der sich in großer Geduld schmerzhaften Eingriffen unterzog, lernte ihn Goethe kennen. Wiederholte Operationen schlugen fehl; der regelmäßige Abfluß der Tränenfeuchtigkeit wurde trotz Durchbohrung des Nasenknochens und Einschnitten in das Tränensäckchen nicht erreicht. Bis April 1771 mußte er in seiner Straßburger „Tod- und Moderhöhle" ausharren, ohne den erwünschten gesundheitlichen Erfolg, oft jedoch besucht von jenem „spatzenmäßigen" einundzwanzigjährigen Studenten aus Frankfurt. Er selbst war nur vier Jahre älter.

Wer Herder war, wußte man damals im Straßburger Kreis; aber man konnte allenfalls seine *Fragmente über die neuere deutsche Literatur* (1766/67), die kleine Arbeit *Über Thomas Abbts Schriften* (1768) und seine *Kritischen Wälder oder Betrachtungen, die Wissenschaft und Kunst des Schönen betreffend* (1769) kennen, deren Autorschaft der Verfasser freilich hartnäckig und töricht geleugnet hatte. Aber hatte sie hier wirklich jemand gelesen, oder war der Name Herder nur durch den Streit um die Verfasserschaft bekannt? Ob von der übrigen umfangreichen Rigaer schriftstellerischen Tätigkeit etwas aufgenommen worden war, läßt sich nicht sagen; es darf bezweifelt werden. Goethe jedenfalls kannte nichts Gedrucktes von dem „berühmten Ankömmling" (9, 402), auf den er zufällig im Gasthof „Zum Geist" stieß und dem er sogleich weitere Besuche anzukündigen wagte. Erst am 10. Juli 1772, also zwei Jahre später, meldete er Herder, daß er seit vierzehn Tagen seine Fragmente „zum erstenmal" lese. Nur jenes Manuskript hat er in Straßburg zu sehen bekommen, das Herder als Antwort auf die 1769 ausgeschriebene Preisfrage der Berliner Akademie der Wissenschaften verfaßte, die *Abhandlung über den Ursprung der Sprache*, die den Preis erhielt und 1772 gedruckt vorlag.

Wenn man wissen will, was Herder seinem Besucher Goethe in den vielen Gesprächen vermittelt haben mag, so liegt die Vermutung nahe, daß er Themen berührt hat, die im Mittelpunkt seiner bisherigen Publikationen standen und die für die kurz danach erschienenen wichtig waren. Literaturhistorische und literaturtheoretische Fragen beschäftigten Herder von früh an; seine religions- und kulturgeschichtlichen Abhandlungen griffen weit in die Vergangenheit zurück, und als Rezensent nahm er kritisch am literarischen Leben seiner Zeit teil. Was ihn bei allem aber entscheidend motivierte, war die Absicht, wirken zu wollen, den Menschen nützlich zu sein, etwas zu vermitteln, was ihrer Lebenspraxis zugute kommen könnte. Unverblümt hatte er in seiner Rigaer Abschiedspredigt ausgesprochen, „ein würdiger Lehrer der Menschheit" werden zu wollen, d. h. möglichst viele Menschen mit seiner Wirksamkeit zu erreichen. Immanuel Kant, seinem akademischen Lehrer in Königsberg, erläuterte er aufschlußreich, warum er Geistlicher geworden sei: „weil ich wußte und es täglich aus der Erfahrung mehr lerne, daß sich nach unsrer Lage der bürgerlichen Verfassung von hieraus am besten Kultur und Menschenverstand unter den ehrwürdigen Teil der Menschen bringen lasse, den wir Volk nennen". Nicht der schmalen Schicht der Gebildeten und schon gar nicht höfischen Erwartungen wollte der jugendliche Lehrer und Prediger sich anpassen, sondern für viel mehr Menschen wirken. Sie zu erreichen war allerdings, wie die Dinge lagen, ein Problem für sich. Wer konnte überhaupt lesen? Wer fand Zeit dazu in der Fron des Alltags? Einem Geistlichen schienen sich noch am ehesten Wirkungsmöglichkeiten zu eröffnen. In den Gedankenfetzen und Überlegungen des *Journals meiner Reise* zeigte sich, wie sehr der aus- und vorgreifend denkende „Philosoph auf dem Schiffe"

Theorie und Praxis zusammenzubringen trachtete, weil sonst nichts blieb als totes Bücherwissen. Die gesamte Nation hatte Herder bei seinen Wirkungsabsichten im Blick. In solchem Sinn war der fordernde Ausruf zu verstehen: „Du Philosoph und du Plebejer! macht einen Bund um nützlich zu werden [...].“ Das hatte er geschrieben, als 1763 eine Patriotische Gesellschaft in Bern gefragt hatte: „Wie können die Wahrheiten der Philosophie zum Besten des Volkes allgemeiner und nützlicher werden?“ Wenn die Philosophie dem Menschen nützlich werden solle, müsse sie den Menschen selbst zu ihrem Mittelpunkt machen. Damit waren ständische Normierungen ausgeschlossen; der Mensch in seiner Ganzheit von Verstand und Gefühlsleben, von Sittlichkeit und Sinnlichkeit war gemeint. Folgerichtig konnte Herder schreiben: „Alle Philosophie, die des Volks seyn soll, muß das Volk zu seinem Mittelpunkt machen“; die ganze Philosophie müsse Anthropologie werden (SW 32; 51, 61).

Auf Wirklichkeit war Herder aus, auf die Fülle der Wirklichkeit in Vergangenheit und Gegenwart. Philosophie ohne lebensnahe Erfahrung schien ihm müßiges Spiel zu sein. Dies mag er seinem aufmerksamen Zuhörer erläutert haben, dem dadurch Verhaltensweisen und -vorschriften Leipziger Zuschnitts noch fremder und ungemäßer werden mußten, als sie es ohnehin schon waren.

Herder sagte ja zur Einmaligkeit des Individuellen, zu den unterschiedlichen Gestalten und Formen, die die Geschichte hervorgebracht hatte. Sie sollten nicht an einem bestimmten Maßstab gemessen, sondern in ihrer Eigentümlichkeit erfaßt werden. Was in der antiken Tragödie sinnvoll und richtig war, mußte nicht für alle Zeiten so sein. Shakespeare dichtete in anderem Klima, unter anderen Menschen, anderen historischen Bedingungen. Seine Stücke waren nicht schlechter, weil sie nicht mehr so waren wie die Werke der Antike; sie mußten nur in ihrer Andersartigkeit aufgenommen und gewürdigt werden. Shakespeare durfte gehuldigt werden als einem Beispiel für dichterische Schöpferkraft in neueren Zeiten. Goethe war längst mit ihm vertraut, hatte ihn schon als Lehrer anerkannt, aber in solcher Sicht, als Repräsentanten neuzeitlichen Dichtertums schlechthin, hatte er ihn wohl noch nicht begriffen. „Jeden grossen Geist mit seiner eignen Zunge reden“ zu lassen, hatte Herder schon 1764 gewünscht (SW 1, 5). Wie das möglich sei: das Werk an seinem historischen Ort und unter seinen jeweiligen Bedingungen zu erfassen (also historisch-genetisch zu interpretieren) und es doch auch als ein „Wunderganzes“ sich anzueignen, als „das herrliche Geschöpf, das da vor uns steht und lebt“ (SW 5, 218), darüber hat Herder ständig nachgedacht. Auch darüber, wie man dann noch eine kritische Wahl treffen und überhaupt etwas be- und verurteilen könne, da „jedes blühet an seiner Stelle in Gottes Ordnung" (SW 18, 138), hat sich Herder Gedanken gemacht. Ihm ging es nicht darum, nur antiquarisch alte Schätze zu sichten und zu häufen, sondern ihn beschäftigte stets auch die schwierige Frage, was aus der Fülle des Vergangenen für die eigene Zeit und die Zukunft zu gewinnen sei. Wir dürfen annehmen, daß sich Goethe in den Gesprächen mit Herder die Vergangenheit in ganz anderer Weise erschloß als bisher, nämlich als Tiefe der geschichtlichen Welt, als Reichtum unterschiedlicher Individualitäten.

Jean-Jacques Rousseau hatte auf die Preisfrage der Akademie von Dijon, ob der Fortschritt der Wissenschaften und der Künste zur Verderbnis oder zur Reinigung der Sitten beigetragen habe, eine merkwürdige, aber einflußreiche Antwort gegeben. Als kritischer Kopf im Jahrhundert der Aufklärung korrigierte er die herrschende optimistische Meinung und behauptete, der von Intellekt und Ratio bestimmte Weg zur modernen Zivilisation sei ein Abweg von der ursprünglichen Naturhaftigkeit des Menschen und habe längst dessen natürliches Wesen entstellt. Rousseaus Ruf „Zurück zur Natur" war verführerisch, konnte sinnvollerweise allenfalls als Mahnung aufgefaßt werden, der moderne Mensch müsse auf der Hut sein, daß er nicht durch einseitigen Verstandeskult, durch Konventionen und zivilisatorische Einflüsse seine Natürlichkeit gänzlich verliere und sich immer weiter seiner (vermeintlich ganzheitlichen) ursprünglichen Verfassung entfremde. Der junge Herder ist von Rousseau nachhaltig beeindruckt worden. Aber er durchschaute auch, wie gefährlich dessen Anschauungen sein konnten. Denn wenn man der Losung „Zurück zur Natur" konsequent folgte, blieben nur die Abwendung von der Gegenwart und der sehnsüchtig rückwärtsgewandte Blick übrig. Wir in unserem Zeitalter, meinte Herder, würden von unseren Aufgaben abbiegen, „wenn wir wie Rousseau Zeiten preisen, die nicht mehr sind, und nicht gewesen sind" (SW 4, 364). In allen seinen Zeitaltern habe das menschliche Geschlecht, „nur in jedem auf andere Art, Glückseligkeit zur Summe". Und jetzt ginge es darum zu zeigen, „daß man, um zu sein, was man sein soll", nicht irgendein anderer oder früherer Mensch sein müsse, „sondern eben der aufgeklärte, unterrichtete, feine, vernünftige, gebildete, tugendhafte, genießende Mensch, den Gott auf der Stufe unserer Kultur fodert".

Was Herder zutiefst beeindruckte und wem er nachspürte, das war Ursprüngliches (und was er dafür hielt), Unverbildetes, Ungekünsteltes, schöpferisch Mächtiges und Echtes, und solches war besonders in frühen Zeiten zu finden, wie er meinte. Dies galt es für die Gegenwart fruchtbar zu machen. Da wirkte sich der Einfluß Hamanns aus, der in gedankenschweren, oft sibyllinisch unklaren, bohrend eindringlichen Äußerungen die Macht der Poesie und der bildhaften Sprache beschworen hatte und sie unlöslich mit dem christlichen Gott verbunden wissen wollte: in allem nur die Offenbarung Gottes, in allem spricht er und muß er vernommen werden. „Poesie ist die *Muttersprache* des menschlichen Geschlechts; wie der *Gartenbau*, älter als der Acker: *Malerei*, – als Schrift: *Gesang*, – als Deklamation: *Gleichnisse*, – als Schlüsse: Tausch, – als Handel. Ein tieferer Schlaf war die Ruhe unserer Urahnen; und ihre Bewegung ein taumelnder Tanz. *Sieben Tage* im Stillschweigen des Nachsinns oder Erstaunen saßen sie; – – und *taten* ihren Mund *auf* – zu *geflügelten* Sprüchen. Sinne und Leidenschaften reden und verstehen nichts als Bilder. In Bildern besteht der ganze Schatz menschlicher Erkenntnis und Glückseligkeit" (*Aesthetica in nuce;* St 121 f.).

Davon mag Herder in Straßburg geschwärmt haben, wohl ebenso sprunghaft und in assoziierender Produktivität der Gedanken und Ahnungen, wie sie nicht nur das *Journal meiner Reise* bezeugt. „Wäre Herder methodischer gewesen", schrieb Goethe, „so hätte ich auch für eine dauerhafte Richtung meiner Bildung die köstlichste Anleitung gefunden; aber er war mehr geneigt zu prüfen und anzuregen, als zu führen und zu leiten" (9, 409). Bezeichnend, welche Quintessenz er der *Abhandlung über den Ursprung der Sprache* entnimmt: sie habe gezeigt, „wie der Mensch als Mensch wohl aus eignen Kräften zu einer Sprache gelangen könne und müsse" (9, 406). Zuversicht in die Fähigkeiten der Sprache, Zutrauen zu ihr als produktiver Kraft ist dem Leser des Manuskripts zugekommen, und bei diesem Thema wird Herder ganz in seinem Felde gewesen sein. Nicht als bloß verstandesmäßiges Vermögen, das Dinge und Ereignisse mit konventionell festgelegten Bezeichnungen benennt, erschien die Sprache – das war sie natürlich auch –, sondern vor allem als Macht, in der Verstand und Sinnenhaftigkeit, Leidenschaft und Reflexion verbunden sind und in der sich der ganze Mensch mit seinem Denken und Empfinden, Handeln und Fühlen äußern kann und soll. Emphatisch hatte Herder schon in den *Fragmenten* die lebendige Verbindung von Gedanke und Ausdruck gewünscht und vom Dichter erwartet: „Für ihn muß der Gedanke zum Ausdrucke sich verhalten, nicht wie der Körper zur Haut, die ihn umziehet, sondern wie die Seele zum Körper, den sie bewohnet" (St 277). Das heißt nichts anderes, als daß Form sich von innen gestaltet, nicht aber in der richtigen Erfüllung vorgeschriebener Regeln gebildet wird. Der Dichter „soll Empfindungen ausdrücken", und so sehe man, „daß bei dieser Sprache der Empfindungen, wo ich nicht *sagen*, sondern *sprechen* muß, daß man mir glaubt, wo ich nicht schreiben, sondern in die Seele reden muß, daß es der andre fühlt: daß hier der eigentliche *Ausdruck* unabtrennlich sei". Das habe er bei Dichtungen der frühen Zeiten verwirklicht gefunden.

> Daher rührt die Macht der Dichtkunst in jenen rohen Zeiten, wo noch die Seele der Dichter, die zu sprechen und nicht zu plappern gewohnt war, nicht schrieb, sondern sprach und auch schreibend lebendige Sprache tönete: in jenen Zeiten, wo die Seele des andern nicht las, sondern hörte, und auch selbst im Lesen zu sehen und zu hören wußte, weil sie jeder Spur des wahren und natürlichen Ausdrucks offen stand: daher rühren jene Wunder, die die Dichtkunst geleistet, über die wir staunen und fast zweifeln, die aber unsre süßen Herren verspotten und närrisch finden: daher rührt alles Leben der Dichtkunst, was ausstarb, da der Ausdruck nichts als Kunst wurde, da man ihn von dem, was er ausdrücken sollte, abtrennete, der ganze Verfall der Dichterei, daß man sie der Mutter Natur entführte, in das Land der Kunst brachte und als eine Tochter der Künstelei ansah [...]. Je mehr ich der Sache nachdenke, daß man es für nützlich, ja für notwendig habe halten können, in Poesien Gedanke und Ausdruck unverbunden zu behandeln, in Poetiken unverbunden zu lehren und in Alten unverbunden zu vergliedern: desto fremder kömmt mir diese Zerreißung vor (St 278 f.).

Solche Äußerungen, wenn er sie in Herders Straßburger Krankenzimmer gehört hat, konnten und mußten den jungen Poeten zum kritischen Nachdenken über das bisher selbst Geleistete bringen. Waren nicht auch seine Leipziger Dichtungen, von einigen Ausnahmen abgesehen, Kinder der „Künstelei", fern von der „Mutter Natur"? Waren sie nicht auch nur *gesagt*, aber nicht *gesprochen?* Wurde er von jenem „gutmütigen Polterer" mit den schweifenden Gedanken nicht geradezu aufgefordert, den persönlichen Ausdruck zu suchen, Mut zur Selbstaussage zu haben, Empfindungen nicht nachzuahmen, sondern auszudrücken? Hier sprach jemand, der die Menschen in ihrer schöpferischen Kraft ermutigte, der resolut Abschied von Kunstvorstellungen genommen hatte, die immer noch an äußerer Regelhaftigkeit, beherrschter Distanz, rationaler Korrektheit orientiert waren und so ihr höfisch-aristokratisches Erbe nicht verleugneten. Das hieß nun nicht, wilder Regellosigkeit zu verfallen, ganz und gar nicht, bei Herder nicht und nicht bei den anderen, die auf Selbständigkeit und selbstbewußte Freiheit des Ausdrucks pochten. Nur Außensteuerung war nicht mehr gewünscht, sondern Formung aus innerer Schöpferkraft. Mit vernunftloser Feier der Irrationalität und zügelloser Schwärmerei hatte das alles nichts zu tun. So spottete Herder über solche Anwandlungen, über den „Unsinn" einer „prächtig verworrenen Sprache vom fast Göttlichen, von Fülle und Schwung der Seele, von höherer Region über der gewöhnlichen Sphäre usw." (SW 4, 171).

Herder hegte gewiß die Hoffnung, auch die Dichtung seiner Zeit möchte wieder etwas von der Kraft und Unverfälschtheit früherer Poesie zeigen. In dieser Hinsicht befand er sich mit seinen prinzipiellen Überlegungen über die Lebensalter einer Sprache allerdings in einer schwierigen, widerspruchsvollen Situation. Vom Schlechten zum Guten, vom Guten zum Vortrefflichen, vom Vortrefflichen zum Schlechteren und zum Schlechten: das sei der Kreislauf aller Dinge. „So ist's mit jeder Kunst und Wissenschaft: sie keimt, trägt Knospen, blüht auf, und verblühet. – So ist's auch mit der Sprache" (St 201). In seiner Gegenwart konnte er, der Rousseau gelesen hatte, keine Blütezeit der Sprache erkennen; es war Spätzeit, Reflexion wucherte, und so konnte es keine Epoche der Poesie sein. „Je mehr Regeln eine Sprache erhält, desto vollkommener wird sie zwar, aber desto mehr verliert die wahre Poesie" (St 203). Herder behalf sich, um theoretisch nicht resignieren zu müssen, mit Hilfskonstruktionen. Wenn es nicht die Zeit der Poesie selbst sein könne, dann immerhin eine Phase der Theorie der Poesie, der Ästhetik, oder er ermunterte: nun habe das Lehrgedicht als Sammelbecken poetischer Möglichkeiten den höchsten Wert gewonnen, oder er sinnierte: diese späte Epoche lasse sich „auf beide Seiten auslenken", auf die poetische ebenso wie auf die der Reflexion. Galt aber nicht auch für die Gegenwart, daß jede Epoche ihre Glückseligkeit in sich selbst habe? Zweifellos lassen sich diese Überlegungen nicht alle harmonisieren; manche Widersprüche sind nicht zu glätten. Systematik ist Herders Sache nie gewesen. Doch wirkten seine Gedanken über das, was Sprache und Poesie seien und zu sein vermöchten, sein Jasagen zur inneren Schöpferkraft als Impulse für die zeitgenössische Theorie und Praxis der Dichtung. Und damit stand er nicht allein.

Vielleicht hörte Goethe bereits in Straßburg, daß Shakespeare für Herder bewundertes und gefeiertes Beispiel des Genies war, wie es nun verstanden wurde: als Verkörperung der Schöpferkraft, die nicht nach äußeren Regeln schafft, sondern charakteristische Kunst der inneren Form verwirklicht. Im *Shakespeare*-Aufsatz von 1773 bekannte Herder enthusiastisch: „Da aber Genie bekanntermaßen mehr ist als Philosophie, und Schöpfer ein ander Ding als Zergliederer: so war's ein Sterblicher mit Götterkraft begabt [. . .]." Nicht anders waren in Heinrich Wilhelm von Gerstenbergs *Briefen über Merkwürdigkeiten der Literatur* (1766/67) einschlägige Partien zu lesen. Es sei ein Unterschied, Genie zu *haben* und ein Genie zu *sein*. „Wo Genie ist, da ist Erfindung, da ist Neuheit, da ist das Original" (St 45, 55).

Diese bürgerlichen Autoren waren in ihrem Selbstbewußtsein so gekräftigt, daß sie von der subjektiven, den ganzen Menschen betreffenden Erfahrung der Wirklichkeit ausgingen und nicht mehr allgemeine Moralvorstellungen dichterisch dekorieren wollten. Nur so sahen sie die Möglichkeit, sich von höfischen Normen freizumachen und gegen die Zer-

splitterung durch ständische Grenzen die Ansprüche der geahnten und gewollten Ganzheit des Menschen zur Geltung zu bringen.
Herders Anschauungen und Anregungen trafen in Goethe jemanden, der für ihre Aufnahme vorbereitet war. Wer sich zu den *Oden an Behrisch* hatte hinreißen lassen, den konnte die Predigt vom Genie und seinen Rechten nur stärken. Wer im Brief an Hetzler das Werden als Aufgabe der Selbstverwirklichung propagiert hatte, den mußte es begeistern zu hören, daß jedes Datum Handlung sei und alles übrige Schatten, Räsonnement. Wer aus hermetischen Spekulationen gelernt hatte, wie alles Lebendige zusammenhing, dem mußte die Lehre von der schöpferischen Ausdruckskraft der Sprache und Poesie wie ein erwünschter Zuspruch klingen.
Wenn auch Goethe später die mangelnde Methodik bei seinem Straßburger Gesprächspartner beklagt hat, so kamen ihm doch damals die schweifenden Gedanken des großen Anregers durchaus entgegen. Denn er war auf Vielseitigkeit der Erfahrungen und Eindrücke aus. „Die viele Menschen die ich sehe die vielen Zufälle die mir queerüber kommen geben mir Erfahrungen und Kenntnisse von denen ich mir nichts habe träumen lassen" (an S. v. Klettenberg, 26. 8. 1770).
Herders Suche nach dem Ursprünglichen, von der er sich Wirkungen für die deutsche Dichtung der Gegenwart erhoffte, führte dazu, das alte Gut der Volksdichtung zu beachten, und was man dafür hielt. Ossians Dichtungen begeisterten Herder und Goethe, und Herder hat kaum verwinden können, daß sich später alles als eine raffinierte Fälschung des Schotten James Macpherson entpuppte. Die Hexameter-Übersetzung des Michael Denis hatte Goethe schon in Leipzig gekannt; jetzt, unter Herders Einfluß, wird er das Original mit anderen Augen gelesen haben. Kurz darauf übersetzte er *Gesänge von Selma.* In den *Werther* nahm er sie überarbeitet auf, ausdrucksstarke, schwermütige, um Tod und Trauer kreisende Gesänge, in denen die Natur auf Stimmungen des Menschen zu antworten schien und umgekehrt.

> Es ist Nacht; – Ich binn allein verlohren auf dem stürmischen Hügel. Der Wind braust zwischen dem Berge. Der Wasserfall sausst den Felsen hinab. Keine Hütte nimmt mich vorm Regen auf. Ich bin verlohren auf dem stürmischen Hügel.
> Tritt, o Mond! hervor hinter deiner Wolcke; Sterne der Nacht erscheint. Ist denn kein Licht das mich führe zum Platz wo mein Liebster ausruht von der Mühe der Jagd! Sein Bogen neben ihm ohngespannt. Seine Hunde schnobend um ihn her. Aber hier muss ich allein sitzen, an dem Felsen des mosigen Stroms. Und der Strom und der Wind sausst, und ich kann nicht hören die Stimme meines Geliebten (DjG 2, 76).

Herder war hingerissen von der Sprachkraft der ossianischen Dichtung und jenen *Reliques of Ancient English Poetry*, die Thomas Percy 1765/67 herausgegeben hatte, Lieder und Balladen aus alter Zeit. Im Volkslied – ein Ausdruck übrigens, den Herder prägte – schien sich ursprüngliches Volksempfinden auszudrücken. Die „Gedichte der alten und wilden Völker" konnten aufgefaßt werden wie „aus unmittelbarer Gegenwart, aus unmittelbarer Begeisterung der Sinne und der Einbildung" entstanden. Im *Auszug aus einem Briefwechsel über Ossian und die Lieder alter Völker* (1773 erschienen) skizzierte Herder seine Auffassung dieser Art von Dichtung und eröffnete damit seine anhaltenden Bemühungen um die *Stimmen der Völker in Liedern* (so der Titel seiner eigenen Sammlung von Volksliedern 1778/79). Ungeordnetheit, Sprünge und Würfe im erzählten Geschehensablauf und in der sprachlichen Gestaltung der Lieder erschienen nicht länger als Mangel, sondern als Zeichen eines naturhaft Ursprünglichen. Davon angeregt, spürte auch Goethe Volkslieder auf und schickte, nach Frankfurt zurückgekehrt, im September 1771 seine kleine Sammlung an Herder: „Genug ich habe noch aus Elsas zwölf Lieder mitgebracht, die ich auf meinen Streiffereyen aus denen Kehlen der ältsten Müttergens aufgehascht habe. Ein Glück! denn ihre Enckel singen alle: ich liebte nur Ismenen", – was ein beliebter Schlager der Zeit war.

Goethe selbst hat nicht viele Gedichte als Volkslied geschrieben: das *Heidenröslein, Das Veilchen, Der König in Thule, Der untreue Knabe, Es fing ein Knab ein Meiselein*, alle außer dem *Heidenröslein* Liedeinlagen in Theaterstücken. Aber der Volksliedton war und blieb ihm nun vertraut. Leicht und locker schlug er ihn auch im Knittelvers an, und einer volkstümlichen Schlichtheit und Deftigkeit gewährte er, nicht nur in den kleinen Stücken und Fastnachtsspielen der Frühzeit, gern Raum.

Trotz seines weltliterarischen Horizonts wollte Herder mit seinen Bemühungen um Sprache und Poesie vor allem auch der eigenen Muttersprache und Nationalliteratur aufhelfen, deren Zustand ihn bekümmerte. In der dritten Sammlung seiner *Fragmente* hatte er geschrieben: „Die Sprache, in der ich erzogen bin, ist *meine* Sprache. [...] Ein Originalschriftsteller im hohen Sinne der Alten ist, wenige Beispiele ausgenommen, beständig ein Nationalautor [...] Wahrlich! der Dichter muß seinem Boden getreu bleiben, der über den Ausdruck herrschen will: hieher kann er Machtwörter pflanzen, denn er kennet das Land; hier kann er Blumen pflücken, denn die Erde ist sein; hier kann er in die Tiefe graben, und Gold suchen, und Berge aufführen, und Ströme leiten: denn er ist Hausherr" (7. Kap.; St 282 ff.) Er lehnte es ausdrücklich ab, „einen Zaun zwischen der gemeinen, ästhetischen und gelehrten Sprache" zu ziehen,

und wollte beherzigt wissen: „Überall, wo ich zum gemeinen Mann rede (ich meine hier jeden, der kein Büchergelehrter ist): muß ich in seiner Sprache reden und ihn zu meiner Sprache nur allmählich gewöhnen" (5. Kap.). Man kann aus solchen Sätzen heraushören, wie sie immer auch gegen höfisch-aristokratischen, damals besonders von französischen Maßstäben bestimmten Geschmack geschrieben waren und an das gesamte Volk dachten. Ob es auf Herders Einwirkung zurückgeht, daß Goethe von Straßburg aus die Weltstadt Paris nicht aufgesucht hat? Seine Schrift über das Straßburger Münster und die Rede zum Shakespeare-Tag gerieten strikt antifranzösisch. Übrigens ist er auch später über Valmy nie weiter westlich hinausgekommen, obgleich er die Selbstverständlichkeit, mit der in Frankreich Kultur und Bildung als eine Angelegenheit der ganzen Nation galten, bewunderte und er den beständigen Kontakt mit französischer Literatur nicht missen wollte.
Herder war ein schwieriger Gesprächspartner. *Dichtung und Wahrheit* hat nicht verschwiegen, wie er ungeschminkt und ohne Rücksicht auf Höflichkeit zu tadeln pflegte und wie sich wegen dieser unvorhersehbaren Reaktionen beim Besucher Zuneigung und Verehrung mit Mißbehagen mischten. Aus Briefen der Folgezeit lassen sich die Spannungen ablesen, die das Verhältnis der beiden Männer belasteten. „Herder, Herder. Bleiben Sie mir was Sie mir sind. [...] Ich lasse sie nicht los. Ich lasse Sie nicht! Jakob rang mit dem Engel des Herrn. Und sollt ich lahm drüber werden" (Oktober 1771). Auch als Herder 1776 als höchster Geistlicher nach Weimar gekommen war, blieben die Schwierigkeiten bestehen. Er paßte nicht recht in die höfische Welt, in der Goethe sich mittlerweile sicher und bewundert bewegte. Er spürte die Einschränkungen, die dem Bürger in solchem Kreis allemal auferlegt waren, und stieß sich an ihnen. Den Weg zur ‚Klassik' und zur Anerkennung einer Kunst, die nur für sich sein wollte und auf eingreifendes Wirken bewußt verzichtete, mochte er nicht mitgehen. Zeitlebens hat er unter den gesellschaftlichen Beschränkungen seiner Tätigkeit gelitten, auch wohl darunter, daß er zwar eine Fülle anregender Gedanken ausstreute, über das bedeutende schöpferische Werk aber nur nachdenken, es jedoch nicht selbst hervorbringen konnte. Einzig im Jahrzehnt zwischen 1783 und 1793 herrschte ungetrübte Gemeinsamkeit mit Goethe, als Herder in der Geschichte der Menschheit der Einheit in der Vielheit nachspürte und Goethe in der Naturforschung auf ähnlichen Wegen war.
Was der Straßburger Student an Anregungen aufnahm, ging in seine Schriften und Dichtungen ein und ist dort produktiv umgesetzt worden. Im Elsaß, von April 1770 bis August 1771, entstand nicht viel: die sog. Sesenheimer Gedichte, möglicherweise Teile des Aufsatzes *Von deutscher Baukunst,* und in einem Konzeptheft findet sich das Fragment

eines Briefromans *Arianne an Wetty*. Pläne zum *Gottfried von Berlichingen* mögen erwogen worden sein, auch zu einem Cäsar-Drama, von dem nur einige Sätze erhalten sind. Solche Einzelheiten sind an dieser Stelle nicht zu besprechen. Erst im Zusammenhang mit Werkkomplexen auch der folgenden Jahre läßt sich der Ertrag dieser Lebensphase beurteilen, in der Goethe zu einer repräsentativen Gestalt jener Schriftsteller wurde, die in der Literaturgeschichte ‚Stürmer und Dränger' genannt werden. Hier ist zunächst noch über lebenswichtige Ereignisse der Straßburger Monate zu berichten.

Friederike Brion, die Geliebte

Es mag im Oktober 1770 gewesen sein, daß der Tischgenosse Weyland, der Elsässer war und Freunde und Bekannte in der Nähe besaß, Goethe im Hause des Pfarrers Johann Jacob Brion in Sesenheim einführte. Es geschah, was wieder und wieder schwärmerisch beschrieben und ausgeschmückt worden ist, so als wüßten wir genau, was sich abgespielt hat: Wochen und Monate der Zuneigung, der Liebe zu Friederike, der 1752 geborenen, jüngeren der beiden Töchter des Pfarrers von Sessenheim (wie der Ortsname damals geschrieben wurde); Zusammensein in lieblicher Landschaft; Teilnahme an heimischen Festen; Niederschrift von Versen, die viel später Lyrikgeschichte machen sollten, – und mit der Rückkehr nach Frankfurt im August 1771 war alles vorbei, der Abschied für immer besiegelt.

Genaues über den Ablauf und das Ende dieser Liebesbeziehung wissen wir nicht. Nur Goethe selbst hat im 10. und 11. Buch von *Dichtung und Wahrheit* über die Sesenheimer Zeit berichtet, und was dort steht, ist zwar novellistisch brillant erzählt, späte Beschwörung einer glücklichen und spannungsreichen Jugendzeit, kann aber keineswegs als zuverlässig gelten. Geschickt wird dem Leser zwecks poetischer Einstimmung Oliver Goldmiths Roman *Der Landprediger von Wakefield* nahegebracht, dann folgt die elsässische Idylle mit den beiden Liebenden in freundlicher Natur- und Menschenumgebung. Weitere Dokumente sind so gut wie nicht vorhanden. Etwa dreißig Briefe Goethes an Friederike soll es gegeben haben; die Schwester Sophie hat sie nach eigenen Angaben verbrannt. Nur das Konzept jenes Briefes, den Goethe nach dem ersten Besuch geschrieben hat, liegt vor, datiert vom 15. Oktober 1770. Den hier zitierten Anfang hat der Schreiber eingeklammert, um noch einmal von vorn zu beginnen, dann etwas zurückhaltender und förmlicher.

> Liebe neue Freundinn,
> Ich zweifle nicht Sie so zu nennen; denn wenn ich mich anders nur ein klein wenig auf die Augen verstehe; so fand mein Aug, im ersten Blick, die Hoffnung zu dieser Freundschafft in Ihrem, und für unsre Herzen wollt ich schwören; Sie, zärtlich und gut wie ich Sie kenne, sollten Sie mir, da ich Sie so lieb habe, nicht wieder ein Bissgen günstig seyn?

Das war dem Werbenden denn doch zu freimütig und direkt, und so setzte er neu an:

> Liebe liebe Freundinn,
> Ob ich Ihnen was zu sagen habe, ist wohl keine Frage; ob ich aber iust weiss warum ich eben ietzo schreiben will, und was ich schreiben mögte, das ist ein anders; soviel merck ich an einer gewissen innerlichen Unruhe, dass ich gerne bei Ihnen seyn mögte [...].

In einigen Briefen an Salzmann wagte Goethe von seiner inneren Verfassung zu sprechen. Das war aber schon im Frühjahr und Sommer des Jahres 1771. Ungetrübtes Liebesglück beherrschte diese Briefe nicht, im Gegenteil. Unsicherheit in der Einschätzung der eigenen Situation und ein schwankendes Gefühl drückten sich in symptomatischen bildhaften Wendungen aus.

> Der Kopf steht mir wie eine Wetterfahne, wenn ein Gewitter heraufzieht und die Windstösse veränderlich sind (29. 5. 1771).
> Meine anima vagula [mein schwankendes Seelchen] ist wie's Wetter Hähngen drüben auf dem Kirchthurm (12. 6. 1771?).
> Sind nicht die Träume deiner Kindheit alle erfüllt? frag ich mich manchmal, wenn sich mein Aug in diesem Horizont von Glückseeligkeiten herumweidet; Sind das nicht die Feengärten nach denen du dich sehntest? – Sie sinds, Sie sinds! Ich fühl es lieber Freund, und fühle dass mann um kein Haar glücklicher ist wenn man erlangt was man wünschte. Die Zugabe! die Zugabe! die uns das Schicksaal zu ieder Glückseeligkeit drein wiegt! Lieber Freund, es gehört viel Muth dazu, in der Welt nicht missmuthig zu werden (19. 6. 1771?).

Solche und ähnliche Aussagen (wie etwa die von dem leider nicht reinen Gewissen im Brief vom 29. Mai 1771) verführen zu Spekulationen: was wirklich gemeint gewesen sei mit der belastenden „Zugabe"; was den Liebenden beschwert und worin die Gründe für das Scheitern dieser Liebe gelegen haben. Doch sollte man sich eingestehen: es bleiben Mutmaßungen, auch wenn seit einhundertfünfzig Jahren Hunderte von Seiten vollgeschrieben worden sind, um Licht in manches Dunkel zu bringen. Die ‚Friederikenforschung' kann als erheiterndes oder abstoßendes

Beispiel dafür dienen, zu welchen Vermutungen und Kombinationen, Vertuschungen und rührseligen Nachdichtungen sich neugierige Forscher verstiegen haben, die in hingerissener Verehrung oder auch mäkelnder Nachkontrolle die Dokumentationslücken in der Biographie ihres verherrlichten oder beargwöhnten Dichters schließen wollten. Wen mag solch schnüffelnder Biographismus noch zu interessieren? Da ist gerätselt worden, ob es schwächliche Konstitution oder Krankheit gewesen seien, die eine Heirat Goethes mit Friederike verhindert hätten; welche ‚Liebschaften' Friederike später gehabt und ob Goethe vielleicht Untreue gewittert habe; ob das Verhältnis wirklich so harmlos und ‚moralisch einwandfrei' gewesen sei, wie es *Dichtung und Wahrheit* darstelle (wobei das Moralische immer an den Vorstellungen jener Moralhüter gemessen wird); von wem das Kind stamme, das Friederike gehabt habe; wie es überhaupt um den späteren ‚Ruf' Friederikes bestellt gewesen sei; wie die Trennung sich vollzogen und welche Folgen sie im Leben der beiden Liebenden hinterlassen habe. Rührung und Rührseligkeit mußten die Bemerkungen hervorrufen, wie sie von der überlebenden Schwester überliefert worden sind: „Alle Heiratsanträge schlug sie [Friederike] aus. ‚Wer von Goethe geliebt worden ist', sagte sie einmal, ‚kann keinen anderen lieben'."

1835 war der Student Heinrich Kruse ins Elsaß aufgebrochen, um – nicht als erster – noch lebende Zeugen jener Jahre zu sprechen und authentische Dokumente über die Vorgänge in Sesenheim zu suchen. Vor allem wollte er die „Verdächtigungen Friederikes", die laut geworden waren, aus der Welt schaffen. Er hat die Aussagen der Schwester Sophie in Niederbronn aufgezeichnet, und er war es auch, der bei ihr eine Handschrift von Gedichten, Sesenheimer Verse von Goethe und J. M. R. Lenz, abgeschrieben hat. Im übrigen sind es nur Berichte alter Leute aus der Zeit von 1825 und später, die uns bekannt sind und die aus ihrer Erinnerung bald dies, bald jenes aus der Lebensgeschichte der Familie Brion und Friederikes, die 1813 in Meißenheim gestorben war, zu berichten wußten.

Monate der Liebe und des Glücks hat Goethe mit Friederike Brion erlebt. Die idyllische Darstellung in *Dichtung und Wahrheit* zeugt davon, und besonders die Sesenheimer Gedichte bannen das Erlebnis ins dichterische Wort. Aber dem Jubel des Glücks sind auch Töne der Unsicherheit, des Schwankens, des „und doch" beigemischt: „Ob ich dich liebe, weiß ich nicht. [...]" – „Und doch, welch Glück, geliebt zu werden!/ Und lieben, Götter, welch ein Glück." Wir kennen das schon aus der Leipziger Zeit, aus der Verbindung mit Käthchen Schönkopf.

Warum es zur Trennung von Friederike kam, vermag niemand zu sagen. Wir sollten auf spekulative Rekonstruktionen verzichten und nur notie-

ren, was gewiß ist: daß das Sesenheimer Erleben und die Trennung, die sich offenbar nicht in angenehmen Formen vollzogen hat, den jungen Studenten tief bewegten. Auf Dauer binden wollte er sich nicht, hier ebensowenig wie vorher in Leipzig oder wenige Jahre später in Frankfurt an Lili Schönemann. Auch hierüber werden leicht allzu große Worte verloren: das Genie habe zu stark seine schöpferische Kraft und seine Berufung zum Künstler gespürt, als daß es sich ins Joch der Ehe habe zwingen können, und Frauen, die sich auf eine Partnerschaft mit einem ‚Genie' einlassen, müßten bereit sein zum Verzicht, damit das große Werk des Einen sich vollenden könne. Wäre eine schlichtere Deutung nicht angemessener? Darf wirklich als so selbstverständlich gelten, daß das private Glück eines Menschen der Entwicklung eines Genies aufzuopfern ist? Ist es nicht eine normale Lebenstatsache, daß manche Menschen (nicht nur Männer) frühzeitige Bindungen scheuen, daß es den Im-Stich-Gelassenen nicht hilft zu wissen, einem ‚Genie' habe die Freiheit geschenkt werden müssen? Auf Kosten derer, die die Trennung trifft und verletzt und die sich nicht auf ihr Schöpfertum berufen können, sollte man jedenfalls nicht argumentieren.
Nach der Rückkehr aus Leipzig hatte der junge Goethe weiterhin freundschaftlichen Briefkontakt mit Käthchen Schönkopf gehalten, hatte es auch an Geschenken aus Frankfurt nicht fehlen lassen. Nach dem herben Abschied von Friederike war alles anders. Von weiteren Briefen keine Spur. Nur über Salzmann ließ er ihr, ganz ohne handschriftlichen Gruß, im Oktober 1771 Hefte mit Kupferstichen zustellen („Schicken Sie es der guten Friedericke, mit oder ohne ein Zettelgen wie Sie wollen"), im selben Herbst wohl auch, ebenfalls über Salzmann, Übersetzungen aus dem *Ossian*, und zwei Jahre später ging ein „Exemplar Berlichingen" nach Sesenheim: „Die arme Friedericke wird einigermassen sich getröstet finden, wenn der Untreue vergiftet wird" (an Salzmann, etwa Oktober 1773).
Der alte Goethe erinnerte sich, wie sehr ihn Reue beschwert habe. „Gretchen hatte man mir genommen, Annette mich verlassen, hier war ich zum erstenmal schuldig; ich hatte das schönste Herz in seinem Tiefsten verwundet, und so war die Epoche einer düsteren Reue, bei dem Mangel einer gewohnten erquicklichen Liebe, höchst peinlich, ja unerträglich" (*DuW* 12. B.; 9, 520). Wiederum kann niemand entscheiden, wieviel poetische Verklärung in solchen Bemerkungen steckt. Peinlich ist dem jungen Mann und dem Memoirenschreiber gewiß manches gewesen, wofür auch der heftige späte Kampf gegen die Publikation von privaten Papieren aus der Straßburger Zeit spricht: „Wie ich meinen Aufenthalt in Straßburg und der Umgebung darzustellen gewußt [*in Dichtung und Wahrheit*], hat allgemeinen Beifall gefunden [...]. Diese

gute Wirkung muß aber durch eingestreute unzusammenhängende Wirklichkeiten notwendig gestört werden" (an Ch. M. Engelhardt, 3. 2. 1826).

Als Goethe im Mai und Juli 1775, auf der Hinreise in die Schweiz und der Rückfahrt von dort, zweimal in Straßburg war, suchte er das Pfarrhaus in Sesenheim nicht auf. Vier Jahre später, im September 1779, auf der zweiten Schweizer Reise, kam es zu erinnerungsträchtigen Besuchen im Elsaß: bei Friederike und auch bei Lili von Türckheim, geb. Schönemann, in Straßburg. Charlotte von Stein erstattete er am 28. September brieflich Bericht über den Empfang und Aufenthalt in Sesenheim, aber Goetheforscher sind mit Recht skeptisch geblieben, ob dieser Briefbericht wahrheitsgetreu die Wiederbegegnung mit der einstigen Geliebten schildere. „Nachsagen muss ich ihr dass sie [Friederike] auch nicht durch die leiseste Berührung irgend ein altes Gefühl in meiner Seele zu wecken unternahm. Sie führte mich in iede Laube, und da musst ich sizzen und so wars gut." Idyllisches verdeckt hier, was problematisch werden konnte.

Dieser Besuch 1779 dürfte weder von einem Gefühl der Reue noch vom Wunsch nach freundschaftlichem Wiedersehen bestimmt gewesen sein, sondern von dem Interesse, etwas mehr Klarheit darüber zu gewinnen, wie sich Jakob Michael Reinhold Lenz im Hause Brion verhalten habe und was mit eigenen Briefen geschehen sei. Unter den Aufzeichnungen, die in Goethes Werken als „Autobiographische Einzelheiten" zusammengefaßt werden, befindet sich eine Notiz über den Besuch in Sesenheim 1779, in der Goethe sachlich, wenn auch mit deutlicher Aversion gegen Lenz, festgehalten hat: „Der größte Teil der Unterhaltung war über Lenzen. Dieser hatte sich nach meiner Abreise [in Wahrheit fast ein ganzes Jahr später!] im Hause introduziert, von mir was nur möglich war zu erfahren gesucht, bis sie [Friederike] endlich dadurch, daß er sich die größte Mühe gab meine Briefe zu sehen und zu erhaschen, mißtrauisch geworden. [...] Sie klärt mich über die Absicht auf, die er gehabt, mir zu schaden und mich in der öffentlichen Meinung und sonst zu Grunde zu richten, weshalb er denn auch damals die Farce gegen Wieland drucken lassen" (10, 537).

In dieser Aufzeichnung erscheint Lenz in einem fragwürdigen Licht. Als Goethe sie niederschrieb und sich im 14. Buch von *Dichtung und Wahrheit* ausführlicher über Lenz ausließ, sah er den früheren Jugendgefährten und repräsentativen Mitautor der Sturm-und-Drang-Phase distanziert und kritisch. Jugendliches Auftrumpfen und Aufbegehren waren beargwöhnte Vergangenheit geworden, und die Komplikationen, zu denen es mit Lenz in der Weimarer Gesellschaft gekommen war, hatten das freundschaftliche Verhältnis abgekühlt, bis hin zum Unverständnis und zur wenig gerechten Einschätzung des armen, geplagten und an den gesellschaftlichen Zuständen sich wund reibenden Dichters des *Hofmeister* und der *Soldaten*.

1751 in Livland geboren, war Lenz, nach theologischen Studien in Königsberg, als Begleiter der Brüder Friedrich Georg und Ernst Nicolaus von Kleist 1771 nach Straßburg gekommen. Er fand Anschluß an den Kreis um Salzmann; Goethe war noch da; ein paar Monate blieben (bis zum August 1771) fürs erste Kennenlernen, das aber wohl nicht sehr intensiv gewesen ist. 1772 wurde einer der Herren von Kleist als Offizier auf die Rheinfestung Fort Louis versetzt, nicht weit von Sesenheim. Die Offiziere des Forts verkehrten im Hause Brion, und auf diese Weise wird auch Lenz dorthin gefunden haben. Am 31. Mai 1772 war er zum erstenmal im Pfarrhaus, wiederholte den Besuch schon am nächsten Tage, und wie bei Goethe war es der Aktuar Salzmann, dem er von seiner Zuneigung zu Friederike brieflich berichtete. Bereits am 3. Juni, als Friederike mit Mutter und Schwester für 14 Tage nach Saarbrücken reiste, warf Lenz aufs Papier: „Ich bin unglücklich, bester, bester Freund, und doch bin ich auch der Glücklichste unter allen Menschen. An demselben Tag vielleicht, da sie von Saarbrücken zurückkömmt, muß ich mit Herrn v. Kleist nach Straßburg reisen! Also einen Monat getrennt! Vielleicht mehr, vielleicht auf immer! Und doch haben wir uns geschworen, uns nie zu trennen..." Dies und andere Passagen seiner erhaltenen Briefe lesen sich wie von Goethes Hand geschrieben. Und wieder wissen wir nichts Genaues über die Beziehung zu Friederike Brion; nur: daß sich Lenz hier wie auch bei späteren Kontakten zu Frauen in stürmische Hingerissenheit steigerte und sein enthusiastisches Gefühl weit über die Wirklichkeit hinausging. Am 2. September teilte Lenz seinem Vater mit, was ihn in den Monaten dieses Sommers bewegt habe:

> Nahe bei Fort Louis war ein Dörfchen, das ein Prediger mit drei liebenswürdigen Töchtern bewohnte, wohin sich die Unschuld aus dem Paradiese schien geflüchtet zu haben. Hier habe ich den Sommer über ein so süßes und zufriedenes Schäferleben geführt, daß mir alles Geräusch der großen Städte fast unerträglich geworden ist. Nicht ohne Tränen kann ich an diese glückliche Zeit zurückdenken. O wie oft habe ich dort Ihrer und Ihres Zirkels erwähnt! O wie gerne wollte ich in den schönen Kranz Ihrer Freunde eine Rose binden, die hier in dem stillen Tale nur für den Himmel, unerkannt, blühet. Ich darf Ihnen diese Allegorie noch nicht näher erklären; vielleicht geschieht es ins Künftige.

Wie sich Friederike selbst zu alldem verhielt, ist unbekannt. Aus Goethes vorhin erwähnter Aufzeichnung in den „Autobiographischen Einzelheiten", die von Animosität gegen Lenz diktiert ist, läßt sich zu dieser Frage nichts herauslesen.

Jedenfalls schrieb auch Lenz über sein Friederikenerlebnis Verse, die man zusammen mit solchen Goethes in einer einzigen Sammlung von elf Gedichten gefunden hat. Es war besagter Student Heinrich Kruse, der 1835 bei der Schwester Sophie Brion zehn Gedichte aus einem (inzwischen verlorenen) Manuskript abgeschrieben und ein weiteres von ihr zitiert bekommen hat, nämlich: 1. „Erwache Friederike", 2. „Jetzt fühlt der Engel", 3. „Nun sitzt der Ritter", 4. „Ach bist Du fort", 5. „Wo bist du itzt", 6. „Ich komme bald", 7. „Kleine Blumen, kleine Blätter", 8. „Balde seh ich Rickgen wieder", 9. „Ein grauer trüber Morgen", 10. „Es schlug mein Herz", 11. „Dem Himmel wachse entgegen". Verfassernamen standen bei den einzelnen Gedichten nicht. Und da Goethe bei der Ausgabe seiner Gedichte in den *Schriften* nur die beiden „Kleine Blumen, kleine Blätter" und „Es schlug mein Herz" aufgenommen hatte, entwickelte sich ein langwieriger Philologenstreit über die Autorschaft der andern neun Gedichte. Als sicher stellte sich heraus, daß „Ach bist Du fort" und „Wo bist du itzt" von Lenz stammten, und als wahrscheinlich muß gelten, daß in „Erwache Friedericke" einige Strophen (2, 4, 5) von ihm hinzugedichtet worden sind. Es bleiben also Unsicherheiten, übrigens auch bei den Versen „Ob ich dich liebe, weiß ich nicht", die im Jahre 1775 anonym in der Zeitschrift *Iris* erschienen. Das *Mayfest* („Wie herrlich leuchtet/ Mir die Natur") ist noch zu den Friederiken-Liedern zu zählen, zuerst ebenfalls 1775 in der „Iris" veröffentlicht, auch das *Heidenröslein,* während das in Kruses Abschrift vorhandene „Ein grauer trüber Morgen" erst aus dem Herbst stammt und wohl über Salzmann an Friederike gelangt ist.

Genug dieser philologischen Spezialitäten, die hier nur erwähnt werden, um den falschen Eindruck zu vermeiden, als habe die inzwischen berühmt gewordene Straßburger/ Sesenheimer Lyrik Goethes schon zu ihrer Zeit irgendein (über Friederike und Lenz hinausreichendes) Echo gefunden, irgendeine Wirkung auf die Mitlebenden ausgeübt. Sie war gar nicht bekannt. Nicht anders verhält es sich mit den großen ‚Sturm und Drang'-Hymnen der Frankfurter/Wetzlarer Zeit 1772/1774. Erst aus historischer Rückschau hat man diesen Gedichten lyrikgeschichtliche Bedeutung beimessen können. Ein paar Gedichte wurden in der von Johann Georg Jacobi herausgegebenen Zeitschrift *Iris* gedruckt und erreichten somit einen etwas größeren Kreis von Lesern. Aber das war immerhin 1775, im Jahr des Aufbruchs nach Weimar. Die Gedichte wurden dort ohne Verfassernamen präsentiert oder nur mit Siglen versehen (z. B. D. Z. oder P.). Weder der Autor noch der Herausgeber der Zeitschrift hatten es darauf abgesehen, einen bedeutenden jugendlichen Lyriker vorzustellen. Die Verse galten als brauchbare Stücke für das Publikum der Zeitschrift, das sie im gesellschaftlich-literarischen Leben auf seine Weise verwenden mochte.

Sesenheimer Gedichte

Das Bild des jungen Goethe als eines hinreißenden Lyrikers neuer Art ist ein spätes Bild. So vertraut es uns seit langem ist, den Zeitgenossen war es unbekannt. Mit leuchtenden Farben haben Goetheforschung und -verehrung es ausgemalt. In der Friederiken-Lyrik sei die aufbrechende Kraft und der ganze Jugendmut des jungen Dichters lebendig geworden, hier sei das Jungsein zum Klang geworden und dadurch den Deutschen in der Neuzeit erst offenbar geworden, was Jungsein bedeute. So mag man es schwärmerisch sehen. Doch bleibt zu fragen, ob das Besondere dieser Gedichte genauso betont würde, wenn ihr Autor nicht Johann Wolfgang Goethe hieße und die Interpreten sein Friederikenerlebnis nicht mitgedacht hätten. Immerhin bietet die äußere Form der Straßburger Lyrik nichts Neues, und auch der sprachliche Ausdruck geht allenfalls in Nuancen über die gewohnte Gedichtsprache hinaus. Nach wie vor geben sich Vers- und Gedankenlauf pointenhaft-geistreich; „Zephir", „Frühlingsgötter", „Rosen", „gemaltes Band" sind vertraute Requisiten aus der damaligen Gesellschaftslyrik, nicht anders die eher nekkischen Verkleinerungsformen „kleine Kränzchen", „kleine Sträußchen" (in „Ich komme bald"); und „Musen" reimt sich schlicht auf „Busen" (in „Erwache Friederike"). Die Gelegenheitsverse an die Schwestern Brion („Ich komme bald, ihr goldnen Kinder") brächte jeder andere Verseschmied, damals wie heute, zustande. „Nun sitzt der Ritter an dem Ort [...]": im gleichen Stil, humorig belanglos.

Am künstlerischen Material der meisten Sesenheimer Gedichte ist kaum zu erkennen, was neu und besonders wäre. Doch ist an etlichen Stellen nicht zu überhören, wie Liebes- und Lebensernst das Sprechen bestimmen. Das Gedicht „Kleine Blumen, kleine Blätter" bleibt im Stil der Gesellschaftslyrik des 18. Jahrhunderts und bringt zugleich in den beiden Schlußstrophen eine neue Nuance, eben den Ausdruck der Ernsthaftigkeit.

Kleine Blumen, kleine Blätter
Streuen mir mit leichter Hand
Gute junge Frühlings-Götter
Tändlend auf ein luftig Band.

Zephir, nimm's auf deine Flügel,
Schling's um meiner Liebsten Kleid!
Und dann tritt sie für den Spiegel
Mit zufriedner Munterkeit.

Sieht mit Rosen sich umgeben,
Sie wie eine Rose jung.
Einen Kuß, geliebtes Leben,
Und ich bin belohnt genung.

Schicksal, segne diese Triebe,
Laß mich ihr und laß sie mein,
Laß das Leben unsrer Liebe
Doch kein Rosen-Leben sein!

Mädchen, das wie ich empfindet,
Reich mir deine liebe Hand!
Und das Band, das uns verbindet,
Sei kein schwaches Rosen-Band!

Bemalte Bänder, damals Mode, hat Goethe selbst verfertigt und mit diesen Versen nach Sesenheim geschickt. Auf die graziöse Schilderung des Bandes, das die Geliebte schmücken soll, und die Erwähnung des erhofften Lohns folgt auch hier der pointierte Schluß. Aber nun meint er nicht spielerisch Witziges, sondern zielt im doppelten Bild des Bandes („Band, das uns verbindet" – „Rosen-Band") auf das Dauerhafte der Liebe. Klopstock hatte 1752 das Gedicht *Das Rosenband* geschrieben: „Im Frühlingsschatten fand ich sie, / Da band ich sie mit Rosenbändern [...]". Goethes Verse sind wie eine Weiterführung von Klopstocks Strophen. Den Formelapparat der gesellig-erotischen Lyrik benutzen beide und durchsetzen ihn mit ernsthaftem Wunsch und Bekennen; in beiden Gedichten sind „Band" und „Leben" die Schlüsselworte. Bei Klopstock ergreift die Liebe den ganzen Menschen im Liebesaugenblick („Ich sah sie an; mein Leben hing / Mit diesem Blick an ihrem Leben"); bei Goethe enthalten die Bezeichnungen „Band" und „Leben" zusätzlich die Dimension der Zeit; Liebe wird wenigstens im Vers als dauerhafte Bindung gewünscht.

Wenn man gelten läßt, daß manche Sesenheimer Zeilen von persönlicher Ernsthaftigkeit getragen sind, dann gewinnen auch Wörter wie „Herz" und „fühlen", trotz des traditionell geformten Gedichts, nachdrückliche Bedeutung („Jetzt fühlt der Engel, was ich fühle, / Ihr Herz gewann ich mir beim Spiele, / Und sie ist nun von Herzen mein"), und die Schlichtheit solcher Sprache gibt sich als Ausdruck der Innigkeit zu erkennen. Nuancen sind das, mehr wohl nicht.

Zwei Gedichte müssen hervorgehoben werden: *Willkommen und Ab-*

schied und *Maifest.* In ihnen erscheinen sprechendes Ich, Geliebte, Liebe und Natur in einer bisher nicht bekannten sprachlichen Intensität. *Willkommen und Abschied* liegt in mehreren Fassungen vor, wie bei nicht wenigen Gedichten Goethes der Fall. Der interessierte Leser ist auf die Editionen angewiesen, in denen die Änderungen verzeichnet sind. (Die Überschrift ist übrigens erst in der Fassung der *Schriften* von 1789 hinzugekommen, lautete dort *Willkomm und Abschied* und erhielt erst in den *Werken* von 1810 ihre endgültige Fassung.) Hier folgt das Gedicht nach der „Hamburger Goethe-Ausgabe" (in moderner Schreibweise); zunächst zehn Zeilen nach Heinrich Kruses Abschrift (die mehr nicht überliefert), die übrigen Verse nach dem ersten Druck von 1775 in der *Iris:*

Es schlug mein Herz. Geschwind, zu Pferde!
Und fort, wild wie ein Held zur Schlacht.
Der Abend wiegte schon die Erde,
Und an den Bergen hing die Nacht.
Schon stund im Nebelkleid die Eiche
Wie ein getürmter Riese da,
Wo Finsternis aus dem Gesträuche
Mit hundert schwarzen Augen sah.

Der Mond von einem Wolkenhügel
Sah schläfrig aus dem Duft hervor,
Die Winde schwangen leise Flügel.
Umsausten schauerlich mein Ohr.
Die Nacht schuf tausend Ungeheuer,
Doch tausendfacher war mein Mut,
Mein Geist war ein verzehrend Feuer,
Mein ganzes Herz zerfloß in Glut.

Ich sah dich, und die milde Freude
Floß aus dem süßen Blick auf mich.
Ganz war mein Herz an deiner Seite
Und jeder Atemzug für dich.
Ein rosenfarbes Frühlingswetter
Lag auf dem lieblichen Gesicht
Und Zärtlichkeit für mich, ihr Götter,
Ich hofft' es, ich verdient' es nicht.

Der Abschied, wie bedrängt, wie trübe!
Aus deinen Blicken sprach dein Herz.
In deinen Küssen welche Liebe,
O welche Wonne, welcher Schmerz!
Du gingst, ich stund und sah zur Erden
Und sah dir nach mit nassem Blick.

Und doch, welch Glück, geliebt zu werden,
Und lieben, Götter, welch ein Glück!

Die äußere Gestalt des Gedichts ist ganz traditionell. Es ist die Strophenform, die zwischen 1700 und 1770 am häufigsten verwendet wurde: eine achtzeilige Strophe, die ihrerseits aus zwei Kreuzreimstrophen besteht, mit abwechselnd weiblich/männlichem Versschluß (Kadenz), jede Zeile im jambischen Vierheber. Es ist die Strophe der Rokokolyrik; auch Fabeln und anakreontische Erzählungen hat man gern in ihr verfaßt. Goethe war sie selbstverständlich vertraut; seine Gedichte *Der wahre Genuß* und *Hochzeitlied* (in den *Neuen Liedern*) hatte er so komponiert: „Im Schlafgemach, enfernt vom Feste, / Sitzt Amor dir getreu und bebt, / Daß nicht die List mutwillger Gäste / Des Brautbetts Frieden untergräbt. [...]" Nun aber nahm die geläufige Form ein Thema anderen Gewichts auf. Der die Sesenheimer Strophen schrieb, wollte und konnte offensichtlich seinem Erleben von Natur- und Liebesbegegnung unvermittelt und ohne eingeschliffene Floskeln Ausdruck verleihen. Dabei vergegenwärtigt, überdenkt, kommentiert auch dieses Gedicht natürlich ein *vergangenes* Erlebnis. Aus der Rückschau wird ein Stück Lebensbericht gegeben. Nur einzelne Stationen und Situationen sind herausgegriffen: am Anfang der kurze, wie eine Erzählung eröffnende Satz vom bewegten Herzen, das in dieser Dichtungsphase das Signalwort für die gefühlsbestimmte Erfahrung ist und bleibt (viermal nennt es allein dieses Gedicht); dann, noch im ersten Vers, die sich selbst zugesprochene Aufforderung zum Aufbruch; der Ritt durch die nächtliche Natur; ganz knapp der Empfang; der Anblick der Geliebten; dann der Abschied – und die vieldeutige Maxime: „Und doch, welch Glück, geliebt zu werden, / Und lieben, Götter, welch ein Glück!"

Natur ist hier hinderndes, drohendes Gegenüber; aber ihm stellt sich der Mensch dieser Verse, den Leidenschaft erfüllt. Bezeichnend, wie aus der Statik, in der die Versatzstücke der Natur in der Rokokolyrik verharrten, nun drängende Dynamik geworden ist. Abend, Nacht, Eiche, Finsternis, Mond: alles ist mächtige Person, die handelt und Widerstand leistet. Ossianisches ist hier nah. Doch der „Mut", das „Feuer" des Reitenden bieten Widerpart. Es kann sein, daß in Wörtern wie „Mut" und „Freude" jener Sinn mitenthalten ist, den Goethe bei seiner Beschäftigung mit der Hermetik kennengelernt hat und der die beiden Lebenspole Konzentration und Expansion meint, und gewiß darf man bei „Feuer" und „Glut" (2. Strophe) an das Lebensfeuer der hermetisch Sinnenden und Spekulierenden denken.

Ohne Überleitung die Liebesbegegnung am Beginn der dritten Strophe. Die Schlichtheit des Sprechens fällt auf. Eine bloße Nennung genügt.

Poetisch überhöhte Bilder werden nicht bemüht; nur das rosenfarbne Frühlingswetter setzt einen Farbfleck. Allerdings ist er bedeutsam genug. Denn solche Formulierung streift wie die zugehörigen Wörter „lieblich“ und „Zärtlichkeit“ – und auch der Ausruf „ihr Götter!“ – den Bereich jener tändelnden Spiellyrik des 18. Jahrhunderts. Sie läßt das Mädchen in einer Sphäre, die von der Leidenschaftlichkeit des Jünglings entfernt ist. Zwar ist die Harmonie nicht zu übersehen, in der sich das Mädchen mit der Natur befindet, anders als der jugendliche Held, der gegen sie angeritten ist; zwar vollzieht sich hier (wie vorher vielleicht nur in einigen Versen Paul Flemings im 17. Jahrhundert) eine innige Verbindung der Liebenden, nicht in genormten Spielbeziehungen, sondern in herzlich-natürlichem Zusammensein; aber noch kann von einem selbständigen und gleichwertigen weiblichen Partner nicht die Rede sein. Die Änderungen, die Goethe in der zweiten Fassung vornahm, mildern die leidenschaftliche Erregung des ‚Helden‘ und schaffen fast ein Gleichgewicht zwischen den Beteiligten. Doch ganz verwirklicht ist es nicht, kann es wohl nicht werden; es würde auch eine andere Stellung der Frau in der Gesellschaft voraussetzen.

Die letzte Strophe setzt unvermittelt mit dem Abschied ein. Das Zusammensein wird übergangen, kein Grund für den Abschied genannt. Er geschieht und wird aufgefangen durch das Bekenntnis am Schluß, das mit dem bedenkenswerten „und doch“ eingeleitet wird. Ein pointenhafter Schluß, aber wie entfernt von den witzigen Pointen verspielter Rokokogedichte! Die Maxime, die dem Nachdenken über die Liebessituation entspringt, gibt Fragen auf: Wendet sich das „und doch“ gegen diesen einen Abschied? Setzt das „und doch“ das Glück der Liebe gegen einen Abschied, der mit jeder Liebe verbunden ist, weil sich der leidenschaftlich Liebende nicht festhalten läßt? Oder stecken im „und doch“ auch Resignation und die Ahnung, daß der Aufschwung des Gefühls der Realität nicht standhalten kann?

Im *Maifest*, das seit den *Schriften* den Titel *Mailied* trägt, ist Natur nicht mehr ein kämpferisch zu überwindendes Gegenüber, sondern in einem unerhörten Glücksgefühl bilden Natur, Ich und Geliebte eine gleichgestimmte Einheit. Es ist ein Ausrufgedicht des Überschwangs. Aber auch hier gilt: Sprachlich bietet das *Mailied* kaum etwas Besonderes, wenn wir unbefangen genug hinsehen. Nur die sofortige Betonung des empfindenden Ich („Wie herrlich leuchtet / *Mir* die Natur!“) und Ausdrücke wie „Blütendampf“ und „Morgenblumen“ lassen aufmerken.

Maifest

Wie herrlich leuchtet
Mir die Natur!
Wie glänzt die Sonne!
Wie lacht die Flur!

Es dringen Blüten
Aus jedem Zweig
Und tausend Stimmen
Aus dem Gesträuch

Und Freud und Wonne
Aus jeder Brust.
O Erd', o Sonne,
O Glück, o Lust,

O Lieb', o Liebe,
So golden schön
Wie Morgenwolken
Auf jenen Höhn,

Du segnest herrlich
Das frische Feld,
Im Blütendampfe
Die volle Welt!

O Mädchen, Mädchen,
Wie lieb' ich dich!
Wie blinkt dein Auge,
Wie liebst du mich!

So liebt die Lerche
Gesang und Luft,
Und Morgenblumen
Den Himmelsduft,

Wie ich dich liebe
Mit warmen Blut,
Die du mir Jugend
Und Freud' und Mut

Zu neuen Liedern
Und Tänzen gibst.
Sei ewig glücklich,
Wie du mich liebst.

In diesen Versen wird Natur nicht zu erkennen gesucht, hier muß auch kein Widerspruch überwunden werden, sondern der in freudigen Ausrufen sich Äußernde gibt sich ganz seinem Glücksgefühl hin. Und Liebe erscheint nicht als eine nur private Eigenschaft des Menschen, vielleicht noch eingebunden in gesellschaftliche Konventionen, sondern als kosmische, elementare Kraft der Natur, die den ganzen Menschen ergreift.
So müssen wir das Gedicht an seinem historischen Ort sehen, ohne zu vergessen, daß der Sänger des *Mailieds* zur gleichen Zeit jene zweifelnden Briefe an Salzmann geschrieben hat. Es dürfte heutige Leser geben, die diese – durch häufiges Zitieren abgenutzten – Verse für reichlich naiv und gefühlsselig halten, für ein historisches Ausstellungsstück zwar, aber in höchstem Maße unaktuell. Ihnen zu widersprechen ist schwer; denn durch Hinweise auf ihre literaturgeschichtliche Bedeutung sind Gedichte nicht zum Leben zu erwecken.
Besonders für Gedichte dieser Art hat sich die Bezeichnung ‚Erlebnislyrik' eingebürgert. Sie ist indes höchst fragwürdig, ja, wie sich leicht zeigen läßt, unbrauchbar. Gemeint ist mit dem Etikett ‚Erlebnislyrik', daß ein Gedicht solcher Art ein unverwechselbar persönliches Erlebnis des

Dichters sprachlich (möglichst) unmittelbar ausdrücke. Damit werde Echtheit, Authentizität der Dichtung verbürgt. Es fehlt nicht an Stimmen, die von ‚echter' Lyrik solchen ‚Erlebnisausdruck' erwarten und auch die Geschichte des deutschen Gedichts in Werken der sog. Erlebnislyrik gipfeln lassen. Unverstellter, unvermittelter Ausdruck eines als individuell sich äußernden Subjekts ist da gewünscht. So hat der Germanist Erich Schmidt (1853–1913) einmal behauptet: „Wir fordern seit Goethe vom Lyriker ein volles, ganz von einer Empfindung volles Herz" (*Charakteristiken* I 421).

Aber wie kann man eigentlich erkennen und verifizieren, ob dem jeweiligen Gedicht ein ‚Erlebnis' zugrunde liegt? Kann man, muß man aufschlüsseln, welche biographisch-psychologische Wirklichkeit der Anlaß war? Ist ein Gedicht um so wertvoller, je ‚erlebnisgesättigter' es ist? Doch wohl nicht. Als der junge Goethe seine hier diskutierten Gedichte schrieb, hielt er sich nicht mehr an die vorgegebenen Muster. Das Ich, das jetzt sprach, war nicht mehr als eine Gestalt aus dem Arsenal schäferlicher Typen und anderer Figuren der Gesellschaftslyrik zu identifizieren. Es trug individuelle Züge. Weil dem so war, rückte als gesuchte Grundlage der Gedichte die biographisch-psychologische Wirklichkeit des Dichters in den Blick, glaubte man sich ihrer vergewissern zu müssen, um das Gedichtete aufnehmen und als Ausdruck eines realen Ichs sich aneignen zu können. Das künstlerische Material, mit dem Goethe arbeitete, war so beschaffen, daß die Wörter und Bilder einen weiten Bedeutungsspielraum hatten, der viele Möglichkeiten offenließ. Aber den gedichteten Verhaltensmustern der früheren Lyrik ließ er sich nicht mehr ohne weiteres zuordnen. Erstaunlich übrigens, wie gering die Zahl der Wortfelder und Bildkomplexe in den Sesenheimer Gedichten ist und wie allgemein ihre Aussage bleibt: Natur, Sonne, Flur, Blüten, Zweig, Gesträuch, Glück, Lust, Liebe, Feld, Welt, Gesang, Abend, Erde, Duft, Nacht, Herz, leuchten, glänzen, segnen, lieben usw. Hinter solchen Aussagen konnte und kann der Leser, da ihre Einordnung in traditionelle Aussageweisen der Lyrik nicht mehr funktioniert, ebenso leicht ein reales Subjekt vermuten, ergänzen und ausstaffieren, wie er sich selbst mit seinen Gefühlen und Stimmungen ins Gedicht hineinzufinden vermochte und vermag. Daher rührt gewiß die Vorliebe für sog. Erlebnislyrik.

Bei der Durchsetzung dieses Begriffs hat die autobiographische Aussage Goethes im 7. Buch von *Dichtung und Wahrheit* nicht geringe Verwirrung gestiftet, in der er erklärte, sein ganzes Leben sei er von der Richtung nicht abgewichen, dasjenige, was ihn erfreute oder quälte, in ein Bild, ein Gedicht zu verwandeln, und alles, was von ihm bekannt geworden, seien nur „Bruchstücke einer großen Konfession" (9, 283). Diese

Stelle ist bereits erwähnt worden (S. 69); denn sie bezog sich schon auf die Leipziger Dichtungen und gerade nicht auf die Straßburger Lyrik. Wo immer Beispiele für ‚Erlebnislyrik' genannt werden, sind es Verse, in denen Stimmung und Gefühl herrschen, Empfindungen und seelische Zustände sich ausdrücken, und zwar als solche eines fühlenden, empfindsamen Subjekts. Kann aber nicht auch etwas ganz anderes zu einem ‚Erlebnis' werden? Gibt es nicht bezwingende Erlebnisse des Denkens, der Beschäftigung mit Kunst, mit Literatur, in der Klärung des politischen Standorts usw.? Liegen Gedichten nicht Erlebnisse sehr verschiedener Art zugrunde? Kurz, die Bezeichnung ‚Erlebnislyrik' läßt sich schnell ad absurdum führen und sollte aus der Diskussion genommen werden. Goethe hat zeit seines Lebens stets auch andere Verse geschrieben, als die es sind, die mit dieser Chiffre versehen und von manchen besonders geschätzt werden.

Studienabschluß mit Komplikationen

Goethe war nach Straßburg gegangen, um dort sein juristisches Studium mit einem ordentlichen Examen abzuschließen. Die Promotion zum Dr. iur. war ein dringlicher Wunsch des Vaters; der Sohn hat ohne Zweifel ernsthaft auf dieses Ziel hingearbeitet. Mag er auch im Alter von „Zerstreuung und Zerstückelung" seiner Studien in Straßburg gesprochen haben, weil er sich mit so vielem innerhalb und außerhalb der Universität beschäftigte und das literarisch-gesellige Leben ihn gefangen nahm, die juristische Aus- und Weiterbildung ist nicht zu kurz gekommen. Allerdings gab es Komplikationen: Seine Dissertation wurde von der juristischen Fakultät abgelehnt.

Notieren wir rasch den äußeren Ablauf der letzten Studienphase. Am 22. September 1770 wurde Goethe als Kandidat in die Matrikel aufgenommen und von der Abfassung einer *„dissertatio präliminaris"* (einer Art Zulassungsarbeit) befreit, was wohl nur guten Studenten gewährt wurde. Am 25. und 27. September 1770 legte er zwei Vorexamina mit Erfolg ab und erhielt die Erlaubnis, selbständig *(„sine Praeside")* eine Dissertation anzufertigen. Er machte sich an die Arbeit, wählte – auf den ersten Blick: erstaunlicherweise – ein Thema aus dem Bereich des Kirchenrechts, schloß sie ab, legte sie der Fakultät vor und mußte erleben, daß sie nicht angenommen wurde. Doch damit war ein brauchbarer Studienabschluß noch nicht gescheitert. Denn so sahen die Formalitäten aus: Man konnte die Würde eines Lizentiaten und eines Doktors erhalten. Der Doktortitel war nur zu erwerben, wenn man eine kostspielige, aufwendige Zeremonie finanzierte. Voraussetzung dafür war, daß man die Lizentiatenwürde bereits besaß, wofür man eine Dissertation vorgelegt und verteidigt haben mußte. Die Dissertation hätte also zunächst (nur) das Lizentiat eingebracht. Viele Kandidaten begnügten sich mit diesem Abschluß und verzichteten auf den zusätzlichen teuren Erwerb des Doktortitels; denn es war üblich, daß auch die Lizentiaten als *„Doctores“* angesehen wurden. In Deutschland hatten, wie Goethe im Dezember 1771 an Salzmann schrieb, ohnehin „beide Gradus“ gleichen Wert. Nach Ablehnung seiner Dissertation, also einer zusammenhängenden Abhandlung, konnte Goethe zunächst den Lizentiatentitel nicht erhalten. Aber es war in Straßburg wie an anderen französischen Universitäten möglich, statt einer längeren Abhandlung nur Thesen einzureichen, über die dann eine Disputation vor der Fakultät stattfinden mußte. Diese Möglichkeit wurde Goethe eröffnet, und so verfaßte er seine 56 Thesen *Positiones Juris,* die er am 6. August 1771 verteidigte, wobei sein Freund Lerse einer der Opponenten war. *„Cum applausu“*, mit Beifall, wie die Universitätsakten ausweisen, hat der Kandidat seine Thesen vertreten, ein Prädikat, das nicht allzu häufig verliehen wurde. Damit erhielt Goethe das *„testimonium Licentiae“*. Kurz darauf scheint der Pedell der Universität dem jungen Lizentiaten namens der Fakultät nahegelegt zu haben, auch noch die Doktorpromotion abzuwickeln. Doch lakonisch und unwirsch wehrte der nach Frankfurt Zurückgekehrte, der Rechtsanwaltspraxis schon überdrüssig, im Brief an Salzmann (Dezember 1771) ab: „Der Pedell hat schon Antwort: Nein! der Brief kam etwas zur ungelegenen Zeit, und auch das Cärimoniel weggerechnet, ist mirs vergangen Doktor zu seyn. Ich hab so satt am Lizentieren, so satt an aller Praxis, dass ich höchstens nur des Scheins wegen meine Schuldigkeit thue, und in Teutschland haben beide Gradus gleichen Wehrt.“

Die 56 Thesen der *Positiones Juris,* in lateinischer Sprache abgefaßt, sollten die Grundlage für eine Disputation sein, in der der Kandidat zeigen konnte, daß er in den verschiedenen Bereichen der Jurisprudenz bewandert war und juristisch stichhaltig zu argumentieren verstand. Wissenschaftliche Originalität wurde nicht erwartet. Immerhin geben die *Positiones* etwas von juristischen Auseinandersetzungen der Zeit und von der Stellung des jungen Goethe zu ihnen zu erkennen. Probleme aus vier Gebieten wurden behandelt: aus der allgemeinen Rechtslehre, dem Bürgerlichen Recht, dem Verfahrensrecht und dem Straf- und Strafverfahrensrecht. In den ersten vierzig Thesen befaßte sich Goethe mit rein technischen juristischen Problemen, in den übrigen sechzehn mit allgemeineren und politischen Fragen. Nur eine einzige These griff ein Problem des kanonischen Rechts auf, das offensichtlich in der protestantischen Straßburger Fakultät von untergeordneter Bedeutung war. (These 42: „Über alles, was offenkundig geschieht, richtet der weltliche Richter, über die verborgenen Dinge die Kirche.") Die Position, die Goethe selbst bezogen hat, wird nicht immer deutlich. Denn mitunter sind die Sätze nichts als Zitate, von denen eine Diskussion erst ausgehen konnte. Doch ein paar Punkte verdienen erwähnt zu werden.

„Omnis legislatio ad Principem pertinet" (Jede Gesetzgebungsbefugnis liegt beim Fürsten), lautete These 43. Damit wurde der absolutistische Staat grundsätzlich gerechtfertigt, während Denker wie Montesquieu, Rousseau und andere darüber nachgedacht hatten, wie die mögliche Willkür des Alleinherrschers begrenzt werden könnte. Daß auch der Fürst gebunden sei, klang in These 46 wenigstens an: das Wohl des Staates solle oberstes Gesetz sein. Auch die Auslegung der Gesetze (*„legum interpretatio"*, These 44) blieb dem Herrscher allein vorbehalten. Allerdings sollten die gesammelten Auslegungen des Fürsten in jeder Generation oder bei Regierungsantritt eines Regenten neu gefaßt werden (These 51, 52). Dem Richter oblag nur die bloße Anwendung der Gesetze (*„Judici sola applicatio legum ad casus competit"*, These 48). Wie sehr Goethe zwischen damaligen konservativen Rechtsauffassungen und Reformideen schwankte, zeigten die Thesen zu Problemen des Strafrechts. Über die Zulässigkeit der Folter und das Recht des Staates auf Verhängung der Todesstrafe wurde im Jahrhundert der Aufklärung heftig gestritten. Doch These 53 war eindeutig: *„Poenae capitales non abrogandae"* (Todesstrafen sind nicht abzuschaffen). Das war noch fern von der Überzeugung eines Theodor Storm (in den *Kulturhistorischen Skizzen)*, der erwartete, daß die Nachkommenden versuchen würden, das für sie Unbegreifliche zu beantworten, „wie jemals einem Menschen das Abschlachten eines anderen von Staats wegen als eine amtlich zu erfüllende Pflicht hat zugemutet werden können; denn nicht auf seiten des Delinquenten, sondern auf seiten des Henkers liegt für unsere Zeit die sittliche Unmöglichkeit der Todesstrafe". Auch schon ein Beccaria hatte 1764 *(Dei delitti e delle pene)* dem Staat die Befugnis abgesprochen, die Todesstrafe zu verhängen. Goethe war noch nicht so weit. In These 54 sprach er von dem in seiner Wirkung außerordentlich grausamen Gesetz; damit war zumindest indirekt die Folter kritisiert. Und wo von der Strafe für Kindestötung die Rede war, ließ die These 55 die Frage offen, so als habe sich Goethe damals bei diesem Thema, das die Gemüter der Zeit erregte und in Dramen des ‚Sturm und Drang' häufig behandelt wurde, noch nicht entscheiden können: *„An foemina partum recenter editum trucidans capite plectenda sit? quaestio est inter Doctores controversa"* (Ob eine Frau, die ein soeben geborenes Kind umbringt, mit dem Tode zu bestrafen sei, ist eine Streitfrage unter den Doktoren). Noch war die Hinrichtung der Kindsmörderin im Januar 1772 in Frankfurt nicht geschehen; noch war die Gretchentragödie nicht gestaltet.

Wer in Goethe vor allem den ‚Dichterfürsten' sieht, wird über die Blätter seiner juristischen Studien rasch hinweggehen. Wer jedoch sein späteres amtliches Wirken, seine politisch-staatsmännische Tätigkeit, sein öffentliches Handeln nicht als mehr oder minder zufällige, sondern als bewußte und ernsthafte Lebenspraxis einschätzt, für den ist es – unabhängig von der Stellung, die Goethe selbst in den Thesen vertrat – aufschlußreich genug, wie manche „Positionen" damals aktuellen Kardinalproblemen der allgemeinen Rechtslehre und des Strafrechts gewidmet waren. Unvorbereitet war Goethe jedenfalls nicht, als er sich anschickte, seit Ende 1775 im überschaubaren Sachsen-Weimar-Eisenach verantwortliche Staatsgeschäfte zu übernehmen und sich auch den Details der Verwaltung zu widmen.
Interessanter als jene Thesen ist natürlich Goethes von der Fakultät abgelehnte Dissertation. Denn sie hat Gedanken entwickelt, die der herrschenden Lehrmeinung nicht entsprachen und auch (oder gerade) in einer studentischen Abschlußarbeit nicht toleriert werden konnten. Nur kennen wir die Dissertation nicht; sie ist verschollen. Freilich gibt es Zeugnisse, die die Brisanz der Überlegungen ahnen lassen. Der Student Johann Ulrich Metzger (am 11. 1. 1771 als Student immatrikuliert, also nicht Professor, wie gemeinhin angenommen) berichtete am 7. August 1771 in einem Brief an Friedrich Dominikus Ring von einem Studenten namens Goethe aus Frankfurt am Main, der in einer These unter dem Titel *Jesus autor et judex sacrorum* unter anderem vorgebracht habe, „que Jesus Christ n'était pas le fondateur de notre religion mais que quelques autres savans l'avaient faite sous son nom. Que la religion chrétienne n'était autre chose qu'une saine politique etc. Mais on a eu la bonté de lui défendre de faire imprimer son chef d'oeuvre [. . .]" (daß Jesus Christus nicht der Begründer unserer Religion gewesen sei, sondern daß irgendwelche andere Gelehrte sie unter seinem Namen gemacht hätten. Die christliche Religion sei nichts anderes als eine gesunde Politik usw. Man hat jedoch die Güte gehabt, ihm die Drucklegung seines Meisterwerks zu verbieten). Professor Elias Stöber nannte einen anderen Titel der Dissertation, nämlich *De Legislatoribus* (im Brief an F.D. Ring vom 4./5. Juli 1772), und auch seine Bemerkungen bezeugen, welches Aufsehen Arbeit und Ablehnung damals erregten: Herr Goethe habe eine Rolle in Straßburg gespielt, „die ihn als einen überwitzigen Halbgelehrten und als einen wahnsinnigen Religionsverächter nicht eben nur verdächtig, sondern ziemlich bekannt gemacht" habe. Er müsse „in seinem Obergebäude einen Sparren zuviel oder zuwenig haben". Stöber berief sich auf Informationen des ehemaligen Dekans der Fakultät, daß die Arbeit zurückgegeben worden sei: „Sie dörfte wohl bey keiner guten Policey zum Druck erlaubt oder gelassen werden." K.A. Böttiger wußte

zu berichten (*Litterarische Zustände und Zeitgenossen,* Leipzig 1838), Goethe habe in seiner Dissertation beweisen wollen, daß die zehn Gebote nicht eigentlich die Bundesgesetze der Israeliten wären, sondern daß nach *Deuteronomium* (dem 5. Buch Mose) „zehn Ceremonien eigentlich die zehn Gebote vertreten hätten." Goethes eigene Auskunft in *Dichtung und Wahrheit* läßt von dem Wirbel, den er seinerzeit entfacht hatte, nicht mehr allzuviel sichtbar werden. Ihn hätte „von jeher der Konflikt, in welchem sich die Kirche, der öffentlich anerkannte Gottesdienst, nach zwei Seiten hin befindet und immer befinden wird, höchlich interessiert. Denn einmal liegt sie in ewigem Streit mit dem Staat, über den sie sich erheben, und sodann mit den einzelnen, die sie alle zu sich versammeln will. [. . .] Ich hatte mir daher in meinem jugendlichen Sinne festgesetzt, daß der Staat, der Gesetzgeber, das Recht habe, einen Kultus zu bestimmen, nach welchem die Geistlichkeit lehren und sich benehmen solle, die Laien hingegen sich äußerlich und öffentlich genau zu richten hätten; übrigens sollte die Frage nicht sein, was jeder bei sich denke, fühle oder sinne" (11. Buch; 9, 472 f.).
Genau in den Zusammenhang dieser Überlegungen gehören auch die beiden kleinen Schriften, die im Frühjahr 1773 veröffentlicht wurden und deren Thematik – wiederum nur auf den ersten Blick – Überraschung auslösen kann: *Brief des Pastors zu* ˣˣˣ *an den Neuen Pastor zu* ˣˣˣ und *Zwo wichtige bisher unerörterte biblische Fragen zum ersten Mal gründlich beantwortet, von einem Landgeistlichen in Schwaben.*
Worin die Brisanz der gescheiterten Dissertation lag, ist hinlänglich auszumachen. Alle Argumentation scheint der Verfasser darauf konzentriert zu haben, den Freiraum persönlichen Glaubens abzusichern und die Ansprüche einer etablierten Kirche und ihrer Dogmatik einzugrenzen. Zu diesem Zweck stellte Goethe sowohl theologisch-kirchengeschichtliche als auch kirchenrechtliche Überlegungen an. So suchte er den Nachweis zu führen, daß auf den steinernen Tafeln des Moses nicht die zehn Gebote gestanden hätten, wie der Katechismus es will, sondern nur die Gesetze des Bundes, d. h. partikulare Regeln, die das jüdische Volk allein verpflichtet hätten. Daneben habe Gott allgemeine moralische Lehren verkündet, die als *Dekalog* (zehn Gebote) bekannt geworden (und erst im 5. Buch Mose mit den Tafelgesetzen verwechselt worden) seien. Diese allgemeinen Lebensregeln enthielten Wahrheiten moralischer Natur, die allen Völkern gemeinsam seien. Damit war die theologisch-christliche Geltung der zehn Gebote deutlich relativiert, ebenfalls die orthodoxe Meinung, daß jede Stelle der Bibel, im Alten wie im Neuen Testament, universale Gültigkeit besitze. Goethe behauptete, in beiden Teilen gebe es sowohl partikulare als auch universelle Wahrheiten. Davon handelt die erste der *Zwo biblischen Fragen.* Die zweite ist in

manchen Teilen deutlich gegen die Festschreibung des göttlichen Geistes in Regeln und Dogmen gerichtet; von „unseren theologischen Kameralisten" ist die Rede, die alles, was der Geist insgeheim bewässert, gern eindeichen, dort Landstraßen durchführen und Spaziergänge darauf anlegen möchten. „Was heißt mit Zungen reden? Vom Geist erfüllt, in der Sprache des Geists, des Geists Geheimnisse verkündigen." Solche Inspiration könne und dürfe nicht in Glaubenssätze eingeschreint und eingegrenzt werden.

Wenn, wie Goethe behauptete, die zehn Gebote, „das erste Stück unseres Katechismus", allgemein-moralische Lehren waren und nicht speziell die Religion betreffen (wie die Regeln auf den steinernen Tafeln des Moses), dann kann die christliche Kirche als Institution sie auch nicht allein für sich beanspruchen. Das wünscht sie aber, wie Goethes Schlußbemerkung in der ersten der *Zwo biblischen Fragen* andeutete: die Kirche habe den Irrtum über diese Stelle (der zehn Gebote) heilig bewahrt und viele fatale Konsequenzen daraus gezogen.

Es muß dahingestellt bleiben, ob die Dissertation diese Theorie tatsächlich entwickelt hat; denn Böttigers Hinweis kann auf einer Verwechslung mit den *Zwo biblischen Fragen* beruhen. Goethe erwähnt in *Dichtung und Wahrheit* diese Überlegungen jedenfalls nicht, sondern referiert die wohl zentrale juristische These der Arbeit: der Staat, der Gesetzgeber, habe das Recht, einen allgemeinverbindlichen religiösen Kultus zu bestimmen, demgemäß Geistliche zu lehren und Laien sich äußerlich zu verhalten hätten; was aber „jeder bei sich denke, fühle oder sinne", das solle nicht die Frage sein. Das waren in der Tat brisante Ideen. Das Christentum nichts anderes als eine politische Einrichtung (wie Metzger wiedergab), wie andere öffentliche Religionen durch Inhaber der staatlichen Macht aufgerichtet? Nur ein offizieller Kultus solle eingerichtet werden, aber der Einzelne dürfe denken, fühlen oder sinnen, was er mag? Damit war der Absolutheitsanspruch der christlichen Religion, gleich welcher Konfession, verneint, und nicht nur der christlichen, sondern jeglichen Glaubensbekenntnisses. Eine Dissertation, die solche ketzerischen Gedanken vortrug, konnte in einer orthodox protestantischen Universität keine Chance haben.

Im *Brief des Pastors* wird der Toleranzgedanke breit und eindrucksvoll ausgeführt und ebenso die Fragwürdigkeit dogmatischer Festlegungen bekräftigt. „Wie könnte ich böse sein, daß ein andrer nicht empfinden kann wie ich." „Denn wenn man's beim Lichte besieht, so hat jeder seine eigene Religion." „Einem Meinungen aufzwingen, ist schon grausam, aber von einem verlangen, er müsse empfinden, was er nicht empfinden kann, das ist tyrannischer Unsinn." „Eine Hierarchie ist ganz und gar wider den Begriff einer echten Kirche." „Die christliche Religion in ein

Glaubensbekenntnis bringen, o ihr guten Leute!" „Wer Jesum einen Herrn heißt, der sei uns willkommen, können die andre auf ihre eigne Hand leben und sterben, wohl bekomme es ihnen" (12, 234 ff.).
Hier mischen sich Toleranzideen des Aufklärungsjahrhunderts, die dezidierte Christen nicht gern hörten, mit ganz persönlichen Erfahrungen. Wenn man das gebührend berücksichtigt, erscheinen weder die Dissertation noch die beiden theologischen Schriften *(Brief eines Pastors* und *Zwo biblische Fragen)* als merkwürdige Abirrungen in fremde Gefilde. Die hermetischen Spekulationen, immer im Bewußtsein des göttlichen All-Zusammenhangs, aber außerhalb des Kirchenglaubens vollzogen, hatten Goethe in und nach seiner Frankfurter Krise die Gewißheit gebracht, daß das einzelne Subjekt teilhat am Göttlichen und nicht an kodifizierte Wahrheiten mit Absolutheitsanspruch gebunden ist. Es darf seine eigene Wahrheit suchen. Die Dissertation unternahm, so gesehen, den unzeitgemäßen und daher zum offiziellen Scheitern verurteilten Versuch, den Raum der ‚Privatreligion' in einem juristischen Entwurf zu legitimieren und geradezu institutionell zu sichern. Damit verliert die Wahl dieses staatsrechtlich-kirchenrechtlichen Themas den Anschein des Absonderlichen.
Muß man auch vorsichtig sein, den Geistlichen, der den *Brief des Pastors zu* xxx zu Papier gebracht hat, mit Goethe zu identifizieren, so läßt die Epistel doch Grundzüge seiner religiösen Auffassung erkennen, die Bestand gehabt haben: keine Sympathie für einen im alleingültigen Bekenntnis festgeschriebenen Glauben, aber sehr wohl das religiöse Bedürfnis nach Erkenntnis, Schau, Gefühl eines umfassenden Lebenssinnes, dem das Prädikat göttlich nicht verweigert wird; Abwehr dogmatischer Bevormundung durch kirchliche Instanzen, aber Offenheit für die Vielfalt religiöser Empfindungen; Anerkennung der Bibel als eines „ewig wirksamen Buches" (M 64), aber Distanz zu Auslegern, die jede Stelle als universal gültig auffassen und meinen, „die ganze Welt sollte an jedem Spruche Teil haben" *(Zwo wichtige biblische Fragen).* Was Goethe am 29. Juli 1782 an Lavater schrieb, zeichnete sich früh ab und blieb so, in allen Phasen größerer Annäherung oder Entfernung: daß er „zwar kein Widerchrist, kein Unchrist, aber doch ein dezidierter Nichtchrist" sei.

Der Frankfurter Rechtsanwalt und junge Schriftsteller

Doppelleben des Advokaten

Wenige Tage nach der erfolgreichen Abschlußprüfung kehrte Goethe in die Heimatstadt Frankfurt zurück, und schon am 28. August 1771, seinem Geburtstag, stellte er den förmlichen Antrag, als Anwalt zugelassen zu werden. Perfekt handhabte er den hierbei üblichen ausschweifend zeremoniellen Stil:

> Wohl und Hochedelgebohrne
> Vest und Hochgelahrte Hoch und Wohlfürsichtige
> Insonders Hochgebietende und Hochgeehrteste Herren
> Gerichts Schultheiss und Schöffen.
>
> Ew. Wohl auch Hochedelgebohrne Gestreng und Herrlichkeit habe die Ehre mit einer erstmaligen ganz gehorsamen Bitte geziemend anzugehen, deren Gewährung, mir Hochderoselben angewohnte Gütigkeit in der schmeichelhafftesten Hoffnung voraussehen lässet.
> Da mich nähmlich, nach vollbrachten mehreren akademischen Jahren, die ich mit möglichstem Fleiss der Rechtsgelehrsamkeit gewiedmet, eine ansehnliche Juristen Fakultät zu Strasburg, nach beyliegender Disputation, des Gradus eines Licentiati Juris gewürdigt; so kann mir nunmehro nichts angelegner und erwünschter seyn, als die bisher erworbene Kenntnisse und Wissenschafften meinem Vaterlande brauchbaar zu machen, und zwar vorerst als Anwald meinen Mitbürgern in ihren rechtlichen Angelegenheiten anhanden zu gehen, um mich dadurch zu denen wichtigern Geschäfften vorzubereiten, die, einer Hochgebietenden und verehrungswürdigen Obrigkeit mir dereinst hochgewillet aufzutragen, gefällig seyn könnte. [...]

Binnen drei Tagen war das Gesuch positiv beschieden. Am 3. September legte der neue Anwalt neben dem Advokateneid auch den Eid als Frankfurter Bürger ab. Eine Laufbahn stand ihm nun offen, die auch in repräsentative öffentliche Ämter führen konnte. Der Vater hätte es begrüßt, wenn der Sohn diesen Weg eingeschlagen und vielleicht in die Fußtapfen des vor kurzem verstorbenen Großvaters Textor, des Stadtschultheißen, getreten wäre. Doch hat sich Goethes entsprechende Andeutung im obigen Gesuch sehr bald als voreilig erwiesen. Vielleicht dokumentiert sie, daß er gern auch in seiner Vaterstadt einmal in einem öffentlichen Amte tätig gewesen wäre; vielleicht ist sie nur eine Floskel der Ehrerbietung. Der neue Advokat richtete tatsächlich eine Rechtsanwaltskanzlei im elterlichen Hause am Großen Hirschgraben ein, führte auch Prozesse und nutzte die Mitarbeit des Vaters, der als kaiserlicher Rat keine Praxis unterhalten durfte. Aber die Tätigkeit als Rechtsanwalt machte nur einen Teil seines Lebens aus. „Sonst binn ich sehr emsig, um nicht zu sagen

fleisig, advozire scharf zu, und verfasse doch noch manch Stückgen Arbeit guten Geistes und Gefühls", meldete er im Frühjahr 1774 (an Langer, 6.5. oder 6.3.).
Die Rechtsanwalts-Eingaben, die Goethe in diesen Frankfurter Jahren aufgesetzt hat, sind erhalten. Sie präsentieren sich, wo es um verfahrensmäßige Formalien geht, in jenem Zeremonialstil, den Goethe immer virtuos beherrschte. Wo es zur Sache geht, hat man den Eindruck, der wortmächtige Poet habe bisweilen die Schriftsätze diktiert. Zimperlich war der streitende Jurist bei der Wahl seiner Ausdrücke ebensowenig wie seine rechtsgelehrten Kontrahenten, unter denen seine Jugendfreunde waren. Im April 1772 rügte sogar das Gericht „die gebrauchte unanständige, nur zur Verbitterung der ohnehin aufgebrachten Gemüter ausschlagende Schreibart" der beiden Anwälte Goethe und Moors. Bis zum Herbst 1775, als er nach Weimar ging, hat der Rechtsanwalt Goethe seine Praxis betrieben und insgesamt 28 Prozesse geführt. Nur der Aufenthalt in Wetzlar (Mai bis September 1772), die Rheinreise Juli/August 1774 und die erste Reise in die Schweiz von Mai bis Juli 1775 haben diese bürgerliche Berufstätigkeit unterbrochen. Sein Hauptgeschäft ist sie in diesen Jahren nicht gewesen. Er hatte das Glück, auf die Einkünfte der Praxis nicht angewiesen zu sein, um sein Dasein fristen zu können; er konnte es da gemächlich gehen lassen. Der Sohn des vermögenden Kaiserlichen Rats Dr. iur. Caspar Goethe brauchte sich mit Fragen der Existenzsicherung nicht zu plagen. Ihn erfüllten andere Ideen. Als ausgebildeter Jurist war der Zweiundzwanzigjährige aus Straßburg heimgekommen, aber auch als jemand, der neue Anschauungen von der Dichtung kennengelernt hatte und dem das, was unter Leipziger Vorzeichen geschaffen war, fremd werden mußte. Wenn man die Briefe und literaturtheoretischen Schriften nach Straßburg überblickt, erkennt man, daß sie immer wieder die zentrale Frage umkreisen: was schöpferische Produktivität ausmache und wie bildend, gestaltend zu verfahren sei. Die Dichtungen dieser Zeit waren Versuche poetischer Praxis, im Zeichen der Probe auf das eigene Schöpfertum. Im Brief an Johann Gottfried Röderer skizzierte er im Gedanken an den Erbauer des Straßburger Münsters das Charakteristikum eines Werkes, das ein „großer Geist", das Genie, im Unterschied zum kleinen hervorbringe: „daß sein Werk selbstständig ist, daß es ohne Rücksicht auf das was andre gethan haben, mit seiner Bestimmung von Ewigkeit her zu coexistiren scheine; da der kleine Kopf durch übelangebrachte Nachahmung, seine Armuth und seine Eingeschränktheit auf einmal manifestirt" (21. 9. 1771). Das ließ sich zwar mit Überzeugung niederschreiben, aber Sicherheit für sich selbst hatte der junge Goethe noch keineswegs gewonnen. Schwanken, Zweifeln, Suchen: wieder und wieder meldete es sich in Briefen an Vertraute.

Es betraf nicht nur die Probleme poetischen Schaffens, sondern Grundfragen der Existenz: wie und wozu zu leben sei. Die unablässige Selbstsuche und Selbstbeobachtung, das zweifelnde Weiterfragen, Bedenken und Abwägen der Ansprüche und Wünsche des Subjekts gegenüber den Forderungen der ‚Welt', der nie abzuschließende Aufbau menschlicher Existenz unter speziellen Bedingungen: dies alles macht die Lektüre der ungeheuren Menge Goethescher Briefe so faszinierend. Immer hat er sich's sauer werden lassen, mag er auch von den Sorgen um die Notdurft des Lebens befreit gewesen sein.

Sicher war also noch nichts bei dem, der so überzeugt vom Genie und seinem Werk zu schreiben wußte. Salzmann bekannte er am 28. November 1771: „Mein nisus [Drang, Streben] vorwärts ist so stark, daß ich selten mich zwingen kann Athem zu holen, und rückwärts zu sehen." Frankfurt empfand er als beengend. Wer einen Zeremonialbrief wie den des Gesuchs zu verfassen und sich entsprechenden Verhaltensweisen einzufügen hatte, mußte die Gefahr der Einschnürung spüren. Im selben Brief, in dem er Salzmann von der Arbeit an *Gottfried von Berlichingen* berichtete, urteilte er: „Franckfurt bleibt das Nest. Nidus wenn sie wollen. Wohl um Vögel auszubrüteln, sonst auch figürlich spelunca, ein leidig Loch. Gott helf aus diesem Elend. Amen." Und vorher: „Es ist traurig an einem Ort zu leben wo unsre ganze Wirksamkeit in sich selbst summen muß." Es war so etwas wie ein Doppelleben, das der Lizentiat der Jurisprudenz praktizierte: als Rechtsanwalt den Ansprüchen und Normen der gesellschaftlichen Ordnung unterworfen, als schöpferischer Geist auf das selbständige Werk gerichtet, das die Kraft des Genies bezeugte.

Die Feier Shakespeares

Den 14. Oktober 1771, den Namenstag Shakespeares, wählte er für eine Shakespeare-Feier. In Stratford upon Avon hatte eine solche schon einmal der Schauspieler Garrick inszeniert, vom 6.–8. September 1769, und ein Bericht darüber, von Clauer geschrieben, lag im Exemplar der Wielandschen Shakespeare-Übersetzung in der Bibliothek des Vaters. Goethe selbst hatte darunter vermerkt: „tiré du Mercure de France du mois Décembre 1769". Nun kam es zur Feier im Haus am Großen Hirschgraben; der Vater spendierte die Ausgaben, wie das Haushaltsbuch ausweist. Herder war eingeladen, konnte aber von Bückeburg nicht kommen. Auch seine Abhandlung, die sich Goethe gewünscht hatte, „damit sie einen Teil unsrer Liturgie ausmache" (September 1771), traf nicht ein. Sie wurde erst zwei Jahre später in den *Blättern von deutscher Art und*

Kunst veröffentlicht. Möglicherweise hat Goethe seine eigene Rede *Zum Schäkespears Tag* bei der Frankfurter Feier vorgetragen; wahrscheinlich war sie für eine ähnliche Veranstaltung an eben jenem 14. Oktober in Straßburg verfaßt worden, wo Lerse Festredner war. Goethes Rede drückte die überschwengliche Begeisterung für den englischen Dramatiker aus; sie war zugleich ein Bekenntnis eigener Grundauffassungen. Shakespeare war dem Studenten schon in Leipzig vertraut und von ihm verehrt worden; Herder hatte ihm intensiver die Bedeutung des großen Briten erschlossen, und nun diente er ihm und Gleichgesinnten seiner Generation als Exempel des naturhaft mächtig schaffenden Genies.

Shakespeare war den Deutschen seit langem bekannt. Früh, schon seit Ende des 16. und besonders seit dem 17. Jahrhundert, hatten wandernde Theatertruppen, zunächst englische Komödianten, dann ebenfalls deutsche Ensembles, seine Stücke gespielt, mochten sie sie auch auf einzelne Szenen oder das Skelett der aktionsreichen Handlung zurechtgeschnitten haben. Übersetzungen waren versucht worden, sogar im breitstrengen Versmaß des Alexandriners (wie die des *Julius Caesar* durch Caspar Wilhelm von Borck 1741), von denen Wielands Prosaübertragung von 22 Stücken (1762–1766), die freilich manches allzu Grelle dämpfte, für die Stürmer und Dränger am wichtigsten war. Die für lange Zeit mustergültige Übersetzung im originalen Blankvers gelang erst August Wilhelm Schlegel 1797–1810 und anderen Übersetzern unter Ludwig Tiecks Leitung. Wie oft war Shakespeare als Zeuge in den ästhetischen Diskussionen des 18. Jahrhunderts und im Kampf um das jeweils zeitgemäße Drama berufen worden! Gottsched, auf die Aneignung französisch-höfischer, strenger Form bedacht, hatte noch nichts von ihm wissen wollen. Erstaunlich dann, wie Johann Elias Schlegel 1741, als er die Borcksche Übersetzung des *Julius Caesar* besprach, eine *Vergleichung Shakespeares und Andreas Gryphs* wagte und auf die Charakterisierungskunst und Menschenkenntnis des Engländers lobend aufmerksam machte. An Shakespeare orientierte sich immer wieder die Lösung und Abwendung vom französischen Theater und seinen Normen. Unter dem 16. Februar 1759 schrieb Lessing seinen *17. Literaturbrief*, übte harte Kritik an Gottsched und ernannte Shakespeare zum wahren Vorbild für die deutsche Bühne. „Wenn man die Meisterstücke des Shakespeare, mit einigen bescheidenen Veränderungen, unsern Deutschen übersetzt hätte, ich weiß gewiß, es würde von bessern Folgen gewesen sein, als daß man sie mit dem Corneille und Racine so bekannt gemacht hat." Lessing sprach Shakespeare den Ruhmestitel Genie zu, „das alles bloß der Natur zu danken zu haben scheinet", und sah durch ihn den eigentümlichen Zweck der Tragödie (auch wenn man „nach den Mustern der Alten die Sache zu entscheiden" habe) fast immer erreicht. Wohlgemerkt sieht

Lessing hier – wie in seiner *Hamburgischen Dramaturgie* – das Genie immer noch im Bund mit den Regeln des Kunstwerks, in diesem Fall der Tragödie, deren Muster ein für alle Mal die Griechen geschaffen und besonders Aristoteles durchdacht haben. Das Genie braucht auf Kunstregeln deshalb nicht zu achten, weil es dadurch ausgezeichnet ist, daß es sie in sich trägt und in traumwandlerischer Sicherheit zur Wirkung kommen läßt. Lessings unbarmherzige und in vielem ungerechte Attacke gegen die klassische Tragödie der Franzosen ist nur zu begreifen, wenn man berücksichtigt, daß er in der Starre und Strenge der tragédie classique den Geist der höfisch-absolutistischen Gesellschaft ausgeprägt sah, der dem nach gemäßem Ausdruck noch suchenden bürgerlichen Fühlen und Empfinden nicht mehr entsprach. In Shakespeares Werken schien dagegen unverstellte Natur zum Ausdruck zu kommen und auch „das Große, das Schreckliche, das Melancholische" *(17. Literaturbrief)* nicht vom „Artigen", Etikettehaften, Regelstrengen neutralisiert zu werden. Noch Goethes Rede markierte diese Frontstellung, wenn er, das Straßburger Publikum an den pompösen Einzug Marie-Antoinettes erinnernd, schrieb: „Die Betrachtung so eines einzigen Tapfs [Fußtapfen] macht unsre Seele feuriger und größer als das Angaffen eines tausendfüßigen königlichen Einzugs."

Für Shakespeares dramatische Kunst Partei zu ergreifen hieß, gegen die starre Lehre von den drei Einheiten (Zeit, Ort, Handlung) zu votieren. So auch der junge Goethe: „Es schien mir die Einheit des Orts so kerkermäßig ängstlich, die Einheiten der Handlung und der Zeit lästige Fesseln unsrer Einbildungskraft." Gegenüber der freien Schöpferkraft, die wie die Natur schafft, haben sie keinen Bestand. „Natur! Natur! nichts so Natur als Shakespeares Menschen", rief der Begeisterte aus und griff ein Stichwort auf, mit dem auch andere das Besondere des englischen Dramatikers zusammenfaßten, so schon Garrick und Pope (in der Vorrede zu Shakespeare, mit der Wieland seine Übersetzung einleitete): „Seine Charakters sind so sehr die Natur selbst, daß es eine Art von Beleidigung wäre, sie mit einem so entfernten Namen, als der Name von Copeyen derselben wäre, zu benennen." Und natürlich sah auch Herder ihn als „Dolmetscher der Natur". Überall zeichnete sich ab, daß Shakespeare nicht mehr als vorbildlicher Meister der Naturnachahmung, der altbekannten Mimesis, gefeiert wurde, sondern als Verkörperung schöpferischer Naturkraft. Aus Shakespeare weissage die Natur, verkündete Goethe, und das sei das Überwältigende, da sie in ihrem Jahrhundert doch „von Jugend auf alles geschnürt und geziert" fühlten und sähen. Keiner suchte mehr danach, ob noch Übereinstimmung mit irgendwelchen Regeln der Kunst gewährleistet sei. Produktiv wie die Natur schaffen hieß nun aber nicht, willkürlich zu schaffen, sondern mit innerer

Notwendigkeit. In jenem anderen jugendlichen Manifest der neuen Kunstgesinnung, in Goethes *Von deutscher Baukunst,* auf Erwin von Steinbach und sein Straßburger Münster geschrieben, wurden wenig später (1772) die Schlagworte geprägt: „bis in den kleinsten Teil notwendig schön, wie Bäume Gottes", „notwendig und wahr", „einfach und groß", „ein lebendiges Ganze", und: „Diese charakteristische Kunst ist nun die einzig wahre." Nicht der Formlosigkeit wurde das Wort geredet; nur die regelhaften Gesichtspunkte der äußeren Form wurden belanglos, weil allein „das Gefühl dieser inneren Form" galt *(Aus Goethes Brieftasche,* 1776 gedruckt).

Shakespeare wuchs, bewundert und berühmt, zu einer geradezu mythischen Größe auf. Neben Prometheus rückte ihn Goethe in seiner Rede, und man wußte ja, daß Shaftesbury in seinem *Soliloquy* vom Poeten als „a second maker, a just Prometheus" gesprochen hatte. Solche Ideen vom Künstler und Dichter als gottähnlichen Schöpfern waren nicht neu, gewannen aber jetzt Durchschlagskraft und wurden konsequent aktualisiert. In die rhetorisch blendenden Formeln, mit denen Goethe die Besonderheit Shakespeares und seines Theaters zu fassen suchte, paßte er auch einiges seiner eigenen damaligen Vorstellungen vom Weltganzen mit ein. Auf den „geheimen Punkt (den noch kein Philosoph gesehen und bestimmt hat)" deutete er, so als sei er der „Philosoph", der ihn erkannt habe, und jener geheime Punkt sei es, um den sich Shakespeares Stücke drehten, „in dem das Eigentümliche unsres Ichs, die prätendierte Freiheit unsres Wollens, mit dem notwendigen Gang des Ganzen zusammenstößt". Das war ein grundsätzlicher Konflikt, den der junge Goethe sich gemäß jenem Mythos am Ende des 8. Buches von *Dichtung und Wahrheit* als Schöpfungsgesetzlichkeit an der Gestalt Luzifers und auch des Menschen verdeutlicht hatte: nämlich „zugleich unbedingt und beschränkt" zu sein. Und es machte ihm auch keine Schwierigkeiten, bei Shakespeare „das was wir bös nennen", als „die andre Seite vom Guten" anzusehen, weil polare Gegensätze im Leben des Weltganzen nicht nur aufgehoben sind, sondern es – wie Konzentration und Expansion – bestimmen.

Vergleicht man hiermit Herders *Shakespear,* die Abhandlung in den Blättern *Von Deutscher Art und Kunst* (1773), so gibt es einen kennzeichnenden Unterschied. Herder verfuhr weit mehr als Interpret, dem es darauf ankam, die Eigentümlichkeiten Shakespeares zu verdeutlichen und dabei die Voraussetzungen zu klären, unter denen allein eine angemessene Betrachtung und Einschätzung des neuzeitlichen Dramatikers erfolgen dürfe. So ist dieser Aufsatz zum bleibenden Dokument einer aufkommenden historischen Betrachtungsweise geworden, die Werke des Geistes und der Kunst nicht an zeitlosen Normen mißt, sondern ihnen in ihrer Besonderheit am historischen Ort gerecht zu werden versucht. Das Drama der Griechen und das Theater Shakespeares seien unter verschiedenen Bedingungen entstanden, und daher käme es unweigerlich zu Fehlurteilen, wenn die Griechen zum alleinigen Maßstab genommen würden. „In Griechenland entstand das Drama, wie es in Norden nicht entstehen konnte. In Griechenland wars, was es in Norden nicht seyn kann. In Norden ists also nicht und darf nicht seyn, was es in Griechenland gewesen. Also Sophokles Drama und Shakespeares Drama sind zwei Dinge, die in gewißem Betracht kaum den Namen gemein haben." Dem Deuter Herder konnte Shakespeare als derjenige erscheinen, der unter den historischen Besonderheiten des „Nordens" ganz originärer Schöpfer war; er dichtete „Stände und Menschen, Völker und Spracharten, König und Narren, Narren und König zu dem herrlichen Ganzen [...] und setzte mit Schöpfergeist das verschiedenartigste Zeug zu einem Wunderganzen zusammen". Goethe benutzte dafür das Bild vom „schönen Raritätenkasten, in dem die Geschichte der Welt vor unsern Augen an dem unsichtbaren Faden der Zeit vorbeiwallt". Während Herder Interpret und Theoretiker der historischen Betrachtungsweise blieb, war Goethes Rede vom Wunsch nach eigener produktiver Nachfolge des Gefeierten bestimmt: „Von Verdiensten, die wir zu schätzen wissen, haben wir den Keim in uns." Vielleicht muß es richtiger heißen: Wir, die Goethes weiteren Weg und den unmittelbar folgenden shakespearisierenden *Götz von Berlichingen* kennen, lesen seine Shakespeare-Rede wie das Manifest eines nach schöpferischer Nachfolge strebenden jungen Mannes.

Gottfried von Berlichingen mit der eisernen Hand

Dreiviertel Jahr blieb Goethe in Frankfurt, bis er im Mai 1772 beim Reichskammergericht in Wetzlar seine juristische Ausbildung, wohl auf Wunsch des Vaters, fortsetzte. In diesen Monaten bedrängte ihn, wenn die brieflichen Zeugnisse nicht täuschen, wie es mit seiner eigenen dichterischen Fähigkeit bestellt sei. Sie mußte ja dem gerecht werden, was er an Shakespeare feierte, oder sie taugte nicht. Und schließlich gab es Herder, den scharfen, unerbittlichen Kritiker, dem so leicht nichts recht zu machen war. Der schrieb ihm, wohl im Oktober, einen „Niesewurz Brief", also eine Epistel wie ein Mittel, das starkes Niesen erregt, und Goethe fühlte sich getroffen: „Mein ganzes Ich ist erschüttert, das können Sie dencken, Mann! und es vibrirt noch viel zu sehr als dass meine Feder steet zeichnen könnte. Apollo vom Belvedere warum zeigst du dich uns in deiner Nacktheit, dass wir uns der unsrigen schämen müssen.

[...] Herder, Herder. Bleiben Sie mir was Sie mir sind." Zur gleichen Zeit ging an Salzmann die wenig hoffnungsfrohe Nachricht: „Was ich mache ist nichts. Desto schlimmer! Wie gewöhnlich mehr gedacht als gethan; deßwegen wird auch nicht viel aus mir werden. Wenn ich was vor mich bringen werde, sollen Sie's erfahren."

Einen Monat später, und er steckte mitten in der Niederschrift der Erstfassung des *Götz von Berlichingen,* der *Geschichte Gottfriedens von Berlichingen mit der eisernen Hand dramatisirt.* Eine „Leidenschafft, eine ganz unerwartete Leidenschafft" sei es: „Mein ganzer Genius liegt auf einem Unternehmen worüber Homer und Schäckespear und alles vergessen worden. Ich dramatisire die Geschichte eines der edelsten Deutschen, rette das Andencken eines braven Mannes, und die viele Arbeit die mich's kostet, macht mir einen wahren Zeitvertreib, den ich hier so nöthig habe, denn es ist traurig an einem Ort zu leben wo unsre ganze Wircksamkeit in sich selbst summen muß" (28. 11. 1771). Als er das Stück zustandegebracht und übersandt hatte, war Selbstbewußtsein gewonnen: „Inzwischen haben Sie aus dem Drama gesehen, dass die Intentionen meiner Seele dauernder werden, und ich hoffe sie soll sich nach und nach bestimmen" (an Salzmann, 3. 2. 1772).

Es mag sein, daß Goethe schon in Straßburg an ein Götz-Drama gedacht hat, aber sicher ist das nicht. Gewiß ist nur, daß in den späten Herbstwochen des Jahres 1771 die 59 Szenen in raschem Zuge niedergeschrieben worden sind. Eines Morgens habe er, so wenigstens die Erinnerung in *Dichtung und Wahrheit* (13. B.; 9, 570 f.), zu schreiben angefangen, ohne vorherigen Entwurf oder Plan, und in etwa sechs Wochen sei das Werk abgeschlossen gewesen. Niemand kann beweisen, daß es vor dieser zügigen Niederschrift eine längere Phase der Vorbereitung gegeben hat, wie es Goethe in der Autobiographie als sein übliches Verfahren bezeichnet (14. B.; 10, 40). Der Brief an Salzmann behauptet etwas anderes. Goethes Mutter erzählte, der Sohn habe etliche Spuren „dieses vortrefflichen Mannes" Götz von Berlichingen „in einem Juristischen Buch" gefunden, sich daraufhin dessen eigene Lebensbeschreibung kommen lassen, „webte einige Episoden hinein, und ließ es aus gehn in alle Welt" (an Großmann, 4. 2. 1781). Aus Pütters *Grundriß der Staatsveränderungen des teutschen Reichs* hatte Goethe sich schon etwas in sein Tagebuch, die *Ephemerides,* notiert, und in jenem *Grundriß* wurde auch auf die Autobiographie des Götz hingewiesen. Diese *Lebens-Beschreibung Herrn Gözens von Berlichingen* war 1731 in Nürnberg mit Erläuterungen des Herausgebers Franck von Steigerwald (= Georg Tobias Pistorius) erschienen. Der junge Goethe hat beides sorgfältig durchgearbeitet und manches aus der *Lebens-Beschreibung* genau übernommen.

Aber er hat auch entschieden geändert, wie das einem Dramatiker, der einen geschichtlichen Stoff als Sujet wählt, durchaus zusteht.
Der Hinweis auf die Quellen, aus denen Goethe geschöpft hat, beantwortet nicht die viel wichtigere Frage, warum er gerade ein Schauspiel mit der Gestalt des Ritters Götz von Berlichingen geschrieben hat, der der Zeit Goethes weit entrückt war und als ein gewöhnlicher Raubritter zum Helden eines aktuellen Theaterstücks nicht gerade prädestiniert sein konnte. Goethe hat in *Dichtung und Wahrheit* eine Erläuterung nachgeliefert: „Die Gestalt eines rohen, wohlmeinenden Selbsthelfers in wilder anarchischer Zeit" habe seinen tiefsten Anteil erregt (10. B.; 9, 413). „Braver Mann", „einer der edelsten Deutschen", „roher, wohlmeinender Selbsthelfer": so haben der junge und alte Goethe den Ritter Götz von Berlichingen gesehen. Als große Individualität wurde er für ihn bedeutsam. An dieser Gestalt ließ sich offenbar jener Konflikt vorführen, von dem er in der Shakespeare-Rede gesprochen hatte: der Zusammenstoß zwischen der prätendierten Freiheit eines großen Ich mit dem notwendigen Gang des Ganzen. Als unbedingt und begrenzt zugleich mußte sich die große Individualität präsentieren. Damit war aber auch von vornherein das Scheitern des „braven Mannes" programmiert. Wenn Betrachter des Stücks sich darüber gewundert haben, daß das Schauspiel mit dem starken, auf Freiheit gerichteten Individuum das Drama eines scheiternden Helden ist, so darf man auf die für Goethe zwingende Grundkonstellation jenes an den Shakespearedramen formelhaft erläuterten Konflikts verweisen. Von hier aus wird auch die entscheidende Änderung gegenüber dem historischen Götz verständlich. Dieser lebte lange über den Bauernkrieg 1525 hinaus, nahm noch an einem Türkenfeldzug des Kaisers teil und ist erst 1562, als Vater von sieben Söhnen und drei Töchtern, im Alter von 82 Jahren gestorben: kein scheiternder Held, sondern ein Reichsritter, der sein Leben gelebt hat und außer seiner künstlichen Hand und der von ihm selbst verfaßten Lebensgeschichte nichts besonders Aufsehenerregendes vorzuweisen hatte. Die Fehden, die er führte, die Haftzeiten, die er absaß, zählten zum damals Üblichen. Gustav Freytag hat ihn nicht zu Unrecht so geschildert: „ein adeliger Räuber, in den unsittlichen Überlieferungen seines Berufes aufgewachsen, ebenso schädlich für Sicherheit, Bildung und Wohlstand seiner Zeitgenossen, ebenso unnütz für die höchsten Interessen seiner Zeit als irgendein anderer Junker, der am Main und Spessart auf Kaufmannsgüter lauerte und seine Fehdebriefe an die Tore von Nürnberg heften ließ."
Von welch anderer Qualität erscheint der Gottfried von Berlichingen Goethes! Bruder Martin preist ihn als edlen Ritter, „den die Fürsten hassen und zu dem die Bedrängten sich wenden" (I 2). Nur von Gott,

seinem Kaiser und sich selbst weiß sich dieser freie Rittersmann abhängig, der sich bei seinen Aktionen im Recht fühlt und für Werte zu streiten glaubt, die bewahrt zu werden verdienen. „Freiheit! Freiheit!" sind seine letzten Worte, und mit ihnen meint er zu bezeichnen, was ihn zu seinem Handeln motivierte. Nicht im Kampf stirbt er, wird nicht umgebracht, sondern erlischt in der Gefangenschaft wie eine Fackel, der die Luft zum Brennen und Leuchten entzogen wird. „Edler edler Mann. Wehe dem Jahrhundert das dich von sich sties. Wehe der Nachkommenschaft die dich verkennt", rufen ihm die Schwester und der getreue Lersee nach.

Auf drei Handlungen konzentriert sich Goethes Stück: auf die Fehde Gottfriedens mit dem Bischof von Bamberg (wozu auch das Drama um Weislingen zu zählen ist); auf die Fehde gegen Nürnberg mit der daraus folgenden Reichsexekution und dem kaiserlichen Gericht in Heilbronn; auf die Verwicklung Gottfrieds in den Bauernkrieg. Kurz nach dem Krieg läßt der Dichter den Ritter sterben und verfährt dabei mit den historischen Tatsachen ebenso frei wie in der Erfindung jener Gestalten, die auf der Gegenseite agieren: der Bischof von Bamberg, Weislingen, Adelheid. Auch andere Figuren – wie Elisabeth und Maria, Olearius und Liebetraut – verdanken ihre Existenz der Phantasie des Stückeschreibers.

Dem jungen shakespearisierenden Dramatiker lag nun jedoch nichts mehr daran, daß sich die Handlung in zwingender Folgerichtigkeit Szene für Szene entwickelte. Vielmehr wechseln oftmals rasch die Szenen; manche sind auf Bruchstücke eines Dialogs von wenigen Zeilen gekürzt; verschiedene Handlungsteile schieben sich ineinander. Wer bei Shakespeare den „schönen Raritätenkasten" bewunderte, „in dem die Geschichte der Welt vor unsern Augen an dem unsichtbaren Faden der Zeit vorbeiwallt", wollte nun auch im einzelnen Stück Buntheit und Vielfalt von Menschen und Ereignissen vorüberziehen lassen. Dieses Schauspiel wollte der verpönten Einheiten von Zeit, Ort und Handlung spotten. Eine kurze Skizze dessen, was sich im Stück abspielt, kann deshalb die rasch wechselnde Szenenfolge aus jenen drei Handlungskomplexen kaum verdeutlichen.

Zunächst gelingt es Gottfried, seinen früheren Jugendfreund Weislingen, der am Bamberger Hof Gefallen gefunden hat, zu fangen und auf seine Burg Jaxthausen zu bringen. Großherzig behandelt er ihn wie einen Freund, alles Trennende wird vergessen, man versöhnt sich, Weislingen will das Hofleben aufgeben, und er bindet sich sogar an Gottfrieds Schwester Maria in einem förmlichen Verlöbnis. Doch die Bamberger, aufgestört durch die Entführung Weislingens, verstehen es, diesen wieder zurückzulocken; dem „Engel in Weibsgestalt", Adelhaid von Waldorf, über die dem Abtrünnigen Verführerisches berichtet wird, kann Weislingen nicht widerstehen: er kehrt nach Bamberg zurück, gerät ganz in den Bann Adelhaids (so die Schreibung in der 1. Fassung) und wird gar ihr Ehemann. Wenn auch damit das Vorrücken der ‚Handlung' vom Geschehen zwischen Gottfried und Weislingen, zwischen Weislingen und Bamberg bestimmt ist, so wird der Berlichinger von Anfang an, vor allem durch Urteile anderer, ins erwünschte Licht gerückt: „Es ist eine Wollust einen grosen Mann zu sehn", bekennt Bruder Martin schon in der zweiten Szene, und das Gespräch zwischen Maria und Elisabeth, Gottfrieds Frau, gibt Gelegenheit, seine Taten, die ja Überfälle sind, zu rechtfertigen, auch wenn Unschuldige dabei zu Schaden kamen: „Die Kaufleute von Köln waren unschuldig! Gut! allein was ihnen begegnete müssen sie ihren Obern zuschreiben. Wer fremde Bürger misshandelt verletzt die Pflicht gegen seine eigne Unterthanen, denn er setzt sie dem Wiedervergeltungs Recht aus." Freilich, worin die Größe dieses Mannes bestehe, ist nicht gezeigt worden; es ist nur davon geredet worden.

Gottfried hat inzwischen den Nürnbergern Fehde angekündigt, weil einem seiner treuen Buben Unrecht angetan worden ist. Wieder will er sein Faustrecht ausüben und wartet darauf, Kaufleute von Bamberg und Nürnberg, die von der Frankfurter Messe kommen, zu überfallen. Der Kaiser greift ein: Von Weislingen zur Härte gedrängt, spricht er über Gottfried die Acht aus, Reichstruppen kämpfen gegen ihn, um ihn gefangen zu nehmen. Gottfried und die Seinen streiten wacker und halten sich eine Zeitlang auf Jaxthausen. Dunkle Vorahnungen bei Gottfried: „Das Glück fängt an launisch mit mir zu werden. Ich ahnd es." „Vielleicht binn ich meinem Sturze nah." Doch als er zur Übergabe aufgefordert wird, lehnt er das mit den bekannten Worten drastisch ab (III 18): „Mich ergeben! auf Gnad und Ungnad! Mit wem redt ihr! Binn ich ein Räuber! Sag deinem Hauptmann vor ihro Kayserlichen Maj. hab ich, wie immer, schuldigen Respeckt. Er aber sags ihm, er kann mich im Arsch lecken." (Im Druck des *Götz von Berlichingen* 1773, also der 2. Fassung, steht diese deftige Rede noch, ebenfalls in der „Zwoten Auflage" von 1774, verschwindet aber schon bei einigen Nachdrucken und ist seit der ersten Gesamtausgabe von Goethes Werken, den *Schriften* 1787 bei Göschen, durch schamhafte Gedankenstriche ersetzt.)

Schließlich nimmt der Ritter das Angebot freien Abzugs an. Doch man lauert ihm auf, bricht das gegebene Wort, und in Heilbronn, vor den kaiserlichen Räten und Ratsherren, soll er „Urfehde" schwören, was die eidliche Versicherung bedeutet, von jeder Fehde abzusehen. Sickingen befreit ihn aus dieser Lage; Gottfried zieht sich wieder auf Jaxthausen zurück. Dann läßt er sich überreden, als einer ihrer Hauptleute den aufständischen Bauern zu helfen, widerwillig, nach heftigem Sträuben. Wie-

der wird Berlichingen gefangen, nun im Gefängnis festgesetzt, und dort stirbt er, einsam, verlassen, erfährt noch vom Tod einiger Getreuer, und Maria und Lersee haben die letzten, das Jahrhundert anklagenden, die Nachlebenden warnenden Worte. Aber auch Weislingens Schicksal hat sich schon erfüllt. Adelhaid ist seiner überdrüssig geworden; sie läßt ihn, ihren Mann, vergiften und wird selbst vom heimlichen Feme-Gericht zum Tode verurteilt.
Diese Hinweise auf das Geschehen des Stücks lassen nichts von der Dichte der einzelnen Szenen ahnen, von der Kraft der dichterischen Sprache, mit wenigen Worten und Sätzen die Personen in ihrer Eigentümlichkeit zu zeichnen. Ob Kaiser oder Bauer, Knecht oder Bischof, Rechtsgelehrter oder Hofnarr, schwankend treuloser Weislingen oder verführerisch intrigante Adelhaid, ob die liebenden und sorgenden Frauen Maria und Elisabeth oder Gottfried von Berlichingen: sie alle präsentieren sich durch ihre Sprache in ihrer Individualität und auch Zwiespältigkeit, so daß ein lebensnahes Bild einer gärenden Zeit entsteht, wie es vordem kein deutsches Drama geliefert hatte. Dem dichtenden und psychologisch sich ebenso einfühlenden wie munter erfindenden jungen Autor gerieten manche Szenen und Gestalten im produktiven Überschwang zu grell und mächtig. Noch in der späten Autobiographie wußte Goethe, daß er sich in Adelhaid geradezu verliebt hatte; unwillkürlich sei seine Feder nur ihr zugetan gewesen und das Interesse an ihrem Schicksal habe überhand genommen (13. B.; 9, 571). Sie wuchs ihm unterderhand zu einem Weib von dämonischer Größe und Besessenheit, das nicht nur Weislingen, sondern auch noch Franz von Sickingen zu betören wußte und an dem ihr Diener zugrunde ging. Die zweite Fassung suchte zu mildern und zu glätten. Sie wurde rasch fällig.
Anfang 1772 schickte Goethe das Drama an Herder zur Begutachtung und sprach von ihm ganz zurückhaltend als von „einem Skizzo, das zwar mit dem Pinsel auf Leinewand geworfen, an einigen Orten sogar einigermaßen ausgemalt und doch weiter nichts als Skizzo ist". Er wolle nichts verändern, bis er Antwort erhalten habe; „denn ich weiß doch, daß alsdann radicale Wiedergeburt geschehen muß, wenn es zum Leben eingehn soll." Herder ließ es denn auch an Kritik nicht fehlen. Seinen Brief kennen wir zwar nicht, aber Goethe zitierte in seinem eigenen Schreiben vom Juli 1772 den Kern der Kritik: „Die Definitiv ‚Dass euch Schäckesp. ganz verdorben pp' erkannt ich gleich in ihrer ganzen Stärke." Herder kann es mit seinem Urteil kaum auf die Auflösung des dramatischen Gefüges in die Vielzahl der locker aneinandergereihten Szenen abgesehen haben; denn die zweite Fassung bot nicht viel weniger; es blieben immerhin 56, und auch an der vorüberhuschenden Kürze etlicher Szenen änderte sich nichts. Offensichtlich störte ihn anderes, wahrscheinlich die

Überzeichnung der zur Größe shakespearescher Bösewichter gewordenen Adelhaid; das gespenstisch Tolle jener Szene, wo Adelhaid sich bei den Zigeunern aufhält und sogar Sickingen ihr verfällt (V 1); auch das Grelle von Bauernkriegsszenen und ungezügelte sprachliche Formulierungen. Wenigstens lassen dies die Änderungen vermuten, die Goethe im einzelnen vornahm. Jedenfalls ist auch die neue Fassung in kurzer Zeit, im Frühjahr 1773, geschrieben worden, und im Juli erschien sie unter dem neuen Titel *Götz von Berlichingen mit der eisernen Hand. Ein Schauspiel.* Die skizzierte Grundanlage des Stücks blieb durchaus gewahrt. Der Philologe freilich wird Nuancen nicht übersehen wollen, vor allem nicht jene Änderung in der Schlußszene. Während die erste Fassung ohne Andeutung einer Zukunftshoffnung schließt, ist in der zweiten wenigstens in Götzens Worten über das Naturgeschehen ein zaghafter Trost: „Allmächtiger Gott! Wie wohl ist's unter deinem Himmel! Wie frei! – Die Bäume treiben Knospen und alle Welt hofft." Doch auch hier bleibt zuletzt die düstere Prophezeihung bestehen: „Arme Frau. Ich lasse dich in einer verderbten Welt. Lerse, verlaß sie nicht. – Schließt eure Herzen sorgfältiger als eure Tore. Es kommen die Zeiten des Betrugs, es ist ihm Freiheit gegeben. Die Nichtswürdigen werden regieren mit List, und der Edle wird in ihre Netze fallen."

Goethes Götz-Dichtung zu verstehen macht erhebliche Schwierigkeiten. Eindeutige Ergebnisse sind deshalb nicht zu erreichen, weil sich nicht alle Aspekte des Stücks in eine geschlossene Erläuterung und Auslegung einordnen lassen. Es ist leicht gesagt, dieser Gottfried von Berlichingen verkörpere selbst noch mit seiner eisernen Hand elementare Kraft und könne als Sinnbild für die ganze Generation der aufbegehrenden Jugend von 1771 gelten. Sicherlich hat der junge Dichter ihn als einen Menschen machtvoller Individualität modelliert, der immer auch an das Recht seiner Getreuen und der Bedrängten denkt und für den Treue kein leerer Wahn ist. Er geht unter, weil für ihn in der neuen „verderbten Welt" kein Platz mehr ist. Wenn im dritten Akt, als die letzte Flasche geholt ist, Götz und die Seinen ihre Vivats ausgebracht haben: „Es lebe der Kaiser!" und gleich dreimal „Es lebe die Freiheit!", entwirft Götz so etwas wie die Utopie eines glücklichen Lebens und gesellschaftlichen Miteinanders. „Wenn die Diener der Fürsten so edel und frei dienen wie ihr mir, wenn die Fürsten dem Kaiser dienen, wie ich ihm dienen möchte –", wenn die Herren für ihre Untertanen sorgten und in sich und in ihnen glücklich wären, wenn sie einen edlen und freien Nachbarn neben sich leiden könnten und ihn weder fürchteten noch beneideten, dann würde Friede und Ruhe sein und jeder könnte sein Leben führen. Für die Reiter gäb's immer noch genug zu tun: die Gebirge von Wölfen zu säubern, dem ruhig ackernden Nachbarn einen Braten aus dem Wald zu holen und das Ganze nach außen zu schützen, gegen auswärtige Feinde des Reichs. „Das wäre ein Leben! Georg! wenn man seine Haut für die allgemeine Glückseligkeit dransetzte." In der ersten Fassung wird auf die Naturordnung verwiesen, der dann die menschliche ähnlich wäre: Keiner würde seine Grenzen erweitern wollen. „Er wird lieber die Sonne in seinem Kreise bleiben als ein Comet durch viele andere seinen schröcklichen, unsteten Zug führen."

Nur: welche Ordnung ist das, die in solcher Vision aufscheint? Was genau meint das Wort Freiheit, das Götz im Munde führt? Und wie kann Goethe dies auf seine eigene Zeit bezogen haben?

Götz stritt für seine Rechte, und indem er dies tat, hielt er unbedingte Treue, sowohl zum Kaiser als auch zu seinen Leuten. Ihr Schicksal war für ihn sein eigenes. Er wollte tätig sein können; Müßiggang schmeckte ihm nicht. Das war nichts für ihn, etwa so zu leben, wie es sein Dichter von sich selbst zu berichten hatte: an einem Ort, „wo unsere ganze Wirksamkeit in sich selbst summen muß". Weil Götz so war, ein großer Mann, der sich nicht unterkriegen lassen wollte, konnte er zum Helden des Dramas avancieren. Das ist folgerichtig und leicht einzusehen. Aber wofür er eintrat, das waren nichts weniger als die Rechte eines Raubritters, Rechte einer vergangenen Zeit, die auf keinen Fall auf die Gegenwart Goethes übertragbar waren und ihr nicht ernsthaft als Vorbild angedient werden konnten. Freiheit im Sinne Götzens: das war Freiheit zur Ausübung des Faustrechts, Freiheit zur Aufrechterhaltung einer ständischen Ordnung, in der den Herren, die allerdings für ihre Untertanen sorgen sollten wie Götz für seine Getreuen, ihre Machtbefugnis nicht beschnitten, sondern garantiert werden sollte.

Justus Möser hatte in seinem Aufsatz *Der hohe Stil der Kunst unter den Deutschen* die Zeiten des Faustrechts gewürdigt und sie der gegenwärtigen „Kriegerverfassung" gegenübergestellt, die keiner persönlichen Tapferkeit Raum lasse. „Die einzelnen Raubereien, welche zufälligerweise dabei unterliefen, sind nichts in Vergleichung der Verwüstungen, so unsre heutigen Kriege anrichten." Die neue Verfassung müsse „notwendig alle individuelle Mannigfaltigkeit und Vollkommenheit, welche doch einzig und allein eine Nation groß machen kann, unterdrücken". Das Faustrecht sei nicht etwa der Freibrief für beliebiges und unmäßiges Rauben gewesen, es sei durchaus durch „Gesetze des Privatkrieges" geregelt worden, die allemal weniger Opfer gefordert hätten als die kriegerischen Auseinandersetzungen jüngerer Zeit. „Das Faustrecht war das Recht des Privatkrieges unter der Aufsicht der Land-Friedensrichter." Möser betonte, das alte Recht könne nicht wieder eingeführt werden, aber das dürfe nicht davon abhalten, „die Zeiten glücklich zu preisen, wo das Faustrecht ordentlich verfasset war".

So fiel auf die Geschichte Glanz, und altes, gewachsenes Recht erschien als Hüter „individueller Mannigfaltigkeit", in deutlichem Unterschied zum neuzeitlichen Verwaltungsstaat und zu den Tendenzen einer nivellierenden Gleichheitsauffassung aufklärerischer Rationalität. Und schneller und sicherer war auf alte Weise zum Recht zu gelangen als auf modernem Verwaltungswege, was die in der 2. Fassung hinzugekommene Szene der Bauernhochzeit vor Augen führen sollte (II 10).
Götz sah sich durch den Ewigen Landfrieden von 1495 in seinen Rechten bedroht; er faßte ihn als geeignetes Mittel der Fürsten auf, die reichsunmittelbaren Ritter auszuschalten und sich zu unterwerfen. Nur dem Kaiser (und Gott) wollte er Untertan sein.
In der historischen Phase des Untergangs der politischen Ordnungen des Mittelalters blieb Goethes Götz nur jenes Selbsthelfertum, das den Dichter beeindruckte und nicht minder seine jugendlichen Generationsgenossen. In der hier angedeuteten Lage, in der Sympathie für den Selbsthelfer mit seinen unzeitgemäßen Vorstellungen, wird etwas von der widersprüchlichen Situation der jungen Generation deutlich: Aufbegehren gegen Beschränkungen individueller Verwirklichung; Verehrung des starken, wirken wollenden Menschen; zugleich aber auch die Schwierigkeit, in der geschichtlichen Gegenwart Konzepte zu entwickeln, die auf diese Gegenwart übertragbar waren. Die Freude am großen Mann reichte aus, an einem Menschen, der nicht zu vereinnahmen war als Glied einer „polirten Nation", von der wenig später in den *Frankfurter Gelehrten Anzeigen* (27. 10. 1772) zu lesen war: „Der Druck der Gesetze, der noch größere Druck gesellschaftlicher Verbindungen und tausend andere Dinge lassen den polirten Menschen und die polirte Nation nie ein eigenes Geschöpf seyn" (DjG 3, 87). Ursprünglichkeit, Naturhaftigkeit, Vitalität, Größe und Kraft waren gesucht, und wie weder der junge Goethe noch seine Genossen (mit Ausnahme von J. M. R. Lenz) je ein direktes politisches Manifest geschrieben haben, so gingen ihre Überlegungen vielleicht gar nicht bis zu der uns beschäftigenden Frage, was denn von den gesellschaftlichen und politischen Zielen des Berlichingischen Selbsthelfertums für die damalige Zeit überhaupt erstrebenswert war.
Auch mit dem Bauernkrieg verband sich Goethes Götz nicht in ‚politischer' Bewußtheit. Es war für ihn ein Angebot, tätig sein zu können, mehr nicht, und gerade die rücksichtslose Gewaltanwendung der revoltierenden Bauern ließ ihn zögern. Um sie in Grenzen zu halten, nahm er das Angebot, ihr Hauptmann zu sein, endlich an, und im Zusammenhang des Dramas lud er damit entscheidende Schuld auf sich; denn nun stand er gegen Recht und Gesetz, mit denen er sich doch stets im Bunde gewußt hatte.
Goethes Götz-Dichtung ist weit mehr (oder weit weniger, wie man es

betrachten will) als ein durchkomponierter Gegenentwurf zu Schwächen der eigenen Zeit. Wie der Dramatiker sich in die gedichtete Adelheid „geradezu verliebt hatte“, so bestimmte die Freude an der schöpferischen Darstellung die Ausführung seines Stücks. Das führte dazu, daß in der Sympathie für den großen Mann nebensächlich wurde, wieweit die von ihm verteidigten Grundsätze seines Handelns aktuell sein konnten. Im Aufblick zu Shakespeare die eigene Schaffenskraft zu erproben, das trieb den jungen Goethe, als er *Gottfried von Berlichingen* in einem Zug niederschrieb. Welche Kraft der Sprache bewies er sich und anderen! Wie gelang es ihm, aus Lutherdeutsch und volkstümlichen Wendungen eine eigentümliche Redeweise zu schaffen und zudem den Ausdruck auf die unterschiedlichen Gestalten abzustimmen, da am Hof und unter Rechtsgelehrten anders gesprochen wird als unter Zigeunern! Welches Vergnügen muß er daran gehabt haben, Olearius und den Narr Liebetraut anspielungsreich über Frankfurt reden zu lassen, wo man den Narren bremsen muß, als er weiterhecheln will: „Gegen Frankfurt liegt ein Ding über, heißt Sachsenhausen –“ (I 4).

Aber Goethe gab Götz auch die Vorstellung von jener prekären Utopie mit, in der Freiheit und Ordnung für ihn vereint sind. Damit rührte er an grundsätzliche Fragen, die über die spezielle Situation eines Ritters des Faustrechts weit hinausreichten: wie Tätigkeit, Handeln, Freiheit verwirklicht werden könnten und welche Ordnung dem zu entsprechen vermöchte. Und indem er Götz in der Vergangenheit als Handelnden zeigte, wies er auf Gegenwärtiges, wo Möglichkeiten des Handelns zur Frage wurden.

Das Stück hindurch prägen sich Kontraste zur Lebenswelt und Lebensauffassung des Götz aus, in Gestalten der ‚Gegenseite‘, aber auch im berichtenden und überlegenden Gespräch im Kreis des Ritters selbst. Freiheit, Tätigkeit kontrastieren mit Gefangenschaft und Müßiggang; dem Abscheu vor dem Rechtsbruch, der Treue zum gegebenen Wort stehen Wortbruch, List, Tücke gegenüber (und darum wiegt Götzens eigener Wortbruch, als er sich in den Bauernkrieg hineinziehen läßt, schwer); dem unbedingten Treueverhältnis zwischen Herrn und Gefolgsleuten widerspricht der Egoismus des Machtstrebens, der Willensstärke die Willensschwäche, der Geradlinigkeit die Verschlagenheit, der naturhaften Ungezwungenheit die höfische Welt des Scheins, der Intrige und Etikette.

Doch unterliegt das alles im Stück nicht der Verurteilung durch irgendeine Instanz, die absolute Urteile über Gut und Böse verkündet. Wie anders könnte das auch ein „schöner Raritätenkasten“ sein? Buntheit und Vielfalt machen die Fülle der Welt aus; sie will das Stück vorführen, stellt sie aus, läßt sie im Wechsel der vielen Szenen anschaulich werden.

In solchem Panorama verschieden gelebter Leben gilt das Wort vom Zusammenstoß der prätendierten Freiheit unseres Wollens mit dem notwendigen Gang des Ganzen nicht mehr allein für den Berlichinger. Er ist nicht der einzige, der scheitert.

Wie sehr der junge Dichter in Weislingen, dem labilen, untreuen Mann, eigene Erfahrungen verarbeitete, liegt offen zutage, auch wenn er im Brief an Salzmann (Oktober 1773), der den *Götz* nach Sesenheim schikken sollte, nicht angemerkt hätte, die arme Friederike werde sich einigermaßen getröstet finden, wenn der Untreue vergiftet wird. Was sich schon in den *Mitschuldigen* abzeichnete, wurde in der Götz-Dichtung offenkundig: Entwerfend, dichtend spürte Goethe menschlichen Verhaltensweisen nach, und zwar in ihrer Vielfalt, so als wolle er sie in ihren Motivationen und Folgen sich und anderen erprobend vorführen, nicht anklagend, sondern darstellend, nicht verurteilend, sondern die Vielschichtigkeit ausleuchtend. Eigene Erfahrungen wurden dabei verarbeitet, im dichterischen Gefüge objektiviert und so abgerückt in die Distanz, die Überschau gewährt. Da konnte und durfte dann nicht alles in zwingenden Begründungen aufgehen, beim Dichter nicht – und bei späteren Interpreten nicht.

Dichterisches Auskundschaften der Vielfalt menschlichen Lebens, das Gutes und Böses umschließt: das war es, worauf sich Goethe jetzt und in der Folgezeit einließ, selbst immerfort Fragender, Suchender. Nur so läßt sich die Unterschiedlichkeit seiner Schauspiele verstehen: *Götz, Clavigo, Erwin und Elmire, Claudine von Villa Bella, Stella* und daneben Farcen und Fastnachtsspiele. Was Goethe nach der *Stella* bekannt hat, gilt seit den *Mitschuldigen* (und schon *Die Laune des Verliebten* war ins Schäferspiel eingebrachte Diagnose eigener Erfahrungen und Verhaltensweisen): „Ich bin müde, über das Schicksaal unsres Geschlechts von Menschen zu klagen, aber ich will sie darstellen, sie sollen sich erkennen, wo möglich wie ich sie erkannt habe, und sollen wo nicht beruhigter, doch stärcker in der Unruhe seyn" (an Johanna Fahlmer, März 1775). Auch die vielberedete merkwürdige ‚Offenheit' Goethescher Dramenschlüsse wird von hier aus begreiflich. Kein endgültiger Untergang, kein vernichtendes Scheitern, sondern zumindest Andeutungen von Ausgleich, Milderung der Katastrophe, Zeichen von Hoffnung. Die Zuschauer, Leser und Interpreten haben ihre Mühe, mit den schwer ausdeutbaren Schlüssen ins reine zu kommen: nicht nur beim *Egmont*, beim *Tasso*, beim *Faust*, schon bei den *Mitschuldigen*, auch beim *Götz von Berlichingen*, wo der friedlich Sterbende den Satz spricht: „Die Bäume treiben Knospen, und alle Welt hofft."

Das Götz-Drama hat Goethe vollenden können, andere Pläne von Schauspielen über große Individualitäten blieben Entwurf. Von einem

Cäsar-Drama, das ihn vermutlich noch bis in die frühe Weimarer Zeit beschäftigte, sind ein paar Sätze erhalten; von „Leben und Todt eines andern Helden", nämlich von Sokrates, dem „Philosophischen Heldengeist", war Anfang 1772 in einem Brief an Herder die Rede, und Ende 1772/Frühjahr 1773 schrieb er die Prosaszene eines Mahomet-Dramas nieder. Das Gedicht *Mahomets Gesang*, ursprünglich ein Wechselgesang für dieses Stück, ist allein bekannt geblieben.

Im Selbstverlag brachten Goethe und Merck den *Götz von Berlichingen* im Juni 1773 heraus; der Erfolg gab ihnen recht, die Publikation gewagt zu haben. Mit diesem Werk (ein Jahr später dann mit dem *Werther*) wurde sein Autor berühmt. Später konnte der Ruhm zur Last werden, als nämlich das interessierte Publikum neue Werke in der Art des *Götz* und des *Werther* erwartete, während ihr Dichter längst zu anderen Auffassungen von Leben und Dichten gelangt war. Naturgemäß schieden sich am *Götz* die Geister. Wer nach wie vor von einem Theaterstück, zumindest was die Handlung betraf, Regelgerechtheit erwartete, stand ratlos vor der lockeren Szenenfolge und nahm auch an der vermeintlich ‚kunstlosen' Unmittelbarkeit und derben Kraft der Sprache Anstoß. Wer dagegen nach den vielen theoretischen Reden über Shakespeare als wahres Vorbild für das deutsche Drama auf ein entsprechendes Stück in Deutschland gewartet hatte, war begeistert. Als dann in den siebziger Jahren Jakob Michael Reinhold Lenz, Maximilian Klinger, Leopold Wagner mit ihren Schauspielen hervortraten, fand die Kritik Gelegenheit, sie alle als Beispiele derselben Manier zu bewerten. „Ohne Vorgang des *Götz von Berlichingen* wäre gegenwärtiges Trauerspiel [gemeint war Klingers *Otto*] gewiß nicht entstanden", konnte man 1776 in der *Allgemeinen deutschen Bibliothek* Friedrich Nicolais lesen. „Es war zu vermuthen, daß die wilde regellose Manier einiger neuern deutscher Schauspiele gar bald viele Nachahmer finden würde." Das Wort vom „Shakespearisieren" machte die Runde, das man schon 1768 auf Gerstenbergs *Ugolino* angewandt hatte. („Nein das ist zu tolle shackespearisiret!", C. F. Weisse an K. W. Ramler.) Wenn C. H. Schmid am *Götz* kritisierte: „Aber wir halten dafür, daß Shakespear gar keine Form habe" (*Teutscher Merkur* 1773), dann wurden grundsätzliche Meinungsverschiedenheiten deutlich. Denn wie wollte man von solcher Warte aus das „lebendige Ganze", die „innere Form" erkennen, um die es Goethe und seinen Generationsgenossen ging? Wie aber die Jungen das neue Stück enthusiastisch aufgenommen haben, ist bei Lenz in seinem Aufsatz *Über Götz von Berlichingen* nachzulesen, wo er schrieb, daß

> handeln, handeln die Seele der Welt sei, nicht genießen, nicht empfindeln, nicht spitzfündeln, daß wir dadurch allein Gott ähnlich werden, der un-

aufhörlich handelt und unaufhörlich an seinen Werken sich ergötzt; das lernen wir daraus, daß die in uns handelnde Kraft unser Geist, unser höchstes Anteil sei. [...] Das lernen wir daraus, daß diese unsre handelnde Kraft nicht eher ruhe, nicht eher ablasse zu wirken, zu regen, zu toben, als bis sie uns Freiheit um uns her verschafft, Platz zu handeln: Guter Gott, Platz zu handeln, und wenn es ein Chaos wäre, das du geschaffen, wüste und leer, aber Freiheit wohnte nur da, und wir könnten nachahmend darüber brüten, bis was herauskäme.

In solchen Sätzen kündigte sich freilich auch schon an, daß ein J. M. R. Lenz, entschiedener als andere, zur direkten Zeit- und Gesellschaftskritik drängen und es nicht beim Schwärmen vom großen Mann bewenden lassen würde.

Der Frankfurter Zeitungsschreiber

Die Anwaltspraxis ließ Goethe genügend Zeit, seinen literarischen Neigungen nachzugehen. Mochte er Frankfurt auch halb spöttisch, halb verächtlich „das Nest" titulieren und „mit seinem Enthusiasmus und Genie" (Caroline Flachsland an Herder, 30. 12. 1771) zu den Freunden seiner Jugend, die für ihre Berufe lebten, keinen rechten Kontakt mehr finden, so gab es doch manche Bekanntschaften, die seinen Interessen entsprachen. Wen alles mag die Shakespeare-Feier am 14. Oktober 1771 im Hause zu den drei Leiern versammelt haben? Johann Georg Schlosser, der spätere Schwager, könnte dazugehört haben, der seinerzeit, 1766 in Leipzig, beim Wirt Schönkopf gewohnt und sich dort mit dem Studenten Goethe getroffen hatte. Die Familien kannten sich lange; Schlossers Vater war angesehener Jurist, Kaiserlicher Rat und Bürgermeister. Georg Schlosser, zehn Jahre älter als Wolfgang, hätte – so die Charakterisierung in *Dichtung und Wahrheit* (7. B.; 9, 266) – „durch eine gewisse trockene Strenge die Menschen leicht von sich entfernt, wenn nicht eine schöne und seltene literarische Bildung, seine Sprachkenntnisse, seine Fertigkeit sich schriftlich, sowohl in Versen als in Prosa, auszudrücken, jedermann angezogen und das Leben mit ihm erleichtert hätte". Jetzt in Frankfurt bereitete ihm seine Anwaltstätigkeit viel Verdruß. Seit langem schriftstellerte er, und er war es wohl, der Goethe mit dem Vorhaben bekannt machte, von Januar 1772 an eine kritische Zeitschrift in neuem Gewand erscheinen zu lassen. Seit 1736 hatten die *Frankfurtischen Gelehrten Zeitungen* ein wenig bedeutendes Dasein gefristet; jetzt sollten sie, nachdem sie der Verleger Deinet übernommen hatte, als *Frankfurter Gelehrte Anzeigen* mit neuem Schwung erscheinen. Zum Chefredakteur war Johann Heinrich Merck bestellt, der als Sekretär am Darmstädter

Hof, spät mit dem Titel Kriegsrat bedacht, sein Auskommen gefunden hatte, Literatur, Kunst und Naturwissenschaften aber als seine eigentliche Domäne ansah.
Tatsächlich wurden die *Frankfurter Gelehrten Anzeigen*, wenn auch nur für das eine Jahr 1772, zu einem bedeutenden Rezensionsorgan, in dem sich Vertreter der jungen Generation kräftig zu Wort meldeten. Merck, Schlosser, Goethe arbeiteten mit, Herder schickte ein paar Besprechungen, andere Beiträger waren der Theologe Karl Friedrich Bahrdt, der Jurist Höpfner in Gießen, aus Darmstadt Hofprediger Georg Wilhelm Petersen und Rektor Helfrich Bernhard Wenck. Die Interessen waren zwar breit gestreut, aber der Jahrgang 1772 zeigte dennoch ein eigenes Profil. Möglichst viele Bereiche der Wissenschaften und des Lebens sollten in den Blick kommen, und als Leser erwartete man keineswegs Fachspezialisten. Ethische, religiöse und ästhetische Probleme wurden in Rezensionen einzelner Bücher erörtert, auch ökonomische und politische Fragen in weiterem Sinn aufgegriffen, und zwar deutlich mit der Absicht, zum Selbstverständnis und zur Klärung bürgerlicher Auffassungen und Aufgaben beizutragen. Die Einschränkungen, die einer Existenz unter den Reglementierungen einer „polierten Nation“ auferlegt waren, wies man zurück. Entfaltung des ganzen Menschen, wie er vermeintlich einmal in der Antike gelebt hatte, wurde gewünscht; Denken und Fühlen, Erkennen und Handeln sollten zusammengehören, Leib und Seele nicht getrennt werden. Dem Glauben von der unaufhebbaren Sündhaftigkeit des Menschen mochte man nicht zustimmen; hier auf Erden ging es um Glück und Unglück, Elend und Freude. „Wann werden doch alle unsre Sittenlehrer und Prediger einmal die Moral einstimmig aus dem Himmel herab auf die Erde unter die Menschen führen!“ Bei solchen Auffassungen und den Attacken gegen orthodoxe Theologen konnten Konflikte mit kirchlich-theologischen Kreisen nicht ausbleiben: Im September verfügte der Magistrat, daß theologische Artikel nicht mehr ohne Zensur publiziert werden dürften.
Bei der Erörterung ökonomischer Probleme wurde daran gedacht, wie die unteren Schichten bessergestellt werden könnten und ein Ausgleich zwischen den Forderungen des Herrschers und den Bedürfnissen der Menschen zu erreichen sei. Reform war die Losung, und so wurde unterschieden zwischen dem Despoten und dem lernfähigen, aufgeklärten Herrscher, der für das Wohl des Ganzen zu sorgen habe. Eine pauschale Verdammung des Adels indessen wurde abgelehnt, aus einsichtigem Grund: „Wird denn das Dichter- und Philosophenvolk nie begreifen, daß der Adel noch ganz allein dem Despotismus die Waage hält?“ *(Die Vorzüge des alten Adels)*. Hier ist eine Begründung dafür zu finden, warum nicht wenige ‚Helden‘ der Dramen des Sturm und Drang Adlige

sind, die sich gegen Tyrannei auflehnen. Fast überflüssig anzumerken, daß die Rezensenten eine Dichtkunst wünschten, „die aus vollem Herzen und wahrer Empfindung strömt, welche die einzige ist" *(Über den Wert einiger deutscher Dichter)*, und daß ihre Sympathie Dichtern wie Milton, Shakespeare, Sterne oder Klopstock gehörte.

Goethe hat noch in *Dichtung und Wahrheit* die *Frankfurter Gelehrten Anzeigen* mit der Bemerkung gewürdigt: „Das Humane und Weltbürgerliche wird befördert" (12. B.; 9, 550). In den *Annalen* notierte er: „Die Rezensionen in den *Frankfurter Gelehrten Anzeigen* von 1772 geben einen vollständigen Begriff von dem damaligen Zustand unserer Gesellschaft und Persönlichkeit. Ein unbedingtes Bestreben, alle Begrenzungen zu durchbrechen, ist bemerkbar." Und an anderer Stelle: Seine eigene ganze jugendliche Gesinnungs- und Denkweise lasse sich dort überall ohne Rückhalt leidenschaftlich aus (*Sicherung meines literarischen Nachlasses*, WA 41, 2; S. 90). Dies muß man berücksichtigen, um leichter zu begreifen, daß Goethes Weg nach Weimar und sein verantwortliches politisches Wirken dort kein Zufallsereignis waren, vielmehr die Annahme eines Angebots, in der Praxis etwas von dem zu verwirklichen, worüber in manchem Artikel nachgedacht worden war.

Die Rezensionen erschienen sämtlich anonym, wie das damals weitgehend Brauch war. So wußte der alte Goethe selbst nicht mehr, was er 1772 nach anfänglichem Zögern für die Frankfurter Zeitschrift geschrieben hatte. Eckermann erhielt deshalb den Auftrag, für die *Ausgabe letzter Hand* die richtige Auswahl zu treffen, was nicht ganz gelang. Mit absoluter Sicherheit hat man trotz philologischen Fleißes bis heute die Autorschaft nicht in jedem Fall klären können. Einige neuere Goethe-Ausgaben nehmen nur jene sechs Aufsätze auf, die durch zeitgenössische Zeugen als Goethes Eigentum ausgewiesen sind. Andere Forscher weisen Goethe viel mehr zu, bis zu 68 von den insgesamt 432 Rezensionen im Jahrgang 1772 (die vielleicht auch Gemeinschaftsarbeiten waren). Ein kniffliges Problem, das Spezialisten überlassen bleiben soll.

Die Ansichten über Literatur und Kunst in manchen Besprechungen sind höchst aufschlußreich. „Wild, aufgeregt und flüchtig hingeworfen, wie sie sind, möchte ich sie lieber Ergießungen meines jugendlichen Gemüts nennen als eigentliche Rezensionen" (*Sicherung meines literarischen Nachlasses*, WA 41, 2; S. 90). Etwas sei hier in Zitaten vorgestellt.

Mit welcher Erwartung hatte der Rezensent Goethe, der seine Sesenheimer Gedichte geschrieben hatte, die *Gedichte von einem Polnischen Juden* in die Hand genommen? „Da tritt, dachten wir, ein feuriger Geist, ein fühlbares Herz [...] auf einmal in *unsre* Welt" und wird, „wo ihr an langer Weile schmachtet, [...] Quellen von Vergnügen entdecken". Er wird, so hoffte der kritische Leser, „seine Gefühle, seine Gedanken in freyen Liedern der Gesellschaft, Freunden, Mädchen mittheilen, wenn er nichts neues sagt, wird alles eine neue Seite haben". Doch die Erwartung wurde enttäuscht. Wie eine Abrechnung mit der Leipziger Lyrik liest sich die folgende spöttische Skizze:

> Abstrahirt von allem, producirt sich hier wieder ein hübscher junger Mensch *gepudert,* und mit *glattem Kinn,* und *grünem goldbesetzten Rock,* der die schönen Wissenschaften eine Zeitlang getrieben hat, und unterm Treiben fand, wie artig und leicht das sey, Melodiechen nachzutrillern. Seine Mädchen sind die allgemeinsten Gestalten, wie man sie in Societät und auf der Promenade kennen lernt, sein Lebenslauf unter ihnen, der Gang von tausenden; er ist an den lieben Geschöpfen so hingestrichen, hat sie einmal amüsirt, einmal ennüyirt, geküßt, wo er ein Mäulchen erwischen konnte. [...]

Was dann folgt, ist eine enthusiastische Vision eines jungen Paars: eine Präfiguration, eine vorausdeutende Darstellung von Werther und Lotte. Als Goethe dies schrieb, war er in Wetzlar Lotte Buff begegnet, und nun, beeindruckt und verliebt, zeichnete er – der *Werther* war noch gar nicht konzipiert – das Bild eines Mädchens, das im Werther-Roman Scharen von Lesern betören sollte.

> Laß, *o Genius* unsers Vaterlands bald einen Jüngling aufblühen, der voller Jugendkraft und Munterkeit, zuerst für seinen Kreis der beste Gesellschafter wäre, das artigste Spiel angäbe, das freudigste Liedchen sänge, im Rundgesange den Chor belebte, dem die beste Tänzerinn freudig die Hand reichte, den neusten mannigfaltigsten Reihen vorzutanzen, den zu fangen die Schöne, die Witzige, die Muntre alle ihre Reitze ausstellten, dessen empfindendes Herz sich auch wohl fangen liesse, sich aber stolz im Augenblicke wieder losriß, wenn er aus dem *dichtenden Traum* erwachend fände, daß seine Göttin nur schön, nur witzig, nur munter sey. [...]
>
> Aber dann, *o Genius!* daß offenbar werde, nicht Fläche, Weichheit des Herzens sey an seiner Unbestimmtheit schuld; laß ihn ein Mädchen finden, seiner werth!
>
> Wenn ihn heiligere Gefühle aus dem Geschwirre der Gesellschaft in die Einsamkeit leiten, laß ihn auf seiner Wallfahrt ein Mädchen entdecken, deren Seele ganz Güte, zugleich mit einer Gestalt ganz Anmuth, sich in stillem Familienkreis häuslicher thätiger Liebe glücklich entfaltet hat. Die Liebling, Freundinn, Beystand ihrer Mutter, die zweyte Mutter ihres Hauses ist, deren stets liebwürkende Seele jedes Herz unwiderstehlich an sich reißt, zu der Dichter und Weise willig in die Schule giengen, mit Entzücken schauten eingeborne Tugend, mitgebornen Wohlstand und Grazie. – Ja, wenn sie in Stunden einsamer Ruhe fühlt, daß ihr bey all dem

> Liebeverbreiten noch etwas fehlt, ein Herz, das jung und warm wie sie, mit ihr nach fernern verhülltern Seligkeiten dieser Welt ahndete, in dessen belebender Gesellschaft, sie nach all den goldnen Aussichten von *ewigem Beysammenseyn, daurender Vereinigung, unsterblich webender Liebe* fest angeschlossen hinstrebte.
> Laß die Beyden sich finden, beym ersten Nahen werden sie dunkel und mächtig ahnden, was jedes für einen Innbegriff von Glückseeligkeit in dem andern ergreift, werden nimmer von einander lassen. Und dann lall er ahndend, und hoffend und genießend:
>> „Was doch keiner mit Worten ausspricht, keiner mit Thränen, und keiner mit dem verweilenden vollen Blick, und der Seele drinn."
>
> Wahrheit wird in seinen Liedern seyn, und lebendige Schönheit, nicht bunte Seiffenblasenideale, wie sie in hundert deutschen Gesängen herum wallen.

Als Bekenntnis zur neuen Auffassung von Sinn und Aufgabe der Kunst gerieten Partien der sog. Sulzer-Rezension. Für Johann Georg Sulzer, den durchaus beachtlichen Ästhetiker, der 1771/74 eine ausführliche *Allgemeine Theorie der Schönen Künste* veröffentlichte, war es ausgemachte Sache, daß die schönen Künste die Menschen „mit Zuneigung für alles Schöne und Gute zu erfüllen, die Wahrheit wirksam zu machen und der Tugend Reizung zu geben" hätten. Kunst stand hier im Dienste der Beförderung von Moral und Tugend. Sie sollte mithelfen bei der Entstehung einer bürgerlichen Moral, welche Tugend als richtiges zwischenmenschliches Verhalten verstand, das nicht mehr von höfischen Normen bestimmt oder auf sie bezogen war und der Absicht nach alle Menschen, unabhängig von ihrer Standeszugehörigkeit, betraf. Wie das Schöne in der Natur als „das Zeichen und die Lockspeise des Guten" galt, so sollten auch die schönen Künste sich „ihrer Reizungen" bedienen, „um unsere Aufmerksamkeit auf das Gute zu ziehen und uns mit Liebe für dasselbe zu rühren". Gellerts Bemühen um bürgerlich-christliche Moral war noch so zu erfassen. Die Ansichten Goethes und seiner Freunde bei den *Frankfurter Gelehrten Anzeigen* ließen solche ‚moralischen' Überlegungen und Forderungen hinter sich. Selbstbewußt und weiteren Freiraum für die Kunst beanspruchend, pochten sie darauf, daß Natur nicht verschönt, sondern in ihrer ganzen widersprüchlichen Wirklichkeit erfaßt werde, und forderten für den Künstler die Freiheit, wie die Natur schöpferisch tätig zu sein. Daher der heftige, Goethe zugeschriebene Angriff auf einen Grundartikel Sulzers *(Die schönen Künste in ihrem Ursprung, ihrer wahren Natur und besten Anwendung)* im Frankfurter Rezensionsblatt.

> Er will das unbestimmte Prinzipium: *Nachahmung der Natur*, verdrängen, und gibt uns ein gleich unbedeutendes dafür: *die Verschönerung der Dinge*. [...] Gehört denn, was unangenehme Eindrücke auf uns macht, nicht so gut in den Plan der Natur als ihr Lieblichstes? Sind die wütenden Stürme, Wasserfluten, Feuerregen, unterirdische Glut, und Tod in allen Elementen nicht ebenso wahre Zeugen ihres ewigen Lebens als die herrlich aufgehende Sonne über volle Weinberge und duftende Orangenhaine? [...]
>
> Wäre es nun also auch wahr, daß die Künste zu Verschönerung der Dinge um uns wirken, so ist's doch falsch, daß sie es nach dem Beispiele der Natur tun.
>
> Was wir von Natur sehn, ist Kraft, die Kraft verschlingt; nichts gegenwärtig, alles vorübergehend, tausend Keime zertreten, jeden Augenblick tausend geboren, groß und bedeutend, mannigfaltig ins Unendliche; schön und häßlich, gut und bös, alles mit gleichem Rechte nebeneinander existierend. Und die *Kunst* ist gerade das Widerspiel; sie entspringt aus den Bemühungen des Individuums, sich gegen die zerstörende Kraft des Ganzen zu erhalten. Schon das Tier durch seine Kunsttriebe *scheidet, verwahrt* sich; der Mensch durch alle Zustände befestigt sich gegen die Natur, ihre tausendfache Übel zu vermeiden und nur das Maß von Gutem zu genießen; bis es ihm endlich gelingt, die Zirkulation aller seiner wahr- und gemachten Bedürfnisse in einen Palast einzuschließen, sofern es möglich ist, alle zerstreute Schönheit und Glückseligkeit in seine gläserne Mauern zu bannen, wo er denn immer weicher und weicher wird, den Freuden des Körpers Freuden der Seele substituiert, und seine Kräfte, von keiner Widerwärtigkeit zum Naturgebrauche aufgespannt, in Tugend, Wohltätigkeit, Empfindsamkeit zerfließen (12, 17 f.).

Kunst wird hier, zunächst überraschend, nicht der Natur gleich, sondern als „Widerspiel" gegen sie gesetzt. Aber als Annehmlichkeit oder Verschönerung wird sie nicht mehr gesehen. Indem sie sich zwar „gegen die zerstörende Kraft des Ganzen" setzt, nimmt sie doch Kraft und Dynamik der Natur auf. Anders ist die Distanzierung von „Tugend, Wohltätigkeit, Empfindsamkeit" im letzten Satz nicht zu verstehen. Wo nämlich der äußerst komprimierte Überblick über die Entwicklung der Kunst endet, kommt schon die befehdete fragwürdige Kunst in den Blick, mit bezeichnenden Wörtern wie „Palast" und „gläserne Mauern".

Der Aufsatz *Von deutscher Baukunst*, ebenfalls aus dem Jahre 1772, handelt vom selben Thema. Nicht schöne, sondern charakteristische Kunst heißt die Devise, und in der Polemik gegen andere Auffassungen wird die Schöpferkraft des Künstlers zur bestimmenden Größe; denn in ihr ist die unreglementierte, wahre Natur am Werk. Aber subjektivistische Phantasterei wird damit keineswegs proklamiert: Der Künstler greift „umher nach Stoff, ihm seinen Geist einzuhauchen". Und: „Wann seine

Existenz gesichert ist", schickt sich der Mensch an, die Wirklichkeit künstlerisch zu erschließen. Neben der Bewältigung der Natur im Prozeß der Arbeit gebührt der Kunst ihr eigenes Recht. Wie sie entsprechend zu verfahren habe, das wird immer ein Thema Goethes bleiben. Daß in diesem Abschnitt seines Lebens der Nachdruck auf der freien Schöpferkraft des Künstlers, des Genies liegt, ist freilich überdeutlich.

> Laß einen Mißverstand uns nicht trennen, laß die weiche Lehre neuerer Schönheitelei dich für das bedeutende Rauhe nicht verzärteln, daß nicht zuletzt deine kränkelnde Empfindung nur eine unbedeutende Glätte ertragen könne. Sie wollen euch glauben machen, die schönen Künste seien entstanden aus dem Hang, den wir haben sollen, die Dinge rings um uns zu verschönern. Das ist nicht wahr! [...]
> Die Kunst ist lange bildend, eh' sie schön ist, und doch so wahre, große Kunst, ja oft wahrer und größer als die schöne selbst. Denn in dem Menschen ist eine bildende Natur, die gleich sich tätig beweist, wann seine Existenz gesichert ist. Sobald er nichts zu sorgen und zu fürchten hat, greift der Halbgott, wirksam in seiner Ruhe, umher nach Stoff, ihm seinen Geist einzuhauchen. Und so modelt der Wilde mit abenteuerlichen Zügen, gräßlichen Gestalten, hohen Farben seine Kokos, seine Federn und seinen Körper. Und laßt diese Bildnerei aus den willkürlichsten Formen bestehn, sie wird ohne Gestaltsverhältnis zusammenstimmen; denn *eine* Empfindung schuf sie zum charakteristischen Ganzen.
> Diese charakteristische Kunst ist nun die einzig wahre. Wenn sie aus inniger, einiger, eigner, selbständiger Empfindung um sich wirkt, unbekümmert, ja unwissend alles Fremden, da mag sie aus rauher Wildheit oder aus gebildeter Empfindsamkeit geboren werden, sie ist ganz und lebendig. Da seht ihr bei Nationen und einzelnen Menschen dann unzählige Grade (*Von deutscher Baukunst;* 12, 13).

Solche Auffassung war den Mitarbeitern der *Frankfurter Gelehrten Anzeigen* vertraut. „Wo ahmt der Tonkünstler nach? wo der Baumeister? Wir glauben überhaupt, daß das Genie nicht die Natur nachahmt, sondern selbst schafft wie die Natur. Da fleußt eine eigene Quelle gleich der andern, aber nicht nach ihr gemacht, sondern wie sie aus dem Felsen geboren", verkündet eine Rezension vom 29. 9. 1772 *(Zufällige Gedanken über die Bildung des Geschmacks in öffentlichen Schulen).*

Freund Merck und der Darmstädter Zirkel der Empfindsamen

Ende Dezember 1771 war Johann Heinrich Merck in Frankfurt zu Besuch gewesen. Das bedeutete den Anfang einer Freundschaft, die für beide, Goethe wie Merck, fruchtbar wurde, auch wenn sie sich bisweilen nichts geschenkt haben. Denn sie waren scharfzüngig, und an intellektuellem Vermögen fehlte es ihnen nicht. Dieser Darmstädter Merck, 1741 geboren, war eine eigenwillige, von den Zeitläufen und vom privaten Geschick nicht verwöhnte Persönlichkeit, der man selten gerecht geworden ist. Zu lange hing ihm das Etikett an, das Freund Goethe gestanzt hatte. Zwar würdigte dieser ihn mehrfach in seinen Lebenserinnerungen (als „eignen Mann, der auf mein Leben den größten Einfluß gehabt", 12. B.; 9, 505), aber das Wort vom „Mephistopheles" ist haften geblieben. Es fällt im Bericht über Mercks Versuche, in Wetzlar das schwierige Verhältnis des Freundes zu Charlotte Buff, die schon mit Kestner verlobt war, zu lockern (9, 554). Auch sonst sparte der Darmstädter nicht mit kritischen Vorbehalten. Dabei traf er meistens wirklich Problematisches und agierte als Mahner, nicht als böswilliger Besserwisser.

Mercks Leben war mühselig. Nach Studienjahren ohne akademischen Abschluß, in denen er vielerlei, von Theologie, Logik, Rhetorik bis zu Jurisprudenz und Mineralogie, gehört und in Dresden auch die Kunstakademie besucht hatte, und nach einer Zeit als Hofmeister war er 1767 in bescheidener Position als Sekretär der Geheimen Kanzlei am Darmstädter Hof untergekommen. Hier blieb er bis zu jenem 28. Juni 1791, an dem er sich eine Kugel in den Kopf schoß. Hin und wieder eine Reise, um Bilder für den Hof einzukaufen; gelegentliche Fahrten in die Rheingegend; die Rußlandreise 1773, als die Landgräfin die Ehe einer ihrer Töchter mit dem russischen Großfürsten einfädeln wollte; ein paar Besuche in Weimar; 1791 noch ein Aufenthalt im revolutionären Paris, wo er binnen kurzem Mitglied des Jakobinerklubs wurde. Ansonsten Dienst in Darmstadt und literarische, wissenschaftliche Kontakte außerhalb. Die Ehe, aus der immerhin sieben Kinder hervorgingen, war kompliziert. Schließlich brachte seine Frau, die er 1766 als junge Französisch-Schweizerin geheiratet hatte, im achten Jahr der Ehe ein Kind zur Welt, das der Verbindung mit einem Berner Patrizier entstammte, den sie auf einer ihrer Reisen in die Heimat kennengelernt hatte. Das hätte beinahe katastrophale Folgen für den *Werther* gehabt. Denn als in eben jenem Jahre 1774 Goethe dem Freund daraus vorlas, Brief für Brief, war Merck zutiefst betroffen, weil er Ähnlichkeiten mit seinem eigenen Schicksal erkannte. „Nun ja! es ist ganz hübsch", mehr wußte er in solcher Situation nicht zu äußern und entfernte sich, ohne dem etwas hinzuzufügen. Goethe, nichts ahnend, war so bestürzt, daß er glaubte, er habe sich im Sujet, im Ton, im Stil vergriffen. „Wäre ein Kaminfeuer zur Hand gewesen, ich hätte das Werk sogleich hineingeworfen" (13. B.; 9, 589).

Merck war neben seinen zweifellos monotonen dienstlichen Geschäften vielseitig tätig. Auch auf kaufmännische Unternehmungen ließ er sich ein; sie schlugen allerdings fehl. Übersetzungen aus dem Englischen hatte er in frühen Jahren vorgelegt. Er schrieb Fabeln und Gedichte (ganz im herkömmlichen Stil), verfaßte Essays, die streckenweise brillant gesellschaftskritische Fragen behandelten, und versuchte sich in erzählender Prosa, von der *Die Geschichte des Herrn Oheims* (1778) immer noch beachtenswert ist, eine Geschichte über die Flucht aus den Beengungen der Gesellschaft und des Dienstes. Nach dem wichtigen Jahrgang 1772 der *Frankfurter Gelehrten Anzeigen* hatte Merck lange Jahre Gelegenheit, im beachteten *Teutschen Merkur* zu publizieren, mit dessen Herausgeber Wieland er befreundet war. Ihn ließ Merck, der sich in den späten Jahren ganz der Mineralogie und Zoologie widmete (im Hessischen Landesmuseum zu Darmstadt steht das „Rhinozeros Merckii"), 1779 allerdings auch seinen Überdruß am bloßen Schreiben und Reden wissen: „Es ist mir nichts eigentlich lieb als sinnliche Dinge, Farbe, Licht, Sonne, Wein, Wasser, Stein und Kraut, das intellektuelle und menschliche Zeug will nicht mehr bei mir fort – und das Papierwesen vollends gar nicht." Mit vielen Persönlichkeiten der Zeit stand er in Gedankenaustausch; mehrfach war dem Weimarer Herzog Carl August sein ökonomischer Rat willkommen. Die Verbindung nach Weimar ergab sich leicht; denn Herzogin Luise, die Tochter des Darmstädter Landgrafen, war seine Englisch-Schülerin gewesen. Eine Übernahme in Weimarische Dienste scheint allerdings der Minister Goethe vereitelt zu haben, der den „mephistophelischen" Geist so nahe wohl nicht bei sich haben mochte (Goethe an Merck, 11. 1. 1778).

In den Jahren 1772 bis 1775 indessen war die Verbindung zwischen beiden eng und herzlich. Merck fühlte sich gegenüber dem acht Jahre Jüngeren als Berater, zum gutgemeinten kritischen Wort berechtigt. Zu den genialischen Zügen des dichtenden Freundes wahrte er offenbar Distanz, obwohl er den *Götz*, bei dessen Veröffentlichung er für den Druck und Goethe für das Papier sorgten, schätzte. Aber bei den folgenden Werken ist ihm vieles fremd und wunderlich geblieben. Das hat er nicht verschwiegen. Wenn er allerdings *Clavigo* als „Quark" abtat, mußten sich Spannungen einnisten.

Darmstadt war in den frühen siebziger Jahren ein kleiner kultureller, geselliger Sammelpunkt. Am Hof von Hessen-Darmstadt war es damals die „Große Landgräfin" Caroline (1721–1774), die in weithin bewunderter Initiative und Aufgeschlossenheit eine Atmosphäre schuf, in der Musisches gedeihen konnte. Ihr Mann hingegen, der seit 1768 regierende Ludwig IX., gab sich ganz seinen militärischen Neigungen hin und lebte meist bei seinen Soldaten in Pirmasens. Derweil waren bei der Landgräfin Schriftsteller wie Wieland, Gleim und Sophie von La Roche zu Gast; mit Voltaire, Helvétius, dem Baron Grimm und anderen stand sie in

Briefwechsel, und sie war es, die die erste Sammlung der Oden Klopstocks, des angebeteten Meisters, veranlaßte, die im April 1771 erschien. Karl Friedrich von Moser, Verfasser eines Ratgebers für Fürsten (*Der Herr und der Diener*, 1759) und anderer politischer Reformschriften, war Präsident sämtlicher Landeskollegien, verlor freilich bald nach dem Tode der Landgräfin 1774 seinen Einfluß.
War der Hof ein Anziehungspunkt für die geistig Interessierten der Stadt, sofern sie standesmäßig einigermaßen mithalten konnten, so bildete das Völkchen der Empfindsamen, die „Gemeinschaft der Heiligen", dort einen besonderen Zirkel. Merck, keineswegs ein Repräsentant der Empfindsamkeit, war eine zentrale Figur, ohne Zweifel der gebildetste Kopf und mit Verbindungen über Darmstadt hinaus. Die Damen des Kreises trugen poetische Namen: „Urania" war Henriette v. Roussillon, Hofdame der Herzogin von Pfalz-Zweibrücken, „Lila" Luise v. Ziegler, Hoffräulein der Landgräfin von Hessen-Homburg, und Caroline Flachsland, Herders Braut, die er hier 1770 kennengelernt hatte, wurde „Psyche" genannt. Auch Hofrat Franz Michael Leuchsenring, ebenso neugieriger wie riskant tratschender und deshalb beargwöhnter Seelenergründer, zählte zu dieser Gesellschaft.
Frankfurt war nicht weit von Darmstadt und Homburg, Merck stiftete die Verbindung, und mancher Ritt, manche Wanderung führten Goethe in die beiden Residenzstädtchen und ihre Umgebung, wo man Geselligkeit genoß. Caroline Flachslands Briefe an Herder berichten ausschweifend davon. Im März und April 1772 war Goethe bei den Darmstädtern, las Herders *Edward*-Ballade vor, was Caroline sogleich ihrem Verlobten schrieb, rezitierte aus dem *Gottfried von Berlichingen*, und als er im Mai 1772 nach Wetzlar zog, war ein Abschied „mit Kuß und Tränen" fällig. Der Kontakt riß nicht ab. Von Wetzlar kamen Verse, den Damen gewidmet, zum „Austeilen" bestimmt *(Elysium an Uranien; Pilgers Morgenlied an Lila; Fels-Weihegesang an Psyche)*, und im November/Dezember 1772 brachte der bewunderte Dichter des *Gottfried von Berlichingen* ganze vier Wochen in Darmstadt zu, jetzt stark mit Zeichnen beschäftigt. So sehr schwankte er noch, was künstlerisch aus ihm werden sollte.
Diese „Gemeinschaft der Heiligen" lebte ganz im empfindsamen Gefühls- und Freundschaftskult, wie er schon früher in manchen Zirkeln des 18. Jahrhunderts, etwa um Gleim und Klopstock, gepflegt worden war und weiterhin im Schwange blieb. Solche schwärmerische Empfindsamkeit mutet uns heute unerträglich exaltiert an. „O meine Psyche, unsere ersten Blicke waren Liebe, und diese Liebe wird ewig unsere Herzen verbinden. Noch im Elysium werden wir das Glück unserer Freundschaft empfinden; ich sehe den Untergang der Sonnen, gegenüber

welcher wir uns zärtlich umarmten. Damals küßte ich Augen voll Seele und jetzt ein fühlloses Papier; aber es wird von Psyches Händen berührt, o wie glücklich!", schwelgte Luise v. Ziegler. Briefe gab's genug zu schreiben; denn wo jeweils ihre Herrinnen waren, in Homburg oder Zweibrücken, hatten die Hofdamen zu sein. In die Natur wanderte man hinaus, wollte Natürlichkeit finden, für Stimmungen und seelische Regungen offen sein; Tränen flossen in freundschaftlichen Umarmungen; alles geriet in den Sog einer Empfindsamkeit, die ständig auch von ihren literarischen Quellen gespeist wurde: Die gesuchte idyllische Szenerie, die ausgekosteten Naturstimmungen, die Mondscheinstunden, alles war literarisch bereits vorgeformt, bei Salomon Geßner, Ewald v. Kleist, Uz, bei Klopstock und in Youngs *Nachtgedanken*, Ossians Dämmerungen nicht zu vergessen, und man wußte es. Überspanntheiten gab es reichlich. Luise v. Ziegler, die Lila, die als Hofdame in Homburg zu dienen hatte, legte sich im Garten ihr Grab an, hütete ein Schäfchen, lebte gern in einem „Hüttchen von Geißblatt", wo „ein Schüsselchen mit Erdbeeren, ein Stück Schwarzbrot, ein Trunk frisch Wasser" ihre Mahlzeit bildeten.

In diesen schwärmerischen Vernarrtheiten steckte allerdings auch Protest, hilfloser Protest gegen die Reglementierungen durch die erstarrte Etikette der „polierten Nation", die noch an den kleinsten Höfen ihr (Un-)Wesen trieb, und immer bleibt der Beitrag aller Empfindsamen zur Verfeinerung der Sensibilität zu würdigen. ‚Werthersche' Gefühle und Stimmungen waren hier vorweg zu erfahren; in den *Werther* ist manches davon eingeflossen.

Goethe zollte mit seinen Gedichten an die Bekannten Urania, Lila und Psyche der Empfindsamkeit seinen Tribut. Das waren Etüden einer adressatenbezogenen und leicht zu verallgemeinernden Gefühlsaussprache. Sie knüpften an bestimmte, vom geselligen Treffen gezeichnete Örtlichkeiten an und spielten die Themen von Freundschaft und Naturbegeisterung, Zusammensein und Abschiednehmen durch. Geschwätzige Schwärmerei als Äußerung jenes zeitbedingten Freundschaftskultes mischte sich ein: „[...] Werfe den hoffenden Blick / Auf Lila, sie nähert sich mir, / Himmlische Lippe! / Und ich wanke, nahe mich, / Blicke, seufze, wanke – / Seligkeit! Seligkeit! / Eines Kusses Gefühl! / Mir gaben die Götter / Auf Erden Elysium! / Ach, warum nur Elysium!" *(Elysium)*

Aber auch Verse anderen Gewichts stellten sich ein. Den Homburger Turm, wo Lila lebte, im Morgennebel vor Augen, von Erinnerung bewegt, steigert sich in *Pilgers Morgenlied* der Abschiednehmende zu Ausrufen, die der Ausdrucksgebärde der großen Jugendhymnen kaum nachstehen. Selbstbewußtsein, das sich „allgegenwärtiger Liebe" als belebenden Zentrums sicher weiß, äußert sich, und „doppeltes Leben“ meint nichts anderes als das Sichhingeben in der „Freude“ und die Konzentration im „Mut“, jene Bewegung von „sich entselbstigen“ und „sich verselbsten“ (*DuW* 8. B.; 9, 353).

> [...]
> Zische, Nord,
> Tausend-schlangenzüngig
> Mir ums Haupt!
> Beugen sollst du's nicht!
> Beugen magst du
> Kind'scher Zweige Haupt,
> Von der Sonne
> Muttergegenwart geschieden.
>
> Allgegenwärt'ge Liebe,
> Durchglühst mich!
> Beutst dem Wetter die Stirn,
> Gefahren die Brust!
> Hast mir gegossen
> Ins frühwelke Herz
> Doppeltes Leben,
> Freude, zu leben,
> Und Mut!

Noch im Frühjahr 1773 komponierte Goethe ein *Concerto dramatico,* „aufzuführen in der Darmstädter Gemeinschaft der Heiligen“, ein raffiniertes Stück Lyrik, in dem er alle Register seines virtuosen sprachlichen Könnens zog. In der Form eines Konzerts mit mehreren Sätzen folgen Strophen in verschiedenen Versmaßen und variierender Rhythmik, mit musikalischen Bezeichnungen versehen vom „Tempo guisto“ über ‚langsame Sätze‘ bis zum schließenden „Presto fugato“. Gewiß, nur eine Gelegenheitsarbeit, und Goethe hat sie nie in seine Werke aufgenommen, aber verfaßt von einem, der in jener Zeit alle Modulationen seiner Sprach- und Gestaltungsfähigkeit durchprobierte, im *Clavigo,* in den Fastnachtsspielen, in satirischen Stücken, und der in diesem *Concerto dramatico* auf engstem Raum bewies, daß er alle Variationen meisterte, vom Pathetischen bis zum Volkstümlichen, vom Mundartlichen bis zum Spruchhaften, vom Kirchenliedton bis zum Gesellschaftsvers.

Wertherzeit in Wetzlar

Praktikant beim Reichskammergericht

Von Mai bis September 1772 war der Rechtsanwalt Goethe Praktikant beim Reichskammergericht in Wetzlar. Bei dieser hohen Reichsbehörde sollte er seine juristische Praxis vervollkommnen. Aber das war eine zweifelhafte Sache. Denn weder war das Gericht in seinem damaligen Zustand eine erstklassige Stätte zur Weiterbildung, noch richtete sich Goethes eigenes Interesse in jener Zeit ausgerechnet auf juristische Fragen. Es gehörte zum guten Ton, auch in Wetzlar gewesen zu sein. Großvater Textor hatte volle zehn Jahre hier gearbeitet, der Vater sich diesen Ort einer juristischen Kavaliersreise nicht entgehen lassen, und nun sollte auch der Sohn diese Station absolvieren.

Als Institution hatte das Reichskammergericht eine wichtige Funktion im Reichsgefüge. Oberster Gerichtshof für Streitfälle der Reichsstände untereinander und zuständig für Appellationssachen in zweiter Instanz, war es 1689 von Speyer nach Wetzlar verlegt worden. Die drei obersten Richter wurden vom Kaiser ernannt, die Beisitzer von den Reichsständen. Diesem Richterkollegium arbeiteten zahlreiche Juristen und Beamten zu, und auswärtige Regierungen hatten ihre juristischen Vertreter in Wetzlar. So hielten sich in dem Städtchen von 4000–5000 Einwohnern allein etwa 900 Personen auf, die beim Reichskammergericht zu tun hatten. Die Prozesse, die dort anhängig waren, dauerten unendlich lange. Die Fülle der zu erledigenden Fälle war daran ebenso schuld wie die Prozeßordnung und eine unzureichende personelle Ausstattung. Kein Wunder, daß streitende Parteien bisweilen mit unlauteren Mitteln versuchten, den Prozeßablauf zu beeinflussen und zu beschleunigen. Um Unregelmäßigkeiten auf die Spur zu kommen, hatte Kaiser Joseph II. im Jahre 1766 eine Überprüfung, eine „Visitation" angeordnet, die noch lief, als Goethe sich als Praktikant beim Gericht einschrieb. In dieser Eigenschaft konnte er an den Verhandlungen des Gerichts teilnehmen, die öffentlich stattfanden; daneben gab es besondere Lehrveranstaltungen, die einzelne Juristen für die Praktikanten abhielten.

Johann Christian Kestner, der als hannoverischer Legationssekretär beim Reichskammergericht tätig war, schrieb im Herbst 1772:

> Im Frühjahr kam hier der Doktor Goethe von Frankfurt am Main. Er sollte hier die Praxin treiben. Er war 23 Jahr alt und passierte hier für einen Philosophen, welchen Titel er aber nicht auf sich kommen lassen wollte. Die schönen Geister bemüheten sich um seine Bekanntschaft; denn er hatte aus den schönen Wissenschaften sein Hauptwerk gemacht oder vielmahr aus allen Wissenschaften, nur nicht den sogenannten Brotwissenschaften. Er hassete die Juristerei und bedarf ihrer auch nicht, da

> sein Vater außerordentlich reich, er aber der einzige Sohn ist. Ich lernte ihn von ohngefähr kennen, und mein erstes Urteil von ihm war, daß er kein unbeträchtlicher Mensch sei. Sie wissen, daß ich nicht eilig beurteile (an Hennings, Herbst 1772).

An Bekanntschaften mit „schönen Geistern" mangelte es in der Tat nicht, und geselliges Leben gab es genug. Beim Mittagstisch traf der Neuling „beinah sämtliche Gesandtschaftsuntergeordnete, junge muntere Leute, beisammen; sie nahmen mich freundlich auf, und es blieb mir schon den ersten Tag kein Geheimnis, daß sie ihr mittägiges Beisammensein durch eine romantische Fiktion erheitert hatten. Sie stellten nämlich, mit Geist und Munterkeit, eine Rittertafel vor" (*DuW* 12. B.; 9, 531). Da herrschten bestimmte Rituale, die einzuhalten waren; auch „ein seltsamer Orden, welcher philosophisch und mystisch sein sollte", hatte merkwürdige Regeln; – insgesamt purer Zeitvertreib ohne tiefere Bedeutung. Wichtiger dagegen die Bekanntschaft mit Friedrich Wilhelm Gotter, der seit 1769 mit Boie den *Göttinger Musenalmanach* herausgebracht hatte. Dort erschienen im Jahrgang 1774 nun auch von Goethe so bedeutsame Gedichte wie *Der Wandrer* und *Mahomets Gesang*. Mit Carl Wilhelm Jerusalem, den er aus der Leipziger Studienzeit kannte und der als braunschweigischer Legationssekretär in Wetzlar war, traf er am Mittagstisch ebenfalls wieder zusammen. Doch hat sich kaum ein näherer persönlicher Kontakt ergeben. Abschätzig vermerkte Jerusalem: „Er war zu unserer Zeit in Leipzig und ein Geck. Jetzt ist er noch außerdem Frankfurter Zeitungsschreiber", womit er auf die *Frankfurter Gelehrten Anzeigen* anspielte (an Eschenburg, 18. 7. 1772). Es war jener unglückliche Jerusalem, der sich am 30. Oktober 1772 erschoß, mit einer Pistole, die er sich von Kestner geliehen hatte. Werthers Ende ist dem aufsehenerregenden Selbstmord nachgebildet worden, jedoch aus dem Abstand von anderthalb Jahren.

Der unglückliche Liebhaber der Charlotte Buff

Die bewegendste Bekanntschaft der Wetzlarer Zeit aber verband den Dreiundzwanzigjährigen mit Charlotte Buff, die jedoch mit Kestner wie verlobt war und wohl auch nie mit dem Gedanken gespielt hat, ihn um Goethes willen zu verlassen. Goethe und Lotte: dieses Verhältnis ist geschichtsnotorisch geworden; man hat es immer wieder ausgeschmückt. Generationen haben die Phasen dieser Liebe und Entsagung nachempfunden – und einen kardinalen Fehler, der ihnen dabei oft unterlief, nicht erkannt: daß sie nämlich *Die Leiden des jungen Werthers* als

wahre Darstellung von Goethes eigenen Erlebnissen in Wetzlar nahmen, wo doch größte Behutsamkeit geboten ist, wenn man hier Parallelen ausbeuten will.
Kestner hat aufgezeichnet, wie er Goethe kennenlernte und wie es zur Bekanntschaft Goethes mit Charlotte kam. Statt abermaliger Nacherzählung sei hier ausführlich aus seinem Briefbericht an August von Hennings zitiert.

> Einer der vornehmsten unsrer schönen Geister, Sekretär Gotter, beredete mich einst, nach Garbenheim, einem Dorf, gewöhnlichem Spaziergang, zu gehen. Daselbst fand ich ihn [Goethe] im Grase unter einem Baum auf dem Rücken liegen, indem er sich mit einigen Umstehenden – einem epikureischen Philosophen (von Goué, großes Genie), einem stoischen Philosophen (von Kielmannsegge) und einem Mittelding von beiden (Dr. König) – unterhielt und ihm recht wohl war.
> [...]
> Ehe ich weitergehe, muß ich eine Schilderung von ihm versuchen, da ich ihn nachher genau kennengelernet habe.
> Er besitzt, was man Genie nennt, und eine ganz außerordentlich lebhafte Einbildungskraft. Er ist in seinen Affekten heftig. Er hat eine edle Denkungsart. Er ist ein Mensch von Charakter. Er liebt die Kinder und kann sich mit ihnen sehr beschäftigen. Er ist bizarre und hat in seinem Betragen, seinem Äußerlichen verschiedenes, das ihn unangenehm machen könnte. Aber bei Kindern, bei Frauenzimmern und vielen andern ist er doch wohl angeschrieben.
> Er tut, was ihm einfällt, ohne sich darum zu bekümmern, ob es anderen gefällt, ob es Mode ist, ob es die Lebensart erlaubt. Aller Zwang ist ihm verhaßt.
> Für dem weiblichen Geschlecht hat er sehr viele Hochachtung.
> In principiis ist er noch nicht fest und strebt noch erst nach einem gewissen System.
> Um etwas davon zu sagen, so hält er viel von Rousseau, ist jedoch kein blinder Anbeter von demselben.
> *Er ist nicht, was man orthodox nennt. Jedoch nicht aus Stolz oder Caprice oder um was vorstellen zu wollen.* Er äußert sich auch über gewisse Hauptmaterien gegen wenige, stört andere nicht gern in ihren ruhigen Vorstellungen.
> Er haßt zwar den Scepticismum, strebt nach Wahrheit und nach Determinierung über gewisse Hauptmaterien, glaubt auch schon über die wichtigsten determiniert zu sein, soviel ich aber gemerkt, ist er es noch nicht. Er geht nicht in die Kirche, auch nicht zum Abendmahl, betet auch selten. Denn, sagt er: ‚Ich bin dazu nicht genug Lügner.'
> Zuweilen ist er über gewisse Materien ruhig, zuweilen aber nichts weniger wie das.
> Vor der christlichen Religion hat er Hochachtung, nicht aber in der Gestalt, wie sie unsere Theologen vorstellten.

Er *glaubt* ein künftiges Leben, einen besseren Zustand.
Er strebt nach Wahrheit, hält jedoch mehr vom Gefühl derselben als von ihrer Demonstration.
[...]
Den 9. Junii fügte es sich, daß er mit bei einem Ball auf dem Lande war, wo mein Mädchen und ich auch waren. Ich konnte erst nachkommen und ritt dahin. Mein Mädchen fuhr also in einer andern Gesellschaft hin; der Dr. Goethe war mit im Wagen und lernte Lottchen hier zuerst kennen. [...] Lottchen zog gleich seine ganze Aufmerksamkeit an sich. Sie ist noch jung; sie hat, wenn sie gleich keine ganz regelmäßige Schönheit ist (ich rede hier nach dem gemeinen Sprachgebrauch und weiß wohl, daß die Schönheit eigentlich keine Regeln hat), eine sehr vorteilhafte, einnehmende Gesichtsbildung; ihr Blick ist wie ein heitrer Frühlingsmorgen, zumal den Tag, weil sie den Tanz liebt. Sie war lustig; sie war in ganz ungekünsteltem Putz. Er bemerkte bei ihr Gefühl für das Schöne der Natur und einen ungezwungenen Witz, mehr Laune als Witz.
Er wußte nicht, daß sie nicht mehr frei war. Ich kam ein paar Stunden später, und es ist nie unsere Gewohnheit, an öffentlichen Orten mehr als Freundschaft gegeneinander zu äußern. Er war den Tag ausgelassen lustig (dieses ist er manchmal, dagegen zur andern Zeit melancholisch). Lottchen eroberte ihn ganz, um desto mehr, da sie sich keine Mühe darum gab, sondern sich nur dem Vergnügen überließ. Anderntags konnte es nicht fehlen, daß Goethe sich nach Lottchens Befinden auf dem Ball erkundigte. Vorhin hatte er in ihr ein fröhliches Mädchen kennengelernt, das den Tanz und das ungetrübte Vergnügen liebt; nun lernte er sie auch von der Seite, wo sie ihre Stärke hat, von der häuslichen Seite kennen (Herbst 1772).
Es konnte ihm nicht lange unbekannt bleiben, daß sie ihm nichts als Freundschaft geben konnte, und ihr Betragen gegen ihn gab wiederum ein Muster ab. Dieser gleiche Geschmack, und da wir uns näher kennenlernten, knüpfte zwischen ihm und mir das festeste Band der Freundschaft, so daß er bei mir gleich auf meinen lieben Hennings folgt. Indessen, ob er gleich in Ansehung Lottchens alle Hoffnung aufgeben mußte und auch aufgab, so konnte er mit aller seiner Philosophie und seinem natürlichen Stolze so viel nicht über sich erhalten, daß er seine Neigung ganz bezwungen hätte. Und er hat solche Eigenschaften, die ihn einem Frauenzimmer, zumal einem empfindenden und das von Geschmack ist, gefährlich machen können. Allein Lottchen wußte ihn so kurzzuhalten und auf eine solche Art zu behandeln, daß keine Hoffnung bei ihm aufkeimen konnte und er sie, in ihrer Art zu verfahren, noch selbst bewundern mußte. Seine Ruhe litt sehr dabei. Es gab mancherlei merkwürdige Szenen, wobei Lottchen bei mir gewann und er mir als Freund auch werter werden mußte, ich aber doch manchmal bei mir erstaunen mußte, wie die Liebe so gar wunderliche Geschöpfe selbst aus den stärksten und sonst für sich selbständigen Menschen machen kann. Meistens dauerte er mich, und es entstanden bei mir innerliche Kämpfe, da ich auf der einen Seite dachte, ich

> möchte nicht imstande sein, Lottchen so glücklich zu machen als er, auf der andern Seite aber den Gedanken nicht ausstehen konnte, sie zu verlieren. Letzteres gewann die Oberhand, und an Lottchen habe ich nicht einmal eine Ahndung von dergleichen Betrachtung bemerken können. Kurz, er fing nach einigen Monaten an, einzusehen, daß er zu seiner Ruhe Gewalt gebrauchen mußte. In einem Augenblicke, da er sich darüber völlig determiniert hatte, reisete er ohne Abschied davon, nachdem er schon öfters vergebliche Versuche zur Flucht gemacht hatte. Er ist zu Frankfurt, und wir reden fleißig durch Briefe miteinander (18. 11. 1772).

Man braucht nur Briefe Goethes aus dieser Zeit neben die Schreiben Kestners zu halten, um Unterschiede der beiden Männer zu bemerken. Gedankenskizzen, Bruchstücke eines unruhigen Gefühlslebens, intensiv gesuchte Nähe zum Adressaten bei Goethe; nüchterner Überblick, ruhige Beschreibung, Versuch eines differenzierten Psychogramms beim – freilich acht Jahre älteren – Kestner. Womöglich ist dieser besonnene und Exaltiertheiten abgeneigte lebenstüchtige Mensch, der später Hofrat in seiner Heimatstadt Hannover wurde, der richtige Lebenspartner für Charlotte Buff gewesen, die eine natürliche Lebensfreude und Lebenssicherheit ausgezeichnet haben müssen. Gerade davon scheint der junge Goethe, mit den Darmstädter Schwärmerinnen vertraut, beeindruckt und eingenommen worden zu sein: wie Lotte, die jetzt Neunzehnjährige, Tochter des Amtmanns Buff im „Teutschen Hause" des Deutschen Ritterordens, nach dem Tod der Mutter im Jahr davor den vielköpfigen Haushalt mit Vater und elf Geschwistern zu bewältigen verstand und noch Zeit und Aufmerksamkeit für die bescheidenen Freuden des Wetzlarer Alltags und die sommerliche Landschaft rundum fand. Kestners Bericht sagt unmißverständlich, wie sehr Goethe die Zuneigung zu Lotte gepackt hatte, wie schwierig es beiden wurde, damit ins reine zu kommen, und wie dem ohne Hoffnung auf Erfüllung Liebenden nur die Flucht übrigblieb. Tatsächlich hinterließ Goethe für Charlotte und ihren Bräutigam nur wenige Zeilen; ohne Abschied machte er sich davon. „Nun binn ich allein, und morgen geh ich. O mein armer Kopf" (an Kestner, 10. 9. 1772). „Gepackt ists Lotte, und der Tag bricht an, noch eine Viertelstunde so binn ich weg" (an Charlotte Buff, 11. 9. 1772). Im Blatt an Kestner bezog er sich auf ein Gespräch, das ihn in seiner besonderen Situation förmlich „aus einander gerissen" habe. Im Tagebuch hat Kestner unter dem 10. September 1772 notiert, wovon gesprochen worden war: „von dem Zustande nach diesem Leben; [. . .] wir machten miteinander aus: wer zuerst von uns stürbe, sollte, wenn er könnte, den Lebenden Nachricht von dem Zustande jenes Lebens geben; Goethe wurde ganz niedergeschlagen, denn er wußte, daß er andern Morgens wegreisen wollte."

Abermals eine Trennung, wie in Leipzig, wie in Sesenheim. Solche Wunden vernarben nur langsam. Unverkennbar ist die knisternde Spannung, die die Beziehung zwischen Goethe, Lotte und Kestner auflud. In Frankfurt besorgte Goethe Eheringe für die Kestners. Das brachte er über sich; aber Bitternis klang aus dem Brief, den er der Sendung beifügte: „Nach Franckfurt kommt ihr doch nicht, das ist mir lieb, wenn ihr kämt so ging ich" (Ende März 1773). Staunendes Nichtbegreifen des Geschehenen drückte sich in anderen Zeilen aus, und gelegentlich behalf sich der Verlassene damit, wie zeit seines Lebens, das ihn Bedrängende wegzuspotten, mit Worten freilich, die die tiefe Verletztheit kaum verdeckten:

> Von der Lotte wegzugehn. Ich begreifs noch nicht wies möglich war.
> [...]
> Wir redeten wies drüben aussäh über den Wolcken, das weis ich zwar nicht, das weis ich aber, dass unser Herr Gott ein sehr kaltblütiger Mensch seyn muss der euch die Lotte lässt. Wenn ich sterbe und habe droben was zu sagen ich hohl sie euch warrlich. Drum betet fein für mein Leben und Gesundheit, Waden und Bauch pp und sterb ich so versöhnt meine Seele mit Trähnen, Opfer, und dergleichen sonst Kästner siehts schief aus (10. 4. 1773).

Trotz allem sollte man die Wetzlarer Liebe nicht als eine verzehrende, in ausweglose Verzweiflung führende einschätzen. Goethe war nicht der unglückliche Werther. Was er im *Werther*, und zwar erst 1774, gestaltete, war nicht nur das Schicksal eines scheiternden Liebenden, sondern eine umfassendere Lebensproblematik. Da geht jemand, der bedingungslos seinem Fühlen folgen und freien Raum gewinnen will, an sich selbst und der Gesellschaft zugrunde, und die hoffnungslose Liebe zu Lotte, der Braut Alberts, ist nur ein Teil des gesamten Syndroms, wenngleich ein entscheidender, der die Katastrophe herbeiführt. Merkwürdig immerhin, daß Goethes Neigung zu Charlotte Buff keine Liebesgedichte zeitigte, nichts in der Art der Sesenheimer Verse. Aber bei der jungen Frau seines Gedichts *Der Wandrer*, der mütterlichen, in der Hütte beschirmt und tätig wohnenden, dachte er an die Wetzlarer Lotte, worauf er Kestner aufmerksam machte (15. 9. 1773).

Die Liebe des im Herbst nach Frankfurt Zurückgekehrten konnte sich, wenn auch in oft schmerzhafter Erinnerung, zur Freundschaft beruhigen. Lottes Silhouette hing in seinem Zimmer; lange sind Briefe hin und her gegangen, nach Wetzlar, dann nach Hannover, darunter die großen, bewegenden Weihnachtsbriefe vom 25. Dezember 1772 und 1773.

Frankfurt, 25. Dezember 1772

Cristtag früh. Es ist noch Nacht lieber Kestner, ich binn aufgestanden um bey Lichte morgens wieder zu schreiben, das mir angenehme Erinnerungen voriger Zeiten zurückruft; ich habe mir Coffee machen lassen den Festtag zu ehren und will euch schreiben biss es Tag ist. Der Türner hat sein Lied schon geblasen ich wachte drüber auf. Gelobet seyst du Jesu Crist. Ich hab diese Zeit des Jahrs gar lieb, die Lieder die man singt; und die Kälte die eingefallen ist macht mich vollends vergnügt. Ich habe gestern einen herrlichen Tag gehabt, ich fürchtete für den heutigen, aber der ist auch gut begonnen und da ist mirs fürs enden nicht Angst. Gestern Nacht versprach ich schon meinen lieben zwey Schattengesichtern euch zu schreiben, sie schweben um mein Bett wie Engel Gottes. Ich hatte gleich bey meiner Ankunft Lottens Silhouette angesteckt, wie ich in Darmstadt war stellen sie mein Bett herein und siehe Lottens Bild steht zu Häupten das freute mich sehr, Lenchen [Lottes sechzehnjährige Schwester] hat ietzt die andre Seite ich danck euch Kestner für das liebe Bild [...]. Der Türner hat sich wieder zu mir gekehrt, der Nordwind bringt mir seine Melodie, als blies er vor meinem Fenster. Gestern lieber Kestner war ich mit einigen guten Jungens auf dem Lande, unsre Lustbaarkeit war sehr laut, und Geschrey und Gelächter von Anfang zu Ende. Das taugt sonst nichts für die kommende Stunde, doch was können die heiligen Götter nicht wenden wenns Ihnen beliebt, sie gaben mir einen frohen Abend, ich hatte keinen Wein getruncken, mein Aug war ganz unbefangen über die Natur. Ein schöner Abend, als wir zurückgingen es ward Nacht. Nun muss ich dir sagen das ist immer eine Sympatie für meine Seele wenn die Sonne lang hinunter ist und die Nacht herauf nach Nord und Süd umsich gegriffen hat, und nur noch ein dämmernder Kreis vom Abend heraufleuchtet. Seht Kestner wo das Land flach ist ists das herrlichste Schauspiel, ich habe iünger und wärmer Stunden lang so ihr zu gesehn hinab dämmern auf meinen Wandrungen. Auf der Brücke hielt ich still. Die düstre Stadt zu beyden Seiten, der stillleuchtende Horizont, der Widerschein im Fluss machte einen köstlichen Eindruck in meine Seele den ich mit beyden Armen umfasste. [...] Die Tohrschließer kommen vom Burgemeister, und rasseln mit Schlüsseln. Das erste Grau des Tags kommt mir über des Nachbaars Haus und die Glocken läuten eine Cristliche Gemeinde zusammen. Wohl ich binn erbaut hier oben auf meiner Stube, die ich lang nicht so lieb hatte als ietzt. Sie ist mit den glücklichsten Bildern ausgeziert die mir freundlichen guten Morgen sagen. Sieben Köpfe nach Raphael, eingegeben vom lebendigen Geiste, einen davon hab ich nachgezeichnet und binn zufrieden mit ob gleich nicht so froh. Aber meine lieben Mädgen. Lotte ist auch da und Lenchen auch. [...]

Um den *Werther* kam es allerdings zu einem lebhaften Disput, weil sich die Kestners in Albert und Lotte allzu deutlich widergespiegelt fanden. Nach Kestners Tod 1800 schlief die Korrespondenz ein. Ein Bittschreiben Lottes beantwortete Goethe 1803 förmlich-freundlich mit dem behutsamen Zusatz „wie gern versetze ich mich wieder an Ihre Seite, zur schönen Lahn" (23. 11. 1803). Lottes Besuch in Weimar 1816 blieb ganz im Rahmen der Konvention, der die Aufregungen der Jugend nichts mehr anhaben konnten. Thomas Mann hat in *Lotte in Weimar* die Tage der späten Wiederbegegnung nachgedichtet und sie mit den Reizen seiner subtilen Kunst der Anspielung und Auslegung angereichert.

Kestner entwarf in seinen Berichten an Hennings eine beachtenswerte Skizze des Wetzlarer Goethe. Eigenwilligkeit und Toleranz, außerordentliche Einbildungskraft und unkirchliche Religiosität, Suchen nach lebensleitenden Prinzipien und Unbekümmertheit um das Urteil anderer Leute: sie prägten sich dem Beobachter als Merkmale eines vielschichtigen, noch keineswegs ‚fertigen' Menschen ein, der es sich und andern nicht immer leicht machte. „Ausgelassen lustig" und „melancholisch" hat Kestner ihn erlebt. Damit ist ein Wort gefallen, das in unseren Tagen weitreichende Deutungen erfahren hat: Melancholie sei bezeichnende Grundbefindlichkeit eines in seiner Tätigkeit durch politische Machtstrukturen beschränkten Bürgertums. Es ist nicht abwegig, auch in den melancholischen Anwandlungen des jungen Goethe Zeichen eines gehemmten Tatendrangs und Zweifel an Möglichkeiten zu sehen, je handelnd so wirken und sich verwirklichen zu können, wie es seinen Absichten entspräche. Auch mit den *Frankfurter Gelehrten Anzeigen* stand es ja nicht zum besten. Schon Ende 1772 war es mit dem Unternehmen der draufgängerischen Jungen vorbei; das Publikum hatten sie nicht gewinnen können. Goethe schrieb selbstbewußt, doch mit resignativem Unterton, eine *Nachrede*, in der er eingestand, daß manche Leser aus den Rezensionen wegen ihres besonderen Stils offenbar nicht hätten klug werden können.

Goethe war nicht der strahlende Sturm-und-Drang-Jüngling, wie manche seiner Gedichte, insbesondere die großen Jugendhymnen, vermuten lassen. Immer wieder durchzogen seine Briefe Äußerungen des Selbstzweifels und Schwankens, mitunter auch einer tiefen Traurigkeit. „Lebt wohl und denckt an mich das seltsame Mittelding zwischen dem reichen Mann und dem armen Lazarus", schloß er den Weihnachtsbrief 1772 an Kestner. Und mochten es auch nur Anklänge an biblische Passagen sein, so waren sie doch bezeichnend: „Ich wandre in Wüsten da kein Wasser ist, meine Haare sind mir Schatten und mein Blut mein Brunnen. Und euer Schiff doch mit bunten Flaggen und Jauchzen zuerst im Hafen freut mich" (an Kestner, 4./9. 4. 1773). Im Herbst 1774 mußte er sich fragen: „Was wird aus mir werden. O ihr gemachten Leute, wieviel besser seyd ihr dran" (23. 9. 1774). Verworrenheit fühlte er oft in sich, und noch in jenem Brief an Gustchen Stolberg vom 3. August 1775, den er als „Der unruhige" unterzeichnete, brach es (in den Lili-Wirren) aus ihm hervor: „Unseeliges Schicksal das mir keinen Mittelzustand erlauben will. Entweder auf einem Punckt, fassend, festklammernd, oder schweifen gegen alle vier Winde! – Seelig seyd ihr verklärte Spaziergänger, die mit zufriedner anständiger Vollendung ieden Abend den Staub von ihren Schuhen schlagen, und ihres Tagwercks göttergleich sich freuen – – – – –".

Wegen seines Umherschweifens in der Gegend zwischen Frankfurt, Darmstadt und Homburg pflegte man Goethe in jenen Monaten von 1772/1773 „den Wanderer" zu nennen (*DuW* 12. B.; 9, 251). Dieses Wort ist auch in übertragenem Sinne zu verstehen: Wandern als suchendes Unterwegssein zur Selbstverwirklichung. Das Motiv des Wanderns zieht sich denn auch durch Goethes Werk, vom langen Dialoggedicht *Der Wandrer* aus dem Frühjahr 1772 bis hin zu *Wilhelm Meisters Wanderjahren* und *Faust II*, und zwar mit unterschiedlichen Nuancen. Suche nach individuellem Lebenssinn und Urformen menschlichen Daseins; Flucht vor der Bedrohung durch geschichtliche Ereignisse; Einkehr und Rückkehr zu gültigen Lebensweisen, die bewahrt werden wollen: das alles kann im Motiv des Wanderns, im Bild des Wanderers anschaulich werden, im alten Bild des *homo viator,* des Menschen, der „ein Waller auf der Erde" ist *(Werther).*

Das Pindar – Erlebnis

Mitte Juli 1772 schrieb Goethe aus Wetzlar einen bekenntnishaften Brief an Herder, in dem die ersten Worte auf die Situation dieser Monate und Jahre der Suche direkt anspielten: „Noch immer auf der Wooge mit meinem kleinen Kahn, und wenn die Sterne sich verstecken, schweb' ich so in der Hand des Schicksals hin, und Muth und Hoffnung und Furcht und Ruh wechseln in meiner Brust." Aber dann wurde dieser Brief zu einem Bericht über den tiefen Eindruck, den das Studium der Griechen, vor allem Pindars, auf ihn gemacht habe. Selbstfindung und Selbstbestätigung zeichneten sich ab: „Ich wohne jetzt in Pindar, und wenn die Herrlichkeit des Pallasts glücklich machte, müßt' ichs sein." Homer, Xenophon, Plato, Anakreon und eben Pindar hätten ihn ganz mit Beschlag belegt.

> Sonst hab' ich gar nichts gethan, und es geht bei mir noch alles entsetzlich durch einander. Auch hat mir endlich der gute Geist den Grund meines spechtischen Wesens [das Herder diagnostiziert hatte] entdeckt. Ueber den Worten Pindars επικρατειν δυνασθαι [Herr werden können] ist mir's

> aufgegangen. Wenn du kühn im Wagen stehst, und vier neue Pferde wild unordentlich sich an deinen Zügeln bäumen, du ihre Kraft lenkst, den austretenden herbei, den aufbäumenden hinabpeitschest, und jagst und lenkst, und wendest, peitschest, hältst, und wieder ausjagst, bis alle sechzehn Füße in einem Takt ans Ziel tragen – das ist Meisterschaft, επικρατειν, Virtuosität. Wenn ich nun aber überall herumspaziert bin, überall nur dreingeguckt habe, nirgends zugegriffen. Dreingreifen, packen ist das Wesen jeder Meisterschaft. [. . .] Ich mögte beten, wie Moses im Koran: „Herr mache mir Raum in meiner engen Brust!"

Der Jüngling, der solche Sätze schrieb, spürte wohl seine künstlerischen Fähigkeiten, wußte aber auch, daß er sie noch nicht im Griff hatte. Die Konzentration auf das ihm Gemäße wünschte er zwar, glaubte sie aber noch nicht erreicht zu haben. So die ‚negative' Lesart dieses Bekenntnisbriefes. Ebensogut ließe sich sagen: Goethe war so sehr mit schöpferischen Kräften begabt, daß er das aus Pindar herauslas, was ihm Mut zu sich selbst machte. Pindars επικρατειν δυνασθαι (nach *Nem.* 8, 4 u. 5) hat zwar einen etwas anderen Sinn, doch Goethe beeindruckte gerade dieser Ausdruck, unabhängig von seinem Kontext: Herr werden können, zur Bändigung und Beherrschung fähig sein. Pindars Bild vom Wagenlenker eignete sich der auf Selbstvergewisserung Bedachte an. Es ist für ihn, in etwas veränderter Form, wichtig geblieben: Egmont ließ er es zur Selbstdeutung benutzen, und mit dessen Worten beschloß er seinen Lebensbericht *Dichtung und Wahrheit.*
„Seit vierzehn Tagen les' ich eure Fragmente, zum erstenmal", meldete er Herder in diesem Brief. Herz und Sinn seien „mit warmer heiliger Gegenwart durch und durch belebt, als das wie Gedanck und Empfindung den Ausdruck bildet. So innig hab' ich das genossen." Das war eine Kernthese Herders, die eine Kapitelüberschrift in den Fragmenten *Über die neuere deutsche Literatur* (1767) so formulierte: „In der Dichtkunst ist Gedanke und Ausdruck wie Seele und Leib, und nie zu trennen." Für Goethe konnte diese Auffassung nicht ganz neu sein. Sollte in den Straßburger Unterhaltungen mit Herder darüber noch nicht geredet worden sein? Jetzt, wo der *Gottfried von Berlichingen* geschrieben war und er aus Pindar frischen Zuspruch heraushörte, beeindruckte ihn zutiefst, was er schwarz auf weiß nachlesen konnte.
Mit Fug und Recht darf von einem Pindar-Erlebnis Goethes die Rede sein. Aber nur in dieser Jugendphase des Stürmens und Drängens, als Bestätigung des Geniehaften gesucht, rückte der griechische Chorlyriker in solche Nähe. Es war ein Mißverständnis, das Pindar zum Urbild des dithyrambischen Sängers machte, der in seinem Enthusiasmus jede äußere Form eines Gedichts sprenge und sich an Versmaße nicht gebunden fühle. In Wahrheit hatte der griechische Lyriker des 5. Jahrhunderts v.

Chr. seine Gedichte, die zu Ehren der panhellenischen Spiele von Chören vorgetragen wurden, nach strengen, allerdings mannigfaltigen Regeln gebaut. Das hatte man im 18. Jahrhundert und schon früher verkannt, so daß die Oden Pindars und anderer antiker Autoren als Gedichte in freien Rhythmen aufgefaßt wurden, als würdige historische Belege einer Sprachkunst, die, ganz auf Ausdruckskraft und innere Form gerichtet, aller Regeln äußerer Form spottete. Seit Horaz war es außerdem selbstverständlich, in Pindar den wortgewaltigen Dichter zu sehen, der alle Maße sprengt: „Wie ein Bergstrom stürzt, den der Regen schwellte / Hoch zum Bord hinaus des gewohnten Bettes, / Also braust und stürzt wie aus tiefem Borne / Schrankenlos Pindar" (*carm.* 4, 2). Herder, auf der Suche nach der sprachmächtigen Einheit von Gedanke und Ausdruck, hatte in seinen *Fragmenten* über die griechischen Dithyramben nachgedacht und ebenfalls Pindar umworben. Obwohl er daran zweifelte, daß in der vernünftig gesetzmäßigen Sprache der Neuzeit solche Gedichte möglich seien, wünschte er sie dennoch herbei. „Können wir Dithyramben machen, Griechische Dithyramben im Deutschen machen?" Der Dithyrambus sei keinem anderen Plan gefolgt, „als den innerlich die Einbildungskraft malte, äußerlich zum Teil das Auge sahe [...], wo nüchterne Seelen wenig Verbindung, viel Übertriebenes und alles ungeheuer finden mußten". Dem frühen griechischen Zeitalter sei die dithyrambische Sprache gemäß gewesen, „die in Worten neu, kühn und unförmlich, in Konstruktionen verflochten und unregelmäßig war". „Pindars Gang ist der Schritt der begeisterten Einbildungskraft, die, was sie siehet, und wie sie es siehet, singt; aber die Ordnung der philosophischen Methode oder der Vernunft ist der entgegengesetzte Weg."

Klopstock hatte als erster moderner Lyriker Gedichte in freien Rhythmen veröffentlicht, in Zeitschriften verstreut; 1771 wurden sie dann gesammelt. Berühmt gewordene Gedichte waren darunter: *Dem Allgegenwärtigen* (1758), *Die Frühlingsfeier* („Nicht in den Ozean der Welten alle / Will ich mich stürzen [...]", 1759). Aber alles, was dort in Begeisterung und Schwung gesungen wurde, was Leser und Hörer entzückte, war im christlichen Glauben aufgehoben, und der Sänger hatte keineswegs die Absicht, sich als weltliches Originalgenie zu profilieren.

‚Freie Rhythmen' – eine im übrigen wenig glückliche Bezeichnung. Denn jeder Lyriker, der sog. freie Rhythmen dichtet, gibt seinen Versen einen ganz bestimmten Rhythmus. Er verzichtet nur auf ein festes, geregeltes und vorgegebenes Metrum. Rhythmus ist etwas anderes als Metrum (Versmaß). Er wird zwar von ihm mitbestimmt, aber nicht allein davon; – ein besonders schwieriges Problem, das hier nicht weiter erörtert werden kann.

Goethes Leizpiger *Oden an meinen Freund* (1767) waren bereits freimetrische Gebilde. Was nun, im Frühjahr 1772 und danach, ‚pindarisch' gedichtet wurde, war damit nicht mehr zu vergleichen. *Wandrers Sturmlied* steht am Anfang jener großräumigen Gedichte, die als Jugendhymnen des Goetheschen Sturm und Drang unter Spezialisten und Liebhabern bekannt und berühmt geworden sind *(Prometheus, Ganymed, Mahomets-Gesang, An Schwager Kronos, Seefahrt).* Auch *Pilgers Morgenlied an Lila,* ebenfalls aus dem Frühjahr dieses Jahres, ist freimetrisch verfaßt, ebenso das lange, fast erzählende Gedicht *Der Wandrer,* das Goethe bereits im April 1772 den Darmstädtern vorlas. In beiden Gedichten eindrucksstarke zusammengesetzte Wörter, ‚Machtwörter' („tausend-schlangenzüngig", „Muttergegenwart", „Götterselbstgefühl", „Fremdlingsreisetritt", „lieblichdämmernd"), wie sie für solche Lyrik typisch waren; auch die Attitüde dessen, der in seiner Stärke dem Sturm Trotz bietet.

Wandrers Sturmlied aus dem Frühjahr 1772 trumpfte noch anders auf. Als Goethe es am 31. August 1774 an Fritz Jacobi schickte, merkte er lakonisch an: „Hier eine Ode zu der Melodie und Commentar nur der Wandrer in der Noth erfindet." Das ist sicher nicht als Floskel zu nehmen. Als das *Sturmlied* entstand, lebte sein Verfasser wirklich in einer Art Notzeit. Noch bedrängte ihn zwar nicht die unerfüllte Liebe zu Charlotte, aber die Unsicherheit über den eigenen schöpferischen Weg war nicht gering. Einiges davon gab der ‚Pindar-Brief' an Herder zu erkennen. Selbstzuspruch, mutiges Versuchen, Freilassen der gespürten dichterischen Kraft, das war an der Zeit:

Wen du nicht verlässest Genius
Nicht der Regen nicht der Sturm
Haucht ihm Schauer übers Herz
Wen du nicht verlässest Genius,
Wird der Regen Wolcke
Wird dem Schlossensturm
Entgegensingen wie die
Lerche du dadroben,
Wen du nicht verlässest Genius.
[...]

Drei Strophen solchen Anrufs zu Beginn, einer Anrufung der schöpferisch-göttlichen Kraft im Menschen, die Stärke verleiht und den gewünschten Schaffensprozeß möglich macht. Es bereitet nicht geringe Schwierigkeiten, den Fortgang dieses Gedichts bis in alle Einzelheiten nachzuvollziehen und zu verstehen. Charakteristika auch der andern Jugendhymnen zeigen sich (für die die Bezeichnung ‚Oden' ebenfalls gebräuchlich war): Sprunghaft oft das auf Nennungen, Ausrufe, Satzbruchstücke verkürzte Sprechen; komprimiert und vieldeutig die Bildlichkeit; manche Satzkonstruktion aufgebrochen, damit das, was in der augenblicklichen Vorstellung zusammengehört, zusammengerückt werde (hier ist vorgebildet, was mancher Dichtung im 20. Jahrhundert den Anstrich des ‚Modernen' gab: das Gemenge des Bewußtseinsstroms nicht in normale Syntax zu zwängen, sondern sprachlich abzubilden); nur angedeutet der Bereich des Bauern, der sicher zurückzukehren scheint, während der, der seinen Genius angerufen hat, sich ausgesetzt sieht und seinen Weg erst noch bestehen muß; kurzum: ein schwieriges Gedicht. Goethe hat sich in *Dichtung und Wahrheit,* die Entstehung des *Sturmlieds* nachträglich erläuternd, daran erinnert, daß er „diesen Halbunsinn" leidenschaftlich vor sich hingesungen habe, als ihn unterwegs ein schreckliches Wetter überraschte (12. B.; 9, 521). Kenntnisreiche, scharfsinnige Philologen haben mittlerweile viel Licht in das vermeintlich dunkle Gedicht gebracht und Goethes Wort vom „Halbunsinn" ziemlich entkräftet. Jüngst noch wurde darauf hingewiesen, daß Agrippa von Nettesheim (1486–1535) in seiner *Occulta Philosophia,* einem Hauptwerk der sog. Hermetik, das Goethe gekannt haben dürfte, die verschiedenen Arten der göttlich inspirierten Begeisterung behandelt hat. Dabei nannte er als deren Urheber eben jene Götter, die im *Sturmlied* angerufen werden, und zwar in gleicher Reihenfolge: Musen, Dionysos, Apoll, Jupiter Pluvius. Mag sein, daß Phöbus Apoll und Jupiter Pluvius auch in diesem Gedicht als Sinnbilder der beiden Lebenspulse Konzentration und Expansion stehen und daß Jupiter Pluvius als höchster Gott angerufen wird, weil von ihm göttliche Lebenskraft ausströmt. Dieser Gott hat nicht Anakreon, nicht Theokrit erfaßt, wohl aber Pindar. Anakreon und Theokrit: das sind zugleich Chiffren für die spielerisch-idyllische Dichtung im 18. Jahrhundert, die jetzt hinter Pindar zurücktritt. Auf seine festlichen olympischen Lieder beziehen sich die komprimierten Schlußverse, die sich ins Stammeln auflösen:

Wenn die Räder rasselten Rad an Rad
Rasch ums Ziel weg
Hoch flog siegdurchglühter Jünglinge Peitschenknall
Und sich Staub wälzt
Wie von Gebürg herab sich
Kieselwetter ins Tahl wälzt
Glühte deine Seel Gefahren Pindar
Muth Pindar – Glühte –
Armes Herz –
Dort auf dem Hügel –

Himmlische Macht –
Nur soviel Glut –
Dort ist meine Hütte –
Zu waten bis dort hin.

Der „Halbunsinn“ ist wohl kalkuliert. Hier wie an anderen Hymnen könnte man verdeutlichen, daß Gedanken und Bilder genau geführt und gefügt sind und, so widersprüchlich das klingen mag, ein sicherer Kunstverstand die innere Form inspiriert.

Frankfurter produktive Jahre

Polemische Streifzüge

Am 11. September 1772 war Goethe, ohne sich zu verabschieden, aus Wetzlar verschwunden. Zu Fuß wanderte er einige Tage durchs Lahntal, „dem Entschluß nach frei, dem Gefühle nach befangen" (*DuW* 13. B.; 9, 556). Ein paar Bäder in Ems, dann mit dem Boot weiter nach Ehrenbreitstein. Dort residierte in einem stattlichen Haus mit herrlichem Ausblick auf die Rheinlandschaft Sophie v. La Roche, geb. Gutermann. Mit Wieland war die 1731 geborene, inzwischen durch ihren Briefroman *Geschichte des Fräuleins von Sternheim* (1771) bekannt gewordene Schriftstellerin verlobt gewesen, hatte dann aber 1754 Georg Michael Frank v. La Roche geheiratet, der seit 1771 als kurtrierischer Geheimer Rat amtierte. Goethe war Frau v. La Roche im Frühjahr zum ersten Mal begegnet. Mit den Darmstädtern und anderen empfindsamen Geistern stand sie in Verbindung; ihr Haus war ein Treff- und Sammelpunkt dieser Kreise. Jetzt machte Goethe in Ehrenbreitstein Station, als Gast willkommen und selber für anregende Begegnung aufgeschlossen. Hier wurde auch der lebenslange Kontakt zur Familie La Roche-Brentano geknüpft. Die älteste Tochter des Hauses, Maximiliane, zog ihn besonders an; noch die späte Bemerkung in *Dichtung und Wahrheit* deutet, nicht ohne abgründige Pikanterie, an, daß mehr im Spiel war als freundschaftliche Zuneigung. „Es ist eine sehr angenehme Empfindung, wenn sich eine neue Leidenschaft in uns zu regen anfängt, ehe die alte noch ganz verklungen ist. So sieht man bei untergehender Sonne gern auf der entgegengesetzten Seite den Mond aufgehn und erfreut sich an dem Doppelglanze der beiden Himmelslichter" (9, 561 f.). Im Januar 1774, kurz vor der Niederschrift des *Werther*, heiratete Maximiliane den Frankfurter Kaufmann Peter Anton Brentano. Spötter Merck witzelte bissig, es sei ein Kaufmann, der wenig Sinn für das habe, was außerhalb seiner Geschäfte liege: „Es war für mich ein trauriges Erlebnis, zwischen Heringstonnen und Käse zu unserer Freundin zu gehen" (an seine Frau, 29.1.1774). Goethe hielt weiter enge Verbindung mit der jungen Frau Brentano. Kein Wunder, daß Detektiv-Philologen herausfanden, Werthers Lotte habe die schwarzen Augen von Maxe Brentano.

Was sich bei „Kongressen" in Ehrenbreitstein abspielte, wird am Anfang des 13. Buches von *Dichtung und Wahrheit* angedeutet. Man kultivierte Seelenfreundschaft, las einander empfindungsgesättigte Briefe und Schriften vor, „Offenherzigkeit" war Trumpf, „man spähte sein eigen Herz aus und das Herz der andern" (9, 558). So auch in jenen Septembertagen, in denen sich Merck ebenfalls eingefunden hatte. Ohne Spannungen ging das nicht ab, und sie waren – offen ausgesprochen oder höflich verschwiegen – heftiger, als Goethes Lebensbericht vermuten läßt.

Nicht überall im Lande nämlich sympathisierten die Empfindsamen miteinander. Es gab verschiedene Grade empfindsamer Äußerungen und empfindsamen Verhaltens, zwischen denen die Zeitgenossen durchaus unterschieden. Freundschaft und Seelenliebe wurden zwar von allen, die Gefühle zu voller Entfaltung kommen lassen wollten, gewünscht und gepflegt. Aber für manche gab es da Übersteigerungen. Wenn man mit höchster Raffinesse Empfindsamkeit künstlich erzeugte und mit vorgetäuschten Gefühlsregungen einen exaltierter Kult trieb, sahen einige das Maß des Erträglichen überschritten. „Wahre" und „falsche" Empfindsamkeit hielt man auseinander, wobei es natürlich auf die Standpunkte ankam, ob etwas noch als „wahr" oder schon als „falsch" angesehen wurde. Man konnte sich sogar, wie Fritz Jacobi, gegen das „müßige Sammeln von Empfindungen" und gegen „das Bestreben, Empfindungen – zu empfinden, Gefühle – zu fühlen" aussprechen *(Eduard Allwills Papiere)* und dennoch als übersteigert Empfindsamer eingeschätzt werden. Auch im Darmstädter Zirkel der Empfindsamen waren zweifellos Unterschiede festzustellen; Herder warnte aus Bückeburg seine Braut Caroline Flachsland oft genug vor den Exaltierten und ihren Exaltiertheiten.

Sophie v. La Roche pflegte enge freundschaftliche Beziehungen zu den Jacobis in Düsseldorf, zu Friedrich Heinrich und Johann Georg Jacobi. Diese aber standen, wie der betriebsame Seelenergründer Franz Michael Leuchsenring in Darmstadt, bei Menschen wie Goethe und Merck im Verdacht, einem unnatürlichen, weichlich-sentimentalischen Gefühls- und Seelenkult zu frönen. Wenige Monate nach den Septembertagen bei La Roches veröffentlichte Goethe in den *Frankfurter Gelehrten Anzeigen* eine gepfefferte Kurzkritik *(Über das von dem Herrn Prof. Hausen entworfene Leben des H. G. R. Klotz,)*, die Jacobis eitle Selbstbespiegelung aufs Korn nahm und mit einer anzüglichen Anspielung auf das öffentlich zur Schau gestellte zärtlich-seelenvolle Freundschaftsverhältnis zu Gleim endete. Dieses hatte wirklich jedermann in den Briefwechseln zwischen Jacobi und Gleim, die 1768 und 1772 erschienen waren, besichtigen können.

Hier zeichneten sich Frontstellungen und Parteiungen ab. Die Jacobis waren für Goethe in den Jahren 1772 und 1773 Gegenstand seines Spotts und Hohns. Kurz nach dem Aufenthalt in Ehrenbreitstein schrieb er eine dramatische Satire *Das Unglück der Jacobis*, die er später vernichtete und über die uns nur Berichte vorliegen. Damals machte sie allerdings unter Eingeweihten die Runde und galt als schonungsloser Angriff, wenngleich sich ihr junger Autor nur aufs Hörensagen und auf Anekdoten über die Verspotteten verlassen konnte. Nicht nur die Jacobis wurden attackiert, auch Christoph Martin Wieland gehörte zu den Befehdeten. Goethe sei „ein fürchterlicher Feind von Wieland et Konsorten", berichtete etwa Schönborn, der in Frankfurt gewesen war (an Gerstenberg, 12. 10. 1773). An Wieland und den Jacobis meinte der Freund der Darmstädter Empfindsamen und Bekannte der Sophie v. La Roche sich reiben zu müssen und – sich selbst profilieren zu können. Da reimt sich aus heutiger Sicht manches nicht ganz einfach zusammen. „Seit den ersten unschätzbaaren Augenblicken, die mich zu Ihnen brachten, seit ienen Scenen der innigsten Empfindung, wie offt ist meine ganze Seele bey Ihnen gewesen", schrieb er der engen Freundin Wielands und der Jacobis nach Ehrenbreitstein (etwa 20. 11. 1772). Einen Monat später stand die bissige Polemik gegen Jacobi in den *Frankfurter Gelehrten Anzeigen*.

Als 1773 Wieland mit seiner Zeitschrift *Teutscher Merkur* herauskam und seine Zusammenarbeit mit den Jacobis deutlich wurde, bezog Goethe Position. Wieland hatte im ersten Band des *Teutschen Merkur* (Januar/März 1773) seine *Briefe an einen Freund* über sein eigenes Singspiel *Alceste* veröffentlicht und es dabei gegenüber der Tragödie des Euripides herausgestrichen. Der Geist des Rokoko sah sich hier der antiken Tragödie überlegen. Das war für Goethe, der spätestens seit Straßburg die Antike mit Verehrung betrachtete, denn doch zuviel. So brachte er im Herbst 1773 die böse Farce *Götter, Helden und Wieland* zu Papier, an einem Nachmittag heruntergeschrieben, und Lenz ließ sie im März darauf auch noch drucken. Da erschien nun Wieland, der in seinem Stück das Heroische zum empfindsam Tugendhaften gemildert hatte, als schwächlicher Kleinling unter den antiken Helden. Drastisch beantwortete Herkules dessen Frage, was er denn „brave Kerls" nenne:

> Einen, der mitteilt, was er hat. Und der reichste ist der bravste. Hatte einer Überfluß an Kräften, so prügelte er die andern aus. Und versteht sich, ein rechter Mann gibt sich nie mit Geringern ab, nur mit seinesgleichen, auch Größern wohl. Hatte einer denn Überfluß an Säften, machte er den Weibern so viel Kinder, als sie begehrten, auch wohl ungebeten. Wie ich denn selbst in einer Nacht funfzig Buben ausgearbeitet habe (4, 213).

Daß Goethes Sicht der Antike, in deren Namen er das große Wort führte, ihrerseits ‚sturm und drang'-bedingt war, versteht sich von selbst. Seine Farce bedeutete eine Kampfansage. Genietum stand gegen rokokosanfte Tugendhaftigkeit, und Goethes Brief schäumte vor Verachtung: „Ich weis nicht ob Wielands Grossprecherey dem Zeug mehr Schaden tuht, oder das Zeug der Grossprecherey. Das ist ein Wind und Gewäsch dass eine Schand ist. [...] Der Hans und die Hänsgen [= Wieland und die Jacobis]. Wiel. und die Jackerls haben sich eben prostituirt! Glück zu! Für mich haben sie ohnedem nicht geschrieben“ (an Kestner, 15. 9. 1773).

Wieland indessen nahm die Sache gelassen und souverän. Er zeigte die Farce sogar in seiner eigenen Zeitschrift an. Für ihn bedurfte es nur eines einzigen geistreich-überlegenen Satzes, um den Angriff zu parieren. Er empfahl das „Meisterstück von Persiflage und sophistischem Witze, der sich aus allen möglichen Standpunkten sorgfältig denjenigen auswählt, aus dem ihm der Gegenstand schief vorkommen muß, und sich dann recht herzlich darüber lustig macht, dass das Ding so schief ist!“

Sogar den *Götz* besprach Wieland, abwägend und ohne seinen Wert zu verkennen, und er revanchierte sich nicht mit einer barschen Zurückweisung der „jungen mutigen Genien“, der „wilden Jünglinge“, als deren führenden Kopf er Goethe ansah, sondern plädierte dafür, man solle diese Schar ausschlagender Füllen sich austoben lassen; man werde sehen, wohin das führe. „Und so wie ich mich kenne, bin ich gewiß, daß wir am Ende noch sehr gute Freunde werden müssen“. Goethe staunte nicht wenig über solche Generosität, ja er wurde nachdenklich, ob er mit seinen Attacken nicht zu weit gegangen sei. Zwar konnte und wollte er von seinen künstlerischen Überzeugungen nicht abrücken, aber sein Spott war ihm nicht mehr geheuer.

Wenn man dann sieht, wie bei der ersten Begegnung mit den Jacobis im Juli 1774 in Düsseldorf und später mit Wieland alle Feindschaft sogleich verflog, liegt der Schluß nahe, daß zu einem guten Teil Goethes eigene Unsicherheit für die Schroffheit seiner Ausfälle verantwortlich war. Um sich eigene Stärke zu bescheinigen, darum das Auftrumpfen. Als er beim persönlichen Kennenlernen erlebte, daß auch die Angegriffenen nachdenkliche Menschen auf der Suche waren, die herzliches Miteinander liebten, endete sein Trotz sofort. Eben dies ereignete sich, als es im Juli 1774 auf der Rheinreise zu jener überschwenglichen ersten Begegnung mit Fritz Jacobi kam: die Fehde schlug in Freundschaft um. Wie sehr es bei Goethe um die Stabilisierung der eigenen ‚Welt‘ ging, beweist auch die auf den ersten Blick merkwürdige Tatsache, daß er mit Betty, der Frau Fritz Jacobis, einen freundschaftlich vertrauensvollen Briefwechsel begann, kaum daß er sie im Sommer 1773 in Frankfurt kennengelernt hatte. Nichts von seinem lauthals erklärten Widerwillen gegen die Jacobis machte sich bemerkbar; nur die Freude, wieder einen Menschen gefunden zu haben, mit dem man sich aussprechen konnte, führte die Feder. Wo immer sich die Möglichkeit zu freundschaftlichem Verkehr bot, ergriff sie der junge Goethe, – der „böse Mensch mit dem guten

Herzen“, wie Betty Jacobi ihn mit verständlicher Anspielung nannte (an Goethe, 6. 11. 1773).

Manches, was auf den letzten Seiten erwähnt wurde, geschah in den Jahren 1773 und 1774, lange nach der Rückkehr aus Wetzlar und der Zwischenstation in Ehrenbreitstein. Als Goethe damals, im September 1772, nach Frankfurt zurückkam, war er nur unter Freunden und Bekannten durch seine besonderen Fähigkeiten aufgefallen. Anders als einen „gewissen Goethe aus Frankfurt“ konnte Kestner den Dreiundzwanzigjährigen seinem Briefpartner Hennings im Herbst 1772 nicht annoncieren. Der Ruhm stellte sich erst seit dem Sommer 1773 ein, als sich herumsprach, wer den anonym erschienenen *Götz von Berlichingen* geschrieben hatte.

Goethe befand sich indes durchaus nicht in selbstsicherer Verfassung; der bedenkliche Ton mancher Briefstellen ist nicht zu überhören. Die Rechtsanwaltspraxis führte er weiter, nicht eben aufwendig; pflichtgemäß, ohne darauf angewiesen zu sein. Im Künstlerischen experimentierte er herum. Als er im Dezember 1772 vier Wochen in Darmstadt verbrachte, vermutete man, er wolle noch Maler werden, „und wir rieten ihm sehr dazu“ (Caroline Flachsland an Herder, 5. 12. 1772). Kestner erfuhr im Januar 1773 von Goethe selbst, er sei jetzt ganz Zeichner und besonders glücklich im Porträt.

Da steckte er nun in Frankfurt und fühlte sich auf sich gestellt. „Denn ich binn allein, allein, und werd es täglich mehr“, gestand er Sophie v.La Roche (12. 5. 1773). Auch das Scheitern seiner Liebe zu Lotte in Wetzlar schmerzte tief. Zwar ging die Umarbeitung des *Gottfried* zum *Götz* mühelos vonstatten, aber noch im August 1773, als er schon soviel Beifall bekommen hatte, daß er staunte, ließ er Kestner wissen, er glaube nicht, daß er so bald etwas machen werde, was wieder ein Publikum fände. „Unterdessen arbeit ich so fort, ob etwa dem Strudel der Dinge belieben mögte was Gescheuters mit mir anzufangen.“ Das beklagte Alleinsein hatte manche Gründe. Im April war er noch längere Zeit in Darmstadt gewesen, doch der Kreis löste sich allmählich auf. Caroline zog nach der Hochzeit mit Herder Anfang Mai nach Bückeburg; Merck begleitete die Landgräfin mit ihren Prinzessinnen auf der Reise nach Rußland, und Helene v. Roussillon, die „Urania“, war am 21. April gestorben. Auch Kestners blieben nicht länger im nahen Wetzlar, ihr künftiger Dienstort hieß Hannover.

Im November 1773 heiratete Cornelia, seine Schwester, mit der ihn ein enges Vertrauensverhältnis verband, und verließ die Heimatstadt. Ihr Mann war der Jurist Johann Georg Schlosser, der seinerzeit während der Ostermesse 1766 beim Wirt Schönkopf in Leipzig gewohnt hatte und mit dem Goethe in freundschaftlicher Beziehung stand. Erst in Karlsruhe, dann als Oberamtmann im badischen Emmendingen versuchte er als hoher Verwaltungsbeamter, Reformen zu fördern, vor allem für die Bauern und im Erziehungswesen. Als der Abschied Cornelias von Frankfurt bevorstand, schrieb Goethe an Kestner: „Ich verliere viel an ihr, sie versteht und trägt meine Grillen" (15. 9. 1773). Die geschwisterliche Gemeinsamkeit im elterlichen Haus, die die Kindheits- und Jugendjahre miterfüllt hatte, ging zu Ende. Auch bei Cornelia, die ein Jahr jünger war als Wolfgang, hatte der Vater auf gediegene Ausbildung Wert gelegt; sie lernte Sprachen, erhielt Musikunterricht und hat wohl unter Zwang und Strenge der Erziehung gelitten. Bruder und Schwester schlossen sich zusammen, um einen eigenen kleinen Lebensbereich zu behaupten und mit manchen „Irrungen und Verirrungen" (9, 228) der frühen Jahre gemeinsam mehr schlecht als recht ins reine zu kommen. Aus Leipzig schrieb ihr der Student Goethe seitenlange altklug belehrende Briefe, in denen sie stets auch von seinen Vorhaben erfuhr. Sie blieb die innigste Vertraute seiner Jugendzeit, nahm Anteil an seinen schriftstellerischen Versuchen, lernte seine Bekannten kennen, die im Großen Hirschgraben verkehrten, und sicherlich sind die Jahre zwischen 1768 und 1773 ihre glücklichsten gewesen. In ihrer Ehe fand sie sich nicht zurecht: „In ihrem Wesen lag nicht die mindeste Sinnlichkeit" (10, 132). Zwei Töchter brachte sie zur Welt; kurz nach der Geburt der zweiten starb sie am 10. Mai 1777. Aus den wenigen Sätzen, die Goethe am 16. Juni 1777 an Frau v. Stein schrieb, spricht äußerste Betroffenheit: „Um achte war ich in meinem Garten fand alles gut und wohl und ging mit mir selbst, mit unter lesend auf und ab. Um neune kriegt ich Brief dass meine Schwester todt sey. – Ich kann nun weiter nichts sagen." Eckermann hat unter dem 28. März 1831 Äußerungen des Greises über die früh gestorbene geliebte Schwester überliefert:

> Sie war ein merkwürdiges Wesen, sie stand sittlich sehr hoch und hatte nicht die Spur von etwas Sinnlichem. Der Gedanke, sich einem Manne hinzugeben, war ihr widerwärtig, und man mag denken, daß aus dieser Eigenheit in der Ehe manche unangenehme Stunde hervorging. [...] Ich konnte daher meine Schwester auch nie als verheiratet denken, vielmehr wäre sie als Äbtissin in einem Kloster recht eigentlich an ihrem Platze gewesen.

An mehreren Stellen zeichnete Goethe in *Dichtung und Wahrheit* ein Porträt Cornelias, im 6., 8. und 18. Buch (9, 227; 9, 337; 10, 131). Immer kam er auf die tiefe geschwisterliche Liebe zu sprechen, die sie verbunden habe, und doch war ihm vieles rätselhaft, besonders im Alter, als er sich der Jugendjahre erinnerte. Ihm bleibe nichts übrig, „als den Schatten jenes seligen Geistes nur, wie durch Hülfe eines magischen Spiegels, auf einen Augenblick heranzurufen“ (9, 229).

Kleine Dramen und Farcen

Nur mit Staunen kann man feststellen, welche Fülle und Vielfalt dichterischer Arbeiten Goethe in jenen Monaten bis zum Frühsommer des Jahres 1774 vollendete. Es ist, als ob er gerade in der Phase des Suchens seine sprachlich-gestalterischen Fähigkeiten erproben wollte; schier unerschöpflich schien seine Einbildungs- und Ausdruckskraft. Im Frühjahr die beiden wie launige Gelegenheitsarbeiten aussehenden Spiele *Das Jahrmarktsfest zu Plundersweilern* und *Ein Fastnachtsspiel vom Pater Brey*; im Juni lag das umgearbeitete Götz-Drama gedruckt vor; wohl zwischen Mai und September entstand das fünfaktige Dramolett *Satyros oder der vergötterte Waldteufel*; Szenen des *Urfaust* und des *Prometheus*-Dramas dürften in dieselbe Zeit gehören; aus dem geplanten *Mahomet*-Stück erschien der Wechselgesang zwischen Ali und Fatema (uns als *Mahomets Gesang* vertraut) im Herbst 1773 im *Göttinger Musenalmanach* (auf das Jahr 1774); über die Farce *Götter, Helden und Wieland* ist schon berichtet worden; *Des Künstlers Erdewallen*, zwei kurze Szenen, erhielt Betty Jacobi im November; ab Januar 1774 Niederschrift des *Werther*; im Mai bereits konnte er aus dem *Clavigo* vorlesen und auf der Rheinreise im Juli nach Lavaters Tagebuchnotiz aus „seiner Elmire, einer Operette“ vortragen; auch eine Dichtung vom *Ewigen Juden* beschäftigte ihn in jener Zeit.

Der Jahrgang 1772 der *Frankfurter Gelehrten Anzeigen* mit seinen anonymen Rezensionen war ein Gemeinschaftsunternehmen forscher junger Leute gewesen, die doch das Publikum nicht so erreichen konnten, wie sie es sich gewünscht hatten. „Ein unbedingtes Bestreben, alle Begrenzungen zu durchbrechen“, bescheinigte Goethe dem Vorhaben (*Annalen*, 10, 430). Als nach dem Juni 1773 der *Götz* Aufsehen erregte und bekannt wurde, wer sein Verfasser war, galt Goethe als der Repräsentant einer neuen Dichtungsweise, und die Interessierten suchten den Kontakt mit ihm. Seither war er bekannt: gerühmt und gescholten. Wie die Fronten verlaufen würden, ahnte Gottfried August Bürger, als er von Boie den Namen des Dichters wissen wollte:

> Ich weiß mich vor Enthusiasmus kaum zu lassen. Womit soll ich dem Verfasser mein Entzücken entdecken? Den kann man doch noch den deutschen Shakespeare nennen, wenn man einen so nennen will. [...] Edel

> und frei, wie sein Held, tritt der Verfasser den elenden Regelnkodex unter die Füße. [...] Mag doch das Rezensentengeschmeiß, mag doch der Lesepöbel, der die Nase beim Schnickschnack der Orsina rümpfte, bei dem A-lecken den Rüssel verziehn! Solches Gesindel mag diesem Verfasser im – –. O Boie, wissen Sie nicht, wer es ist? (8. 7. 1773).

Friedrich Ernst Schönborn, der zum Freundeskreis um Klopstock und Gerstenberg gehörte, ließ es sich nicht nehmen, Goethes Bekanntschaft zu machen, als er im Herbst 1773 über Frankfurt als dänischer Konsulatssekretär nach Algier reiste. Seine Charakterisierung im Bericht an Gerstenberg ist im Grunde auch in späteren Deutungen nicht überholt, allenfalls weiter nuanciert worden. Denn Schönborn erfaßte genau jene einzigartige Fähigkeit Goethes, Eindrücke aufzunehmen, zu verarbeiten und in dichterische Gestalt umzusetzen. Von ‚anschauender Einbildungskraft' darf man sprechen. Sie macht jenen Realismus aus, der Goethe mit Recht zuerkannt worden ist und der auch bis in die späten Jahre in allem symbolischen Gestalten wirksam geblieben ist. Bereits damals äußerte Schönborn über Goethe:

> Er ist sehr beredt und strömt von Einfällen, die sehr witzig sind. In der Tat besitzt er, soweit ich ihn kenne, eine ausnehmend anschauende, sich in die Gegenstände durch und durch hineinfühlende Dichterkraft, so daß alles lokal und individuell in seinem Geiste wird (12. 10. 1773).

Der Besuchte ergriff sofort die Chance, die sich für erwünschte Kontakte bot, und wandte sich umgehend an Gerstenberg. Wieder fielen Bemerkungen, die vom ‚Wanderer in der Not' zeugen:

> Ich kenne Sie schon so lang, und Ihr Freund Schönborn, der mich nun auch kennt, will zwischen uns einen Briefwechsel stifften. Wie Noth mir an meinem Ende der Welt offt eine Erscheinung thut, werden Sie auch an dem Ihrigen fühlen. Mein bester Wunsch ist immer gewesen, mit den Guten meines Zeitalters verbunden zu seyn, das wird einem aber so sehr vergällt, dass mann schnell in sich wieder zurück kriecht (18. 10. 1773).

Es mußte für Goethe einiges bedeuten, von Gerstenberg als Antwort den ermutigenden Zuspruch zu hören (und das zu Beginn des *Werther*-Jahres!): „Der Brief des deutschen Shakespear ist mir wirklich eine Erscheinung gewesen. [...] Fahren Sie fort, Original-Deutscher, wie Sie angefangen haben" (5. 1. 1774).
Zu der erstaunlichen Produktion der Jahre 1773/1774 gehörten Stücke, die als ‚Kleine Dramen und Farcen' registriert worden sind. Die der Tradition der Literatursatire verpflichtete Farce *Götter, Helden und*

Wieland (in der Form des Totengesprächs wie Johann Elias Schlegels *Demokrit*) zählte ebenso dazu wie jene kurzen Spiele, die nach Art der Schwänke eines Hans Sachs gestaltet sind (*Jahrmarktsfest zu Plundersweilern, Pater Brey*), und das Kurzdrama *Satyros*. Es wäre falsch, sie als wenig bedeutende Nebenarbeiten nur zu nennen. Nirgendwo anders als hier und in Szenen des *Urfaust* war die Ausdrucksweise des jungen Goethe so stark vom Volkstümlichen gesättigt. Zugleich decouvrierte er in den schwankhaften Spielen bestimmte Anschauungen und Verhaltensweisen mittels Satire und Parodie, wobei er auch solche nicht ausnahm, die sonst in der ‚Geniephase' geschätzt wurden.

Spätestens seit Straßburg waren Goethes Blick und Empfindung geschärft und eingestimmt für Volkstümliches und Ursprüngliches (und was als solches erschien). Das Götz-Drama profitierte davon. Die Welt des Hans Sachs muß den, der in einer Nürnberg ähnlichen Bürgerstadt lebte, fasziniert haben, als er im April 1773 an dessen Dichtungen geraten war (wohl im Kemptener Quartdruck von 1612). Es bedurfte erstaunlicherweise keiner Versuchszeit: Wie selbstverständlich beherrschte Goethe sofort die Sachssche Kunst der kurzen Spielszenen, in denen Situationskomik und Wortwitz lebten, arrangierte nun selbst solche Konstellationen und ließ seiner sprachlichen Erfindungslust freien Lauf. Derbheit und deftige Unbekümmertheit durften ihr Spiel treiben, im Knittelvers, den sich der Dichter zurechtmodelte. Nicht wie bei Hans Sachs wurden streng die Silben des Verses gezählt, die dort auf acht oder neun begrenzt waren, sondern die Senkungen zwischen den Vershebungen des Verses wurden frei gefüllt.

Würzkrämer (in seinem Laden):

Junge! hol mir die Schachtel dort droben
Der Teuffels Pfaff hat mir alles verschoben.
Mir war mein Laden wohl eingericht
Fehlt' auch darinn an Ordnung nicht
Mir war eines jeden Platz bekannt
Die nöthigst Waar stund bey der Hand
Toback und Caffee, ohn' den der Tag
Kein Höckerweib mehr leben mag
Da kam ein Teuffels Pfäfflein ins Land
Der hat uns Kopf und Sinn verwandt
Sagt wir wären unordentleich
An Sinn und Rumor den Studenten gleich
Könnt unsre Haushaltung nicht bestehen
Müßten alle ärschlings zum Teuffel gehen
Wenn wir nicht thäten seiner Führung
Uns übergeben und geistlicher Regierung.

So wird Pater Brey mit den ersten Worten des Fastnachtsspiels eingeführt, das „auch wohl zu tragieren nach Ostern" sei, womit auf die Hochzeit der Herders angespielt wird (2. Mai); denn für sie war das Stück geschrieben. Im Pater Brey, „dem falschen Propheten", wurde Leuchsenring verspottet, in den anderen Gestalten konnten sich ohne weiteres auch Herder und seine Caroline wiedererkennen, was ihnen nicht recht paßte. Doch ist das Spiel nicht nur Personalsatire auf den geschwätzigen, sich in andrer Leute private Verhältnisse einschleichenden Leuchsenring. Das „Teuffels Pfäfflein" ist hier der eifernde Besserwisser, der alles nach seinen Vorstellungen einrichten will und in dessen Gerede Schein und Wahrheit nicht mehr auseinanderzuhalten sind. „Geistesworte" mischen geistliches und sinnliches Begehren auf verführerische, aber unerträgliche Weise. Der Würzkrämer hat es beobachtet und gehört; er beschreibt es goethisch-worterfinderisch: „Da kam mein Pfäfflein und Maidelein traun / Giengen auf und ab spazieren / Thäten einander umschlungen führen / Thäten mit Äugleins sich begäffeln / Einander in die Ohren räffeln / Als wollten sie eben allsogleich / Miteinander ins Bett oder ins Himmelreich." (Kein Wunder, daß Herder das nicht eben gerne las.) Schließlich ist der Pater der Gefoppte und wird dorthin gelockt, „Wo die Schwein' auf die Weide gehn / Da mag er bekehren und lehren schön". Trotzdem finden Braut und Bräutigam nach langer Trennung zueinander.
Den Jahrmarkt als Gleichnis der bunten Vielfalt menschlichen Lebens zu sehen ist alte Gewohnheit. Das *Jahrmarktsfest zu Plundersweilern* zeigt entsprechend munteres Treiben, locker und unbeschwert, mit Anspielungen gespickt, die wir nicht mehr alle entschlüsseln können. Nebenher oder ausführlicher in Form eines Spiels im Spiel (hier im Esther-Spiel) bietet sich Gelegenheit zu Zeitkritik und satirischen Schlenkern. (Der heutige Dramatiker Peter Hacks hat sich das in seiner Neufassung zunutze gemacht.) Goethe hatte an diesem Stück offensichtlich seinen Spaß. Die Erstfassung von 1773 war nur 350 Verse lang, noch kein ausgewachsenes Bühnenspiel. Erst in Weimar hat er es 1778 ausgeweitet und dabei die Rollen des Marktschreiers, des Haman und Mardochai selbst gespielt.
Das fünfaktige Kleindrama *Satyros oder Der vergötterte Waldteufel* gibt viele Fragen auf. Eine der sprachgewaltigsten Dichtungen des jungen Goethe hat man es nicht zu Unrecht genannt. Aber wer ist, was zeigt dieser Satyros, der verletzt vom Einsiedler aufgenommen wird, ihn begaunert, Mädchen betört und dem Volk das Evangelium naturhaften Lebens verkündet? Lassen wir die detektivische Suche nach Identifizierung auf sich beruhen, die Goethe mit seiner Bemerkung herausgefordert hat, er habe auch hier (in dem erst 1817 gedruckten Stück) wie im

Pater Brey einen Zunftgenossen „wo nicht mit Billigkeit, doch wenigstens mit gutem Humor dargestellt" (DuW 13.B; 9, 563). Frech und dreist ist Satyros zum Einsiedler, schwärmerisch liebevoll zu den jungen Mädchen, beschwört das „Zurück zur Natur!" vor dem erstaunt lauschenden Volk und wird zum besinnungslos anerkannten Führer eines berauschten Publikums. Es lallt nach, was er preist, ohne zu merken, wie seine Worte in Zynismus umkippen:

Satyros: Selig, wer fühlen kann,
Was sei: Gott sein! Mann!
Seinem Busen vertraut,
Entäußert bis auf die Haut
Sich alles fremden Schmucks,
Und nun ledig des Drucks
Gehäufter Kleinigkeiten, frei
Wie Wolken, fühlt, was Leben sei!
Stehn auf seinen Füßen,
Der Erde genießen,
Nicht kränklich erwählen,
Mit Bereiten sich quälen;
Der Baum wird zum Zelte,
Zum Teppich das Gras,
Und rohe Kastanien
Ein herrlicher Fraß!
Das Volk: Rohe Kastanien! O hätten wir's schon!
Satyros: Was hält euch zurücke
Vom himmlischen Glücke?
Was hält euch davon?
Das Volk: Rohe Kastanien! Jupiters Sohn!
Satyros: Folgt mir, ihr Werten!
Herren der Erden!
Alle gesellt!
Das Volk: Rohe Kastanien! Unser die Welt!

Kann ein Autor, der selbst begeistert nach Natur und Ungekünsteltem gerufen hat, eine beißendere Selbstparodie aufs Papier bringen? Kann Rousseaus „Zurück zur Natur!" anzüglicher persifliert werden? Der narkotisierende Führer, das narkotisierte Volk: in dieser Szene (3.Akt) wird beklemmend deutlich, was die reale Geschichte immer wieder bestätigt. Wenn dann im nächsten Akt Satyros würdevoll Glaubenssätze von sich gibt, die ihren Zusammenhang mit der von Goethe angeeigneten hermetischen Weltsicht nicht verleugnen, fragt man sich, ob sie noch ernstgenommen werden sollen:

Wie im Unding das Urding erquoll,
Lichtsmacht durch die Nacht scholl,
[...]
Wie sich Haß und Lieb gebar
Und das All nun ein Ganzes war,
Und das Ganze klang
In lebend wirkendem Ebengesang,
Sich täte Kraft in Kraft verzehren,
Sich täte Kraft in Kraft vermehren,
Und auf und ab sich rollend ging
Das all und ein und ewig Ding,
Immer verändert, immer beständig!

So spricht einer über Schöpfung und Gesetzlichkeit des Kosmos, der dem Einsiedler bezeichnenderweise seines „Gottes Bild geraubet" hat! Am Ende wird er als unzüchtiger Scharlatan entlarvt.

Derselbe Goethe, der in seinen Gedichten (und nur dort) das Glück naturseligen Gefühls, der freudigen Hingabe und mutigen Selbstgewißheit pries, verfaßte gleichzeitig solche Szenen über die Fragwürdigkeit prophetischer Botschaft. So wie er später manches in ironischer Schwebe hielt, parodierte er hier schonungslos Anschauungen, die ihm wichtig waren. Sollten den Unruhigen Fragen bewegt haben wie etwa: Wenn naturhaftes, freies Leben um jeden Preis galt, wenn Gut und Böse nur die beiden Seiten einer Medaille darstellten, wo konnte man dann feste Normen finden? Lauerte nicht in jeder Verkündung von Grundsätzen die Gefahr der Einseitigkeit und Übersteigerung? Konnten mitreißende Sätze nicht betäubend wirken und somit ihr Sinn umschlagen in Widersinn? Die beiden ‚theologischen' Schriften (*Brief des Pastors* und *Zwo biblische Fragen*), in denen über Toleranz und Zungenreden nachgedacht wurde, waren zeitlich und thematisch nicht weit entfernt.

In der Welt dieser Spiele, die ohne die Schwänke des Hans Sachs kaum vorstellbar ist, wagt sich ungebrochene Vitalität hervor. Da wird nicht moralisiert. Spielte die Satire auf Wieland das Kräftige und Originale gegen sanfte Verniedlichung aus, so sind auch sonst oft genug das Unreflektierte und Elementare Trumpf, und über ihre harmlose Selbstverständlichkeit darf gelacht werden. Das ursprünglich Vitale und Kreatürliche ist Goethe vertraut geblieben, bis in die Kunstwelt der *Römischen Elegien*. In *Hanswursts Hochzeit* notierte er seitenlang Personen, die an der Hochzeit teilnehmen sollten; Namen, die der Lust am Unflätigen und Obszönen entsprachen und ähnlich auch in literarischer Tradition zu finden waren (etwa bei Rabelais oder Fischart): „Ursel mit dem kalten Loch (Tante); Hans Arsch von Rippach; Matzfoz von Dresden; Reckärschgen, Schnuckfözgen (Nichten); Peter Sauschwanz; Scheismaz;

Runkunkel Alt; Sprizbüchse; Lapparsch Original; Dr. Bonefurz; Schlingschlangschlodi kommt von Ackademien" – und viele andere. Das war 1775, als er die protzige Welt der Geldaristokratie um Lili Schönemann erlebte.

Bedecke deinen Himmel, Zeus

Auch an einem Prometheus-Drama hat Goethe 1773 in jener ungemein produktiven Zeit gearbeitet. Es ist Fragment geblieben. Trotzdem oder gerade deshalb ist die Forschung nicht müde geworden, die wenigen vorhandenen Szenen interpretatorisch zu erschließen und Antworten auf die Frage zu suchen, warum das Drama über Bruchstücke nicht hinausgekommen ist. Ein paar Hinweise müssen hier genügen, die nur wenige Aspekte des Fragments berühren. Der Prometheus des Dramenfragments erscheint in einem anderen Licht als in der bekannten Hymne („Bedecke deinen Himmel, Zeus, / Mit Wolkendunst!"). Mit den ersten Worten des Stücks begehrt Prometheus auf: „Ich will nicht, sag es ihnen! / Und kurz und gut, ich will nicht! / Ihr Wille gegen meinen!" Das ist trotzig gegen die Eltern, gegen Zeus und Hera, gesprochen. Auch ihm hat das Schicksal, das noch über allen Göttern steht, Schöpferkraft verliehen, und so will er sich auf sich selbst stellen, um seine eigene schöpferische Individualität entschieden zu behaupten. Er sondert sich ab, löst die Bande, die ihn mit den göttlichen Eltern und ihrer Gesamtordnung verbinden, und isoliert sich, um nur er selbst zu sein. ‚Verselbstung' geschieht. Doch ist bezeichnend: Die Geschöpfe dieses Prometheus, „die durch den ganzen Hain zerstreut stehen", sind unbelebt. In seiner stolzen und für die Herausbildung der Individuation nötigen Isolierung kann er ihnen kein Leben einhauchen. Erst Minerva vermag das, die den Göttern immerhin „Weisheit und Liebe" zuerkennt und gesteht: „Ich ehre meinen Vater, / Und liebe dich, Prometheus!" Sie hat noch jene Verbindung zum Ganzen, von dem Prometheus sich gelöst hat; erst durch sie, die ihm „ den Lebensquell eröffnet", erhalten seine Geschöpfe Leben. Als er vom Bewußtsein seiner eigenen Kraft spricht, wirft Minerva ein: „So wähnt die Macht." Und er fährt fort: „Ich wähne, Göttin, auch / Und bin auch mächtig." Er *wähnt*, und damit braucht Prometheus, der sich (wie Luzifer) in seiner Auflehnung ganz auf sich gestellt, sich ‚verselbstigt' hat, die Hilfe Minervas. Damit soll vielleicht sichtbar werden, daß zu lebenschaffendem Schöpfertum ‚Entselbstigung' notwendig hinzugehört. Jedenfalls ist der Prometheus des Dramenfragments nicht jener der Hymne, der ausrufen kann: „Hier sitz' ich, forme Menschen / Nach meinem Bilde (...)."

Das Fragment ist zu seiner Zeit so gut wie unbekannt geblieben. Als Goethe *Dichtung und Wahrheit* schrieb, hielt er das Stück für verloren. Aber Jakob Michael Reinhold Lenz, der Jugendfreund, hatte es erhalten und sich die zwei Akte abgeschrieben; aus dessen Nachlaß kamen sie erst 1818 an ihren Verfasser zurück. Die Ode, soviel ist inzwischen gewiß, ist *nach* dem Dramenversuch gedichtet worden; sie führte von Anfang an ein Sonderdasein. Goethe war bei der Formulierung entsprechender Passagen im 15. Buch seines Lebensberichts die schwer zu entschlüsselnde Vielschichtigkeit des Dramenversuchs offensichtlich nicht mehr präsent; denn nur über die trotzige Absonderung des Prometheus ließ er da seine erinnernden Gedanken spielen: „Die alte mythologische Figur des Prometheus fiel mir auf, der abgesondert von den Göttern, von seiner Werkstätte aus eine Welt bevölkerte. Ich fühlte recht gut, daß sich etwas Bedeutendes nur produzieren lasse, wenn man sich isoliere" (10, 48). Auch als er 1818 die Abschrift von Lenz wieder zur Hand hatte, berührte ihn bei seinem frühen mythologischen Helden nur die Haltung des Aufbegehrens. Sie stimmte ihn nun bedenklich, so daß er, der sich längst von jedem revolutionären Gedanken entfernt hatte, Zelter in Berlin mahnte: „Lasset ja das Manuskript nicht zu offenbar werden, damit es nicht im Druck erscheine. Es käme unserer revolutionären Jugend als Evangelium recht willkommen, und die hohen Kommissionen zu Berlin und Mainz möchten zu meinen Jünglingsgrillen ein sträflich Gesicht machen" (11. 5. 1820). Daß er sogar meinte, das Gedicht hätte den 3. Akt eröffnen sollen, machte wenig Sinn, und doch erschien zehn Jahre später, in der Ausgabe letzter Hand, die Ode als Eröffnungsmonolog des 3. Aktes und damit als Schluß des ganzen Fragments. Dort war sie aber mit Sicherheit nicht am richtigen Platz.

Der Prometheus des jungen Goethe ist eine merkwürdige Figur, wenn man sich an die griechische Mythologie erinnert, aus der sie stammt. Hier ist Prometheus ein Sohn des Titanen Iapetos, bei Goethe aber ein Sohn des Zeus, der seinerseits vom Titanen Kronos abstammt und diesen und die übrigen Titanen überwand, um selbst herrschen zu können. Was Goethe mit der Verwandlung des Prometheus (vom Titanensohn zum Sohn des Zeus) gewonnen hat, liegt auf der Hand: den Vater-Sohn-Gegensatz. Nun konnte das Zeus-Prometheus-Verhältnis indirekt auf die christliche Gotteskindschaft anspielen; zumindest bot das Gedicht die Möglichkeit, auch so gelesen zu werden.

Die antiken Sagen von Prometheus, variantenreich wie alle griechische Mythologie, berichten Verschiedenes. Als Zeus den Menschen das Feuer vorenthielt, stahl Prometheus es im Olymp und brachte es auf die Erde. Dafür wurde er grausam bestraft: Zeus ließ ihn an einen Felsen ketten, und ein Adler zernagte Tag für Tag Prometheus' Leber, die in der Nacht

wieder nachwuchs. Später wurde er von Herakles befreit. Nach andern Sagen erschuf Prometheus die Menschen; diese Version scheint nicht zum klassischen Sagenbestand zu gehören, Hesiod und Aischylos kennen sie nicht. Erst in der Spätzeit wird davon berichtet. Benjamin Hederichs *Gründliches Lexicon Mythologicum*, über das Goethe verfügte, beginnt den Abschnitt über Taten und Schicksal des Prometheus: „Er machte zuerst die Menschen aus Erde und Wasser, wobei er denn von jedem Tiere etwas dazu nahm." Doch wird Goethe von dieser Tat des Prometheus auch durch Ovid (*Metamorphosen* I 82 ff.) und Horaz (*carm.* I 16) gewußt haben, die er seit der Schulzeit kannte.
Daß Goethe zu Prometheus als Symbol des selbstbewußten Schöpfers griff, hing gewiß auch damit zusammen, daß dieser längst als Vergleichsfigur für den produktiv schaffenden Dichter eingebürgert war. Shaftesbury hatte in seinem *Soliloquy or Advice to an Author* (1710) griffig formuliert: „such a poet is indeed a second maker, a just Prometheus under Jove." Diese Vorstellung breitete sich aus, als man anfing, das Genie zu rühmen.
Stammte vielleicht aus der Sentenz Shaftesburys Goethes eigenwillige Konzeption der Vater-Sohn-Verbindung (Zeus-Prometheus)? Ohne Zweifel aber hat in seiner Hymne die Deutung, die das 18. Jahrhundert der Prometheusgestalt gab, ihren Gipfel erreicht:

Hier sitz' ich, forme Menschen
Nach meinem Bilde,
Ein Geschlecht, das mir gleich sei,
Zu leiden, weinen,
Genießen und zu freuen sich,
Und dein nicht zu achten,
Wie ich.

Diese Ode (oder auch Hymne) galt stets als Beispiel für ein Gedicht des ‚Sturm und Drang', weil in ihr so nachdrücklich selbstbewußte Schöpferkraft besungen wird und sich in den freimetrischen Strophen exemplarisch „innere Form" ausprägt, rhetorisch aufs genaueste kalkuliert: in der Folge der Ausrufe; in der Verneinung der „Götter" und dem spöttischen Hinweis auf „Opfersteuern", „Gebetshauch", „Majestät"; in den aufbegehrenden Fragen, die in Wahrheit auf kämpferische Behauptungen aus sind; im herrischen Bekenntnis am Schluß. Aber zur Zeit des ‚Sturm und Drang' blieb das Gedicht der Öffentlichkeit unbekannt. Wie und wann sie es erreichte, wird nachher noch berichtet.
Scharf wird gleich in den ersten Versen der Trennungsstrich zwischen dem Reich des Zeus („Bedecke *deinen* Himmel") und der Welt des Pro-

metheus gezogen („Mußt mir *meine* Erde/ Doch lassen stehn“). Da gibt es keinen Übergang, keine Vermittlung, keine Gemeinschaft, nur Gegensatz und trotziges Fürsichsein. Die nächsten Strophen reihen Begründungen aneinander, warum Prometheus auf diesem unüberbrückbaren Gegensatz und seinem Selbstbewußtsein beharrt, wobei die dritte Strophe die Situation eines zum Himmel aufblickenden Menschen nachzeichnet, der vergeblich auf die Hilfe eines jenseitigen Gottes hoffte. Pointiert steht am Ende dieser Strophe ein Kernwort christlichen Glaubens: „erbarmen“.

Ohne weiteres kann man dieses Gedicht als Protest gegen die Vorstellung eines allmächtigen, personifizierten Gottes lesen und ihm insofern Antichristliches nicht absprechen. Aber Prometheus versagt seine Anerkennung keineswegs höheren Mächten, die noch über Zeus stehen: „Die allmächtige Zeit / Und das ewige Schicksal, / Meine Herrn und deine.“ So richtet sich sein Trotz nicht gegen das Göttliche überhaupt. Er wendet sich gegen einen Gott, der seine Befugnisse überschreitet, despotisch wird und den Raum prometheischen Schaffens verengt. Das Göttliche aber ist der Willkür eines Gottes überlegen. Ihm weiß sich Prometheus verbunden.

Gegen despotischen Machtanspruch und ebensolche Machtausübung begehrt das Gedicht auf. Vor dem Hintergrund einer langen Tradition, in der Zeus-Jupiter und seine Attribute (er ist der Donnerer, der Blitzeschleuderer) als repräsentatives Bild für die Macht weltlicher Herrscher verwendet wurden, kann Goethes Prometheus-Gedicht auch als Ausdruck des Protests gegen weltliche Despotie verstanden werden. Horaz hatte bereits den Jupiter tonans, den donnernden Jupiter, dem Caesar Augustus zugeordnet („Am Himmel donnernd, so glaubten wir, Jupiter / Herrschet: als gegenwärtiger Gott wird uns gelten / Augustus [...]“, *carm.* III 5, 1 ff.). Solche Nutzung der Zeus-Mythologie zur Repräsentation irdischer Macht war später keine Seltenheit. Künstler stellten den Herrscher gern in der Gestalt des Zeus-Jupiter dar. Goethe selbst hat seinem reichsbürgerlich gesinnten Vater das Wort „Procul a Jove procul a fulmine“ im Sinn des „Fern vom Fürsten, fern vom Blitz“ in den Mund gelegt (*DuW* 15. B.; 10, 54). Freilich: die Prometheus-Hymne *kann* mit solcher Anspielungsbreite gelesen werden; man *muß* sie aber nicht so auffassen. Immerhin sah Goethe im Alter deutlich die politische Brisanz, die in dem jugendlichen Gedicht steckte.

Doch gesellte sich zu dieser Hymne mit ihrer dezidierten Einseitigkeit bald, vermutlich im Frühjahr 1774, ein anderes Gedicht, das nicht furioses Fürsichsein dichtete, sondern glückliches Einswerden mit einer frühlingshaften, als göttlich erfahrenen Natur: *Ganymed.* „Ich komme! Ich komme! / Wohin? Ach, wohin? // Hinauf, hinauf strebt's / Es schweben die Wolken / Abwärts, die Wolken / Neigen sich der sehnenden Liebe, / Mir, mir! / In eurem Schoße / Aufwärts, / Umfangend umfangen! / Aufwärts / An deinem Busen, / Alliebender Vater!" Ist *Prometheus* die Hymne entschiedener Verselbstung, so *Ganymed* der Gesang hingebungsvoller Entselbstung. Am Ende des 8. Buches von *Dichtung und Wahrheit* ist bekanntlich zu lesen, wir Menschen erfüllten die Absichten der Gottheit dadurch, „daß wir, indem wir von einer Seite uns zu verselbsten genötigt sind, von der andern in regelmäßigen Pulsen uns zu entselbstigen nicht versäumen." Seit Goethe 1789 in seinen Werken das Prometheus-Gedicht veröffentlichte, ließ er *Ganymed* unmittelbar darauf folgen; eine Zusammenstellung, die für sich selbst spricht. Daß es uns heute schwer fällt oder unmöglich ist, ganymedisch-enthusiastisches Naturgefühl, „umfangend umfangen", nachzuempfinden, darauf ist noch zurückzukommen.

Die erste Veröffentlichung der Prometheus-Hymne erregte großes Aufsehen. Das Gedicht hatten zunächst nur ein paar Bekannte zu sehen bekommen, und zwar erst im Frühjahr 1775. Auch Friedrich Heinrich Jacobi erhielt ein Exemplar, und er veröffentlichte die Verse 1785 in seiner Schrift *Über die Lehre des Spinoza in Briefen an Herrn Moses Mendelssohn.* Vorsichtigerweise ließ er das Gedicht, ohne den Autor zu nennen, auf zwei unbezifferten Blättern einrücken. So konnte man es schnell entfernen. Aber noch ein anderes Gedicht Goethes war der Schrift Jacobis beigefügt: „Edel sei der Mensch [...]", und dies gleich zu Anfang des Buches mit Namensnennung. So war nicht schwer zu erkennen, wer die Prometheus-Ode verfaßt hatte.

Jacobi berichtete in seiner Schrift von einem Gespräch mit Lessing aus dem Jahr 1780. Dabei habe er Lessing auch das Gedicht *Prometheus* zu lesen gegeben. Dieser habe es ohne die erwartete Verärgerung für gut befunden. Lessing wörtlich:

> Der Gesichtspunkt, aus welchem das Gedicht genommen ist, das ist mein eigener Gesichtspunkt. [...] Die orthodoxen Begriffe von der Gottheit sind nicht mehr für mich; ich kann sie nicht genießen. Ἓν καὶ πᾶν! [Eins und alles!] Ich weiß nichts anders. Dahin geht auch dieses Gedicht; und ich muß bekennen, es gefällt mir sehr. *Ich.* Da wären sie ja mit Spinoza ziemlich einverstanden. *Lessing.* Wenn ich mich nach jemand nennen soll, so weiß ich keinen andern.

Erregte Auseinandersetzungen schlossen sich an Jacobis Schrift an; denn schließlich hatte sich Lessing dort unumwunden zum Pantheismus des Spinoza bekannt. Spinozismus aber stand damals, weil er bei seiner Welterklärung ohne einen persönlichen Gott außerhalb der Natur auskam, unter dem Verdacht des Atheismus. So schlug der ‚Spinozastreit' hohe Wellen. Goethe selbst war keineswegs über die Publikation des *Prometheus* erfreut. „Herder findet lustig, daß ich bei dieser Gelegenheit mit Lessing auf einen Scheiterhaufen zu sitzen komme" (an F. Jacobi, 11. 9. 1785). In seiner Antwort auf Jacobis Abhandlung kritisierte nun Mendelssohn das Gedicht aufs schärfste und machte es völlig herunter. Darauf nahm Goethe es, selbstbewußt und trotzig, in seine Werkausgabe von 1789 auf, nicht ohne *Ganymed* sogleich folgen zu lassen. Wenn man es recht betrachtet, war *dieses* Gedicht ‚pantheistisch' zu nennen und ließ über Goethes Position in dieser Frage keinen Zweifel. Wieso Lessing aus der Prometheus-Hymne ein pantheistisches Glaubensbekenntnis herauslesen konnte, ist schwer begreiflich. Das Gedicht versagt sich solcher Deutung. Allenfalls haben die prometheische Trotzhaltung gegen einen despotischen personalen Gott und das Bekenntnis zum eigenen göttlichen Schöpfertum Lessing zu seiner Lesart verführen können.

Werther-Leiden

1774 ist für die Literaturgeschichte das Jahr von Goethes *Werther*. Keines seiner Werke hat solches Aufsehen erregt und solchen internationalen Erfolg gehabt wie dieses schmale Buch. Eine Fülle von Abhandlungen ist geschrieben worden, in denen die Entstehung des epochemachenden Romans rekonstruiert, seine Beziehung zu Goethes eigenem Leben aufgehellt und immer erneut die künstlerische Meisterschaft dieses Romans analysiert worden sind. Allein über die europäische Rezeptions- und Wirkungsgeschichte in pro und contra ausführlich zu berichten würde einen oder mehrere Bände füllen, von der Fernwirkung der Werthergestalt in Literatur und Musik ganz zu schweigen.
Die Geschichte eines jungen Menschen, der mit dem Reichtum seiner Gefühle und der Intensität seiner Empfindungsfähigkeit an den Beschränkungen dieser Welt scheiterte und keinen anderen Ausweg wußte als den Selbstmord: die gestaltete Unerbittlichkeit dieses Schicksals ergriff die mitfühlenden Leser auf ungeahnte und bisher ungekannte Weise – und verschreckte diejenigen, die aus dem Buch eine Billigung der Selbsttötung herauslesen zu können meinten und vor der suggestiven Wirkung dieses Romans warnten. Sogar zu Verboten des Buchs ist es gekommen. Nichts wollte man etwa gegen eine „lebhafte Rührung der Gemüter" einwenden, hatte doch Sulzer im ebenfalls 1774 erschienenen zweiten Teil der *Allgemeinen Theorie der schönen Künste* der Kunst „lebhafte Rührung der Gemüter" und „Erhöhung des Geistes und des Herzens" zugesprochen. Aber immer noch standen in einer so begriffenen Kunst alle Rührung und alle durch die Dichtung geweckten Emp-

findungen letztlich im Dienst von Tugendhaftigkeit und Moral. Nichts mehr im *Werther* von solchen Ansprüchen einer allgemein verbindlichen Moral, auf die hin die Dichtung geschrieben wäre, im Gegenteil. Wo Albert und Werther im großen Gespräch über die Zulässigkeit des Selbstmords streiten (12. 8. 1771), kann Werthers Schlußbehauptung von ‚vernunftgemäßen' Argumenten nicht mehr eingeholt werden: „Der Mensch ist Mensch, und das bißchen Verstand, das einer haben mag, kommt wenig oder nicht in Anschlag, wenn Leidenschaft wütet und die Grenzen der Menschheit einen drängen."

Die Schonungslosigkeit der Selbstanalyse Werthers, soweit sie ihm möglich war; die suggestive Kraft der Sprache, die den Leser zum persönlichen Mitgefühl verführte; die Unerbittlichkeit jener letzten Lebensschritte zum sorgfältig vorbereiteten Selbstmord: das alles bestätigte, was im Vorwort geschrieben stand: „Ihr könnt seinem Geist und seinem Charakter eure Bewunderung und Liebe, seinem Schicksale eure Tränen nicht versagen."

Goethe hat später nur mit Staunen und geheimem Schauder wahrnehmen können, was in diesem Werk des Frühjahrs 1774 gestaltet und aufbewahrt war. „Las meinen *Werther* seit er gedruckt ist das erstemal ganz und verwunderte mich", vermerkte er unterm 30. April 1780 im Tagebuch. So etwas schreibe sich nicht mit heiler Haut, ist eine seiner Bemerkungen, die aus dem Jahre 1808 überliefert ist (Caroline Sartorius an ihren Bruder, 27. 10. 1808). Als er Zelter, dem Freund der späten Jahre, 1816 einen Kondolenzbrief nach dem Tode von dessen jüngstem Sohn zu schreiben hatte, fügte er beim Hinweis auf den *Werther* den im Grunde trostlosen Satz hinzu: „Da begreift man denn nun nicht, wie es ein Mensch noch vierzig Jahre in einer Welt hat aushalten können, die ihm in früher Jugend schon so absurd vorkam" (26. 3. 1816). Eckermann gestand er, der *Werther* sei „auch so ein Geschöpf, das ich gleich dem Pelikan mit dem Blut meines eigenen Herzens gefüttert habe". Nur ein einziges Mal habe er das Buch seit seinem Erscheinen wieder gelesen und sich gehütet, es abermals zu tun. „Es sind lauter Brandraketen! Es wird mir unheimlich dabei" Und dunkler konnte es nicht werden als im Gedicht *An Werther* (1824), das die *Trilogie der Leidenschaft* eröffnet: „Zum Bleiben ich, zum Scheiden du erkoren, / Gingst du voran – und hast nicht viel verloren." Wo immer sich Werther in Goethes Erinnerung meldete, wurde dumpf der Ton der Trostlosigkeit des Daseins angeschlagen. Da in der Öffentlichkeit immer noch Klischeebilder vom ‚Dichterfürsten' und ‚Olympier' Goethe gehandelt werden, kann man nicht oft genug betonen, daß sein riesiges Lebenswerk in Literatur, naturwissenschaftlicher Bemühung und politischer Tätigkeit auf dem Grund von Lebensnot und immer wieder rumorender Verzweiflung aufruht. „Beseh' ich es recht genau", so in jenem Brief an Zelter, „so ist es ganz allein das Talent, das in mir steckt, was mir durch alle die Zustände durchhilft, die mir nicht gemäß sind und in die ich mich durch falsche Richtung, Zufall und Verschränkung verwickelt sehe."

In seinem Lebensrückblick hat Goethe die schöpferische Arbeit am *Werther* und das fertige Werk als Rettung aus eigener Not betrachtet. „Ich hatte mich durch diese Komposition, mehr als durch jede andere, aus einem stürmischen Elemente gerettet. [...] Ich fühlte mich, wie nach einer Generalbeichte, wieder froh und frei, und zu einem neuen Leben berechtigt. Das alte Hausmittel war mir diesmal vortrefflich zustatten gekommen" (*DuW* 13. B.; 9, 588). Wir wissen, was mit dem „alten Hausmittel" gemeint war: das, was ihn erfreute oder quälte oder sonst beschäftigte, in ein Bild, ein Gedicht zu verwandeln und darüber mit sich selbst abzuschließen (7. Buch). Ihm war gelungen, was Werther versagt blieb: das „stürmische Element" zu meistern. Gewiß war damit nicht allein die Bedrängnis durch die unerfüllte Liebe zu Charlotte Buff und die Zuneigung zu Maximiliane Brentano, geb. La Roche, gemeint, sondern jene schwierige Gesamtverfassung der Jahre 1772–1774, wo Verlassenheit und Melancholie, unruhiges Suchen nach der eigenen Bestimmung und Lebensüberdruß ihm trotz des Bewußtseins seiner schöpferischen Fähigkeiten schwer zu schaffen machten. Freilich, jene ernsten Seiten über den „Ekel vor dem Leben", über den „Lebensüberdruß" (im 13. Buch von *Dichtung und Wahrheit)* sind Reflexionen des alten Goethe, dem Resignation und Entsagung vertraute Lebensbegleiter geworden waren. Aber zu genau stimmt das dort Vorgetragene mit allen anderen Äußerungen über den *Werther* zusammen, als daß es bagatellisiert werden könnte. Goethe selbst war von all dem zutiefst betroffen, was er Werther in Freude und zu Tode Betrübtsein auf seine Briefblätter schreiben ließ. Er war Werther – und war es in einem entscheidenden Punkte doch nicht: er war in der Lage, tätig und produktiv zu sein. Er wird in alle Schächte des trübsinnigen oder mutigen Nachdenkens über den Selbstmord hinabgestiegen sein, aber er hat sich nicht in ihnen verloren und konnte immer noch den lebensbejahenden Spott zu Hilfe holen: „[...] und erschiessen mag ich mich vor der Hand noch nicht" (an Kestner, 28. 11. 1772). „Die Wirklichkeit in Poesie verwandelt zu haben", das hatte ihn „erleichtert und aufgeklärt" über die Abgründe, in die ein Mensch stürzen kann, der sich uneingeschränkt seiner ins Unendliche strebenden Subjektivität ausliefert. Im Prozeß des künstlerischen Gestaltens bewährte sich, was in der Sulzer-Rezension 1772 der Kunst zuerkannt worden war: Sie „ist gerade das Widerspiel; sie entspringt aus den Bemühungen des Individuums, sich gegen die zerstörende Kraft des Ganzen zu erhalten" (12, 18).

Goethe unterschied vieles von seinem Werther. Wie anders die Abschiedsbriefe, die beide ‚ihrer' Lotte geschrieben haben! Bei Werther der Entwurf einer großen sentimentalen Szene, wo das ausweglose subjektive Erleben alles in den Sog innerer Qualen zieht. Bei Goethe in aller Bitternis noch Beherrschung und der aufhellende Blick zurück und voraus: „Denn Sie wissen alles, wissen wie glücklich ich diese Tage war. und ich gehe, zu den liebsten besten Menschen, aber warum von Ihnen" (11. 9. 1772). Vor allem aber: wie imposant die Reihe der genannten Werke in den krisenhaften Jahren 1772–1774, die keineswegs nur auf *ein* Thema gestimmt und nur der ‚wertherischen' Gefühlslage verwandt waren!

Dem jungen Wolfgang Goethe gelang dadurch, daß er Wirklichkeit in Poesie überführte, die Rettung. Manchem Leser indessen unterlief der folgenschwere Fehler, Poesie mit Wirklichkeit leichtfertig zu verwechseln: „So verwirrten sich meine Freunde daran, indem sie glaubten, man müsse die Poesie in Wirklichkeit verwandeln, einen solchen Roman nachspielen und sich allenfalls selbst erschießen; und was hier im Anfang unter wenigen vorging, ereignete sich nachher im großen Publikum und dieses Büchlein, was mir so viel genützt hatte, ward als höchst schädlich verrufen" (9, 588).

Die Niederschrift des Romans beanspruchte im Frühjahr 1774 wenig Zeit. Sie begann im Februar, und im Mai wurde eilig das Manuskript an den Verleger Weygand nach Leipzig geschickt. Rasche Niederschrift, aber – „nach so langen und vielen geheimen Vorbereitungen", wie *Dichtung und Wahrheit* wußte (9, 587). Solche verhältnismäßig langen Wachstumszeiten eines Werkes scheinen bei Goethe, das sei beiläufig bemerkt, nichts Ungewöhnliches gewesen zu sein. Seiner eigenen Erläuterung in der „Konfession des Verfassers" *(Geschichte der Farbenlehre)*, die sich gerade auf die Jugenddichtungen bezog, brauchen wir nicht zu mißtrauen:

> So hatte ich selbst gegen die Dichtkunst ein eignes wundersames Verhältnis, das bloß praktisch war, indem ich einen Gegenstand, der mich ergriff, ein Muster, das mich aufregte, einen Vorgänger, der mich anzog, so lange in meinem innern Sinn trug und hegte, bis daraus etwas entstanden war, das als mein angesehen werden mochte und das ich, nachdem ich es jahrelang im stillen ausgebildet, endlich auf einmal, gleichsam aus dem Stegreife und gewissermaßen instinktartig, auf das Papier fixierte (14, 252).

Es ist müßig, den inneren Entstehungsprozeß des *Werther*-Romans zu rekonstruieren. Es bleiben Vermutungen. Die wesentlichen Elemente der außerdichterischen Realität, die in das Werk eingegangen sind, lassen

sich freilich ohne Schwierigkeit nennen. Kein weiteres Wort hier über Goethes Verhältnis zu Charlotte Buff und Kestner und zur parallelen Konstellation Werther, Lotte, Albert. Mitte Mai bis September 1772 jene Wochen in Wetzlar mit der Abreise ohne Abschied. In der Rezension der *Gedichte eines polnischen Juden* (in den *Frankfurter Gelehrten Anzeigen*) das schon zitierte Wunschbild eines jungen Paares (oben S.166). Am 30. Oktober desselben Jahres der Selbstmord Carl Wilhelm Jerusalems in Wetzlar. Die Pistolen hatte er sich von Kestner geliehen; das Blatt, auf dem er darum bat, ist noch vorhanden, Goethe hat es aufbewahrt: „Dürfte ich Ew. Wohlgeb. wohl zu einer vorhabenden Reise um ihre Pistolen gehorsamst ersuchen? J." Werther äußerte später dieselbe Bitte gegenüber Albert. Goethe erfuhr bald von diesem aufsehenerregenden Vorfall. Schließlich war Jerusalem nicht irgendwer: Der Vater war ein bekannter Braunschweiger Theologe; er selbst hatte in seiner Wolfenbütteler Assessorenzeit die Freundschaft Lessings gewonnen. So war es wohl auch als Versuch einer Ehrenrettung anzusehen, daß Lessing 1776 die *Philosophischen Aufsätze* Jerusalems herausgab, der als Werther-Jerusalem ins Gerede gekommen war.
Kestner schrieb Goethe im November 1772 einen ausführlichen, geradezu minuziösen Bericht über den Tathergang, dessen Formulierungen stellenweise wörtlich im Herausgeberbericht des *Werther* wiederkehren. Der berühmte Schluß ist ganz übernommen, bezeichnenderweise jedoch ohne die Bemerkung über das vorausgetragene Kreuz.

> *Kestner:*
> Abends 3/4 11 Uhr ward er auf dem gewöhnlichen Kirchhof begraben, [. . .] in der Stille mit 12 Lanternen und einigen Begleitern; Barbiergesellen haben ihn getragen; das Kreuz ward voraus getragen; kein Geistlicher hat ihn begleitet.
> *Werther:*
> Nachts gegen eilfe ließ er [der Amtmann] ihn an die Stätte begraben, die er sich erwählt hatte, der Alte folgte der Leiche und die Söhne. Albert vermochts nicht. Man fürchtete für Lottens Leben. Handwerker trugen ihn. Kein Geistlicher hat ihn begleitet.

Goethe behauptete später: „In diesem Augenblick [nach der Nachricht und dem Bericht von Jerusalems Tod] war der Plan zu *Werthern* gefunden, das Ganze schoß von allen Seiten zusammen [. . .]" *(DuW*; 9, 585). Aber es dauerte immerhin noch eineinviertel Jahr bis zur Niederschrift. Die neue Bekanntschaft mit Maximiliane lag dazwischen, ihre Heirat in Frankfurt im Januar 1774, Besuche in ihrem Hause: ein neues prekäres Verhältnis wie in Wetzlar schien sich anzubahnen, – genug: Seit Februar kam die Geschichte vom armen Werther aufs Papier. *Die Leiden des*

jungen Werthers war der Titel des Buches, das dann seit Herbst 1774 Furore machte.
Leicht sind einzelne Parallelen mit Goethes Leben zu erkennen. Auch Werther schrieb unter dem 28. August als an „meinem Geburtstag“; auch Werther nahm am 10. September Abschied; auch er führte mit Albert jenes Gespräch über das Leben nach dem Tode; auch bei ihm hing Lottes Schattenriß an der Wand. Kestner stieß sich daran, daß denn doch auf ihn in der Gestalt Alberts und auf Lotte merkwürdiges Licht gefallen sei und sie unschwer zu identifizieren seien. Aber Goethe beharrte zu Recht auf dem Eigenwert des gestalteten Werks und widersprach auch hier der Gleichsetzung von Poesie und Wirklichkeit, als er antwortete: „Ihr fühlt *ihn* nicht, ihr fühlt nur *mich* und *euch*, und was ihr *angeklebt* heisst – und truz euch – und andern – *eingewoben* ist“ (21. 11. 1774).
Als sich Goethe den *Werther* für die Ausgabe in den *Schriften* wieder vornahm und eine zweite Fassung schrieb, die 1787 erschien, wurde Albert freundlicher gezeichnet, einiges anders formuliert und die Parallelgeschichte vom Bauernburschen neu eingefügt, der in ähnlicher Lage wie Werther steckt, den konkurrierenden Liebhaber aber umbringt. Die Änderungen sind (wenigstens für den, der genau liest) bedeutender, als man gemeinhin annimmt. Deshalb sollte dieses Buch stets in einem synoptischen Druck vorliegen, mit beiden Fassungen nebeneinander.
Das Neue, das Besondere des *Werther* war zweifellos die Unerbittlichkeit, mit der sich hier der Untergang eines leidenschaftlich fühlenden Menschen vollzog. Besinnung auf lebenssichernde Verhaltensmuster konnte diesem Leidenden nicht mehr helfen. Das war großes Trauerspiel im Roman, das mitempfindende Leser erschütterte und in erzählender Prosa bisher so nicht gestaltet worden war. Das Neue wird erst sichtbar, wenn man sich an die damalige Situation des Romans erinnert. Diese Literaturgattung genoß bei den Theoretikern der Dichtkunst nur geringes Ansehen. Viel gelesen, viel gescholten: so war die Lage des Romans im 18. Jahrhundert. Was der Zürcher Theologe Gotthard Heidegger 1698 in seiner *Mythologia Romantica* auf die Pointe gebracht hatte „Wer Romans liest, der liest Lügen“, war gängige Meinung der Theoretiker geblieben. Zuviel Erotisches, Unwahrscheinliches, Phantastisches meinte man in den Romanen versammelt, und an wirklich Kunstmäßigem haperte es auch. Natürlich gab es unterschiedliche Bewertungen. Man kam nicht an der Tatsache vorbei, daß es Werke dieser verachteten Gattung gab, die eifrig gelesen wurden. Als etwa Lessing im 69. Stück der *Hamburgischen Dramaturgie* auf Wielands *Geschichte des Agathon* zu sprechen kam, würdigte er zwar das bedeutende Werk („Es ist der erste und einzige Roman für den denkenden Kopf, von klassischem Ge-

schmacke") aber er zauderte, solcher Leistung den zweifelhaften Namen Roman zu geben: „Roman? Wir wollen ihm diesen Titel nur geben, vielleicht, daß es einige Leser mehr dadurch bekömmt." Für die Leser also war der verpönte Titel ‚Roman' eine Verlockung zuzugreifen. Noch Sulzers alphabetisch geordnetes Sammelwerk *Allgemeine Theorie der schönen Künste* hatte im entsprechenden Band, der 1777 erschien, kein Stichwort „Roman". Wohl aber konnte man unter „romanhaft" lesen: „Das Natürliche ist ungefähr gerade das Entgegengesetzte des Romanhaften." Dabei war, und zwar im Jahr des *Werther*, ein über 500 Seiten dickes Buch erschienen, in dem am Beispiel des *Agathon* erläutert wurde, daß es der Roman sei, der in den neueren Zeiten im Ensemble der literarischen Gattungen die Stelle einnehmen könne und müsse, die einstmals das Epos innehatte. Es handelte sich um Friedrich von Blanckenburgs *Versuch über den Roman.* „Ich sehe den Roman, den *guten Roman* für das an, was in den ersten Zeiten Griechenlands die Epopee für die Griechen war; wenigstens glaub' ich's, daß der *gute Roman* für uns das werden könne." Der Roman war demnach als Kunstgattung in seinem eigenen Recht erkannt, und dies aufgrund der Einsicht, daß den sozialen Bedingungen einer neuen Zeit neue Kunstformen entsprechen. Folgerichtig erklärte Johann Carl Wezel in der Vorrede zu *Herrmann und Ulrike* (1780) den Roman zur „bürgerlichen Epopöe". Hegels Nachdenken galt später genau diesem Problem, wie der Roman als „moderne bürgerliche Epopöe" zu begreifen sei: „Der Roman im modernen Sinne setzt eine bereits zur Prosa geordnete Wirklichkeit voraus, auf deren Boden er sodann in seinem Kreise [...] der Poesie, soweit es bei dieser Voraussetzung möglich ist, ihr verlorenes Recht wieder erringt." Der „ursprünglich poetische Weltzustand", in der Antike als vorhanden angenommen und im antiken Epos als gestaltet gesehen, ist nicht nur für Hegel dahin; aufgelöst die objektive Totalität der verbindlichen und geschlossenen Weltanschauung des antiken Epos. Daher Goethes später Satz in den *Maximen und Reflexionen:* „Der Roman ist eine subjektive Epopöe, in welcher der Verfasser sich die Erlaubnis ausbittet, die Welt nach seiner Weise zu behandeln" (Nr. 938). Die Überlegungen über Eigenart und Bedeutung dieser Gattung haben, wie wir wissen, nie aufgehört. Längst hat man die Erzählweisen, wie sie der Roman im 18. und 19. Jahrhundert (gerade auch in der Nachfolge von Goethes *Wilhelm Meister*) entwickelt hat, als unzeitgemäß beargwöhnt, und doch präsentiert sich die Gattung, die keine Definition einzuschnüren vermag, jährlich neu in vielfältiger Gestalt.

Doch zurück zum Neuen und Besonderen des Werther-Romans! Einen Roman in Briefen zu schreiben war damals nichts Ungewöhnliches; Briefromane waren an der Tagesordnung. Schon in frühen Jahren hatte sich Goethe bekanntlich in spielendem Lernen der Form des Briefromans bedient, und spätestens seit Gellerts Schule war er über den Brief als eigenständige Kunstform informiert. Seit der Mitte des Jahrhunderts hatten englische Romane bedeutenden Einfluß gewonnen. Was Aufsehen erregte, war der Reichtum an seelischen Empfindungen, der sich in ihnen aussprach, tränenreiche Empfindsamkeit eingeschlossen. Der seelische Innenraum des Menschen wurde mit einem bisher unbekannten Spürsinn ausgeleuchtet. Dabei gab man jedoch eine tugend- und moralbewußte Grundhaltung nicht auf. Besonders die Romane Samuel Richardsons beeindruckten viele Leser. Auch Fielding und Sterne mit ihrem gelockerten, perspektivenreichen Erzählen wirkten nachhaltig. Tugendhafte Menschen in bürgerlicher, familiärer Umgebung stellten sich in Richardsons Romanen vor: *Pamela, or Virtue Rewarded* (Pamela oder die belohnte Tugend, 1740), *Clarissa, or the History of a Young Lady* (1747/48), *Sir Charles Grandison* (1753/54). Der bürgerliche Mittelstand konnte sich hier wiedererkennen, auch in seiner rigorosen Moralität. Mit der Form seines Briefromans schuf Richardson ein Vorbild von erstaunlichem Einfluß. Dichtungen in seiner Manier verbreiteten sich wie im übrigen Europa so auch in Deutschland. Den Übersetzungen folgten bald Originalwerke, etwa Gellerts *Das Leben der schwedischen Gräfin von G...* (1746/48), Johann Timotheus Hermes' *Sophiens Reise von Memel nach Sachsen* (1769/73) oder Sophie von La Roches *Geschichte des Fräuleins von Sternheim* (1771/72). Johann Karl August Musäus mischte sich mit einer Parodie ein: *Grandison der Zweite oder Geschichte des Herrn von N ***, in Briefen entworfen* (1760/62). Übrigens meldete sich in England schon früh eine heftige Reaktion gegen die Richardsonschen Idealgestalten der Pamelen, Clarissen und Grandisons. Henry Fielding suchte Naturwahrheit gegen seinen Landsmann auszuspielen und lockerte seine Romane mit Humor und Komik auf, weil er keine „models of perfection" vorführen wollte: „I am not writing a system, but a history" [Ich schreibe kein System, sondern eine Geschichte].

Noch ein anderer europäischer Roman beeindruckte stark die junge Generation, die sich anschickte, den Ansprüchen unreglementierten Fühlens ihr Recht werden zu lassen. Es war Jean-Jacques Rousseaus *Julie ou La nouvelle Héloise* [Julie oder Die neue Héloise, 1761]. Enthusiastisch äußerten sich in den Briefen des ersten Bandes die Leidenschaften der Liebenden. Aber dann siegten im zweiten doch die Vorschriften des sittlichen Bewußtseins, wie es jener Zeit gemäß war: Die Liebe zwischen dem armen Hauslehrer Saint-Preux und der vornehmen Adelstochter Julie wurde gezähmt. Julie heiratete den Mann, den das Familieninteresse forderte; Saint-Preux blieb die Freundschaft. Es ist ungewiß, wie es wirklich weitergegangen wäre, nachdem der einstige Geliebte als Erzieher der Kinder ins Haus gekommen war. Der Dichter ging der ‚Lösung' aus dem Wege: Er ließ Julie sterben, so daß die moralisierenden Reflexionen des zweiten Bandes ihre Geltung behielten.

Die Leiden des jungen Werthers waren gleichsam der konsequent und unerbittlich zu Ende gebrachte *erste* Teil des Rousseauschen Romans. Und was den *Werther* von all diesen europäischen Briefromanen unterschied, war die einfache und doch so bedeutsame Tatsache: Allein Werther schrieb. Während die anderen Romane Briefe bündelten, die von mehreren Personen verfaßt waren, gab es in Goethes Buch nur den einen Schreiber – und den Herausgeber mit seinem Bericht über die letzten Tage, über Tod und Bestattung. So erscheint ‚Welt' nur aus der Sicht Werthers. Alles Äußere wird hineingezogen in die Innerlichkeit des von sich und seinen Erfahrungen berichtenden Werther und von dieser Innerlichkeit überflutet. Der Briefempfänger (meistens Wilhelm, in wenigen Fällen Lotte und Albert) kommt nie selbst zu Wort. Aber seine Gegenposition, von Wirklichkeitssinn und Maßhalten beeinflußt, schimmert durch die Briefe hindurch, und am unsichtbaren Gegenüber des Briefpartners kann sich Werthers Selbstbekenntnis von Fall zu Fall zu hohem Pathos steigern. Als sich gegen Ende schließlich der Herausgeber einschaltet, wird Werthers subjektive Innerlichkeit erst recht in ihrem ausweglosen Für-sich-Sein offenbar.

Der *„junge* Werther" des Buchtitels wird schon im ersten Satz des Vorworts zum *„armen* Werther". So sehr haben ihn die einfühlsamen Leser bedauert, so gefährlich war die Identifizierung mit ihm, daß Goethe vor den ersten und zweiten Teil der 2. Ausgabe von 1775 je einen Vierzeiler setzen ließ (auf die er später wieder verzichtete):

I.
Jeder Jüngling sehnt sich so zu lieben,
Jedes Mädchen so geliebt zu seyn,
Ach, der heiligste von unsern Trieben,
Warum quillt aus ihm die grimme Pein?

II.
Du beweinst, du liebst ihn, liebe Seele,
Rettest sein Gedächtniß von der Schmach;
Sieh, dir winkt sein Geist aus seiner Höle:
Sey ein Mann, und folge mir nicht nach.

Keine Frage, der zweite Spruch betont, daß Werther nicht einfach als positive Beispielfigur hingenommen werden soll. Vor Identifizierung mit ihm wird gewarnt. Aber ebenso zweifelsfrei ist, daß die Eigenschaften Werthers wertvolle Züge des Menschen sind, eben jene, die nach

Meinung der ‚Stürmer und Dränger' den Menschen zuhöchst auszeichnen: Gefühl, Empfindungskraft, Leidenschaftlichkeit, Suche nach individueller Selbstverwirklichung. Goethes frühe Äußerung über seinen Roman erfaßte genau diese Doppeldeutigkeit der Werthergestalt:

> Allerhand neues hab ich gemacht. Eine Geschichte des Titels: die Leiden des iungen Werthers, darinn ich einen iungen Menschen darstelle, der mit einer tiefen reinen Empfindung und wahrer Penetration begabt, sich in schwärmende Träume verliert, sich durch Spekulation untergräbt, biss er zuletzt durch dazutretende unglückliche Leidenschafften; besonders eine endlose Liebe zerrüttet, sich eine Kugel vor den Kopf schiesst (an G. F. E. Schönborn, 1. 6. 1774).

Nur über anderthalb Jahre des Wertherschen Lebens, vom 4. Mai 1771 bis zum 23. Dezember 1772, ziehen sich die Briefe, Blätter und Berichte des schmalen Romans hin, der auf gut 120 Seiten unterkommt und in der konsequenten Einsträngigkeit des Geschehens einer Novelle ähnlich ist. Das war, mit Tag und Jahr markiert, 1774 Literatur über unmittelbar Gegenwärtiges!

„Wie froh bin ich, daß ich weg bin!" So beginnt der erste Brief vom 4. Mai; das Thema der Absonderung, der Flucht aus unliebsamen Verhältnissen ist angeschlagen. Werther hat seine Verbindungen, die ihn fesselten, gelöst, auch zu Leonore, und fühlt sich wohl in der Einsamkeit und der Natur. Noch ehe er Lotte kennenlernt und sich in die Leidenschaft der Liebe steigert, klagt er über die Einschränkung des Menschen und tröstet sich am „süßen Gefühl der Freiheit, und daß er diesen Kerker verlassen kann, wann er will" (22. 5. 1771). Im Juni begegnet er Lotte auf einem Ball und erlebt sie kurz danach in ihrer schlichten, ländlich idyllischen Welt, in der sie mit ruhiger Selbstverständlichkeit tätig ist. Oft ist er nun mit ihr zusammen. Am 30. Juli kehrt Albert, der Verlobte, zurück. Obwohl sich ein freundschaftliches Verhältnis anbahnt, kann Werther doch auf Dauer die Spannungen nicht ertragen: Abreise am 10. September. Den Winter über ist er in einer Gesandtschaft beschäftigt. Doch bald schon klagt er über das Joch, in das man ihn geschwatzt, indem man ihm soviel von Aktivität vorgesungen habe (24. 12. 1771). Im Frühjahr eine kränkende Zurücksetzung in einer vornehmen Gesellschaft, weil er kein Adliger ist. Kurz darauf nimmt er seinen Abschied. Nicht lange hält er es auf dem Jagdschloß eines Fürsten aus: „Auch schätzt er meinen Verstand und meine Talente mehr als dies Herz, das doch mein einziger Stolz ist, das ganz allein die Quelle von allem ist, aller Kraft, aller Seligkeit und alles Elendes. Ach, was ich weiß, kann jeder wissen – mein Herz habe ich allein." So am 9. Mai 1772. Und am 18. Juni läßt er dem Wunsch seines Herzens freien Lauf: „Ich will nur Lotten wieder näher, das ist alles. Und ich lache über mein eigenes Herz – und tu' ihm seinen Willen." So ist er seit Juli wieder in Lottes Nähe, die inzwischen verheiratet ist. Er aber steigert sich weiter in die Leidenschaft seiner Liebe. Denn was ist ihm außer ihr noch geblieben? Niemand, wähnt er, könne Lotte so lieben wie er; aber die Grenze, die ihm gezogen ist, läßt sich nicht verrücken. Nun ist er ganz auf sich zurückgeworfen, weltlos geworden, und der Sog jener Freiheit, diesen Kerker verlassen zu können, wann er will, wird unwiderstehlich. Gegen Lottes Willen besucht er sie am 21. Dezember. Nie kamen sie sich näher als hier nach der Lesung aus der *Ossian*-Übersetzung (Goethes eigener von 1772!), die sich (für den heutigen Leser) quälend lang hinzieht. Am nächsten Tag bittet er Albert um die Pistolen. Abends erschießt er sich.

Vom ersten Brief Werthers an ist ein ungewöhnlich dichtes Gewebe von Verweisungen durch das ganze Buch geknüpft. Kaum ein Motiv, das nicht mehrfach auftaucht, leicht verwandelt, nuanciert, und indem es wiedererscheint, enthüllt sich in Vor- und Rückverweisen mehr und mehr sein Sinn. Immer aber bleibt alles auf Werther bezogen. *Er* schreibt die Reflexionen auf, schildert die Szenen, nennt die Motive; *er* beleuchtet sie, von seiner jeweiligen Verfassung werden sie getönt.

Wann immer man über das Schicksal Werthers nachgedacht hat, meldete sich die Frage: Was macht die Leiden Werthers aus? Warum scheitert er? Woran geht er zugrunde? Sobald bündige Antworten versucht werden, spürt man, wie leicht die Erklärungen zu kurz greifen und dem dichten Geflecht ineinander verwobener Motive und Reflexionen nicht gerecht werden. Die trivialste Antwort: er habe sich aus Liebeskummer eine Kugel in den Kopf gejagt, kann auf sich beruhen bleiben. Von Anfang an leidet er unter der Einschränkung, „in welcher die tätigen und forschenden Kräfte des Menschen eingesperrt sind" (22. 5. 1771), und darunter, im Bewußtsein dieser Einschränkung nicht tätig sein, sich zur Aktivität nicht aufraffen zu können. Er sieht keinen Sinn. So verfällt er der Neigung zum Ausstieg – und zum Einstieg in sich selbst. „Ich kehre in mich selbst zurück, und finde eine Welt!" Aber sogleich folgt die Abschwächung: „Wieder mehr in Ahnung und dunkler Begier als in Darstellung und lebendiger Kraft" (22. 5. 1771). Alles bezieht er auf sein Herz, sein Fühlen, sein subjektives Sinnen, das über alle Begrenzungen hinauswill. Wie es jeweils in ihm aussieht, so sieht er es hinein in die Natur oder liest und zitiert die entsprechenden Dichtungen: Homer im Anblick des idyllisch-ländlichen Lebens, Klopstock in der Stunde bewegten Empfindens, Ossian in der Not der Ausweglosigkeit. Die große Satzperiode der Empfindsamkeit kann sich auf Höhepunkten glücklicher und unglücklicher Stimmungen aufbauen.

> Wenn das liebe Tal um mich dampft, und die hohe Sonne an der Oberfläche der undurchdringlichen Finsternis meines Waldes ruht, und nur einzelne Strahlen sich in das innere Heiligtum stehlen, ich dann im hohen Grase am fallenden Bache liege, und näher an der Erde tausend mannigfaltige Gräschen mir merkwürdig werden; wenn ich das Wimmeln der kleinen Welt zwischen Halmen, die unzähligen, unergründlichen Gestalten der Würmchen, der Mückchen näher an meinem Herzen fühle, und fühle die Gegenwart des Allmächtigen, der uns nach seinem Bilde schuf, das Wehen des Alliebenden, der uns in ewiger Wonne schwebend trägt und erhält; mein Freund! wenn's dann um meine Augen dämmert, und die Welt um mich her und der Himmel ganz in meiner Seele ruhn wie die Gestalt einer Geliebten – dann sehne ich mich oft und denke: Ach könntest du das wieder ausdrücken, könntest du dem Papiere das einhauchen, was so voll, so warm in dir lebt, daß es würde der Spiegel deiner Seele, wie deine Seele ist der Spiegel des unendlichen Gottes! – Mein Freund – Aber ich gehe darüber zugrunde, ich erliege unter der Gewalt der Herrlichkeit dieser Erscheinungen (10. 5. 1771).

Selig fühlt sich Werther in die Natur hinein; Naturerlebnis ist ihm hier zugleich Erfahrung des Göttlichen. Aber am Schluß ist das Glücksgefühl im Nachdenken über die eigene Begrenztheit versunken. Der lange Aufstieg der ‚wenn- Sätze' erbringt nur: „ich gehe darüber zugrunde." Ob Goethe, als er Werther diesen Brief schreiben ließ, an Herders Kritik solcher Perioden dachte? „Wie oft hört man einen Gedanken nach diesem Zuschnitt: ‚Wenn wir um uns umherschauen – wenn wir – wenn wir – weil es – – so werden wir gewahr, daß die Menschen Sünder sind.' " Dies sei „die gewöhnliche Homiletische Schlachtordnung", meinte Herder, die den Mangel an Gedanken verberge (SW 1, 507). In Werthers Brief vom 18. August wiederum die große ‚wenn-Periode', die jetzt aber nur Erinnertes, leider Zurückliegendes aneinanderreiht: als sich ihm „das innere, glühende, heilige Leben der Natur eröffnete". Zuletzt die trostlose Botschaft: „Ich sehe nichts als ein ewig verschlingendes, ewig wiederkäuendes Ungeheuer." Nur noch „ein lackiertes Bildchen" ist die „herrliche Natur", wenn „alle die Wonne keinen Tropfen Seligkeit aus meinem Herzen herauf in das Gehirn pumpen kann" (3. 11. 1772).

Viel empfinden zu können heißt bei diesem Werther auch, alles nur von sich aus zu fühlen. Ganz sich dem gelobten subjektiven Empfinden hinzugeben bedeutet ebenfalls, sich in untätige Subjektivität zu verlieren. Indem Goethe solches vorführte, leuchtete er zugleich die Problematik des subjektiven Gefühls aus, das doch von der jungen Generation so nachdrücklich freigesprochen wurde. Alles, was Werther erfährt und empfindet, setzt er dem ichbezogenen Nachsinnen aus, „untergräbt sich

durch Spekulation", um Goethes eigene Worte zu gebrauchen, zerredet es, ‚zerschreibt' es sozusagen auf seinen Briefblättern.
Der aufmerksame Leser müßte bald bemerken, daß der Dichter dieses Romans seinen „armen Werther" keineswegs verherrlicht. Kritik an ihm ist in die Briefe eingearbeitet. Aber Goethe mußte erkennen, daß er von den Lesern zuviel erwartet hatte. In *Dichtung und Wahrheit* kam er im Zusammenhang mit dem *Werther* darauf zu sprechen:

> Man kann von dem Publikum nicht verlangen, daß es ein geistiges Werk geistig aufnehmen solle. Eigentlich ward nur der Inhalt, der Stoff beachtet, wie ich schon an meinen Freunden erfahren hatte, und daneben trat das alte Vorurteil wieder ein, entspringend aus der Würde eines gedruckten Buchs, daß es nämlich einen didaktischen Zweck haben müsse. Die wahre Darstellung aber hat keinen. Sie billigt nicht, sie tadelt nicht, sondern sie entwickelt die Gesinnungen und Handlungen in ihrer Folge und dadurch erleuchtet und belehrt sie (13. B.; 9, 590).

Auch das Buch über Werthers Leiden billigt nicht und tadelt nicht. Aber manches, was der Verfasser seinen Werther über seine „Gesinnungen und Handlungen in ihrer Folge" berichten läßt, gibt sich dem Leser als ironisches Arrangement zu erkennen. Der Gefühlsaufschwung im Brief vom 10. Mai 1771 führt zu nichts als dem Bedauern, der „Herrlichkeit dieser Erscheinungen" nicht gewachsen zu sein. Wo Homer und Klopstock zitiert werden, ist der Kontext irritierend genug und läßt zweifeln, ob Werther wirklich Aussagen jener Dichtungen „ohne Affektation" in seine „Lebensart verweben kann" (21. 6. 1771).
Immer noch bleibt die Frage, warum Werther so verfährt, wie er verfährt. In den letzten Jahren sind gelegentlich zwei unterschiedliche Antworten gegeben worden. Die eine behauptet, es gehe um die problematische Subjektivität eben dieses Werther, um seine ganz persönliche „Krankheit zum Tode" (12. 8. 1771). Die andere betont, Werther gehe an den gesellschaftlichen Zuständen zugrunde; sie seien der eigentliche Grund seiner Misere. Einseitige Antworten werden jedoch der Komplexität der Werther-Dichtung nicht gerecht.
Werther scheitert *nicht nur* an den allgemeinen „Grenzen der Menschheit" und an seiner besonderen Subjektivität; daran scheitert er *auch*. Werther scheitert ebenfalls *nicht nur* an den gesellschaftlichen Verhältnissen, in denen er zu leben hat und nicht leben kann; daran scheitert er freilich *auch*. Beides muß zusammengesehen werden. Werther selbst ist es, der die „bürgerliche Gesellschaft" (26. 5. 1771), die „fatalen bürgerlichen Verhältnisse" (24. 12. 1771) erwähnt. Kein Interpret kann seine Bemerkung verschwinden machen: „Man kann zum Vorteile der Regeln

viel sagen, ungefähr was man zum Lobe der bürgerlichen Gesellschaft sagen kann. Ein Mensch, der sich nach ihnen bildet, wird nie etwas Abgeschmacktes und Schlechtes hervorbringen, wie einer, der sich durch Gesetze und Wohlstand modeln läßt, nie ein unerträglicher Nachbar, nie ein merkwürdiger Bösewicht werden kann; dagegen wird aber auch alle Regel, man rede was man wolle, das wahre Gefühl von Natur und den wahren Ausdruck derselben zerstören!" (26. 5. 1771) Niemand kann leugnen, daß Werther tief getroffen ist, als er aus der adligen Gesellschaft verwiesen wird, weil er nur ein Bürgerlicher ist (15. 3. 1772). Das kränkt ihn freilich weniger als Bürger denn als Menschen, der in der „vornehmen Gesellschaft" solche Rankûne nicht erwartete. Doch Werther begehrt nicht gegen die gesellschaftlich festgeschriebene Ungleichheit der Menschen auf. „Ich weiß wohl, daß wir nicht gleich sind, noch sein können", notiert er schon am 15. Mai 1771, und noch am 24. Dezember 1771, als er in der Gesandtschaft tätig ist, bleibt er überzeugt: „Zwar weiß ich so gut als einer, wie nötig der Unterschied der Stände ist [...]".

Der Werther-Roman hält manches in der Schwebe. Eben das aber ist in der historischen Situation dieses Buches und seines Autors begründet und von dorther verständlich. Zwar fallen jene abschätzigen Worte über die „fatalen bürgerlichen Verhältnisse", aber Goethe-Werther bringt nicht mehr als Allgemeinheiten zur Sprache, etwa daß es sinnlos sei, wenn ein Mensch um anderer willen „sich um Geld oder Ehre oder sonst was abarbeitet" (20. 7. 1771), und: „Wer aber in seiner Demut erkennt, wo das alles hinausläuft, wer da sieht, wie artig jeder Bürger, dem es wohl ist, sein Gärtchen zum Paradiese zuzustutzen weiß, und wie unverdrossen auch der Unglückliche unter der Bürde seinen Weg fortkeucht, und alle gleich interessiert sind, das Licht dieser Sonne noch eine Minute länger zu sehen – ja, der ist still und bildet auch seine Welt aus sich selbst und ist auch glücklich, weil er ein Mensch ist" (22. 5. 1771).

Werther wird zum Aussteiger, weder zum Rebell noch zum Reformer. Das könnte er in der Begrenztheit seiner ‚politischen' Sicht und seiner persönlichen Veranlagung (so verschränken sich die Themen im Roman) ohnehin nicht werden. Werther reibt sich an (wohlgemerkt) *bürgerlichen* Verhaltensnormen, die reglementierend und disziplinierend den einzelnen auf äußerliche Ziele (wie Geld, Erfolg, Ansehen) ausrichten, sein persönliches Ich aber verkümmern lassen. Und er wird in seinem Selbstbewußtsein verletzt durch den Ausschluß aus jener adligen Gesellschaft, ohne jedoch die grundsätzliche Fragwürdigkeit der feudalen Gesellschaftsstruktur zu durchschauen. Auf beides antwortet er allein mit seiner Subjektivität, die allerdings von Anfang an auf Übersteigerung und Selbstzersetzung angelegt ist. Würde nicht ein Werther in jeder denkbaren Gesellschaft die Grenzen spüren und sich mit seiner „Spekulation untergraben"?

Man hat neuerdings mitunter gemeint, im *Werther* stünde auch die bürgerliche Ehe mit ihren Normen zur kritischen Diskussion und Werther scheitere auch deshalb, weil seine Liebe zu Lotte sich wegen solcher gesellschaftlicher Schranken nicht verwirklichen könne. Vermutungen dieser Art bleiben reine Spekulation. Selbstverständlich wäre auch damals eine Scheidung möglich gewesen. Überdies zeigt sich im Roman nirgends, daß Lotte jemals ernsthaft an eine Trennung von Albert gedacht hat. Zwar scheinen bei der letzten Zusammenkunft, nach der Lektüre der Ossian-Dichtung, die Dämme zu brechen, aber die Entscheidung Lottes ist eindeutig: „Das ist das letzte Mal! Werther! Sie sehn mich nicht wieder." Die besinnungslose Leidenschaft, von der Werther in seinen Briefen spricht und die der Herausgeber bezeugt, ist nicht gleichermaßen Lotte zuzusprechen, auch wenn sie für Augenblicke schwankt. Ihr aber insgeheim vorzuhalten, sie habe gesellschaftliche Zwänge so sehr verinnerlicht, daß sie zu freier Selbstbestimmung nicht hätte finden können, ist eine Lesart jenseits des *Werther*-Textes und übersieht, daß solche Ausweglosigkeit der Liebe sich in jeder Gesellschaft einstellen kann; es sei denn, eine *Stella*-ähnliche Lösung würde akzeptiert: Mehrere Partner gestatten sich ein Liebesverhältnis auf Dauer.

Eine andere, vom „Herausgeber" – allerdings erst in der zweiten Fassung – aufgeworfene Frage, ob der Freund vielleicht noch zu retten gewesen wäre, beantwortet der „Herausgeber" selbst: „Hätte eine glückliche Vertraulichkeit sie [Lotte und Albert] früher wieder einander näher gebracht, wäre Liebe und Nachsicht wechselsweise unter ihnen lebendig worden und hätte ihre Herzen aufgeschlossen, vielleicht wäre unser Freund noch zu retten gewesen." Bei solcher Vertraulichkeit nämlich hätte Lotte mit Albert, ihrem Ehemann, offen über den letzten Besuch Werthers und seinen Zustand gesprochen und dieser wäre nicht „gelassen" geblieben, als er um die Pistolen gebeten wurde. Ob aber der beklagte Mangel an Vertraulichkeit und die ‚Gelassenheit' Alberts Zeichen für ein Defizit an persönlicher Nähe und Wärme in der Gesellschaft insgesamt seien, kann allenfalls vermutet, nicht aber behauptet werden.

Um die Jahreswende 1774/75 war der *Werther* weithin bekannt. Wertherfieber zog durchs Land; in Werthertracht ließ sich sehen, wer up to date sein wollte: „blauer einfacher Frack", „gelbe Weste und Beinkleider dazu" (6. 9. 1772), und für die Damen „ein simples weißes Kleid, mit blaßroten Schleifen an Arm und Brust" (16. 6. 1771). Das hielt jahrelang an. Noch in Bertuchs Weimarer *Journal des Luxus und der Moden* vom

Januar 1787 wurde Lottes Kleid als Anregung vorgeführt. Schnell folgten Übersetzungen des Romans, Nachdichtungen, „Wertheriaden", Dramatisierungen, Parodien, – bis zu Posse, Moritat und Flugblatt zog sich *Werthers* Spur. „Ich sing' euch von dem Mörder, / Der selbst sich hat entleibt, / Er hieß: der junge Werther / Wie Doktor Göthe schreibt". Friedrich Nicolai war flink mit einer Parodie zur Stelle: *Freuden des jungen Werthers. Leiden und Freuden Werthers des Mannes,* Berlin 1775. Eine ziemlich primitive Version: Die Pistolen Alberts sind mit Hühnerblut geladen. Werther schießt, glaubt sich schwer verwundet, da kommt Albert, hält eine erbauliche Rede und tritt ihm Lotte ab. Die Freuden Werthers sind dann freilich weniger freudig. Goethe schrieb sich den Ärger, der ihn wohl gepackt hatte, in einer *Anekdote zu den Freuden des jungen Werthers* und in drastischen Versen vom Leib:

Freuden des jungen Werthers.

Ein iunger Mensch ich weis nicht wie
Starb einst an der Hypochondrie
Und ward denn auch begraben.
Da kam ein schöner Geist herbey
Der hatte seinen Stuhlgang frey
Wie's denn so Leute haben.
Der sezt nothdürftig sich auf's Grab,
Und legte da sein Häuflein ab,
Beschaute freundlich seinen Dreck,
Ging wohl erathmet wieder weg,
Und sprach zu sich bedächtiglich:
„Der gute Mensch wie hat er sich verdorben!
„Hätt er geschissen so wie ich,
„Er wäre nicht gestorben!

Es muß nicht nur Edgar Wibeau in *Die neuen Leiden des jungen W.* von Ulrich Plenzdorf (1972) sein, der heutzutage von Goethes Erfolgsbuch denkt: „Das ganze Ding war in diesem unmöglichen Stil geschrieben. [...] Das wimmelte nur so von Herz und Seele und Glück und Tränen. Ich kann mir nicht vorstellen, daß welche so geredet haben sollen, auch nicht vor drei Jahrhunderten. Der ganze Apparat bestand aus lauter Briefen, von diesem unmöglichen Werther an seinen Kumpel zu Hause. Das sollte wahrscheinlich ungeheuer originell wirken oder unausgedacht. Der das geschrieben hat, soll sich mal meinen Salinger durchlesen. *Das* ist echt, Leute!" Und dann ist Edgar Wibeau von diesem unmöglichen Buch doch ganz schön ‚angemacht' worden. Da konnte er sich Sätze herauspicken, die in seine eigene Lage paßten, etwa jene Sentenz von den Regeln, die doch, „man rede, was man wolle, das wahre Gefühl

von Natur und den wahren Ausdruck derselben zerstören". Wibeau staunte: „Dieser Werther hatte sich wirklich nützliche Dinge aus den Fingern gesaugt."
Aber wir dürfen uns ruhig eingestehen, daß die Distanz zu jener Werther-Sprache groß geworden ist. Noch in scheinbar beiläufigsten Floskeln kann zwar der historisch versierte Interpret einen bedeutenden Sinn erkennen, aber der ‚normale' heutige Leser darf das Empfindsamkeitsdeutsch, das manche Briefe Werthers überschwemmt, ruhig für nicht mehr erträglich halten. (Die sog. Trivialliteratur hat es sich längst angeeignet.)

> Am 16. Julius
> Ach wie es mir durch alle Adern läuft, wenn mein Finger unversehens den ihrigen berührt, wenn unsere Füße sich unter dem Tische begegnen! Ich ziehe zurück wie vom Feuer, und eine geheime Kraft zieht mich wieder vorwärts – mir wird's so schwindelig vor allen Sinnen. – O! und ihre Unschuld, ihre unbefangne Seele fühlt nicht, wie sehr mich die kleinen Vertraulichkeiten peinigen. Wenn sie gar im Gespräch ihre Hand auf die meinige legt und im Interesse der Unterredung näher zu mir rückt, daß der himmlische Atem ihres Mundes meine Lippen erreichen kann: – ich glaube zu versinken, wie vom Wetter gerührt. – Und, Wilhelm! wenn ich mich jemals unterstehe, diesen Himmel, dieses Vertrauen –! Du verstehst mich. Nein, mein Herz ist so verderbt nicht! Schwach! schwach genug! – Und ist das nicht Verderben? –
> Sie ist mir heilig. Alle Begier schweigt in ihrer Gegenwart. Ich weiß nie, wie mir ist, wenn ich bei ihr bin; es ist, als wenn die Seele sich mir in allen Nerven umkehrte. – [...]

Aber auch: welch nüchterne Kühle, welche Sachlichkeit im Schlußbericht des „Herausgebers"!

Moderne Anekdote dramatisiert. Clavigo

Zwar ist für die Literaturgeschichte 1774 das Jahr des *Werther;* aber welch erstaunliche ‚wertherfremde' Schaffenskraft bewies sein Dichter in jener Zeit! Ein „Lustspiel mit Gesängen" sei bald fertig, meldete er Kestner am 25. Dezember 1773, was sich auf *Erwin und Elmire* und *Claudine von Villa Bella* beziehen konnte. Die stattliche Reihe der Singspiele Goethes nahm damals ihren Anfang. Unmittelbar nach dem *Werther* muß er das Schauspiel *Clavigo* geschrieben haben, binnen weniger Tage im Mai. Ins Frühjahr des Jahres 1774 gehörte außerdem die erste Arbeit an einer Dichtung vom *Ewigen Juden*, die dann über einige Fragmente nicht hinausgekommen ist. Eine beachtliche Variationsbreite der dichterischen Produktion!

Der *Clavigo* ist ein bemerkenswertes Stück. Da hatte der junge Dramatiker gerade den frühen Ruhm als Autor des *Götz von Berlichingen* genossen und die lebhafte Diskussion über die Regelwidrigkeiten dieses shakespearisierenden Dramas verfolgt, – schon wartete er mit einem Schauspiel auf, das straff und ‚regelgenau' wie ein Lessing-Stück gearbeitet war. Bereits im Herbst 1773 hatte er behauptet (man weiß nicht, an welches Werk er dachte), er arbeite an einem „Drama fürs Aufführen damit die Kerls sehen dass nur an mir liegt Regeln zu beobachten" (an Kestner, 15. 9. 1773). Im Frühjahr 1774 bewies er es. Mitte Juli lag *Clavigo* gedruckt vor: das erste Werk, das unter Goethes Namen erschien. Das Geschehen, das es für die Bühne präparierte, war brandaktuell; streckenweise war dieses Stück reines Dokumentartheater. Wovon man später (etwa bei Büchners *Dantons Tod* und den Dokumentarstücken unserer Jahrzehnte) viel Aufhebens gemacht hat: daß fast unverändert dokumentarische Texte ins Schauspiel übernommen wurden, – im *Clavigo* wurde es bereits souverän praktiziert.

Im Februar 1774 hatte Beaumarchais das vierte seiner *Mémoires à consulter* publiziert, und darin fand sich die spannend erzählte Geschichte seiner Reise nach Spanien *(Fragment de mon voyage d'Espagne)*, die er 1764 unternommen hatte. Pierre Augustin Caron, der sich nach einem Besitztum seiner verstorbenen Frau den Zunamen de Beaumarchais beigelegt hatte und heute einem breiteren Publikum allenfalls noch als Autor des *Barbier von Sevilla* (1775) und von *Figaros Hochzeit* (1784) bekannt ist, war in große Schwierigkeiten geraten. Der Emporkömmling, Abenteurer, gewandte Geschäftsmann, Hasardeur und Schriftsteller in einer Person hatte einen Prozeß verloren, war als Schwindler und Urkundenfälscher verurteilt worden; ein fragwürdiges Gutachten des Richters Goezman hatte den Ausschlag gegeben. Gegen ihn schrieb Beaumarchais seine vier *Mémoires à consulter* und bezichtigte ihn der Bestechung. Die Schilderung seiner Reise nach Spanien steckte voller Dramatik. Zweimal war eine seiner Schwestern in Madrid vor der versprochenen Heirat sitzengelassen worden, und der Treulose war José Clavijo, der sich als Journalist einen Namen zu machen suchte und am Hofe zum königlichen Archivar aufgestiegen war. Beaumarchais, der auf Wiedergutmachung sinnende Bruder, ließ sich in Madrid bei Clavijo melden, gab seinen Namen nicht preis, begann das Gespräch mit freundlichen Bemerkungen über Clavijos Journalistik und erzählte dann, Punkt für Punkt, als ob es sich um fremde Personen handle, die Geschichte von der zweimal im Stich gelassenen Tochter eines Pariser Kaufmanns, bis hin zu jenem Höhepunkt: „et ce traitre, c'est vous!" („Und dieser Verräter – sind Sie!") Wörtlich hat Goethe diese Szene im 2. Akt nachgezeichnet. Beaumarchais zwang den in die Enge getriebenen Clavijo, ein Schuldbekenntnis zu unterzeichnen, mit dem er die Karriere des treulosen Liebhabers zunichte machen wollte. Doch hatte Clavijo noch die Möglichkeit, sich mit Marie-Louise erneut zu versöhnen, trieb unterdessen jedoch gefährliche Machinationen gegen den rächenden Bruder voran. Als dieser davon erfuhr, wagte er es, sich mit einer Denkschrift zum König in Aranjuez aufzumachen, wurde auch vorgelassen, bekam sein Recht, und Clavijo verlor seinen Posten. Er hat freilich die Schmach bald überstanden und erneut beachtliche Positionen erlangt. Er sollte es sein, der später als Direktor des Königlichen Theaters in Madrid den *Barbier von Sevilla* des Beaumarchais aufführen ließ. Und dieser hat, inkognito im Parterre sitzend, einmal in Augsburg sich im *Clavigo* auf der Bühne vorgestellt gesehen ...

Das also war die „moderne Aneckdote", die Goethe zur Dramatisierung gereizt hatte: „moderne Aneckdote dramatisirt mit möglichster Simplizität und Herzenswahrheit, mein Held ein unbestimmter halb gros halb kleiner Mensch, der Pendant zum Weislingen im Götz, vielmehr Weislingen selbst in der ganzen Rundheit einer Hauptperson" (an Schönborn, 1. 6. 1774).

Ohne die Namen zu kaschieren, brachte Goethe die Kontrahenten Beaumarchais und Clavijo auf die Bühne des Gegenwartstheaters. Wer den aktuellen Bericht des Franzosen mit dem Schauspiel verglich, merkte schnell, was der Dramatiker aus dem ‚Stoff' gemacht hatte: eine psychologische Studie über einen intellektuellen Aufsteiger, der am Ende vom rächenden Geschick ereilt wird. Aus der Anekdote war *Clavigo. Ein Trauerspiel* geworden. So hat der Schluß mit der Vorlage nichts mehr zu tun. Theatralisch aufgedonnert, literarischen Mustern verpflichtet, bringt der kurze fünfte Akt das Stück zum Trauerspielende: Die verlassene Marie ist aus Kummer über den neuerlichen Treubruch gestorben; Clavigo begegnet ihrem Leichenzug; noch einmal will er sie sehen; am offenen Sarg ersticht ihn Beaumarchais im Zweikampf, aber er kann noch die Hand Mariens fassen: „Ich hab ihre Hand! Ihre kalte Totenhand! Du bist die Meinige – Und noch diesen Bräutigamskuß. Ah!" – Unwiderruflich dahin ist für uns solche Theatralik, wo Rache und Versöhnung in makabrer Szenerie die Zuschauer beeindrucken sollen. Auch Erinnerungen an *Hamlet* oder *Romeo und Julia* helfen da nicht mehr.

Aber die Charakterstudie Clavigos ist von bestechender Eindringlichkeit. Wie sein zweites Ich ist ihm die erfundene Figur des Carlos beigesellt. Wenn Clavigo schwankend wird, treiben ihn Carlos' Argumente wieder auf den einmal betretenen Weg. „Hinauf! Hinauf! Und da kostet's Mühe und List“ (1. Akt). Clavigo ist treulos, weil ihm stets erneut bewußt (gemacht) wird, daß ihn Bindung in seiner Karriere nur hindern könnte. Aber er ist in jenen Momenten, wo er dem weiblichen Partner Treue verspricht, nicht etwa unehrlich. Auch er wünscht sich jenes „Glück in einem stillen bürgerlichen Leben, in den ruhigen häuslichen Freuden“ (4. Akt). Goethes Stück wird deshalb zum Trauerspiel der Charakterlosigkeit, weil Clavigo in innerem Zwiespalt befangen bleibt. Als er sich, nach jenem von Beaumarchais erzwungenen Schuldbekenntnis, ein weiteres Mal mit seiner Verlobten versöhnt hat, setzt das Räsonieren des kalt und bedenkenlos analysierenden Carlos mit aller Schärfe ein, im vierten Akt, der die Katastrophe vorbereitet und unausweichlich macht:

> Hier liegen zwei Vorschläge auf gleichen Schalen. Entweder du heiratest Marien und findest dein Glück in einem stillen bürgerlichen Leben, in den ruhigen häuslichen Freuden; oder du führest auf der ehrenvollen Bahn deinen Lauf weiter nach dem nahen Ziele. [...] Es ist nichts erbärmlicher in der Welt als ein unentschlossener Mensch, der zwischen zweien Empfindungen schwebt, gern beide vereinigen möchte und nicht begreift, daß nichts sie vereinigen kann als eben der Zweifel, die Unruhe, die ihn peinigen.
> [...]
> Sieh auf der andern Seite das Glück und die Größe, die dich erwarten. [...] Aber auch da, Clavigo, sei ein ganzer Kerl, und mache deinen Weg stracks, ohne rechts und links zu sehen! Möge deine Seele sich erweitern und die Gewißheit des großen Gefühls über dich kommen, daß außerordentliche Menschen eben auch darin außerordentliche Menschen sind, weil ihre Pflichten von den Pflichten des gemeinen Menschen abgehen; daß der, dessen Werk es ist, ein großes Ganze zu übersehen, zu regieren, zu erhalten, sich keinen Vorwurf zu machen braucht, geringe Verhältnisse vernachlässiget, Kleinigkeiten dem Wohl des Ganzen aufgeopfert zu haben.

Dieser Clavigo lebt freilich auch nicht in einer Umwelt, in der er frei seine Tätigkeit bestimmen könnte. Will er in einer Sphäre des absolutistischen Hofes, wie sie eindringlich gezeichnet wird, vorankommen, will er hier Größe und Ruhm erlangen, dann muß er bedenkenlos sein und seine private Mitmenschlichkeit den gesellschaftlichen Bedingungen unterwerfen. „Ha! werden unsre schwadronierenden Hofjunker sagen, man sieht immer, daß er kein Kavalier ist“ (wenn er eine solche Heirat eingeht). Doch wäre es falsch zu meinen, Goethes Stück betreibe vor allem Kritik an einer speziellen Gesellschaftsordnung. Seine Fallstudie gibt – und das macht noch immer ihre Aktualität aus – dem kritischen Nachdenken die Frage auf, wie es um das Verhältnis von Mitmenschlich-

keit und Streben nach Ruhm und Ehre bestellt ist. Clavigo läßt schließlich seinen Carlos schalten und walten, und damit hat er sich, wenn auch bedenkenvoll, für das Prinzip der Bedenkenlosigkeit um der Karriere willen entschieden.
Was der junge Goethe auf den Prüfstand dieses Theaterstücks brachte, war immerhin die damals so gerühmte Stärke des bedeutenden Menschen, die von der jungen Generation gewünschte Kraft des „Herzens", die „Gewißheit des großen Gefühls". Hier wurden ihre Fragwürdigkeit, ihre Abgründigkeit, ihr mögliches Umschlagen in selbstsüchtig-menschenfeindliche Bedenkenlosigkeit aufgedeckt. Kurz vor der eben zitierten Argumentation versteigt sich Carlos zu einer Äußerung, die jeden Boden verläßt, auf dem sinnvoll nach Ansehen und Erfolg gestrebt werden kann:

> Was ist Größe, Clavigo? Sich in Rang und Ansehn über andre zu erheben? Glaub es nicht! Wenn dein Herz nicht größer ist als andrer Herzen, wenn du nicht imstande bist, dich gelassen über Verhältnisse hinauszusetzen, die einen gemeinen Menschen ängstigen würden, so bist du mit allen deinen Bändern und Sternen, bist mit der Krone selbst nur ein gemeiner Mensch.

Wieder leuchtet der junge, selbst noch suchende Goethe Möglichkeiten und Fragwürdigkeiten menschlichen Empfindens und Verhaltens aus. Der labile Clavigo ist seines Weges nicht sicher. Auch Weislingen schwankte ähnlich hin und her. Ihre Labilität geht zu Lasten der Mitlebenden. Was gestern galt, gilt schon morgen nicht mehr, wenn es der rücksichtslosen Argumentation, die auf ein anderes Ziel gerichtet ist, ausgesetzt und ihr dann aufgeopfert wird. Es ist leicht, nach Art des Carlos den „unentschlossenen Menschen" als ein erbärmliches Wesen zu denunzieren. Aber dessen Schwanken wäre nur zu überwinden, wenn ihm etwas unbezweifelbar Richtiges, Überzeugendes vor Augen stünde, für das er sich entscheiden könnte. Clavigo ist dieser Sichere nicht, und da er es in seiner Lage eines nicht zu versöhnenden Zwiespalts nicht sein kann, weckt er auch Bedauern, Mitleid, nicht nur Verachtung des Zuschauers und Lesers.
Clavigos Charakter und Tat hätten sich mit Charakteren und Taten in ihm selbst „amalgamiert", schrieb Goethe am 21. August 1774 (an Jacobi). Das war keine nachträgliche Diagnose, sondern wenige Monate nach der Niederschrift geäußert, und sie bezeugt, welche ihm wohlbekannte Verfassung des Schwankens und der Unsicherheit ihn dazu gebracht hatte, gerade diesen Stoff aufzugreifen. Was er in wenigen Tagen in seinem Zimmer am Frankfurter Großen Hirschgraben als Fallstudie *Clavigo*

aufschrieb, war auch unnachsichtige Selbstanalyse. Die bedrückende Erinnerung an den Abschied von Friederike Brion mochte mitspielen, wenngleich Goethe später in *Dichtung und Wahrheit* zu sehr betonte, auch dieses Stück gehöre zu seiner „poetischen Beichte" und seinen „reuigen Betrachtungen". In ihrer gedanklichen Schärfe und Unerbittlichkeit wurden die Dialoge Clavigo – Carlos, die wie Selbstgespräche erscheinen, zu genau solchen Kabinettstücken wie die Anklageszene Beaumarchais – Clavigo. Was zunächst bloß festgestellt worden war, wurde nun, als Carlos das Wort führte, auf seine Gründe durchleuchtet. Wenn Goethe tatsächlich bei seiner Trennung von Friederike auch an den eigenen Weg zu Ansehen und Ruhm gedacht haben sollte, dann lieferte er jetzt eine Kritik nach, die aus der „modernen Anekdote" die grundsätzliche Problematik eines tiefen inneren Zwiespalts entfaltete.

Die Bewunderer des *Götz von Berlichingen* waren erstaunt und nicht gerade begeistert, als sie das ‚traditionell' aufgebaute Drama sahen. Wenige Wochen nach *Clavigo* war der *Werther* in den Buchhandlungen und zog alle Aufmerksamkeit auf sich. Eingeklemmt zwischen die beiden Werke, mit denen sich lange Zeit Goethes Ruhm hauptsächlich verband, wurde das Trauerspiel vom labilen Karrieristen oft unterschätzt. Auf dem Theater selbst hat sich das bühnengerechte Stück freilich kontinuierlich behaupten können. Schon im August 1774 wurde es in Augsburg aufgeführt (in Anwesenheit des inkognito reisenden Beaumarchais), 1775 in Hamburg; Wien und Berlin folgten; 1792 inszenierte es Goethe selbst in Weimar. 1780, zum Geburtstag des Herzogs Carl Eugen von Württemberg am 11. Februar, hat Friedrich Schiller in seinem letzten Jahr auf der Hohen Carlsschule in Stuttgart den Clavigo gespielt, „abscheulich", wie berichtet wird, mit „Brüllen, Schnauben und Stampfen".

Die Fragmente des *Ewigen Juden* lassen kaum erkennen, wie diese Dichtung endgültig aussehen sollte. Jedenfalls wollte Goethe die Sage von Ahasver, dem Juden, der ewig wandern muß, weil er Christus auf dem Weg zur Kreuzigung verhöhnt und ihm die Rast verweigert hat, mit der Legende von der Rückkehr Christi verbinden. Was in den vorliegenden Partien des Werkes dominiert, darf man als Religionssatire bezeichnen. Wieviel Länder der wiedergekommene Heiland auch durchwandert, er wird nicht erkannt, und nirgends ist etwas vom wahren Geist des Christentums zu finden. Äußerliche Zeichen gibt es zwar viele, aber das menschliche Handeln ist dem in ihnen symbolisierten Sinn überall entfremdet. Auch wer Kirchenämter innehat, frönt der Habgier, und noch die Reformation hat ihren Schnitt gemacht.

Wo! rief der Heiland ist das Licht
Das hell von meinem Wort entbronnen
Weh und ich seh den Faden nicht
Den ich so rein vom Himmel rab gesponnen.
[...]
Er war nunmehr der Länder satt
Wo man so viele Kreuze hat
Und man für lauter Creuz und Krist
Ihn eben und sein Kreuz vergisst.
Er trat in ein benachbaart Land
Wo er sich nur als Kirchfahn fand
Man aber sonst nicht merckte sehr
Als ob ein Gott im Lande wär.
[...]
Kamen an's Oberpfarrers Haus,
Stand von uralters noch im Ganzen.
Reformation hett ihren Schmaus
Und nahm den Pfaffen Hof und Haus
Um wieder Pfaffen 'nein zu pflanzen,
Die nur in allem Grund der Sachen,
Mehr schwäzzen, wenger Grimassen machen.
[...]

Die Szenen in holzschnittartigen, gedrängten Knittelversen sind wie in einem Schwank modelliert, der die Zustände einer unchristlichen Welt und ebenso unchristlichen Kirche bloßlegen will. Wie weit entfernt war diese Dichtung, die Goethe selbst nie zum Druck gegeben hat, von den feierlichen religiösen Großepen eines Milton, Klopstock und anderer! Lavater hatte Grund, von einem „seltsamen Ding in Knittelversen" zu sprechen, aus dem ihm der mitreisende Autor Ende Juni 1774 auf der Fahrt nach Wiesbaden und weiter nach Bad Ems viel rezitiert habe.

Mit der Fülle unterschiedlicher Werke seit 1772 hatte sich der junge Goethe sozusagen freigeschrieben. Die Probe auf seine dichterischen Fähigkeiten war gelungen. Über seinen weiteren beruflichen Weg hatte er allerdings noch keine Klarheit. Wenngleich er über poetische Gestaltungskraft beinahe mühelos verfügte, waren damit doch die entscheidenden Fragen nach dem Woher und Wohin, dem Warum und Wozu noch nicht beantwortet und auch beileibe nicht ausgemacht, wovon Dichtung im einzelnen Fall handeln sollte. Sie war ja nicht mehr Nachschrift verbürgter und geglaubter Normen und Wahrheiten, die zu illustrieren und auszuschmücken waren, sondern selbst ein Organ der Welt-, Zeit- und Lebensdeutung. *Götz, Werther, Clavigo* hatten es bewiesen. Sie wollten keine eindeutig formulierbaren Lehren vermitteln, was zur Ratlosigkeit in mancher (nicht nur) zeitgenössischen Diskussion beitrug, sie waren vielmehr selbst Versuche des Auskundschaftens. So blieb Unruhe der Begleiter des jungen Goethe. „Was wird aus mir werden. O ihr gemachten Leute, wieviel besser seyd ihr dran" (an Kestner, 23. 9. 1774). Was er seiner nahen Brieffreundin Auguste zu Stolberg am 3. August 1775 bekannte, galt nicht nur für jene Herbstwochen: „Unseeliges Schicksal das mir keinen Mittelzustand erlauben will." Ebenso die Skepsis der Zeilen an Anna Louise Karsch: „Geschrieben hab ich allerley gewissermaßen wenig und im Grunde nichts. Wir schöpfen den Schaum von dem grosen Strome der Menschheit mit unsern Kielen und bilden uns ein, wenigstens schwimmende Inseln gefangen zu haben" (17. 8. 1775).

Bekannte und Gäste. Mit Lavater und Basedow an Lahn und Rhein

An zahlreichen Verbindungen in die Welt hinaus fehlte es ihm nicht. So wie Schönborn auf seiner Reise Wert darauf gelegt hatte, den Dichter des *Götz von Berlichingen* kennenzulernen, ging es auch anderen. Wer damals am literarischen Leben teilnahm und für Neues aufgeschlossen war, wollte, wenn er durch Frankfurt kam, den jungen Schriftsteller sehen, von dem so viel geredet und geschrieben wurde. Das Haus „Zu den drei Leyern" empfing manche Gäste, die sich wegen des Sohnes meldeten, und es waren berühmte darunter. Alte Freundschaften lebten derweil weiter, mit Herder, mit Merck, der von Darmstadt leicht herüberkommen konnte, mit Lenz, der aus Straßburg gereimte Episteln schickte. „Lieber Göthe! Der Freunde erster", so titulierte er, dessen *Hofmeister* und *Lustspiele nach dem Plautus* 1774 erschienen waren, den schon berühmt gewordenen Generationsgenossen (Februar 1775).
In der Heimatstadt lebten manche gleichgesinnte Bekannte. Heinrich Leopold Wagner, ebenfalls Jurist, war seit 1774 dort, ein „guter Geselle", wie Goethe rückschauend urteilte, „nicht ohne Geist, Talent und Unterricht. Er zeigte sich als ein Strebender, und so war er willkommen. Auch hielt er treulich an mir, und weil ich aus allem, was ich vorhatte, kein Geheimnis machte, so erzählte ich ihm wie andern meine Absicht mit *Faust*, besonders die Katastrophe von Gretchen. Er faßte das Sujet auf, und benutzte es für ein Trauerspiel, *Die Kindesmörderin*" (*DuW* 14. B.; 10, 11). – Friedrich Maximilian Klinger, Frankfurter aus armen Verhältnissen, wurde von Goethe an Professor Höpfner, den Gießener Freund, empfohlen und von beiden unterstützt. „Er hat viel Fleis, viel Talente und eine gute Seele, seine häuslichen Umstände sind nicht die

besten. Sprecht ihm Muth und Trost zu [...]“ (an Höpfner, April 1774). Von großer Sympathie für diesen Jugendfreund und erfolgreichen Schriftsteller, nach dessen *Sturm und Drang* (1776) eine ganze literarische Bewegung ihren Namen erhielt, ist das Bild bestimmt, das der alte Goethe entworfen hat (*DuW* 14. B.; 10, 12 ff.). – Johann André aus dem nahen Offenbach tat sich als Komponist hervor. Seine Operette *Der Töpfer* hatte 1773 in Frankfurt Premiere. Goethe vertraute ihm die Lieder seines *Erwin und Elmire* zur Vertonung an und konnte sich des Erfolgs freuen, das dieses „Schauspiel mit Gesang“ im September 1775 in der Heimatstadt erntete. – Auch Philipp Christoph Kayser, den Sohn des Organisten der Katharinenkirche, hielt er für einen beachtlichen Musiker. Später hat er ihm die Komposition von *Jery und Bätely* übertragen und sogar versucht, den etwas kuriosen Menschen für Weimar zu gewinnen.

Es mag Besucher und Beobachter gegeben haben, denen „die genialischtolle Lebensweise unserer kleinen Gesellschaft“ (10, 68) wunderlich vorkam, und auch der Vater wird nicht alles nur vergnügt betrachtet haben, dem die Literatur des frühen 18. Jahrhunderts näher stand als die Versuche der ‚Genies‘ und der wohl hoffte, daß sein Sohn sich noch für die ansehnliche Juristenlaufbahn entscheiden würde. Gleichwohl ließ er ihn gewähren, empfing die Gäste, die nicht seinetwegen hereinschauten, in seinem Haus, freute sich gewiß auch über den Ruhm seines Sohnes und half als Fachmann bei den Rechtsanwaltsgeschäften. War Wolfgang nicht am Ort, lag diese Arbeit ganz in seinen Händen.

Etwas vom „Genialischtollen“ hatte auch die Reise mit Lavater und Basedow an Lahn und Rhein im Sommer 1774 an sich. Mit Johann Caspar Lavater, dem um acht Jahre älteren Zürcher Theologen, stand Goethe seit August 1773 in lebhaftem Briefverkehr. Der Schweizer war hingerissen: „Ich erstaune über das unvergleichbare Genie des Herrn Göthe; wahrlich – der hat nicht nur einen Genius – Er *ist* ein Genius von der ersten Größe“ (an den Verleger Deinet, 11. 7. 1773). Jetzt hatte er sich für eine Kur in Bad Ems entschieden. Aber die Reise aus dem fernen Zürich sollte ihn auch mit Freunden, Bekannten und Lesern zusammenbringen, die er durch seine *Aussichten in die Ewigkeit* (1768ff.), eine gläubige Phantasie über das Leben nach dem Tode, beeindruckt hatte. (Goethe hatte den dritten Band dieses Werkes übrigens ein Jahr zuvor sehr distanziert in den *Frankfurter Gelehrten Anzeigen* besprochen.) Nebenher beabsichtigte Lavater seine physiognomischen Studien weiterzutreiben, jene ernst gemeinten Versuche, aus Gesicht und Gestalt eines Menschen auf seine Eigenart und seinen Charakter zu schließen und sie zu beschreiben. So nahm er auf seine Reise auch den jungen Künstler Georg Friedrich Schmoll mit, der entsprechende Zeichnungen anfertigen

sollte. Unablässig betriebsam, Einfluß suchend und nehmend, in wortmächtiger Predigermanier oder zu stillem Gebet einladend, so zog Lavater durch die Lande und zehrte vom Ansehen, das er erlangt hatte und weiter vergrößerte.
Seine Briefe an Goethe, den Verfasser des *Briefs des Pastors* und den Dichter des bewunderten *Götz von Berlichingen*, waren von Anfang an im Ton enthusiastischer Freundschaft gehalten, wobei der für seinen Glauben werbende überzeugte Christ mitsprach. Immerhin hatte Goethe, wie aus Lavaters Brief vom 30. November 1773 hervorgeht, dezidiert erklärt: „Ich bin kein Christ." Nicht verwunderlich, daß auch der erste erhaltene Brief Goethes aus dieser Korrespondenz, an Lavater und dessen Freund Pfenninger vom 26. April 1774, Glaubensfragen umkreiste. Eine merkwürdige Freundschaft: auf der einen Seite der Theologe Lavater, für den es keine andere Offenbarung als die biblische und nur den Weg zum Heil durch Christus gab, auf der andern Seite der zwar an Göttliches glaubende junge Goethe, der aber die Vorstellung von einem jenseitigen Gott und jenseitigen Heil hinter sich gelassen hatte und in der lebendigen Wirklichkeit Gott-Natur begriff. Auf den Glauben an einen christlichen Gott und christlichen Heiland ließ er seine Gewißheiten nicht mehr reduzieren. Vielstimmig war für ihn der Chor, durch den Gott sich äußert.

> Und dass du mich immer mit Zeugnissen packen willst! Wozu die? Brauch ich Zeugniss dass ich binn? Zeugniss dass ich fühle? – Nur so schätz, lieb, bet ich die Zeugnisse an, die mir darlegen, wie tausende oder einer vor mir eben das gefühlt haben, das mich kräftiget und stärcket. Und so ist das Wort der Menschen mir Wort Gottes es mögens Pfaffen oder Huren gesammelt und zum Canon gerollt oder als Fragmente hingestreut haben. Und mit inniger Seele fall ich dem Bruder um den Hals Moses! Prophet! Evangelist! Apostel, Spinoza oder Machiavell. [...]
> (an Lavater und Pfenninger, 26. 4. 1774)

Als Lavater Ende Juni in Frankfurt eintraf, begrüßte Goethe die persönliche Begegnung und das freundschaftliche Zusammensein. Natürlich traf sich der Schweizer Prediger auch mit Susanne von Klettenberg, dem frommen Fräulein, und mit der gleichgestimmten Frau Rat verstand er sich aufs beste. Die ersten erhaltenen Briefe von Goethes Mutter sind gerade die an Lavater, geschrieben nach jenem Besuch: „Tausendt Danck nochmahls, lieber, bester Sohn, vor euren Auffenthalt bey uns – – abschied konte ich nicht nehmen, mein Hertz war zu voll – – niemahls, niemahls, verliere ich euer Bild aus meiner Seele [...] ich muß aufhören, und muß weinen – – mein Hauß ist mir so einsam, wie ausgestorben – noch einmahl lebt wohl Catharina Elisabetha Goethe." Im zweiten Brief gab sie am 26. Oktober 1774 einen ausführlichen Bericht über das Sterben des Fräuleins von Klettenberg („Ich weiß, ich werde sie wieder sehen; aber izt, izt fehlt sie mir!").

Schmoll fertigte inzwischen Bildnisse an, auch von Goethe, und dieser wurde zur Mitarbeit an jenem Werk gewonnen, das in vier Bänden von 1775–1778 erschien, Lavaters *Physiognomische Fragmente zur Beförderung der Menschenkenntnis und Menschenliebe.* „Diese Wissenschaft schließt vom Äußeren aufs Innere" (DjG 4, 276). Es wurde ein stattliches Werk, großformatig, mit Silhouetten, Kupferstichen und zugehörigen Texten, deren mitunter waghalsigen Erläuterungen wohl nicht jeder Betrachter der Porträts zugestimmt hat, wenn alles zusammen auch interessant anzusehen und angenehm zu lesen war. Wo erfunden werden mußte, wie bei Persönlichkeiten des Altertums, arbeitete der Porträtist mit interpretatorischer Phantasie vor. Goethe war an der Herstellung des Werks fleißig beteiligt, auch mit Zeichnungen und Silhouetten; die Manuskripte gingen durch seine Hand an den Leipziger Verleger Reich. Was er z. B. zur Physiognomik Klopstocks beisteuerte, lautete so:

> Diese sanftabgehende Stirne bezeichnet reinen Menschenverstand; ihre Höhe über dem Auge Eigenheit und Feinheit; es ist die Nase eines Bemerkers; in dem Munde liegt Lieblichkeit, Präcision, und in der Verbindung mit dem Kinne, Gewißheit. Über dem Ganzen ruht ein unbeschreiblicher Friede, Reinheit und Mäßigkeit.

Der Erfolg der *Physiognomischen Fragmente* war groß, weit über Deutschland hinaus. Es gab ja noch keine Photographie; Silhouetten waren in Mode, Freunde und Liebende schenkten sie sich, man hatte Vergnügen daran, vom Äußeren aufs Innere zu schließen. Kein Wunder, daß manchen Silhouetten mit charakteristischen Zügen aufgeholfen wurde.

Nach einigen Tagen in Frankfurt fuhr Lavater über Wiesbaden weiter nach Ems, und Goethe mochte nicht darauf verzichten, ihn zu begleiten. Es war jene Fahrt, auf der nach Auskunft von Lavaters Tagebuch (28. 6. 1774) Goethe „viel von seinem ewigen Juden" rezitierte und auch „viel von Spinoza und seinen Schriften" erzählte.

Wieder in Frankfurt zurück, empfing Goethe einen anderen damals bekannten Mann, den Pädagogen Johann Bernhard Basedow. Er reiste herum, um Geld für seine neue Erziehungsanstalt aufzutreiben, die er Ende 1774 in Dessau tatsächlich eröffnen konnte, das „Philantropinum". Goethe hat später zwar anerkannt, daß Basedow nach seinen pädagogischen Zielen die Selbsttätigkeit der Schüler und ein auf Anschauung gegründetes Lernen fördern wollte, hat aber Bedenken gegen die zersplitternde

Darstellungsart der Gegenstände gehegt, wie sie Basedows *Elementarwerk* (2. Aufl. 1744) vorführte (10, 25). Über das ungehobelte Betragen des reisenden Pädagogen konnte er sich nur wundern, und auch an seinem vernachlässigten Äußeren hatte er einiges auszusetzen.
Doch waren es von Begeisterung, Disputierlust und lebhaftem Gefühl der Schaffenskraft erfüllte Tage und Wochen, die Goethe, Lavater, Basedow und Schmoll seit dem 15. Juli in Bad Ems, wo man sich wieder traf, und dann auf der Lahn- und Rheinreise miteinander verbrachten. Noch in *Dichtung und Wahrheit* ist die Erinnerung an die gewiß „genialisch-tolle" Zeit lebendig. Spielerisch stellten sich in den Reisetagen Verse ein, wurden ins Tagebuch diktiert, mitunter auch blödelnde („Wir werden nun recht gut geführt, / Weil Basedow das Ruder rührt"); und als sie an einer Burgruine vorüberglitten, improvisierte Goethe das Gedicht „Hoch auf dem alten Turme steht / Des Helden edler Geist, / Der, wie das Schiff vorübergeht, / Es wohl zu fahren heißt [...]". In launigen Knittelversen ist „das Andenken an einen wunderlichen Wirtstisch in Koblenz" aufbewahrt („Zwischen Lavater und Basedow / Saß ich bei Tisch des Lebens froh [...]"), und jenen zum geflügelten Wort gewordenen Vers hat der Autobiograph samt zugehöriger Situation im Lebensbericht verewigt:

> Ich saß zwischen Lavater und Basedow; der erste belehrte einen Landgeistlichen über die Geheimnisse der Offenbarung Johannis, und der andere bemühte sich vergebens, einem hartnäckigen Tanzmeister zu beweisen, daß die Taufe ein veralteter und für unsere Zeiten gar nicht berechneter Gebrauch sei. Und wie wir nun fürder nach Köln zogen, schrieb ich in irgend ein Album:
>
> Und, wie nach Emmaus, weiter ging's
> Mit Sturm- und Feuerschritten:
> Prophete rechts, Prophete links,
> Das Weltkind in der Mitten.

Das Ereignis der Reise auf Lahn und Rhein, die bis Düsseldorf führte, war aber das Zusammentreffen mit den Jacobis, besonders mit Friedrich Heinrich (Fritz) Jacobi. In Düsseldorf verfehlte man sich zunächst; in Elberfeld dann, wo auch Wiedersehen mit Jung-Stilling gefeiert wurde, traf man sich zum erstenmal, in einem Zirkel von Pietisten, der sich zu Ehren Lavaters versammelt hatte. Zwei Tage im Pempelfort, dem Landhaus der Jacobis, damals noch vor den Toren Düsseldorfs, schlossen sich an, Tage vertraulichen Miteinanders. Auch Wilhelm Heinse war anwesend, über dessen gerade erschienene Verserzählung *Laidion oder die eleusinischen Geheimnisse* Goethe gemeint hatte, das Ding sei mit der

blühendsten Schwärmerei der geilen Grazien geschrieben und lasse Wieland und Jacobi weit hinter sich (an Schönborn, 4. 7. 1774). Kein andrer hat damals der Sinnlichkeit, Erotik und Leidenschaft in der Literatur einen solchen Freiraum verschafft wie jener Heinse (sein Roman *Ardinghello* kam erst 1787), der sich mühsam durchzuschlagen hatte, zeitweise das Pseudonym Rost führte und unter diesem in Düsseldorf Georg Jacobis Zeitschrift *Iris* redigierte.
Nach den Tagen in Pempelfort dann die gemeinsame Fahrt nach Schloß Bensberg im Bergischen Land und nach Köln, mit Stunden der Freundschaft, die in der Erinnerung Goethes und Fritz Jacobis immer lebendig blieben. Als er an *Dichtung und Wahrheit* arbeitete, mahnte Fritz Jacobi am 28. Dezember 1812:

> Ich hoffe du vergissest in dieser Epoche nicht des Jabachschen Hauses [in Köln], des Schlosses zu Bensberg und der Laube, in der du über Spinoza, mir so unvergeßlich, sprachst; des Saals in dem Gasthofe zum Geist, wo wir über das Siebengebirg den Mond heraufsteigen sahen, wo du in der Dämmerung auf dem Tische sitzend uns die Romanze: es war ein Buhle frech genug – und andere hersagtest ... Welche Stunden! Welche Tage! – Um Mitternacht suchtest du mich noch im Dunkeln auf – Mir wurde wie eine neue Seele. Von dem Augenblick an konnte ich Dich nicht mehr lassen.

Dichtung und Wahrheit (chronologisch unzuverlässig im Bericht über diese Tage) griff die Erinnerung auf: „Der Mondschein zitterte über dem breiten Rheine, und wir, am Fenster stehend, schwelgten in der Fülle des Hin- und Widergebens, das in jener herrlichen Zeit der Entfaltung so reichlich aufquillt" (10, 36).

Rätselhafte, schwärmerische Freundschaften

Goethe und die Jacobis: das war bis zu dieser Zeit im wesentlichen ein spannungsvolles Un-Verhältnis. Übermütig hatte Goethe sie und Wieland attackiert und sich selbst durch solche Kritik zu profilieren versucht. Mit Betty freilich, der Frau Friedrichs, wechselte er seit 1773 die liebenswürdigsten Briefe. Auch Johanna Fahlmer, eine Tante der Jacobis, die 1772 bis 1773 in Frankfurt wohnte und Goethes Zuneigung besaß, war ein Bindeglied über allen Streit hinweg. Jetzt aber, in den Tagen des persönlichen Zusammenseins Ende Juli 1774, lösten sich die alten Spannungen und Gegensätze in nichts auf. Man verstand sich unmittelbar, faßte spontan Vertrauen zueinander, merkte, wie jeder ganz er selbst sein wollte, und wünschte, sich einem gleichgestimmten Menschen

vorbehaltlos zu erschließen. Daß dabei zeittypische empfindsame Gefühligkeit mit im Spiel war, verwundert nicht.
Das Rätsel, wie solch überwältigende Freundschaft plötzlich möglich wurde, wird kaum je zu lösen sein. Wohl läßt sich andeuten, was beide so eng miteinander verband. Leidenschaftlichkeit der Empfindung, Sensibilität für den andern, Vertrauen zur eignen und zur fremden Subjektivität, kein Hang zum Belehren und Überredenwollen: von solchen Erfahrungen berichten die Zeugnisse aus jener Zeit und auch noch später. „Du hast gefühlt dass es mir Wonne war, Gegenstand deiner Liebe zu seyn. – O das ist herrlich dass jeder glaubt mehr vom andern zu empfangen als er giebt!", bekannte Goethe dem neuen Freund nach der Rückkehr (13./14. 8. 1774). Und Fritz Jacobi schrieb an Sophie v. La Roche: „Göthe ist der Mann, dessen mein Herz bedurfte, der das ganze Liebesfeuer meiner Seele aushalten, ausdauern kann" (10. 8. 1774). In Goethes Rückschau nach fast vierzig Jahren: „Hier tat sich kein Widerstreit hervor, nicht ein christlicher wie mit Lavater, nicht ein didaktischer wie mit Basedow. Die Gedanken, die mir Jacobi mitteilte, entsprangen unmittelbar aus seinem Gefühl, und wie eigen war ich durchdrungen, als er mir, mit unbedingtem Vertrauen, die tiefsten Seelenforderungen nicht verhehlte" (10, 34).
Wieder ist vorhin der Name Spinoza gefallen. Unvergeßlich, so erinnerte sich Jacobi, habe Goethe über ihn gesprochen; vermutlich ohne in Einzelheiten zu gehen, denn dann wären sich die Freunde sofort wieder fremd geworden. Erst in späteren Jahren schieden sich beide Geister, eben an Spinoza. Spinozismus war 1774 längst ein Reizwort, weil er mit der christlichen Gottesvorstellung nicht harmonierte. Wie sehr die von Jacobi publizierte *Prometheus*-Hymne „zum Zündkraut einer Explosion" wurde, „welche die geheimsten Verhältnisse würdiger Männer aufdeckte" (10, 49), wurde schon berichtet: Lessing äußerte sich nach der Lektüre des *Prometheus* positiv zum Pantheismus Spinozas. Wer jedoch *für* den niederländischen Philosophen sprach, geriet unter Atheismusverdacht. Das war zwar widersinnig, weil Spinoza (1632–1677) einen strengen Gottesbeweis führte (Lehrsatz 14 seiner *Ethik:* „Außer Gott kann keine Substanz sein und keine begriffen werden"), aber das lief auf keinen Beweis eines *christlichen* Gottes hinaus. Schon Pierre Bayle hatte im einflußreichen *Dictionnaire Historique et Critique* (1738) Spinoza des Atheismus bezichtigt und über lange Zeit die allgemeine Meinung beeinflußt. Als der Student Goethe jenes spinozanahe Zitat in seine *Ephemerides* eintrug („Separatim de Deo [...]", oben S.94), unterließ er nicht eine Schlußwendung gegen den Spinozismus, die freilich nichts anderes als ein Reflex der herrschenden Auffassung war.
Für Spinoza ist Gott das allgemeine Wesen, der allgemeine Grund alles

Seienden. Ausdehnung und Denken, Materie und Geist (zwischen denen Descartes unterschied), alle Dinge und Ideen sind für ihn Bestandteile, Modifikationen *einer* Substanz, der göttlichen. Folglich haben die Einzeldinge ihren Grund nicht in sich selbst, sondern in jener Substanz. Nur diese, Gott, hat den Grund in sich selbst (ist *causa sui).* Alles übrige Seiende gehört damit zum Wesen der Substanz, die sich in ihnen äußert. „Alles, was ist, ist in Gott, und nichts kann ohne Gott sein oder begriffen werden" (Lehrsatz 15 der *Ethik).* Diese Auffassung durfte mit Recht Pantheismus genannt werden. Daß damit Welt und Natur aufgewertet wurden, liegt auf der Hand. Indem Gott auf diese Weise in die Welt hineingenommen wird, entfällt der Unterschied zwischen ihnen. Herder erkannte schon 1769: „Spinoza glaubte, daß Alles in Gott existire. [...] Es ist also kein Gott ohne Welt möglich: so wie keine Welt ohne Gott" (SW 32, 228). Das alles konnte Goethes philosophisch-religiöse Bemühungen, die ihn seit der Rückkehr aus Leipzig 1768 lebhaft beschäftigten, durchaus nicht verwirren.

Wenn auch Goethe in den Jahren 1773/74 Spinoza einige Male mit Ehrfurcht erwähnte, so ist das kein Beweis dafür, daß er die schwierigen Werke sorgfältig studiert hätte, den *Tractatus theologico-politicus* (1670) und die *Ethica ordine geometrico demonstrata* (Die Ethik nach geometrischer Methode dargestellt, 1677). Immerhin wurde die in der verlorenen Straßburger Dissertation gewünschte Trennung zwischen öffentlichem Kult und privater Glaubenssphäre in Spinozas Traktat ebenfalls vertreten. Mehreres wird Goethe wohl an Spinoza fasziniert haben: die als Gott zugehörig bewiesene Natur; die ruhige, aber unerbittliche Strenge und Genauigkeit der Argumentation, mit der die *Ethik* den Leser sofort beeindruckt, wohl auch die klare Begrifflichkeit, etwa in der Aufzählung der Affekte (3. Teil der *Ethik*), und nicht zuletzt das in sich gefestigte, einfach-stolze Leben dieses Philosophen, der seinen Unterhalt mit dem Schleifen optischer Gläser bestritten hatte, „genug, ich fand hier eine Beruhigung meiner Leidenschaften, es schien sich mir eine große und freie Aussicht über die sinnliche und sittliche Welt aufzutun. [...] Die alles ausgleichende Ruhe Spinozas kontrastierte mit meinem alles aufregenden Streben [...]" (*DuW;* 10, 35).

Denkt man an die Klagen über Einsamkeit und Verlassenheit, die Goethes Briefe der damaligen Jahre durchziehen, so läßt sich ermessen, was diese unerwartete Freundschaft mit Fritz Jacobi für ihn bedeutete. Ein längerer Aufenthalt des Freundes in Frankfurt Anfang 1775 festigte ihre Beziehungen. Aber ihr Verhältnis war wegen ihrer unterschiedlichen Grundauffassungen in weltanschaulich-religiösen Fragen stets gefährdet. Das zeigte sich 1785, als es über Spinoza zur Auseinandersetzung kam, und zuletzt in aller Schärfe, als Jacobi 1811 in seiner Schrift *Von den göttlichen Dingen und ihrer Offenbarung* nur *eine* Form der Offenbarung des Göttlichen anerkannte: im Geist, dem „Übernatürlichen im Menschen"; die Natur aber verberge Gott. Das mußte Goethes Überzeugung von einer Gott-Natur im Kern treffen. Er gab genau den Unterschied an, als er erläuterte: nach dem Weg, den Jacobi von jeher genommen, müsse „sein Gott sich immer mehr von der Welt absondern, da der meinige sich immer mehr in sie verschlingt" (an Schlichtegroll, 31. 1. 1811). Solche Differenzen belasteten die persönliche Freundschaft, völlig zerbrechen konnte sie nie: die Erinnerung an die frühen Jahre blieb zu lebendig.

Bis Köln waren die Jacobis in jenen Tagen Ende Juli 1774 mitgefahren; Mitte August traf Goethe, nach erneutem Aufenthalt in Ems, wieder zu Hause ein. Unter den Besuchern, die sich in diesem Herbst einstellten, war kein Geringerer als Klopstock. Der fünfundzwanzig Jahre Ältere, berühmter Dichter des *Messias*-Epos und Verfasser gefühlsstarker Gedichte, enthusiastischer freimetrischer Hymnen und versstrenger Oden, die es bis dahin nicht gegeben hatte, blieb vom 27. bis 29. September im Hause des jungen Genies; ein Ereignis, über das sogar die Presse meinte berichten zu müssen. Verständlich, daß sich der Autor des *Götz*, des *Clavigo*, des *Werther*, der soeben erst gedruckt war, durch den Besuch eines Mannes bestätigt und ermutigt fühlte, mit dessen Namen sich für viele schon damals verband, was *Dichtung und Wahrheit* ausführte: daß mit Klopstock eine Zeit gekommen sei, „wo das Dichtergenie sich selbst gewahr würde, sich seine eignen Verhältnisse selbst schüfe und den Grund zu einer unabhängigen Würde zu legen verstünde" (9, 398). Goethe begleitete Klopstock, der auf der Reise von Hamburg nach Karlsruhe war (wo ihn der Hof dann doch nicht halten konnte), wahrscheinlich auf der Weiterfahrt bis Darmstadt. Vermutlich auf dem Rückweg ist jene große Hymne entstanden, unter deren Titel *An Schwager Kronos* zu lesen ist: „in der Postchaise d. 10 Oktbr 1774". Unvergleichlich die erste Strophe, die auf logischen Satzablauf nicht achtet und die Wörter in der Folge der Eindrücke zusammenstaut, womit ein unmittelbarer Ausdruck des Geschehens und Erlebens erreicht wird. Es gibt nur wenige Stellen in Goethes Dichtung, an denen wie hier eruptiv die ‚normale' grammatikalische Ordnung aufgesprengt wird.

> Spude dich Kronos
> Fort den rasselnden Trott!
> Berg ab gleitet der Weg
> Ekles Schwindeln zögert
> Mir vor die Stirne dein Haudern.

Frisch, den holpernden
Stock, Wurzeln, Steine den Trott
Rasch in's Leben hinein.

Als Kutscher („Schwager") wird Kronos angeredet, der hier Zeitgott (Chronos) und Göttervater (Kronos) zugleich ist, und aufgefordert, nicht zu säumen. Schon in der letzten Zeile dieser ersten Strophe ist direkt ausgesprochen, daß die Fahrt in der Kutsche ein Sinnbild der Lebensreise darstellt. Ein Lebensgedicht also, wie Goethe viele geschrieben hat, mit Worten bereits, die Leitsätze Goethescher Lebensauffassung geblieben sind: „Auf denn! nicht träge denn! / Strebend und hoffend an", Worte freilich, die leichter gesagt als verwirklicht sind und die einem von äußeren Sorgen freien Menschen schneller von den Lippen gehen als den notleidenden. – Es mag sein, daß die Strophen 5 und 6, in denen der Sprechende in der Fülle des Lebens zu sterben wünscht, „eh mich fasst / Greisen im Moore Nebeldufft, / Entzahnte Kiefern schnattern / Und das schlockernde Gebein", daß diese Strophen etwas von der Enttäuschung wiedergeben, die der Anblick des alternden Klopstock beim jugendlichen Goethe, der ein Dichtergenie erwartet hatte, denn doch auslöste. Noch *Dichtung und Wahrheit* verschweigt diese Ernüchterung nicht.
Im Ton höchsten Selbstbewußtseins schließt die Hymne:

Töne Schwager dein Horn
Rassle den schallenden Trab
Dass der Orkus vernehme: ein Fürst kommt,
Drunten von ihren Sizzen
Sich die Gewaltigen lüfften.

Was für ein Ausdruck von Selbstvertrauen, welche Herausforderung: sich einst, nach herrlich bestandenem Lebenslauf, wie ein Fürst fühlen zu wollen, dem die Gewaltigen ihre Reverenz erweisen! Fünfzehn Jahre später war das Goethe zu anmaßend. Für die Fassung der *Schriften* von 1789 hat er die Stelle entschärft, gezähmt, weimarisch gemildert – und damit um ihre Kraft gebracht: „Daß der Orkus vernehme: wir kommen, / Daß gleich an der Türe / Der Wirt uns freundlich empfange."
Weniger über Fragen der Dichtung, wie Goethe erwartet hatte, als über „fremde Künste, die er als Liebhaberei trieb" (10, 63), unterhielt sich Klopstock damals mit ihm. Auch aufs Schlittschuhlaufen kam das Gespräch, das Klopstock in seiner Ode *Der Eislauf* gefeiert hatte und das Goethe seit einiger Zeit, vom „Enthusiasmus für diese glückliche Bewegung" beflügelt (9, 522), mit Vergnügen ausübte und das er dann im *Eis-Lebens-Lied* sinnbildlich auf das zu führende Leben bezog. Diese

Verse, deren Datierung nicht sicher ist (vielleicht gehören sie erst in den Weimarer Winter 1775/76), lassen wie die Hymne *An Schwager Kronos* etwas Charakteristisches Goethescher Gedichte erkennen.

Eis-Lebens-Lied

Sorglos über die Fläche weg,
Wo vom kühnsten Wager die Bahn
Dir nicht vorgegraben du siehst,
Mache dir selber Bahn!
Stille, Liebchen, mein Herz,
Kracht's gleich, bricht's doch nicht!
Bricht's gleich, bricht's nicht mit dir!

Hier wie in der *Kronos*-Hymne wird ein Lebensvorgang unmittelbar anschaulich und in seiner Besonderheit etwas allgemein Bedeutsames zum Vorschein gebracht. Dabei ist der Sinn der einzelnen Vorgänge und ihrer Bildlichkeit nicht etwa in einem Kodex festliegender Bedeutungen vorgezeichnet; er öffnet sich vielmehr der poetischen Anschauung, wird von ihr ent-deckt.

> Sieh Lieber, was doch alles schreibens Anfang und Ende ist die Reproducktion der Welt um mich, durch die innre Welt die alles packt, verbindet, neuschafft, knetet und in eigner Form, Manier, wieder hinstellt, das bleibt ewig Geheimniß Gott sey Danck, das ich auch nicht offenbaaren will den Gaffern u. Schwäzzern (an F. Jacobi, 21. 8. 1774).

Was indes der Blick des Poeten wahrnimmt und *wie* er es deutet, *welche* Bedeutsamkeit er ihm zuspricht, ist natürlich an seine Person gebunden, sein Leben, seine Welt und seine Erfahrungen. Es bleibt immer die Frage, ob und wie es in anderen Lebens- und Erfahrungszusammenhängen aufgenommen werden kann, damals wie heute.

„Mache dir selber Bahn!" ruft der Sprecher des *Eis-Lebens-Lieds* sich und anderen zu, will sich und anderen Mut machen, wie es notwendig ist, wenn die Bahn nicht vorgezeichnet und sicher zu beschreiten ist. Aber wie weit gilt dieser ermutigende Zuruf? Kann er, damals wie heute, diejenigen erreichen, denen es die Zustände ihrer Zeit und ihres Lebens unmöglich machten und machen, ihre (Lebens-) Bahn selbst zu bestimmen? Gegen das armselige Leben des Jakob Michael Reinhold Lenz und sein Scheitern in Weimar gehalten: Würden da nicht die Grenzen dieses Zuspruchs deutlich? Klänge er nicht zynisch? Für die hilflos Benachteiligten ist er nicht gedacht, Goethe hat sie gewiß nicht damit abfertigen wollen. Ihnen könnten ebenso Verse aus *An Schwager Kronos* wie schöne Worte und nur als solche vorkommen, im eigenen Leben nicht nachzuvollziehen: „Weit hoch herrlich der Blick / Rings ins Leben hinein / Vom Gebürg zum Gebürg / Über der ewige Geist / Ewigen Lebens ahndevoll."

Zugleich müssen diese und ähnliche Verse aus einer anderen Perspektive gesehen und begriffen werden. In ihnen äußert sich das Hochgefühl des und der jungen ‚Genies'. Es schwingt sich weit über erkannte und geahnte Begrenzungen hinaus. Aus solchem Hochgefühl gelingen Entwürfe erwünschten Lebens, deren Bedeutung nicht an der Elle einer schlechten Wirklichkeit gemessen werden darf. Dichtung kann nie gegen die Realität einfach aufgerechnet werden. Freilich bleibt bei derart ‚hochgemuten' Wünschen, Bekenntnissen und Herausforderungen offen, wieweit sie, mit einem Wort Max Frischs über Gedichte Bertolt Brechts, der Welt standzuhalten vermögen, in die sie gesprochen sind.

Gedichte über Kunst und Künstler

An Schwager Kronos und andere große Jugendhymnen waren Gedichte der Lebenskraft und Lebenshoffnung, entstanden aus dem Gefühl eigener schöpferischer Fähigkeiten. In ihnen wurde nicht *über* den Künstler, das Genie und den großen Menschen gesprochen. Sie selbst waren Ausdruck besonderen Lebens, präsentierten sich als Schöpfungen des Genies. In manchen Versen dieser Zeit sprach Goethe aber auch mehr betrachtend über die neue Kunstauffassung und den neuen Künstler. Sie reflektierten, was die Hymnen unmittelbar poetisch zum Ausdruck brachten. Man kann sie als Gedichte der Kunst- und Künstlerbetrachtung bezeichnen. Nicht wenige von ihnen sind Gelegenheitsgedichte, leichthin als versifizierte Briefe zu Papier gebracht und den Freunden zugesandt. Das hat Goethe von früh an gern getan: den Brief in eine lockere Verssprache hinübergleiten zu lassen, ihn mit Versen zu durchsetzen oder ganz in Versen zu schreiben. Da äußerte er sich frank und frei und genoß derbe Ausdrücke und drastische Vergleiche. So hatte er Friedrich Wilhelm Gotter, dem Bekannten aus der Wetzlarer Zeit, der in Gotha ein Liebhabertheater aufgezogen hatte, in einer launigen Versepistel im Juni 1773 seinen *Götz von Berlichingen* angeboten:

Schicke dir hier den alten Götzen;
Magst ihn zu deinen Heilgen setzen,
Oder magst ihn in die Zahl
Der Ungeblätterten stellen zumal.
[...]
So such dir denn in deinem Haus
Einen rechten tüchtigen Bengel aus

Und gieb ihm die Roll' von meinem Götz,
In Panzer, Blechhaub' und Geschwätz.
[...]
Musst alle garst'gen Worte lindern,
Aus Scheiskerl Schurcken, aus Arsch mach Hintern
Und gleich' das Alles so fortan,
Wie du's wohl ehmals schon gethan.

Am 4. und 5. Dezember 1774 richtete Goethe zwei längere Briefgedichte an Merck. In den Gedichtausgaben sind daraus später zwei Gedichte in einer anderen Anordnung der Verse geworden: *Sendschreiben* („Mein altes Evangelium / Bring ich dir hier schon wieder") und *Künstlers Abendlied,* das zunächst, als Teil des Briefgedichts an Merck, ohne Überschrift auch an Lavater gegangen war und von ihm unter dem Titel *Lied eines physiognomischen Zeichners* an den Schluß des 1. Teils seiner *Physiognomischen Fragmente* (1775) gesetzt wurde:

O daß die innre Schöpfungskraft
Durch meinen Sinn erschölle,
Daß eine Bildung voller Saft
Aus meinen Fingern quölle!
Ich zittre nur, ich stottre nur,
Ich kann es doch nicht lassen,
Ich fühl', ich kenne dich, Natur,
Und so muß ich dich fassen.
Wenn ich bedenk', wie manches Jahr
Sich schon mein Sinn erschließet,
Wie er, wo dürre Heide war,
Jetzt Freudenquell genießet,
Da ahnd' ich ganz, Natur, nach dir,
Dich frei und lieb zu fühlen,
Ein lust'ger Springbrunn wirst du mir
Aus tausend Röhren spielen,
Wirst alle deine Kräfte mir
In meinem Sinn erheitern
Und dieses enge Dasein hier
Zur Ewigkeit erweitern.

Das war also das „alte Evangelium", das er Merck abermals vortrug. Was hier im Ton froher Botschaft bekenntnishaft verkündet wurde, erhielt in anderen Teilen des Briefgedichts (später als *Sendschreiben* betitelt) deftige Anschaulichkeit. Was der Maler Füßli meinte, galt hier gerade nicht: „Errege einen Sturm in einem Weinglase oder weine über einer Rose, wer da wolle; ich kann es nicht" (Füßli an Lavater, Rom, November

1773). Als Goethe Freund Merck eine Zeichenmappe schenkte, riet er ihm, aufs Nahe und gegenwärtig Wirkliche achtzugeben: „Geb' Gott dir Lieb' zu deinem Pantoffel, / Ehr' jede krüpplige Kartoffel, / Erkenne jedes Dings Gestalt, / Sein Leid und Freud, Ruh und Gewalt / Und fühle, wie die ganze Welt / Der große Himmel zusammenhält" („Hier schick' ich dir ein teures Pfand").

Nicht in Rom, in Magna Gräcia,
Dir im Herzen ist die Wonne da!
Wer mit seiner Mutter, der Natur, sich hält,
Findt im Stengelglas wohl eine Welt.

(Sendschreiben)

Goethe machte Gedichte der Kunst-und Künstlerbetrachung damals verstreut in Zeitschriften und Musenalmanachen der Öffentlichkeit bekannt. Fünf von ihnen publizierte er an bezeichnender Stelle, nämlich im Anhang zur Übersetzung einer dramentheoretischen Schrift des Franzosen Louis Sebastien Mercier, die 1773 in Amsterdam erschienen war. In dieser Schrift erkannten sich die Stürmer und Dränger wieder: Eine ursprüngliche, charakteristische, aus dem Leben der Gegenwart geborene Kunst wurde gefordert. Goethe hatte Heinrich Leopold Wagner zur Übersetzung angeregt und steuerte selbst, anstatt versprochener Anmerkungen, einige Zugaben bei. So erschien das Buch 1776 unter dem Titel *Neuer Versuch über die Schauspielkunst. Aus dem Französischen. Mit einem Anhang aus Goethes Brieftasche.* „Aus Goethes Brieftasche": das waren eine Einleitung, zwei kunsttheoretische Prosastücke und eben fünf Gedichte der Kunst- und Künstlerbetrachtung, die nicht erst jetzt entstanden waren: *Brief* („Mein altes Evangelium"), *Guter Rath auf ein Reisbret, auch wohl Schreibtisch* (später: *Denk- und Trostsprüchlein), Kenner und Künstler, Wahrhaftes Mährgen* („Ich führt' ein'n Freund zum Maidl jung"), *Künstlers Morgenlied* („Ich hab' euch einen Tempel baut").

Mochte es auch besonders der bildende Künstler, der Maler sein, auf den diese Texte verwiesen, so war doch der Künstler generell gemeint, was Goethe in seiner *Einleitung* eigens anmerkte. Die „innre Schöpfungskraft" und die Natur – zweimal in *Künstlers Abendlied* beschworen – sind so aufeinander bezogen, daß das künstlerische Schaffen, die „Bildung voller Saft", wie ein Gewächs aufsteigt, das die Natur selbst hervorgebracht hat. Ähnlich hatte Goethe das Kunstwerk des Straßburger Münsters erfahren (und ist merkwürdigerweise an anderen Bauwerken ähnlichen Stils vorübergegangen). Das Gefühl gilt als Zentrum künstlerischer Existenz („Ich fühl', ich kenne dich, Natur, / Und so muß ich dich fassen"). Es führt ins Innere der Natur, und zugleich ist das, was als Schöpfung des Künstlers bezeichnenderweise hervor„*quillt*", Werk der Natur, soll es wenigstens sein. Wenn so der Künstler mit den ewig wirkenden Kräften der Natur übereinstimmt und wie sie schafft, entsteht ein Werk, das (wie das Straßburger Münster) „bis in den kleinsten Teil notwendig schön, wie Bäume Gottes" ist. Nur einen solchen Maßstab für ‚Schönheit' erkannte Goethe damals an, im Pochen auf den Eigenwert künstlerischen Schaffens, im Aufbegehren gegen verordnete Regeln und vorgestanzte Ausdrucksweisen. Jetzt, da *Götz* und *Werther, Clavigo* und große Gedichte vorlagen und manches andere in Arbeit war, konnte er diese Bekenntnisse wagen.

Keine Frage, Wunsch und Anspruch griffen sehr hoch. „Wirst alle meine Kräfte mir / In meinem Sinn erheitern / Und dieses enge Dasein hier / Zur Ewigkeit erweitern." Das spricht sich leichter, als es nachzuvollziehen ist. Bei aller Bewunderung für das Hochgefühl, das sich in Versen und Sätzen des jungen Goethe äußerte, darf ruhig angemerkt werden, daß wir es zwar mit einer beflügelnden Zuversicht zu tun haben, es aber nur ein Glaube sein kann. Wie ließe sich anders vom Ewigen sprechen? Es hat keinen Anfang und kein Ende, sonst wäre es nicht ewig. Niemand kann und konnte das je überblicken. Aber „dieses enge Dasein" treibt den Menschen, Ausschau nach Weiterem, Größerem, Freierem zu halten. So war es bei dem enthusiastischen Begehren der ‚Genies', gerade auch angesichts ihrer eingeschränkten Möglichkeiten, sich tätig-handelnd zu entfalten und zu verwirklichen.

Künstlers Morgenlied, wohl schon Anfang 1773 entstanden, sprach nicht von Schöpferkraft im allgemeinen, sondern wollte den inneren künstlerischen Schaffensprozeß anschaulich werden lassen. In den äußerlich schlichten reimlosen vierzeiligen Strophen dieses langen Gedichts schieben sich in expressiver Sprache Bezeichnungen und Bildbereiche verschiedener Sphären ineinander: so komplex ist die innere Welt des produzierenden Künstlers. „Ich hab' euch einen Tempel baut, / Ihr hohen Musen all' / Und hier in meinem Herzen ist / Das Allerheiligste." Ein Musenanruf im alten Stil, aber sogleich wird auf das „Herz" hingewiesen als das Zentrum der Welt-und Kunsterfahrung des begeisterten Künstlers. Religiöses Empfinden, lebendige Erinnerung an Gestalten der antiken Dichtung, Erfahrung der Liebe: das sind hier die Motivationen des kreativen Prozesses. Mit Ausdrücken aus dem Bezirk religiösen Empfindens werden sowohl die große Kunst der Antike als auch das Erleben der Liebe bedacht: „Ich trete vor den Altar hier / Und lese, wie sich's ziemt, / Andacht liturg'scher Lektion / Im heiligen Homer."

Die produktive Kraft, die über Intensität des bloßen Fühlens und Erlebens hinaus zur Gestaltung gelangt, unterscheidet den Künstler, so die

Meinung des jungen Goethe, von Kennern und Liebhabern, eine Schöpferkraft, die mit dem Vorgang des Zeugens gleichgesetzt wird: „[...] Daß ich mit Göttersinn / Und Menschenhand / Vermög' zu bilden / Was bei meinem Weib / Ich animalisch kann und muß" *(Kenner und Künstler)*. Selbstbewußt drängte Goethe 1774 in wenige Verse Grundsätze seines künstlerischen Evangeliums:

Was frommt die glühende Natur
An deinem Busen dir,
Was hilft dich das Gebildete
Der Kunst rings um dich her,
Wenn liebevolle Schöpferkraft
Nicht deine Seele füllt
Und in den Fingerspitzen dir
Nicht wieder bildend wird.

(An Kenner und Liebhaber)

Das ist kein Plädoyer Goethes für Formlosigkeit, im Gegenteil. In der Einleitung zum Anhang *Aus Goethes Brieftasche* fiel das Wort von der „inneren Form". Es sei endlich an der Zeit, damit aufzuhören, über die einzelnen Regeln des Dramas zu reden. „Deswegen gibt's doch eine Form, die sich von jener unterscheidet wie der innere Sinn vom äußern, die nicht mit Händen gegriffen, die gefühlt sein will. [...] Wenn mehrere das Gefühl dieser innern Form hätten, die alle Formen in sich begreift, würden wir weniger verschobne Geburten des Geists aneklen" (12, 22).

Das „Gefühl dieser innern Form" führt nun keineswegs zu einer einheitlichen Gestaltungsweise bei Künstlern, die sich ihm verpflichtet wissen. Das wäre auch widersinnig; wird doch gerade nicht die Erfüllung allgemeiner Regeln, sondern eine individuelle, charakteristische Kunst gewünscht, die ihr Lebensgesetz dem „Urquell der Natur" verdankt. Damit stellen sich nicht wenig komplizierte Fragen. Die eine Natur, die ewig-keimende, läßt durch ihre Künstler viele unterschiedliche Gestaltungen entstehen. Wie läßt sich dann erkennen, ob „innere Form" verwirklicht ist? Wie steht es mit dem ‚Charakteristischen', das ein Werk zur „charakteristischen Kunst" macht? Ist Originalität im Sinn des Neuen, Innovativen gemeint und gewünscht oder aber, was die ständige Berufung auf die Natur nahelegt, an Ursprünglichkeit, Echtheit, Verwurzelung in einer naturphilosophisch erfaßten Ordnung der Natur gedacht? Aller Wahrscheinlichkeit nach das zuletzt Erwähnte; denn schon aus der hermetischen Naturphilosophie hatte der junge Goethe individuelle Eigentümlichkeiten dem einzelnen Künstler und seiner Kunst als Recht und Aufgabe überantwortet. Noch in Formulierungen der Einleitung zur *Brieftasche* gab sich das zu erkennen. Doch ist mit solchem Wissen und Glauben keine Handhabe gegeben, im Einzelfall sicher entscheiden zu können, ob ein Werk „innere Form" verwirklicht oder verfehlt habe.

Diese Überlegungen deuten an, daß hier Fragen berührt werden, die nach wie vor aktuell sind. Ist kein allgemein anerkanntes Regelbuch mehr zur Hand, mit dem Gelingen und Versagen nachgeprüft werden, dann können „innere Form" und „charakteristische Kunst" leichter zum Maßstab erhoben als im einzelnen Werk für jeden überzeugend nachgewiesen werden. Wer das Lob solcher Kunst verkündet oder nachspricht, hat damit noch nicht konkret gezeigt, wie das entsprechende Kunstwerk beschaffen sein soll. Jede Dichtung des jungen Goethe kann jedenfalls nicht als Musterbeispiel dafür dienen. Das Gedicht *Auf Christianen R.* etwa (später *Christel:* „Hab oft einen dumpfen düstern Sinn"), das Boie 1774 erhielt, ist mit seinen neckischen Belanglosigkeiten sicherlich kein Exempel der neuen Kunst (und war dazu auch nicht ausersehen).

Eine wichtige Frage war, ob es einem Künstler, der von seiner Kunst leben wollte, überhaupt möglich sei, seinem Kunstideal treu zu bleiben. Hatte er sich nicht fremden Forderungen anzupassen: denen eines Auftraggebers oder Marktes? Das Problem war Goethe durchaus nicht fremd, die Kompliziertheit der Künstlerexistenz nicht erst ein Thema des *Torquato Tasso.* Die dialogischen und szenischen Gedichte *Kenner und Künstler, Des Künstlers Erdewallen* und *Des Künstlers Vergötterung* berührten zumindest die Frage der Künstlerexistenz. Auch „des Künstlers Erdewallen" ist mit den Nöten der materiellen Sicherung des Daseins belastet. Diesen Gedichten kann man noch *Künstlers Apotheose* von 1788 zuordnen, wo der Künstler erst aus dem Jenseits beobachten kann, wie er endlich geschätzt wird. Klagend hält er der Muse vor: „Was hilft's, o Freundin, mir, zu wissen, / Daß man mich nun bezahlet und verehrt? / O hätt' ich manchmal nur das Geld besessen, / Das diesen Rahm[en] jetzt übermäßig schmückt!"

Daß Goethe in jenen Jahren so oft vom bildenden Künstler sprach, hing mit seiner eigenen Beschäftigung zusammen. „Heute schlägt mir das Herz", schrieb er am 20. November 1774 an Sophie v. La Roche. „Ich werde diesen Nachmittag zuerst den Oel Pinsel in die Hand nehmen! – Mit welcher Beugung Andacht und Hoffnung, drück ich nicht aus, das Schicksaal meines Lebens hängt sehr an dem Augenblick." Noch war für ihn nicht endgültig entschieden, in welcher Kunst er sein Bestes geben könne. In seinem Zimmer war, so hat er es selbst auf einem Briefblatt gezeichnet, die Staffelei aufgebaut. Der Rechtsanwalt experimentierte auf vielen Gebieten: „Ich [...] krieche in den Winckeln all meiner Kräffte und Fähigkeiten herum, [...] ich zeichne, künstle pp. Und lebe ganz mit Rembrandt" (an Johanna Fahlmer, Anfang November 1774).

Hoher Besuch in Frankfurt

Im Dezember 1774 meldete sich im Großen Hirschgraben neuer Besuch, dessen lebensgeschichtliche Bedeutung damals nicht abzusehen war. Ob sich alles wirklich so abgespielt hat, wie es vier Jahrzehnte später *Dichtung und Wahrheit* schilderte, mag dahinstehen. Ein wohlgebildeter schlanker Mann, den er zuerst in der Halbdämmerung seines Zimmers für Fritz Jacobi gehalten habe, sei eines Tages eingetreten. Er habe sich als Kammerherr v. Knebel zu erkennen gegeben, der in Weimar angestellt und für den Prinzen Constantin als Begleiter bestimmt sei. Das war am 11. Dezember. Dieser Carl Ludwig v. Knebel war preußischer Gardeleutnant gewesen, hatte, literarisch gebildet und an Kunst und Wissenschaft interessiert, den Dienst quittiert und war seit wenigen Monaten als Erzieher des jüngeren der beiden Prinzen von Sachsen-Weimar-Eisenach in Weimar tätig. Jetzt begleitete er Carl August und Constantin auf ihrer Reise nach Paris. Es war die erste größere Reise, die die siebzehn- und sechzehnjährigen Prinzen über Thüringen hinausbrachte, eine Bildungstour zum Abschluß ihrer Erziehungsjahre, die es dem Erbprinzen Carl August aber auch ermöglichen sollte, die in Aussicht genommene Braut aufzusuchen. Prinzessin Luise von Hessen-Darmstadt hieß die Erwählte, die nach dem Tod ihrer Mutter, der „großen Landgräfin" Caroline, seit kurzem nicht mehr in Darmstadt, sondern in Karlsruhe bei ihrer Schwester Amalie lebte, die den Erbprinzen von Baden-Durlach geheiratet hatte. Am 19. Dezember 1774 schon kam es zur förmlichen Verlobung.

Als Knebel bei Goethe hereinschaute, hatte die Weimarer Reisegesellschaft in Frankfurt am Main Zwischenstation gemacht. Im „Rothen Haus" war man abgestiegen. Der Dichter des *Götz* und *Werther* ließ sich von Knebel nicht lange bitten und machte den jungen Prinzen, die viele Jahre sorgfältiger Ausbildung und intensiven Unterrichts hinter sich hatten, seinen Besuch. Goethe meinte später noch genau zu wissen: „Ob es nun gleich an literarischer Unterhaltung nicht fehlte, so machte doch ein Zufall die beste Einleitung, daß sie gar bald bedeutend und fruchtbar werden konnte. Es lagen nämlich Mösers ‚Patriotische Phantasien', und zwar der erste Teil, frisch geheftet und unaufgeschnitten, auf dem Tische. Da ich sie nun sehr gut, die Gesellschaft sie aber wenig kannte, so hatte ich den Vorteil, davon eine ausführliche Relation [einen Bericht] liefern zu können" (*DuW* 15. B.; 10, 52).

Was im einzelnen auch bei dieser ersten Begegnung mit dem kurz vor seinem Regierungsantritt stehenden Weimarer Prinzen Carl August erörtert sein mag, sicher dürfte sein, daß politische Fragen nicht zu kurz gekommen sind. Das Gespräch wurde in den folgenden Tagen in Mainz fortgesetzt, wo die thüringische Gesellschaft bis zum 15. Dezember blieb und wohin Goethe eingeladen wurde. Es muß auf den künftigen Regenten eines Staates Eindruck gemacht haben, wie sich der inzwischen als Dichter bekannte Bürgerssohn über Probleme der Staatskunst und Regierung eines Landes zu äußern wußte. Allein unter schriftstellerischen Gesichtspunkten hatte sich der junge Rechtsanwalt gewiß nicht mit der Prosa Justus Mösers, des verantwortlichen Osnabrücker Regierungsbeamten und politischen Theoretikers, beschäftigt. Hatte ihn schon die Neigung erfaßt, selbst einmal politisch wirksam zu werden und für das Gemeinwohl tätig zu sein? Hatten ihn die *Patriotischen Phantasien* angeregt, darüber nachzudenken, wie in der kleinstaatlichen Ordnung des Heiligen Römischen Reiches Deutscher Nation das Gute befördert und dem Widrigen gesteuert werden könne? Hatte er, der von Schaffenskraft und Schaffenslust dichtete, gespürt, daß sich sein Wunsch nach Tätigkeit auch auf dem Feld politischen Handelns verwirklichen und bewähren wollte? Symptomatisch ist jedenfalls, daß das erste Gespräch zwischen dem jungen Dichter und dem noch jüngeren zukünftigen Regenten politischen Themen gewidmet war.
Justus Möser amtierte in einem kleinen Staatsgebilde, das nach dem Westfälischen Frieden von 1648/49 entstanden war: im Fürstbistum Osnabrück, in dem stets ein katholischer Bischof mit einem protestantischen Landesherrn in der Regentschaft abwechselte. Hier war Möser 1720 geboren, hier war er, nach rechtswissenschaftlichen und theologischen Studien (ohne das damals noch nicht erforderliche Abschlußexamen), als Anwalt tätig, seit 1747 als *Advocatus Patriae* auch für die Regierung des Bistums, und stieg in der Verwaltungshierarchie des Ländchens bis zum Geheimen Referendar und Geheimen Gerichtsrat auf (1783), was der Stellung eines verantwortlichen Ministers entsprach. Bei dem programmierten Wechsel der Landesherren bürgten solche Beamte für Kontinuität in der Verwaltung. Von früh an schriftstellerte Justus Möser, gab Zeitungen heraus, schrieb eine *Osnabrückische Geschichte* (seit 1765), die in ihren abgeschlossenen Teilen freilich nur bis ins 12. Jahrhundert reichte, brach in der Abhandlung *Harlekin oder Verteidigung des Groteske-Komischen* (1761) eine Lanze für die Figur des Hanswurst, die Gottsched und seine Schule von der Bühne verbannt hatten, und hielt noch 1781 ein Plädoyer *Über die deutsche Sprache und Literatur* gegen die abwertende Schrift Friedrichs des Großen *De la littérature allemande* von 1780.

Die *Patriotischen Phantasien* waren anfangs überwiegend Beiträge zu den *Wöchentlichen Osnabrückischen Anzeigen*, die Möser seit 1766 herausgab. 1774 erschien der erste Sammelband dieser Artikel, dem wegen seines beachtlichen Erfolges weitere folgten. Viele Themen wurden, oft in lockerer Erzählform, behandelt, aus allen sozialen Bereichen, vom Adel bis zu den Leibeigenen. Was sich besonders einprägte, war die überall durchscheinende Grundauffassung vom geschichtlich Gewordenen. Gegenwart hängt, so Mösers Überzeugung, mit der Vergangenheit unlöslich zusammen, und immer müssen Betrachter wie politisch Handelnde sorgsam abwägen, was vom Herkömmlichen und in langen Zeiten Gewachsenen erhalten und was verändert werden muß. Gewaltsame Änderung stand für Möser grundsätzlich nicht zur Debatte. Die Zersplitterung des Reichs in eine Vielzahl kleiner und kleinster Staatsgebilde sah er nicht so negativ, wie es bei manchen Kritikern üblich wurde. Gerade die Menge kleiner Staaten erschien ihm „als höchst erwünscht zu Ausbreitung der Kultur im einzelnen, nach den Bedürfnissen, welche aus der Lage und Beschaffenheit der verschiedensten Provinzen hervorgehn" (10, 52). Eine Sicht der Dinge, die dem Herrscher eines kleinen Landes gefallen mußte.

Wenn Goethe im Rückblick von *Dichtung und Wahrheit* über Mösers Auffassungen sprach, wurde zugleich deutlich, in welchen Ansichten er zeitlebens mit dem Osnabrücker Historiker übereinstimmte. Das Vergangene mit dem Gegenwärtigen zusammenzuknüpfen, dieses aus jenem abzuleiten und dadurch, ob eine Veränderung lobens- oder tadelnswürdig sei, deutlich auseinanderzusetzen (10, 52): diese Anschauung fand Goethes Zustimmung. „Wir sehen eine Verfassung auf der Vergangenheit ruhn, und noch als lebendig bestehn. Von der einen Seite hält man am Herkommen fest, von der andern kann man die Bewegung und Veränderung der Dinge nicht hindern. [...] Ein solcher Mann [wie Möser] imponierte uns unendlich und hatte den größten Einfluß auf eine Jugend, die auch etwas Tüchtiges wollte, und im Begriff stand, es zu erfassen" (13. B.; 9, 596 ff.). Noch im Alter war die Erinnerung daran lebendig, wie die junge Generation damals nach Tätigkeit gedrängt und sich nicht allein in poetischer Produktivität hatte verausgaben wollen. Aufschlußreich genug, mit welchen Worten sich der junge Goethe anderthalb Monate nach seinem Gespräch mit den Prinzen bei der Tochter Mösers für die *Patriotischen Phantasien* bedankte: „Wo ich sie aufschlage wird mirs ganz wohl, und hunderterley Wünsche, Hoffnungen, Entwürfe entfalten sich in meiner Seele" (an Jenny v. Voigts, 28. 12. 1774). Es kann nicht zweifelhaft sein: Goethes Annahme der Einladung nach Weimar im folgenden Jahr hatte mit solchen Wünschen, Hoffnungen und Entwürfen zu tun.

Es konnte nicht ausbleiben, daß in den Unterhaltungen mit den Reisenden aus Weimar auch die Attacken auf Wieland zur Sprache kamen, die sich der übermütige Dichter des *Götz von Berlichingen* erlaubt hatte. Schließlich war der angesehene Christoph Martin Wieland seit 1772 für den Prinzen Carl August als Lehrer der Philosophie und Ethik am Weimarer Hof angestellt. Goethes Satire *Götter, Helden und Wieland* (oben S.195) hatte Aufsehen erregt, und bei aller öffentlich gezeigten Gelassenheit war der Verspottete denn doch verstimmt. So überlegte man, wie eine Verständigung anzubahnen sei. Goethe schrieb, wohl von Knebel animiert, einen Brief, der freilich erst mit Verzögerung seine Wirkung tat. Zunächst nämlich erklärte Wieland dem Kollegen Knebel klipp und klar, Herr Goethe habe mit seinem Schreiben keine andere Absicht verfolgt, als sich über ihn lustig zu machen. Er verzichte „vollständig und für immer auf die Ehre, mit all diesen Genies und Schöngeistern [...] Bekanntschaft zu machen" (24. 12. 1774, Bo I 93). Mitte Januar sah es schon besser aus. Das „unartige Zeug" über Goethe habe er letzthin, meinte Wieland jetzt, „in einem hypochondrischen Anstoß" geschrieben. „Ich bin inzwischen radicaliter von allem Mißmuth gegen diesen sonderbaren großen Sterblichen geheilt worden. Unfehlbar werd' ich ihn über lang oder kurz persönlich *kennen lernen* [...]. Genug, ich werd' ihn sehen und sprechen, und an meinem guten Willen soll's nicht liegen, wenn wir nicht Freunde werden können" (an Knebel, 13. 1. 1775). Zwei repräsentative Figuren des ‚Weimarer Musenhofs' fingen an, sich zu arrangieren. Wieland muß von anderer Seite Lobendes über den ungebärdigen jungen Dichter in Frankfurt gehört haben, daß er sein Urteil so rasch und gründlich revidierte. Vielleicht hatten sich manche in Weimar von dem überzeugen lassen, was Knebel in einem ausführlichen Brief vom 23. Dezember 1774 an Bertuch berichtet hatte:

> Goethes Kopf ist sehr viel mit Wielands Schriften beschäftigt; daher kommt es, daß sie sich reiben. Goethe lebt in einem beständigen innerlichen Krieg und Aufruhr, da alle Gegenstände aufs heftigste auf ihn würken. Daher kommen die Ausfälle seines Geistes, der Mutwillen, der gewiß nicht aus bösem Herzen, sondern aus der Üppigkeit seines Genies. Es ist ein Bedürfnis seines Geistes, sich Feinde zu machen, mit denen er streiten kann; und dazu wird er nun freilich die schlechtsten nicht aussuchen.

Auf Carl Ludwig v. Knebel, später der „Urfreund" und einer der wenigen, mit denen Goethe das vertrauliche Du wechselte, haben die Tage in Frankfurt und Mainz tiefen Eindruck gemacht. Er gestand, daß er „etwas enthusiastisch" von Goethe denke. Nachdem er dessen Mutwillen zu erklären versucht hatte, fügte er in jenem Brief hinzu: „Die ernsthafte

Seite seines Geistes ist sehr ehrwürdig. Ich habe einen Haufen Fragmente von ihm, unter andern zu einem ‚Doktor Faust', wo ganz ausnehmend herrliche Szenen sind. Er zieht die Manuskripte aus allen Winkeln seines Zimmers hervor."

Eine ferne Brieffreundin

In jener Zeit bahnte sich zwischen Goethe und einer zunächst unbekannt bleibenden Leserin des *Werther* eine Beziehung an, die wegen ihrer Eigentümlichkeit und Bedeutung besonders erwähnt werden soll. Die Bewunderin des aufsehenerregenden Romans wünschte mit seinem Verfasser in briefliche Verbindung zu kommen. Was nicht zu vermuten war, geschah: Aus der Kontaktaufnahme entwickelte sich rasch eine Freundschaft, in Briefen, die sich manchmal wie Liebesbriefe lasen und deren Schreiber sich doch in ihrem ganzen Leben nie sehen sollten. Goethes Briefe an Gustchen Stolberg – sie war es, die die Verbindung gesucht hatte – wurden eindrucksvolle Dokumente seines Lebens in kritischer Zeit. Mit ihrer unkomplizierten Herzlichkeit und vertrauenerweckenden Offenheit muß die Briefschreiberin sogleich die Zuneigung des jungen Mannes gewonnen haben, der sich gewiß auch geschmeichelt fühlte. Wie mit sich selbst redend und doch das Mitempfinden einer beteiligt-unbeteiligten Zuhörerin spürend, zeichnete er in seinen Briefen auf, wie es um ihn stand; manchmal kam es zu Skizzen einer erstaunlichen Selbstobjektivierung. „Wenn mirs so recht weh ist, kehr ich mich nach Norden, wo sie dahinten ist zweyhundert Meil von mir meine geliebte Schwester" (31. 7. 1775). Als dann in Weimar Charlotte von Stein die geliebte Vertraute geworden war, ließ er den Briefwechsel mit der fernen Freundin einfach einschlafen. Er brauchte ihn und sie nicht mehr.

„Gustgen": das war Auguste Louise Gräfin zu Stolberg, die 1753 geborene Schwester der ‚Stolbergs', der Grafen Christian und Friedrich Leopold zu Stolberg. Seit 1770 lebte sie, noch unverheiratet, in einem adligen Damenstift im holsteinischen Uetersen. Am 14. November 1774 hatte sie, von der Lektüre des *Werther* ergriffen, Heinrich Christian Boie gefragt: „Goethe muß ein trefflicher Mann sein! Sagen Sie mir, kennen Sie ihn? Ich möchte ihn wohl kennen." Kritik hatte sie allerdings ebenfalls angemeldet. Goethe hätte doch auch „die Irrtümer in Werthers Art zu denken" widerlegen müssen oder wenigstens den Leser fühlen lassen, daß es Irrtümer sind. (Lessings Wunsch war ähnlich gewesen: „Also, lieber Goethe, noch ein Kapitelchen zum Schlusse; und je zynischer, je besser!", an Eschenburg, 26. 10. 1774.) Ende 1774 hatten auch die Brüder Stolberg, selbst eifrige Poeten in der Dichtervereinigung „Göttinger

Hain“, an Goethe geschrieben; Augustens eigener Brief wird bald darauf, noch anonym, gekommen sein. Er muß Goethe gerührt und ergriffen haben; denn seine Antwort an die „theuere Ungenandte“ (um den 18./19. Januar 1775 herum) war sofort auf den Ton inniger Vertrautheit gestimmt, – paßte sich damit vielleicht auch der schwärmerischen Empfindsamkeit der Adressatin an.

> Meine Teure – ich will Ihnen keinen Nahmen geben, denn was sind die Nahmen Freundinn Schwester, Geliebte, Braut, Gattin, oder ein Wort das einen Complex von all denen Nahmen begriffe, gegen das unmittelbaare Gefühl, zu dem – ich kann nicht weiter schreiben, Ihr Brief hat mich in einer wunderlichen Stunde gepackt.

Goethes Briefe an Gustchen Stolberg sind Bruchstücke einer jugendlichen Konfession, in denen sich „der Unruhige“ (3. 8. 1775) von der Seele schrieb, was ihn bewegte und bedrängte. Durchaus bewußt komponiert, verraten sie doch etwas von der Wahrheit des gelebten Augenblicks, dem sie sich verdanken. Freilich mußte der Bekennende wiederholt eingestehen, er könne nicht weiterschreiben, er könne nichts mehr sagen. Die Distanz zur Freundin im Norden war allein mit Briefen nicht vollständig zu überbrücken.

Spät, im Oktober 1822, hat sich Auguste, inzwischen verwitwete Gräfin Bernstorff, noch einmal an den Briefpartner der Jugend gewandt, um ihn an den rechten christlichen Glauben zu mahnen: „Mein Erlöser ist ja auch der Ihrige, es ist auch in keinem andern Heil, u Seeligkeit zu finden.“ Ihr Brief hat den alten Goethe zu jener wichtigen Antwort veranlaßt, in der er mit würdevoller Gelassenheit auf dem Credo seiner Weltfrömmigkeit beharrte: „Bleibt uns nur das Ewige jeden Augenblick gegenwärtig, so leiden wir nicht an der vergänglichen Zeit. [. . .] In unseres Vaters Reiche sind viel Provinzen und, da er uns hier zu lande ein so fröhliches Ansiedeln bereitete, so wird drüben gewiss auch für beyde gesorgt seyn“ (Ende Oktober/Anfang November 1822).

Im Brief vom 13. Februar 1775 entwarf der fünfundzwanzigjährige Goethe ein berühmt gewordenes Doppel-Selbstbildnis, das eindrucksvoller ist als alle gelehrten Deutungsversuche:

> Wenn Sie sich, meine liebe, einen Goethe vorstellen können, der im galonirten Rock, sonst von Kopf zu Fuse auch in leidlich konsistenter Galanterie, umleuchtet vom unbedeutenden Prachtglanze der Wandleuchter und Kronenleuchter, mitten unter allerley Leuten, von ein Paar schönen Augen am Spieltische gehalten wird, der in abwechselnder Zerstreuung aus der Gesellschafft, ins Conzert, und von da auf den Ball getrieben wird, und mit allem Interesse des Leichtsinns, einer niedlichen Blondine den

Hof macht; so haben Sie den gegenwärtigen Fassnachts Goethe, der Ihnen neulich einige dumpfe tiefe Gefühle vorstolperte, der nicht an Sie schreiben mag, der Sie auch manchmal vergisst, weil er sich in Ihrer Gegenwart ganz unausstehlich fühlt.
Aber nun giebts noch einen, den im grauen Biber-Frack mit dem braunseidnen Halstuch und Stiefeln, der in der streichenden Februarlufft schon den Frühling ahndet, dem nun bald seine liebe weite Welt wieder geöffnet wird, der immer in sich lebend, strebend und arbeitend, bald die unschuldigen Gefühle der Jugend in kleinen Gedichten, das kräfftige Gewürze des Lebens in mancherley Dramas, die Gestalten seiner Freunde und seiner Gegenden und seines geliebten Hausraths mit Kreide auf grauem Papier, nach seiner Maase auszudrücken sucht, weder rechts noch lincks fragt: was von dem gehalten werde was er machte? weil er arbeitend immer gleich eine Stufe höher steigt, weil er nach keinem Ideale springen, sondern seine Gefühle sich zu Fähigkeiten, kämpfend und spielend, entwickeln lassen will. Das ist der, dem Sie nicht aus dem Sinne kommen, der auf einmal am frühen Morgen einen Beruf fühlt Ihnen zu schreiben, dessen gröste Glückseligkeit ist mit den besten Menschen seiner Zeit zu leben.
[...]

Irrlichternde Liebe. Das Jahr 1775

Verlobung mit Lili Schönemann

Als Goethe sich so porträtierte: als jemanden, der sich mal in geselligen Festlichkeiten unter „allerley Leuten" umhertreibt und in ganz anderen Stunden, „in sich lebend, strebend und arbeitend", um die Entwicklung seiner Fähigkeiten bemüht ist, war er seit einiger Zeit in eine neue Liebesaffäre verstrickt. An einem Abend um die Jahreswende 1774/75 hatte er bei einem Konzert „in einem angesehnen reformierten Handelshause" (10, 86) die sechzehnjährige Anna Elisabeth (Lili) Schönemann kennengelernt, Tochter eines wohlhabenden Frankfurter Bankiers, dessen Geschäfte nach dessen Tod 1763 von seiner Frau weitergeführt wurden. Die Besuche, von der Hausherrin gebilligt, wiederholten sich, „da sich denn ein heiteres verständiges Gespräch bildete, welches kein leidenschaftliches Verhältnis zu weissagen schien". Das änderte sich jedoch bald. Wochen, Monate einer Leidenschaft folgten, von der noch der alte Goethe wußte: „Ich konnte nicht ohne sie, sie nicht ohne mich sein" (10, 94). Die Liebenden trafen sich so oft als möglich. Im nahen Offenbach wohnten enge Verwandte der Schönemanns, die Kaufmannsfamilien d'Orville und Bernard, in angenehmster Lage. Dort verbrachten beide, zusammen mit Freunden, viele gemeinsame Stunden. „Anstoßende Gärten, Terrassen, bis an den Main reichend, überall freien Ausgang nach der holden Umgegend erlaubend, setzten den Eintretenden und Verweilenden in ein stattliches Behagen. Der Liebende konnte für seine Gefühle keinen erwünschtern Raum finden" (10, 97). Er selbst wohnte dann bei Johann André, dem befreundeten Komponisten, einem vielseitigen Mann, der auch Seidenfabrikant und Musikverleger war.

Erzählung und Nachdenken über die Liebe zu Lili Schönemann, die um Ostern durch ein Verlöbnis besiegelt wurde, ziehen sich durch die letzten fünf Bücher von *Dichtung und Wahrheit*. Auch beim späten Erinnern fiel es Goethe offenbar schwer, mit dem Vergangenen ins reine zu kommen. Mit Staunen denkt er an die merkwürdige Verlobung zurück: „Es war ein seltsamer Beschluß des hohen über uns Waltenden, daß ich in dem Verlaufe meines wundersamen Lebensganges doch auch erfahren sollte, wie es einem Bräutigam zu Mute sei" (10, 109). Es gibt Äußerungen Goethes, die vermuten lassen, er habe erst in hohen Jahren, das Auf und Ab seines Lebens überblickend, ganz ermessen, was er verloren hatte, als er am 30. Oktober 1775, Frankfurt schon im Rücken, in Eberstadt in sein Tagebuch eintrug: „Es hat sich entschieden – wir müssen einzeln unsre Rollen ausspielen. Mir ist in dem Augenblick weder bange für mich noch für dich, so verworren es aussieht!" In Sorets *Gesprächen mit Goethe* ist unter dem 5. März 1830 das erstaunliche Geständnis des Achtzigjährigen verzeichnet, Lili sei in der Tat die erste gewesen, die er tief und wahrhaft geliebt habe. „Auch kann ich sagen, daß sie die letzte gewesen; denn alle kleinen Neigungen, die mich in der Folge meines Lebens berührten, waren, mit jener ersten verglichen, nur leicht und oberflächlich. Ich bin meinem eigentlichen Glücke nie so nahe gewesen als in der Zeit jener Liebe zu Lili." Nun kann zwar der Wortlaut nicht nachgeprüft werden, und im Nachgefühl des Alters mag früh Verlorenes besonders schmerzen. Aber schon 1807 ließ Goethe in ein Schreiben an Frau v. Türckheim, geb. Lili Schönemann, die Bemerkung einfließen, es habe ihm unendliche Freude gemacht, nach so langer Zeit einige Zeilen wieder von ihrer Hand zu sehen, „die ich tausendmal küsse in Erinnerung jener Tage, die ich unter die glücklichsten meines Lebens zähle" (14. 12. 1807). Als er dies schrieb, wußte er längst, daß Lili schwere Lebenszeiten tapfer bestanden hatte, daß sie der irrlichternden Welt der reichen Frankfurter Gesellschaft mit Festen und Verehrern, die ihn ehemals so irritiert hatte, entwachsen war und ihr wohl nie ganz angehört hatte. Das einstige Gedicht über *Lilis Park* besaß keine Wahrheit mehr: „Ist doch keine Menagerie / So bunt als meiner Lili ihre! / Sie hat darin die wunderbarsten Tiere / Und kriegt sie 'rein, weiß selbst nicht wie." Goethes Liebe zu Lili ist unter der Spannung zerbrochen, die jenes Doppelporträt, das er im Brief an Auguste zu Stolberg zeichnete, prägnant ausdrückte. Auf der einen Seite der Fastnachtsgoethe, der sich im Glanz der Wand- und Kronleuchter herumtreibt, der bei einschlägigen gesellschaftlichen Ereignissen nicht fehlen darf, weil er einer Blondine den Hof macht, die in solcher Umgebung lebt. Auf der andern Seite der Wanderer im grauen Biberfrack, der seiner Existenz Sinn zu geben sucht: der Natur hingegeben, „immer in sich lebend, strebend und arbeitend", der dichtet und zeichnet, der von Stufe zu Stufe sich weiterentwickeln will, dem nicht der Umgang mit „allerley Leuten" genugtun kann und dessen größte Glückseligkeit es ist, „mit den besten Menschen seiner Zeit zu leben". (Goethe hat früh begonnen, sein Leben zu deuten, um der Fülle und Widersprüchlichkeit dessen, was ihn bedrängte, nicht zu unterliegen.)

Wenige Wochen nachdem er Lili Schönemann kennengelernt hatte, schon diese widersprüchliche Porträtskizze! Waren beide Welten zu verbinden? Wohin gehörte Lili? War sie ganz dem oberflächlichen Treiben auf Festen und Bällen verfallen? Genoß sie es, von Verehrern umschwärmt zu werden? Würde er in jener Welt heimisch werden können, die am gesellschaftlichen Schein Gefallen fand und in der Reichtum gewiß soviel galt wie ein künstlerisches Werk? Unversehens hatte Goethe die Liebe zu Lili gepackt:

Herz, mein Herz, was soll das geben,
Was bedränget dich so sehr?
Welch ein fremdes neues Leben –
Ich erkenne dich nicht mehr. [...]

In Gedichten, die man als ‚Lili-Gedichte' zusammenfassen kann, äußerte der Überraschte seine Empfindungen, in denen sich Glück und Ratlosigkeit, Verworrenheit und Freude mischten. So eng waren diese Verse mit seinem Leben in jenen Monaten verbunden, daß Goethe viele von ihnen als biographisches Dokument in *Dichtung und Wahrheit* aufnahm. Sie tragen keine Merkmale der Sturm-und-Drang-Hymnen, nicht die großen Sprachgesten exzessiven Fühlens und Wollens. Freilich behaupten Wörter wie „Natur", „Herz", „fühlen" den Sinn, den sie seit Sesenheim gewonnen hatten. Es sind Gedichte, in denen der Sprechende seine zwiespältige Verfassung in dichterische Bilder bringt und über sie nachdenkt; mehr Fragen als Antworten.

[...]
Bin ich's noch, den du bei so viel Lichtern
An dem Spieltisch hältst?
Oft so unerträglichen Gesichtern
Gegenüberstellst?

Reizender ist mir des Frühlings Blüte
Nun nicht auf der Flur,
Wo du Engel bist, ist Lieb' und Güte,
Wo du bist, Natur.

(An Belinden)

Aber nicht nur Liebe, Güte und Natur sind Prädikate für diejenige, in deren Bann er geraten ist („War ich guter Junge nicht so selig / In der öden Nacht?"). Sie ist auch „das liebe lose Mädchen", dessen Anziehungskraft etwas mit Zauberei zu tun hat.

Und an diesem Zauberfädchen,
Das sich nicht zerreißen läßt,
Hält das liebe lose Mädchen
Mich so wider Willen fest.
Muß in ihrem Zauberkreise
Leben nun auf ihre Weise;
Die Verändrung, ach, wie groß!
Liebe, Liebe, laß mich los!

(Neue Liebe, neues Leben)

Das lange Gedicht *Lilis Park* leistet sich einen geradezu ätzenden Spott, als der Liebhaber sich wie ein gezähmter Bär in der bunten Menagerie Lilis vorkommt:

Denn so hat sie aus des Waldes Nacht
Einen Bären, ungeleckt und ungezogen,
Unter ihren Beschluß hereinbetrogen,
Unter die zahme Kompanie gebracht
Und mit den andern zahm gemacht – [. . .]

Am Schluß aber begehrt der Eingefangene auf:

[. . .] – Götter, ist's in euren Händen,
Dieses dumpfe Zauberwerk zu enden:
Wie dank' ich, wenn ihr mir die Freiheit schafft!
Doch sendet ihr mir keine Hilfe nieder –
Nicht ganz umsonst reck' ich so meine Glieder:
Ich fühl's! Ich schwör's! Noch hab' ich Kraft.

Ohne Zweifel ist Goethe, über seine unmittelbare Zuneigung hinaus, auch von der gebildeten Weltoffenheit und gesellschaftlichen Versiertheit der noch jungen Lili Schönemann beeindruckt gewesen. Das war anders als bei früheren Beziehungen. Aber war Lilis Eigenart (schon) ganz zu erkennen. Wer war sie wirklich? Und durfte er um ihretwillen die eigene Freiheit aufgeben und sich auf Dauer an sie binden? Goethe war betroffen und verwirrt. „Von meinen Verworrenheiten ist schweer was zu sagen, fleisig war ich eben nicht zeither", gestand er Gottfried August Bürger schon am 17. Februar 1775.
Die Briefe der glücklich-schwierigen Monate des Jahres 1775 zeugen von der inneren Unruhe, die sich immer wieder des Liebenden bemächtigte. „Ich dachte mir sollts unterm Schreiben besser werden – Umsonst mein Kopf ist überspannt" (an Auguste zu Stolberg, 7.–10. 3. 1775). Wie früher, wie in ‚Wertherzeiten' half die künstlerische Produktivität. „O wenn ich jetzt nicht Dramas schriebe ich ging zu Grund." Es war die Zeit, in der Szenen des *Faust* entstanden, *Erwin und Elmire* vollendet, *Claudine von Villa Bella* und *Stella* gedichtet wurden, und Aggressionen, die sich gegen die ‚feine Gesellschaft' angestaut hatten, entluden sich in den Skizzen zu *Hanswursts Hochzeit* mit ihrer Parade anzüglicher Namen. Hin und wieder äußerte sich in Briefen auch ein Gefühl des Glücks und der Zufriedenheit. „In mir ist viel wunderbaares Neues, in drey Stunden hoff ich Lili zu sehn" (an Johanna Fahlmer, März 1775).

Flucht in die Schweiz

Innere Krisen konnten bei solchen „Verworrenheiten“ nicht ausbleiben. Das Verlöbnis wurde schon im Mai brüchig. „Dem Hafen häuslicher Glückseeligkeit, und festem Fuse in wahrem Leid u. Freud der Erde wähnt ich vor kurzem näher zu kommen, bin aber auf eine leidige Weise wieder hinaus in's weite Meer geworfen.“ Als Goethe dies um den 12. Mai herum Herder mitteilte, waren seit ein paar Tagen willkommene Besucher in Frankfurt. Die Brüder Friedrich Leopold (Fritz) und Christian Graf zu Stolberg und ihr Freund Christian Graf von Haugwitz hatten auf ihrer Bildungsreise gen Süden dort Station gemacht. Beide Stolbergs waren literarisch aktiv im „Göttinger Hain“, verehrten begeistert Klopstock, und Johann Heinrich Voß feierte Fritz Stolberg als „Freiheitsrufer“ *(An Hahn, als F. L. Gr. z. Stolberg die Freiheit sang).* Erstaunlich jener Ruf nach Freiheit, wie ihn der Reichsgraf schon in seinem ersten Gedicht von 1770 (*Die Freiheit*) ertönen ließ. Freiheitslust und das Fanal „In tyrannos“ gingen damals leicht zusammen, ohne daß konkrete Politik gemeint gewesen wäre oder gar revolutionärer Umsturz vorbereitet werden sollte.

> Freiheit! Der Höfling kennt den Gedanken nicht,
> Sklave! Die Kette rasselt im Silberton!
> Gebeugt das Knie, gebeugt die Seele,
> Reicht er dem Joche den feigen Nacken. [. . .]
>
> (F. L. zu Stolberg, *Die Freiheit*)

Das war noch nicht der Stolberg von 1800, als er zum Katholizismus übertrat und deshalb von seinem alten, treuen Freund Voß mit Spott und Haß überzogen wurde (*Wie ward Fritz Stolberg ein Unfreier*, 1819). Im Mai 1775 war Freundschaft mit den Gästen schnell geschlossen. Geniegefühl beflügelte die jungen Männer; im Goethehaus kamen sich die vier – Stolbergs, Haugwitz und der Besuchte – wie die Haimonskinder vor, mit Goethes Mutter, der frohen und lebenstüchtigen, als Frau Aja. Goethe brauchte nicht erst überredet zu werden, sich den Reisenden anzuschließen. Er hatte Grund genug, wenigstens räumlichen Abstand zu all dem zu suchen, was ihn bedrängte, verwirrte, unruhig machte. So war ihm „die Aufforderung der Stolberge, sie nach der Schweiz zu begleiten, willkommen“, bot sich ihm damit doch auch die Gelegenheit zur Probe, ob er Lili entbehren könne (*DuW* 18. B.; 10,127). In *Dichtung und Wahrheit* hat Goethe ausführlich Rechenschaft über die bewegten Monate des Jahres 1775 abgelegt, über den Besuch der Stolbergs

berichtet, über die Schweizer Reise mit ihren vielfältigen Eindrücken, die Rückkehr und den darauf folgenden vergeblichen Versuch, zu dauerhafter Gemeinsamkeit mit der Braut zu finden. So virtuos und kunstvoll arrangiert das alles erzählt ist, so handelt es sich doch um Erzählung und Nachdenken aus großer zeitlicher Distanz. Nicht nur, daß manches nicht den Tatsachen entspricht – an Lilis Geburtstag, dem 23. Juni 1775, war Goethe etwa nicht, wie er behauptet (10, 102) in Frankfurt/Offenbach, sondern in der Schweiz –, auch das jugendliche Aufbegehren von einst wird nun herablassend betrachtet. Wo immer der alte Goethe sich in seinem Lebensbericht über die zeit- und gesellschaftskritischen Ansätze der Stürmer und Dränger äußerte, belächelte oder bagatellisierte er sie. Ganz auf ruhige, stetige Entwicklung eingeschworen, war ihm verdächtig geworden, was sich in der Jugend an aufwieglerischem Pathos und Elan hervorgewagt hatte. So folgt nach jenen Sätzen über den „poetischen Tyrannenhaß" Stolbergs (der in der Tat nur poetisch war) die distanzierende Bemerkung: „Überhaupt fehlt dieser gegenwärtigen Darstellung [in *Dichtung und Wahrheit*] im ganzen die weitläufige Redseligkeit und Fülle einer Jugend, die sich fühlt und nicht weiß, wo sie mit Kraft und Vermögen hinaus soll" (10, 127).
Die Reise in die Schweiz kam ebenso gelegen, um den Ärger zu vergessen, den Goethe sich für eine Publikation eingehandelt hatte, für die er (angeblich) nicht verantwortlich war. Im Februar war anonym in der Form eines Dramas eine scharfe Satire auf die Rezensenten des *Werther* gedruckt worden: *Prometheus, Deukalion und seine Rezensenten*. Für jedermann war die Entschlüsselung leicht: Prometheus stellte Goethe dar, Deukalion seine Schöpfung, den *Werther*. Die Rezensenten erschienen auf kleinen Holzschnitten, als Esel, Eule, Gans usw., Wieland als Merkur, Nicolai besonders verhöhnt als Orang-Utan. Obwohl kein besonders geistreiches Stück, machten die Verspotteten nicht nur gute Miene zum bösen Spiel. Was sollte Wieland sagen, der kurz vorher einen versöhnlichen Brief des Werther-Dichters erhalten hatte und sich nun im Stück als unterwürfig sich Anbiedernder lächerlich gemacht sah: „Ihr Diener, Herr Prometheus! / Seit Ihrer letzten Mainzer Reis' / Sind wir ja Freunde, soviel ich weiß: / Ist's mir vergönnt, den Sporn zu küssen?" Als die Aufregung auf allen Seiten zu groß wurde, ließ Goethe im April eine Erklärung verbreiten und in Zeitschriften einrücken: nicht er, sondern Heinrich Leopold Wagner habe das Stück geschrieben und drucken lassen, ohne sein Zutun und Wissen. Viel Glauben konnte er damit freilich nicht finden, zumal manche literarische Fehde damals anonym ausgetragen wurde und Autoren oftmals zögerten, sich zu ihren eigenen Publikationen zu bekennen. So führte die Reise in die Schweiz Goethe nebenbei aus diesen lästigen Verstrickungen heraus.

Am 14. Mai brach man gen Süden auf. Werthertracht hatten sich die jungen Männer zugelegt: gelbe Hose und Weste, blauer Frack mit gelben Knöpfen, Stiefel mit braunen Stulpen und auf dem Kopf ein runder grauer Hut. Ein Besuch bei Merck in Darmstadt war selbstverständlich; Heidelberg beeindruckte durch seine einmalige Lage am Neckar und seine Schloßruine über dem Fluß; in Karlsruhe konnte man die künstliche gezirkelte Anlage der Stadt mit dem Schloß bestaunen, und „der Herzog von Weymar kam auch, und ist mir gut" (an J. Fahlmer, 24./26. 5. 1775). Dessen Braut, der Prinzessin Luise, begegnete Goethe jetzt zum ersten Mal. In Straßburg hielt er sich einige Tage auf; freudiges Wiedersehen mit Lenz, aber kein Abstecher nach Sesenheim, wo er vor vier Jahren Friederike verlassen hatte. „Ist mir toll u. wunderlich überall wo ich bin", gestand er Johanna Fahlmer am 26. Mai aus Straßburg und dachte gleichzeitig daran, daß in diesen Tagen in Frankfurt sein *Erwin und Elmire* aufgeführt werden sollte, worüber er Bericht wünschte. Schon am Anfang der Reise ein jubelnder Ausruf, jedoch mit skeptischem Nachsatz: „Ich habe viel, viel gesehen. Ein herrlich Buch die Welt um gescheuter daraus zu werden, wenns nur was hülfe." Als „durchgebrochnen Bären", als „entlaufene Kazze" hatte er sich unmittelbar davor selbst charakterisiert.

In Emmendingen wurden der tüchtige Schwager Schlosser und die sensible, mit ihrem Dasein unzufriedene Schwester Cornelia besucht. Erinnerungen an die geschwisterliche Vertrautheit der frühen Frankfurter Jahre werden die Stunden aufgehellt haben. Von Lili riet die Schwester freilich ab – so weiß jedenfalls *Dichtung und Wahrheit* zu berichten. Lenz war mit nach Emmendingen gekommen; die Stolbergs trafen etwas später ein und reisten schon weiter, als Goethe noch bei Schwester und Schwager blieb. In Zürich wollte man sich wieder treffen.

Der Rheinfall bei Schaffhausen sei das einzige, an das er sich zwischen Emmendingen und Zürich noch erinnern könne, notierte der alte Goethe. Als er 1797 zum dritten Mal die Schweiz bereiste, war das anders. Da verbrachte er viele Stunden damit, den Rheinfall, der von vielen Reisenden beschrieben und bewundert wurde, von allen Seiten zu erfassen. „Erregte Ideen" wurde ein eigenes Kapitel in den Aufzeichnungen der *Reise in die Schweiz 1797* überschrieben; es begann mit den Stichworten: „Gewalt des Sturzes, Unerschöpfbarkeit als wie ein Unnachlassen der Kraft. Zerstörung, Bleiben, Dauern, Bewegung, unmittelbare Ruhe nach dem Fall" (JA 29, 122). Solche Beobachtungsweise, die Gesehenes in seiner Gegenständlichkeit ernst nimmt und in ihm allgemein Bedeutsames erschaut, hatte sich in diesem Sommer 1775 noch nicht ausgebildet.

Am 7. Juni traf Goethe in Zürich ein, und Lavater erwiderte die Gastfreundschaft vom vorigen Jahr aufs herzlichste. Erwünschter persönlicher Gedankenaustausch und gemeinsame Arbeit an den *Physiognomischen Fragmenten* füllten die Tage aus, unterbrochen von geselligen Stunden in Lavaters Freundeskreis und Ausflügen in die reizvolle Umgebung des Zürichsees. Während Goethe in Lavaters Haus „Zum Waldries" in der Spiegelgasse wohnte, nahmen die Stolbergs Quartier in einem Bauernhaus am See, „wo wir, eine halbe Stunde von der Stadt, uns auf einige Zeit etabliren wollen zwischen Weinbergen. Dicht dran sind Berge, welche mit Büschen bewachsen sind. In der Ferne sieht man die hohen Gebirge des Canton Schwyz, welche noch ganz mit Schnee belegt sind" (F. L. Stolberg an Henriette Bernstorff, 11.–13. 6. 1775). Natur und Naturleben und was man dafür hielt unmittelbar zu erfahren und zu genießen, das war den Reisenden gerade recht. Seit Albrecht von Haller, von einer Reise durch die Gegenden der bis dahin geringgeachteten Alpenbewohner beeindruckt, mit dem langen Gedicht *Die Alpen* seine Sammlung *Versuch Schweizerischer Gedichten* (1732) eröffnet hatte, seit die *Idyllen* des Zürchers Salomon Geßner, die weltberühmt wurden, Hirtenwelt und Hirtenleben aufs neue idealisiert hatten („Ich getraute mir, auf unsern Alpen Hirten zu finden, wie Theokrit zu seiner Zeit", schrieb er am 29. November 1754 an Gleim), seit Rousseaus Ruf „Zurück zur Natur!" die Zivilisierten aufgestört hatte, glaubte man in der Schweiz das Ersehnte wirklich finden und erleben zu können – dazu die vielbesungene Freiheit. „Entfernt vom eitlen Tand der mühsamen Geschäften, / Wohnt hier die Seelenruh und flieht der Städten Rauch. [...] Bei euch, vergnügtes Volk, hat nie in den Gemütern / Der Lastern schwarze Brut den ersten Sitz gefaßt; / Euch sättigt die Natur mit ungesuchten Gütern, / Die kein Verdruß vergällt, kein Wechsel macht verhaßt" (A. v. Haller, *Die Alpen*). Fritz Stolbergs Erwartungen wurden denn auch nicht enttäuscht. Vom „Genuß des herrlichen Landes der Natur, der Freiheit, der alten Einfalt" schwärmte er am 11. Oktober 1775 aus Bern (an J. M. Miller).

Natürlich versäumten die Besucher Zürichs nicht, den bedeutenden Persönlichkeiten der Stadt ihren Besuch abzustatten, Bodmer, Breitinger, Salomon Geßner. Die schuldigen Gegenbesuche folgten. Doch waren das Männer einer Generation, die über die neue Dichtung des jungen Dichters aus Frankfurt eher den Kopf schüttelten. Lakonisch behauptete Bodmer: „Goethe hat hier keine Freunde; er ist zu hoch und entscheidend" (an Schinz, 6. 7. 1775); für ihn war er ein „Schwindelkopf".

Einen in ganz Europa bekannten Bauern, der in der Nachbarschaft wirtschaftete, besuchten die Reisenden ebenfalls, Jakob Gujer von Wermatswil, genannt Kleinjogg (Chlijogg). Ihm war es gelungen, mit intensiver statt extensiver Landwirtschaft die Bodenerträge erstaunlich zu steigern.

Er hatte ein kleines elterliches Gut sowie ein Lehngut der Stadt Zürich zur Blüte gebracht, das nun als Mustergut galt. Zudem bestach dieser Landmann durch lebenskluge Äußerungen, durch seine Art unreflektierter Einheit von Denken und Tun. Goethe fand, er habe eins der herrlichsten Geschöpfe angetroffen, „wie sie diese Erde hervorbringt, aus der auch wir entsprossen sind" (an S. v. La Roche, 12. 6. 1775). Schon 1761 hatte dem berühmten Bauern, den auch Lavater in seinen *Fragmenten* entsprechend würdigte, der Zürcher Stadtarzt Johann Kaspar Hirzel eine Schrift mit dem bezeichnenden Titel *Die Wirtschaft eines philosophischen Bauers* gewidmet. Goethe, in dessen Gedichten schon mal der Bauer vorgekommen war (der „kleine schwarze feurige Bauer" in *Wandrers Sturmlied*, auch jener säende und hoffende Mann im sinnbildlich erzählenden „Ein zärtlich-jugendlicher Kummer"), ist hier wohl erstmals bäuerlicher Praxis und den Möglichkeiten landwirtschaftlicher Verbesserungen begegnet. Für den Minister in Weimar sollten wenig später einschlägige Probleme bedrückend anschaulich werden.
Die vier Reisenden in Werthertracht waren eine vergnügte Gruppe, trotz des Liebeskummers, der nicht nur auf Goethe, sondern auch auf Friedrich Stolberg lastete, der Ende Mai erfahren hatte, daß seine Werbung um die Hamburgerin Sophie Hanbury gescheitert war. ‚Geniemäßig' ging es zu; Übermut und Auskosten von Freizügigkeit gehörten zum Programm dieser Wochen. Den alten Goethe mutete solches Verhalten „exaltiert" an (*DuW* 18. B.; 10, 147). Er hatte Mühe, sich jenen Zustand in Erinnerung zu rufen, den er in der Schweiz durchlebt hatte: „ohne Wissen und Wollen gewissermaßen in einen Naturzustand versetzt, lebhaft gedenkend vorübergegangener Leidenschaften, nachhängend den gegenwärtigen, folgelose Plane bildend, im Gefühl behaglicher Kraft das Reich der Phantasie durchschwelgend" (10, 144). An abgelegenen Stellen badete man nackt und erregte Aufsehen, wo doch die „guten harmlosen Jünglinge" nichts Anstößiges daran finden konnten, „halb nackt wie ein poetischer Schäfer, oder ganz nackt wie eine heidnische Gottheit sich zu sehen" (10, 153). *Dichtung und Wahrheit* hat diese Anekdote verbreitet, immer wieder ist sie nacherzählt worden, obwohl niemand sie belegen kann. Zeitgenössische Berichte über einen „Skandal" liegen nicht vor.

Das Reisetagebuch

Dreimal hat Goethe Reisen in die Schweiz unternommen: 1775, 1779, und 1797. Kenner und Liebhaber des Dichters und der Eidgenossenschaft haben sie aufs genaueste rekonstruiert und dokumentiert. Jedem

Weg, den der berühmte Wanderer gegangen, ist man nachgegangen, jedem Bergpfad, den er gestiegen, nachgestiegen, jedem Fernblick, den er vielleicht getan, hat man nachgeschaut und jedes Haus und Gasthaus, das er besucht, erkundet und verifiziert. In leicht zugänglichen Büchern (Insel Taschenbüchern) kann der interessierte Leser Goethes Tage und Touren in der Schweiz verfolgen. Darum darf hier auf weitere Einzelheiten verzichtet werden. Angebracht ist an dieser Stelle aber ein kurzer Überblick über Goethes eigene Reiseberichte. Es sind besondere kleine Textbestände, mit einer recht verwickelten Geschichte bis zu ihrem Druck in den verschiedenen Goethe-Ausgaben.

Von der ersten Reise im Jahre 1775 ist ein dünnes Heft mit handschriftlichen Notizen auf 15 Blättern überliefert. Es beginnt mit dem 15. Juni und enthält neben den meist skizzenhaften Eintragungen einige bekannte Verse. Riemer hat später auf das Deckblatt geschrieben: *Tagebuch. Schweizerreise 1775.* Auch 29 Zeichnungen von dieser Reise sind erhalten, darunter als bekannteste der „Scheide Blick nach Italien vom Gotthard". *Dichtung und Wahrheit* berichtet im 18. und 19. Buch von der ersten Schweizerreise.

Für Schillers Zeitschrift *Die Horen* verfaßte Goethe, alte Papiere benutzend, 1796 eine Folge von *Briefen aus der Schweiz*, mit der Fiktion, man habe sie in Werthers Nachlaß gefunden. Doch wurden dann nicht diese Briefe in die *Horen* aufgenommen, sondern einige von der tatsächlichen zweiten Reise Goethes. Die fingierten Blätter Werthers gelangten erst 1808 in der Cottaschen Werkausgabe an die Öffentlichkeit, nun und fernerhin unter der Überschrift *Briefe aus der Schweiz (Erste Abteilung).*

So konnte man sie von den dokumentarischen Berichten über die zweite Reise unterscheiden, deren Titel ein für allemal hieß: *Briefe aus der Schweiz 1779.* In jenen angeblichen Briefen aus Werthers Nachlaß findet sich übrigens ein Abschnitt, der alle Idealisierungen der freien Schweizer widerruft: „Frei wären die Schweizer? frei diese wohlhabenden Bürger in den verschlossenen Städten? frei diese arme Teufel an ihren Klippen und Felsen? Was man dem Menschen nicht alles weismachen kann! besonders wenn man so ein altes Märchen in Spiritus aufbewahrt. [. . .]" (JA 16, 148). Wie genau wußte ihr Verfasser, daß so manches Bild der Schweizer von Vorurteilen derjenigen geschönt war, die ihr Leben nicht in der Realität des Alpenlandes zubringen mußten! Reiseberichte aus der Schweiz waren in jenen Jahren in Mode und wurden gern gelesen. Sophie v. La Roche publizierte 1793 *Erinnerungen aus meiner dritten Schweizerreise*, Friedrich Leopold zu Stolberg erzählte 1794 in seinen *Reisen in Deutschland* ebenfalls von der Schweiz.

Auf der dritten Reise in die Schweiz 1797 – der lange Italienaufenthalt lag schon ein Jahrzehnt zurück – führte Goethe regelrechte Akten, in die nach seinen eigenen Worten alles, was er erfuhr oder ihm sonst begegnete, eingeschrieben und eingeheftet wurde (JA 29, 136). Aus diesen Materialien ist, zuerst durch Eckermann in den *Nachgelassenen Werken* von 1833, der umfangreiche brief- und tagebuchähnliche Bericht gebildet worden, der seitdem unter dem Titel *Aus einer Reise in die Schweiz über Frankfurt, Heidelberg, Stuttgart und Tübingen im Jahre 1797* bekannt ist. –

Bis zum Gotthard-Paß stieg Goethe im Sommer 1775 mit Passavant, dem Frankfurter Theologen, den er bei Lavater in Zürich wiedergetroffen hatte, in mehreren Etappen empor. Der Plan, nach Italien weiterzuziehen, bewegte ihn zwar, wurde aber verworfen. Gedanken an Frankfurt und Lili hielten den Entlaufenen zurück. Die mehrtägige Wanderung auf den Gotthard war gewiß das eindrucksvollste Naturerlebnis der ersten Schweizerreise. Zum ersten Mal prägte sich Goethe die ruhende Macht und Großartigkeit der Bergwelt ein. Noch war sein Blick nicht darauf gerichtet, in der Natur dauernd Gesetzmäßiges zu erkennen. Wie ein Präludium liest sich die handschriftliche Notiz vom 18. Juni „in Wolcken und Nebel rings die Herlichkeit der Welt“, geschrieben im Gebiet des Rigi, zu jenem späteren Wunsch im Brief an Charlotte v. Stein, „daß ich dich nach meiner Art auf den Gipfel des Felsens führe und dir die Reiche der Welt und ihre Herrlichkeit zeige“ (12. 4. 1782). Die *Annalen* summierten in einem schlichten Satz: „Die erste Schweizerreise eröffnete mir mannigfaltigen Blick in die Welt“ (10, 430). Der Greis meinte allerdings über „die unnützen Reisen in die Schweiz“ lästern zu müssen, „da man glaubte, es sey was Großes gethan, wenn man Berge erklettert und angestaunt hatte“ (an Nees von Esebeck, 31. 10. 1823).

Das schmale Notizheft, auf dessen erste Seite Lavater das Datum eingetragen hat „Den 15 Junius 1775. Donnerstags morgen aufm Zürchersee“, fängt vieles von der Stimmung während jener Schweizer Reisetage ein. „Nachts zehn in Schweiz [Schwyz]. Müd und munter vom Berg ab springen voll Dursts u. lachens. Gejauchtzt bis Zwölf.“ – „an der Matte trefflicher Käss. Sauwohl u Projeckte.“ In ihrer Unmittelbarkeit besonders ansprechend aber sind die allerersten Blätter vom Morgen auf dem Zürchersee. Eine Bootsfahrt literarisch Versierter, die offenbar ihren Klopstock genau kannten. Dessen *Zweite Ode Von der Fahrt auf der Zürcher-See* war 1750 in Zürich gedruckt worden. Unter dem Titel *Der Zürchersee* ist sie noch heute eins der bekannteren Gedichte des Berühmten, der Ende März abermals bei Goethe in Frankfurt gewesen war und den die Stolbergs als großes Vorbild verehrten.

Schön ist, Mutter Natur, deiner Erfindung Pracht
Auf die Fluren verstreut, schöner ein froh Gesicht,
    Das den großen Gedanken
        Deiner Schöpfung noch einmal denkt.
[...]

Mit Versen dieser Art konnte sich die Gesellschaft auf dem See mühelos identifizieren. „Göttin Freude, du selbst! dich, wir empfanden dich!" Auch Frauen und Freundinnen der damaligen Bootsfahrer hatte Klopstock in seiner Ode zitiert und den Wein, der lieblich winket, „wenn er Empfindungen, / Beßre sanftere Lust, wenn er Gedanken winkt". Die Freunde unterhielten sich am 15. Juni 1775 mit einem literarischen Gesellschaftsspiel: Zwei Reimpaare wurden vorgegeben, dann sollte dazu ein passender Vierzeiler gefunden werden. Vielleicht wollte Goethe die empfindsamen Frauen-und-Wein-Verse Klopstocks übertrumpfen, vielleicht lag ihm auch Weißes Schlager „Ohne Lieb und ohne Wein, / Was wär unser Leben" im Ohr, als er – und das war die erste Eintragung im Heft – die übermütigen Zeilen voransetzte:

Ohne Wein kan's uns auf Erden
Nimmer wie dreyhundert werden
Ohne Wein u. ohne Weiber
Hohl der Teufel unsre Leiber.

Im *Faust*, in Auerbachs Keller, waren es gar fünfhundert: „Uns ist ganz kannibalisch wohl / Als wie fünfhundert Säuen."
Unvermittelt und ohne Überschrift folgt den auf Zuruf der Mitspieler fabrizierten Füllstrophen das Gedicht:

Ich saug an meiner Nabelschnur
Nun Nahrung aus der Welt.
Und herrlich rings ist die Natur
Die mich am Busen hält.
Die Welle wieget unsern Kahn
Im Rudertackt hinauf
Und Berge Wolcken angethan
Entgegnen unserm Lauf.

Aug mein Aug was sinckst du nieder
Goldne Träume kommt ihr wieder
Weg du Traum so Gold du bist
Hier auch Lieb und Leben ist.
Auf der Welle blincken
Tausend schwebende Sterne
Liebe Nebel trincken

Rings die türmende Ferne
Morgenwind umflügelt
Die beschattete Bucht
Und im See bespiegelt
Sich die reifende Frucht

In einer späteren Fassung ist die deutliche Dreiphasigkeit des Gedichts auch äußerlich gekennzeichnet, indem die letzten acht Zeilen als eigene Strophe abgesetzt sind. Das glückliche Gefühl des Aufgehobenseins in der Natur; beunruhigende Erinnerung und Zuspruch zum Hier und Jetzt; ruhig-hoffendes Erfassen der Landschaft: das sind die Wahrnehmungen während der Bootsfahrt, ausgesprochen in einem sorgfältig gebauten Gedicht, das in der Handschrift des Notizhefts keinerlei Korrektur zeigt. Doch muß es nicht spontan auf dem See entstanden und zu Papier gebracht sein, so reizvoll diese Vorstellung auch ist und so gut sie zu der Schilderung der ganz im Präsens bleibenden Zeilen paßt. Die – durch unterschiedliches Versmaß voneinander abgehobenen – Phasen muß man ebensowenig als zeitliche Erlebnisabfolge verstehen. Vielmehr: wie die Verse Widersprüchliches in *einem* Gedicht bündeln, so ist auch das „Ich“ von wechselnden Stimmungen erfüllt.

Das unauffällige Wort „nun“ im Beginn setzt die glückliche Erfahrung der Gegenwart vom unausgesprochenen Bisherigen ab. (In der späteren Fassung wird das durch den ‚offenen‘ Einsatz mit „und“ wie durch die Adjektive „frisch“, „neu“ und „frei“ noch verstärkt: „Und frische Nahrung, neues Blut / Saug’ ich aus freier Welt.“) Wir wissen mittlerweile: Fern von den Frankfurter Wirren ist der, der diese Reime in sein Tagebuch schrieb, aufnahmebereit für anderes und empfindet sich, wofür er kühn das Bild der Nabelschnur wählt, frisch genährt von der ‚Mutter Natur‘. Beeindruckend, wie dicht und gleichzeitig großräumig die Szenerie in den zweiten vier Versen entworfen wird, wie sich die Bewegungen entsprechen, wie die Natur in der Nähe und Ferne, bewegt und Bewegung schaffend, den Rudernden gleichsam antwortet. Ganymedisches „umfangend umfangen“ klingt hier an. Doch die Erinnerung stört das glückliche Gefühl des Aufgehobenseins in der Natur. Nur eine energische Absage an die „goldnen Träume“ (die schon im Gedicht *An Belinden* den „guten Jungen“ betört hatten) kann den Blick wieder aufs Hier zwingen. Und nun bietet sich in den folgenden acht Versen ein Naturbild, das wiederum Nahes und Fernes, Höhe und Weite umspannt; ruhig und leicht bewegt zugleich: Ruhe vermitteln die Reihe der gleich langen Hauptsätze und die schlichten Reime, Bewegung die Daktylen der Eigenschaftswörter (schwebende, türmende usw.), die aufs genaueste in jeder zweiten Zeile in den Schluß der Sätze eingepaßt sind. Nur der letzte Satz wird durch ein „und" verbunden, das zum bedeutungsvollen Schluß überleitet: die reifende Frucht ist Zeichen der Hoffnung auf Zukünftiges, das gut sein wird. So als sähe sie sich selbst zu und freue sich über ihren Reifeprozeß, „bespiegelt sich" die Frucht. Für den, der durch die Erinnerung in Unruhe zurückgeworfen war, werden die Erscheinungen in der Natur zum Sinnbild des Gelingens.

Zu Recht ist oft gerühmt worden, wie sich hier Goethes dichterische Symbolkunst ankündige: im Besonderen Allgemeines wahrzunehmen und ins poetische Bild zu bannen. Freilich sollte man nicht übersehen, daß dieser Schluß für die ‚Lösung' der persönlich-gesellschaftlichen Spannungen, von denen das Gedicht gezeichnet ist, nur einen allgemeinen Vorgang in der Natur anbietet: das Reifen der Frucht. Damit ist nicht mehr verbürgt als eine vage Hoffnung. Denn menschliche Entwicklung ist nicht ein bloßer Naturvorgang, in dem es darauf ankäme, das Reifen einer Blüte zur Frucht abzuwarten.

In seinem Fortschreiten vom inneren Naturerleben zum ruhig anschauenden Naturerfassen deutet dieses Gedicht aber auch auf einen Weg voraus, den Goethe in seinem Leben selbst gegangen ist und der unerläßlich war, wenn Natur und Welt in ihrer gegenständlichen Ordnung begriffen werden sollten. So ist es vom Schlußbild des Gedichts auf dem Zürichsee 1775 nicht weit bis zu den bekenntnishaften Sätzen am Anfang der *Briefe aus der Schweiz 1779*: „Große Gegenstände geben der Seele die schöne Ruhe, sie wird ganz dadurch ausgefüllt, ahnet, wie groß sie selbst sein kann, und das Gefühl steigt bis gegen den Rand, ohne überzulaufen. Mein Auge und meine Seele konnten die Gegenstände fassen, und da ich rein war, diese Empfindung nirgends falsch widerstieß, so wirkte sie, was sie sollte" (JA 25, 142).

Nichts hatte die erste Schweizerreise klären oder heilen können. Goethe war hin- und hergerissen zwischen seiner Sehnsucht nach Lili und seinem Wunsch nach Bindungslosigkeit. Ins Tagebuch schrieb er einen Vierzeiler, der den Zwiespalt in spruchhafter Kürze zusammenfaßte. Unter der Überschrift *Vom Berge in die See* vermerkte er, so als verwiese er einen Nachforschenden auf die Registratur seiner Lebensereignisse: „Vid. [siehe] das Privat Archiv des Dichters Lit. [Buchstabe] L." Dann die Verse:

Wenn ich liebe Lili dich nicht liebte
Welche Wonne gäb mir dieser Blick
Und doch wenn ich Lili dich nicht liebt[e]
Wär! Was wär mein Glück.

Rückreise. Trennung von Lili

Die Rückreise führte erneut über Straßburg. Goethe stieg auf den Turm des Münsters. Zum dritten Mal der große Eindruck dieses Bauwerks: zuerst während der Studienzeit 1770/71 mit dem Nachhall im Aufsatz *Von deutscher Baukunst*; dann auf der Hinreise in die Schweiz im Mai dieses Jahres 1775; nun brachte er wieder in enthusiastische Sprache, was ihn bewegte, in dem Prosagedicht *Dritte Wallfahrt nach Erwins Grabe im Juli 1775*. Sein früherer Hymnus auf das Münster Erwin von Steinbachs sei „ein Blatt verhüllter Innigkeit" gewesen, „das wenige lasen, buchstabenweise nicht verstanden [. . .]. Wunderlich war's von einem Gebäude geheimnißvoll reden, Thatsachen in Räzel hüllen, und von Maasverhältnissen poetisch lallen!" Vom Turm der Kathedrale aus blickte er jetzt „vaterlandwärts, liebwärts" in die Gegend Lilis hinüber. Und noch einmal, wiederum begeistert vom Straßburger Münster, schrieb er ein jugendliches Glaubensbekenntnis der Schaffenskraft nieder, die nicht durch äußere Regeln gebunden sei, sondern wie die Natur in ihrer ursprünglichen Fülle schaffen wolle:

> Du bist Eins und lebendig, gezeugt und entfaltet, nicht zusammengetragen und geflickt. Vor dir, wie vor dem Schaum stürmenden Sturze des gewaltigen Rheins, wie vor der glänzenden Krone der ewigen Schneegebürge, wie vor dem Anblick des heiter ausgebreiteten Sees, und deiner Wolkenfelsen und wüsten Thäler, grauer Gotthard! Wie vor jedem *grosen Gedanken der Schöpfung*, wird in der Seele reeg was auch Schöpfungskraft in ihr ist. In Dichtung stammelt sie über, in krützlenden Strichen wühlt sie auf dem Papier Anbethung dem Schaffenden, ewiges Leben, umfassendes unauslöschliches Gefühl des, das da ist und da war und da seyn wird (DjG 5, 239).

Erwähnenswert an diesem Straßburger Aufenthalt bleibt ferner Goethes Zusammentreffen mit dem Arzt Johann Georg Zimmermann. Als dieser, ebenfalls Mitarbeiter an Lavaters physiognomischen Studien, vor Goethes Augen Schattenrisse und Bilder ausbreitete, die er gesammelt hatte, machte er ihn auf das Porträt einer Frau aufmerksam, mit der er seit einiger Zeit korrespondierte. Goethe deutete die Silhouette mit Worten, von denen er noch nicht wußte, wie bald sie ihn persönlich bewegen würden: „Es wäre ein herrliches Schauspiel zu sehen, wie die Welt sich in dieser Seele spiegelt. Sie sieht die Welt wie sie ist, und doch durch's Medium der Liebe. So ist auch Sanftheit der allgemeinere Eindruck" (DjG 5, 232). Es war niemand anders als Charlotte v. Stein, über deren Schattenriß er diese physiognomische Interpretation schrieb. Kaum in Frankfurt zurück, schickte er Lavater erläuternde Stichworte zur Silhouette, die ihn angesprochen hatte (31. Juli 1775). Manche von ihnen („Festigkeit, Behagen in sich selbst, Wohlwollen, Treubleibend, Siegt mit Nezzen") lesen sich für uns wie ironische Vorausdeutungen des Lebensschicksals, das ihn in Weimar erwarten sollte. Zimmermann hatte Frau von Stein in Bad Pyrmont kennengelernt, sie über den Dichter des *Werther*, der sie offensichtlich faszinierte, brieflich unterrichtet, und jetzt wies er Goethe auf sie hin, deren Mann, dem Oberstallmeister von Stein, dieser schon in der Reisegesellschaft der Weimarer Prinzen begegnet war. Über die schillernde Persönlichkeit des aus der Schweiz stammenden Arztes und populären Philosophen, der später in Goethes Elternhaus zu Gast war, hat sich Goethe ausführlich in *Dichtung und Wahrheit* geäußert (15. B.; 10, 63 ff.). Seit 1768 als Leibmedicus am englischen Hof in Hannover tätig, war Zimmermann durch seine Schriften *Vom Nationalstolze* (1758), *Von der Erfahrung in der Arzneikunst* (1763/64) und *Von der Einsamkeit* (1773) unter den Gebildeten seiner Zeit bekannt, als psychologisch einfühlsamer Mediziner gerühmt, freilich auch wegen seiner „Hypochondrie", eines „partiellen Wahnsinns", wie Goethe sich ausdrückte, berüchtigt.

Am 22. Juli war der „durchgebrochne Bär", die „entlaufene Kazze" wieder in Frankfurt zurück. Eine zweite Phase der irrlichternden Liebe zu Lili begann. „Vergebens dass ich drey Monate, in freyer Lufft herumfuhr, tausend neue Gegenstände in alle Sinnen sog", gestand er schon am 3. August der Brieffreundin Auguste zu Stolberg. Er konnte Lili nicht entbehren. Alle Verworrenheit war geblieben. Zwar verbrachte er viele Stunden mit ihr zusammen, in Frankfurt, in Offenbach bei den Bekannten, und noch ließ ihn das Band nicht los, das ihn an sie „zauberte", wie er es formulierte (14. 9.1775). Aber es kamen auch quälende Stunden der Spannung und allmählicher Entfremdung. Wer ein spöttisches Gedicht wie *Lilis Park* schrieb, konnte nicht im Ernst daran glauben, in ihrer Welt, im Umkreis ihrer Familie, wo sich in der Regel die Geldaristokratie ein Stelldichein gab, heimisch werden zu können. Es gelang den Liebenden wohl auch nicht, sich wirklich zu erkennen. Im Herbst ahnte Goethe das selbst, als er an Gustchen Stolberg voller Zweifel schrieb: „Sollts nicht übermäsiger Stolz seyn zu verlangen, dass dich ganz das Mädgen erkennte und so erkennend liebte, erkenn ich sie vielleicht auch nicht, und da sie anders ist wie ich, ist sie nicht vielleicht besser" (14. 9.1775).

Die Eltern im Großen Hirschgraben hätten ohnehin gern eine andere Schwiegertochter gesehen, mit erwünschten hausfraulichen Eigenschaften, nämlich Susanna Magdalena Münch, mit der den jungen Mann ein freundschaftliches Mariage-Spiel zusammengebracht hatte. Am Ende des 15. Buchs von *Dichtung und Wahrheit* wird das alles mit amüsanten

Einzelheiten erzählt. Die „Staatsdame" Lili aber sagte dem Vater keineswegs zu. Bei seiner Abneigung dürften auch religiöse Motive eine Rolle gespielt haben. Aus den Kreisen der Reformierten, denen der ansonsten großzügige Kaiserliche Rat eine Kirche innerhalb der Stadt nicht zugestand, sollte die Frau seines Sohnes denn doch nicht kommen.
Es fiel Goethe schwer, sich wieder in die Frankfurter Verhältnisse und seine Anwaltstätigkeit zu schicken. Schon um den 8. August herum klagte er dem Freunde Merck, er sei wieder „scheisig gestrandet" und möchte sich ohrfeigen, daß er nicht zum Teufel gegangen sei, da er flott war. „Zu Ende dieses Jahres muß ich fort. Daur' es kaum bis dahin, auf diesem Bassin herum zu gondoliren, und auf die Frösch- und Spinnenjagd mit groser Feyerlichkeit auszuziehen." Der Kleinkram der Fälle, die er in der geforderten ‚feierlichen' Förmlichkeit der Juristerei zu bewältigen hatte, war ihm zuwider. Frankfurt möglichst bald den Rücken zu kehren war für ihn beschlossene Sache.
Gleichwohl kam es noch zu geselligen Vergnügungen, auf denen Lili und Johann Wolfgang als Paar erschienen; noch war das Band, das sie hielt, nicht zerrissen. Als aber am 10. September in Offenbach die Hochzeit des reformierten Pfarrers Ewald gefeiert wurde, deutete Goethe im Schluß seines Festtagsgedichts (*Bundeslied / einem iungen Paar gesungen / von Vieren*) schon die nahende Trennung von Lili an.

Mit jedem Schritt wird weiter
Die rasche Lebensbahn,
Und heiter immer heiter
Steigt unser Blick hinan;
Und bleiben lange lange
Fort ewig so gesellt.
Ach! daß von Einer Wange
Hier eine Thräne fällt!

Doch ihr sollt nichts verlieren
Die ihr verbunden bleibt,
Wenn einen einst von Vieren
Das Schicksal von euch treibt:
Ists doch als wenn er bliebe!
Euch ferne sucht sein Blick;
Erinnerung der Liebe
Ist wie die Liebe, Glück.

Wenige Tage später schrieb Goethe einen mehrseitigen tagebuchartigen Brief an Gustchen Stolberg, ein einziges Dokument der Krise, in die er geraten war. Der Brief aus den Tagen vom 14. bis 19. September erinnert an jenes lange Schreiben, „eine hübsche Anlage zu einem Werckgen", das Goethe in Leipziger Krisentagen am 10. November 1767 an Behrisch geschickt hatte. Abermals ein Zeugnis der Zerrissenheit und inneren Qual. Wertherstimmung dunkelt manche Sätze. „Ich lasse mich treiben, und halte nur das Steuer dass ich nicht strande. Doch bin ich gestrandet, ich kann von dem Mädgen nicht ab [. . .]. ich bin ein armer Verirrter Verlohrner – – [. . .]. Welch ein Leben. Soll ich fortfahren? oder mit diesem auf ewig endigen." Und doch findet der Unruhige, Zweifelnde Halt: im Gedanken an jene vielen, die von weither seine Bekanntschaft suchen, und in der Überzeugung, daß auch diese schmerzhafte Phase seines Lebens ihn selbst voranbringe. Es ist diese Zuversicht, daß seinem Leben ein verborgener Sinn innewohne, die Goethe immer wieder gestützt hat. Glück und „Behagen" sind damit freilich nicht schon gewährleistet, von denen der Greis überzeugt war, er habe sie in seinen fünfundsiebzig Jahren keine vier Wochen besessen (zu Eckermann, 27. 1. 1824). Mit der Jahreszahl 1775 hat er den großen Brief der Krise an die ferne Adressatin geschlossen, so als wolle er schon jetzt das Fazit dieser glücklich-problematischen Zeit ziehen:

> Und doch Liebste, wenn ich wieder so fühle daß mitten in all dem Nichts, sich doch wieder so viel Häute von meinem Herzen lösen, so die convulsiven Spannungen meiner kleinen närrischen Composition nachlassen, mein Blick heitrer über Welt, mein Umgang mit den Menschen sichrer, fester, weiter wird, und doch mein Innerstes immer ewig allein der heiligen Liebe gewiedmet bleibt, die nach und nach das Fremde durch den Geist der Reinheit der sie selbst ist ausstöst und so endlich lauter werden wird wie gesponnen Gold. – Da lass ich's denn so gehn – Betrüge mich vielleicht selbst. – Und dancke Gott. Gute Nacht. Addio. – Amen. 1775.

Zur Zeit der Herbstmesse kam es zur Trennung. Möglicherweise hat sich am Ende auch Lilis Mutter gegen die Verbindung ausgesprochen, da ihr das ‚genialische' Treiben des jungen Mannes, das Auf und Ab seiner Stimmungen, seine Unrast und auch seine Unklarheit über die weitere berufliche Laufbahn nicht verborgen geblieben waren. Wie dem auch sei: Sicher scheint nur, daß es den beiden Liebenden im Glanz der Lichter und zwischen „oft so unerträglichen Gesichtern" (*An Belinden*) nicht gelungen ist, sich in ihrem wahren Wesen zu erkennen, und daß Goethe erneut davor zurückschreckte, sich auf Dauer zu binden. Beiden ist wohl erst später bewußt geworden , was sie mit ihrer Trennung aufgaben.

Lili, die 1778 Bernhard Friedrich von Türckheim, einen Bankier in Straßburg, heiratete, hat schwere Zeiten durchmachen müssen. Das Schönemannsche Geschäft in Frankfurt war 1784 bankrott, Hab und Gut wurden versteigert. Auch Lili v. Türckheim bekam die Auswirkungen der geschäftlichen Pleite zu spüren; ein solches Unglück war ehrenrührig. „Ich wurde aufmerksamer, schärfer beurteilt; und die Stelle der ersten Magd im Haus blieb in meines Schwiegervaters Augen die, welche ich mich am eifrigsten bemühen sollte zu versehen. Ich kannte das Glück", schrieb sie in ihrem Brief vom 23. März 1785 an Lavater (ein halbes Jahr nach dem Zusammenbruch der elterlichen Firma, ein Jahrzehnt nach jenem Jahr 1775), „in freundschaftlichen Verbindungen zu leben, und fühle das Leere meiner Existenz um desto mehr, da mein Herz das Bedürfnis der Liebe kannte." Nichts von der Unbeschwertheit der Mädchenjahre am Main, nichts von jener Verspieltheit, die Goethe irritiert hatte, in diesen und ähnlichen Äußerungen der erwachsenen Lili Schönemann. Die Folgen der Französischen Revolution brachten der Familie v. Türckheims, der noch 1792 in Straßburg zum Maire gewählt worden war, Sorge, Not und Gefahr für Leib und Leben. Doch Flucht und Rückkehr wurden überstanden, eine Existenz konnte wieder aufgebaut werden. Türckheim, royalistisch gesonnen, wurde unter der Bourbonenherrschaft sogar Abgeordneter in der Pariser Kammer. Lili hat, wie ihre Briefe und Berichte über sie bezeugen, in allen Widrigkeiten ihres Lebens Standhaftigkeit gezeigt. Ernst und Verantwortungsgefühl für den kleinen Kreis der Familie, für den sie zu sorgen hatte, zeichneten sie aus. Und die Erinnerung an das Jahr 1775 scheint ihr, die 1817 starb, teuer gewesen zu sein.

Goethe hat im Alter die einstigen Tage mit Lili zu den glücklichsten seines Lebens gezählt. Auch nach der Lösung des Verlöbnisses blieb zunächst noch ein traurig-schmerzliches Gefühl seiner Verbundenheit zu ihr wach, gemischt mit dem Schmerz um den Verlust. Gedichte in einem Ton der Wehmut, wie er bis dahin nicht zu hören gewesen war, sprachen davon: *Im Herbst 1775* („Fetter grüne du Laub / Das Rebengeländer / Hier mein Fenster herauf"), *Sehnsucht*, *Wonne der Wehmut*, *An ein goldenes Herz, das er am Halse trug*. In ein Exemplar der Erstausgabe der *Stella* von 1776 trug er die Widmung ein:

Im holden Tal, auf schneebedeckten Höhen
War stets dein Bild mir nah;
Ich sah's um mich in lichten Wolken wehen,
Im Herzen war mir's da.
Empfinde hier, wie mit allmächt'gem Triebe
Ein Herz das andre zieht,
Und daß vergebens Liebe
Vor Liebe flieht.

Aufbruch nach Weimar

Im richtigen Augenblick bekam Goethe Gelegenheit, das zu verwirklichen, was er lange wünschte: die Heimatstadt zu verlassen und damit auch Abstand zu der von Widersprüchen gefüllten Zeit zu gewinnen, die er durchlebt hatte, zu „den zerstreutesten, verworrensten, ganzesten, vollsten, leersten, kräfftigsten und läppischten drey Vierteljahren die ich in meinem Leben gehabt habe“ (an G. A. Bürger, 18. 10. 1775). Ende September fuhr Carl August von Weimar, achtzehn Jahre alt und damit regierungsfähig geworden, auf der Reise zur Hochzeit nach Karlsruhe über Frankfurt, blieb einige Zeit zur Herbstmesse und lud Goethe nach Weimar ein. Auf der Rückfahrt von Karlsruhe sollte er sich anschließen. Doch dann traten Komplikationen auf. Zwar kam das jungvermählte herzogliche Paar am 12./13. Oktober wieder durch Frankfurt, wiederholte seine Einladung, und Goethe packte für die Reise. Aber der Wagen des Kammerrats von Kalb, der ihn mitnehmen sollte, blieb aus. Tage gingen hin, ohne daß sich etwas tat. Goethe wurde ungeduldig, und da er auf jeden Fall fort wollte, entschloß er sich kurzerhand, die oftmals beredete Reise nach Italien anzutreten. Dem Vater war es recht, der ohnehin den geplanten Besuch in Weimar beargwöhnte: als Bürger einer Freien Reichsstadt, so meinte er, ginge man nicht an einen Hof!

Am 30. Oktober frühmorgens brach Goethe auf. Bemerkenswerte Sätze an einem Wendepunkt seines Lebens, dessen Bedeutung er noch gar nicht abschätzen konnte, trug er in sein Tagebuch ein:

> *Ebersstadt, d. 30 Oktr 1775*
> Bittet dass eure Flucht nicht geschehe im Winter, noch am Sabbath: Lies mir mein Vater zur Abschiedswarnung auf die Zukunft noch aus dem Bette sagen! – Diesmal rief ich aus ist nun ohne mein Bitten Montag Morgends sechse, und was das übrige betrifft so fragt das liebe unsichtbaare Ding das mich leitet und schult, nicht ob und wann ich mag. Ich packte für Norden, und ziehe nach Süden, ich sagte zu, und komme nicht, ich sagte ab und komme! Frisch also die Thorschliesser klimpern vom Burgemeister weg, und eh es tagt und mein Nachbaar Schuflicker seine Werkstätte und Laden öffnet: Fort. Adieu Mutter! – Am Kornmarkt machte der Spenglersiunge rasselnd seinen Laden zurechte, begrüste die Nachbaarsmagd in dem dämmrigen Regen. Es war so was ahndungsvolles auf den künftigen Tag in dem Grus. Ach dacht ich wer doch – Nein sagt ich es war auch eine Zeit – Wer Gedächtniss hat sollte niemand beneiden. – – Lili Adieu Lili zum zweitenmal! Das erstemal schied ich noch hoffnungsvoll unsere Schicksaale zu verbinden! Es hat sich entschieden – wir müssen einzeln unsre Rollen ausspielen. Mir ist in dem Augenblick weder bange für dich noch für mich, so verworren es aussieht! – Adieu! – Und

du! wie wie soll ich dich nennen, dich die ich wie eine Frühlings blume am Herzen trage! Holde Blume sollst du heissen! – Wie nehm ich Abschied von dir? – Getrost! denn noch ist es Zeit! Noch die höchste Zeit – Einige Tage später! – und schon – O Lebe wohl – Bin ich denn nur in der Welt mich in ewiger unschuldiger Schuld zu winden – – – – – – Und Merck wenn du wüsstest dass ich hier der alten Burg nahe sizze, und dich vorbeyfahre der so offt das Ziel meiner Wandrung war. Die geliebte Wüste, Riedesels Garten den Tannenwald, und das Exerzierhaus – Nein Bruder du sollst an meinen Verworrenheiten nicht theilnehmen, die durch Theilnehmung noch verworrner werden.

Hier läge denn der Grundstein meines Tagebuchs! und das weitere steht bey dem lieben Ding das den Plan zu meiner Reise gemacht hat.

Ominose Überfüllung des Glases. Projeckte, Plane und Aussichten. [...]

Bis Heidelberg war der Italienreisende gelangt, als ihn am 3. November die Nachricht einholte, die Weimarer Kutsche sei in Frankfurt eingetroffen und warte auf ihn. Jetzt mußte sich Goethe entscheiden. Er konnte nicht wissen, daß es um eine Entscheidung für sein ganzes späteres Leben ging. Daß er umkehrte, die Reise gen Süden abbrach und nach Norden zog, kann nicht Ergebnis eines spontanen Entschlusses gewesen sein, der dem Zufall sein Spiel ließ. Gewiß war zunächst nur ein Besuch in Weimar beabsichtigt. Ob Carl August schon weiter dachte, wissen wir nicht, brauchen es aber nicht auszuschließen. Bedeutende Köpfe an einen Hof zu ziehen war seit Jahrhunderten nichts Ungewöhnliches. Goethe hatte Merck schon am 7. Oktober verkündet: „Ich erwarte den Herzog und Louisen, und gehe mit ihnen nach Weimar. Da wirds doch wieder allerley guts und ganzes und halbes geben, das uns Gott geseegne." Er war innerlich darauf vorbereitet, mit seinen sechsundzwanzig Jahren einen neuen Lebensabschnitt zu beginnen, wünschte weitere Kenntnis von Welt und Menschen, war aufgeschlossen für Anregungen und Aufgaben, die sich ihm in einem neuen Tätigkeitsfeld bieten könnten, und war auch willens, Verantwortung für öffentliches Handeln zu übernehmen, das über den kleinen Bezirk einer Anwaltspraxis hinausreichte.Nur solche Bereitschaft, solche Prädisposition lassen überhaupt verständlich werden, daß Goethe in Weimar geblieben ist und all die praktisch-politischen Aufgaben übernommen und gewissenhaft ausgeübt hat, die ihm seit 1776 vom Herzog übertragen wurden.

Goethe reiste von Heidelberg eilends nach Frankfurt zurück, bestieg die Kutsche des Herrn v. Kalb, und am 7. November 1775, morgens um 5 Uhr, rollten die Nachzügler in die kleine thüringische Residenzstadt.

Niemand konnte ahnen, daß aus dem Novemberbesuch ein Lebensaufenthalt von mehr als 56 Jahren werden sollte.

Wenn ich jetzt nicht Dramen schriebe

„O wenn ich jetzt nicht Dramas schriebe ich ging zu Grund“, hatte Goethe im März bekannt (an A. v. Stolberg, 7.–10. 3.1775). Mehrere Stücke sind in den bewegten Monaten entstanden, vorangebracht oder zu Ende geführt worden: *Erwin und Elmire*, *Claudine von Villa Bella*, *Stella*, *Hanswursts Hochzeit*. Im Sommer begann er mit der Arbeit am *Egmont*, den *Urfaust* hatte er bei sich, als er nach Weimar kam.
Mit *Erwin und Elmire* setzte die Reihe der Werke im Genre des Singspiels ein, dem Goethe in vielen Jahren Aufmerksamkeit und schriftstellerischen Fleiß gewidmet hat. Ihm waren solche eingängigen Stücke, in denen die Dialoge durch liedhafte Einlagen aufgelockert wurden, seit der frühen Frankfurter und Leipziger Zeit vertraut. Die italienische Opera buffa und die französische Opéra comique standen Pate bei der Entwicklung des deutschen Singspiels, die in der ersten Hälfte des 18. Jahrhunderts anfing. Schon 1766 meldete der Leipziger Student der Schwester Cornelia: „J'avois composé l'Opéra comique La Sposa rapita“ [Ich habe die komische Oper ‚Die geraubte Braut‘ komponiert]. Davon ist nichts erhalten. Erst 1773 scheint er wieder Interesse an Texten solcher Stücke gefunden zu haben, in denen sich Sprache und Musik ergänzen sollen. Wahrscheinlich hat Johann André, der Offenbacher Bekannte, den Anstoß dazu gegeben, dessen Operette *Der Töpfer* im gleichen Jahr ihre Premiere in Frankfurt feierte. Auf der Lahn- und Rhein-Reise 1774 konnte Goethe Lavater aus *Erwin und Elmire* vorlesen, doch erst 1775 arbeitete er das Manuskript ganz aus, im Zeichen der komplizierten Beziehung zu Lili Schönemann. Im März bereits erschien es in Johann Georg Jacobis Zeitschrift *Iris*. Das Stück hatte nachhaltigen Erfolg. Mit der Musik von André wurde es in Frankfurt, Berlin, Wien und München gespielt; auch in Weimar kam es 1776 im Liebhabertheater zur Aufführung, neu vertont von Herzoginmutter Anna Amalia.
Dieses „Schauspiel mit Gesang“, wie es im Untertitel genannt wurde, zeigt deutliche Spuren der verschiedenen Entstehungsphasen. Nach der ersten Szene dreht sich alles um das Wiederfinden und Wiedererkennen der beiden Liebenden, die an sich irre geworden sind. Erwin, der Launenhaftigkeit Elmirens überdrüssig, hat sich in eine Einsiedelei zurückgezogen. Nun klagt die Verlassene, die längst ihr Verhalten bereut, um den verschwundenen Geliebten. Mit einem Trick gelingt es dem Ver-

trauten Bernardo, die Entzweiten wieder zusammenzubringen: Er führt die Trauernde zu einer Hütte in der Einsamkeit, damit sie sehe, wie angenehm und andächtig ein Einsiedler dort lebe, ein Mann „voll Würde, edlen Ansehens, mit langem weißen Bart“ . Erwartungsgemäß ist das Erwin. In seiner Verkleidung von Elmire nicht erkannt, hört er, wie sehr sie ihm zugetan ist, und im Terzett des Schlusses löst sich alles in Wohlgefallen auf.
Kein gewichtiges Stück; aber in manchen Sätzen nistet der nagende Zweifel der ersten Lili-Zeit. Einige Lieder aus diesem Schauspiel sind bekannt geblieben: „Ihr verblühet süße Rosen“ und vor allem „Ein Veilchen auf der Wiese stand“, eines der wenigen eigenen Gedichte Goethes im echten Volksliedton. Die erste Szene des Spiels bringt, nicht zwingend mit den späteren Ereignissen verbunden, ein Gespräch zwischen Elmire und ihrer Mutter Olimpia, das wegen der von ihr geäußerten Prinzipien der Mädchenerziehung Aufmerksamkeit verdient. Sie hält nicht viel von der „neumodischen Erziehung“.

> Wie ich iung war, man wußte von all den Verfeinerungen nichts, so wenig man von dem Staate was wußte, zu dem man iezt die Kinder gewöhnt. Man ließ uns lesen lernen und schreiben, und übrigens hatten wir alle Freyheit und Freuden der ersten Jahre. Wir vermengten uns mit Kindern von geringem Stand, ohne daß das unsre Sitten verderbt hätte. [. . .] Wir spielten, sprangen, lärmten, und waren schon ziemlich große Jungfern, da uns noch eine Schaukel, ein Ballspiel ergötzte, und nahmen Männer, ohne kaum was von einer Assemblee, von Kartenspiel, und Geld zu wissen. Wir liefen in unsern Hauskleidern zusammen, und spielten um Nüsse und Stecknadeln, und waren herrlich dabey; und eh man sich's versah, paff! hatten wir einen Mann.

Man hat den Eindruck, da philosophiere unbekümmert Goethes Mutter, die Frau Rat, und Rousseaus Ruf nach Natur hört man gleichfalls heraus. So erfrischend Olimpias Plädoyer für Natürlichkeit ist, so resolut hier der Wert ständischer Etikette in Frage gestellt wird, wir heute können nicht mehr außer acht lassen, welche Rollenverteilung solche Erziehung beschert: Frauen für Haus und Familie, Männer für Tat und Geschäfte. Werthers Lotte paßte durchaus in diese Gruppierung, und für die Frauen des *Stella*-Schauspiels scheint nichts wünschenswerter zu sein, als ihrem Fernando anzugehören. In seiner Zeit konnte der junge Goethe noch nicht viel anderes sehen. Liebebedürftig, sich in Gefühlen auslebend, himmelhoch jauchzend, zu Tode betrübt: so zeigt sich ‚Weibliches‘ in den frühen Frauengestalten. Erst später, etwa im *Wilhelm-Meister*-Roman, beweisen Frauen auch andere Qualitäten.

Claudine von Villa Bella, das andere „Schauspiel mit Gesang", das im Jahre 1775 abgeschlossen wurde, bietet eine turbulente Handlung. Auch hier Liebesverwicklungen, kompliziertes Sichfinden, Verwirrspiel mit verkleideten Gestalten. Das ist unterhaltsam und gibt Anlaß genug, Lieder einzustreuen. Mit wahrer Virtuosität spielt der Autor auf der Partitur liedhafter Gestaltung: vom volkstümlich Schlichten bis zum Schauerlichen der Geisterballade, vom klagend Elegischen bis zum festlichfrohen Chorgesang. Turbulent wird das Geschehen, weil Crugantino als Vagabund sein Wesen treibt. Er ist die bemerkenswerte Gestalt dieses Stücks. Ausgebrochen aus den engen Grenzen des Standes und der Sitte, will er persönliche Freiheit nicht nur der Rede, sondern der Tat nach. Es ist nicht abwegig, ihn, den entlaufenen Adligen, als den eigentlichen Revolutionär im Werk des jungen Goethe anzusehen. Crugantino spricht aus, warum er zum Vagabundieren gekommen ist, und dies im unverkennbaren Tenor des sog. Sturm und Drang:

> Wißt Ihr die Bedürfnisse eines jungen Herzens, wie meins ist? Ein junger toller Kopf? Wo habt Ihr einen Schauplatz des Lebens für mich? Eure bürgerliche Gesellschaft ist mir unerträglich! Will ich arbeiten, muß ich Knecht sein; will ich mich lustig machen, muß ich Knecht sein. Muß nicht einer, der halbweg was wert ist, lieber in die weite Welt gehn? Verzeiht! Ich höre nicht gern anderer Leute Meinung; verzeiht, daß ich Euch die meinige sage. Dafür will ich Euch auch zugeben, daß, wer sich einmal ins Vagieren einläßt, dann kein Ziel mehr hat und keine Grenzen; denn unser Herz – ach! das ist unendlich, solang ihm Kräfte zureichen! (4, 256)

Es hat den Anschein, als habe sich Goethe dies in den anfänglichen Verwirrungen seiner Beziehung zu Lili selbst zugerufen, lange vor der endgültigen Trennung. Amüsant zu sehen, wie Goethe den Crugantino beiläufig über den „allerneusten Ton" in der Poesie sprechen und ihn dann die Ballade vom untreuen Liebhaber singen läßt: „Es war ein Buhle frech genung". Ohne Selbstironie geht das nicht ab: „Alle Balladen, Romanzen, Bänkelgesänge werden jetzt eifrig aufgesucht, aus allen Sprachen übersetzt. Unsere schönen Geister beeifern sich darin um die Wette" (4, 240). Was der Vagabund als charakteristisches Beispiel vorträgt, ist Goethes eigene Ballade (die seit 1800 so auch in der Ausgabe seiner Gedichte zu finden ist), in der siebenzeiligen ‚Lutherstrophe' gesetzt („Aus tiefer Not schrei ich zu dir" u. a.), die im 16. und 17. Jahrhundert Domäne des Kirchenlieds war und im letzten Drittel des 18. Jahrhunderts in weltlicher Dichtung oft genug parodistisch genutzt wurde. Schon der Bänkelsänger im *Jahrmarktsfest zu Plundersweilern* hatte sie rezitiert („Ihr lieben Christen allgemein").

Es war ein Buhle frech genung,
War erst aus Frankreich kommen,
Der hat ein armes Maidel jung
Gar oft in Arm genommen,
Und liebgekost und liebgeherzt,
Als Bräutigam herumgescherzt,
Und endlich sie verlassen. [...]

In einem Schema zu *Dichtung und Wahrheit* notierte Goethe 1816, er habe *Claudine von Villa Bella* im Gegensatz zu den „Handwerks-Opern" geschrieben. Damit spielte er vor allem auf die Singspiele an, die Christian Felix Weiße gedichtet und Johann Adam Hiller komponiert hatten und die gerade um 1775 sehr beliebt waren. Ihr ländliches oder handwerkliches Milieu mit seiner Schlichtheit und Tugendhaftigkeit stand in deutlichem Gegensatz zur Unruhe der Karrierewelt am Hof und in der Stadt (*Die Liebe auf dem Lande*, *Die Jagd*, *Der Dorfbarbier*). So brachte die „Verknüpfung edler Gesinnungen mit vagabundischen Handlungen" (*Schema*) etwas Neues in die Unterhaltsamkeit des Singspiels.
In den achtziger Jahren gefielen Goethe die eigenen frühen Schauspiele mit Gesang nicht mehr. Abschätzig urteilte er am 12. September 1787 (in der *Italienischen Reise*), *Erwin und Elmire* sei „Schülerarbeit oder vielmehr Sudelei". *Claudine von Villa Bella* behagte ihm auch deshalb in der ursprünglichen Fassung nicht mehr, weil man die Vagabunden durch Nachahmung so ekelhaft gemacht habe (an Ph. Chr. Kayser, 23. 1. 1786), wobei er gewiß auch an Schillers *Räuber* dachte. Tatsächlich hatte das Stück um den adligen Vagabunden Crugantino die ‚Räuberromantik' ins Bühnenspiel eingeführt und zahlreiche Nachfahren auf den Plan gerufen, worüber sein Autor, der inzwischen auf dem Wege zur ‚Klassik' war, nicht erfreut sein konnte. Er hatte sich längst strengere Auffassungen von einem künstlerisch ausgereiften Singspiel zu eigen gemacht. Ausführlich besprach er in langen Briefen mit dem seit Jugendtagen befreundeten Komponisten Philipp Christoph Kayser das angemessene Verhältnis von Sprache und Musik und teilte ihm aus Rom am 14. August 1787 mit, er solle „am Mechanischen" eines neuen Stückes sehen, „daß ich in Italien etwas gelernt habe und daß ich nun besser verstehe, die Poesie der Musik zu subordinieren ". Beide Stücke wurden grundlegend umgearbeitet – nicht gerade zu ihrem Vorteil. Erwin und Elmire wurde ein zweites Liebespaar zugeordnet; der Räuber Crugantino büßte die draufgängerischen Züge des Stürmers und Drängers ein; die frühere Szenenfolge des *Claudine*-Schauspiels wurde streng in Akte gefügt und die Sprache der Dialoge in Verse umgesetzt, die der Komponist

zu Rezitativen gestalten konnte. Mehrere Komponisten haben die beiden Stücke, die nun auch den Gattungsnamen „Singspiel" erhielten, vertont, aber der Erfolg der frühen Fassung von *Erwin und Elmire* stellte sich nicht mehr ein.

Stella heißt „Ein Schauspiel für Liebende", das ebenfalls 1775 vollendet wurde und im nächsten Jahr bei Mylius in Berlin gedruckt vorlag. Daß dieses Drama, an dessen Schluß als Lösung eine Dreierbeziehung zwischen Fernando, seiner Ehefrau Cäcilie und seiner Geliebten Stella angeboten wird, zu seiner Zeit Kopfschütteln, Widerwillen und Ablehnung hervorrief, ist einleuchtend. Daß es manchen späteren Betrachtern, auch Fachgermanisten, Mühe machte, dem Stück gerecht zu werden, dürfte damit zusammenhängen, daß man es nur im Zusammenhang mit der gesamten dichterischen Produktion des jungen Goethe verstehen kann. Daß manchen heutigen Lesern und Zuschauern die Exaltiertheiten der Sprache und des Gebarens der Hauptfiguren fremd und unnatürlich vorkommen, ist nicht verwunderlich.

Das Geschehen, das dem Schauspiel zugrundeliegt (richtiger: vorausgeht) und erst von Szene zu Szene enthüllt wird, ist ebenso einfach wie konfliktträchtig. Fernando hat seine Frau Cäcilie, mit der er durch eine Liebesheirat verbunden war, verlassen. Stella war ihm begegnet. Abgeschieden lebte sie, bedingungslos liebend, mit Fernando einige Jahre auf einem Landgut. Sie galten als Paar. Aber dann ging auch diese Verbindung zu Ende. Fernando fühlte sich zu seiner Frau hingezogen. Vergeblich suchte er sie wiederzufinden. Da verdingte er sich verzweifelt in fremde Dienste als Soldat. Und dann zog es ihn wieder zu Stella zurück.

Das Stück setzt damit ein, wie die Akteure sich im Gasthof der Poststation, gegenüber von Stellas Gut, einfinden. Der Dramatiker hat den Zufall so arrangiert, daß Cäcilie als Frau Sommer mit ihrer Tochter Lucie, die als Gesellschafterin auf Stellas Gut ein Unterkommen sucht, und Fernando zur gleichen Zeit im gleichen Posthaus absteigen. In Stellas Räumen nimmt dann das allmähliche Erkennen und Wiedererkennen seinen spannungsvollen Verlauf. Fernando hatte den Weg zu Stella zurückgesucht und findet hier gleichzeitig die vor Jahren verlassene Ehefrau Cäcilie. Schwankend, wie er ist, schwört er ihr jetzt unwandelbare Treue: „Nichts, nichts in der Welt soll mich von dir trennen. Ich habe dich wiedergefunden" (3. Akt). Er will Stella verlassen. Cäcilie indes weiß, daß dieser Entschluß kein glückliches Leben nach sich ziehen kann; deshalb will *sie* verzichten und sich in eine entsagende Freundschaft zurückziehen. Je mehr aber am Ende des 5. Aktes Cäcilie und Fernando die Situation zu klären versuchen, desto auswegloser erscheint sie. Da erzählt, recht unvermittelt, Cäcilie die Geschichte des Grafen von Gleichen, der in ferner Sklaverei durch die Tochter seines Herrn gerettet wurde, sie in die Heimat mitnahm, wo seine angetraute Frau sie als Partnerin in eine Dreiergemeinschaft aufnahm. Über alle geltenden Normen hinaus wird hier die Liebe erhöht, so daß der Autor der *Stella* Cäcilie die märchenhafte Erzählung, die mit dem „Es war einmal ein Graf" beginnt, mit den erstaunlichen Worten schließen läßt: „Und Gott im Himmel freute sich der Liebe, und sein heiliger Statthalter sprach seinen Segen dazu. Und ihr Glück und ihre Liebe faßte selig Eine Wohnung, Ein Bett, und Ein Grab" (4, 346). So auch wollen es die drei halten:

Fernando, beide umarmend: Mein! Mein!
Stella, seine Hand fassend, an ihm hangend: Ich bin dein!
Cäcilie, seine Hand fassend, an seinem Hals: Wir sind dein!

Aufregung und Empörung über diesen Schluß waren damals abzusehen. Goethe scheint das nicht beirrt zu haben, wie er überhaupt, besonders in jungen Jahren, nicht willens war, sich anzupassen oder sich dreinreden zu lassen. „Es ist nicht zu sagen, wie wenig empfindlich er über Kritik ist", vermerkte Friedrich Jacobi einmal (an Wieland, 22. 3. 1775), und Fritz Stolberg kannte „Goethens unbiegsames Wesen" (an Klopstock, 8. 6. 1776). Auch im Alter trumpfte er auf:

Ich bin euch sämtlichen zur Last,
Einigen auch sogar verhaßt;
Das hat aber gar nichts zu sagen:
Denn mir behagt's in alten Tagen,
So wie es mir in jungen behagte,
Daß ich nach alt und jung nicht fragte.

(*Zahme Xenien*; 1, 335)

Immerhin wurde *Stella* schon im Februar 1776 in Hamburg, im März in Berlin aufgeführt, bis nach zehn Vorstellungen dort ein Verbot verhängt wurde. Auch *Stella* füllt ein Kapitel in der umfangreichen Akte vom „polizeiwidrigen Goethe", wie der Titel eines Buches von H. H. Houben (1932) lautet. Die Bildungsbürger, die Goethe lieber zitieren als studieren, scheinen geflissentlich zu verdrängen, wie verquer manche Werke des ‚Dichterfürsten' zu den von ihnen selbst gehegten Normen und Werten stehen. „Die Moral betreffend, so sind wir nicht gewohnt, sie in Produkten dieser Art zu suchen; ein jeder abstrahiere sich heraus, was ihm behagt", rieten die *Frankfurter Gelehrten Anzeigen*. In Altona war, wie zur Zeit des *Werther*, der Ton schärfer (*Reichs-Postreuter* v. 8. 2. 1776): „Goethes Roman *Die Leiden des jungen Werthers* ist eine

Schule des Selbstmordes; seine *Stella* ist eine Schule der Entführungen und Vielweiberei: Treffliche Tugendschule!" Natürlich meldeten sich auch zustimmende Kritiker zu Wort, die der dichterischen Kunst gerecht werden wollten.

Das Besondere des Stücks lag keineswegs darin, daß ein Ehemann eine Geliebte hatte. Derartige Eskapaden waren nicht ungewöhnlich, freilich schon aus materiellen Gründen eher dem hohen Stande als normalen Bürgern oder gar Bauern möglich. Bezeichnenderweise gehören auch Fernando und Stella („Baronesse" wird sie genannt; 4, 310, 316) zu jenen Kreisen, in denen man freizügiger als in den niederen Ständen leben konnte. Bedingt durch die Art, wie Heiraten zustandekamen, scheint es in jenem Jahrhundert nicht die Regel, eher die Ausnahme gewesen zu sein, daß sinnliche Leidenschaft mit ehelicher Gemeinschaft verbunden wurde. Wo gibt es in der Dichtung jener Zeit eine Ehe, in der die Partner nicht nur Lebensversorgung und seelische Bindung, sondern auch sexuelle Erfüllung finden? Ist nicht Friedrich Schlegels *Lucinde*-Roman von 1799 das – bei allem Pathos der Sprache – erste bedeutende literarische Dokument, das für die Einheit von Sexualität und dauerhafter Bindung plädiert (allerdings auch nur eine ehe-ähnliche Beziehung vorführt)? Goethes *Wahlverwandtschaften* sind nichts anderes als eine späte Fortsetzung des Nachdenkens über eine prekäre Beziehung zu dritt.

Das Aufregende an der *Stella*-Dichtung war die ‚Heiligsprechung' der Dreiergemeinschaft: „Eine Wohnung, Ein Bett, und Ein Grab." Ob sie wirklich durchzuhalten gewesen wäre, ist nicht mehr Thema dieses Schauspiels für Liebende. Manche Dreierbeziehungen waren 1775 bekannt, oder man munkelte davon. Der Engländer Jonathan Swift, Autor von *Gullivers Reisen* (1726), hatte mit Stella (!) und Vanessa zusammengelebt. Gottfried August Bürgers kompliziertes Verhältnis zu seiner Frau Dorothea und deren Schwester Molly war, wenigstens in Schriftstellerkreisen, bekannt. Im Hause Fritz Jacobis gab es offenbar ähnliche Schwierigkeiten. Wieweit Goethe bei der Niederschrift der *Stella* an all diese Fälle gedacht hat, ist unerheblich; von Lili Schönemann können die Figuren des Dramas ebenfalls nur einzelne Züge geborgt haben.

Wenn man die bisher entstandenen Werke des jungen Goethe Revue passieren läßt, erweist sich *Stella* als eine weitere dichterische Arbeit, in der ihr Autor ein Erprobungsspiel mit extremen Gefühlslagen und Verhaltensweisen inszenierte. *Die Mitschuldigen, Götz von Berlichingen, Werther, Clavigo:* in allen spürte Goethe den geheimen Antrieben menschlichen Handelns nach, und das führte *auch* in Abgründe hinein. Gewiß, *Stella* kreist ausschließlich um die Liebe und die von ihr ausgelösten Gefühle und Taten. Von nichts anderem als erotischer Anziehung und Abstoßung handelt das Drama; ein schier unerschöpfliches und gleichzeitig einsinniges Thema. Innerhalb der Grenzen lotet das Stück tief. Freilich muß man sich auf eine Voraussetzung einlassen, die wir nicht mehr ohne weiteres gelten lassen können: daß es für eine liebende Frau höchste Erfüllung bedeutet, das eigene Leben ausschließlich dem Mann zu widmen, es ihm unterzuordnen und als Liebende sein Eigentum zu sein. Die besitzanzeigenden Wörter des Schlusses sprechen eine deutliche Sprache, Fernandos „Mein! Mein!“ und Stellas und Cäciliens „Ich bin dein! Wir sind dein!“ So wird man zweifeln dürfen, ob Goethes wortreiche Erkundung weiblicher Psyche in diesem Stück überall zutreffende Aussagen erbracht hat. („Daß man euch so lieb haben kann“, wundert sich Stella, „daß man euch den Kummer nicht anrechnet, den ihr uns verursachet!“ 4, 326)

Cäcilie und Stella haben durchaus nicht dieselbe Auffassung von Liebe und Leben. Cäcilie ist die ‚leidgeprüfte‘ Ehefrau, die Abstand zu den Geschehnissen gewonnen hat, die in der Lage ist, ihr eigenes Verhalten bei aller Erschütterung zu überdenken und das Angebot ihres Verzichts auf den eigenen Mann genau zu begründen. „Leidenschaft einer Liebhaberin“ und „Gefühl einer Gattin“ hält sie sorgsam auseinander: „Fernando, ich fühle, daß meine Liebe zu dir nicht eigennützig ist, nicht die Leidenschaft einer Liebhaberin, die alles dahingäbe, den erflehten Gegenstand zu besitzen. Fernando! mein Herz ist warm, und voll für dich; es ist das Gefühl einer Gattin, die, aus lauter Liebe, selbst ihre Liebe hinzugeben vermag“ (4, 344). Stella geht ohne Rest in ihrer Liebe auf; sie überläßt sich bedenkenlos ihrer Leidenschaft der Sinne und der Seele.

Das Erstaunliche dieses Schauspiels: daß sich nirgends gesellschaftliche Normen mit ihren Ge- und Verboten einmischen. Auch die Kategorien von Schuld in moralischer Hinsicht verlieren vor der Macht der Liebe jede Geltung. Ausdrücklich sprechen beide Frauen den untreuen Ehemann und Geliebten von Schuld frei. In der nicht näher lokalisierten Abgeschiedenheit eines Posthauses und des Stellaschen Gutes vollzieht sich das Spiel unentrinnbarer Anziehung und versuchter Abstoßung, bis hin zu jenem Schluß, der vom „Es war einmal“ der Beispielerzählung des Grafen von Gleichen in die Sphäre des Märchenhaften, Utopischen überleitet.

Fernando, der Schwankende, der in der Treue zur Liebe immer wieder der Untreue zur einzelnen Partnerin verfällt und auf den Stella das paradoxe Wort münzt „so flatterhaft und so treu!“ (4, 325) – Fernando gehört in die Reihe der Weislingen und Clavigo, die zu einer dauerhaften Beziehung nicht fähig sind. Fast überflüssig anzumerken, daß Goethe hier auch auf sich zielt, auf seine Untreue, sein Schwanken, seinen Hang nach Ungebundenheit. Gustchen Stolberg bekannte er am 3. August 1775: „Unseeliges Schicksal das mir keinen Mittelzustand erlauben will.

Entweder auf einem Punckt, fassend, festklammernd, oder schweifen gegen alle vier Winde!“ Verworrenheit, ein Stichwort der Goethebriefe des Jahres 1775, es ist auch Fernando vertraut, als er ratlos zu sich spricht: „Laß mich! Laß mich! Sieh! da faßt's mich wieder mit all der schrecklichen Verworrenheit! – So kalt, so graß liegt alles vor mir – als wär die Welt nichts – ich hätte drin nichts verschuldet – –“ (4, 342). Hofmannsthals Abenteurergestalten haben in Goethes Fernando einen ihrer Vorläufer.
In einer ganz anderen Welt lebt die Postmeisterin des ersten Akts. Ans praktische Leben gefesselt, zur täglichen Arbeit verpflichtet, hat sie keine Gelegenheit, in selige Höhen zu schweben oder sich in den Niederungen des Kummers zu verlieren. „O Madame! Unsereins hat so wenig Zeit zu weinen als leider zu beten. Das geht Sonntage und Werkeltage“ (4, 310). Dieser erste Akt ist ein Meisterstück dramatischer Exposition; er steht den Gasthofszenen in Lessings *Miß Sara Sampson* und *Minna von Barnhelm* nicht nach: wie die Gestalten eingeführt werden und Spannung erzeugt wird, weil der Leser und Zuschauer erst langsam ahnen kann, welche Beziehungen sich knüpfen, und er mit seinen Vermutungen, später dann mit seinem Wissen den Personen des Dramas voraus ist.
1775/76 mochte für Goethe der Schluß mit seiner ungewöhnlichen Lösung noch hingehen. Dreißig Jahre später zollte er der Schicklichkeit gesellschaftlichen Betragens seinen Tribut. Erlaubt schien, was sich ziemt, aber nicht mehr, was gefällt. Aus dem „Schauspiel für Liebende“ wurde eine Tragödie. Nun war die Situation für die ‚Schuldigen‘ ausweglos geworden: Fernando erschießt sich, Stella nimmt Gift. In dieser Fassung kam das Stück seit 1806 auf die Weimarer Bühne, auch anderswo, und der *Ausgabe letzter Hand* wurde nur diese Tragödie *Stella* anvertraut, die nichts anderes mehr war als eine übliche Dreiecksgeschichte, in der das Ende kam, wie es kommen mußte.

Einfälle und Notizen

Als Goethe in den frühen Novembertagen 1775 in der herzoglichen Kutsche unbequem genug nach Weimar rollte, hatte er nicht alle seine Habe bei sich. Es war ja nur ein Besuch vorgesehen. Später hat ihm die Mutter nachgeschickt, was er brauchte und was sie für wichtig hielt. Darunter waren Zettel mit Eintragungen, die bei irgendwelchen Gelegenheiten gemacht worden waren. In Weimar sammelten sich weitere Blätter an, viele von ihnen nicht mehr zu datieren. „Späne“ haben mehrere Editoren sie genannt und in der *Weimarer Ausgabe* (Bd. 38) zum erstenmal gedruckt. Was in die Frankfurter Zeit zu gehören scheint, hat man als „Einfälle und Notizen" gesammelt (DjG 5, 378 ff.) Es handelt sich um einzelne Formulierungen, Textbrocken, Miniaturszenen, die man nicht übergehen sollte, wenn man wissen will, wie nah Goethe der deftigen Ausdrucksweise des einfachen Volkes gewesen ist und wie leicht sich für ihn einzelnes, was er sah und erlebte, zum prägnanten Bild verdichtete. „Der Knabe der im angebundnen Nachen rudert." – „Das Sommergefühl eines Nachmittags." – „Wenn mann die vornehmen Leut ansieht so hungerts einen. Obs ist weil sie alle schulden haben –". Es stammt nicht aus Lenzens *Soldaten*, auch nicht aus Georg Büchners *Woyzeck*, sondern steht auf einem dieser Goetheschen Blätter: „Ich muss essen Herr Hauptm[ann] [...] Rat[i]on will ich haben oder ich pisse in die Stub." Ein kleines Gespräch zwischen Goethes Mutter, einer Bäuerin und der Hausmagd Dorthe ist ebenfalls aufgezeichnet:

> *Frau Aya.*
> Herr Jes Maidel ihr laufft bey dem Wetter in blosen Füssen werdt ihr nicht kranck
> *Bäurin.*
> Ja meine andern sind beym Schuflicker ich hab nur ein Paar
> *Dorthe*
> Es ist kurios dass man sich die Füs aufgaht man schu anhat.
> *Frau A. ihr nach auf die Füss sehend.*
> Wenn ihr *die* zerreisst so lass ich euch ein Paar neue machen
> *Bäuer.*
> Das wird ihnen Gott vergelten
> *Dorthe*
> Und wenn mer barfüsig geht so geht mer sie nit auf.
> *Bäuerin*
> Ihr lauft eure Solen ab, Wir laufen uns solen an. – Ja so was hat eben unser Herr Gott für die armen Leut erfunden.

Derbheit und Drastik tummeln sich wie in *Hanswursts Hochzeit:*

> Nacht topf
> Wer einen vollen Nacht topf ausgießt um ihn selber leer zu finden oder ihn einem andern so hinzustellen ist brav.
> Umgekehrt lässig.
>
> Einrichten! Meublieren! – Ihr könnt nicht anders seyn! Meynt da wär es euch besser darnach! – ich sag euch es ist dem Elenden wohler der in ein Papier scheisst mit seiner Famielie, und es nachts sehr feyerlich an eine Ecke trägt.
> Pirli! Pirli! Parli!

Aber auch Späne aus der Auseinandersetzung um die neue Dichtung, wohl den *Werther*, sind abgefallen. Ein Dialog zwischen einem Syndikus, der meinte, das Zeug sei doch zu toll, was der Mensch zusammengeschrieben habe, und einem „Ph." (Goethes Diener Philipp Seidel?) wird zu einer Pointe gespitzt, die einmal mehr kennzeichnet, was Goethe von Werther trennte:

> *Ph.*
> Wissen Sie was er neulich zu einem sagte der ihn eben darüber constituirte
> *Sy*
> Wie denn?
> *Ph*
> Mein Herr fragte er den sind sie nie betruncken gewesen! Eh nun sagte der andre ein ehrlicher Kerl hat immer so eine Nachrede aufm Rücken! – Gut sagt er, der Unterschied von mir zu ihnen ist der ihr Rausch ist ausgeschlafen; meiner steht aufm Papiere

Das blieb Lebensregel. Noch der alte Goethe bekannte dasselbe in einem Spruch der *Zahmen Xenien:*

> Nehmt nur mein Leben hin in Bausch
> Und Bogen, wie ich's führe;
> Andre verschlafen ihren Rausch,
> Meiner steht auf dem Papiere (1, 322).

Ende eines Lebensabschnitts

Goethes Übersiedlung nach Weimar mit der kurz darauf folgenden Übernahme verantwortlicher staatlicher Verwaltungsaufgaben bedeutete das Ende eines Lebensabschnitts. So stellt es sich wenigstens für denjenigen dar, der rückschauend das ganze Leben überblickt. *Dichtung und Wahrheit* schildert auf den letzten Seiten, wie der nach Italien Aufgebrochene in Heidelberg die Nachricht vom endlich in Frankfurt angelangten Wagen des Weimarer Kammerherrn erhält und umkehrt. Dabei läßt der Autobiograph, in nachträglicher Anspielung auf die Bedeutung der frühen Lebenswende, den an den Thüringer Hof ziehenden Jüngling Worte Egmonts ausrufen, die ein vielsagendes dichterisches Bild beschwören:

> Kind, Kind! nicht weiter! Wie von unsichtbaren Geistern gepeitscht, gehen die Sonnenpferde der Zeit mit unsers Schicksals leichtem Wagen durch, und uns bleibt nichts als, mutig gefaßt, die Zügel festzuhalten und

> bald rechts, bald links, vom Steine hier, vom Sturze da, die Räder abzulenken. Wohin es geht, wer weiß es? Erinnert er sich doch kaum, woher er kam (10, 187).

Ändert sich das jugendliche ‚geniehafte' Leben am neuen Ort zunächst auch kaum, so ist doch nach 1776 keine Dichtung mehr entstanden, die eindeutig dem sog. Sturm und Drang zugeordnet werden könnte. (Allenfalls die Gedichte *Seefahrt* vom September 1776 und *Harzreise im Winter* aus dem Dezember 1777 weisen noch in diese Richtung.) Ganz zu schweigen davon, daß in dem arbeitsreichen Weimarer Jahrzehnt von 1776 bis zur Italienischen Reise 1786 die Poesie Mühe hat, sich in der von Akten und Sitzungen gefüllten Welt der prosaischen Verwaltungsarbeit zu behaupten.

So liegt es nahe, an dieser Stelle auf die Sturm-und-Drang-Phase der Dichtung Goethes insgesamt zurückzublicken. Daß Maximilian Klingers Drama *Sturm und Drang*, Namengeber der literarischen Strömung, erst Ende 1777 (mit der Jahreszahl 1776) erschienen ist, braucht uns nicht weiter zu beschäftigen. Die Bezeichnung hat sich für Tendenzen eingebürgert, die sich seit Ende der sechziger Jahre meldeten und bis in die achtziger Jahre reichten. Wie fast immer bei künstlerischen (und nicht nur diesen) ‚Epochen', die ja hauptsächlich vom ordnenden Willen späterer Beobachter geschaffen und am Leben gehalten werden, kommt es zu merkwürdigen Überschneidungen, zur Gleichzeitigkeit des Verschiedenen. Während ‚Stürmer und Dränger' wirkten, war (ohnehin bis zum Ende des Jahrhunderts) noch ganz gegenwärtig, was zur ‚Aufklärung' gerechnet wird. Und als Friedrich Schiller mit den *Räubern* 1781 und den Gedichten der *Anthologie auf das Jahr 1782* seine von den Zeichen des ‚Sturm und Drang' geprägte Visitenkarte abgab, war Goethe längst auf anderer Spur. *Über die Fülle des Herzens* heißt ein Aufsatz, den Friedrich Graf zu Stolberg 1777 veröffentlichte. Eben dies wird gewünscht, und so kann der Ausdruck „Fülle des Herzens" als ein Motto über jener literarischen Bewegung stehen, die von Herders und Goethes Straßburger Monaten 1770/71 bis zu Schillers *Räubern* (1781), *Kabale und Liebe* (1783) ihre hohe Zeit hatte und sich in den Arbeiten der damals Zwanzig- bis Dreißigjährigen repräsentierte, der Herder und Goethe, Klinger und Lenz, Wagner und Leisewitz und einiger anderer.

In der Literaturgeschichte hat sich seit einiger Zeit die Auffassung durchgesetzt, daß der sog. Sturm und Drang nicht als Gegenbewegung gegen die ‚Verstandeskultur' der Aufklärung, sondern als Fortführung, Entwicklung, Ausweitung aufklärerischer Tätigkeit zu verstehen sei. Indem neues Erleben und Erfahren ausgesprochen und sprachkünstlerisch gestaltet wurden, indem Gefühl und Leidenschaft sich unmittelbar äußerten und ihr Recht beanspruchten, wurden Grenzen durchbrochen, die die Aufklärung in ihrer Tendenz zu einem hauptsächlich verstandesmäßigen und normierenden Erfassen von Welt, Natur und Ich gezogen hatte. Aufklärung wurde damit in neue Bereiche hinein weitergeführt. Noch nicht ausgekundschaftete Regionen des Menschen und seiner Erfahrungsmöglichkeiten wurden hinzugewonnen. Der ganze Mensch in seinem Denken *und* Fühlen wurde erkundet und sollte sich verwirklichen können. Der Ruf nach Freiheit, volltönend ausgebracht in Drama, Gedicht und Prosa, galt solcher Selbstverwirklichung. Sie wurde behindert durch Beschränkungen vielfacher Art: politische, ständische, rechtliche, kirchliche, moralische. Was die Freiheit des Menschen ausmache und wie sie, ohne daß der andere in seinen eigenen Rechten verletzt wird, realisiert werden könne, ist anhaltendes Kampf- und Diskussionsthema seit dem 18. Jahrhundert. Die Wendung gegen das Höfische, wenn es mit seinen Normen und Reglementierungen die Entfaltung des Menschen behinderte, gehörte zum Programm. Die „polierte Nation" war nicht gewünscht; denn „so bald eine Nation polirt ist, [...] so bald hört sie auf Charakter zu haben. Die Masse individueller Empfindungen; ihre Gewalt; die Art der Vorstellung, die Wirksamkeit, die sich alle auf diese eigene Empfindungen beziehen, das sind die Züge der Charakteristik lebender Wesen" (*Frankfurter Gelehrte Anzeigen*, 27. 10. 1772). Wie kompliziert die Prozesse der Loslösung von höfischen Vorstellungen waren, bezeugen bürgerliche Schriftsteller wie Gottsched und Gellert mit ihren Dichtungslehren und Dichtungen.

‚Stürmer und Dränger' betonten entschieden die Wünsche des fühlenden und nach Tätigkeit drängenden Subjekts. Die Erwartungen waren freilich diffus und unterschiedlich weit gespannt: vom Ausdruck neuen, aber privat bleibenden Glücks bis zu politisch brisanten gesellschaftskritischen Ansätzen; von gefühlsbestimmter persönlicher Religiosität bis zu behutsamen Reformen im öffentlichen und privaten Leben. Vieles konnte sich da mischen. Der Freiheitsruf des Goetheschen Götz hallte in manchen Dramen nach, sein Auftreten als ‚großer Kerl' machte Eindruck. Sozialkritische Themen wurden aufgegriffen. So durchleuchtete man etwa das Schicksal der Kindesmörderin, um die wirklichen Ursachen der Verzweiflungstat zu erkennen. Man attackierte die Vorrechte des Adels, wenn seine Mitglieder daraus rücksichtslose Verfügungsgewalt über andere Menschen ableiteten. Umsturz war dennoch nicht das erklärte Ziel, so daß auch Adlige unbekümmert in den Ruf nach Freiheit einstimmten oder in Dichtungen aufmüpfiger Bürger als Vorkämpfer des Besseren auftraten. Wo von Republik und republikanischem Geist gesprochen wurde, war nicht gleichzeitig die Staatsverfassung gemeint, die wir mit dieser Bezeichnung verbinden. Vielmehr waren Freiheiten des Staatsbürgers anvisiert, die nicht an eine bestimmte Staatsform gebunden waren. Ein zusammenhängendes politisches Konzept haben die Jungen von damals, meistens bürgerliche Gebildete, die sie oft erst unter bitteren Entbehrungen geworden waren, allerdings nicht entwickelt, konnten es wohl auch nicht in den Verhältnissen des in kleine und kleinste Territorien zersplitterten deutschen Reichs mit ganz unterschiedlichen Bedingungen und bei einem Bürgertum, das noch schwach und in sich uneinheitlich war.

Was Goethe beigetragen hat, ist beschrieben worden. Es wäre zu einfach, das von ihm theoretisch Entworfene und in der Dichtung Verwirklichte auf einen Nenner zu bringen: die Lust am geniehaft Schöpferischen; die Ausdrucksfreude und -mächtigkeit; die in manchen Gedichten gestaltete Einheit von Natur, Liebe und fühlendem Ich; die Auffassung von der Natur als einer Kraft, „die Kraft verschlingt", „schön und häßlich, gut und bös", wo alles mit gleichem Recht nebeneinander existiert (*Die schönen Künste von Sulzer*); die Suche nach Ursprünglichkeit; das dichterische Aufspüren auch der zwielichtigen Motive menschlichen Verhaltens und treulosen Schwankens; das Pochen auf ein dynamisches Leben aus Selbstgewißheit, „dreingreifen, packen ist das Wesen jeder Meisterschaft" (Juli 1772). Breite der Themen und Vielfalt der Gestaltungen, mit denen er experimentierte, sind erstaunlich. Glück freilich ist nur in seinen Gedichten zuhause, noch dort oftmals brüchig und nur mit einem „und doch" zu behaupten.

Wir können uns nicht alles aus Goethes jugendlichem Beitrag unreflektiert aneignen. Wir stoßen auf Probleme und Widersprüche, die die Texte direkt nicht zu erkennen geben. Was Goethe vortrug, war – daran zweifelt niemand – großer Entwurf, der unter Zaudern und Zagen gewagt wurde, wie die Briefe zeigen, war begehrte Erfüllung menschlichen Lebens; so als gäbe es autonome Schöpferkraft, unabhängiges Handeln und Selbstverwirklichung im Schaffen und Geschaffenen (deshalb die Betonung des Künstlertums) – und als herrsche nicht im Tausch der Waren die Fremdheit zwischen Arbeitendem und Produkt, nicht die isolierende Konkurrenzsituation, nicht die Trennung zwischen abstumpfender Arbeit und kärglichen Augenblicken der Übereinstimmung mit sich selbst; so als ließe sich jenes selige Gefühl des Einsseins von Ich und Natur durchhalten – und unser Verhältnis zur Natur sei nicht vielmehr grundsätzlich gekennzeichnet durch die dauernde arbeitende Auseinandersetzung mit ihr (in der die ‚Natur' allmählich, aber sicher zugrundezugehen droht); so als könnte jene *Maifest*-Liebe im Verbund mit Naturseligkeit nicht nur etwas Fiktives, sondern Reales sein – und als stoße sich nicht die Liebe oft genug an den gesellschaftlichen Schranken der

Klassen und Schichten wund, wovon Goethe selbst etwas im Jahr 1775 zu spüren bekam.
Aber nach wie vor ist in Dichtung und Entwürfen des jungen Goethe Unabgegoltenes aufbewahrt: der fortbestehende Anspruch der Rechte des Individuums, seines naturverbundenen Erlebens, seines Wunsches nach Selbstverwirklichung – Unabgegoltenes als Aufforderung an die Gestaltung gesellschaftlicher Verhältnisse.

Goethe hat in seinem späteren Leben abschätzig auf die Jahre der Jugend zurückgeblickt. Manches, was er damals getrieben und gefordert hatte, war ihm nicht mehr geheuer. Geradezu hemmungslos hat er Dokumente von einst vernichtet. Was sich abgespielt hatte, war ihm nun zu verworren, und er beargwöhnte die überschäumenden Kräfte, weil sie Maß und Ordnung, die er wünschte, beeinträchtigen könnten. Wie er in seiner hymnischen Prosa *Von deutscher Baukunst* jetzt „eine Staubwolke von seltsamen Worten und Phrasen" sah, womit er ja nicht ganz unrecht hatte (*DuW* 12. B.; 9, 508), so verfiel der ‚Sturm und Drang' insgesamt seiner Kritik. Allenfalls verständnisvolle Entschuldigungen hatte er noch übrig für „jene berühmte, berufene und verrufene Literaturepoche, in welcher eine Masse junger genialer Männer, mit aller Mutigkeit und aller Anmaßung, wie sie nur einer solchen Jahreszeit eigen sein mag, hervorbrachen, durch Anwendung ihrer Kräfte manche Freude, manches Gute, durch den Mißbrauch derselben manchen Verdruß und manches Übel stifteten" (9, 520). Es fiel ihm schwer, wichtige Einzelheiten von einst dem „eigentlichen Grundwahren" zuzuordnen, das in seinem Leben geherrscht habe und das er in seinem Lebensbericht habe darstellen wollen (an Zelter, 15. 2. 1830).
Eigens schaltete er im 19. Buch von *Dichtung und Wahrheit* eine Passage ein, in der er sich von der frühen Genievorstellung distanzierte. Damals habe sich „Genie" nur dadurch manifestiert, „indem es die vorhandenen Gesetze überschritt, die eingeführten Regeln umwarf und sich für grenzenlos erklärte. Daher war es leicht, genialisch zu sein, und nichts natürlicher, als daß der Mißbrauch in Wort und Tat alle geregelte Menschen aufrief, sich einem solchen Unwesen zu widersetzen" (10, 161).
Der alte Goethe schreckte vor Wildwüchsigem und Formlosem zurück. Es konnte nur Unruhe bringen, und die gesuchte Gesetzlichkeit von Natur und Leben vermochte sich dort nicht zu offenbaren. Abgeneigt sei er etwa dem Indischen, um das sich Wilhelm v. Humboldt intensiv kümmerte, keineswegs, „aber ich fürchte mich davor", schrieb er ihm am 22. Oktober 1826, „denn es zieht meine Einbildungskraft ins Formlose und Difforme, wovor ich mich mehr als jemals zu hüten habe". Er wußte also sehr wohl, daß er sich in acht zu nehmen habe, weil er sich die

Verführung durch „Formloses und Difformes" offenbar immer noch vorstellen konnte.
Auch den Freiheitsdrang der Jungen von einst wußte er nur noch zu belächeln. „Das Bedürfnis der Unabhängigkeit" entspränge eher im Frieden als im Krieg, wo man die rohe Gewalt ertrage. Nichts wolle man dann über sich dulden:

> wir wollen nicht beengt sein, niemand soll beengt sein, und dies zarte ja kranke Gefühl erscheint in schönen Seelen unter der Form der Gerechtigkeit. Dieser Geist und Sinn zeigte sich damals überall, und gerade da nur wenige bedrückt waren [!], wollte man auch diese von zufälligem Druck befrein, und so entstand eine gewisse sittliche Befehdung, Einmischung der einzelnen ins Regiment, die, mit löblichen Anfängen, zu unabsehbar unglücklichen Folgen hinführte (9, 534).

Angesichts der für Goethe unentschuldbaren grausamen Ereignisse im Verlauf der Französischen Revolution konnte er das frühere Aufbegehren nicht mehr gutheißen. Wie eine müßige Spielerei erschien ihm der einst so lautstark intonierte Tyrannenhaß. Merkwürdig war es ihm, „Gedichte aus jener Zeit zu sehn, die ganz in einem Sinne geschrieben sind, wodurch alles Obere, es sei nun monarchisch oder aristokratisch, aufgehoben wird" (9, 536).
Wir haben keinen Grund, Goethes Kritik am ‚Sturm und Drang' einfach zu übernehmen, im Gegenteil. Seine Bewertung der frühen Jahre gibt vielmehr Anlaß zu Fragen. War seine Abwehr nicht auch eine heimliche Verdrängung des Scheiterns der Jugendträume? Wollte er vergessen machen, daß der Weg nach Weimar und das Bleiben dort einen Bruch im eigenen Leben bedeutete, da er weder die bisherige Künstlerexistenz einfach fortgesetzt noch jenes „Bedürfnis nach Unabhängigkeit" durchgehalten hatte? Wollte er die einstigen Verworrenheiten endgültig zu den erledigten Akten der Vergangenheit legen? Wollte er nicht mehr wissen, wie er geklagt hatte, daß das „unselige Schicksal" ihm „keinen Mittelzustand" erlauben wollte und er „immer auf den Wogen der Einbildungskraft und überspannten Sinnlichkeit, Himmel auf und Höllen ab getrieben" wurde?
Jedenfalls war ihm das „eigentliche Grundwahre" seines Lebens durchaus noch verborgen, als er im Herbst 1775 nach Weimar aufbrach. Daß er ging und dort blieb, beweist gewiß eins: bloß als Künstler und Advokat alltäglicher Fälle wollte er nicht weitermachen. Insofern trug das Bleiben in Weimar Zeichen einer Abkehr von den Jahren zuvor. Aber auch Folgerichtigkeit ist dem spätestens im Frühjahr 1776 gefaßten Entschluß, sich an Weimar und die amtlichen Pflichten zu binden, nicht

abzusprechen. Die Vermutung liegt nahe, daß Goethe in der Übernahme öffentlicher Aufgaben eine Chance sah, etwas vom verkündeten Tätigkeitsdrang auf dem Feld konkreten Handelns zu verwirklichen. Viele seiner Äußerungen in Brief und Tagebuch aus den ersten Weimarer Jahren zeugen von dieser Absicht: Schöpferisches, was ihn bisher bewegt und umgetrieben hatte, für das Gemeinwohl praktisch werden zu lassen. Insofern war seine Entscheidung für Weimar folgerichtig.

Das erste Weimarer Jahrzehnt

In einem kleinen Land und einer kleinen Stadt

Seine Vaterstadt Frankfurt hatte der junge Goethe als Nest verspottet. Wie sollte er nun die kleine Residenzstadt Weimar nennen, in die er eingezogen war? Als er in „dem unseligen Mitteldinge zwischen Hofstadt und Dorf" (Herder an Knebel, 28. 8. 1785) erst einmal heimisch geworden war, scheute er Vergleiche mit der Freien Reichs- und Krönungsstadt am Main und seinem früheren Leben dort keineswegs. Bezeichnend, was er anführte, wenn er zu begründen versuchte, warum er nicht zurückkehrte: den Mangel an Möglichkeiten, wirklich tätig zu sein. Als seine Entscheidung für Weimar reifte, schrieb er: „Ich werd auch wohl dableiben und meine Rolle so gut spielen als ich kann und so lang mir's und dem Schicksaal beliebt. Wär's auch nur auf ein paar Jahre, ist doch immer besser als das untätige Leben zu Hause wo ich mit der grössten Lust nichts thun kann. Hier hab ich doch ein paar Herzogthümer vor mir" (an J. Fahlmer, 14. 2. 1776). Die Mutter erinnerte er fünf Jahre später an die „lezten Zeiten", die er bei ihr zugebracht habe: „unter solchen fortwährenden Umständen würde ich gewiß zu Grunde gegangen seyn" (11. 8. 1781). Solchen Äußerungen, in denen er gegenüber besorgten Angehörigen und Freunden eine positive Bilanz zog, werden aus den frühen Weimarer Jahren Bemerkungen anderer Tonlage anzufügen sein, Worte des Zweifels über den eingeschlagenen Weg, Klagen über die Last der übernommenen Arbeiten und nach wie vor Äußerungen über die ihn bedrängende innere Unruhe.

Die fast elf Jahre in Weimar vom 7. November 1775 bis zum heimlichen Aufbruch nach Italien am 3. September 1786 sind ein Abschnitt von besonderer Bedeutung in Goethes Leben. Will man ihn begreifen, so muß man die staatsmännische und administrative Tätigkeit des Neulings ebenso ernst nehmen, wie er selbst es damals getan hat. Das erste Weimarer Jahrzehnt darf nicht danach bewertet werden, wieweit Goethe dichterische Vorhaben weiterführen oder abschließen konnte. Denn nicht um zu dichten, blieb er in Weimar, sondern um die gebotene Chance wahrzunehmen, beratend und handelnd an der Verwaltung und Gestaltung eines Gemeinwesens mitzuwirken. Wer in Goethe nur oder doch in erster Linie den ‚größten deutschen Dichter', den ‚Dichterfürsten' sieht, wird eine Verlustrechnung aufmachen: zwölf Jahre lang kein größeres Werk veröffentlicht, nur gelegentlich ein Gedicht in irgendeiner Zeitschrift, *Wilhelm Meister* angefangen und nicht zu Ende gebracht, *Egmont, Iphigenie, Tasso* noch nicht vollendet, *Faust* ein Fragment geblieben. Doch niemand hatte Goethe gezwungen, ein Jahrzehnt lang Dichtung und Kunst wenn auch nicht zu vergessen, so doch in die Stunden neben den amtlichen Pflichten zu verbannen. Bis zum Lebensende hat er die Last öffentlicher Ämter nicht mehr abgelegt, sie allenfalls zu mindern gesucht, damit seine künstlerischen und wissenschaftlichen Fähigkeiten und Neigungen nicht zu kurz kamen. Noch im letzten Lebensjahr gab er jungen Dichtern zu bedenken: „Jüngling, merke dir in Zeiten, / Wo sich Geist und Sinn erhöht: / Daß die Muse zu *begleiten*, / Doch zu *leiten* nicht versteht" (*Wohlgemeinte Erwiderung*). Auf was sich der sechsundzwanzigjährige Goethe seit dem Frühjahr 1776 einließ, welche neuen Erfahrungen er machte, welche Enttäuschungen er hinnehmen mußte, welche Folgen es für ihn hatte, im kleinen Herzogtum Weimar ein Doppelleben als Staatsbediensteter und als Künstler zu wagen, – das alles wird zu erzählen sein.

Das Herzogtum Sachsen-Weimar-Eisenach war einer jener zahlreichen Kleinstaaten im Flickenteppich des Heiligen Römischen Reiches Deutscher Nation, ein Produkt der jahrhundertelang vollzogenen Teilungen, die die dynastischen Erbfolgen mit sich gebracht hatten. 1485 waren die Wettinischen Länder zwischen den Albertinern und Ernestinern, denen Weimar zukam, aufgeteilt worden. Aber dabei war es nicht geblieben. Da noch nicht die sog. Primogenitur, das Erbfolgerecht des Erstgeborenen, galt, kam es zu immer weiteren Teilungen. In Sachsen-Weimar, einem der vielen auf diese Weise entstandenen Herzogtümer, machte erst 1719 die Primogeniturordnung der weiteren Zersplitterung ein Ende. So herrschte im Gebiet Thüringens um die Mitte des 18. Jahrhunderts eine stattliche Zahl von Fürsten auf ihren Klein- und Kleinstterritorien. Was Testamente, Heiratsverträge, herrschaftliche Erwerbungen sonstiger Art an Zersplitterung bewirken konnten, hier war es zu studieren. Und überall Hofhaltungen mit mehr oder minder großem Aufwand, in Sachsen-Gotha-Altenburg, in Sachsen-Coburg-Saalfeld, in Sachsen-Meiningen und anderwärts.

Das Weimarische Herzogtum bildete kein zusammenhängendes, geschlossenes Staatsgebilde. Nach dem Aussterben der Eisenacher Linie war 1741 dieses ziemlich weit im Westen Thüringens gelegene Fürstentum zu Weimar hinzugekommen, so daß es seitdem das Herzogtum Sachsen-Weimar-Eisenach gab. Der größte zusammenhängende Landesteil bestand aus dem Herzogtum Weimar mit dem Jenaer Gebiet, das einmal (von 1662–1690) ein selbständiges Fürstentum gewesen war, und dem Amt Ilmenau, das über eine eigene Steuerverfassung verfügte. Nördlich, schon in der Nähe des Harzes, lag das Amt Allstedt. Nicht mehr als etwa 62 300 Menschen wohnten 1786 in diesem Gebiet, während im Westen der eisenachische Landesteil samt dem fränkischen Amt Ostheim etwa 46 500 Einwohner zählte.

Keine 110 000 Menschen waren es also, die bei Carl Augusts Regierungsantritt und Goethes Ankunft das Herzogtum Sachsen-Weimar-

Eisenach bevölkerten. Dennoch arbeitete ein genau gegliederter Verwaltungsapparat, in dem freilich auch höchste Behörden sich mit Kleinigkeiten des überschaubaren Landes zu befassen hatten. Daß dem Landesherrn die ganze Macht zustand und er, niemandem verantwortlich, die endgültigen Entscheidungen fällte, war hier genauso üblich wie in allen Staaten absolutistischer Prägung. Mochte sich der Fürst an der Spitze auch im Geist eines aufgeklärten Absolutismus verpflichtet fühlen, auf das Wohl aller seiner Untertanen bedacht zu sein, so ließ er doch an seinem Herrschaftsanspruch nicht rütteln und seine Machtvollkommenheit nicht schmälern. Es muß den absolutistischen Fürstenhäusern als Gottes Entschluß oder als unumstößliches Naturgesetz erschienen sein, daß ihre Untertanen Abgaben und Leistungen für den Unterhalt des Hofes und dessen repräsentative Pflichten und Vergnügungen erbrachten. Daran änderte das Recht der Steuerbewilligung, das den Vertretern des Landes, den sog. Landständen, eingeräumt war, so gut wie nichts. Despotische Durchsetzung herrschaftlicher Ansprüche hatte man auch im Herzogtum Weimar erfahren und erlitten. Herzog Ernst August (1688–1748), Großvater Carl Augusts und regierender Herrscher von 1707 bis 1748, ist als rücksichtsloser, selbstherrlicher und ausschweifender Miniaturdespot in böser Erinnerung geblieben. Seine Leidenschaft fürs Bauen – der „Bauwurm", wie Zeitgenossen es nannten – verschlang gewaltige Summen. Zwanzig Parkschlösser, Jagdhäuser und Befestigungen ließ er errichten. Schloß Belvedere wurde mit allen zeitgemäßen höfischen Anlagen ausstaffiert, mit Orangerie und Menagerie, Reithaus und Zwinger und einem aufwendigen Park nach französischem Muster. Kosten für diese Bauten und Gärten von Belvedere in den Jahren 1724 bis 1732: 250 000 Reichstaler. Natürlich frönte der Despot auch der Jagdleidenschaft mit Hunderten von Hunden und Pferden; natürlich wollte er auch militärisch etwas gelten und gab sich der Soldatenspielerei hin. Die Gelder für solche Verschwendung hatte das Land aufzubringen; die Schulden des Hofes wuchsen bis 1748 auf 360 000 Taler an.

Kunst und Bildung zu unterstützen und zu fördern, das ließen sich absolutistische Herrscherhäuser, insbesondre zu ihrem eigenen Ruhme, hin und wieder angelegen sein. So ebenfalls in Weimar. Anfang des 18. Jahrhunderts wurden Kunstsammlungen begonnen, bedeutende Gemälde erworben, darunter Werke von Cranach, Dürer, Rubens, und das Musikleben war beachtlich. 1696 hatte man im Schloß eine Opernbühne eingerichtet, auf der auch Opern in deutscher Sprache aufgeführt wurden. Während diese Opernbühne bald an Bedeutung verlor, gehörten 1707 zur Hofkapelle immerhin 25 Mitglieder. Ein Jahr später trat Johann Sebastian Bach als Hoforganist in den Dienst des Weimarer Hofes. Gleichzeitig wirkte an der Stadtkirche ein anderer bedeutender Musiker als Organist, Johann Gottfried Walther. Bei Bachs Weggang von Weimar ließ Ende 1717 allerdings die Despotie ihre Macht spielen. Als Johann Sebastian nach anfänglicher Ablehnung seines Kündigungsgesuchs erneut um Entlassung bat, wurde er wegen seiner „halsstarrigen Bezeugung" kurzerhand eingesperrt und kam erst nach Wochen frei, um dann seine neue Stelle in Köthen anzutreten. 1735 mußte die Weimarer Hofkapelle aufgelöst werden; andere kostspielige Leidenschaften des Herzogs zwangen dazu. Was er vom Weimarer Gymnasium erwartete, gab eine neue Schulordnung von 1733 zu erkennen. Das Gymnasium habe nicht die Aufgabe, die Universität „mit einer großen Menge unnützer Leute von sogenannten Gelehrten" zu beschweren, sondern solle besonders diejenigen ausbilden, „die Gott und dem Vaterlande in anderen politischen Ämtern, sonderlich im Militärstande [...], vornehmlich aber als Cantoren und Schulmeister auf dem Lande dienen sollen". Kritisches Nachdenken der Untertanen war ausdrücklich untersagt. Noch im März 1744 verfügte eine herzogliche Verordnung: „Das vielfach Räsonnieren der Untertanen wird hiermit bei halbjähriger Zuchthausstrafe verboten und haben die Beamten solches anzuzeigen. Maßen das Regiment von uns und nicht von den Bauren abhängt und wir keine Räsonneurs zu Untertanen haben wollen."

Man sieht, es war noch ein weiter Weg zur Welt des ‚Weimarer Musenhofes' und der ‚Weimarer Klassik', als Wieland dort seinen *Teutschen Merkur* herausgab und Goethe, Herder, Schiller sich zum Bleiben in der Residenzstadt entschlossen. Freilich, die überkommenen Herrschaftsstrukturen blieben erhalten, aber die Personen, die sich in ihnen mit der angestammten herrschaftlichen Verfügungsgewalt bewegten, waren anderen Geistes. Mag man auch in dem (besonders in der Jugendzeit) derben, rastlosen Treiben Carl Augusts, in seiner Jagdleidenschaft, seinen erotischen Ausschweifungen, seinem ausgeprägten Herrscherbewußtsein Züge des despotischen Großvaters wiedererkennen wollen, so ist aus dem Enkel, mit dem sich die Erinnerung an die bedeutendste Zeit Weimars verbindet, doch ein ganz anderer als der Vorfahr geworden.

Als Ernst August 1748 starb, mußte für seinen noch minderjährigen Sohn Ernst August Constantin (geb. 1737) eine Vormundschaftsregierung eingesetzt werden. In ihr gewann bald sein Erzieher, der Graf Heinrich von Bünau, aufgeschlossen für Ideen der Aufklärung und eine von Vernunftprinzipien geleitete Regierungsweise, maßgeblichen Einfluß. Besserungen der finanziellen Verhältnisse des Landes wurden angebahnt, die Zahl der Soldaten vermindert, viele Pferde und Hunde verkauft. Am 29. Dezember 1755 konnte Ernst August Constantin, nun achtzehnjährig, selbst die Regentschaft übernehmen, weiterhin mit v. Bünau als führendem Minister. Doch die Regierungszeit des jungen

Herzogs endete schon am 28. Mai 1758 mit seinem frühen Tod. Zwei Jahre zuvor hatte er Anna Amalia, die Tochter des Braunschweiger Herzogspaars Karl und Philippine, einer Schwester Friedrichs des Großen, geheiratet und noch die Geburt seines ersten Sohnes Carl August am 3. September 1757 erleben können. Ganze achtzehneinhalb Jahre war Anna Amalia alt (geb. am 24. 10. 1739), als sie Witwe wurde und der Geburt ihres zweiten Sohnes, des Prinzen Constantin, entgegensah.
Sie hatte nach ihren eigenen Worten in jugendlichem Alter geheiratet, „wie man eben gewöhnlich Fürstinnen vermählte". Wieviel Liebe im Spiel war, ist nicht auszumachen. Sie hat ihre Lebensjahre bis zum Tod am 10. April 1807, ein halbes Jahrhundert (!) Herzoginmutter in Weimar, als Witwe verbracht. An Tatkraft mangelte es ihr nicht, und den Nöten des Herzogtums suchte sie entgegenzuwirken, ohne ihre eigenen Ansprüche an fürstliche Macht und Würde preiszugeben. Sie besaß künstlerische Neigungen und Kenntnisse, komponierte (z. B. Goethes *Erwin und Elmire*), malte, zeichnete, lernte noch spät die griechische Sprache und liebte es, wenn Dichter und Künstler ihr Gesellschaft leisteten. Standesgrenzen waren in diesem Fall belanglos. Launische Anwandlungen scheinen Anna Amalia gelegentlich befallen zu haben. Wie hätte es auch anders sein sollen in einem Leben, das sie letztlich als einzelne, auf sich gestellte und in Zwänge der höfischen Etikette eingepaßte Person bestehen mußte! Es bedurfte für sie großer Anstrengung, mit den Komplikationen der frühen Jahre fertigzuwerden. Sie selbst berichtet:

> In meinem achtzehnten Jahre fing die großen Epoche meines Lebens an: ich wurde zum zweitenmal Mutter, ich wurde Witwe, Obervormünderin und Regentin. In den Jahren, in denen sonst alles um uns her blüht, war bei mir Nebel und Finsternis. Nachdem der erste Sturm vorüber, war meine erste Empfindung, daß meine Eitelkeit und Eigenliebe erwachte. Regentin zu sein, in solcher Jugend schalten und walten zu dürfen, konnte wohl nichts anderes hervorbringen. Aber meine Eigenliebe wurde gedemütigt durch das Gefühl des Unvermögens. Ich sah auf einmal das Große, das meiner wartete, und fühlte dabei meine gänzliche Untüchtigkeit. Die Geschäfte, von denen ich gar nichts wußte, vertraute ich Leuten an, die durch lange Jahre und Routine Kenntnis davon hatten. In dieser Dumpfheit der Sinne verblieb ich eine Weile; auf einmal erwachten dann in mir alle Leidenschaften. Mir war wie einem Blinden, der das Gesicht erhält. Ich strebte nach Lob und Ruhm. Tag und Nacht studierte ich, mich selbst zu bilden und mich zu den Geschäften tüchtig zu machen.

Nach dem Tod des jungen Herzogs 1758 war die Vormundschaft zunächst an den Vater Amalias, den Herzog Karl von Braunschweig-Wolfenbüttel, übergegangen. Dann hat sie selbst von 1759 an sechzehn Jahre lang für ihren Sohn Carl August die Regentschaft ausgeübt. Als sie das Amt übernahm, führte ihr Onkel, der preußische Friedrich, den Siebenjährigen Krieg, der auch Weimar in Mitleidenschaft zog. Truppen beider Seiten streiften durch das Land, nahmen sich, was sie nötig hatten, und das Herzogtum hatte dem Reich gewisse Truppenkontingente zu stellen. Die Schuldenlast, die noch aus Ernst Augusts Zeiten stammte, verringerte sich unter solchen Umständen nicht, sondern wuchs noch an. Mit ihren Beratern hat es Anna Amalia schließlich geschafft, die Folgen des Krieges zu lindern und die Finanzlage erträglicher zu gestalten.

Mit dem Namen der jungen Herzoginmutter ist der Beginn der kulturellen Blütezeit Weimars verbunden geblieben. „Sie gefiel sich im Umgang mit geistreichen Personen und freute sich, Verhältnisse dieser Art anzuknüpfen, zu erhalten und nützlich zu machen; ja es ist kein bedeutender Name von Weimar ausgegangen, der nicht in ihrem Kreise früher oder später gewirkt hätte", heißt es 1807 in Goethes Nachruf auf die Fürstin (JA 25, 259). Von einem planmäßigen Aufbau des ‚Musenhofes' bei Anna Amalia kann man sicher nicht sprechen. Die glückliche Wahl einiger Erzieher für ihre beiden Söhne brachte es mit sich, daß daraus geworden ist, was Goethe rühmte und spätere Geschlechter mit der Vorstellung vom klassischen Weimar verbanden. Eine sorgfältige, umfassende Ausbildung wünschte die Herzogin für ihre Kinder; besonders der Erbprinz Carl August sollte gründlich darauf vorbereitet werden, im Sinn eines aufgeklärten Fürsten zu regieren: auf das Wohl der Untertanen bedacht, aber im sicheren Bewußtsein, mit der Vollmacht des Herrschers ausgestattet zu sein, der letztendlich zu entscheiden hat und guten Gewissens das jeweils Richtige und Förderliche wählt. Daß in solchem Konzept einer Fürstenerziehung grundsätzliche und nicht zu lösende Widersprüche enthalten waren, insofern die Unterwerfung aller unter die Entscheidungen eines einzelnen keineswegs die Gewähr für ein Wohlergehen des Volkes bot, wissen wir längst. Damals waren indessen viele überzeugt, daß ein Herrscher, im wohlmeinenden patriarchalischen Geiste tätig, gegenüber den widerstreitenden Interessen der vielen eine notwendige Ordnungsmacht sei und die Menge zu ihrem eigenen Wohl der herrschaftlichen Führung bedürfe.

Als Leiter der Erziehung der Weimarischen Prinzen war 1762 zunächst Graf v. Görtz bestellt worden, der auch diplomatische Erfahrungen besaß. Hauslehrer unterstützten ihn, später wurden Professoren der nahen Universität Jena für juristische Vorlesungen hinzugezogen. Die Ausbildung der Prinzen war erstklassig, selbst für damalige Verhältnisse. Sie lernten Sprachen, gewannen Kenntnisse in Literatur, besonders der französischen, wurden in Mathematik und Geschichte, Ökonomie und Philosophie eingeführt, und selbstverständlich gehörten Reiten, Fechten,

Tanzen zum Programm. Für Weimar war es entscheidend, daß im August 1772 Christoph Martin Wieland als Prinzenerzieher gewonnen werden konnte, für ein Gehalt von 1000 Gulden pro Jahr und eine Pension von 600 Gulden, solange er in Weimar blieb. Von Erfurt aus, wo er als Professor philosophiae an der Universität lehrte, war er bereits einige Male zu Besuch herübergekommen und hatte sich aufschlußreich über die Fähigkeiten und problematischen Seiten Carl Augusts geäußert. Als Philosoph der Weltklugheit schien er der richtige Mann zu sein, die letzten Jahre der Ausbildung zu übernehmen. Goethe rief 1813 in seiner Totenrede *Zu brüderlichem Andenken Wielands* in Erinnerung:

> Ein auslangend bildender Unterricht ihrer fürstlichen Söhne war das Hauptaugenmerk einer zärtlichen, selbst höchst gebildeten Mutter, und so ward er herüber berufen, damit er seine literarischen Talente, seine sittlichen Vorzüge zum Besten des fürstlichen Hauses, zu unserm Wohl und zum Wohl des Ganzen verwendete. [...] Sein dichterisches so wie sein literarisches Streben war unmittelbar aufs Leben gerichtet, und wenn er auch nicht gerade immer einen praktischen Zweck suchte, ein praktisches Ziel hatte er doch immer nah oder fern vor Augen. Daher waren seine Gedanken beständig klar, sein Ausdruck deutlich, gemeinfaßlich.
> (JA 37, 13 ff.)

Kurz vor Wielands Berufung nach Weimar war sein Roman *Der Goldne Spiegel, oder die Könige von Scheschian* erschienen, in dem es, spielte auch die Handlung in fernen Ländern und Zeiten, um das einschlägige Problem der Erziehung zum guten Fürsten und um ein vernünftiges Staatswesen ging. Tifan, Vorbild des aufgeklärten Herrschers, verkündete:

> Euch und eure Kinder zu guten Menschen und zu guten Bürgern zu machen, soll mein erstes und angelegenstes Geschäft seyn; und mein Beispiel soll euch überzeugen, *daß euer König der erste Bürger von Scheschian ist.* [...] Eine vorsichtige Bestimmung der *Staatsverfassung,* und eine *Gesetzgebung,* welche die Befestigung der Ruhe, der Ordnung und des allgemeinen Wohlstandes in diesem Reiche zur Absicht haben wird, soll die einzige Ausübung der Vollmacht seyn, die ihr mir überlassen habt; und auch hierin sollen die Weisesten und Besten mir ihre Hände bieten.
> (II. Teil, Kap. 9)

Über die allzu idealistisch gezeichneten Gestalten dieses Staatsromans meinte schon bald J. M. R. Lenz in seiner Komödie *Der neue Menoza* (1774) spotten zu müssen, wo der Prinz dankend auf die Lektüre des Buches verzichtete: „Geben Sie sich keine Mühe, ich nehme die Menschen lieber wie sie sind, ohne Grazie, als wie sie aus einem spitzigen

Federkiel hervorgehen." Reform von oben, durch Initiative der zum ‚Guten' erzogenen und bekehrten Fürsten, das war und blieb Wielands Hoffnung; Goethes Erwartungen zielten in die gleiche Richtung. Speziell für die Erziehung des jüngeren Prinzen Constantin verpflichtete man 1774 Carl Ludwig v. Knebel. Neun Jahre hatte er in einem preußischen Regiment gedient, doch der Soldatendienst konnte ihn ebensowenig befriedigen wie seine davor betriebenen juristischen Studien. Geistig-literarische Interessen bewegten ihn mehr. In Berlin hatte er im Kreis der Schriftsteller verkehrt; eine Empfehlung Nicolais hatte er in der Hand, als er auf der Suche nach einem Amt bei Wieland in Weimar vorsprach. Er schien die geeigneten Voraussetzungen mitzubringen, um Erzieher Constantins zu werden, auf den als Zweitgeborenen allenfalls eine militärische Laufbahn wartete. Abgeschlossen wurde die Ausbildung der Prinzen mit jener Bildungsreise, auf der Knebel im Dezember 1774 in Frankfurt den jungen Goethe mit der Weimarer Reisegesellschaft zusammenführte, zu der unter anderem Graf v. Görtz und der neue persönliche Begleiter Carl Augusts, Stallmeister v. Stein, gehörten.
Die letzte Zeit vor der Regierungsübernahme durch Carl August war von mancherlei Spannungen gezeichnet, deren Einzelheiten in die interne Herrschaftsgeschichte des Herzogshauses gehören. Der lebhafte, aus anfänglicher Schwäche zu kräftiger Statur herangewachsene Prinz drängte zur Macht und wollte als künftiger Herzog respektiert werden, Anna Amalia ihrerseits aber die Regentschaftsbefugnisse voll ausschöpfen. Doch ab Herbst 1774 ließ sie den Sohn und Nachfolger an den Sitzungen des höchsten Gremiums, des Geheimen Consiliums, teilnehmen. Am 3. September 1775 wurde Carl August achtzehn Jahre alt, als volljährig erklärt und trat die Regierung an. „Ja, bester Fürst, Du wirst, indem Du uns beglückst, der Glücklichste von allen sein!" feierte ihn Wieland in dem bei solchen Anlässen üblichen Tenor. Einen Monat später kam es zur Hochzeit mit der Prinzessin Luise von Hessen-Darmstadt, wie es auf der vorjährigen Bildungsreise in die westlichen Gegenden Europas eingefädelt worden war.
Der Ort der Hochzeitsfestlichkeiten war eine Stadt von damals mittlerer Größe, äußerlich mit Frankfurt am Main nicht im geringsten zu vergleichen. Ein Schloß existierte nicht mehr; im Mai 1774 war die Wilhelmsburg nach einem Blitzschlag abgebrannt und damit auch Weimars erstes Theater zerstört worden, das 1697 der Venezianer Girolamo Sartorio im Ostflügel unter dem großen Saal des Schlosses eingerichtet hatte. Von 1771–1774 war es Spielstätte der Seylerschen Schauspielertruppe gewesen, zu der ein so namhafter Schauspieler wie Konrad Ekhof zählte. Nach der Vernichtung des Schlosses wohnte die herzogliche Familie im sog. Landschaftshaus, das soeben für die „Landschaft", die Ständevertre-

tung des Landes, gebaut worden war; es blieb bis 1803 die behelfsmäßige Residenz.

In den siebziger Jahren zählte die Bevölkerung der Stadt Weimar nur etwas mehr als 6000 Einwohner. Für 1801 werden 7499 Personen genannt, im Jahr 1829 hatte man die runde Zahl von 10 000 erreicht. 729 Häuser gab es dort im Jahr 1762, 1830 waren es an die 900 geworden. Trotz mangelhafter statistischer Erhebungen aus jener Zeit kann man die sozialökonomische Schichtung der Bevölkerung des Herzogtums ungefähr so beziffern: Adel 1 %, Bürger 23 %, Bauern 63 %, Handwerker und Tagelöhner 13 %. Für die Stadt Weimar, deren Bevölkerungsstruktur im wesentlichen durch den Hof und die ihm zugeordneten Berufszweige bestimmt wurde, sahen die Verhältnisse, was den Anteil von Bürgern und Bauern betrifft, naturgemäß anders aus. In einer Übersicht für 1820, die den Verhältnissen fünfzig Jahre zuvor entsprechen dürfte, tauchen aufschlußreiche Zahlen auf. Insgesamt werden 2566 Berufstätige (einschließlich Pensionären und Witwen) aufgeführt, wovon allein 513 zu den staatlichen und städtischen Verwaltungs- und Polizeibeamten und Hofbediensteten gehörten. Auch die 76 Mitglieder des Hoftheaters und der Hofkapelle (diese allerdings gab es 1775 noch nicht), die 31 Geistlichen und Lehrer sowie eine stattliche Menge der 173 männlichen Bediensteten, Handarbeiter und Tagelöhner übten Tätigkeiten aus, die direkt oder indirekt mit dem Hof zusammenhingen. Etwa 1000 Einwohner lebten als Handwerker, Händler, Handwerksgesellen und gelernte Arbeiter. Die Zahl der Bauern belief sich auf nur 16. In den ländlichen Gebieten des Herzogtums waren sie hingegen die zahlenmäßig stärkste Bevölkerungsschicht.

Fast gänzlich fehlten das Großbürgertum und ein wirtschaftlich potenter Mittelstand. Allein Friedrich Johann Justin Bertuch wurde ein bedeutender bürgerlicher Unternehmer. Er war eine imponierende Persönlichkeit. Nach juristischen Studien und einer Hauslehrertätigkeit kehrte er 1773 in seine Geburtsstadt Weimar zurück, machte sich als Übersetzer (besonders des *Don Quijote* von Cervantes) einen Namen, hatte Erfolg mit einem Trauerspiel, war aber mit einem Dasein als Schriftsteller nicht zufrieden. Als Verleger und Kaufmann fand er den ihm gemäßen Wirkungsbereich. Mehrere, darunter bedeutende Zeitschriften gehörten zu seinem Verlagsunternehmen: der *Teutsche Merkur*, das *Magazin der spanischen Literatur*, die *Allgemeine Literatur-Zeitung* (die 65 Jahre, von 1785 bis 1849, bestand), endlich das *Journal des Luxus und der Moden*, eine Zeitschrift, die über Mode und Hausrat, Kleidung und Gartenkunst ebenso berichtete wie über Sitten und Gebräuche fremder Länder und es auf 42 Jahrgänge brachte. Über zwei Jahrzehnte war Bertuch Geheimsekretär des Herzogs Carl August und verwaltete dessen Privatkasse. 1782 gründete er eine Fabrik für künstliche Blumen, die schnell florierte; dort war Christiane Vulpius als Arbeiterin angestellt. 1790 beschloß er, alle seine Unternehmen im „Landes-Industrie-Comptoir" zusammenzufassen. Im *Journal* erläuterte er seine Absichten in einem Aufsatz, in dem es hieß: „Ich verstehe unter Landes-Industrie-Institut eine gemeinnützige öffentliche oder Privat-Anstalt, die sichs zum einzigen Zwecke macht, teils die Naturreichtümer ihrer Provinz aufzusuchen und ihre Kultur zu fördern, teils den Kunstfleiß ihrer Einwohner zu beleben, zu leiten und zu vervollkommnen." In einer Denkschrift an den Herzog nannte er als vornehmsten Zweck des „Comptoirs", „unsern Aktivhandel zu befördern, Geld für zu versendende Landesware hereinzuziehen und keine fremden Waren zum hiesigen Detailhandel für bares Geld kommen zu lassen und unseren bisherigen Passivhandel noch zu vermehren". Was für das Land gut war, nützte auch dem Unternehmer: Seine vielen erfolgreichen Aktivitäten machten Bertuch zum reichsten Mann Weimars, dessen großes, seit 1780 gebautes Haus ein Sammelpunkt geselligen Lebens war.

Was das Einkommen in Stadt und Herzogtum betraf, so klafften gewaltige Unterschiede zwischen einer schmalen Schicht gut Verdienender und der Masse derer, die schlecht und recht, oftmals mehr schlecht als recht, ihr Dasein fristeten. Eine prozentual winzige Gruppe höfischer Adliger und hoher Beamter lebte im Wohlstand: 2 % der Einwohner verfügten über ein Jahreseinkommen von mehr als 1000 Talern. Weitere 7 % hatten mehr als 400, 13 % mehr als 200 Taler. Wenn es stimmt, daß für die Befriedigung der dringendsten Lebensbedürfnisse 200 Taler nötig waren, so hatten immerhin 58 % der Einwohner mit einem Einkommen zu leben, das nur 100 Taler ausmachte, und weitere 20 % mit einer Summe zwischen 100 und 200 Talern.

Über allen rangierte die Herzogsfamilie mit mehreren Hofzirkeln für die einzelnen Mitglieder der Familie: den Kreisen um den regierenden Herzog Carl August und die Herzogin Luise, um die Herzoginmutter Anna Amalia und um den Prinzen Constantin. Die drei 1783, 1786 und 1792 geborenen Prinzen des Herzogspaares kamen später noch hinzu. Da die Herzöge von Weimar als Reichsfürsten zum hohen Adel gehörten, war es selbstverständlich, daß die wichtigeren Ämter des Hofes den Adligen zustanden, während man niedere Dienste den Angehörigen der bürgerlichen und bäuerlichen Schichten überließ.

In Weimar gelangten allerdings auch Bürgerliche in wichtige Positionen. Die Landesbehörden beschäftigten sogar ungefähr zur Hälfte Adlige und Bürger. Manche Adlige in hohen Ämtern gehörten ohnedies noch nicht lange diesem Stand an; sie stammten vielmehr aus bürgerlichen Familien, die erst vor einer oder wenigen Generationen wegen ihrer Verdienste in irgendwelchen höfischen Diensten geadelt worden waren. So hatte beispielsweise der höchste Minister in der Regierung Anna Amalias und Carl Augusts, der Freiherr Jacob Friedrich v. Fritsch, einen sächsischen Buchhändler und Verleger zum Großvater. Daß Angehörige des Adels mit neuen Ideen und reformerischen Vorhaben sympathisierten, war nichts Seltenes, und persönliche Beziehungen zwischen Bürgern und Adligen entfalteten sich, ohne daß Standesschranken dies wesentlich erschwert oder verhindert hätten. Man vergißt leicht, daß ein Mann wie Ludwig v. Knebel, Goethes „Urfreund", einem fränkischen Adelsgeschlecht entstammte. Dieses Zusammenwirken von Adligen und Bürgern, freilich innerhalb der im Grundsatz nicht angezweifelten Herrschaftsstrukturen, war charakteristisch für Weimar und wurde durch die überschaubare Kleinräumigkeit begünstigt. Sicherlich hat diese Atmosphäre dazu beigetragen, daß Goethe hier geblieben ist.

Der kleinstädtische, zum Teil dörfliche Zuschnitt Weimars ist oft genug von Bewohnern und Besuchern beschrieben, auch bespöttelt worden. Mit der Sauberkeit in den Straßen und engen Gassen scheint es gehapert zu haben. Noch 1759 mußte eine städtische Verordung verfügen: „Der Kot in der Stadt wird durch die Mistfuhren veranlaßt. Wer keine Torfahrt hat, soll den Mist außerhalb der Markttage auf die Gassen herausschaffen, nicht über Sonn- und Feiertage auf den angewiesenen Plätzen liegen lassen." Die landschaftliche Lage Weimars wurde hingegen häufig gerühmt; sie habe „sehr viel Angenehmes. Es liegt in einer lachenden, fruchtbaren Gegend, die sich hier und da in reizende Hügel erhebt, welche mit Gebüschen bedeckt oder als Felder angebaut sind. Auf der Seite nach Erfurt, rechts von der Chaussee, erhebt sich allmählich der hohe Ettersberg, auf dem man eine weite Aussicht genießt. Die Stadt selbst erstreckt sich etwas abhängig nach dem romantischen Tal zu, welches die Ilm durchfließt." Über das Innere des Ortes indessen abermals Klagen. „Krumme Straßen durchziehen sie nach allen Richtungen, und die Häuser, welche meistens nur zwei, selten drei Stockwerke haben, zeugen von dem Alter dieses Orts. [...] Die öffentlichen Plätze sind nicht besser als die Marktplätze mancher kleinen Landstadt. Der Markt ist ein sehr unregelmäßiges Viereck, das sich durch nichts auszeichnet" (*Friedrich Albrecht Knebe, Historisch-statistische Nachrichten von der berühmten Residenzstadt Weimar*, Elberfeld 1800). Ein anderer Reisender beanstandete, daß Weimars Gassen es weder an Reinlichkeit und Anlage noch an der Bauart der Häuser mit dem heiteren Gotha aufnehmen könnten. Man dürfe sich nicht weit von den Hauptstraßen entfernen, wolle man Winkel und Löcher vermeiden, welche dem Ort gänzlich das „armselige Ansehen einer nahrlosen Landstadt" gäben (*Reise durch Thüringen, den Ober- und Niederrheinischen Kreis*, Dresden 1796).

Viele Einzelheiten über die damaligen Verhältnisse in Weimar erfährt man aus den Erinnerungen Karl von Lynckers, die, erst um 1840 niedergeschrieben, nach seinen eigenen Angaben jedoch bis ins Jahr 1772 zurückreichen. 1767 geboren, wurde er mit dreizehn Jahren einer der sechs Pagen bei Hofe und blieb es vier Jahre lang.

Die Häuser, die den Markt umgaben, sind in späterer Zeit, mit Ausnahme weniger, mit obern Etagen versehen worden und waren mithin sehr niedrig und unansehnlich. Unter dem sonstigen Rathause (jetzt Stadthaus genannt) befanden sich seiner Länge nach zwei große Bogengänge; der eine war mit Fleischerbuden angefüllt, welche oft einen übeln Geruch verursachten, der zweite aber diente zur Aufbewahrung von Feuerleitern, Haken und dergleichen Geräte. [...] Übrigens befanden sich auf dem Markte nur zwei Kaufläden: der eine in dem Hause des Hofagenten Paulsen, wo dermalen der Grimmische Laden ist; in diesem waren die feinsten Tuche und die breiten goldenen und silbernen Glanztressen zu haben, mit welchen man fast alle männlichen Hofkleider galonierte, sowie auch Gold- und Silberwaren und Samte, welche die vornehmen Herren zu ihrer Bekleidung und die Damen zu den sogenannten Roben verbrauchten. [...] Außerdem war in Weimar linker Hand der Straße, welche nach der Hauptwache hinführt, wo dermalen die Putzhändlerin Steffani wohnt, eine große Parfümerie- und Schminkehandlung; ihr Besitzer war ein Franzose namens Gambü. Auf dem Töpfermarkte war noch der Stichlingsche Tuchladen, dem Vater des verstorbenen Präsidenten gehörig, von ziemlicher Bedeutung.

Ein Ausflug der Herzogin in die Stadt war jedesmal ein öffentliches Ereignis. Lyncker berichtet:

Die Herzogin pflegte zuweilen an Sonn- und Festtagen nach der Tafel in die Esplanade spazieren zu gehen; die Stunde wurde der Noblesse unter der Hand bekannt gemacht, welche sich dann zahlreich versammelte und sich harrend auf den zur Seite stehenden Bänken niederließ. Die Regentin erschien gewöhnlich im Reifrock und mit dem ganzen Hofe; der Obermarschall ging voraus, ein Page trug ihre Schleppe. [...] Hinter diesen folgte die niedere Hofdienerschaft; sie bestand aus Laufer, Heiducken und einem Zwerg; (eines Mohren erinnere ich mich erst unter der hochseligen Großherzogin). Auch viele Honoratioren und Bürger eilten zur Esplanade, weil sie außerdem ihre Fürstin nur selten so nahe zu Gesicht bekamen.

Friedrich Hebbel mokierte sich noch 1858 über dieses thüringische Nest einer Residenzstadt:

Alles unglaublich eng und klein! Dabei erfahre ich denn, was ich freilich schon wußte und was der Bestätigung kaum noch bedurfte, daß ich es auf die Länge nimmer und nimmer in einem solchen Circus aushielte. Immer dieselben Schecken und dieselben Reiter; sonntags die rote Schabracke und montags die graue. Die Zunge rein überflüssig; einer weiß, was der andere denkt, bevor er den Mund noch auftut. Nein, lieber Hyänen zähmen als Lämmer streicheln! In Weimar muß man entweder Goethe oder – sein Schreiber sein! (an Christine Hebbel, 24. 6. 1858).

Der junge Herzog und der Bürgerssohn

Was Carl August bewogen hat, den durch *Götz* und *Werther* berühmten Dichter nach Weimar einzuladen und sehr bald in das höchste Beratungs- und Verwaltungsgremium des Landes zu berufen, ist schwer auszumachen. Zweifellos hat Sympathie eine entscheidende Rolle gespielt, gleichzeitig eine gehörige Portion Bewunderung des Achtzehnjährigen für den acht Jahre Älteren, über den schon so viel geschrieben und geredet wurde. Ob der Prinz das *Götz*-Drama und den *Werther*-Roman überhaupt gelesen hatte oder nur von Wieland oder Knebel darüber informiert worden war, wissen wir nicht. Das Gespräch über Justus Möser bei der ersten Begegnung in Frankfurt (S. 250) hatte ihm immerhin zeigen können, daß der genialische Poet auch für staatspolitische Fragen aufgeschlossen war. Dennoch bleibt es erstaunlich, mit welcher Zielstrebigkeit der junge Herzog die förmliche Bestellung Goethes zum weimarischen Minister betrieb. Vielleicht wollte er frischen Wind in ein altes Kollegium bringen; vielleicht wünschte er eine starke Persönlichkeit in seiner Nähe, die mit nichts und niemandem in seinem Land ‚verfilzt' war; vielleicht suchte er einen Vertrauten neben sich, mit dem ihn persönliche Sympathie verband und von dem er nicht nur die selbstverständliche Loyalität eines Staatsbeamten erwartete, sondern die Freundschaft eines geistig produktiven und anregenden Mannes, der wie er selbst sein Leben noch vor sich hatte. Für die Hofkreise und die Weimarer Gesellschaft war es jedenfalls genauso überraschend wie für spätere Betrachter, daß sich der Herzog mit Goethe verbündete und dieser mit ihm, und man wußte sich keinen rechten Reim darauf zu machen.
Auch Goethes eigene Entscheidung für Weimar ist alles andere als leicht nachzuvollziehen. Gewiß war ihm Frankfurt unbehaglich geworden. Auch die Macht- und Verwaltungsstruktur der Reichsstadt war starr und verkrustet. Einige Familiengesellschaften dominierten. Da mußte man älter sein als 23 oder 24 Jahre, um mitreden, mitwirken zu können. Aber Weihnachten 1773 hatte er auf Kestners Vorschlag, in seiner (und Lottes)

Nähe ein Amt zu übernehmen, geantwortet: „Mein Vater hätte zwar nichts dagegen wenn ich in fremde Dienste ginge, auch hält mich hier weder Liebe noch Hoffnung eines Amts [...]. Aber Kestner, die Talente und Kräffte die ich habe, brauch ich für mich selbst gar zu sehr, ich binn von ieher gewohnt nur nach meinem Instinckt zu handlen, und damit könnte keinem Fürsten gedient seyn. Und dann biss ich politische Subordination lernte –." Und hatte er seinen armen Werther nicht voller Ekel über die von Standesdünkel beherrschten Verhältnisse bei Hofe räsonieren lassen, wo der Graf ihn aus der Gesellschaft wies, weil er ein Bürgerlicher war? „Was das für Menschen sind, deren ganze Seele auf dem Ceremoniel ruht, deren Dichten und Trachten Jahre lang dahin geht, wie sie um einen Stuhl weiter hinauf bey Tische sich einschieben wollen" (1. Fassung, 8. 1. 1772). Angewidert hatten Werther das glänzende Elend, die Langeweile unter dem garstigen Volk, die Sucht nach Rängen und wie sie nur wachten und aufpaßten, einander zu übervorteilen. Eine ältere adlige Dame hatte er kennengelernt, über die er sich brüsk äußerte: „Die Physiognomie der alten Schachtel gefiel mir nicht." (In der 2. Fassung war es nur die „Alte".) Auf nichts anderes konnte sie sich in ihrem Alter noch stützen als „die Reihe ihrer Vorfahren, keinen Schirm, als den Stand, in dem sie sich verpallisadirt, und kein Ergözzen, als von ihrem Stokwerk herab über die bürgerlichen Häupter weg zu sehen" (24. 12. 1771). Als Werther seine Entlassung verlangt hatte, sollte es seiner Mutter schonend beigebracht werden: „Freylich muß es ihr weh tun. Den schönen Lauf, den ihr Sohn grad zum Geheimderath und Gesandten ansezte, so auf einmal Halte zu sehen, und rükwärts mit dem Thiergen in Stall" (24. 3. 1772). Und plötzlich war Goethe selbst auf dem Weg zum „Geheimderath" und Dienst des Bürgers bei Hofe! Allerdings hatte er im *Werther* seinen dem Untergang geweihten wohlsituierten Bürgerssohn auch schreiben lassen: „Die Thoren, die nicht sehen, daß es eigentlich auf den Plaz gar nicht ankommt, und daß der, der den ersten hat, so selten die erste Rolle spielt! Wie mancher König wird durch seinen Minister, wie mancher Minister durch seinen Sekretär regiert. Und wer ist dann der Erste? der, dünkt mich, der die andern übersieht, und so viel Gewalt oder List hat, ihre Kräfte und Leidenschaften zur Ausübung seiner Plane anzuspannen" (8. 1. 1772). Offensichtlich hatte der Dichter Grund zu hoffen, er könne ähnliche Aktivitäten ausüben; er wenigstens wußte, daß es auch mangelnder Wille zur Aktivität gewesen war, der das Scheitern Werthers mitverursacht hatte.

Wenn nicht alles trügt, hat es Goethe keine Überwindung gekostet, in die Dienste eines souveränen Herrn zu treten, wenn es nur kein schlechter Souverän war. Den Wert der Freiheit eines Volkes stufte er anscheinend niedriger ein als die Möglichkeiten einer patriarchalischen Leitung.

Sein Diener Philipp Seidel, der mit ihm nach Weimar gekommen war und mit dem zusammen er in der Anfangszeit in einem Zimmer schlief, berichtet von einem nächtlichen Streitgespräch, in dem am Beispiel der Korsen, die in den sechziger Jahren nach der Befreiung von der Herrschaft der Genuesen unter die Macht Frankreichs geraten waren, die Frage diskutiert wurde:

> ob ein Volk nicht glücklicher sei, wenn's frei ist, als wenn's unter dem Befehl eines souveränen Herrn steht. Denn ich sagte: „Die Korsen sind wirklich unglücklich". Er sagte: „Nein; es ist ein Glück für sie und ihre Nachkommen. Sie werden nun verfeinert, entwildert, lernen Künste und Wissenschaften, statt sie zuvor roh und wild waren." – „Herr", sagte ich, „ich hätt den Teufel von seinen Verfeinerungen und Veredelungen auf Kosten meiner Freiheit, die eigentlich unser Glück macht!" (an J. A. Wolf, 23. 11. 1775)

Wiederum hat uns niemand überliefert, was zwischen Goethe und dem Herzog in den Monaten verhandelt wurde, bevor die offizielle Berufung ins Geheime Consilium erfolgte. Es kann ja nicht sein, daß der Neuling nicht über das informiert worden wäre, was ihm als Amt zugedacht war, und keine Einblicke in die Aufgabenbereiche erhalten hätte, die ihn erwarteten. Als Poeten und Unterhalter hat der Herzog seinen Dichterfreund schwerlich in der exklusiven Beraterrunde sehen wollen. Dafür sprach auch jener Brief an den Geheimen Rat von Fritsch, in dem er ihn von der Ernennung Goethes zu überzeugen suchte, eine zu deutliche Sprache. Bezeichnenderweise hat für Carl August in der späten Rückschau die dienstliche Tätigkeit Goethes schon mit seinem Eintreffen in Weimar begonnen. Als fünfzigjähriges Dienstjubiläum galt für ihn der 7. November 1825, nicht der Tag des wirklichen Dienstantritts am 11. Juni (1776). Da mag freilich der Wunsch ausschlaggebend gewesen sein, das Jubiläum Goethes nah an das eigene fünfzigjährige Regierungsjubiläum am 3. September 1825 heranzurücken. Aber nur als Beweis der freundschaftlichen Verbundenheit sollte man die Korrektur des Datums nicht auffassen. Dann wären die Worte des Glückwunschschreibens vom 7. November 1825 bloße Floskeln: „Gewiß betrachte ich mit allem Rechte den Tag, wo Sie, meiner Einladung folgend, in Weimar eintrafen, als den Tag des wirklichen Eintritts in meinen Dienst, da Sie von jenem Zeitpunkte an nicht aufgehört haben, mir die erfreulichsten Beweise der treuesten Anhänglichkeit und Freundschaft durch Widmung Ihrer seltenen Talente zu geben."

Die ersten Monate in Weimar waren für Goethe eine Zeit neuer Eindrücke und schwankender Überlegungen. Sein Wunsch, aus Frankfurt hinauszukommen, hatte sich erfüllt. Jetzt war abzuwägen, was daraus werden konnte. Der Wille, neu anzufangen und zu versuchen, „wie einem die Weltrolle zu Gesichte stünde", gewann die Oberhand. Am 2. Januar 1776 hatte er Herder in Bückeburg über seine und Wielands Bemühungen, ihn gegen die Widerstände orthodoxer Theologen als Generalsuperintendenten nach Weimar zu holen, noch mit der Bemerkung unterrichtet: „Ich muss das stifften eh ich scheide." Unter dem 5. Januar erfuhr „Tante" Fahlmer in Frankfurt: „Schwebe über all den inrsten größten Verhältnissen, habe glücklichen Einfluß, und geniesse und lerne und so weiter." Am 22. Januar schickte er Merck die Ankündigung: „Ich bin nun ganz in alle Hof- und politische Händel verwickelt und werde fast nicht wieder weg können. Meine Lage ist vortheilhaft genug, und die Herzogthümer Weimar und Eisenach immer ein Schauplatz, um zu versuchen, wie einem die Weltrolle zu Gesichte stünde." Er machte sich und dem scharfsichtigen Merck freilich nichts vor und gab sich keinen Illusionen hin, als er fortfuhr: „Ich übereile mich drum nicht, und Freiheit und Gnüge werden die Hauptconditionen der neuen Einrichtung seyn, ob ich gleich mehr als jemals am Platz bin, das durchaus Scheisige dieser zeitlichen Herrlichkeit zu erkennen." Eine Woche später: „Es geht mir verflucht durch Kopf und Herz ob ich bleibe oder gehe" (an Charlotte v. Stein, 29. 1. 1776). Wieland ließ Merck am 26. Januar 1776 wissen: „Goethe kömmt nicht wieder von hier los. Carl August kann nicht mehr ohne ihn schwimmen noch waten". Mitte Februar war es dann entschieden:

> „Ich richte mich hier in's Leben, und das Leben in mich. [...] Herder hat den Ruf als Generalsuperintendent angenommen. Ich werd auch wohl dableiben und meine Rolle so gut spielen als ich kann und so lang als mir's und dem Schicksaal beliebt. Wär's auch nur auf ein paar Jahre, ist doch immer besser als das untätige Leben zu Hause wo ich mit der grössten Lust nichts thun kann. Hier hab ich doch ein paar Herzogthümer vor mir. Jezt bin ich dran das Land nur kennen zu lernen, das macht mir schon viel Spaas. Und der Herzog kriegt auch dadurch Liebe zur Arbeit, und weil ich ihn ganz kenne bin ich über viel Sachen ganz und gar ruhig". – „Es ist nun wohl nicht anders ich bleibe hier [...]" (an J. Fahlmer, 14. u. 19. 2. 1776).

Mit Goethes Ja zu Weimar waren Konsequenzen verbunden. Wer vom „durchaus Scheißigen dieser zeitlichen Herrlichkeit" schrieb, wußte, daß er sich an gegebene und nicht etwa ‚dichterisch' zu überfliegende Realitäten anpassen mußte, wenn er hier etwas bewirken wollte. Mit unbekümmertem ‚Stürmen und Drängen', mit enthusiastischen Gesängen von Freiheit und prometheischem Aufbegehren allein war da nichts mehr zu gewinnen. Ab jetzt vollzog sich Goethes Abschied von den großen Entwürfen, wie sie die Jugendhymnen, mitunter vage genug, gefeiert hatten. Die in einzelnen Augenblicken erfahrene (wenigstens so gedichtete) Einheit von Ich und Natur war nicht mehr zu halten. Das Bild der reifenden Frucht im Gedicht vom Zürichsee war Vorzeichen einer Wandlung. Wer sich „in alle Hof- und politischen Händel" verwickeln ließ, mußte Kompromisse eingehen und bereit sein, sich auf dürftig einzelnes einzulassen. Das mag als Verlust verbuchen, wer will. Aber auch ein Gewinn ist nicht gering zu veranschlagen: die bewußte Hinwendung zur konkreten Wirklichkeit, die zum mühseligen Erkennen und Bewältigen des Faktischen auffordert. In manchen frühen Stücken hatte sich der genaue Blick längst bewährt.

Das Aufsehen war beträchtlich, das Goethe in Weimar durch seinen überraschend vertraulichen Umgang mit dem Herzog erregte. Dazu das genialische Treiben, dem die beiden mit etlichen Kumpanen aus der näheren Umgebung des Fürsten frönten (und das den soeben angedeuteten Wandlungsprozeß noch eine Zeitlang begleitete)! Da wurde scharf geritten, im kalten Fluß gebadet, gezecht und Unfug getrieben, übermütig gespielt und mit den Mädchen auf den Dörfern gefeiert – und wohl nicht nur das. Höfische Ordnung und Etikette hatten für Stunden der Ausgelassenheit ausgedient. Noch mit siebzig soll sich Goethe erinnert haben an „Einsiedels gottloses Wegziehen des Tischtuches mit allen Abendspeisen und Flucht darnach" oder an einen Zuruf beim Plumpsackspiel zu Wilhelmsthal „Schlagt doch zu, so gut wird es euch nicht leicht wieder, euern Fürsten und Herrn prügeln zu dürfen" (KM 19. 4. 1819).

Über das jugendliche Treiben ist damals heftig getratscht und später viel Aufhebens gemacht worden. Carl August gefiel es, nachdem er lange Jahre unter der Obhut der Erzieher gestanden und nun endlich regierender Herrscher geworden war, als freigelassener Achtzehnjähriger seiner Lust an ausschweifenden Vergnügungen freien Lauf zu lassen. In solchen Tagen und Stunden war er von der Verantwortung eines absolutistischen Regenten frei. Darüber und über mögliche gesundheitliche Schäden des jungen Herzogs, dessen Vater früh gestorben war, machten sich kritische Beobachter Sorgen, vom üblichen Klatsch in einer kleinen Residenzstadt einmal abgesehen. Man gab Goethe die Schuld an dem unbeherrschten Vagabundieren. Der vergrämte Kammerherr Siegmund von Seckendorff klagte, man könnte ganze Bände mit der Beschreibung der hiesigen Lustbarkeiten füllen. „Da man sich alltäglich in Tollheiten überbietet, so halte ich hier ein Nonplusultra für unmöglich" (29. 3. 1776). Nachrichten dieser Art kursierten durch die Lande, und Gerüchte schmückten sie weiter aus. Klopstock in Hamburg fühlte sich bemüßigt, Goethe am 8. Mai 1776 einen Mahnbrief zu schreiben, als Beweis seiner Freundschaft. Er solle nicht denken, daß er ihn deswegen, weil er vielleicht in diesem oder jenem andere Grundsätze habe als er, streng beurteile.

> Aber Grundsätze, Ihre und meine, beiseite, was wird denn der unfehlbare Erfolg sein, wenn es fortwährt; der Herzog wird, wenn er sich ferner bis zum Krankwerden betrinkt, anstatt, wie er sagt, seinen Körper dadurch zu stärken, erliegen, und nicht lange leben. Es haben sich wohl starkgeborne Jünglinge, und das ist denn doch der Herzog gewiß nicht, auf diese Art früh hingeopfert. Die Deutschen haben sich bisher mit Recht über ihre Fürsten beschwert, daß diese mit ihren Gelehrten nichts zu schaffen haben wollen. Sie nehmen jetzo den Herzog von Weimar mit Vergnügen aus.

Goethes Antwort vom 21. Mai war kurz, aber entschieden: „Verschonen Sie uns ins Künftige mit solchen Briefen, lieber Klopstock!" Er war nicht geneigt, auf die Anschuldigungen einzugehen, betonte aber am Schluß, Graf Stolberg, der als Kammerherr nach Weimar eingeladen war, solle ruhig kommen: „Wir sind nicht schlimmer, und wills Gott, besser, als er uns selbst gesehen hat." Klopstock reagierte verärgert. Goethe sei es nicht wert, daß er ihm mit seinen Warnungen einen Beweis der Freundschaft gegeben habe (29. 5. 1776). Das Kapitel Goethe war damit für ihn geschlossen.

Näherstehende beurteilten, was in Weimar vorging, etwas anders, besonders Wieland. „Goethe spielt seine Rolle edel und groß und meisterhaft. Außer der Erfahrenheit, die er nicht haben *kann,* fehlt ihm nichts" (an Andreä, 7. 2. 1776).

> Überhaupt, mein Lieber, glauben Sie von allem Bösen, was die Dame Fama von Weimar und dem Herzog und Goethen und der ganzen Wirtschaft aus ihrer schändlichen Hintertrompete in die Welt hineinbläst, *kein Wort!* Dies ist das einzige Mittel, nicht betrogen zu werden. „*Komm und siehe*!" ruf ich allen zu, die in der Verwirrung des Guten und Bösen, was von uns gesprochen wird, nicht wissen, was sie denken sollen. Alles geht, so gut es gehen *kann* – welcher gescheuter Mensch kann mehr verlangen?
> (an Gleim, Anfang September 1776)

Die munteren Gesellen in Weimar wußten genau, mit welcher Skepsis ihr Treiben beobachtet wurde. Sie reagierten mit Spott darauf. Die leicht hingeworfenen Knittelverse des Kammerherrn Friedrich Hildebrand von Einsiedel dürften auch Goethe Spaß gemacht haben, der in seinen Farcen ja mit Selbstironie nicht gegeizt hatte.

> Nun denk' man sich 'en Fürstensohn,
> Der so vergißt Geburt und Thron

Und lebt mit solchen lockeren Gesellen,
Die dem lieben Gott die Zeit abprellen,
Die tun, als wär'n sie Seinesgleichen,
[...]
Glauben, es wohne da Menschenverstand,
Wo man all' Etikette verbannt,
Sprechen immer aus vollem Herz,
Treiben mit der heil'gen Staatskunst Scherz,
Sind ohne Plan und Politik,
Verhunzen unser bestes Meisterstück,
Daß es ist ein Jammer anzusehn,
Wie alle Projekte ärschlings gehn.

Goethe wurde scharf aufs Korn genommen:

's ist ein Genie von Geist und Kraft,
Wie eben unser Herrgott zur Kurzweil schafft.
Meint, er könn' uns alle übersehn,
Täten für ihn 'rum auf Vieren gehn.
Wenn der Fratz so mit einem spricht,
Schaut er einen stier ins Angesicht,
Glaubt, er könn's fein riechen an,
Was wäre hinter Jedermann.
Mit seinen Schriften unsinnsvoll
Macht er die halbe Welt itzt toll,
Schreibt 'n Buch von ei'm albern' Tropf,
Der heiler Haut sich schießt vor'n Kopf.
Meint Wunder, was er ausgedacht,
Wenn er einem Mädel Herzweh macht!
Paradiert sich darauf als Doktor Faust,
Daß 'm Teufel selber vor ihm graust!
Mir könnt' er all gut sein im ganzen,
Tät mich hinter meinem Damm verschanzen,
Aber wär' ich der Herr im Land,
Würd' er und all sein Zeugs verbannt.

Zu Neujahr 1776 fabrizierte v. Einsiedel diese Reimerei. Es wurde geradezu Mode, sich in satirischen Knittelversen gegenseitig durchzuhecheln. Man trug sie bei geselligen Zusammenkünften Samstag vormittags vor, und deshalb erhielten diese Gedichte, eine Weimarer Spezialität, die Bezeichnung „Matinee". Goethe muß schon damals aus seinem *Faust* vorgelesen haben, so daß man ihn zitieren und in seiner Manier dichten konnte.

Den Beteiligten selbst kam es wohl so vor, als verwirklichten sie mit ihrem ungebärdigen Leben etwas vom zeitgemäß Unkonventionellen, als

setzten sie die Schlagworte vom Genie und Naturhaften in private Praxis um. Das Duzen scheint gang und gäbe gewesen zu sein, Standesgrenzen versanken. Aber das galt nur für den Ausnahmezustand fröhlicher Geselligkeit; für die politische Wirklichkeit folgerte nichts daraus.
Es gibt ein beliebtes Deutungsmuster für die stürmische Zeit des Herzogs mit seinem Dichterfreund: Goethe habe den Jüngeren in der Schlußphase seines Reifeprozesses unvermerkt lenken wollen, und solche Führung sei wohldurchdacht gewesen. Gewiß trifft es zu, daß Goethe am Werdegang des gerade volljährig gewordenen Herzogs interessiert war. Wollte er sich nämlich auf die Welthändel einlassen und im Herzogtum wirken, so mußte er den Herzog zum Freund und Vertrauten gewinnen. Nicht die Bildung der ‚Privatperson' Carl August hat Goethe beschäftigt, vielmehr dessen Entwicklung zu einem angemessenen Regententum, das auch ihm selbst das Bleiben und Wirken in Weimar sinnvoll machen konnte. Von einem wohldurchdachten Erziehungsplan Goethes sollte man jedoch nicht ausgehen. Das große Gedicht *Ilmenau* von 1783, das solche Vermutung nahelegt, war selbst schon Interpretation, die aus der Rückschau eine Sinngebung der früheren Jahre anstrebte. Goethe machte das argwöhnisch beäugte Treiben mit, weil er es selbst noch genoß (ohne mit allen Unarten einverstanden zu sein), und zwischendurch erinnerte er seinen herzoglichen Partner an Ernsteres und Wichtigeres. Charlotte v. Stein meinte schon im März 1776 zu erkennen:

> Goethe wird hier geliebt und gehaßt; Sie fühlen wohl, daß es hier genug Dickköpfe gibt, die ihn nicht verstehen.
> [...]
> Ich wünschte selbst, er möchte etwas von seinem wilden Wesen, darum ihn die Leute hier so schief beurteilen, ablegen, das im Grunde zwar nichts ist, als daß er jagt, scharf reit't, mit der großen Peitsche klatscht, alles in Gesellschaft des Herzogs. Gewiß sind dies seine Neigungen nicht; aber eine Weile muß er's so treiben, um den Herzog zu gewinnen und dann Gutes zu stiften. So denk ich davon; er gab mir den Grund nicht an, verteidigte sich mit wunderbaren Gründen; mir blieb's, als hätt er unrecht (an J. G. Zimmermann, 6.–8. 3. 1776).

Weihnachten 1775 mußte Carl August mit Gefolge am benachbarten Hof zu Gotha verbringen. Derweil waren Goethe, v. Einsiedel, v. Kalb und Bertuch in das Dorf Waldeck bei Bürgel geritten und logierten bei Bertuchs künftigem Schwiegervater, dem Wildmeister Slevoigt. Vom 23. bis 26. Dezember schrieb Goethe dem Herzog in Etappen zwei lange Briefe. Er begann mit dem Zigeunerlied („Im Nebelgeriesel, im tiefen Schnee"), das den 5. Aufzug des ungedruckten Schauspiels *Gottfried von*

Berlichingen eröffnet hatte, und unterhielt sich damit, „hinterdrein einen Brief zu sudeln, denn ich vermisse Sie warrlich schon, ob wir gleich nicht zwölf Stunden aus einander sind. Drunten sizzen sie noch, nach aufgehobnem Tische, und schmauchen, und schwazzen dass ich's durch den Boden höre, Einsiedels klingende Stimme voraus. Ich bin heraufgegangen, es ist halb neune." Er berichtete von ihrem wohligen Dasein; es war ein Gruß in die höfische Welt nach Gotha. „Hier liegen wir recht in den Fichten drein. Bey natürlich guten Menschen. Ich hab Sie etliche mal auf dem Ritt gewünscht, auch hier, es würde Ihnen wohl seyn." Sonntag bei Tagesanbruch schrieb er weiter. „Der herrliche Morgenstern den ich mir von nun an zum Wapen nehme, steht hoch am Himmel." (Als Goethe 1782 geadelt wurde, wurde er tatsächlich in sein Wappen aufgenommen.) „Die Kirche geht an, in die wir nicht gehen werden, aber den Pfarrer lass ich fragen ob er die Odyssee nicht hat, und hat er sie nicht schick ich nach Jena. Denn unmöglich ist die zu entbehren hier in der homerisch einfachen Welt." Weiter erzählte er: wie sie sich hatten Schlittschuhe (damals „Schrittschuhe" genannt) kommen lassen, wie sie den Abend „mit Würfeln und Karten vervagabundet", wie sie die Kleider gewechselt hatten, um wie Spitzbuben auszusehen. Und mitten in diesem mehrteiligen Briefbericht ein Abschnitt anderen Tons:

> Hier ein Stück Jesaias: Siehe, der Herr macht's Land leer und wüste; und wirft um was drinnen ist, und zerstreuet seine Einwohner – der Most verschwindet, die Rebe verschmachtet, und alle die herzlich froh waren, ächzen. Der Paucken Jubel feyert, das festliche Jauch[z]en verstummt und der Harfen Gesang ist dahin. Niemand singt mehr zum Weintrincken, das beste Getränck ist bitter dem Munde. Die leere Stadt ist zerbrochen, die Häuser sind verschlossen, niemand geht aus und ein. Eitel Wüstung ist in der Stadt, und die Thore stehen öde. Denn im Land und im Volck gehts eben, als wenn ein Öhlbaum abgeflückt ist, als wenn man nachlieset so die Wein Erndte aus ist.

Unvermittelt eingestreut also eine mahnende Erinnerung an das Land, an das gedacht werden muß. Der Herzog antwortete sogleich: „Lieber Göthe, ich habe deinen Brief erhalten, er freut mich unendlich, wie sehr wünschte ich mit freirer Brust, u. Herzen die liebe Sonne in den Jenaischen Felsen auf, u. untergehen zu sehen, u. daß mit dir. [...]" (25. 12. 1775)

Diese Seiten sind die ersten erhaltenen Blätter des Briefwechsels zwischen Carl August und Goethe. Wir wüßten mehr, was der Herzog in jenen entscheidenden Wochen und Monaten mit seinem neuen Vertrauten erörtert hat, wenn nicht auch diese Korrespondenz zerstört worden wäre, als Goethe im Sommer 1797 alle Briefe verbrannte, die seit 1772 an

ihn gesandt worden waren, „aus entschiedener Abneigung gegen Publikation des stillen Gangs freundschaftlicher Mitteilung“ (*Annalen 1797*, JA 30, 56). Nur zufällig ist der Brief Carl Augusts vom 25. Dezember 1775 überliefert. Übrigens hat sich in die Schreiben Goethes an den fürstlichen Adressaten das „Du“ nicht eingeschlichen, während der Herzog, die strikt amtlichen Schriftsätze ausgenommen, die vertrauliche Anrede in unterschiedlicher Art durchgehalten hat. Aber auch Goethe wußte zu variieren und Distanz oder freundschaftliche Nähe kenntlich zu machen, von „Lieber Herre“ über „Serenissimo“ bis zu Titularformeln wie „Durchlauchtigster Herzog / Gnädigster Fürst und Herr“.
Möglicherweise im Januar 1776 hat Goethe (unter Umständen in Kochberg, wo die Familie von Stein ein Rittergut besaß) dem Herzog ein Billett mit Versen übergeben, in denen er in der Maske des Bauern Sebastian Simpel wiederum eine gelinde Mahnung vortrug. Fern wie der Herrgott ist dem Bauern der Fürst – und sollte doch nah sein und sich um ihn kümmern!

Dem Durchlauchtigsten Fürsten und Herrn Herrn Carl August Herzog zu Sachsen, Jülich, Cleve und Berg, auch Engern und Westphalen, Landgrafen in Thüringen Marggrafen zu Meißen, gefürsteter Graf zu Henneberg, Graf zu der Marck und Ravensberg, Herrn zu Ravenstein etc. Meinem gnädigst regierenden Fürsten und Herrn.

Durchlauchtigster,
Es nahet sich
Ein Bäuerlein demütiglich
Da ihr mit Eurem Roß und Heer
Zum Schlosse thut stolziren sehr,
Gebt auch mir einen gnädgen Blick.
Das ist schon Unterthanen Glück,
Denn Haus und Hof und Freud und Leid
Hab ich schon seit geraumer Zeit.
Haben euch sofern auch lieb und gern,
Wie man eben lieb hat seinen Herrn,
Den man wie unsern Herr Gott nennt
Und auch meistens nicht besser kennt.
Geb Euch Gott allen guten Seegen,
Nur laßt euch uns seyn angelegen,
Denn wir bäurisch treues Blut
Sind doch immer euer bestes Gut
Und könnt euch mehr an uns erfreun
Als am Parck und an Stutereyen.
Dies reich ich Euch im fremden Land
Bliebe auch übrigens gern unbekanndt
Zieht ein und nehmet Speiß und Krafft

Im Zauberschloß in der Nachbaarschafft
Wo eine gute Fee regiert
Die einen goldnen Scepter führt
Und um sich eine kleine Welt
Mit holdem Blick beysammen hält.
Seb. Simpel.

Es war natürlich nicht so, daß man in jener Zeit nur dem berüchtigten ‚Weimarer Treiben' huldigte. An ernsthaften Gesprächen mangelte es gewiß nicht, mit Wieland, Knebel, Bertuch, der seit 1775 Geheimsekretär Carl Augusts war, mit Georg Melchior Kraus, dem Zeichner, Maler und Kupferstecher aus Frankfurt, mit Johann Carl August Musäus, der, seit 1770 Professor am Weimarer Gymnasium, den Roman *Grandison der Zweite* (1760–62) als Richardson-Travestie und Satire auf übersteigerte Empfindsamkeit geschrieben hatte und als Verfasser der *Volksmärchen der Deutschen* (1782–86) bekannt geworden ist. Wieland hatte mit Goethe, trotz ihrer Differenzen in früheren Jahren, sogleich Freundschaft geschlossen. Lavater schrieb er schon am 10. November 1775, daß er den „herrlichen Menschen" in den drei Tagen seit seiner Ankunft „herzlich liebgewonnen habe" und ihn „ganz durchschaue, fühle und begreife".
Wie sehr Carl August daran gelegen war, Goethe zu halten, bewies die Schenkung von Haus und Garten an der Ilm im Frühjahr 1776. Das Gebäude war zwar in einem baufälligen Zustand, lag aber mit seinem noch verwilderten Garten draußen in der Natur vor der Stadt. Unter dem 21. April meldet das Tagebuch: „Weimar. den Garten in Besitz genommen." Handwerker richteten das Haus bald soweit her, daß man darin wohnen konnte. Hier draußen hat Goethe sechs Jahre lang, von Mai 1776 bis 1782, für sich gelebt. Hierhin konnte er sich zurückziehen, wann immer er es wünschte und seine Termine es erlaubten; hier studierte er die Akten des Geheimen Consiliums und bereitete seine Stellungnahmen vor; hier begann er im Februar 1777 *Wilhelm Meisters Theatralische Sendung;* hier entstanden wesentliche Teile der Prosafassung der *Iphigenie,* auch Entwürfe des *Egmont* und *Tasso,* und hier fielen ihm Gedichtzeilen ein, die bekannt geworden sind (wie „Füllest wieder's liebe Tal / Still mit Nebelglanz [...]"). Da nicht bei jeder Witterung im Gartenhaus gut zu wohnen war und Goethe stets auch über ein Quartier in der Stadt verfügen wollte, hat er während der sechs Jahre wechselnde Stadtwohnungen zur Miete besessen.
Am Sonntag, 19. Mai 1776, schrieb er Charlotte v. Stein: „Zum erstenmal im Garten geschlafen, und nun Erdkulin für ewig. [...] Die Ruhe hierhaussen ist unendlich." Erdkulin ist ein Tier aus einem Märchen, das

einsam im Wald lebt, nur von der Erde ernährt wird und gute Menschen, die zu ihm kommen, bewirtet. Philipp Seidel wohnte mit im Gartenhaus; die Köchin Dorothee half, die Mahlzeiten zu bereiten. Komfortabel kann man das Leben in dem bescheiden eingerichteten Haus nicht nennen. An feuchtkalten Tagen trieb es den Bewohner aus dem Arbeitszimmer ans Küchenfeuer. („Hier unten ist sehr feucht, ich bin wieder in der Küche [...]", an Charlotte v. Stein, Spätherbst 1778). Aber Gäste kamen und konnten bewirtet werden; manchmal bat Goethe einige Musiker zu sich, nicht nur bei Besuch. „Gestern waren Herders da und der Herzog und Seckend [orf] bis 8 Uhr Musick nachher assen wir und zum Nachtisch las ich was das zu lachen machte und verdauen half" (an Ch. v. Stein, 3. 11. 1778). Auch als Goethe später im Haus am Frauenplan wohnte, blieb der „untere Garten", wie er ihn (samt Gartenhaus) im Unterschied zu dem am Stadthaus nannte, gern aufgesuchter Ruhe- und Zufluchtsort. Noch der Greis ließ eine neue Gartentür anbringen und den Platz vor dem Eingang in der Art eines pompejanischen Mosaiks mit Kieselsteinen auslegen. Nach Auskunft des Tagebuchs ist er am 20. Februar 1832 zum letzten Mal dort gewesen: „In den untern Garten gefahren. Einige Stunden daselbst geblieben."

Minister im Kabinett

Goethes Ernennung zum Mitglied des Geheimen Consiliums vollzog sich keineswegs reibungslos. Zu diesem Gremium, das als höchstes Beratungsorgan des Herzogs dessen Kabinett bildete, gehörten beim Regierungsantritt Carl Augusts drei Räte mit Sitz und Stimme: Seine Exzellenz der Wirkliche Geheime Rat (und somit der erste Beamte des Herzogtums Sachsen-Weimar-Eisenach) Friedrich Freiherr v. Fritsch (1731 geboren), der Geheime Rat Achatius Ludwig Karl Schmid (1725 geboren) und der Geheime Assistenzrat Christian Friedrich Schnauß (1722 geboren), alles Beamte, die in langer Verwaltungstätigkeit viel Erfahrung gesammelt hatten. Der junge Regent änderte zunächst nichts an der Zusammensetzung des Kabinetts; erst im Frühjahr 1776 arbeitete er auf eine Umbesetzung hin. An Stelle des ausscheidenden Geheimen Rats Schmid, der Präsident der Regierung werden sollte, wünschte er Goethe ins Consilium, bei dem er allerdings auf nichts hinweisen konnte als auf die juristische Ausbildung und seine sonstigen außergewöhnlichen Fähigkeiten. Es war vorauszusehen, daß altgediente Beamte die beabsichtigte Berufung des unerfahrenen, um zwanzig Jahre Jüngeren mit Skepsis, ja unverhohlener Verärgerung beantworten würden. Zudem wollte der Herzog den ebenfalls noch sehr jungen Kammerrat v. Kalb (1747 geboren) zum Kammerpräsidenten, also zum Chef der Finanzverwaltung, ernennen. In einem Handschreiben an v. Fritsch erläuterte der Herzog am 23. April 1776, nach vorangegangener mündlicher Unterrichtung, seinen Plan: „Sie, Herr Geheimde Rath, bitte ich nochmahlen, die erste Stelle im Geheimden Conseil zu behalten [...]. Meine Meinung den D. Göthe betreffent wissen Sie, ich gebe ihm den letzten Platz im Geheimden Conseil mit den Titul als Geheimder Legations-Rath." (1200 Taler Jahresgehalt waren damit verbunden.) Schon am nächsten Tag trug v. Fritsch seine bereits mündlich geäußerten Bedenken gegen eine Berufung Goethes schriftlich vor und erklärte klipp und klar, daß er „in einem Collegio, dessen Mitglied gedachter Dr. Goethe anjetzt werden soll, länger nicht sitzen" könne. Nun wurde Carl August seinerseits deutlich und verfaßte unter dem 10. Mai 1776 einen Brief, der sich durch besonnene Entschiedenheit auszeichnete und Argumente von einem Gewicht vortrug, daß sie noch heute die Aufmerksamkeit mancher Parteien und Organisationen verdienten:

> Goethe aber ist rechtschaffen, von einem außerordentlich guten und fühlbaren Herzen. Nicht allein ich, sondern einsichtsvolle Männer wünschen mir Glück, diesen Mann zu besitzen. Sein Kopf und Genie ist bekannt. Sie werden selbst einsehen, daß ein Mann wie dieser nicht würde die langweilige und mechanische Arbeit, in einem Landescollegio von unten auf zu dienen, aushalten. Einen Mann von Genie nicht an den Ort gebrauchen, wo er seine außerordentlichen Talente nicht gebrauchen kann, heißt, denselben mißbrauchen. [...] Was das Urteil der Welt betrifft, welche mißbilligen würde, daß ich den Dr. Goethe in mein wichtigstes Collegium setzte, ohne daß er zuvor weder Amtmann, Professor, Kammer- oder Regierungsrat war, dieses verändert gar nichts. Die Welt urteilt nach Vorurteilen, ich aber und jeder, der seine Pflicht tun will, arbeitet nicht, um Ruhm zu erlangen, sondern um sich vor Gott und seinen eignen Gewissen rechtfertigen zu können, und suchet auch ohne den Beifall der Welt zu handeln. [...]

Nachdem sich noch Anna Amalia eingeschaltet hatte, blieb v. Fritsch in seinem Amt, und es folgten Jahre normaler Zusammenarbeit mit dem Neuling, der die Seniorenrolle des Älteren auch nicht in Frage stellen wollte. Mit Datum vom 11. Juni 1776 wurde Goethe zum Geheimen Legationsrat ernannt und am 25. Juni ins Consilium eingeführt; die Ernennung zum Geheimen Rat erfolgte zum 5. September 1779.

Das Geheime Consilium war erst 1756 eingerichtet und damit ein oberstes Gremium für das gesamte Herzogtum geschaffen worden. Die getrennten Landesteile Weimar und Eisenach besaßen eigene Landesbehörden: die sog. Regierung (mit einem Präsidenten oder Kanzler als Chef), die für Justiz- und Verwaltungssachen zuständig war; die sog. Kammer als Finanzbehörde; das Oberkonsistorium als Kirchen- und Schulbehörde.

Es gab auch die „Landschaft“, d. h. eine Institution, in der wichtige Körperschaften des Landes vereinigt waren: die sog. Landstände, und zwar im Fürstentum Weimar, im Fürstentum Eisenach und im Kreis Jena. Zur Landschaft gehörten Vertreter der adligen Rittergüter, der Städte und der Universität Jena, die den Prälatenstand repräsentierte. Eine landständische Verfassung also, wo dem Fürsten als unbezweifeltem Herrscher die Landschaft gegenüberstand, die gewisse Steuern zu bewilligen hatte. Doch konnte keine Rede von einem Gleichgewicht der Kräfte sein, und schon gar nicht konnte sich die Gesamtbevölkerung in der Landschaft repräsentiert sehen. Ohnehin gehörte dem Herzog das letzte Wort. Die Landstände hatten im Lauf der Zeit das Recht zu einer eigenen Steuerverwaltung errungen. Während die zu dauernden Lasten gewordenen Steuern (die Ordinar- und die Tranksteuer) von der landesherrlichen Kammer erhoben und verwaltet wurden, war für die (höheren) Extraordinarsteuern und die Akzise (die Verbrauchssteuer) die Landschaftskasse zuständig, die dem Landschaftskassendirektorium unterstand.

Im Geheimen Consilium hatten Sitz und Stimme die wenigen Geheimen Räte. Die mit ihm verbundene Geheime Kanzlei mit ihren Sekretären, Registratoren, Kanzlisten, Kanzleidienern und -boten sorgte für Verwaltung und Ordnung der Akten und die Erledigung des Schriftverkehrs. Von den 13 Beamten, die bei Goethes Dienstantritt in Consilium und Kanzlei tätig waren, gehörte nur Exzellenz v. Fritsch dem Adel an; alle andern waren bürgerlich.

Das Geheime Consilium hatte den Herzog zu beraten und seine Entscheidungen vorzubereiten. Eine klare Aufteilung von Fachbereichen unter seinen Mitgliedern gab es nicht; gemäß dem Kollegialprinzip war jeder für alles mitzuständig. Dieses oberste Landesgremium hatte natürlich nicht mit allen Verwaltungssachen zu tun, nur mit solchen Dingen, die der unmittelbaren Entscheidung des Herzogs bedurften. Mittlerweile hat man herausgefunden, daß es insgesamt in acht Bereiche aufgeteilt war, die sich aus der Registratur der Geheimen Kanzlei erschließen lassen: A.) Angelegenheiten des Fürstlichen Hauses und der Sächsischen Häuser; Beziehungen zu Kaiser und Reich und zu den Reichsständen. B.) Militärsachen. C.) Angelegenheiten der Universität Jena. D.) Rechts-, Gerichts- und Lehnswesen; Angelegenheiten der inneren Landesverwaltung; Ämtersachen. E.) Finanzverwaltung; Forst- und Jagdsachen; Bauwesen. F.) Kirchen- und Schulangelegenheiten. G.) Angelegenheiten

der Landstände; Steuersachen. H.) Beamten-, Diener- und Gnadensachen; Hofangelegenheiten.
Aus all diesen Gebieten stammten die Fälle, über die zu verhandeln war. Man beriet sich in der Regel mündlich. Zunächst referierte ein Rat über den betreffenden Fall, dann folgte die Meinungsäußerung jedes einzelnen Teilnehmers, das sog. Votieren, hierauf das ‚Resolvieren', die Beschlußfassung mit dem Endergebnis der Resolution. Die vom Herzog gefällte Entscheidung, die er in Einzelfällen den Räten des Consiliums überließ, erging in der Form des sog. Reskripts an die zuständigen Behörden, Amtsstellen oder Personen und zwar in den verschnörkelten Wendungen eines förmlichen Kanzleischreibens. An diesen Formen hat gerade Goethe entschieden festgehalten. So wandte er sich 1785 ausdrücklich gegen Versuche des Herzogs, den Kanzleistil zu vereinfachen und wegen der aufwendigen Schreibzeit zu verkürzen; denn alles mußte von Hand geschrieben werden. (AS 18.–24. 11. 1785). Goethe hielt nichts von einer gemäßigten Kurzschreibung, „indem sich an solche willkürlich scheinende Formen so mancherley Verhältnisse anknüpfen, die nunmehr zerrissen werden und die sich doch eine andre Gestalt suchen müssen."

> [...] Ja sollte das Von Gottes Gnaden nur als Übung der Canzlisten in Fracktur und Canzleyschrifft beybehalten werden, so hätte es eine Absicht, und ein groser Herr ist dem Anstande etwas schuldig. Er entscheidet offt über Schicksale der Menschen, er nehme ihnen nicht durch eilige Expeditionen den Glauben an Gesetztheit der Rathschläge. Ordnung kann ohne eine proportionirte Geschwindigkeit nicht bestehen, Eile ist eine Feindin der Ordnung so gut als Zögern (AS I 420).

Die Sitzungen des Conseils fanden wöchentlich mindestens einmal, zuweilen auch häufiger statt. Wenn Carl August in Weimar war, nahm er im ersten Jahrzehnt seiner Regierung immer daran teil. Man hat errechnen können, daß im Zeitraum vom 25. Juni 1776 bis zum 24. Juli 1786 rund 23 000 Fälle im Consilium behandelt wurden. Dafür fanden rund 750 ordentliche Sitzungen statt, und bei über 500 von ihnen war Goethe anwesend. Zu Frau v. Stein äußerte er, die Sitzungen habe er „nie ohne die höchste Noth versäumt" (2. 12. 1783); die Unterlagen bestätigen diese Aussage. Bis zum Februar 1785 erschien er, wenn er sich nicht außerhalb Weimars befand oder durch Krankheit verhindert war, regelmäßig zu den Zusammenkünften. Danach war es mit der Regelmäßigkeit der Teilnahme vorbei. Mehrere Gründe werden dabei zusammengekommen sein. Im Juli 1784 war Johann Christoph Schmidt zum Geheimen Assistenzrat mit Sitz und Stimme im Consilium berufen worden. So konnte Goethe von den turnusmäßigen Arbeiten entlastet werden und sich speziellen Aufgaben widmen. Auch Ermüdung und Resignation spielten nach fast neunjähriger regulärer Tätigkeit eine Rolle. Viele Bemühungen waren an Grenzen gestoßen, die von den politischen und wirtschaftlichen Grundbedingungen des Herzogtums und des zersplitterten deutschen Reichs insgesamt unerbittlich gezogen waren. Goethes Äußerungen in Tagebuch und Briefen führen beredte Klage über manche Enttäuschung, manches Mißlingen. Auch hatte ihn immer mehr die Vernachlässigung seiner poetischen Produktivität bekümmert, die er jahrelang wegen anderer Pflichten ertragen hatte.

Die Zahl der Sonderaufgaben, die Goethe übernahm, war stattlich. In speziellen Kommissionen, die für bestimmte Vorhaben und Arbeitsbereiche eingerichtet wurden, arbeitete er mit oder leitete sie. Das begann mit der Bergwerkskommission, in die er am 18. Februar 1777 berufen wurde und die sich um die Wiederaufnahme des Bergwerksbetriebs in Ilmenau kümmern sollte. Am 5. Januar 1779 wurde er Vorsitzender der Kriegskommission. Am 19. Januar 1779 beauftragte der Herzog ihn mit der Leitung der Wegebaudirektion, am 23. Februar zusätzlich mit der „Direction des hiesigen Stadt-Pflaster-Bau-Wesens, und der um die Stadt gehende Promenaden". Als der 1776 ebenfalls jung ernannte Kammerpräsident v. Kalb wegen unbefriedigender Amtsführung den Dienst quittieren mußte, wurde Goethe am 11. Juni 1782 mit der Leitung der Kammergeschäfte in Weimar betraut, der Direktion der staatlichen Finanzen. Er hatte sich dabei jedoch nicht mit dem alltäglichen Geschäftsablauf zu belasten, sondern besondere Vorgänge zu erledigen, die nicht im Rahmen des Etats und der normalen Praxis bearbeitet werden konnten. So erhielt er denn auch nicht den Titel eines Kammerpräsidenten. Weiterhin wirkte er in der Ilmenauer Steuerkommission mit, die am 6. Juli 1784 für die „im Amte Ilmenau zu veranstaltende Steuerrevision sowie zur Führung der Aufsicht über das Ilmenauer Steuerwesen" eingesetzt wurde.

Die Berufungen zu diesen Sonderaufgaben erfolgten stets in streng kanzleimäßiger Form, und das sonst in den Briefen geläufige „Du" war verschwunden; denn hier wurde ein offizieller Dienstauftrag vergeben.

> An den Herrn geheimden Legations-Rath D. Göthe, allhier. wodurch derselbe von der von Serenissimo gnädigst vor gut angesehenen neuen Einrichtung in Ansehung der Direction des hiesigen Land-Straßen-Baues benachrichtiget wird.
>
> Von Gottes Gnaden Carl August, Herzog zu Sachsen, Jülich, Cleve und Berg, auch Engern und Westphalen p.
>
> Vester Rath, lieber Getreuer! Wir haben in Ansehung der Direction des hiesigen Land-Straßen-Baues eine neue Einrichtung zu treffen und solche Euch zu übertragen, Uns aus bewegenden Ursachen resolviret. [...]

Nur wer wirken wollte, war zur Übernahme solcher Aufgaben bereit. Es war „das tätige Leben", von dem Goethe später gesprochen hat, in das er getreten sei, „als der edle Weimarische Kreis mich günstig aufnahm" (*Der Verfasser teilt die Geschichte seiner botanischen Studien mit*; 13,149). Was Goethe in offizieller Eigenschaft zu Papier gebracht hat, ist seit 1950 in den Bänden der „Amtlichen Schriften" gesammelt. Viele Stellen in den Tagebüchern und Briefen kommen hinzu, die direkt und indirekt mit jener Tätigkeit zusammenhängen. Die Vita activa kostete Zeit, Mühe und Kraft. Zur Vorbereitung der Sitzungen mußten umfangreiche Akten durchgearbeitet, Exzerpte angefertigt und Konzepte entworfen werden. Um überhaupt mitreden zu können, war ein genaues Studium des jeweiligen Sachverhalts unumgänglich. Seitenlang waren z. B. die Aktenauszüge mit dem Votum Goethes zur „Revision der Steuern und Berichtigung und Erhöhung der Erbzinse in Ruhla" (20. 2. 1785; AS I 344–359). Unterschiedlichste Probleme mußten bedacht und beraten werden. Ob es um das Begräbnis eines im Duell gefallenen Studenten ging („Ohnezweifel ist das räthlichste diesen Fehler und dies Unglück auf das schleunigste und stillste mit Erde zu bedecken", AS I 34) oder um die Beschaffung wildlederner Hosen für das Husarenkorps, ob über die Abschaffung der Kirchenbuße zu beraten oder über das „Auftreten der Soldaten mit Seitengewehr an Amtsstelle" zu befinden war, ob es um den Wasserbau in der Flur des Dorfes Ringleben oder um den Verkauf von Eichen zu Schiffsbau- und Stabholz aus den Allstedter Forsten ging: immer waren Sachkenntnis und Stellungnahme gefordert. Dabei war nicht der Stil des Poeten am Platz, sondern der des Juristen. Mag man immerhin auch in manchen amtlichen Formulierungen etwas ‚Goethesches' erkennen, so hat er doch ganz selbstverständlich den Kanzlei- und Verwaltungsstil benutzt.
Um wenigstens ein Beispiel des ‚amtlichen Goethe' zu bieten, sei hier sein Bericht an den Herzog vom 30. November 1784 wiedergegeben, in dem eine Frage von beklemmender Aktualität behandelt wurde: die „Überlassung von Soldtruppen", sprich: der Verkauf von Soldaten. Man muß sich daran erinnern: Im April des gleichen Jahres war Schillers *Kabale und Liebe* uraufgeführt worden. Dort eine flammende Anklage, als der Kammerdiener an Lady Milford, die Favoritin des Fürsten, Brillanten zu überreichen hat und die Lady fragt: „Mensch! was bezahlt dein Herzog für diese Steine?"

> *Kammerdiener* (mit finsterm Gesicht): Sie kosten ihn keinen Heller.
> *Lady*: Was? Bist du rasend? Nichts? [...]
> *Kammerdiener*: Gestern sind siebentausend Landskinder nach Amerika fort – Die zahlen alles [...] Ich hab' auch ein paar Söhne drunter.

Lady (wendet sich bebend weg, seine Hand fassend): Doch keinen Gezwungenen?

Kammerdiener (lacht fürchterlich): O Gott – Nein – lauter Freiwillige. Es traten wohl so etliche vorlaute Bursch' vor die Front heraus und fragten den Obersten, wie teuer der Fürst das Joch Menschen verkaufe? – aber unser gnädigster Landesherr ließ alle Regimenter auf dem Paradeplatz aufmarschieren und die Maulaffen niederschießen. Wir hörten die Büchsen knallen, sahen ihr Gehirn auf das Pflaster spritzen, und die ganze Armee schrie: Juchhe nach Amerika! (II 2)

Goethes Bericht an seinen Herzog zum „Ansuchen der Republik der Vereinigten Niederlande um Überlassung von Soldtruppen", der unter Punkt 7 auch die angebotene Vergütung für die Gefallenen registrierte, lautete:

Unterthänigstes Pro Memoria

Ew. Hochfürstliche Durchlaucht geruhen Sich in Unterthänigkeit vortragen zu lassen wie am 22ten dieses der Hauptmann Johann August von Einsiedel in holländischen Diensten sich bey mir eingefunden und mir die Eröffnung gethan, daß des Herrn Erbstadthalters Prinzen von Oranien Hochfürstliche Durchlaucht auf Requisition der Herren Generalstaaten, dem Herrn Rheingrafen Friedrich von Salm Grumbach den Auftrag gethan, einige der Herren Reichsmitstände und Fürsten um die Verwilligung einiger Hülfsvölker, für den Staat der vereinigten Niederlande, wie auch um die Freywerbung in ihren Landen anzugehen und zu ersuchen. [...] Er habe sich also in Ew. Hochfürstlichen Durchlaucht Abwesenheit an mich, als dem das Militar-Departement übertragen sey wenden, mir vorstehendes eröfnen und die Bedingungen bekannt machen wollen unter welchen ienes Ansuchen geschehen sey.

1.) werden für ieden Mann iährlich 50 thlr. in Dukaten à 2 5/6 thlr. an Subsidien bezahlt.
2.) im Fall die Hülfstruppen nicht gebraucht werden, werden die Subsidien dennoch auf ein halbes Jahr bezahlt.
3.) die Musterung und Übernahme der Truppen kann an iedem beliebigen Orte geschehen, und wird für die Requisitionen und Marsch gesorgt.
4.) Von dem Tage der Unterzeichnung des Subsidien-Traktats gehet sowohl die Bezahlung der Subsidien an, als auch die Bezahlung der Truppen auf holländischen Fuß; den langen Monat von 42 Tagen iedem Gemeinen 12 fl. 5 St. holländisch.
5.) diese Hülfstruppen müssen den 1 Aprill ohnfehlbar marschfertig seyn.
6.) Nach geendigtem Krieg werden die Subsidien noch auf drey Monate bezahlt.
7.) was bey der Zurückgabe der Mannschaft fehlt wird vergütet, als für

einen Reuter und Pferd 300 fl. holländisch und für einen Infanteristen 100 fl.

8.) Übrigens genießen die Hülfstruppen alle Vortheile und Vorrechte wie die Truppen der nationalen Regimenter.

Ob ich nun gleich Ew. Hochfürstlichen Durchlaucht geheimen Consilio alsbald davon Eröfnung gethan: so wollte sich doch in Höchstihro Abwesenheit nichts in einem so wichtigen Geschäfte beschließen lassen; Welches ich denn auch gedachtem Hauptmann von Einsiedel zu erkennen gegeben und demselben nach Höchstihro Rükkunft, wenn eine Resolution früher von Ew. Hochfürstlichen Durchlaucht zu erlangen nicht möglich gewesen, eine Antwort zugesichert.
Ich lege nunmehr nach meiner Schuldigkeit den ganzen Vorfall Ew. Hochfürstlichen Durchlaucht zu weiterer Entschließung unterthänigst vor, füge die mir eingehändigten und vorgelegten Vollmachten theils in Copia, theils in Original bey und unterzeichne mich in tiefster Ehrfurcht
Weimar den 30. November 1784.

Ew. Hochfürstlichen Durchlaucht
unterthänigsten treugehorsamsten
Johann Wolfgang Goethe.

Gewiß, womit sich Goethe amtlich zu beschäftigen und herumzuschlagen hatte, waren Probleme eines kleinen Landes, und Belanglosigkeiten waren auch darunter. Aber „das tätige Leben" führte ihn mitten in die Realitäten der Zeit, und hier zu helfen und zu bessern, soweit er es konnte, war ohne Zweifel seine Absicht. Deshalb sollte man den Wert solcher Tätigkeit auch nicht nach ihren Auswirkungen auf das Dichten berechnen; denn sie ist selbst ein Wert.
An Entschiedenheit seines Beginnens hat es bei Goethe nicht gefehlt. Lavater schrieb er am 6. März 1776: „Ich bin nun ganz eingeschifft auf der Woge der Welt – voll entschlossen: zu entdecken, gewinnen, streiten, scheitern, oder mich mit aller Ladung in die Lufft zu sprengen." Am 11. September 1776 entstand das Gedicht *Seefahrt*: „Taglang nachtlang stand mein Schiff befrachtet, / Günst'ger Winde harrend saß mit treuen Freunden / – Mir Geduld und guten Mut erzechend – / Ich im Hafen. [...]" Endlich konnte die Reise beginnen, die Seefahrt, mit der die Fahrt des Lebens gemeint ist. Auch wenn „gottgesandte Wechselwinde" einfallen, bleibt der Seefahrer dieses Gedichts „treu dem Zweck auch auf dem schiefen Wege".

[...]
Und an jenem Ufer drüben stehen
Freund' und Lieben, beben auf dem Festen:
Ach, warum ist er nicht hiergeblieben!

Ach, der Sturm! Verschlagen weg vom Glücke
Soll der Gute so zu Grunde gehen?
Ach, er sollte, ach, er könnte! Götter!

Doch er stehet männlich an dem Steuer.
Mit dem Schiffe spielen Wind und Wellen,
Wind und Wellen nicht mit seinem Herzen.
Herrschend blickt er auf die grimme Tiefe
Und vertrauet, scheiternd oder landend,
Seinen Göttern.

Seefahrt hat noch den Schwung der großen Jugendhymnen. Aber nicht mehr ein erfüllter Augenblick ist das Thema, sondern ein Zeitablauf wird in seinen wesentlichen Phasen geschildert, und über ihn wird nachgedacht. Den Anfang des Gedichts spricht noch das „Ich"; bald ist es „Er", über den berichtet wird. Reflexion und Überschau bestimmen die ruhig schreitenden trochäischen Verse, wie denn überhaupt das ‚Überdenken' einer Zeitstrecke sich nun häufiger im Gedicht bemerkbar macht, auch in Brief und Tagebuch. Dabei äußerte sich oft mehr eine fragende Suche denn eine sichere Antwort. „Die Zeit dass ich im Treiben der Welt bin seit 75 Oktbr. getrau ich noch nicht zu übersehen. Gott helfe weiter", steht unterm 7. August 1779 im Tagebuch. Fünf Jahre später unverändert Bemühungen des Überdenkens: „Ich überdachte die neun Jahre Zeit die ich hier zugebracht habe und die mancherley Epochen meiner Gedenckensart [. . .]" (an Carl August, 26. 12. 1784).
In den frühen Hymnen war das ‚genialisch' erfühlte und erlebte Dasein des Augenblicks tonangebend. Jetzt weitete sich der beobachtende Blick auf die Lebensbahn, die zurückgelegt und künftig zu finden war. Entschlossenheit wurde gefordert und Vertrauen auf das, was im Gedicht „Götter" oder auch „Schicksal" genannt wurde. Das Scheitern war in den Schlußversen der *Seefahrt* allerdings einkalkuliert, wie im Brief an Lavater. Es gab noch keine Sicherheit, nur das Zutrauen zu sich selbst und zu *Dem Schicksal*. So war ein Gedicht vom August 1776 überschrieben, das begann:

Was weiß ich, was mir hier gefällt,
In dieser engen, kleinen Welt
Mit leisem Zauberband mich hält!
Mein Karl und ich vergessen hier,
Wie seltsam uns ein tiefes Schicksal leitet,
Und, ach, ich fühl's, im stillen werden wir
Zu neuen Szenen vorbereitet.

Seefahrt war ein hoffnungsfrohes Gedicht, eines der vielen ‚Lebensgedichte' Goethes, in dem der Wechsel vom „Ich" zum „Er" über das nur Biographische hinausweist. „Sie wissen wie simbolisch mein Daseyn ist – – ", vermerkte Goethe einmal in jener Zeit (an Ch. v. Stein, 10. 12. 1777). Sein Vater in Frankfurt, der den Dienst an einem Hof skeptisch betrachtete, hat sich dieses Gedicht abgeschrieben, das einzige, das wir in seiner Handschrift besitzen. So sehr muß ihn der Ausdruck von Hoffnung und Wagemut bewegt haben.

Das erste Weimarer Jahrzehnt, entscheidend für Goethes gesamten weiteren Lebensweg, ist schwer zu erfassen. Er selbst hat es nicht zusammenhängend dargestellt. Die wenigen Seiten in den *Annalen oder Tag- und Jahresheften als Ergänzung meiner sonstigen Bekenntnisse* sind dürftig und können den fehlenden Fortgang von *Dichtung und Wahrheit* nicht ersetzen. Wir besitzen zwar Eintragungen in den Tagebüchern und Briefen aus dem schwierigen Jahrzehnt; doch beginnen die Aufzeichnungen im Tagebuch erst mit dem März 1776, beschränken sich oft auf Stichworte, und von Juni 1782 bis September 1786 klafft eine Lücke. Bleiben die Briefe, deren Zahl stattlich ist; aber Brief*wechsel* sind es nicht. Goethes bekannte Verbrennung der seit 1772 an ihn gerichteten Schreiben hat den Bestand auf Reste verkleinert, die durch Zufall erhalten sind. Die wichtigsten Briefe aus jener Zeit, die an Charlotte v. Stein, haben aus anderm Grund kein Echo mehr: Als es nach Goethes Rückkehr aus Italien zum Bruch kam, hat die Enttäuschte ihre Briefe zurückgefordert und vernichtet. So ist unser Bild dieser Frau, der Goethe in jenem Jahrzehnt wie keinem anderen Menschen nahegestanden hat, vor allem durch die über anderthalbtausend Briefe und Zettel geprägt, die er an sie gerichtet hat. Aus ihnen allein aber läßt sich kaum ein getreues Porträt gewinnen.

Warum gabst du uns die tiefen Blicke? Goethe und Frau v. Stein

Der Name Charlotte v. Stein bleibt unlöslich mit Goethes erstem Weimarer Jahrzehnt verknüpft. Seine innere Entwicklung vom ‚stürmenden und drängenden' Jüngling zur Selbstdisziplin hat man im wesentlichen ihrem Einfluß zugeschrieben. Doch so wenig man bei Goethe einen wohldurchdachten Plan der Erziehung Carl Augusts annehmen sollte, so wenig darf man Charlotte v. Stein die Rolle einer systematischen Erzieherin Goethes zusprechen. Was sich zwischen ihr und ihm entwickelte, ist die Beziehung zweier Menschen mit gleichberechtigten Hoffnungen und Wünschen für das eigene Leben, was das Eingehen auf den andern, das Besorgtsein um ihn nicht aus-, sondern einschließt. Es war freilich eine Verbindung besonderer Art, in die das Scheitern fast einprogrammiert war. Wie sollte eine Liebesbeziehung von Dauer sein, wenn körperliche Vereinigung prinzipiell ausgeschlossen blieb? Auf diesen Verzicht hatten sich beide eingeschworen. Es muß so gewesen sein; anders macht jene Bemerkung keinen Sinn, die Goethe, als er bereits Liebhaber der Christiane Vulpius war, der sich brüskiert fühlenden Charlotte v. Stein schrieb: „Und welch ein Verhältnis ist es? Wer wird dadurch verkürzt? Wer macht Anspruch an die Empfindungen die ich dem armen Geschöpf gönne? Wer an die Stunden, die ich mit ihr zubringe?" (1. 6. 1789)

Bald nach seinem Eintreffen in Weimar ist Goethe Frau v. Stein zum erstenmal begegnet. Für sie war er als Dichter des *Werther* längst interessant, sie hatte ihn schon früher sehen wollen. J. G. Zimmermann, dem gegenüber sie diesen Wunsch geäußert hat, hatte sie gewarnt: „Sie *wünschen*, ihn zu *sehen*, und Sie wissen nicht, bis zu welchem Punkt dieser *liebenswürdige* und *bezaubernde* Mann ihnen *gefährlich* werden könnte!" (an Ch. v. Stein, 19. 1.1775) Goethe seinerseits war, wie wir wissen, bei Zimmermann in Straßburg auf Charlottens Silhouette aufmerksam geworden (S. 273). Als sie sich persönlich kennenlernten, war Charlotte (geb. 1742), als Fünfzehnjährige Hofdame bei Anna Amalia geworden, fast dreiunddreißig Jahre alt, hatte in der Ehe mit dem herzoglichen Stallmeister Ernst Josias Friedrich v. Stein, die sie 1764 eingegangen war, sieben Kinder zur Welt gebracht, von denen nur drei Söhne am Leben blieben, und verbrachte nun, wie allgemein behauptet wird, im Umkreis des Hofes und in einer abgestumpften Ehe ein von Enttäuschung und Resignation verdunkeltes Leben. Dazu paßt die Vermutung, jener Brief Charlottes in Goethes Schauspiel *Die Geschwister* sei ein Originalzitat aus einem der Briefe Charlotte v. Steins an den neuen Freund: „Die Welt wird mir wieder lieb, ich hatte mich so los von ihr gemacht, wieder lieb durch Sie. Mein Herz macht mir Vorwürfe; ich fühle, daß ich Ihnen und mir Qualen zubereite. Vor einem halben Jahre war ich so bereit, zu sterben, und bin's nicht mehr" (JA 11, 200).

Viel ist über Charlotte v. Stein geschrieben und spekuliert worden, über ihren inneren Zustand, als sie mit Goethe zusammentraf, über ihr zurückgezogenes Leben, ihren Charakter, den Eindruck, den sie auf andere Menschen machte, über ihr angeblich höfisch bestimmtes Betragen und ihre gleichzeitige Natürlichkeit, über das Maß ihrer geistigen Interessen und Desinteressen – und natürlich darüber, was sie so eng mit dem sieben Jahre jüngeren Goethe hat verbinden können.

Hier sei darauf verzichtet, noch einmal ein ‚Charakterbild' der Frau v.

Stein zu zeichnen. Ohne neue Spekulationen liefe ein solcher Versuch nicht ab. Zeitgenössische Äußerungen über sie sind aufschlußreicher, selbst in ihrer möglichen Verzeichnung zum Positiven oder Negativen hin. Knebel meinte über Charlotte v. Stein:

> Sie ist ohne alle Prätension und Ziererei, gerad, natürlich, frei, nicht zu schwer und nicht zu leicht, ohne Enthusiasmus und doch mit geistiger Wärme, nimmt an allem Vernünftigen Antheil und an allem Menschlichen, ist wohl unterrichtet und hat feinen Takt, selbst Geschicklichkeit für die Kunst (an die Schwester Henriette, 18. 4. 1788).

Und Schiller schrieb, sie sei eine wahrhaftig eigene, interessante Person, von der er begreife, daß Goethe sich so ganz an sie attachiert habe.

> Schön kann sie nie gewesen sein, aber ihr Gesicht hat einen sanften Ernst und eine ganz eigene Offenheit. Ein gesunder Verstand, Gefühl und Wahrheit liegen in ihrem Wesen. Diese Frau besitzt vielleicht über tausend Briefe von Goethe, und aus Italien hat er ihr noch jede Woche geschrieben. Man sagt, daß ihr Umgang ganz rein und untadelhaft sein soll (an Ch. G. Körner, 12. 8. 1787).

Aus der Bekanntschaft Johann Wolfgangs mit Charlotte wurde bald schon eine vertrauliche Beziehung (wenigstens von seiten des Mannes), für die das Wort Liebe nur mit Vorbehalt gilt, weil Sexuelles ausgeschlossen blieb. Schillers Bemerkung vom ganz „reinen" und „untadelhaften" Umgang beider, immerhin aus dem Jahr 1787, spielte eben darauf an; denn Charlotte war für die Gesellschaft die Ehefrau des Weimarer Oberstallmeisters. Bereits am 6. Dezember 1775 war Goethe im Schloß der Familie v. Stein in Kochberg, wo sich Charlotte aufhielt, und er fand nichts dabei, das Datum in der Schreibplatte ihres Sekretärs zu verewigen, wo es noch heute Besuchern gezeigt wird. Schon die ersten Briefe, die wir von Goethe an sie besitzen, umspielen das Wort Liebe mit einer Beharrlichkeit, wie sie nur einem heftig Liebenden eigen ist. Als der unentwegt Werbende erscheint Goethe auf diesen Blättern, während Charlotte auf beruhigende Distanz bedacht war. „Liebe Frau, leide dass ich dich so lieb habe. Wenn ich iemand lieber haben kann, will ich dir's sagen. Will dich ungeplagt lassen. Adieu Gold. du begreiffst nicht wie ich dich lieb hab", schließt das Billett vom 28. Januar 1776. Ihre Anziehung hielt ihn gefangen. Es sieht so aus, als habe sie ihn hilflos gemacht, und es gibt genug Bemerkungen, daß er sich gern, wenn er dazu nur imstande gewesen wäre, von ihr losgerissen hätte. „Es ist mir lieb dass ich wegkomme, mich von Ihnen zu entwöhnen", schrieb er vor einer Reise nach Leipzig im März 1776, und als er dort die Schauspielerin

Corona Schröter getroffen hatte, ließ er Charlotte wissen: „Die Schröter ist ein Engel – wenn mir doch Gott so ein Weib bescheeren wollte dass ich euch könnt in Frieden lassen – doch sie sieht dir nicht ähnlich gnug. Ade. – –" (25. 3. 1776).

Bisweilen stahl sich ein „Du" in die Zeilen und ins Gespräch, aber Charlotte verbat sich das früh, „das verwies ich ihm mit dem sanftesten Ton von der Welt" (an J. G. Zimmermann, 6.–8. 3. 1776). Manchmal auch gab es in einem einzigen Satz die Spannung zwischen dem „Sie" und dem „Du": „Ich hab Sie viel lieber seit neulich, viel theurer und viel werther ist mir deine Gutheit zu mir" (22. 6. 1776). Briefe und Zettel gingen hin und her, kurze Grüße, ausführliche Berichte (besonders von den Reisen), schnelle Vergewisserung der Zuneigung, kleine Notizen über Alltägliches und freimütige Bekenntnisse des Glücks und der Beklemmung, der Freude und schmerzlicher Verwirrung. Beides war in dieser seltsamen Beziehung gegenwärtig. „Das Plagen ist der Sommerregen der Liebe" (22. 6. 1776) konnte doch nur eine wohlmeinende Hilfsinterpretation eines Verhältnisses sein, über das Goethe am Abend des 1. Mai 1776 nachdachte: „Du hast recht mich zum Heiligen zu machen, das heisst mich von deinem Herzen zu entfernen. Dich so heilig du bist kann ich nicht zur Heiligen machen, und hab nichts als mich immer zu quälen dass ich mich nicht quälen will."

Frau v. Stein meinte noch im März 1776 zu spüren, „Goethe und ich werden niemals Freunde. Auch seine Art, mit unsern Geschlecht umzugehn, gefällt mir nicht. Er ist eigentlich, was man coquet nennt. Es ist nicht Achtung genug in seinen Umgang" (an J. G. Zimmermann, 6.–8. 1776). Es sollte anders kommen. Wenn wir auch Charlottes Briefe an Goethe nicht kennen und nicht wissen, worüber sie sprachen, als ihre Treffen selbstverständlich geworden waren, ohne daß der Oberstallmeister Anlaß gehabt hätte, sich solches zu verbitten, so ist eines gewiß: Die Frau hat auf Goethes jugendlichen Überschwang besänftigend gewirkt. „Besänftigerinn" nannte er sie schon auf einem Zettel vom – wahrscheinlich – 22. Januar 1776. Nach allem, was wir wissen, muß sie an die Möglichkeit und Macht ‚reiner' Liebe geglaubt haben. Das Wort Julies aus Rousseaus *Nouvelle Héloise* könnte als Motto über dem Einfluß Charlottes auf Goethe stehen: „Sinnlicher Mensch, wirst du denn nie lieben lernen?" Sie war offensichtlich liebevoll empfindsam und hat, als die Beziehungen vertrauter geworden waren, dem Jüngeren ein starkes Gefühl menschlicher Nähe und Zuneigung vermittelt. Anders wären weder seine Briefe mit den wiederholten Liebesbeteuerungen noch seine zehnjährige Bindung an sie verständlich. Aber sie hat, nach vermutlich wenig glücklichen Ehejahren mit schnell aufeinander folgenden Geburten, Sinnliches beargwöhnt oder sogar verabscheut und so eine Beziehung zu einem Mann gesucht, die ohne Sexualität auskam. Was sie wohl anstrebte, war so etwas wie geistig-seelische Liebe. Ihr Lebensweg und ihre Veranlagung machten nur eine solche Beziehung für sie noch sinnvoll und erträglich. Das wiederum konnte für Goethe, der nach der Abwendung von Frankfurt, nach seiner Trennung von Lili Schönemann, wo sich eine Bindung mit allen Lebenskonsequenzen angemeldet hatte, in Weimar einen neuen Abschnitt seines Lebens begann, von durchaus verführerischer Faszination sein. Auch mag zusätzlich bei Charlotte manches von vernunftbetonter Tugendlehre und pietistischen Anschauungen über eine ideale Gemeinschaft von Bruder und Schwester im Spiel gewesen sein.

Innerhalb dieser Zusammenhänge wurde die Vorstellung von Reinheit und Stille wirksam. Die „Idee des Reinen" trat in Tagebuch und Brief mehr und mehr hervor, als Selbstbesinnung auf das zu erkennende eigene Ich, wozu Gelassenheit, Konzentration, Stille und die Entfernung störender Schlacken nötig waren. Am 14. November 1777 trug er unter der Anrede ans „Heilige Schicksaal" ein: „Laß mich nun auch frisch und zusammengenommen der Reinheit geniessen." Alte Gedanken fanden sich hier wieder ein, etwa aus Schriften der Pythagoreer, wo von der Selbstbesinnung die Rede ist. Rein ist das Streben des Menschen, wenn es von der Welt aufzunehmen sucht, was seinem erkannten Wesen gemäß ist, und zurückweist, was ihm widerspricht. „Möge die Idee des Reinen die sich bis auf den Bissen erstreckt den ich in Mund nehme, immer lichter in mir werden", wünschte der Tagebuchschreiber am 7. August 1779.

Unbegreiflich war für Goethe schon früh die Anziehungskraft, die Charlotte v. Stein auf ihn ausübte. „Ich kann mir die Bedeutsamkeit", schrieb er Wieland im April 1776, „die Macht, die diese Frau über mich hat, anders nicht erklären als durch die Seelenwanderung. – Ja, wir waren einst Mann und Weib! – Nun wissen wir von uns – verhüllt, in Geisterduft. – Ich habe keine Namen für uns – die Vergangenheit – die Zukunft – das All." Mit Datum vom 14. April 1776 schickte Goethe der Freundin ein langes Gedicht. Zwischen den Briefen überliefert und von seinem Autor nie publiziert, ist es erst 1848 im Verbund der Briefe Goethes an Charlotte v. Stein veröffentlicht worden. Längst gilt es als eines der großartigen, aber auch schwierigsten Gedichte Goethes:

Warum gabst du uns die tiefen Blicke,
Unsre Zukunft ahndungsvoll zu schaun,
Unsrer Liebe, unserm Erdenglücke
Wähnend selig nimmer hinzutraun?
Warum gabst uns, Schicksal, die Gefühle,

Uns einander in das Herz zu sehn,
Um durch all' die seltenen Gewühle
Unser wahr Verhältnis auszuspähn?

Ach, so viele tausend Menschen kennen,
Dumpf sich treibend, kaum ihr eigen Herz,
Schweben zwecklos hin und her und rennen
Hoffnungslos in unversehnem Schmerz;
Jauchzen wieder, wenn der schnellen Freuden
Unerwart'te Morgenröte tagt.
Nur uns armen liebevollen beiden
Ist das wechselseit'ge Glück versagt,
Uns zu lieben, ohn' uns zu verstehen,
In dem andern sehn, was er nie war,
Immer frisch auf Traumglück auszugehen
Und zu schwanken auch in Traumgefahr.

Glücklich, den ein leerer Traum beschäftigt!
Glücklich, dem die Ahndung eitel wär!
Jede Gegenwart und jeder Blick bekräftigt
Traum und Ahndung leider uns noch mehr.
Sag', was will das Schicksal uns bereiten?
Sag', wie band es uns so rein genau?
Ach, du warst in abgelebten Zeiten
Meine Schwester oder meine Frau;

Kanntest jeden Zug in meinem Wesen,
Spähtest, wie die reinste Nerve klingt,
Konntest mich mit *einem* Blicke lesen,
Den so schwer ein sterblich Aug' durchdringt.
Tropftest Mäßigung dem heißen Blute,
Richtetest den wilden irren Lauf,
Und in deinen Engelsarmen ruhte
Die zerstörte Brust sich wieder auf;
Hieltest zauberleicht ihn angebunden
Und vergaukeltest ihm manchen Tag.
Welche Seligkeit glich jenen Wonnestunden,
Da er dankbar dir zu Füßen lag,
Fühlt' sein Herz an deinem Herzen schwellen,
Fühlte sich in deinem Auge gut,
Alle seine Sinnen sich erhellen
Und beruhigen sein brausend Blut.

Und von allem dem schwebt ein Erinnern
Nur noch um das ungewisse Herz,
Fühlt die alte Wahrheit ewig gleich im Innern,
Und der neue Zustand wird ihm Schmerz.
Und wir scheinen uns nur halb beseelet,

Dämmernd ist um uns der hellste Tag.
Glücklich, daß das Schicksal, das uns quälet,
Uns doch nicht verändern mag.

Fragen an das Schicksal, da es um schwer Begreifliches geht, in der ersten Strophe, Fragen in Form eines Selbstgesprächs, das den eigenen Zustand überdenkt; denn antworten kann ja nicht, was als „Schicksal" angeredet wird. Warum sind uns, den Liebenden, die tiefen Blicke gegeben, „ahndungsvoll" unsre Zukunft zu schauen? Warum dürfen wir der Liebe, dem irdischen Glück nicht vertrauen? Die „tiefen Blicke", denen auferlegt ist, das „wahr Verhältnis auszuspähn", schließen diese Liebenden vom gewöhnlichen irdischen Glück aus. Ein Gegensatz wird sogleich sichtbar: hier die tiefen Blicke, das wahr Verhältnis – dort das Erdenglück, die seltsamen Gewühle. Das wäre leicht zu verstehen, wenn die Aussagen im Gedicht nicht so unterschiedlichen Zeiten zugeordnet wären. Denn das „wahr Verhältnis" liegt nicht in der Gegenwart, sondern ist einmal gewesen, in „abgelebten Zeiten", ist „alte Wahrheit". Nur ein Erinnern daran gibt es noch. Aber das „wahr Verhältnis" ist für den, der das Schicksal befragt und dann selbst antwortet, nicht nur ein vergangenes, sondern wird als Zukunft geahnt und kann in der Gegenwart in den Herzen der beiden Liebenden „ausgespäht" werden.
Zwei wichtige Fragen fügt die dritte Strophe, die zur Entdeckung des „wahren Verhältnisses" in der Vergangenheit überleitet, parallel an. Die eine fragt in die Zukunft („Sag', was will das Schicksal uns bereiten?"), die andere weist auf das, was das Schicksal bereits bewirkt hat:„Sag', wie band es uns so rein genau?" („rein" hier im Sinne von ‚völlig', ‚ganz'). Aber von dem, was in „abgelebten Zeiten" war, schwebt nur eine Erinnerung um das Herz, das zudem noch „ungewiß" genannt wird. So die Richtung und Schau der „tiefen Blicke": Ahnung ins Zukünftige, Ausspähen im Gegenwärtigen, was im Vergangenen einmal war: „Ach, du warst in abgelebten Zeiten / Meine Schwester oder meine Frau."
Solche tiefen Blicke sind den „vielen tausend Menschen" nicht gegeben. Die zweite Strophe spricht von denen, die die „schnellen Freuden" genießen. Sie sind glücklich dem Augenblick verfallen. Hatten solchem Dasein nicht auch frühere Gedichte des Sprechenden gegolten? Jetzt wird es abgewertet, zweifellos. Aber das Los jener Menschen, die dem Augenblick verhaftet leben, wird als glücklich gepriesen, so wie der Reflektierende, dem ständigen Drang zum Nachdenken ausgesetzt, in manchen Stunden den unkomplizierten, naiv dem Dasein hingegebenen Menschen beneidet. „Glücklich, den ein leerer Traum beschäftigt! / Glücklich, dem die Ahndung eitel wär'!" Jenes Glück bleibt allerdings ein zu leichtes, ohne Tiefe. So folgen die Zeilen: „Jede Gegenwart und

jeder Blick bekräftigt / Traum und Ahndung leider uns noch mehr." Traum und Ahndung: Stichworte für die beiden Daseinsweisen, die einander entgegengesetzt worden sind, schnelle Freuden, Traumglück – wahres Verhältnis, alte Wahrheit. Jedes Zusammensein, jeder Blick der beiden Liebenden macht die Gegensätze der beiden Daseinsweisen, auf die die Wörter „Traum" und „Ahndung" verweisen, nur noch deutlicher.

Die Verse der vierten Strophe werden gern zitiert als die dichterisch gültige Aussage über den Einfluß, den Charlotte v. Stein auf Goethe ausgeübt habe. Gewiß gibt es nichts Einprägsameres als diese Verse mit ihrem ruhigen Gleichmaß im Parallelismus der Sätze: „Tropftest Mäßigung dem heißen Blute, / Richtetest den wilden irren Lauf" usw. Aber merkwürdig: Jene „Wonnestunden" gehören ins Einst der „abgelebten Zeiten". Die Zeitverhältnisse im Gedicht geben Fragen auf. Sie sind jedoch zu beantworten, wenn man nicht vergißt, daß es sich um ein privates Briefgedicht vom 14. April 1776 handelt. Das war noch im frühen Stadium der Beziehung zwischen Goethe und Charlotte. Da konnte nur in fiktiven Bildern des Vergangenen ausgesprochen werden, was werden könnte und sollte. Der genannte Brief an Wieland zeigt, wie Goethe die Wirkung dieser Frau auf sich zu erklären suchte: mit Hilfe der Vorstellung von der Seelenwanderung. Die Begegnung mit Charlotte von Stein schien ihm die Möglichkeit zu einer Gemeinsamkeit zu eröffnen, die vollendet nur in der Ferne abgelebter Zeiten bestanden haben kann. In der Schau des Einst, in der Sprechender und Angeredete eng verbunden sind, ist der Wunsch lebendig, es wieder zu verwirklichen. So ist die vierte Strophe Huldigung und Bitte zugleich, daß sich das „wahr Verhältnis" wieder einstellen möge, in der Absonderung von den vielen tausend Menschen, die dem Traumglück und der Traumgefahr verfallen sind, und die Wirkung der Frau, die der Schreiber des Briefgedichts spürte und die ihr selbst vielleicht noch nicht bewußt war, ist (als Bitte) in die mit Würde ausgestattete frühe, ferne Zeit übertragen. Freilich, die Gegenwart ist noch unvollkommen; die Schlußstrophe spricht davon. Der „neue Zustand" der noch unerfüllten Gegenwart bereitet Schmerz. Aber diese Gegenwart, das behauptet der Dichter für die Angesprochene mit, wird sie beide nicht dem zwecklosen Traumglück ausliefern, weil sie die „tiefen Blicke" haben, denen sich das „wahr Verhältnis" entschleiert, das nur als eine schon gewesene Verbundenheit zu begreifen ist.

Charlotte von Stein war Goethes Vertraute im ersten Weimarer Jahrzehnt. Das Außergewöhnliche ihres Verhältnisses ist ihm durchaus bewußt gewesen. Etwa am 20. September 1780 bekannte er Lavater, es tue „der Talisman iener schönen Liebe womit die Stein mein Leben würzt sehr viel. Sie hat meine Mutter, Schwester und Geliebten nach und nach geerbt, und es hat sich ein Band geflochten wie die Bande der Natur sind". Im Frühjahr 1781 wagte Goethe der geliebten Frau Sätze zu schreiben, die eine Steigerung nicht mehr zuließen. Wenn man bedenkt, daß sie an eine verheiratete Frau gerichtet waren, die weder an Scheidung dachte noch dem Geliebten sexuelle Erfüllung bieten mochte, muten sie teilweise absurd an. Sie sind nur angemessen einzuschätzen, wenn man die besonderen Voraussetzungen dieses Verhältnisses nicht außer acht läßt. Seelenliebe war gemeint, die keinen Anspruch auf körperliche Vereinigung erhob. Solcher Verzicht mußte bei Goethe Konflikte auslösen, zumindest eine ständige Selbstbefragung, was es mit dieser Zuneigung auf sich habe. „Gestern von Ihnen gehend hab ich noch wunderliche Gedancken gehabt, unter andern ob ich Sie auch wircklich liebe oder ob mich ihre Nähe nur wie die Gegenwart eines so reinen Glases freut, darin sichs so gut bespiegeln lässt" (8. 11. 1777). Im März 1781 war Goethe soweit, nicht mehr zu überbietende Formulierungen zu wagen, durchaus im Bewußtsein des Exzeptionellen. „Noch nie hab ich Sie so lieb gehabt und noch nie bin ich so nah gewesen Ihrer Liebe werth zu seyn" (7. 3. 1781). „Wir sind in der That unzertrennlich, lassen Sie es uns auch immer glauben und immer sagen" (8. 3. 1781). Und dann am 12. März 1781:

> Meine Seele ist fest an die deine angewachsen, ich mag keine Worte machen, du weist daß ich von dir unzertrennlich bin und daß weder Hohes noch Tiefes mich zu scheiden vermag. Ich wollte daß es irgend ein Gelübde oder Sakrament gäbe, das mich dir auch sichtlich und gesezlich zu eigen machte, wie werth sollte es mir seyn. Und mein Noviziat war doch lang genug um sich zu bedencken. Adieu. Ich kan nicht mehr Sie schreiben wie ich eine ganze Zeit nicht du sagen konnte.

Den entscheidenden Satz dieses Briefes hat Charlotte unterstrichen: sie pochte auf die hier beschworene dauernde Treue, die das Briefgedicht vom 9. Oktober 1781 aus Gotha nochmals bekräftigte:

> Den einzigen Lotte welchen du lieben kanst
> Foderst du ganz für dich und mit Recht.
> Auch ist er einzig dein. Denn seit ich von dir binn
> Scheint mir des schnellsten Lebens lärmende Bewegung
> Nur ein leichter Flor durch den ich deine Gestalt
> Immerfort wie in Wolcken erblicke,
> Sie leuchtet mir freundlich und treu
> Wie durch des Nordlichts bewegliche Strahlen
> Ewige Sterne schimmern.

„Wir sind wohl verheurathet, das heist: durch ein Band verbunden wovon der Zettel aus Liebe und Freude, der Eintrag aus Kreuz Kummer und Elend besteht. Adieu grüse Steinen. Hilf mir glauben und hoffen." So die kurze Nachschrift zu einem Brief vom 8. Juli 1781 aus Ilmenau, in die – was nur noch auf den ersten Blick verblüffen kann – die Grüße an den Oberstallmeister v. Stein übergangslos und selbstverständlich hineingenommen werden.

Frau von Stein mußte zutiefst getroffen sein, als sich derjenige, der so geschworen hatte, nach der Rückkehr aus Italien an Christiane Vulpius, Blumenbinderin in Bertuchs Fabrik, in sinnlicher Leidenschaft band. Da konnte auch seine rhetorische Frage an Charlotte, wer eigentlich Anspruch auf die Stunden erheben könne, die er mit Christiane verbringe, nicht mehr helfen. Das Unhaltbare jenes Satzes „wir sind wohl verheiratet" hatte sich über kurz oder lang erweisen müssen, was die Verletzte hingegen nicht einsehen konnte oder wollte. Der Bruch zwischen Goethe und ihr war unausweichlich. Nach Jahren des Fremdseins haben dann beide noch im Alter zu freundschaftlichem Umgang miteinander gefunden.

Es tut der tiefen Verbundenheit Goethes mit Charlotte in den frühen Weimarer Jahren keinen Abbruch, wenn der junge Mann unter Vierzig, der Goethe war, mit den „Miesels", wie junge Frauen (vielleicht nach ‚Mademoiselle', ‚Miss' oder auch ‚Mäuslein') benannt wurden und denen er an vielen Orten begegnete, nicht nur geflirtet und getanzt hat. Doch auch in diesem Punkt ist Vorsicht bei Vermutungen und Behauptungen angebracht. Wer sich in die Notizen der Tagebücher vertieft, findet die Spuren eines Menschen, der sich gerade in jenem Jahrzehnt mehr und mehr nach Stille, Zurückgezogenheit und Konzentration auf sich selbst (und Charlotte v. Stein) sehnte. Über dem andern liegt Schweigen.

Unter der Last der täglichen Geschäfte

Vieles bestimmte Goethes Weimarer Jahre vor der Italienischen Reise: seine amtliche Tätigkeit mit Aktenstudium, Sitzungen und Reisen; Ausflüge mit dem Herzog und seinen Gesellen; Beobachtung des politischen Geschehens, in das Sachsen-Weimar-Eisenach verflochten war; seine Verbindung zu Frau v. Stein; seine Mitwirkung bei den unterhaltsamen kulturellen Veranstaltungen des Hofes; eigene künstlerische und wissenschaftliche Bemühungen, die sich anbahnten, – und immerfort das Nachdenken über den eigenen Lebensgang, wie es sich im Tagebuch und in Briefen an die Geliebte und an die Nahestehenden niederschlug. Geblieben war auch nach der Übersiedlung und dem Einleben in die neue Umgebung mit ihren neuen Reizen und ungewohnten Pflichten eine innere Befindlichkeit, der Ruhe und Selbstsicherheit fremd waren. Von Unruhe und Verworrenheiten war in den persönlichen Äußerungen der zurückliegenden Frankfurter Zeit oft genug die Rede gewesen. Daran änderte sich wenig. Aus quälender Unrast Sehnsucht nach innerem Frieden: nach ihm verlangte ein Gedicht, das in einem einzigen Satzgefüge Anrede, Bekenntnis des eigenen Zustands, allgemeine Sinnfrage und Bitte vereinigt und von Melancholie grundiert ist:

Wandrers Nachtlied

Der du von dem Himmel bist
Alle Freud und Schmerzen stillest,
Den der doppelt elend ist
Doppelt mit Erquickung füllest.
Ach ich bin des Treibens müde!
Was soll all die Quaal und Lust.
Süsser Friede,
Komm ach komm in meine Brust!

Die Verse standen wiederum auf einem Zettel zwischen den Briefen an Charlotte v. Stein, und unten war vermerkt: „Am Hang des Ettersberg d 12 Febr. 76". Auf dem Ettersberg war man damals gern, nordwestlich der Stadt, zu Fuß zu erreichen, ein Sommerpalast war dort, es gab Aufführungen des Liebhabertheaters (im Juli 1779 die *Iphigenie* in der Prosafassung mit Goethe als Orest und Corona Schröter als Iphigenie). Es war die Gegend, wo 1937 die Nationalsozialisten das Konzentrationslager Buchenwald errichteten. „Am nächsten Tag lud man sie dann am Vormittag wieder in einen Transportwagen, und gegen zwei Uhr hielten sie in Weimar. [. . .] Die Türen schlugen zu, der Motor sprang an, und dann fuhren sie die Strecke nach Ettersberg hinaus, demselben Berge, von dem Goethe mit Charlotte von Stein über das thüringische Land geblickt hatte und wo nun hinter den elektrischen Drahtverhauen das Lager auf sie wartete" (Ernst Wiechert, *Der Totenwald*).
Immer noch kam sich Goethe als „unsteter Mensch" vor, und er wünschte, daß Ruhe über seine Seele käme (an Auguste zu Stolberg, 17.–24. 5. 1776). Auch als er der Mutter versicherte, er sei so vergnügt und glücklich, als ein Mensch sein könne, versäumte er nicht hinzuzufügen: „Übrigens habe ich alles was ein Mensch sich wünschen kann, und bin freylich doch nicht ruhig, des Menschen Treiben ist unendlich bis er ausgetrieben hat" (6. 11. 1776). Noch vier Jahre später zitierte er seinen „immer bewegten Zustand" (an Ch. v. Stein, 18. 9. 1780). Die Bindung an Frau von Stein vermochte, bei aller Spannung zwischen ihnen, wenigstens etwas an erwünschtem inneren Frieden zu geben. Danach verlangte

ihn, daher auch die Wirkung dieser Frau auf ihn. Und die amtlichen Pflichten nahm der Unruhige nicht auf sich, weil er seines Tuns und Denkens sicher war, sondern um mit solchen Aufgaben, denen nicht auszuweichen war, hatte man sie einmal angenommen, auch der eigenen Ruhelosigkeit Herr zu werden.
Ohne Zweifel beabsichtigte der junge Goethe mit seiner Tätigkeit im Dienst des Herzogs Gutes zu befördern und Schlimmes zu lindern, und dies im Interesse der ganzen Bevölkerung des Landes. Die mahnenden Hinweise an den Herzog bewiesen es, mehr noch die sich häufenden Klagen Goethes über die Schwierigkeiten, denen er sich gegenübersah. Er mußte im Laufe der Jahre manches Mal erfahren, daß seine Bemühungen nutzlos blieben, daß sie zur Vergeblichkeit verurteilt waren, weil die mit dem politisch-gesellschaftlichen System gegebenen Barrieren nicht verrückt werden konnten. Er hat bisweilen sehr wohl durchschaut, daß gravierende Probleme im bestehenden ‚System' nicht zu lösen waren. Das macht der Brief an Knebel vom 17. April 1782 mit seinen berühmt gewordenen Sätzen überdeutlich:

> So steig ich durch alle Stände aufwärts, sehe den Bauersmann der Erde das Nothdürftige abfordern, das doch auch ein behäglich Auskommen wäre, wenn er nur für sich schwizte. Du weißt aber wenn die Blattläuse auf den Rosenzweigen sitzen und sich hübsch dick und grün gesogen haben, dann kommen die Ameisen und saugen ihnen den filtrirten Safft aus den Leibern. Und so gehts weiter, und wir habens so weit gebracht, daß oben immer in einem Tage mehr verzehrt wird, als unten in einem beygebracht (organisirt) werden kann.

Radikale, an die Wurzeln des Übels gehende Konsequenzen konnte jedoch der Autor dieser Sätze nicht ziehen, weil er der Meinung war und blieb, daß auch innerhalb des Bestehenden mit Hilfe der Gutwilligen auf allen Seiten das wünschenswerte Bessere heraufgeführt werden könnte. Er sah auch keine politische Kraft in Deutschland, die in der Lage gewesen wäre, eine grundsätzliche Neuerung durchzusetzen.
Die wirtschaftliche Lage des Landes war schwierig. Industrie gab es kaum; nur in Apolda existierten Fabriken, die größeren Absatz erzielten. Aber Ausfuhren in andere Länder waren behindert; denn die merkantilistische Politik der Staaten war darauf aus, Einfuhren zu beschränken. Verordnungen im Herzogtum, die den binnenländischen Absatz der Waren aus den heimischen Strumpf- und Wollmanufakturen sichern sollten, konnten nicht viel bewirken. (Leichen durften ohne Ansehen des Standes nur mit einheimischen Waren bekleidet werden.) Goethe hat sich 1783 eine tabellarische Aufstellung über Strumpffabrikanten und Tuchmacher angelegt, mit einer speziellen Rubrik „Wohin sie die Waare

vertreiben" (AS I 238 f.). Ein Projekt, mit Hilfe einer Leihbank den Unternehmen billigere Kreditaufnahme zu ermöglichen, schlug fehl. Handel innerhalb des Herzogtums war wegen des schlechten Zustandes der Straßen ohnehin mit erheblichen Schwierigkeiten verbunden. Erst die Wegebaudirektion unter Goethe nahm den Bau von Chausseen ernstlich in Angriff, von Weimar nach Jena und von Weimar nach Erfurt. Insgesamt lag Weimar verkehrstechnisch ungünstig; denn die Handelsstraße von Frankfurt nach Leipzig zog nördlich über Buttelstädt und Eckartsberga vorbei und berührte nur kurz Weimarisches Gebiet. So mußten Waren ins Herzogtum und aus ihm hinaus umgeladen werden. Auch hier machte man sich Gedanken, durch den Straßenbau Änderungen herbeizuführen. Ob man den wichtigen Verkehr überhaupt auf andere Straßen hätte ziehen können, war fraglich genug; denn freien Handelsverkehr gab es nicht. Geleitsrechte griffen überall ein, d. h. das Recht, ‚Straßenbenutzungsgebühren' zu erheben und/oder die Fuhrunternehmen auf bestimmte Straßen zu verpflichten. Doch was man auch an der Verbesserung der Verkehrswege plante: es mangelte an finanziellen Mitteln. Goethe hat darüber in aller Deutlichkeit offizielle Klage geführt. In einem ausführlichen Bericht vom 9. Juni 1786 über die Tätigkeit der Wegebaudirektion in den Jahren 1784/85 hob er gleich zu Anfang hervor, daß „die Disproportion der Wege-Bau-Caßen-Einnahme zu dem, was solche zu leisten hat, schon oft genug zur Sprache gekommen" sei. Zwar konnte er über einige vollbrachte Arbeiten referieren („die zerstreuten vor alters chaussee-mäßig gefertigten Flecke der Straße von Weimar nach Jena sind [...] nach und nach zusammen gehängt worden und es wird in einigen Jahren solche gänzlich vollendet werden können"), aber die Klagen über die Knappheit der Mittel überwogen, wie überhaupt der Bericht auf den Wunsch hinauslief, der Etat möge erhöht werden, und tiefe Resignation des Antragstellers ausdrückte. Es seien

> Fälle vorgekommen, wo man Steine, um eine Strecke chaussee-mäßig zu bearbeiten, angefahren, die Chaussee selbst aber nicht zustande bringen können, da denn inzwischen ein guter Teil der angefahrenen Steine in die Löcher geworfen werden müßen, um nur den Weg einiger maasen herzustellen, wodurch man aber weit von der Haupt-Absicht entfernt geblieben. Anderer Vorfallenheiten nicht zu gedencken, welche allen unproportionirlichen Haußhaltungen gemein sind, wo man die Bedürfniße nicht zu rechter Zeit noch mit Rath anschaffen, das Geschäft in einer gewißen Folge und Ordnung vornehmen und durch eine regelmäsige Behandlung manches fördern und sparen kan. Ja es ist nicht zu leugnen, daß sich ein mit diesen Dingen beschäftigtes Gemüth, wenn es so viele Mängel, ohne denselben abzuhelfen, liegen laßen muß, an eine Art von Gleichgültigkeit

> gewöhnt, anstatt daß bey einem proportionirten Geschäfte die Lebhaftigkeit der Ausführung durch das Gefühl, was man gethan habe und thun könne, immer rege und lebendig erhalten wird. (JbG 1919, 273 ff.)

Die Landwirtschaft war der wichtigste Erwerbszweig. Zwar konnten die Bauern, wenn auch zu Frondiensten verpflichtet, ihr Land nach eigenem Gutdünken bewirtschaften und frei darüber verfügen, aber Komplikationen gab es genug. Steuern und Abgaben drückten. Die Erträge der traditionellen Dreifelderwirtschaft gingen zurück; gute Ernten konnten wenig helfen, weil es an Absatzmöglichkeiten fehlte. So fiel dann der Getreidepreis in guten Erntejahren. Man sann auf Verbesserungen. Landwirtschaftliche Reformen waren auch anderwärts ein aktuelles Thema. Goethes Freund Merck, der aus Hessen-Darmstadt davon berichtete, beriet Herzog Carl August durch Gutachten. Um den Viehbestand zu verbessern, mußte das Futter vermehrt werden. Dazu wiederum war es erforderlich, auch das bisher als Weide benutzte Land zu bebauen, so daß zur Stallfütterung der Tiere übergegangen werden konnte. Aber solchem Vorhaben standen die Hüte- und Triftrechte auf den Weiden gegenüber, die sowohl die Rittergüter als auch die herzoglichen Kammergüter beanspruchten, und die Kammer befürchtete bei einer Änderung eine Verminderung der bisherigen Einnahmen. Als 1782 ein „Reglement über die Ansäung des Klees und der Esparsette im Fürstentum Weimar" beschlossen wurde, das dem Wortlaut nach der Förderung des Anbaus von Futterkräutern dienen sollte, diesen aber in Wirklichkeit erschwerte, übte J. C. Schubart, damals als Vorkämpfer des Kleeanbaus bekannt, in seinen *Ökonomisch-kammeralistischen Schriften* (III 98 ff.) heftige Kritik. Goethe hat mit solchen Dingen zu tun gehabt und sich um sie gekümmert. Am 26. November 1784 berichtete er seinem Herzog mit dem beobachtenden Blick dessen, der bessern will und hemmende Faktoren erkennt, über die Probleme:

> Schubartens Ausfall auf unser Reglement habe ich gelesen, und wußte schon vorher daß es nichts taugte. Es ist aber nicht eigentlich der Fehler daß man ein schlechtes Reglement gemacht hat sondern daß man eins gemacht hat unter solchen Umständen. Der ganze Grundsatz desselben ist: *ihr sollet zween Herren dienen.* Und das ist auch der Text zu Schubarts Tadel. Man muß Hindernisse wegnehmen, Begriffe aufklären, Beyspiele geben, alle Theilhaber zu interessieren suchen, das ist freylich beschweerlicher als befehlen, indessen die einzige Art in einer so wichtigen Sache zum Zwecke zu gelangen, und nicht verändern wollen sondern verändern. Ich habe zu dieser Handlung ein besonder Concilium bestellt [...].

Es gab auch Pläne, durch Zerschlagung großer Güter eine intensivere Bewirtschaftung des Bodens zu erreichen, doch dann nahm man davon Abstand. Wieder einmal erwiesen sich die bestehenden Machtverhältnisse als zu stabil, um tiefer greifende Korrekturen zuzulassen. Da Merck aus seiner hessischen Landgrafschaft wirtschaftliche und finanzielle Erfolge melden konnte, schlug Goethe 1785 vor, einen Spezialisten nach Hessen-Darmstadt zu entsenden, damit er sich an Ort und Stelle informiere. Er gab zu bedenken, es kämen „dabey verschiedene politische, iuristische und ökonomische Betrachtungen vor, welche wohl zu erwägen sind, damit man wenn das Geschäft angefangen oder gar beendigt worden, nicht alsdann erst Bedenklichkeiten zu heben und Hindernisse aus dem Weege zu räumen habe" (AS I 375). In dieser Frage scheint er weniger reformwillig gewesen zu sein als sein Herzog.
Hier ist nicht der Platz, über alle Einzelheiten zu berichten, mit denen sich Goethe in seiner Amtstätigkeit befassen mußte. Die Finanzlage des Landes stellte immer ein besonderes Problem dar. Wichtig zu wissen ist für uns, daß Goethe es in seiner Eigenschaft als Leiter der Kammergeschäfte (nach der Entlassung v. Kalbs im Jahre 1782) geschafft hat, mit Hilfe der Landstände den Kammerhaushalt in Ordnung zu bringen und die zuvor gemachten Schulden abzutragen. Zu sparen versuchte er vor allem, indem er darauf drängte, die Truppenstärke zu verringern. 1824 soll er gegenüber Kanzler v. Müller behauptet haben, er sei nur deshalb in die Kriegskommission eingetreten, „um den Finanzen durch die Kriegs Casse aufzuhelfen, weil da am ersten Ersparnisse zu machen waren. Einst zahlte ich 1000 Louisd. daraus der Herzogin zu einer Badereiße nach Aachen aus" (31. 3. 1824). Eine Auszahlung, die den damaligen Bedingungen des Systems entsprach. Was die Truppenkontingente betrifft, sind es für uns eher erheiternde Zahlen, aber in den Verhältnissen des Herzogtums schlugen auch kleine Änderungen zu Buche. 1777 und 1778 waren bereits die *Garde du Corps* und das Landregiment (eine Art Landpolizei) mit 14–15 Kompanien zu 36–40 Mann aufgehoben worden. Danach verkleinerte man auch das stehende ‚Heer'. Die Infanterie wurde um über die Hälfte von 532 auf 248 Mann reduziert. Das Artilleriekorps mit seinen 10 Mann blieb erhalten. Der Name traf sowieso nicht mehr zu; die ‚Artilleristen' taten Dienst am Zeughaus und auf Wache. Auch das Husarenkorps mit 1 Rittmeister, 7 Unteroffizieren und 31 Mann konnte nicht verkleinert werden. Die Husaren wurden für Patrouillen gebraucht, stellten die Reisebegleitung des Herzogs, repräsentierten bei offiziellen Anlässen, und auch als Postboten waren sie unentbehrlich. Mancher Brief Goethes an den Herzog und Frau v. Stein (und umgekehrt) wird von ihnen befördert worden sein.
Dem Tagebuch und den Briefen vertraute Goethe an, wie es bei solcher

Tätigkeit, der wohlgemut begonnenen und mehr und mehr ihn bedrükkenden, innerlich um ihn bestellt war und wie er die Arbeit einschätzte. Zwar sah er immer auch den Gewinn an Weltkenntnis und Erfahrung, den ihm die Amtsgeschäfte einbrachten, aber manchen seiner Äußerungen merkt man an, welche Anstrengung er aufbringen mußte, um der drohenden Desillusionierung bei der anhaltenden Suche nach dem richtigen eigenen Lebensweg zu entkommen. Oft genug hat er sich mit einem trotzigen ‚Es muß auch sein' zur Ordnung gerufen. „In der Jugend traut man sich zu dass man den Menschen Palläste bauen könne und wenn's um und an kömmt so hat man alle Hände voll zu thun um ihren Mist beiseite bringen zu können. Es gehört immer viel Resignation zu diesem ekeln Geschäft, indessen muss es auch sein" (an Lavater, 6. 3. 1780). Im Juli 1776 schrieb er, daß es ihm bei einem nächtlichen Ritt aufgefallen sei,

> wie mir die Gegend so lieb ist, das Land! der Ettersberg! die unbedeutenden Hügel! Und mir fuhrs durch die Seele – Wenn du nun auch das einmal verlassen musst! das Land wo du so viel gefunden hast, alle Glückseeligkeit gefunden hast die ein Sterblicher träumen darf, wo du zwischen Behagen und Mißbehagen, in ewig klingender Existenz schwebst – wenn du auch das zu verlassen gedrungen würdest mit einem Stab in der Hand, wie du dein Vaterland verlassen hast. Es kamen mir die Trähnen in die Augen, und ich fühlte mich starck genug auch das zu tragen [. . .] (an Ch. v. Stein, 16. 7. 1776).

„Zwischen Behagen und Mißbehagen": diese Selbstdiagnose aus der frühen Weimarer Zeit ist gültig geblieben. Jetzt begann seine Bereitschaft zu wachsen, Unannehmlichkeiten auf sich zu nehmen, sich abzuhärten (wozu er auch körperliches Training einsetzte: lange Ritte, strapaziöse Wanderungen, Baden im kalten Fluß), menschliches Leben als ein Gemisch aus Hellem und Dunklem aufzufassen und hochfliegende Pläne zu verabschieden, „dass man den Menschen Palläste bauen könne". Aus der „Unruhe des Lebens" schickte er Gustchen Stolberg die Verse

> Alles gaben Götter, die unendlichen,
> Ihren Lieblingen ganz,
> Alle Freuden, die unendlichen,
> Alle Schmerzen, die unendlichen, ganz.
>
> (17. 7. 1777; 1,142)

Nüchterne, illusionslose Sicht auf Menschen und Verhältnisse äußerte sich im Satz des Tagebuchs vom 14. Dezember 1778, der wohl gleichzeitig zur Selbstberuhigung beitragen sollte: „Indem man unverbesserliche Übel an Menschen und Umständen verbessern will verliert man die Zeit und verdirbt noch mehr statt dass man diese Mängel annehmen sollte gleichsam als Grundstoff und nachher suchen diese zu kontrebalanciren. Das schönste Gefühl des Ideals wäre wenn man immer rein fühlte *warum* man's nicht erreichen kann." Aussagen dieser Art, die von vielen Seiten als allgemeine Wahrheit über die Unvollkommenheit des Menschen angeboten worden sind und werden, können indessen leicht dazu verleiten, als „unverbesserlich" auszugeben, was durchaus verbessert werden könnte.

Im Herbst 1777 war Goethe in Eisenach und auf der Wartburg, dienstlich in Begleitung des Herzogs; die Landschaft tagte dort. Ihn hatte es, wie Briefe und Notizen beweisen, längst in Distanz zu den Menschen getrieben, weil ihn ihr Tun und Treiben irritierten und nicht zu sich selbst kommen ließen. „Tiefes Gefühl des Alleinseyns", trug er unterm 4. Oktober ins Tagebuch ein. Am 7. Oktober: „Viel geschwäzzt über die Armuth des Hof treibens, überhaupt der Sozietät. [...] Ich war stumpf gegen die Menschen." Tags darauf ein längerer Eintrag, der mit dem Ausruf „Regieren" endet, so als wolle er sich damit gegen die melancholischen Anwandlungen wehren:

> Gern kehr ich doch zurück in mein enges Nest, nun bald in Sturm gewikkelt, in Schnee verweht. Und wills Gott in Ruhe vor den Menschen mit denen ich doch nichts zu theilen habe. Hier hab ich weit weniger gelitten als ich gedacht habe, bin aber in viel Entfremdung bestimmt, wo ich doch noch Band glaubte. Der Herzog [für ihn steht im Tagebuch das astronomische Zeichen des Jupiter wie für Charlotte v. Stein das der Sonne] wird mir immer näher und näher u Regen und rauher Wind rückt die Schaafe zusammen. – – *Regieren!!*

An das Stichwort „Conseil" für die Sitzung am 9. Dezember 1778 schloß er sogleich die Bemerkung an: „leidig Gefühl der Adiaphorie [Belanglosigkeit] so vieler wichtig seyn sollender Sachen." Zum Jahresende 1778 drängten sich die Worte „Ekel" und „Ennui" in die Aufzeichnungen, die seismographisch die Stimmung zwischen Behagen und Mißbehagen einfingen und in denen er, wie so oft, versuchte, sich dennoch zu beruhigen.

> Ich bin nicht zu dieser Welt gemacht, wie man aus seinem Haus tritt geht man auf lauter Koth. [...] Viel Arbeit in mir selbst zu viel Sinnens, dass abends mein ganzes Wesen zwischen den Augenknochen sich zusammen zu drängen scheint. Hoffnung auf Leichtigkeit durch Gewohnheit. Bevorstehende neue EckelVerhältn. durch die Kriegs Comiss. Durch Ruhe und Geradheit geht doch alles durch. [...] Es wachsen täglich neue Beschwerden, und niemals mehr als wenn man Eine glaubt gehoben zu haben.

Wie Ein- und Ausatmen gehöre, so munterte er sich nach der ersten Sitzung der Kriegskommission auf, die Last der Arbeit zum Leben und bewirke Positives: „Fest und ruhig in meinen Sinnen, und scharf. Allein dies Geschäffte diese Tage her. Mich drinn gebadet. und gute Hoffnung, in Gewissheit des Ausharrens. Der Druck der Geschäffte ist sehr schön der Seele, wenn sie entladen ist spielt sie freyer und geniest des Lebens" (13. 1. 1779).
Goethe, der strahlende Jüngling, der berühmte Dichter, der Freund des Herzogs, das Glückskind, dem so viel so leicht zugefallen ist: Wie sehr widerspricht dieser populären Vorstellung die Eintragung vom 25. Juli 1779, deren Ernst an Verzweiflung heranreicht:

> Das Elend wird mir nach und nach so prosaisch wie ein Kaminfeuer. Aber ich lasse doch nicht ab von meinen Gedancken und ringe mit dem unerkannten Engel sollt ich mir die Hüfte ausrencken. Es weis kein Mensch was ich thue und mit wieviel Feinden ich kämpfe um das wenige hervorzubringen. Bey meinem Streben und Streiten und Bemühen bitt ich euch nicht zu lachen, zuschauende Götter. Allenfalls lächlen mögt ihr, und mir beystehen.

Dazwischen machte sich Genugtuung über die gelingende Selbsterziehung in der Auseinandersetzung mit den Forderungen des Tages immer wieder bemerkbar. „Ich trincke fast keinen Wein. Und gewinne täglich mehr Blick und Geschick zum thätigen Leben" (Tagebuch, Ende April 1780). In Hexameterform zitierte er einen Spruch aus dem 2. Brief des Paulus an Timotheus: „Nemo coronatur nisi qui certaverit ante [Niemand wird gekrönt, der zuvor nicht gekämpft hat]. sauer lass ich mirs denn doch werden" (31. 3. 1780). Noch im Alter lautete es in zwei aufeinanderfolgenden Sprüchen der Sammlung *Sprichwörtlich:*

> Wem wohl das Glück die schönste Palme beut?
> Wer freudig tut, sich des Getanen freut.
>
> Gleich ist alles versöhnt;
> Wer redlich ficht, wird gekrönt.

Nah beieinander die Geständnisse im April 1780: „Mir schwindelte vor dem Gipfel des Glücks auf dem ich gegen so einen Menschen [Joh. Aug. v. Kalb, der als Kammerpräsident in Schwierigkeiten geraten war] stehe. [...] Es glückt mir alles was ich nur angreife" (2. April). – „Doch ist mirs wie einem Vogel der sich in Zwirn verwickelt hat ich fühle, dass ich Flügel habe und sie sind nicht zu brauchen" (Ende April).
Der Zwirn der täglichen Geschäfte hinderte ihn, seine dichterischen Pläne kontinuierlich zu verfolgen, und das quälte ihn immer mehr. Die

Spannung, in der er zu leben hatte, war ihm bewußt; auf Dauer konnte er sie in der Schärfe, wie sie das erste Weimarer Jahrzehnt ausbildete, nicht ertragen. „Meine Schriftstellerey subordiniert sich dem Leben", teilte er Kestner lakonisch mit,

> doch erlaub ich mir, nach dem Beyspiel des grosen Königs der täglich einige Stunden auf die Flöte wandte, auch manchmal eine Übung in dem Talente das mir eigen ist. Geschrieben liegt noch viel, fast noch einmal so viel als gedruckt, Plane habe ich auch genug, zur Ausführung aber fehlt mir Sammlung und lange Weile (14. 5. 1780).

Noch stärker als diese Spannung bedrängte ihn das Unverhältnis zwischen seiner amtlichen Tätigkeit und ihren Ergebnissen. „Mein Leben ist sehr einfach und doch bin ich von morgends in die Nacht beschäfftigt, ich sehe fast niemand als die mit denen ich zu thun habe. [...] Mir mögten manchmal die Knie zusammenbrechen so schweer wird das Kreuz das man fast ganz allein trägt. Wenn ich nicht wieder den Leichtsinn hätte und die Überzeugung daß Glaube und Harren alles überwindet" (an Ch. v. Stein, 30. 6. 1780). An „neuen Menschen", so meinte er, mangele es, die gleich auf der Stelle ohne Mißgriff das Gehörige täten (21. 9. 1780).

> Die Welt ist eng, und nicht ieder Boden trägt ieden Baum, der Menschen Wesen ist kümmerlich, und man ist beschämt wie man vor so vielen tausenden begünstigt ist. Man hört immer sagen wie arm ein Land ist, und ärmer wird, theils denckt man sich es nicht richtig, theils schlägt man es sich aus dem Sinn, wenn man denn einmal die Sache mit offnen Augen sieht, und sieht das Unheilbaare, und wie doch immer gepfuscht wird!! – (an Ch. v. Stein, 5. 4. 1782)

Wieland hatte von Anfang an befürchtet, daß Goethe „nicht den hundertsten Teil von dem tun kann, was er gerne täte" (an Lavater, 4. 3. 1776). Er sollte Recht behalten. Schon Jahre vor der Italienischen Reise nistete sich bei Goethe die Erkenntnis der Vergeblichkeit ein. Im Brief an Knebel vom 21. November 1782 wurde er sehr deutlich:

> Der Herzog hat seine Existenz im Hezen und Jagen. Der Schlendrian der Geschäffte geht ordentlich, er nimmt einen willigen und leidlichen Theil dran, und läßt sich hie und da ein Gutes anlegen seyn, pflanzt und reißt aus pp. Die Herzoginn ist stille lebt das Hofleben beyde seh ich selten. Und so fange ich an mir selber wieder zu leben, und mich wieder zu erkennen. Der Wahn, die schönen Körner die in meinem und meiner Freunde Daseyn reifen, müssten auf diesen Boden gesät, und iene himmlische Juwelen könnten in die irdischen Kronen dieser Fürsten gefaßt wer-

> den, hat mich ganz verlassen und ich finde mein iugendliches Glück wiederhergestellt. Wie ich mir in meinem väterlichen Hause nicht einfallen lies die Erscheinungen der Geister und die iuristische Praxin zu verbinden eben so getrennt laß ich ietzt den Geheimderath und mein andres Selbst, ohne das ein Geh.R. sehr gut bestehen kann. Nur im Innersten meiner Plane und Vorsäze, und Unternehmungen bleib ich mir geheimnißvoll selbst getreu und knüpfe so wieder mein gesellschafftliches, politisches, moralisches und poetisches Leben in einen verborgenen Knoten zusammen. Sapienti sat [Dem Weisen ist es genug].

Das muß in der Tat ein „verborgener Knoten" gewesen sein; denn er blieb seinen jugendlichen Anschauungen, mit denen er und seine damaligen Freunde im gesellschaftlichen und politischen Leben etwas bewegen, verändern wollten, keineswegs treu. Nicht nur stillschweigend nahm er Abschied davon; im großen Rechenschaftsgedicht *Ilmenau* (1783) verurteilte er ausdrücklich, was er einst „Verwegnes unternommen". „Ich schwanke nicht, indem ich mich verdamme." „Unklug" habe er „Mut und Freiheit" gesungen und „Redlichkeit und Freiheit sonder Zwang". Als er im Brief an Knebel für ein ‚Doppelleben' plädierte, suchte er den Glauben an Kontinuität wenigstens für seinen ‚privaten' Bereich zu retten und kam doch um das Eingeständnis von *Ilmenau* nicht herum. Sich selbst treu blieb er allerdings in seiner Überzeugung, Erfahrungen und Erkenntnisse dichterisch gestalten zu können, und in seinem Wunsch nach Welterkenntnis, die über den Kleinkram alltäglicher Geschäfte hinausreichte.
Wenn er die äußeren Ergebnisse seiner Tätigkeit betrachtete, scheute er sich nicht, das Vergebliche seines Bemühens einzugestehen. „Unsre Geschäffte gehn einen leidlichen Gang, nur leider aus nichts wird nichts. Ich weis wohl was man statt all des Rennens und Laufens und statt der Propositionen und Resolutionen thun sollte. Indessen begiest man einen Garten da man dem Lande keinen Regen verschaffen kann" (an Ch. v. Stein, 9. 6. 1784). Dennoch, als er Ende 1784 die neun Jahre, die er in Weimar zugebracht hatte, überdachte, nahm er sich vor, sich

> einzubilden als wenn ich erst ietzt an diesen Ort käme, erst ietzt in einen Dienst träte wo mir Personen und Sachen zwar bekannt, die Krafft aber und der Wunsch zu würcken noch neu seyen. Ich betrachtete nun alles aus diesem Gesichtspunckte, die Idee heiterte mich auf unterhielt mich und war nicht ohne Nutzen, und ich konnte es um so eher da ich von keinem widrigen Verhältniß etwas leide, und würcklich in eine reine Zukunft trete (an Carl August, 26. 12. 1784).

Immer hat der, der so klagte und trotz allem am Sinn seines Handelns festhielt, die Zuversicht behalten, er könne selbst unter den herrschenden Staatsverhältnissen Gutes für viele erreichen. Denn das wollte er, so wie er sich um sein „geliebtes Dorf Melpers" kümmerte (an Ch. v. Stein, 12. 9. 1780; AS I 62). Nicht Absolutismus und feudaler Staat unterlagen seiner Kritik, sondern die Menschen, die schwer zu belehren waren, Fehler machten und dem Schlendrian nicht wehrten. Herzog Carl August blieb für ihn ein Problem. Wenn Goethe seinen „Wunsch zu würcken" erfüllen wollte, konnte er das nur sinnvoll unter und mit einem Fürsten, der sich in seiner Herrscherrolle als „verständiger Vater" (AS I 359) bewies. Goethe war überzeugt (und aufs Ganze gesehen, wohl mit Recht), in Carl August einen solchen Fürsten vor sich zu haben, auch wenn er immer wieder Anlaß gab, über Hemmungslosigkeiten, mit denen er eigenen Vergnügungen nachging, verärgert zu sein. Daß die Freundschaft zwischen beiden über ein halbes Jahrhundert bis zum Tod des Herzogs 1826 Bestand gehabt hat, lag darin begründet, daß jeder von ihnen im anderen die Substanz und den Willen erkannte und schätzte, auf verschiedenen Gebieten Nützliches zu leisten. Es hat Meinungsverschiedenheiten, Phasen der Entfremdung, auch schwerwiegende Zerwürfnisse gegeben, aber die Freundschaft hat gehalten. Wo sich Goethe im ersten Weimarer Jahrzehnt kritisch über den jungen, noch in lebhafter Entwicklung befindlichen Carl August äußerte, schimmerte doch stets durch, daß er an seinem guten Kern nicht zweifelte. So etwa im Brief an Charlotte v. Stein vom 10. März 1781:

> Nicht leicht hat einer so gute Anlagen als der Herzog, nicht leicht hat einer so viel verständige und gute Menschen um sich und zu Freunden als er, und doch wills nicht nach Proportion vom Flecke, und das Kind und der Fischschwanz gucken eh man sich's versieht wieder hervor. Das größte Übel hab ich auch bemerckt. So passionirt er fürs Gute und Rechte ist, so wirds ihm doch weniger darinne wohl als im Unschicklichen, es ist ganz wunderbaar wie verständig er seyn kan, wie viel er einsieht, wieviel kennt, und doch wenn er sich etwas zu gute thun will so muß er etwas Albernes vornehmen, und wenns das Wachslichter Zerknaupeln wäre.

Goethe hat seinen herzoglichen Freund, wenn dessen „Existenz im Hezen und Jagen" (an Knebel, 21. 11. 1782) Schaden für das Land zu bringen drohte, wiederholt ermahnt. Die Wildschweinjagden adliger Jagdgesellschaften, die allein das Recht zu solcher Hatz hatten, waren eine damals oft gerügte Plage. Auf die Landwirtschaft nahmen sie nicht die geringste Rücksicht. Lichtenberg, der Aufklärer in Göttingen, bemerkte sarkastisch in seinen *Sudelbüchern*: „Wenn die wilden Schweine dem armen Manne seine Felder verderben, so rechnet man es ihm unter dem Namen Wildschaden für göttliche Schickung an" (Heft B 304). Auch Gottfried August Bürger erhob in seinem Gedicht *Der Bauer an seinen*

Durchlauchtigen Tyrannen massiv Anklage und stellte mit der Schlußzeile „Du nicht von Gott, Tyrann!" den Herrschaftsanspruch grundsätzlich in Frage.

> [...]
> Wer bist du, daß durch Saat und Forst
> Das Hurra deiner Jagd mich treibt,
> Entatmet wie das Wild?
>
> Die Saat, so deine Jagd zertritt,
> Was Roß und Hund und du verschlingst,
> Das Brot, du Fürst, ist mein.
> [...]

Goethes Brief an den Herzog vom 26. Dezember 1784 handelte vom selben Thema, wenn auch im Ton verhaltener: „Auch die Jagdlust gönn ich Ihnen von Herzen und nähre die Hoffnung daß Sie dagegen nach Ihrer Rückkunft die Ihrigen von der Sorge eines drohenden Übels befreyen werden. Ich meine die wühlenden Bewohner des Ettersbergs. [...] Gutsbesitzer, Pächter, Unterthanen, Dienerschafft, die Jägerey selbst alles vereinigt sich in dem Wunsche diese Gäste vertilgt zu sehen. [...] Man beschreibt den Zustand des Landmanns kläglich und er ist's gewiß, mit welchen Übeln hat er zu kämpfen – Ich mag nichts hinzusetzen was Sie selbst wissen."
Was Goethe auch an Vergeblichkeit im Blick auf die äußeren Ergebnisse seines Dienstes meinte verbuchen zu müssen, so zog er doch für seine eigene Entwicklung eine positive Bilanz, wenigstens in der damaligen Weimarer Zeit. Einige Äußerungen sind besonders eindrucksvoll:

> Das Tagewerck das mir aufgetragen ist, das mir täglich leichter und schweerer wird, erfordert wachend und träumend meine Gegenwart diese Pflicht wird mir täglich theurer, und darinn wünscht ich's den grössten Menschen gleich zu thun, und in nichts Grösserm. Diese Begierde, die Pyramide meines Daseyns, deren Basis mir angegeben und gegründet ist, so hoch als möglich in die Luft zu spizzen, überwiegt alles andere und lässt kaum augenblickliches Vergessen zu. Ich darf mich nicht säumen, ich bin schon weit in Jahren vor, und vielleicht bricht mich das Schicksaal in der Mitte, und der Babilonische Thurn bleibt stumpf unvollendet. Wenigstens soll man sagen es war kühn entworfen und wenn ich lebe, sollen wills Gott die Kräffte bis hinauf reichen (an Lavater, etwa 20. 9. 1780).

Es gab in Frankfurt und unter Freunden Zweifel genug, ob der Weg, den er gewagt hatte, richtig sei. „Ich richte mich ein in dieser Welt, ohne ein Haar breit von dem Wesen nachzugeben was mich innerlich erhält und glücklich macht", beschied er Merck in Darmstadt (14. 11. 1781). „Ich danke Gott daß er mich bey meiner Natur in eine so eng-weite Situation gesezt hat, wo die manigfaltigen Fasern meiner Existenz alle durchgebeizt werden können und müssen" (an Knebel, 3. 2. 1782). An die Mutter in Frankfurt, die er nur spärlich mit Nachrichten versorgte und die von andern, wie dem Diener Philipp Seidel, etwas über ihren „Hätschelhans" hörte, richtete er, als er fast sechs Jahre in Weimar war, einen langen Brief der Rückschau und Rechenschaft. Möglicherweise machte er hier manche wohlgemute Äußerung, um sich zu rechtfertigen und die besorgten Beobachter zu beruhigen.

> Merk und mehrere beurtheilen meinen Zustand ganz falsch, sie sehen das nur was ich aufopfre, und nicht was ich gewinne, und sie können nicht begreifen, daß ich täglich reicher werde, indem ich täglich so viel hingebe. Sie erinnern sich, der lezten Zeiten die ich bey Ihnen, eh ich hierhergieng, zubrachte, unter solchen fortwährenden Umständen würde ich gewiß zu Grunde gegangen seyn. Das Unverhältniß des engen und langsam bewegten bürgerlichen Kreyses, zu der Weite und Geschwindigkeit meines Wesens hätte mich rasend gemacht. Bey der lebhaften Einbildung und Ahndung menschlicher Dinge, wäre ich doch immer unbekannt mit der Welt, und in einer ewigen Kindheit geblieben, welche meist durch Eigendünkel, und alle verwandte Fehler, sich und andern unerträglich wird. Wie viel glücklicher war es, mich in ein Verhältniß gesezt zu sehen, dem ich von keiner Seite gewachsen war, wo ich durch manche Fehler des Unbegrifs und der Übereilung mich und andere kennen zu lernen, Gelegenheit genug hatte, wo ich, mir selbst und dem Schicksaal überlaßen, durch so viele Prüfungen ging die vielen hundert Menschen nicht nöthig seyn mögen, deren ich aber zu meiner Ausbildung äußerst bedürftig war (11. 8. 1781).

Ausdrücklich betonte er, einem freien Entschluß gefolgt zu sein und sich auch in herzoglichen Diensten das Gefühl der Unabhängigkeit bewahrt zu haben:

> Indeß glauben Sie mir daß ein großer Theil des guten Muths, womit ich trage und würke aus dem Gedanken quillt, daß alle diese Aufopferungen freywillig sind und daß ich nur dürfte Postpferde anspannen laßen, um das Nothdürftige und Angenehme des Lebens, mit einer unbedingten Ruhe, bey Ihnen wieder zu finden. Denn ohne diese Aussicht und wenn ich mich, in Stunden des Verdrußes, als Leibeigenen und Tagelöhner um der Bedürfniße willen ansehen müßte, würde mir manches viel saurer werden.

Nicht auf den Dienst am Hofe angewiesen zu sein, das Amt nicht als Pfründe ausnutzen zu müssen (wie es gang und gäbe war) und nicht ins

Gespinst höfischer Machenschaften verstrickt zu sein: dieses Bewußtsein verließ Goethe nie. So besaß der Herzog, der das zu schätzen wußte, einen nicht in Interessen befangenen Freund und Berater. „Einen parvenu [Emporkömmling] wie mich konnte blos die entschiedenste *Uneigennützigkeit* aufrecht halten. Ich hatte von vielen Seiten Anmahnungen zum Gegentheil, aber ich habe meinen schriftstellerischen Erwerb und 2/3 meines väterlichen Vermögens hier zugesetzt und erst mit 1200 rh., dann mit 1800 rh. bis 1815 gedient", soll Goethe gegenüber Kanzler v. Müller behauptet haben (31. 3. 1824).

Die schwierigen Weimarer Jahre hat Goethe als wichtigen persönlichen Reifungsprozeß betrachtet. Was ihn ausmachte, läßt sich andeuten. Er gewann im praktischen Handeln neue Welterfahrung, auch im Zuge unvermeidlicher Enttäuschungen. Er wurde durch die Pflichten, die er übernommen hatte, diszipliniert und wollte sich disziplinieren. Er nahm Widerstände an, um, sich an ihnen abarbeitend, über die Welt und sich selbst größere Klarheit zu gewinnen. Ruhige Beobachtung des einzelnen verdrängte seine frühere „lebhafte Einbildung und Ahndung menschlicher Dinge"; die Natur wurde zum Objektbereich, den es zu erforschen galt. Vom ‚Stürmen und Drängen' nahm er Abschied und hielt in der Rückschau sogar Gericht darüber. Denn nun sah er in Ordnung und Folge, die sich den ‚Grenzen der Menschheit' fügten, leitende Prinzipien. Ein Autodafé war das äußere Zeichen solcher Wandlung. Im Tagebuch berichtet er unter dem 7. August 1779 davon und geht dann zu einer kritischen Selbstdiagnose über:

> Zu Hause aufgeräumt, meine Papiere durchgesehen und alle alten Schaalen verbrannt. Andre Zeiten andre Sorgen. Stiller Rückblick aufs Leben, auf die Verworrenheit, Betriebsamkeit Wissbegierde der Jugend, wie sie überall herumschweift um etwas Befriedigendes zu finden. Wie ich besonders in Geheimnissen, duncklen imaginativen Verhältnissen eine Wollust gefunden habe. Wie ich alles Wissenschaftliche nur halb angegriffen und bald wieder habe fahren lassen, wie eine Art von demütiger Selbstgefälligkeit durch alles geht was ich damals schrieb. Wie kurzsinnig in menschlichen und göttlichen Dingen ich mich umgedreht habe. Wie des Thuns, auch des zweckmäsigen Denckens und Dichtens so wenig, wie in zeitverderbender Empfindung und Schatten Leidenschafft gar viel Tage verthan, wie wenig mir davon zu Nuz kommen und da die Hälfte nun des Lebens vorüber ist, wie nun kein Weeg zurückgelegt sondern vielmehr ich nur dastehe wie einer der sich aus dem Wasser rettet und den die Sonne anfängt wohlthätig abzutrocknen. Die Zeit dass ich im Treiben der Welt bin seit 75 Oktbr. getrau ich noch nicht zu übersehen. Gott helfe weiter. und gebe Lichter, dass wir uns nicht selbst so viel im Weege stehn. Lasse uns von Morgen zum Abend das Gehörige thun und gebe uns klare Begriffe von den Folgen der Dinge. Dass man nicht sey wie Menschen die

> den ganzen Tag über Kopfweh klagen und gegen Kopfweh brauchen und alle Abend zu viel Wein zu sich nehmen. Möge die Idee des Reinen die sich bis auf den Bissen erstreckt den ich in Mund nehme, immer lichter in mir werden.

Am 22. Juni 1780 notierte er: „Ordnung hab ich nun in allen meinen Sachen, nun mag Erfahrenheit, Gewandheit pp auch an kommen. Wie weit ists im kleinsten zum höchsten!" Und Ende November 1781: „Täglich mehr Ordnung Bestimmtheit und Consequenz in allem."
Wie sehr es ihm um Besinnung auf sich selbst ging, beweist der immer wieder geäußerte Wunsch, sich von den Menschen zurückzuziehen, in eine bewußt gewählte Einsamkeit. Nur so glaubte er finden und bewahren zu können, was unter den „Häuten" steckte, die er abstreifen wollte (an Ch. v. Stein, 9. 10. 1781). „Der Mensch hat viel Häute abzuwerfen biß er seiner selbst und der weltlichen Dinge nur einigermasen sicher wird" (an Plessing, 26. 7. 1782).

> Laß mich ein Gleichniß brauchen. Wenn du eine glühende Masse Eisen auf dem Heerde siehst, so denkst du nicht daß soviel Schlacken drinn stecken als sich erst offenbaren wenn es unter den großen Hammer kommt. Dann scheidet sich der Unrath den das Feuer selbst nicht absonderte und fließt und stiebt in glühenden Tropfen und Funken davon und das gediegne Erz bleibt dem Arbeiter in der Zange.
> Es scheint als wenn es eines so gewaltigen Hammers bedurft habe um meine Natur von den vielen Schlacken zu befreyen, und mein Herz gediegen zu machen.
> Und wieviel, wieviel Unart weis sich auch noch da zu verstecken (an F. H. Jacobi, 17. 11. 1782).

Diese Verabschiedung, ja Verurteilung des Früheren, die Goethe hilfsweise mit Bildern wie Durchbeizen, Häutung und Entschlackung umschrieb, gibt Fragen auf, die der Biograph kaum schlüssig beantworten kann. Der Greis hat mit Verwunderung auf jene ersten zehn Weimarer Jahre zurückgeblickt. Ihre wahre Geschichte könne er eigentlich „nur im Gewande der Fabel oder eines Märchens" darstellen. „Was ich geworden und geleistet, mag die Welt wissen; wie es im einzelnen zugegangen, bleibe mein eigenstes Geheimnis" (G 5, 176). Was waren die entscheidenden Gründe für seinen Wandlungsprozeß? Wieso kam Goethe dazu, so rasch die Herrschaftsverhältnisse im Feudalstaat zu akzeptieren, wo es doch an zeitgenössischer Kritik nicht mangelte? Weil er selbst kaum oder gar nicht von ihnen betroffen war? So wenig hielt der jugendliche Überschwang den Zusammenstoß mit der wirklichen Welt aus? So unumgänglich war die Anerkennung der Bedingungen, die der Handelnde in seinem Dienst vorfand? Spielte ein verborgener Kampf gegen die geheime Gefahr mit, wie Werther ein ‚Aussteiger' zu werden? Oder paßte er sich den Gegebenheiten an, weil dadurch neue Ansätze der Erkundung von Welt und Mensch genutzt werden konnten und damit die Entscheidung für Weimar ihren Sinn behielt? Signalisierte der Abschied von Früherem nur den normalen Prozeß einer sich allmählich durchsetzenden Nüchternheit? Stellten die zahlreichen Selbstinterpretationen des immer noch jungen Geheimen Rats vielleicht nichts anderes als den Versuch dar, die im tätigen Dasein erlittenen Enttäuschungen in Gewinn für die Ausbildung der eigenen Persönlichkeit umzumünzen? Oft sprach Goethe damals vom „Schicksal", das ihn leite, auch von den „Göttern", weil er anders nicht begreifen konnte, was mit ihm vorging.

„Entsagung" wurde nicht erst für den alten Goethe zu einer wichtigen Lebensforderung. Schon 1782 versicherte er, daß er mitten im Glück „in einem anhaltenden Entsagen lebe" (an Plessing, 26. 7. 1782). Die Realität mit ihren besonderen Bedingungen und Einschränkungen mäßigte das ‚überall Herumschweifen' und stutzte hochfliegende Pläne. Bei seinen zeichnerischen Versuchen wurde ihm ferner erneut deutlich, daß es nötig sei, „sich zu beschräncken" (an Ch. v. Stein, 22. 7. 1776), sich auf „einen Gegenstand, wenige Gegenstände" zu konzentrieren, wenn man etwas Rechtes vollbringen wolle. Doch hat er dann lebenslang die Spannung zwischen diesem Wissen und seinem Streben nach umfassender Kenntnis und Erkenntnis von Welt und Leben produktiv bewältigt. Künstler, Naturforscher, Minister in einer Person ist er geblieben. Wenn er sich auf etwas einließ, unterwarf er sich zwar den Forderungen der ‚Beschränkung', indem er sich konzentrierte, um die gewählten Gegenstände „auf alle Seiten [zu] wenden, mit ihnen vereinigt [zu] werden" (22. 7. 1776). Denn „wer allgemein sein will, wird nichts, die Einschränkung ist dem Künstler so notwendig als jedem, der aus sich was Bedeutendes bilden will", hieß es schon im Aufsatz *Nach Falconet und über Falconet* (in: *Aus Goethes Brieftasche*). Aber ihm als dem außergewöhnlichen Menschen war es vergönnt, sich im Streben nach Universalität mit erstaunlich vielem zu beschäftigen und es zu meistern. Dabei blieb für ihn allerdings die Erkenntnis, daß jedem Entsagung abverlangt werde, nach den Erfahrungen in Weimar nicht nur eine Einsicht des Künstlers.

Am Hof
und unterwegs

Geselliges und Theaterspiele

Als Goethe im November 1775 in Weimar eintraf, kam er nicht als Unbekannter, und viele waren neugierig, den Dichter des *Götz* und des *Werther* kennenzulernen. Kontakte bildeten sich schnell und leicht; mit Wieland war er sofort ein Herz und eine Seele. Wie er die ersten Monate in der kleinen Stadt wirklich zugebracht hat, wissen wir nicht. Keine Aufzeichnungen im Tagebuch, unergiebig die Briefe, die recht allgemein bleiben. Bis zum März 1776 war er auf die Gastfreundschaft des Hauses v. Kalb angewiesen, mit dem noch amtierenden Kammerpräsidenten Carl Alexander und dem Kammerrat Johann August, der Goethe nach Weimar gebracht hatte. Winterzeit mit trüben Tagen und langen Abenden ohne eigenes Arbeitszimmer. Von Schriftstellerei keine Spur. Vielleicht Spaziergänge durch die Straßen der Stadt, die eher Gassen waren, unsauber, kaum gepflastert, ohne richtige Kanalisation, mäßig oder gar nicht beleuchtet. Gesellige Runden und reichlich Festlichkeiten. „Wie eine Schlittenfahrt geht mein Leben, rasch weg und klingelnd und promenirend auf und ab" (an J. Fahlmer, 22. 11. 1775). Stunden mit dem Herzog und seinem Anhang. „Freuden der Jagd, von welchen ausruhend man die langen Abende nicht nur mit allerlei merkwürdigen Abenteuern der Wildbahn, sondern auch vorzüglich mit Unterhaltung über die nötige Holzkultur zubrachte" (13, 150). Finanziell auf Pump angewiesen. (‚Tante' Fahlmer bat er am 5. Januar und 6. März 1776, sie möge bei seinen Eltern, besonders der Mutter, Geld besorgen: „Der Herzog hat mir wieder 100 Dukaten geschenckt. [. . .] Ich bin noch allerley Leuten schuldig das thut mir nichts.") Gerede über sein Treiben mit dem Regenten. Schwankendes Hin und Her, was werden sollte: – undeutliche Übergangszeit nach der Unruhe wegen Lili, nach der Unlust in Frankfurt.

Zu den ‚Hoffähigen' zählte er nicht; er war nur ein Bürgerlicher. Bei Anna Amalia fiel das weniger ins Gewicht, die bei ihren Diners am Mittwoch, wie Lyncker berichtet, „mehrere sogenannte Schöngeister" und nur ein oder zwei Adlige zu Gast hatte. Die junge Herzogin Luise dagegen hielt auf höfische Etikette. Bis Ende des Jahres 1775 soll Goethe nur einmal an der offiziellen Hoftafel gespeist haben, die zeremoniell zelebriert zu werden pflegte, unbequem, aber fein. Erst als er im Juni 1776 Mitglied des Geheimen Consiliums geworden war, konnte man ihn leichter zur herzoglichen Tafel einladen. Den gemeinsamen Unternehmungen des Herzogs mit dem bürgerlichen Freund tat die Hofetikette allerdings keinen Abbruch. Als er schließlich 1782 geadelt wurde (durch Kaiser Joseph II.), waren solche protokollarischen Schwierigkeiten überwunden. Goethe hat seiner Erhebung in den Adelsstand wohl vor allem aus Gründen der Zweckmäßigkeit zugestimmt. Im Tagebuch vermerkte er den Vorgang gar nicht, während er die Ernennung zum Geheimen Rat gebührend betont hatte. („Es kommt mir wunderbaar vor dass ich so wie im Traum, mit dem 30ten Jahre die höchste Ehrenstufe die ein Bürger in Teutschland erreichen kan, betrete", an Ch. v. Stein, 7. 9. 1779). Den aus bestimmten Gründen zögernden Herder versuchte er zur Annahme des Titels ‚Geheimer Kirchenrat' mit der bezeichnenden Bemerkung zu animieren, er solle die Urkunde nehmen „wie ich meinen Adelsbrief" (an Caroline Herder, 11. 5. 1784).

Das Murren mancher Höflinge über die Rolle des neuen Favoriten war vernehmlich genug. Doch gab es auch unter ihnen und andern Adligen etliche, die musische Neigungen hatten, die selbst schriftstellerten oder komponierten. Die parodierenden Knittelverse Friedrich v. Einsiedels wurden schon erwähnt (S.316). Selbstverständlich, daß der Gast aus Frankfurt, was seine künstlerischen Fähigkeiten anging, den Weimarer „Schöngeistern", ob adlig oder bürgerlich, willkommen oder zumindest doch interessant war. „Wunderlich Aufsehn machts hier, wie natürlich" (22. 11. 1775).

Ende November 1775 waren die Brüder Stolberg in Weimar zu Gast. Sie befanden sich auf dem Rückweg aus der Schweiz, die zu loben Fritz zu Stolberg nicht müde wurde, trotz der auch dort herrschenden Gesetze. Just aus Weimar schrieb er Luise v. Gamm am 27. 11. 1775: „Nur in Monarchien ist der Edelmann Knecht des Fürsten und des Bauern Tyrann"; was ihn dennoch nicht hinderte, Freundliches über das junge Herzogspaar zu berichten. Sein Brief vom 6. Dezember 1775 an Henriette Bernstorff gibt einen unmittelbaren Eindruck, wie es in jenem Winter an geselligen Tagen eines arbeitsfreien Daseins zugegangen ist:

> Der Herzog ist ein herrlicher achtzehnjähriger Junge, voll Herzens-Feuers, voll deutschen Geistes, gut, treuherzig, dabei viel Verstand. Engel Luischen ist Engel Luischen. Die verwittwete Herzogin, eine noch schöne Frau von sechsunddreißig Jahren, hat viel Verstand, viel Würde, eine in die Augen fallende Güte, so ganz ungleich den fürstlichen Personen, die im Steifsein Würde suchen; sie ist charmant im Umgang, spricht sehr gut, scherzt fein und weiß auf die schönste Art einem etwas Angenehmes zu sagen. Prinz Constantin ist ein herziges feines Bübchen. Eine Frau von Stein, Oberstallmeisterin, ist ein allerliebstes, schönes Weibchen. Wir waren gleich auf dem angenehmsten Fuß dort; es ward uns sehr wohl und ihnen ward auch wohl bei uns. Den Vormittag waren wir entweder bei Göthe oder Wieland, oder ritten mit dem Herzog auf die Jagd oder spazieren. Von zwei bis fünf Uhr waren wir bei Hof. Nach Tisch wurden kleine Spiele gespielt, blinde Kuh und Plumpsack. Von sieben bis neun war Konzert oder ward vingt-un gespielt. Einmal war Maskerade. Einen Nachmittag las Göthe seinen halbfertigen Faust vor. Ein herrliches Stück.

Die Herzoginnen waren gewaltig gerührt bei einigen Szenen. Den vorletzten Abend (d. 2.) waren wir bei Prinz Constantin; der Herzog, der Statthalter von Erfurt, ein trefflicher Mann von Verstand, Göthe und viele Kavaliere vom Hofe assen mit uns. Da wir bald abgegessen hatten und recht guter Dinge waren, öffnete sich plötzlich die Thüre und siehe, die Herzogin Mutter mit der schönen Frau von Stein traten feierlich in die Stube, jede ein drei Ellen langes Schwert aus dem Zeughause in der Hand, um uns zu Rittern zu schlagen. Wir setzten uns nieder und die beiden Damen gingen vertraut um den Tisch herum, von einem zum andern. Nach Tisch wurde lange blinde Kuh gespielt. Einigen steifen Hofleuten waren wir, glaub' ich, ein Dorn im Auge, aber alle guten waren uns herzlich gut. Den letzten Abend, nachdem wir uns schon bei Hofe beurlaubt hatten, aßen wir mit Göthe und Wieland allein. [. . .]

Anna Amalias Hofdame und Gesellschafterin Louise von Göchhausen, die mit Geist und Witz ihre körperlichen Gebrechen zu überspielen verstand und sonnabends ihre eigenen ‚Freundschaftstage' gab, wozu sich die Gäste drängten, – sie war es, die sich einmal Goethes *Faust*-Manuskript ausgeliehen und abgeschrieben hat. Erst 1887 fand man in ihrem Nachlaß diese Abschrift des *Urfaust*, den Goethe selbst längst vernichtet hatte, seit der erste Teil des *Faust* veröffentlicht worden war.
Am Theaterspiel hatte man in Weimar schon seit einiger Zeit Gefallen gefunden. Besonders Anna Amalia war es zu verdanken gewesen, daß das Theater, als es die Lage des Landes wieder möglich machte, gefördert wurde. Wieland hatte 1773, also vier Jahre nach dem Scheitern des Hamburger Nationaltheaters, in der März-Nummer seines *Teutschen Merkur* in einem besonderen Abschnitt „Theaternachrichten. Weimar" die Bedeutung eines „wohlgeordneten Theaters" erläutert, das „nicht wenig beitrage, die Begriffe, die Gesinnungen, den Geschmack und die Sitten eines Volkes unvermerkt zu verbessern und zu verschönern", und hatte mit Genugtuung erwähnt, daß nur Weimar sich rühmen könne, „ein deutsches Schauspiel zu haben, welches jedermann dreimal in der Woche unentgeltlich besuchen darf". Denn die Herzogin-Regentin habe gewünscht, daß „auch die unteren Klassen" nicht ausgeschlossen würden. Als 1774 der Schloßbrand den Theatersaal in der Wilhelmsburg zerstörte, zog die Seylersche Truppe, die dort gespielt hatte, davon. Nun gab es bis 1784 in Weimar kein Berufstheater mehr. Doch Liebhaber wagten es, als Laienschauspieler zu agieren. Gespielt wurde in der Stadt im Hause des Bauunternehmers Hauptmann an der Esplanade, ab 1779 im neuen Redouten- und Komödienhaus, außerhalb auch im Schloß von Ettersburg und im Park von Tiefurt.
Jene Liebhaberaufführungen wurden nicht durch Goethes Initiative eingeführt; sie hatten schon einige Wochen vor seinem Eintreffen begon-

nen. Aber seit 1776 wirkte auch er als Schauspieler mit, erstmals im Februar in Cumberlands *Der Westindier*, einem damals beliebten Lustspiel. Er war der einzige Bürgerliche im ganzen Ensemble, in dem der Herzog ebenso mitspielte wie Prinz Constantin, Carl Ludwig v. Knebel, Charlotte v. Stein, Louise v. Göchhausen und andere. Auf Wunsch des Herzogs übernahm Goethe schließlich ab 1. Oktober 1776 die Leitung der Aufführungen, nachdem man im Mai auch eines seiner eigenen Stükke gebracht hatte, *Erwin und Elmire*, wozu Anna Amalia die Musik komponiert hatte. *Die Laune des Verliebten*, *Die Mitschuldigen*, *Das Jahrmarktsfest zu Plundersweilern* sind in den folgenden Jahren ebenfalls in Szene gesetzt worden.

Für dieses Weimarer Liebhabertheater hat Goethe eine Anzahl von Stücken geschrieben, Regie geführt und ist als Schauspieler aufgetreten. Hier sammelte er vielfältige Erfahrungen, die ihm später, als er von 1791 bis 1817 die Leitung des neuen Hoftheaters innehatte, zugute kamen. Mehr als sechzig Vorstellungen bis 1783, als die Schauspielertruppe von Josef Bellomo verpflichtet wurde, hat man nachweisen können, wobei freilich das Ausmaß von Goethes Aktivitäten nicht genau festzustellen ist. Neben den übrigen Aufgaben, die er zu bewältigen hatte, konnte er sich hier nicht immer voll engagieren. Seine Stücke waren (mit Ausnahme der Prosafassung der *Iphigenie* von 1779) Gelegenheitsproduktionen, wie sie die Unterhaltung der Hofgesellschaft aus verschiedensten Anlässen wünschte und brauchte. Damit ist über ihren Wert allerdings noch nichts gesagt. Der alte Goethe hat, sofern Eckermanns Bericht verläßlich ist, auch über diese Stücke das Urteil gesprochen, als er meinte, er habe „in den ersten zehn Jahren in Weimar nichts Poetisches von Bedeutung hervorgebracht" (10. 2. 1829). Trotzdem dürfen diese Sing- und Schauspiele der Jahre 1776 bis 1782 nicht übergangen werden, wenn das erste Weimarer Jahrzehnt ganz in den Blick kommen soll. *Die Geschwister*, *Lila*, *Der Triumph der Empfindsamkeit*, *Die Vögel*, *Jery und Bätely*, *Die Fischerin:* es sind zwar Werke ‚poetischer Nebenstunden', dennoch tragen sie deutlich Goethes Handschrift und fangen manches von der Atmosphäre des sog. Weimarer Musenhofes ein. Deshalb muß auf sie später noch eingegangen werden.

Bei den Aufführungen des Liebhabertheaters wurde an der Ausstattung nicht gespart. Kulissen mußten gearbeitet werden, Verwandlungsszenen forderten Geschick und genaue Vorbereitung, weil Einrichtungen einer Theaterbühne nicht zur Verfügung standen, überraschende technische Tricks wurden eingesetzt, kurz: Erfindungsgabe und handwerklichkünstlerisches Geschick waren gefragt. Der Hoftischler Johann Martin Mieding besaß beides; seinen Fähigkeiten hatte das Liebhabertheater viel zu verdanken. Als er 1782 starb, schrieb Goethe ein mehrseitiges Gedicht *Auf Miedings Tod*, in dem er zum Ruhm des tüchtigen Theatermeisters („Ihm war die Kunst so lieb, / Daß Kolik nicht, nicht Husten ihn vertrieb") humorvoll und mit erzählerischem Behagen an dessen Arbeit erinnerte, die eine illusionäre Bühnenwelt hatte entstehen lassen. Das war kein höfisches Trauergedicht, sondern Gedächtnisfeier für einen Bedienten, dem Goethes ganze Sympathie gegolten hatte.

> [...]
> Wer preist genug des Mannes kluge Hand,
> Wenn er aus Draht elast'sche Federn wand,
> Vielfält'ge Pappen auf die Lättchen schlug,
> Die Rolle fügte, die den Wagen trug,
> Mit Zindel, Blech, gefärbt Papier und Glas,
> Dem Ausgang lächelnd, rings umgeben saß?
> So, treu dem unermüdlichen Beruf,
> War er's, der Held und Schäfer leicht erschuf.
> Was alles zarte schöne Seelen rührt,
> Ward treu von ihm, nachahmend, ausgeführt:
> Des Rasens Grün, des Wassers Silberfall,
> Der Vögel Sang, des Donners lauter Knall,
> Der Laube Schatten und des Mondes Licht –
> Ja selbst ein Ungeheu'r erschreckt ihn nicht.
> [...]

Bereits in diesem Gedicht von 1782 stehen die berühmt gewordenen Verse (denen Wieland schon in einem Brief vom 5. Oktober 1776 an Freiherrn v. Gebler mit dem Vergleich zwischen Weimar und „Bethlehem-Juda" präludiert hatte):

> O Weimar! dir fiel ein besonder Los:
> Wie Bethlehem in Juda, klein und groß!
> Bald wegen Geist und Witz beruft dich weit
> Europens Mund, bald wegen Albernheit.

Im Frühjahr 1776 konnte Goethe Wiedersehen mit Leipzig feiern. „Alles ist wies war, nur ich bin anders" (an Ch. v. Stein, 25. 3. 1776). Er sah seinen Kunstlehrer Adam Oeser wieder, der später auch Weimar aufsuchte, traf Corona Schröter, Sängerin und Schauspielerin, die er seit Studentenzeiten kannte, und konnte sie gewinnen, ein Engagement als Kammersängerin in Weimar anzunehmen. Dort ist sie zur bewunderten und gefeierten Schauspielerin aufgestiegen. Sie muß beeindruckend gewesen sein, in ihrem Spiel, mit ihrer stattlichen Erscheinung, als schöne und kluge Frau, wohl auch etwas unnahbar. Eine leidenschaftliche Beziehung, die beide geheimzuhalten suchten, scheint sie mit Friedrich v. Einsiedel verbunden zu haben. Geheiratet hat sie nie. Reizvoll und müßig, darüber zu spekulieren, ob sie und Goethe, in vielen Aufführungen auf der Bühne vereint, im Leben ein Paar hätten sein können. Er ist von ihr tief beeindruckt gewesen. „Die Schröter ist ein Engel – wenn mir doch Gott so ein Weib bescheeren wollte dass ich euch könnt in Frieden lassen – doch sie sieht dir nicht ähnlich gnug", schrieb er Charlotte v. Stein aus Leipzig (25. 3. 1776). Tagebucheintragung vom 27. Dezember 1776: „Redoute. Crone sehr schön." Oft ist sie bei ihm zu Tisch gewesen und er bei ihr. „Mit Crone gessen", hieß dann der Vermerk. Goethe zwischen Charlotte v. Stein und Corona Schröter? Ein einziger Brief Goethes an sie ist überliefert, ohne Datum; die Zusammenhänge, die er berührt, sind nicht aufzuklären. Doch gibt er etwas von dem engen, ja innigen Verhältnis zwischen beiden zu erkennen. Wieder einmal müssen es irritierende Konfusionen gewesen sein, die Goethe belasteten und ihn zwangen, jenen Brief zu schreiben. „Das Vergangne können wir nicht zurückrufen, über die Zukunft sind wir eher Meister wenn wir klug und gut sind. Ich habe keinen Argwohn mehr gegen dich, stos mich nicht zurück, und verdirb mir nicht die Stunden die ich mit dir zubringen kan, denn so muß ich dich freylich vermeiden" (HAB I 352). Als der Herzog ihr zu nahe kam und sie offenbar zur Geliebten wünschte, schritt Goethe energisch ein. Sein Tagebuch deutet an: „Abends nach dem Conzert eine radicale Erklärung mit dem Herzog über Cr[one]" (10. 1. 1779).

In der Geschichte der deutschen Schauspielkunst hat man Corona Schröter eine außerordentliche Stellung eingeräumt. Manchen gilt sie als die erste deutsche Schauspielerin von Rang. Seit den späten achtziger Jahren lebte sie zurückgezogen, vielleicht vereinsamt, vertonte Gedichte Höltys, Millers, Goethes und Volkslieder Herders, malte und zeichnete. Als sie 1802 in Ilmenau starb, erschien niemand aus Weimar zu ihrem Begräbnis. „Es ist sündlich, wie man in Weimar mit den Toten umgeht", klagte Knebel in einem Brief vom 18. Januar 1803 an seine Schwester Henriette und hatte Grund zu verallgemeinern: „Über Personen, die wirkliche Verdienste für sich und für die Gesellschaft hatten, habe ich acht Tage nach ihrem Tode auch nicht einen Laut mehr reden hören." Solches Vergessen, das alle Zeiten kennen, gab es auch in Weimar. Als Goethe in den *Annalen* zu 1802 den Tod Corona Schröters eintrug, verwies er selbst auf das „Andenken", das er ihr vor vielen Jahren bereits gestiftet habe, nämlich im Gedicht *Auf Miedings Tod*, wo „in ernster Heiterkeit der schönen Freundin gedacht" worden sei. Es war die Verspartie, die begann:

Ihr Freunde, Platz! Weicht einen kleinen Schritt!
Seht, wer da kommt und festlich näher tritt!
Sie ist es selbst – die Gute fehlt uns nie –
Wir sind erhört, die Musen senden sie.
Ihr kennt sie wohl! sie ist's, die stets gefällt:
Als eine Blume zeigt sie sich der Welt.
Zum Muster wuchs das schöne Bild empor,
Vollendet nun, sie ist's und stellt es vor.
Es gönnten ihr die Musen jede Gunst,
Und die Natur erschuf in ihr die Kunst.
So häuft sie willig jeden Reiz auf sich,
Und selbst dein Name ziert, Corona, dich.

Schatten der Vergangenheit

Goethe am Weimarer Hof: das war für Freunde aus der Jugend wie eine Aufforderung, in seiner Nähe ebenfalls ihr Glück zu versuchen. Im April 1776 traf Jacob Michael Reinhold Lenz in Weimar ein, nicht etwa eingeladen, sondern von seiner Existenznot getrieben, irgendwo einen Platz zu finden, wo er zur Ruhe käme und produktiv sein könnte, ohne sich mühselig als Hofmeister oder mit Stundengeben durchschlagen zu müssen. Seine beiden zeitkritischen Stücke *Der Hofmeister oder Vorteile der Privaterziehung* und *Die Soldaten* hatte er schon geschrieben, als er in der thüringischen Residenzstadt ankam. Was sich mit Lenz im einzelnen dort abgespielt hat, wissen wir nicht. Zunächst ließ sich alles freundschaftlich-vertraulich an. „Sie werden das kleine wunderliche Ding sehen und ihm gut werden", schrieb Goethe an Frau v. Stein. Aber er paßte nicht in die neue Umgebung, hatte keine sichere Stelle, nahm es für selbstverständlich, daß der Herzog und Goethe für ihn sorgten, fiel durch ein Benehmen auf, das sich nicht schickte, war vielleicht zu vorlaut, ungeduldig und ruhelos. Es mag auch sein, daß sich schon Vorzeichen seiner späteren Geisteskrankheit meldeten. Für Goethe jedenfalls war die Nähe eines solchen Menschen auf die Dauer belastend. Als Lenz sich im Juli nach Berka zurückgezogen hatte, meinte Goethe noch: „Lenz ward endlich gar lieb und gut in unserm Wesen, sitzt jetzt in Wäldern und Bergen allein, so glücklich als er seyn kann" (an Merck, 24. 7. 1776). Aber als er sich am 26. November in Weimar offenbar nicht so benahm, wie es sich dort gehörte, war Goethe unerbittlich. Im Tagebuch steht nur: „Lenzens Eseley", und man hat gerätselt, welche Taktlosigkeit (vielleicht gegen Damen der Gesellschaft) der Unglückliche begangen haben mag. Am 1. Dezember wurde er vom Herzog aus Weimar verwiesen.

Auch Maximilian Klinger tauchte auf – und verließ die Stadt schon im Oktober wieder. „Klinger kann nicht mit mir wandeln, er drückt mich, ich hab's ihm gesagt, darüber er außer sich war und's nicht verstund und ich's nicht erklären konnte, noch mochte" (an Merck, 24. 7. 1776). Goethe war auf dem Weg, hinter sich zu lassen, was an ‚Stürmen und Drängen' die Jungen in den fünf Jahren zuvor bewegt und umgetrieben hatte. Wenn er jetzt so oft die Einsamkeit suchte, hieß das auch, Distanz zu den Weggenossen von früher zu suchen. Er befand sich, im Gegensatz zu dem, was manche über ihn berichteten, in einer Phase des Sichbesinnens, war schon dabei, ‚Häute abzustreifen'. „Lieber Kestner, nicht dass ich euch vergessen habe, sondern dass ich im Zustande des Schweigens bin gegen alle Welt, den die alten Weisen schon angerathen haben und in dem ich mich höchst wohl befinde, indess sich viele Leute mit Mährchen von mir unterhalten, wie sie sich ehmals von meinen Mährchen unterhielten" (28. 9. 1777).

In *Dichtung und Wahrheit* hat er später alles Aufbegehren, alle Lust der jugendlichen Kritik am schlechten Bestehenden bespöttelt oder kurzerhand abgetan, war im höchsten Maße ungerecht gegen einen Gescheiterten wie Lenz, so als sei es allein dessen persönliche Schuld gewesen, in dieser Welt nicht zurechtgekommen zu sein, und sprach im Zusammenhang mit ihm tatsächlich von „jener Selbstquälerei, welche, da man von außen und von andern keine Not hatte [!], an der Tagesordnung war" (10, 7). Lenz sei „zeitlebens ein Schelm in der Einbildung" gewesen, habe durch die verkehrtesten Mittel „seinen Neigungen und Abneigungen Realität zu geben" versucht und sein Werk immer wieder selbst vernichtet. Dieses Urteil Goethes haftete lange an dem Kritisierten. Es gilt längst nicht mehr.

Bergwerksunternehmen Ilmenau

Am 3. Mai 1776 suchte Goethe zum erstenmal Ilmenau auf, halbamtlich, er sollte die Lage nach einer Feuersbrunst erkunden. Brände waren damals fast an der Tagesordnung; Goethe mußte wiederholt zu den Brandstätten reiten und kümmerte sich um das Feuerlöschwesen. Aus Ilmenau berichtete er brieflich dem Herzog und fügte hinzu: „Aber die Gegend ist herrlich, herrlich!" (4. 5. 1776) Diese Begeisterung über die Ilmenauer Gegend ist lebenslang geblieben. In Ilmenau hat der Greis mit den Enkeln Wolfgang und Walther 1831 seinen letzten Geburtstag gefeiert, und man hat errechnet, daß er achtundzwanzigmal, insgesamt 220 Tage, dort und in der Umgebung gewesen ist.

Ilmenau ist das Stichwort für den Beginn eines neuen Verhältnisses, das

Goethe zur Natur gewann und dann folgenreich erweiterte. Herder schrieb er am 9. August 1776: „Wir sind in Ilmenau, seit 3 Wochen wohnen wir auf dem Thüringer Wald, und ich führe mein Leben in Klüfften, Höhlen, Wäldern, in Teichen, unter Wasserfällen, bey den Unterirdischen, und weide mich aus in Gottes Welt." Als Vierundsiebzigjähriger zog er die Bilanz: „Ilmenau hat mir viele Zeit, Mühe und Geld geckostet, dafür habe ich aber auch etwas dabey gelernt und mir eine Anschauung der Natur erworben, die ich um keinen Preiß vertauschen möchte" (KM 16. 3. 1824).

Mit Ilmenau war für Goethe das Glück der Begegnung mit der Natur und die Enttäuschung über das Scheitern eines intensiv betriebenen technisch-wirtschaftlichen Vorhabens verbunden. Schon früher hatte es dort Kupfer- und Silberbergbau gegeben, aber seit 1739 lag das Bergwerk still. Der Herzog hoffte nun, die Förderung wieder in Gang setzen zu können, nachdem ein Gutachten des Bergbausachverständigen v. Trebra positiv ausgefallen war. Damit sollten sowohl eine neue Geldquelle für das Land erschlossen als auch Arbeitsplätze für die arme Bevölkerung des Landstrichs geschaffen werden. Im Sommer 1776 zog Carl August mit Beratern und Freunden, darunter natürlich Goethe, für mehrere Wochen nach Ilmenau, um an Ort und Stelle alles zu besichtigen und das Erforderliche in die Wege zu leiten. Die alten Grubenanlagen wurden inspiziert, mehrfach die Schächte befahren, aber auch Jagen, Tanzen und Vergnügungen kamen nicht zu kurz. An allzu übermütige Streiche dort erinnerte sich Goethe später nicht mehr gern. Er selbst erkundete die Landschaft, wanderte zum Hermannstein, auf den Kickelhahn , zeichnete viel, gewann die Gegend lieb und sah auch, wie schlecht es der Bevölkerung ging.

Am 18. Februar 1777 setzte der Herzog eine besondere Bergwerkskommission ein, mit Goethe an der Spitze, der sich nun jahrelang mit großem Engagement für das Ilmenauer Projekt einsetzte. Es gab vieles zu klären und zu regeln. Juristische Probleme der Besitzverhältnisse waren zu lösen, denn das Bergwerk gehörte Sachsen-Weimar, Sachsen-Gotha und Kursachsen gemeinsam; ‚Gewerke', d. h. Anleger, die Anteile erwarben und ihrerseits Gewinne erwarteten, sollten interessiert werden; Wiederinstandsetzung und Neubau technischer Anlagen waren zu bewerkstelligen. Goethe mußte sich einarbeiten und kümmerte sich um alles, um Gesteinsuntersuchungen und Schmelzversuche, um die Vorrichtungen, mit denen der immer drohende Wassereinbruch verhindert werden sollte, und um die Arbeitsbedingungen der Bergleute. Bei solchem Vorhaben war es mit einer Feier der Natur in schönen Versen nicht getan; genaue Untersuchung, scharfe Beobachtung waren gefordert.

Goethes mineralogische und geologische Interessen wurden geweckt;

hier und bei den anderen auf die Natur bezogenen Beschäftigungen in Weimar wurde er zum Naturforscher. „Ich kam höchst unwissend in allen Naturstudien nach Weimar, und erst durch das Bedürfniß, dem Herzog bey seinen mancherley Unternehmungen, Bauten, Anlagen, practische Rathschläge geben zu können, trieb mich zum Studium der Natur", berichtete er Kanzler v. Müller in einem Gespräch über den Ilmenauer Bergbau (16. 3. 1824). So intensiv arbeitete er sich ein, daß er schon 1780 Johann Carl Wilhelm Voigt, der auf der Bergakademie in Freiberg ausgebildet worden war, schriftlich instruieren konnte, was er beobachten solle (13, 251). Die Unterweisung bezog sich auf die Aufgabe, die mineralogischen und geologischen Verhältnisse im Herzogtum Sachsen-Weimar-Eisenach zu untersuchen, damit eventuell auch bisher unerkannte Bodenschätze ausfindig gemacht würden. (Voigts Untersuchungen erschienen 1781–1785 unter dem Titel *Mineralogische Reisen durch das Herzogtum Weimar und Eisenach.*)
Welche Sicht des Naturforschers, insbesondere des Geologen Goethe sich entwickelte, dokumentiert der lange Brief, den er am 27. Dezember 1780 an Herzog Ernst v. Gotha richtete, in dem er die bezeichnende Formulierung „anschauende Begriffe" benutzte. Goethe berichtete hier von Sinn und Zweck der Untersuchungen des „Bergverständigen Voigt" und erläuterte dabei die Grundsätze der Beobachtung:

> Wie der Hirsch und der Vogel sich an kein Territorium kehrt, sondern sich da äst und dahin fliegt, wo es ihn gelüstet, so, halt' ich davon, muß der Beobachter auch sein. Kein Berg sei ihm zu hoch, kein Meer zu tief. Da er die ganze Erde umschweben will, so sei er frei gesinnt wie die Luft, die alles umgiebt. Weder Fabel noch Geschichte, weder Lehre noch Meinung halte ihn ab zu schauen. Er sondere sorgfältig das, was er gesehen hat, von dem, was er vermuthet oder schließt. Jede richtig aufgezeichnete Bemerkung ist unschätzbar für den Nachfolger, indem sie ihm von entfernten Dingen anschauende Begriffe gibt, die Summe seiner eigenen Erfahrungen vermehrt und aus mehreren Menschen endlich gleichsam ein Ganzes macht. [...]
> Bei dieser Sache, wie bei tausend ähnlichen, ist der anschauende Begriff dem wissenschaftlichen unendlich vorzuziehen. Wenn ich auf, vor oder in einem Berge stehe, die Gestalt, die Art, die Mächtigkeit seiner Schichten und Gänge betrachte, und mir Bestandtheile und Form in ihrer natürlichen Gestalt und Lage gleichsam noch lebendig entgegenrufe, und man mit dem lebhaften Anschauen so ist's einen dunklen Wink in der Seele fühlt so ist's erstanden!

Anschließend bat er, auch im Gebiet des Herzogs von Gotha solche Nachforschungen anstellen lassen zu dürfen: „Vielleicht findet sich bei solch' einer Untersuchung etwas den Menschen näher Nützliches und

Einträgliches. Wenigstens erfährt man gewiß, was man besitzt, und die dunkeln Seiten der Dinge, an die sich Projectmacher und Schatzgräber anhängen, werden lichter."

Als 1783 die beiden anderen Mitglieder der Bergwerkskommission ausschieden, ersuchte Goethe den Herzog, er möge ihm den Geheimen Regierungsrat Christian Gottlob Voigt zur Mitarbeit in den Ilmenauer Geschäften zuordnen und dessen Bruder Johann Carl Wilhelm Voigt als Sekretär der Kommission bestellen. Das war der Anfang einer dienstlichen Zusammenarbeit mit Christian Gottlob Voigt, die Jahrzehnte gedauert und zu einer engen vertrauensvollen Freundschaft zwischen beiden Männern geführt hat. Goethe und Voigt, der später selbst Geheimer Rat wurde und den man mit Recht den Minister des klassischen Weimar genannt hat, haben in langen Jahren vieles gemeinsam überlegt und gerade in delikaten Angelegenheiten den gegenseitigen Rat gesucht. (Ihr Briefwechsel umfaßt allein vier starke Bände.)

Feierlich wurde am 24. Februar 1784 der Bergbau in Ilmenau wiedereröffnet; Goethe hielt die Festrede (JA 40, 3–7). Seine guten Wünsche haben jedoch nichts gefruchtet. Er hing sehr am Fortgang des so mühsam Begonnenen, über das er sich auch in seinen italienischen Jahren von Voigt ständig berichten ließ. Aber die Schwierigkeiten des Abbaus waren zu groß und der Metallertrag, der sich beim Schmelzen ergab, zu gering, als daß sich ein Erfolg hätte erreichen lassen. Im Herbst 1796 kündigte der Einsturz eines Stollens mit Wassereinbruch zwar die Katastrophe an, aber noch jahrelang wurde mit großen Anstrengungen und neuen Investitionen versucht, den Ilmenauer Bergbau zu retten, vergeblich; das Scheitern war nicht zu verhindern. Voigt überließ man die undankbare Aufgabe, 1812/1813 das Unternehmen zu liquidieren. Goethe hat der Fehlschlag tief getroffen. Siebzehn Jahre lang, von 1796 bis 1813, ist er nicht nach Ilmenau gegangen, dessen Gegend er doch so liebte. Es bedurfte der Einladung des Herzogs, den Geburtstag 1813 gemeinsam dort zu verbringen, daß er sich traute, den Ort des größten Mißerfolgs seiner Amtstätigkeit wieder aufzusuchen. Aber sein Wirken hat dort trotz allem ein bedeutendes Ergebnis erzielen können: Den betrügerischen Steuereinnehmer Gruner ließ er zur Rechenschaft ziehen, und das zerrüttete Finanz- und Steuerwesen im Amt Ilmenau wurde auf Goethes Initiative hin in Ordnung gebracht. Auch seine Bemühungen um die Glashütten und die Wollfabrikation im Ilmenauer Raum blieben nicht ganz vergeblich. So hatte er denn doch Grund, nach dem Wiedersehen mit Ilmenau Freund Knebel am 5. September 1813 zu schreiben: „In Ilmenau habe ich sieben sehr vergnügte Tage zugebracht [. . .]. Das Gute, was man beabsichtigte und leistete, ist in allen Hauptpuncten wohl erhalten und fortgesetzt worden."

Harzreise im Winter

In schlechter Jahreszeit machte sich Goethe am 29. November 1777 zu einer Reise auf, die Merkmale des Besonderen trug. Der Herzog hatte sich zwei Tage zuvor zur Jagd ins Eisenachische begeben, während Goethe „nach einem kleinen Umweg" nachkommen wollte. Wohin ihn dieser Umweg führen sollte, darüber schwieg er gegen jedermann. In seinem Tagebuch stand schon unter dem 16. November: „Projeckte zur heimlichen Reise". Auf der Reise selbst bezeichnete er sein geheimgehaltenes Unternehmen als „Wallfahrt" (an Ch. v. Stein, 7. 12. 1777). Es zog ihn in den Harz. Als „Johann Wilhelm Weber aus Darmstadt" gab er sich aus, wenn er sich in ein Fremdenbuch einschrieb. Der Ritt war alles andere als bequem, aber das war dem Reitenden gleichgültig; alles deutet darauf hin, daß er sich Anstrengungen aussetzen, sich selbst fordern wollte.
Den Ritt in den Harz, die erste Harzreise, kann man Tag für Tag und Ort für Ort verfolgen, worauf hier verzichtet werden muß. Von Süden nach Norden durchquerte der Reiter das Gebirge, besichtigte die Baumannshöhle (neben dem Brocken damals das bekannteste Ausflugsziel einer Harzwanderung), ritt am 4. Dezember nördlich am Harz entlang bis Goslar und nahm das Winterwetter ruhig in Kauf. Abends schrieb er an Frau v. Stein: „Ein ganz entsetzlich Wetter hab ich heut ausgestanden was die Stürme für Zeugs in diesen Gebürgen ausbrauen ist unsäglich [. . .]. Mein Abenteuer hab ich bestanden, schön, ganz, wie ich mir's vorauserzählt, wie Sie's sehr vergnügen wird zu hören, denn sie allein dürfens hören, auch der Herzog und so muss es Geheimniss seyn. Es ist niedrig aber schön, es ist nichts und viel, – die Götter wissen allein was sie wollen, und was sie mit uns wollen, ihr Wille geschehe." Geheimnisvolle, religiös getönte Bemerkungen, die er dem Brief anvertraute! In den nächsten Tagen Besuch des Harzer Bergwerkreviers, Einstieg in verschiedene Gruben – und dann am 10. Dezember der Höhepunkt:

> Früh nach dem Torfhause in tiefem Schnee. 1 viertel nach 10 aufgebrochen von da auf den Brocken. Schnee eine Elle tief, der aber trug. 1 viertel nach eins droben. heitrer herrlicher Augenblick, die ganze Welt in Wolcken und Nebel und oben alles heiter. Was ist der Mensch dass du sein gedenckst [. . .] (Tagebuch).

Wörtlich wiederholte er mit diesem letzten Satz, der dem 8. Psalm entnommen ist, seinen Eintrag vom 7. November 1776, dem Jahrestag seiner Ankunft in Weimar! Nur mit Mühe war der Förster zu bewegen gewesen, ihn im Schnee zum Brockengipfel zu führen, wohin es vom

Torfhaus noch keinen geregelten Weg gab. Was Goethe bei dieser Harzreise an Anstrengungen auf sich nahm, ist erstaunlich. Nach dem Gipfeltag des Brockenaufstiegs folgten weitere beschwerliche Einstiege in Gruben, dann zwei Tagesritte über Duderstadt bis Mühlhausen; am 15. Dezember traf er endlich, nach einer Postkutschenfahrt auf der letzten Strecke, beim Herzog in Eisenach ein.
Warum dieser mit Geheimnistuerei umgebene „kleine Umweg“, der immerhin mehr als zwei Wochen beanspruchte und mit Mühen belastet war? Welche Bedeutung maß ihm Goethe bei? Zweifellos wollte er sich, mit den komplizierten Ilmenauer Bergbauangelegenheiten beschäftigt, weitere konkrete Anschauung von Bergwerken und Bergbauarbeit verschaffen. In diesem Punkt sind die Tagebuchbriefe an Frau v. Stein, von unterwegs geschrieben, und das Tagebuch selbst ganz deutlich. „Dass ich ietzt um und in Bergwercken lebe, werden Sie vielleicht schon errathen haben“ (9. 12. 1777). Auch gewährte der Umweg, den er sich erlaubte, eine zeitweilige Abkehr von der höfischen Gesellschaft mit ihren Normen und Ansprüchen. „Wie sehr ich wieder, auf diesem dunckeln Zug, Liebe zu der Classe von Menschen gekriegt habe! die man die niedre nennt! die aber gewiss für Gott die höchste ist“ (4. 12. 1777). Doch Goethe hatte noch mehr und anderes im Sinn als nur die Sammlung bergbaukundlicher Kenntnisse und eine zeitweilige Loslösung aus dem höfischen Dunstkreis. Mit diesem Ritt in die winterliche Harzgegend und der außergewöhnlichen Besteigung des Brockengipfels im Schnee stellte er sozusagen seine Entscheidung für Weimar auf die Probe. Er nahm den Ausgang dieser Reise in den Harz und vor allem die Besteigung des Brocken als Indiz, ob er auf sich nehmen könne, wozu er sich entschieden. Wieviel ihm der Brockenaufstieg bedeutete, drückten Sätze aus, in denen er alttestamentliche Aussagen (aus dem Buch der Richter 6, 36 ff.) zitierte und auf das Gelingen seines Vorhabens bezog:

> Mit mir verfährt Gott wie mit seinen alten Heiligen, und ich weis nicht woher mir's kommt. Wenn ich zum Befestigungs Zeichen bitte dass möge das Fell trocken seyn und die Tenne nass so ists so, und umgekehrt auch, und mehr als alles die übermütterliche Leitung zu meinen Wünschen. Das Ziel meines Verlangens ist erreicht, es hängt an vielen Fäden, und viele Fäden hingen davon, Sie wissen wie simbolisch mein Daseyn ist – [. . .]. Ich will Ihnen entdecken (sagen Sies niemand) dass meine Reise auf den Harz war, dass ich wünschte den Brocken zu besteigen, und nun Liebste bin ich heut oben gewesen [. . .] (10. 12. 1777).

Nur in solchen Zusammenhängen werden manche Stellen des Gedichts verständlich, das damals entstand. Ihm gab Goethe in der Ausgabe der

Schriften 1789 die Überschrift *Harzreise im Winter*; noch 1821 schrieb er eine ausführliche Erläuterung dazu (1, 392–400).

> Dem Geier gleich,
> Der auf schweren Morgenwolken
> Mit sanftem Fittich ruhend
> Nach Beute schaut,
> Schwebe mein Lied.
> [...]

Wie zeitgenössische Lexika belegen, war es damals nicht ungewöhnlich, Falken oder Bussarde als Geier zu bezeichnen. Der Geier war aber auch, was Kenner des Altertums wie Goethe wußten, bei den Römern einer der Weissagevögel, nach denen man blickte, wenn man die Meinung der Götter über Zukünftiges auskundschaften wollte. So konnte sich für den Dichter der *Harzreise* die konkrete Anschauung eines schwebenden Bussards über den Bergen des Harzes verbinden mit der Erinnerung an die Bedeutung, die man einst dem Flug des Geiers zugesprochen hatte: dichterische Bildlichkeit, in der konkrete Anschauung mit geheimer, aber verstehbarer Bedeutung verschmilzt. Bereits am 1. Dezember, etliche Tage vor dem Aufstieg auf den Brocken, vermerkt das Tagebuch: „= Dem Geyer gleich =". Da waren die ersten Verse des Gedichts also schon konzipiert, von dem nicht feststeht, wann es zu Ende geführt worden ist. Wie der wahrsagende Vogel soll das Lied sein und von der erbetenen Weissagung künden. So wird der Anschluß der zweiten Strophe verständlich:

> Denn ein Gott hat
> Jedem seine Bahn
> Vorgezeichnet,
> Die der Glückliche
> Rasch zum freudigen
> Ziele rennt;
> Wem aber Unglück
> Das Herz zusammenzog,
> Er sträubt vergebens
> Sich gegen die Schranken
> Des ehernen Fadens,
> Den die doch bittre Schere
> Nur einmal löst.
> [...]

So hebt sich im weiteren Verlauf das Elend des Unglücklichen von der Sphäre des Glücklichen ab, und zwischendurch wird noch der „Brüder

der Jagd" gedacht (die der mit biographischen Zusammenhängen vertraute Leser ohne weiteres mit der herzoglichen Jagdgesellschaft identifiziert). Für den Glücklichen aber wird, weil das erbetene und gewagte (vor-)zeichenhafte Geschehen der Bergbesteigung zum guten Ende führt, der schneebehangene Scheitel des gefürchteten Gipfels zum „Altar des lieblichsten Danks". Die Schlußverse lassen den Gipfel im angeschauten Gegenüber; nichts mehr vom ganymedischen „umfangend umfangen". Und zum erstenmal wird hier in der Zusammenrückung der Wörter „geheimnisvoll" und „offenbar" eine Formel ausgesprochen, die für Goethes Naturbetrachtung ein Leitwort blieb und seine Auffassung vom dichterischen Symbol prägte.

Du stehst mit unerforschtem Busen
Geheimnisvoll-offenbar
Über der erstaunten Welt
Und schaust aus Wolken
Auf ihre Reiche und Herrlichkeit,
Die du aus den Adern deiner Brüder
Neben dir wässerst.

Als Goethe in seinem Harzgedicht das Bild eines sich abseits verlierenden, von Menschenhaß zerfressenen Unglücklichen zeichnete, dachte er an einen ganz bestimmten Menschen. Er besuchte ihn am 3. Dezember in Wernigerode und berichtete erst viel später, in der *Campagne in Frankreich*, noch einmal von diesem Besuch, wenn auch kaum zuverlässig. Es war Friedrich Victor Leberecht Plessing, der nach dem Studium von Jura und Theologie krank ins väterliche Pfarrhaus zurückgekehrt war. 1776 hatte er sich rat- und hilfesuchend an Goethe in Weimar gewandt, doch erfolglos. In der *Campagne in Frankreich* hat der Dichter des *Werther* die hoffnungslose Schwermut Plessings mit den Wirkungen seines frühen Romans in Verbindung gebracht, die sich so sehr von seiner eigenen Meisterung der Krise(n) durch schöpferische Produktivität und heilsame Tätigkeit unterschieden. Goethe konnte dem armen Plessing bei seinem Besuch nicht helfen, wie er es doch sonst bei einigen Hilflosen und Gestrandeten versuchte.
Ein Bericht über Goethes mehrfach bewiesene Hilfsbereitschaft könnte ebenso ein Kapitel füllen wie eine Darstellung der von ihm aufgekündigten oder vernachlässigten Beziehungen. Wenn ihm Verbindungen auf seinem eigenen Weg lästig wurden, wenn er sah, daß zwischen grundverschiedenen Ansichten in zentralen Fragen des Lebens, der Kunst und der Wissenschaft nicht oder nicht mehr zu vermitteln war, wenn ihm eine ganze ‚Richtung' zuwider war, zögerte er nicht, Kontakte abzubrechen oder deutliche Trennungslinien zu ziehen. Der Wille, nach eigenen An-

schauungen und Prinzipien zu leben, war stark in ihm. Klopstock, Lenz, Klinger, Lavater, Fritz Jacobi, Heinrich v. Kleist und manch anderer haben das erfahren.
Aber er hat zeit seines Lebens auch geholfen und mit materieller Unterstützung nicht gegeizt. Am 12. August 1777 traf unversehens ein elfjähriger Junge aus der Schweiz bei ihm in Weimar ein, Peter im Baumgarten, der sich aus dem bekannten Internat des Pädagogen v. Salis in Marschlin davongemacht hatte, in dem ein gewisser Baron v. Lindau ihn ausbilden ließ. Dieser hatte, selbst in der Schweiz Heilung von Liebeskummer suchend, den Hirtenjungen zu sich genommen, um ihn besonders gut erziehen zu lassen; eine Regung praktischer Philanthropie, angewandter Menschenliebe. Und Goethe, der Lindau auf der ersten Schweizerreise traf, hatte sich verpflichtet, für den Jungen zu sorgen, wenn Lindau dazu nicht mehr imstande sein sollte. Der Notfall traf schnell ein: Der Baron, europamüde als Freiwilliger nach Nordamerika gegangen, fiel im November 1776. Goethe hielt sein Versprechen. Aber Peter war nicht zu lenken und zu leiten; es gab nichts als Scherereien und Ärger über die Streiche des ungebärdigen, zu keiner Tätigkeit zu bewegenden Jungen. Zwei Jahre ging das Leben mit Peter in Goethes Haushalt im Gartenhaus so hin. Dann gab er den Knaben nach Ilmenau, damit er dort Jäger werden solle, was letztlich ebenso scheiterte. 1793 tauchte Peter im Baumgarten spurlos unter und überließ Frau und sechs Kinder ihrem Schicksal.
Derjenige, der sich in Ilmenau um den Peter aus der Schweiz kümmern sollte, war selbst ein Gestrandeter, für den Goethe sorgte: Johann Friedrich Krafft. Es war nicht sein richtiger Name; niemand weiß, wer er wirklich gewesen ist. Als er sich 1778 hilfesuchend an Goethe wandte, wies dieser ihn nicht ab, wie sein Brief vom 2. November 1778 beweist: „Ist Ihnen mit einem Kleid, Überrock, Stiefeln, warmen Strümpfen gedient, so schreiben Sie, ich habe zu entbehren. – Nehmen Sie diese Tropfen Balsams aus der kompendiosen Reiseapotheck des dienstfertigen Samariters, wie ich sie gebe." Kurz darauf bekräftigte er: „Sie sind mir nicht zur Last, vielmehr lehrt mich's wirthschaften, ich vertändle viel von meinem Einkommen, das ich für den Nothleidenden sparen könnte. Und glauben Sie denn, daß Ihre Thränen und Ihr Segen nichts sind?" (23. 11. 1778) Laufend hat Goethe den Unglücklichen bis zu dessen Tod 1785 aus eigener Tasche unterstützt; wie berichtet wird, bis zu einem Siebtel seines Gehalts. Er ließ ihn in Ilmenau wohnen und verdankte dem offenbar gebildeten und volkswirtschaftlich erfahrenen Unbekannten alias Krafft wichtige Informationen über die dortigen Mißstände, an deren Beseitigung Goethe arbeitete.
An die erste Harzreise hat er sich später mehrfach erinnert, nicht nur im

Zusammenhang mit dem erwähnten Gedicht. Mit ihr verband er auch die Reminiszenz an eine frühe Beobachtung farbiger Schatten, die er beim abendlichen Abstieg vom Brocken gemacht haben will. Im Paragraphen 75 der *Farbenlehre. Didaktischer Teil* berichtete er im einzelnen davon, und es ist nicht ohne Reiz anzunehmen, er habe aufs genaueste im Gedächtnis behalten, was er einst beobachtet hatte.

Berührung mit der großen Politik

Von Weimar aus hat Goethe oft Reisen unternommen, zunächst meistens in dienstlichem Auftrag oder in Begleitung des Herzogs. Weit haben sie ihn nicht gebracht, nach Leipzig, Berlin, in den Harz, an andere sächsische Höfe, nach Schlesien, Krakau und Czenstochowa (1790). Insgesamt hat Goethe in seinem Leben nicht eben viel von der Welt gesehen. Er war nie in Griechenland, nicht in Paris oder London, nicht in Wien oder Prag, trotz der häufigen Kuren in den nahegelegenen böhmischen Bädern. Sizilien war das Weiteste, und die Eindrücke aus Italien, auch aus der Schweiz sind unvergeßlich geblieben. Reisen war mühsam und kostete viel Zeit, vom Geld ganz zu schweigen. In den Zeiten ohne Photographie, Rundfunk und Fernsehen griff man deshalb gern zu Reisebeschreibungen, wenn man etwas von fremden und fernen Ländern erfahren wollte. Und wer selbst reiste oder weit wanderte, berichtete davon, wenn er schreiblustig war, in ausführlichen Briefen oder legte ein ganzes Buch vor; so etwa Moritz August v. Thümmel die *Reise in die mittäglichen Provinzen von Frankreich* (1791–1805), Georg Forster die *Ansichten vom Niederrhein* (1791), Johann Gottfried Seume seinen *Spaziergang nach Syrakus* (1803), Sophie von La Roche *Erinnerungen aus meiner dritten Schweizerreise* (1793) und Friedrich zu Stolberg *Reisen in Deutschland* (1794). Oft genug diente die Schilderung des (realistisch oder idealisiert gesehenen) fremden Landes dazu, durch Betonung des anderen und Besseren auf Fragwürdigkeiten in der Heimat aufmerksam zu machen.

Goethes Reisebeschreibungen begannen, nach ersten Ansätzen in den frühen Briefen aus Leipzig (1765–1768), mit Briefberichten an Frau v. Stein, und schon die zweite Schweizer Reise 1779 erbrachte eigenständige *Briefe aus der Schweiz* (S.268). Die Briefe aus Italien und die aus ihnen hervorgegangene *Italienische Reise* überragten dann alles, was er bisher an Reiseberichten geboten hatte.

Die Reise nach Potsdam und Berlin, die Goethe in Begleitung des Herzogs im Frühsommer 1778 absolvierte, führte ihn auf die Höhen und in die Niederungen aktueller Politik, in die „Pracht der königlichen Städte im Lärm der Welt und der Kriegsrüstungen" (an Ch. v. Stein, 14. 5. 1778). Die Verwicklungen im Vorfeld des sog. Bayerischen Erbfolgekrieges warfen auch für das Weimarische Herzogtum Probleme auf, weil es bei ernsthaften kriegerischen Auseinandersetzungen in Mitleidenschaft gezogen werden konnte. Nach dem Tode des bayerischen Kurfürsten Max Joseph im Jahre 1777 hoffte Österreich, mit dessen Nachfolger, Karl Theodor von der Pfalz, der an Bayern nur gemäßigtes Interesse bekundete, zu einem Austausch von Gebieten zu gelangen, um dadurch den Verlust Schlesiens an Friedrich II. von Preußen teilweise wieder wettzumachen. Tatsächlich kam es in der Wiener Konvention vom 3. Januar 1778 zur Abtretung bayerischer Landesteile. Dieses Vordringen Kaiser Josephs, das auch den Bayern selbst mißfiel, mußte Gegenreaktionen des preußischen Königs hervorrufen. Als der Kaiser gleich nach der Konvention die neuerworbenen Gebiete von seinen Truppen besetzen ließ, wurde die Lage kritisch. Dem bisherigen Kräfteverhältnis drohte eine empfindliche Störung, und Friedrich der Große hoffte auf die Unterstützung durch andere deutsche Kleinstaaten, die sich den Machtansprüchen des Kaisers widersetzen würden. Wieder bestand Gefahr, daß Sachsen-Weimar-Eisenach wie im Siebenjährigen Kriege von einem kriegerischen Konflikt unmittelbar betroffen würde. Unruhige Wochen und Monate, die ihre Spuren auch in Goethes Tagebuch hinterließen (27. 3. 1778; Anfang April 1778; 24. 4. 1778).

In dieser Lage begab sich Carl August zusammen mit dem Herzog von Dessau, einen Verwandtenbesuch vortäuschend, im Mai nach Berlin, um genauere Einblicke in das preußische Vorhaben und Vorgehen zu gewinnen. Friedrich der Große war schon bei seinen Truppen in Schlesien. Die politische Gesamtentwicklung verlief dann allerdings nicht so schlimm wie befürchtet: Zwar begann am 5. Juli 1778 mit dem Einmarsch preußischer Truppen in Böhmen der Bayerische Erbfolgekrieg, aber es flammten nur kleinere Gefechte auf. Vom Kartoffelkrieg sprachen die Leute, weil es oft nur darum ging, Lebensmittel zu erbeuten. Ohnehin hatte Friedrich von Preußen allen Grund, behutsam zu taktieren, hatte er doch Rußland und Frankreich nicht zum aktiven Eingreifen gegen Kaiser Joseph veranlassen können. Der Frieden von Teschen am 13. Mai 1779 brachte schließlich einen komplizierten Ausgleich der Interessen Österreichs und Preußens.

Die Tage in Potsdam und Berlin vom 15. bis 23. Mai 1778 boten Goethe mancherlei Eindrücke. Man ließ sich nicht entgehen, die bemerkenswerten Bauten beider Städte zu besichtigen, das Exerzierhaus, den königlichen Marstall in Potsdam ebenso wie das Berliner Opernhaus, die Porzellanmanufaktur, die Hedwigs- und Nicolaikirche. Im Tagebuch ist alles notiert, etwa unter dem 16. Mai: „Nachm Graff, Chodowiecki. Wegelin. Abends die Nebenbuhler." Also Besuche bei dem Dresdner Hofmaler Anton Graff, der sich in Berlin aufhielt, bei Daniel Chodowiecki, dem berühmten Kupferstecher und Illustrator, und abends ein Lustspiel im Theater. Unter den „Visiten" des nächsten Tages wird auch die „Karschin" genannt, Anna Louisa Karsch, die Berliner ‚Volksdichterin'. Sie hatte von Goethes Anwesenheit gehört und suchte ihn daraufhin im „Logis der fremden Prinzen": „Ich wollte den Goethe überfallen. Er war ausgegangen und ich schrieb am andern Morgen wider meine Gewohnheit im halb drolligen Ton an ihn" (an Gleim, 27. 5. 1778). Es war ein munter-schlichtes Reimbillet („Schön gutten Morgen Herr Doctor Göth / Euch hab ich gestern grüßen wollen. [. . .]"), und Goethe kam wirklich. Was die Karschin an Gleim berichtete, ist amüsant:

> Man spricht, daß Ihm der Kayser baronisiren wird und daß er alsdann eine Gemahlin auß noblen Hause bekomt, ich frug ihn, ob er nicht auch das Vergnügen kosten wollte, Vater zu sein; Er schien's nicht weitt von sich zu werfen. Er ist ein großer Kinderfreund und eben dieser Zug läßt mich hoffen, daß er auch ein gutter Ehemann werden wird und sicherlich noch ein rechtt gutter Mensch, ders einmal bereuet, was in seinen Werken etwan anstößig gewesen ist.

Ganz wohl scheint sich Goethe in der Stadt der Preußen und eines Friedrich Nicolai (den er nicht aufsuchte) nicht gefühlt zu haben. „Mit Menschen hab ich sonst gar nichts zu verkehren gehabt und hab in preußischen Staaten kein laut Wort hervorgebracht, das sie nicht könnten drucken lassen." Aber er hatte vieles beobachtet und erzählte Merck im gleichen Brief vom 5. August 1778:

> Wir waren wenige Tage da, und ich guckte nur drein wie das Kind in Schön-Raritäten Kasten. Aber Du weißt, wie ich im Anschaun lebe; es sind mir tausend Lichter aufgegangen. Und dem alten Fritz bin ich recht nah worden, da ich hab sein Wesen gesehn, sein Gold, Silber, Marmor, Affen, Papageien und zerrissene Vorhänge, und hab über den großen Menschen seine eignen Lumpenhunde räsonniren hören.

Schon aus Wörlitz, wo die Reisenden der Park des Herzogs von Dessau begeisterte, hatte er mit dem Scharfblick des Dramatikers, der Erfahrungen sammelt, an Frau v. Stein geschrieben, er scheine „dem Ziele dramatischen Wesens immer näher zu kommen, da michs nun immer näher angeht, wie die Grosen mit den Menschen, und die Götter mit den Grosen spielen" (14. 5. 1778). Berlin vermittelte ihm den Eindruck von einem großen Uhrwerk, das sich vor einem treibe, und von der Bewegung der Puppen könne man auf die verborgenen Räder schließen, „besonders auf die grose alte Walze FR [Fridericus Rex]“ (17. 5. 1778).

> So viel kann ich sagen je gröser die Welt desto garstiger wird die Farce und ich schwöre, keine Zote und Eseley der Hanswurstiaden ist so eckelhafft als das Wesen der Grosen Mittlern und Kleinen durch einander. Ich habe die Götter gebeten dass sie mir meinen Muth und Grad Seyn erhalten wollen biss ans Ende [. . .]. Aber den Werth, den wieder dieses Abenteuer für mich für uns alle hat, nenn ich nicht mit Nahmen (19. 5. 1778).

Der Wert läßt sich abschätzen. Je mehr der tätige Beobachter wahrnahm, wie auf allen Ebenen die Menschen ihre Rolle spielten, oft wie Puppen eines Spielwerks, desto mehr fühlte er sich auf sich selbst zurückverwiesen, in seine Einsamkeit, von der er so viel sprach. Nur dort konnte er mit sich ins reine kommen, wenn überhaupt. Das Treiben in der großen Welt wurde ihm suspekt. Wahrscheinlich haben diese frühen Erfahrungen mitbewirkt, daß er in Weltzentren wie Paris und Wien nichts Verlockendes, sondern im überschaubaren Weimar seinen Platz sah. „Wenn man in einem großen Zirckel weiter würckt, so würckt man in einem kleineren sicherer und reiner; der Abdruck unseres eigenen Geistes kommt uns geschwinder entgegen“ (an F. v. Schuckmann, 25. 11. 1790).

In jener krisenhaften Zeit vor dem Ausbruch des Bayerischen Erbfolgekrieges kamen sowohl Carl August als auch Goethe mit der ‚großen Politik‘ in eine engere Berührung als vordem. Eine heikle Situation ergab sich Anfang 1779, als der inzwischen ausgebrochene Krieg sich zu verschärfen drohte. Goethe wurde als Mitglied des Conseils von den politischen Beratungen voll beansprucht, und was überlegt und entschieden werden mußte, war höchst delikat. Denn der preußische König forderte, im Weimarischen Gebiet Rekruten anwerben zu dürfen. Übergriffe preußischer Werber waren schon zu verzeichnen. Es müssen spannungsgeladene Wochen im Weimarer Geheimen Consilium gewesen sein, dessen Sorgen sich in Goethes Tagebuch niederschlugen. 14.–25. Januar: „Zwischen zwey Übeln im wehrlosen Zustand. Wir haben noch einige Steine zu ziehen, dann sind wir matt.“ Herzog Carl August versuchte zwar, durch eine Eingabe bei Friedrich II. die Aktivitäten der Werber zu unterbinden, doch der König lehnte dezidiert ab. Was sollte ein Kleinstaat tun, der zu wirklicher Gegenwehr im Fall des Äußersten gar nicht imstande war?

Es kann bei der kollegialen Beratungsweise des Conseils nicht im einzelnen ausgemacht werden, welche Vorschläge von welchem Mitglied in welcher Phase der Überlegungen mündlich vorgetragen worden sind. Jedenfalls kam es am 9. Februar 1779 zu einer Sitzung, in der eine

Lösung gefunden werden sollte. Was nach Lage der Dinge „zwischen zwey Übeln" übrigblieb, hieß allerdings nur, sich über die Konsequenzen klar zu werden, die eine Entscheidung in dieser oder jener Richtung mit sich brächte. In dieser Situation, wo die politische Hilflosigkeit eines einzelnen kleinen Staates überdeutlich wurde, muß auch der Gedanke aufgetaucht sein, daß eine Zusammenarbeit, ja Koalition der neutralen Mächte wünschenswert sei. Nur so könne Übergriffen der großen Mächte gewehrt und die Balance der Kräfte im Reich gesichert werden. Die Idee des späteren Fürstenbundes, für den sich Carl August dann jahrelang einsetzte, zeichnete sich in ersten Umrissen ab.

Die Einzelheiten der diplomatischen Erwägungen, die in jenen Wochen angestellt worden sind, können hier nicht dargelegt werden. Wenn dennoch die damalige politische Situation skizziert worden ist, so deshalb, weil Goethe nach jener Krisensitzung des Conseils (zusätzlich zu den Voten der einzelnen Mitglieder, AS I 46–52) für den Herzog eine umfängliche Denkschrift zur erörterten Lage verfaßte und sich seine verschiedenen Aufgaben und Neigungen in jenen Frühjahrswochen von 1779 besonders dicht drängten und stießen.

Seine Denkschrift über die „Zulassung oder Ablehnung preußischer Truppenwerbungen im Lande" faßte alle Gesichtspunkte, die zu berücksichtigen waren, souverän zusammen und analysierte die Konsequenzen, die aus der jeweiligen Entscheidung folgen würden (AS I 52–56). Sie ist das ausführlichste Schriftstück, das er zu einer politischen Frage aufgesetzt hat, eine Situationsanalyse als Entscheidungshilfe für den Herzog. Auch hier wurde der Plan angesprochen, eine Kooperation der möglicherweise betroffenen Staaten anzustreben, „eine neue Überlegung der so nothwendigen Vereinigung unter sich zu veranlassen". Carl August zögerte eine Entscheidung in der Werbungsfrage hinaus; der Frieden von Teschen im Mai entlastete ihn dann von den drohendsten Kalamitäten.

Man muß zusammensehen, was in Goethes Tagebuch und seinen Briefen (vor allem an Frau v. Stein) nebeneinander steht, um zu ermessen, wie wenig er damals ein Poetendasein führen konnte und wollte. Seit Januar war er Vorsitzender der Kriegskommission. Alle politisch-militärischen Turbulenzen berührten somit unmittelbar sein spezielles Ressort. Mit den wirtschaftlichen Problemen des Landes war er längst befaßt. Und dabei: „Abends an Iph. geträumt" (Tagebuch, 24. 2. 1779). In Tage, in Stunden preßte sich Widersprüchliches und beanspruchte ihn.

> 14. Februar: Früh Iphigenia anfangen dicktiren. Spaziert in dem Thal. Mit Fritz u. Carl gebadet. Nachricht vom dessertirten Husaren. Zu Hause gessen. Nach Tisch im Garten Bäume und Sträuche durchstört.

15.–23. Februar: Diese Zeit her habe ich meist gesucht mich in Geschäfften aufrecht zu erhalten und bey allen Vorfällen fest zu seyn und ruhig.

25. Februar: Früh Kriegs Comm. nachher Conseil (war ein Werckeltag). Mittag Melber [Goethes Vetter aus Frankfurt]. ihn nach Tisch verabschiedet. Kam Crone wegen der 2 Edl. Veroneser [Theaterstück]. Neblich.

26. Februar: Erste Auslesung der iungen Mannschafft.

Goethes Brief vom 6. März 1779 aus Apolda an Charlotte v. Stein ist wegen seiner Äußerung über das Iphigenie-Drama berühmt geworden. Er ist jedoch insgesamt ein Zeugnis der spannungsreichen Dichte von Amt, Poesie und Privatestem in jener Zeit:

> Den ganzen Tag war ich in Versuchung nach Weimar zu kommen, es wäre recht schön gewesen wenn Sie gekommen wären. Aber so ein lebhafft Unternehmen ist nicht im Blute der Menschen die um den Hof wohnen. Grüsen Sie den Herzog und sagen ihm dass ich ihn vorläufig bitte mit den Rekrouten säuberlich zu verfahren wenn sie zur Schule kommen. Kein sonderlich Vergnügen ist bey der Ausnehmung, da die Krüpels gerne dienten und die schönen Leute meist Ehehafften haben wollen.
> Doch ist ein Trost, mein Flügelmann von allen (11 Zoll 1 Strich) kommt mit Vergnügen und sein Vater giebt den Seegen dazu.
> Hier will das Drama gar nicht fort, es ist verflucht, der König von Tauris soll reden als wenn kein Strumpfwürcker in Apolda hungerte.
> Gute Nacht liebes Wesen. Es geht noch eben ein Husar.

Zum zweiten Mal in der Schweiz

Als die politische Großwetterlage sich beruhigt hatte, konnte der Herbst des Jahres 1779 für eine Reise genutzt werden, die den zweiundzwanzigjährigen Herzog den heimischen Sorgen entführte. Bedrückendes gab es genug, wenn man nur genau hinsah. Mit Wirtschaft und Finanzen stand es wie eh und je nicht zum besten; die noch immer starke Unausgeglichenheit des jungen Regenten machte Beamten und Untertanen wie ihm selbst zu schaffen; seine Ehe war heikel; denn der lebenshungrige, erotisch genußfreudige Carl August und die kühle, zurückhaltende, allen etikettefernen Ausschweifungen abgeneigte Herzogin Luise waren ein zu ungleiches Paar, als daß sie miteinander hätten glücklich werden können. Vielleicht war es Goethe, der die Herbstferien 1779 anregte; entscheidend mitgestaltet hat er sie auf jeden Fall, jene Reise in die Schweiz. Für ihn selbst bedeutete sie das Wiedersehen mit der Heimat, die er vor vier Jahren verlassen hatte, und eine Wiederbegegnung mit dem Land

der Eidgenossen, in das er im gleichen Jahr 1775 vergeblich geflüchtet war, um Distanz zu Lili zu gewinnen.
Vom 19.–22. September wohnten die Reisenden, zu denen noch der Oberforstmeister v. Wedel zählte, im elterlichen Haus in Frankfurt. Goethe hatte schon Mitte August bei der Mutter Quartier bestellt, mit genauen Anweisungen, wie einfach die Zimmer hergerichtet und die Mahlzeiten bereitet werden sollten. (Der Herzog „schläfft auf einem saubern Strohsacke, worüber ein schön Leintuch gebreitet ist unter einer leichten Decke".) Goethes Mutter hat in einem ihrer unnachahmlichen, von Anschauung und Humor gesättigten Briefe der Herzoginmutter Anna Amalia die Szene des Empfangs berichtet: wie sie

> am runden Tisch sitzt, wie die Stubenthüre aufgeht, wie in dem Augenblick der Häschelhanß ihr um den Hals fält, wie der Herzog in einiger Entfernung der Mütterlichen Freude eine weile zusieht, wie Frau Aja endlich wie betruncken auf den besten Fürsten zuläuft halb greint halb lacht gar nicht weiß was sie thun soll wie der schöne Cammerherr von Wedel auch allen antheil an der erstaunlichen Freude nimbt – Endlich der Auftritt mit dem Vater, das läßt sich nun gar nicht beschreiben – mir war Angst er stürbe auf der stelle [. . .] (24. 9. 1779).

So fuhr sie fort und gab einen kleinen „abriß von denen Tagen wie sie Gott /: mit dem seeligen Werther zu reden: / seinen Heiligen aufspart". Die persönliche Bekanntschaft der beiden Frauen datierte vom Besuch Anna Amalias bei Frau Rat Goethe im Juni 1778, als die Weimarer Herzogin auf dem Weg nach Düsseldorf, Ems und Schlangenbad in Frankfurt Station machte. Seitdem korrespondierten sie miteinander, erzählten aus ihrem Alltag, freuten sich über gegenseitige Geschenke, und Frau Aja war stolz, für die Weimarerin einen neumodischen Kronleuchter beschaffen zu können („Ihro Durchlaucht bekommen also die Zauber Laterne ehestens", 11. 9. 1778). Goethes Mutter hatte Grund, sich über jede Nachricht aus Weimar zu freuen; denn der Sohn war mit Briefen nach Hause merkwürdig sparsam und überließ es andern, die Verbindung aufrechtzuerhalten oder Grüße auszurichten.
Bis 1787 reichte der Briefwechsel der beiden Mütter (wobei von den Briefen Anna Amalias nur wenige erhalten sind, SGS 1), dann war das gegenseitige Interesse wohl erschöpft.

Auf seiner zweiten Reise in die Schweiz war Goethe innerlich so weit, das Pfarrhaus in Sesenheim wieder aufzusuchen und Friederike wiederzutreffen. Ein gewiß geglätteter Bericht, der mit passenden Worten eingeleitet wurde, ging an Frau v. Stein: „Da ich ietzt so rein und still bin wie die Luft so ist mir der Athem guter und stiller Menschen sehr willkommen" (25. 9. 1779). Auch Lili v. Türckheim, geb. Schönemann, besuchte er jetzt in Straßburg.

Wieder führte die Schweizer Reise bis auf den Gotthard; wieder blieb Italien unbetreten, das gelobte Land, „ohne das zu sehen ich hoffentlich nicht sterben werde" (an Ch. v. Stein, 13.11.1779); wieder wurden Anstrengungen gesucht und ertragen. Authentisches Dokument dieser Oktober- und Novemberwochen sind die *Briefe aus der Schweiz*, zwar erst später in den *Horen* veröffentlicht, aber schon bald nach der Rückkehr in Weimar vorgetragen. Jetzt hatte sich der Berichtende ganz die Anschauungsweise des sorgfältig Beobachtenden angeeignet, der die Dinge so sehen will, wie sie sind. Nicht mehr der Ausdruck subjektiver Empfindungen, die die Begegnung mit der Natur einst ausgelöst hatten, drängte in diese Briefe, sondern in ruhiger Beschreibung wurde berichtet. Die genaue Erfassung der Gegenstände und ihres Zusammenhangs, die vom Chef der Bergwerks- und der Wegebaukommission gefordert wurde: hier bewährte sie sich im Anblick der Berge und Täler, des Himmels und der Schluchten, auch der Menschen und ihrer Arbeit. Freilich ist es nicht so, als habe Goethe erst in Weimar plötzlich angefangen, genau zu beobachten. Seine Neugier ließ ihn schon früher jene alchimistischen Versuche machen, sie hatte ihn bereits in Straßburg in anatomische Vorlesungen der Mediziner gelockt; die physiognomischen Arbeiten forderten sorgfältiges Hinsehen, und eine Versepistel an Merck schloß am 4. Dezember 1774 mit den Zeilen „Wer mit seiner Mutter, der Natur, sich hält / Find't im Stengelglas [Reagenzglas] wohl eine Welt". Aber bei all dem dominierten doch spekulative Schau und der Wunsch, durch Erkenntnis der Natur die eigenen schöpferischen Fähigkeiten zu verstehen und zu legitimieren. Daß sich die Perspektive jetzt änderte, hob Goethe selbst hervor, als er 1784 in seinen ersten geologischen Aufsatz *Über den Granit* die Bemerkung einflocht: „Ich fürchte den Vorwurf nicht, daß es ein Geist des Widerspruches sein müsse, der mich von Betrachtung und Schilderung des menschlichen Herzens, des jüngsten, mannigfaltigsten, beweglichsten, veränderlichsten, erschütterlichsten Teiles der Schöpfung, zu der Beobachtung des ältesten, festesten, tiefsten, unerschütterlichsten Sohnes der Natur geführt hat" (13, 255).

Gleich der erste der *Briefe aus der Schweiz* enthielt geradezu programmatische Sätze:

> Große Gegenstände geben der Seele die schöne Ruhe, sie wird ganz dadurch ausgefüllt, ahnet, wie groß sie selbst sein kann, und das Gefühl steigt bis gegen den Rand, ohne überzulaufen. Mein Auge und meine Seele konnten die Gegenstände fassen, und da ich rein war, diese Empfindung nirgends falsch widerstieß, so wirkte sie, was sie wollte. [...]
> Man fühlt tief, hier ist nichts Willkürliches, hier wirkt ein alles langsam

> bewegendes, ewiges Gesetz, und von Menschenhänden ist nur der bequeme Weg, über den man durch diese seltsamen Gegenden durchschleicht (3. Oktober).

Da ist noch die Lust hermetischer Spekulation zu spüren, nämlich den Zusammenhang des Ganzen zu erfassen, aber nun wird sie an Beobachtung und ruhige Anschauung gebunden. Diese Hinwendung zum Gegenständlichen zeigt sich übrigens ebenfalls in den vielen Zeichnungen Goethes aus den frühen Weimarer Jahren. Von der ersten Schweizer Reise 1775 hatte er etwa 30 Landschaftszeichnungen mitgebracht, Erinnerungsblätter für ihn selbst, auf denen er festhielt, was ihn beeindruckte. Nicht das abzubildende Objekt bestimmte die Zeichnung, sondern die eigene Stimmung, in der er es auffaßte. Skizzenhaft brachte er aufs Papier, was ihn seine sehr subjektive Sicht sehen ließ, Wasserfälle, Bergrücken, einsame Pfade und Hütten. Anders die Zeichnungen aus dem ersten Weimarer Jahrzehnt, von denen rund 280 erhalten sind. Er zeichnete viel, nun besonders für Charlotte v. Stein, um ihr zu vermitteln, wie er die Thüringer Landschaft sah und von ihr angesprochen wurde. Obwohl er immer auch die Atmosphäre der Natur einzufangen suchte, wurde sein künstlerisches Sehen gleichsam sachlicher. Das Gegenständliche begann sein Recht zu behaupten. Seit 1779 zeichnete er zudem für seine naturwissenschaftlichen Studien, und damit war Genauigkeit bei der Abbildung der Naturobjekte gefordert. Sie kam den Landschaftszeichnungen ebenso zugute wie das Kopieren niederländischer Meister, in dem er sich seit 1780 übte. Am 26. Februar 1780 trug er ins Tagebuch ein: „zu Mittag zu Herzog Carl August. den Rest des Tags bis abends 8 gezeichnet. Es fängt an besser zu gehen, und ich komme mehr in die Bestimmtheit und in das lebhaftere Gefühl des Bildes. Das Detail wird sich nach und nach heraus machen." „Bestimmtheit" und „Gefühl des Bildes": beides zusammen zeigen die Zeichnungen aus Thüringen mit Bauerngehöften und Schlössern, Saaletal und Kornfeld am Dorfrand, mit Landschaften um Ilmenau und Stützerbach, ebenso die eindrucksvolle Reihe der Blätter aus dem Weimarer Park mit Gartenhaus und Schloßumgebung. Und über die leidige Aushebung der Rekruten hat er nicht nur brieflich berichtet, er hat sie ebenfalls in einer Zeichnung festgehalten, die nichts beschönigt. –

Auf jener Schweizer Reise von 1779 behauptete Goethe gegenüber Lavaters Christlichkeit energisch den Wahrheitsanspruch seiner eigenen ‚Anschauungsfrömmigkeit': „Ich dencke auch aus der Wahrheit zu seyn, aber aus der Wahrheit der fünf Sinne und Gott habe Geduld mit mir wie bisher" (28. 10. 1779). Beiden ließ Goethe ihr Recht, und das Lob der katholischen Religion aus dem Mund des Paters in den Bergen, dem die

Briefe aus der Schweiz Raum gaben (12. November), korrespondierte in kunstvoller Weise den langen Schilderungen der Wanderung und Natur.
Selbstverständlich statteten die Reisenden auch obligate Besuche bei Bekannten und Berühmtheiten ab. Sogar der Bauer Kleinjogg wurde nicht vergessen. Es machte Goethe Freude zu sehen, daß der junge Herzog den besten Eindruck auf Lavater machte und wie dieser auf jenen wirkte. „Die Bekanntschafft von Lavatern ist für den Herzog und mich was ich gehofft habe, Siegel und oberste Spizze der ganzen Reise, und eine Weide an Himmelsbrod wovon man lange gute Folgen spüren wird" (an Ch. v. Stein, Ende November 1779).
Die Rückreise war mit der Einkehr bei verschiedenen Höfen verbunden, teils lästigen, teils unterhaltsamen Aufenthalten bei mitunter bescheidenen Hofhaltungen. Goethe sah in ihnen das gesamte Personal für ein Drama und notierte sofort eine komplette Besetzung: „Ein Erbprinz / Ein abgedanckter Minister / Eine Hofdame / [...] Eine zu verheurathende Prinzess / Eine reiche und schöne Dame / Eine dito hässlich und arm" bis hin zu „Einige Jäger, Lumpen, Cammerdiener und pp." (an Ch. v. Stein, 3. 1. 1780). Wenigstens erwähnt sei auch, daß Carl August und Goethe am 14. Dezember 1779 in Stuttgart „den Feyerlichkeiten des Jahrestags der Militär Akademie beygewohnt" haben (20. 12. 1779), bei denen der zwanzigjährige Eleve Friedrich Schiller in der Anstalt seines Herzogs Carl Eugen von Württemberg mit Preisen ausgezeichnet wurde. In Mannheim erlebte man eine Aufführung des *Clavigo*, eine vermutlich mäßige Darbietung, in der allerdings Iffland in der Rolle des Carlos beeindruckte. Nach Weihnachtstagen in Frankfurt war Anfang Januar 1780 die beinahe viermonatige Reise in die Schweiz beendet, und in Weimar gab es Anlaß zu einem Fest: Das neue Theaterhaus konnte mit einer Redoute eröffnet werden.

In Diplomatie verwickelt

Noch einmal ist Goethe mit dem Herzog auf einer speziell diplomatischen Reise unterwegs gewesen. (Daß er mehrfach in offizieller Eigenschaft als Geheimer Rat auswärtige Aufträge zu erledigen hatte, versteht sich, wie etwa 1782 auf einer Rundreise an die übrigen thüringischen Höfe). Als Anfang der achtziger Jahre Carl August und andere Fürsten, so besonders der Markgraf von Baden und der Fürst von Anhalt-Dessau, ihre Bemühungen verstärkten, einen Zusammenschluß kleiner und mittlerer Staaten zu erreichen, war Goethe der Vertraute seines Herzogs bei der diplomatischen Behandlung aller anfallenden Fragen, die eine vorschnelle Publizität nicht vertrugen. Wie ein Geheimer Sekretär schrieb er vertrauliche Schriftstücke ab und erörterte vermutlich auch außerhalb der Sitzungen des Conseils mit seinem Herrn und Freund die Probleme. Hier griff der Weimarer Herzog auf Jahre hin und mit steigendem Engagement in die Reichspolitik ein, versuchte es wenigstens, und zwar als einer der Reichsstände, der sich, im Interesse des machtpolitischen Kräfteverhältnisses im Reich, für die Belange der Kleinstaaten einsetzte. Als eine treibende Kraft bei der Planung des sog. Fürstenbundes unternahm er, sozusagen in geheimer Mission, im Jahre 1784 zwei Reisen, eine zum Oheim Carl Wilhelm Ferdinand von Braunschweig und eine nach West- und Süddeutschland. Goethe habe unbedingt mitzukommen, war der Wunsch, ja Befehl Carl Augusts. Die Reise nach Norddeutschland hat der Freund und Geheimrat denn auch mitgemacht und sie mit einem Besuch des Harzes abgeschlossen: „Von den Fesseln des Hofs entbunden in der Freyheit der Berge" (an Ch. v. Stein, 6. 9. 1784). Zur zweiten Reise war er nicht mehr zu bewegen.

Merkwürdig: Aus Braunschweig und noch aus Weimar schrieb er Frau v. Stein etliche Briefe in französischer Sprache, der Sprache der Diplomaten, und beschloß diese Briefserie endlich am 28. September 1784 mit einem entschiedenen „Und nun auch kein Wort Französch mehr". Waren die französischen Briefe Fingerübungen in der Diplomatensprache? War ihr Ende ein Zeichen des Abschieds vom Parkett der Diplomatie, auf das zu begeben er sich angeschickt hatte? Man kann mutmaßen, was Goethe veranlaßt hat, seine Teilnahme an der zweiten Reise zu verweigern. Die Besprechungen beim Braunschweiger Herzog hatten nicht viel erbracht; er war gegenüber den Fürstenbundplänen reserviert geblieben. Vielleicht kam Goethe in jenen Wochen zu der Überzeugung, daß er sich nicht auch noch mit der Rolle eines Geheimsekretärs belasten dürfe, daß die Formen und Finessen der Diplomatie nicht sein Metier und überhaupt die Ausgriffe des Herzogs in die ‚große' Politik bedenklich seien, da es im eigenen Lande genug zu tun gab.

Was Goethe an dienstlichen Aufgaben zu erledigen hatte, als der Fürstenbund, nun allerdings unter preußischer Beteiligung, endlich zustandekam, übernahm er trotz allem willig, so etwa die Verhandlungen mit dem preußischen Abgesandten über die endgültige Formulierung des Beitrittsvertrages am 29. August 1785. Hier amtierte er als verantwortlicher Minister eines deutschen Staates. Aber danach beobachtete er nur noch mit Distanz die politischen Ambitionen seines herzoglichen Freundes, der darauf hoffte, mit dem Nachfolger Friedrichs des Großen zu einem leichteren Einvernehmen in Fragen der Reichsreform zu gelangen, die ihm so sehr am Herzen lag. Jahrelang war Carl August für seine politischen Ideen, die natürlich auch den Bestand des eigenen Staatsgebildes im Verband des Reichs sichern sollten, geschäftig tätig, oft von Weimar, dem Hauptort seiner Pflichten, abwesend. Historiker zögern nicht, dem Weimarer Herzog durchaus Größe bei seinen reichspolitischen Bemühungen zu attestieren – auch wenn sie für ihn enttäuschend endeten – und ihm, so Ranke, für einige Jahre den Rang einer „politischen Macht in Deutschland" einzuräumen. Was jedoch Goethe betrifft, so hat er fernerhin bei dem, was für Weimar überregionale Politik bedeutete, nicht mehr aktiv mitgewirkt. Das schließt nicht aus, daß bei den zahllosen Zusammenkünften mit seinem Herzog die Fragen der ‚großen' Politik ein Gesprächsthema blieben.

Zuflucht Gartenhaus und Park

So farbig, vielfältig, mit Ansprüchen beladen und von Spannungen, auch Widersprüchen erfüllt, wie es hier in Ausschnitten beleuchtet worden ist, war Goethes Leben im ersten Weimarer Jahrzehnt. Zurückgezogenheit im unteren Garten mit seinem Haus und häufiges Zusammensein mit Charlotte v. Stein; Aktenstudium und Sitzungen des Geheimen Consiliums; Aufführungen der Liebhaberbühne und unterhaltsame Veranstaltungen der Hofgesellschaft; fröhliche Ausflüge und offizielle Reisen mit dem Herzog; Ritte ins Land, wieder und wieder nach Ilmenau, nach Apolda, der bergwerklichen und wirtschaftlichen Probleme wegen, nach Kochberg, um bei Charlotte zu sein; Besuche in Jena und den Dornburger Schlössern; Musterung von Rekruten; Besichtigung von Wege- und Wasserbauvorhaben; Gespräche mit Wieland, mit Herder, dem seit 1776 amtierenden Generalsuperintendenten; Vorlesestunden; mineralogische, geologische, botanische, anatomische Studien; immer noch das Vergnügen am Zeichnen; und nebenbei Dichtungen: die Stücke fürs Theater, Verse an und für Charlotte v. Stein, erste Fassungen und Bruchstücke später vollendeter großer Werke, „In Garten dicktiert an W. Meister" (Tagebuch, 16. 2. 1777), „Abends: Iphigenie geendigt" (28. 3. 1779), „an Egmont geschrieben" (16. 3. 1780), „Gute Erfindung Tasso" (30. 3. 1780), „Früh an Elpenor" (19. 8. 1781). – „Handelnd und schreibend und lesend" suche er dem näher zu kommen, „was vor allen unsern Seelen als das Höchste" schwebe, „ob wir es gleich nie gesehen haben und nicht nennen können", schrieb er Jenny v. Voigts und bat, dies ihrem Vater Justus Möser mitzuteilen (21. 6. 1781).

In seinem Garten ließ er im April 1777 ein eigentümliches Denkmal aufstellen: auf einem steinernen Würfel von etwa anderthalb Meter Höhe eine Kugel von passender Größe; das Rollende, Zufällige, das wandelhafte Glück und das Beständige, Feste, die „geprägte Form" (von der später die *Urworte. Orphisch* sprachen). Im Mit- und Gegeneinander von beidem sah er das menschliche Leben. Bei der Errichtung des Denkmals, zum Dank für das ‚gute Glück' („ἀγαϑῃ τυχῃ gegründet!" 5. 4. 1777) konnte er noch nicht wissen, wie stark der Druck dieses Jahrzehnts von außen und innen werden würde.

Als Goethe sein Gartenhaus bezog, gab es ringsum noch keine Parkanlage. Der Garten um das Haus war verwildert; ihn brachte er allmählich in Ordnung, ein Hausgarten wurde daraus, ein Refugium vor der Stadt. Indem er hier ein Stück Natur bearbeitete und bearbeiten ließ, erwachte in ihm die Neigung, gärtnerisch gestaltend, umgestaltend auch in größerem Rahmen tätig zu sein. So hat er am Ausbau der Parkanlagen im Tal der Ilm anregend und entwerfend teilgenommen. Aus früherer Zeit gab es am linken Ufer nahe der Stadt einen größeren Nutz- und Lustgarten, den sog. Welschen Garten, und auf der anderen Uferseite, gegenüber dem Schloß, ein Gartengelände, das wegen seiner sternförmigen Anlage „Der Stern" genannt wurde. Hier nun sollte am 9. Juli 1778 der Namenstag der Herzogin Luise festlich begangen werden, eigentlich ein katholischer Brauch, aber man nutzte alle Gelegenheiten, die sich boten, um ein Fest zu arrangieren. Hochwasser und Überschwemmungen jedoch ließen ein Betreten des „Sterns" nicht zu. Man wich aus und fand weiter südlich am höheren Flußufer eine passende Stelle, um eine Einsiedelei einzurichten und dort zu feiern. Goethe hat dies alles im Alter in seinem Aufsatz *Das Luisenfest* (JA 25, 224–231) beschrieben und jenes Ereignis als Ausgangspunkt für die weitere Gestaltung des Parks bezeichnet. Man sei befugt, „die Epoche der übrigen Parkanlagen, auf der obern Fläche bis zur Belvederischen Chaussee, von diesem glücklich bestandenen Feste an zu rechnen".

Im Laufe der Jahre wurde der weitläufige Park im Tal der Ilm geformt. Man lockerte dabei die Regelmäßigkeit der älteren Gartenanlagen auf, so daß ein Landschaftsgarten entstand, in dem einige Baulichkeiten und Denksteine markante Punkte bildeten. Hier galt, was Goethe über den Park des Herzogs von Dessau in Wörlitz berichtet hatte: „Keine Höhe zieht das Aug und das Verlangen auf einen einzigen Punckt, man streicht herum ohne zu fragen wo man ausgegangen ist und hinkommt" (an Ch. v. Stein, 14. 5. 1778). Carl August ließ schon bald nach dem „Luisenfest" die Einsiedelei, das sog. Luisenkloster, als eine bescheidene naturnahe Bleibe für sich zurechtmachen und zog sich mehrfach hierhin zurück. Später entstand weiter südlich im Park das sog. Römische Haus für ihn, wobei er Goethe ersuchte, sich der Sache ernstlich anzunehmen und so zu tun, als baue er es für sich selbst (27. 12. 1792).

In den *Annalen* zu 1801 hat Goethe mit Ironie von seiner „alten Parkspielerei zu geschlängelten Wegen und geselligen Räumen" gesprochen

(JA 30, 72). Mag auch sein Anteil an der Weimarer Landschaftsgestaltung im einzelnen nicht zu berechnen sein, so darf man doch seine Bemerkung über die Leidenschaft der damaligen Zeit, „eine Gegend zu verschönern und als eine Folge von ästhetischen Bildern darzustellen", auch auf ihn beziehen (*Das Luisenfest*, JA 25, 225). Natur und Kunst verbanden sich hier, und die Gartenkunst hatte damals den Rang einer eigenen Kunstgattung, der der Kieler Philosoph Christian Cay Lorenz Hirschfeld eine umfängliche *Theorie der Gartenkunst* (1775, 1779–1785) widmete. „Bewege durch den Garten stark die Einbildungskraft und die Empfindung, stärker als eine bloß natürliche schöne Gegend bewegen kann", hieß es dort für die Gartengestalter. Ihn erwähnte Goethe, als er in einem anderen Aufsatz auf Sinn und Bedeutung der Weimarer Parkanlagen zu sprechen kam (*Schema zu einem Aufsatze, die Pflanzenkultur im Großherzogtum Weimar darzustellen*, JA 39, 338). Gartenmotive in seinen Gedichten seit Weimar, die Beschreibungen von Gärten und Parks in seinen Romanen und Erzählungen, etwa in den *Wahlverwandtschaften*, in *Wilhelm Meisters Wanderjahren*: sie sind nicht artistischer Dekor, entstammen vielmehr seiner theoretischen und praktischen Kenntnis der Gestaltung seines Gartens und der Parklandschaft.
Inmitten der Parkanlagen im Ilmtal sein unterer Garten. Er blieb für ihn Zufluchtsort und Stätte der Erholung, wo wieder Kraft und Mut zu finden waren. „Und ich geh meinen alten Gang / Meine liebe Wiese lang. / Tauche mich in die Sonne früh / Bad ab im Mond des Tages Müh [...]" (an Ch. v. Stein, 29. 7. 1777). Herzog Carl August empfand nicht anders:

> Guten Abend, lieber Knebel! Es hat neun Uhr geschlagen, und ich sitze hier in meinem Kloster mit einem Licht am Fenster und schreibe Dir. Der Tag war ganz außerordentlich schön und der erste Abend der Freiheit (denn heute früh verließen uns die Gothaner) ließ sich mir sehr genießen. Ich bin in den Eingängen der Kalten Küche [so nannte man das Steilufer der Ilm] herumgeschlichen, und ich war so ganz in der Schöpfung und so weit von dem Erden-Treiben. Der Mensch ist doch nicht zu der elenden Philisterei des Geschäftslebens bestimmt; es ist einem ja nicht größer zu Muthe, als wenn man doch die Sonne so untergehen, die Sterne aufgehen, es kühl werden sieht und fühlt, und das alles so für sich, so wenig der Menschen halber, und doch genießen sie's und so hoch, daß sie glauben, es sei für sie. Ich will mich baden mit dem Abendstern und neu Leben schöpfen. Der erste Augenblick darauf sei dein. Leb wohl solange.
> Ich komme daher. Das Wasser war kalt; denn Nacht lag schon in seinem Schooße. Es war, als tauchte man in die kühle Nacht. Als ich den ersten Schritt hineintat, war's so rein, so nächtlich dunkel; über den Berg hinter Oberweimar kam der volle rote Mond. Es war so ganz stille. Wedels

Waldhörner hörte man nur von weitem, und die stille Ferne machte mich reinere Töne hören, als vielleicht die Luft erreichten (17. 7. 1780).

Garten und Gartenhaus am „Stern" behielten ihre Bedeutung auch, als Goethe 1782 eine Wohnung im Haus am Frauenplan gemietet hatte. 1709 war das stattliche Gebäude von Georg Caspar Helmershausen, einem vermögenden bürgerlichen Unternehmer, errichtet worden. Da sein Enkel noch im Hause wohnte, bezog Goethe nur die westliche Hälfte, die er für seine Zwecke instandsetzen ließ. Dies war nun seine Stadtwohnung bis November 1789.

Wenn hier ausführlich über das Ausmaß und die Last von Goethes Tätigkeit berichtet wird, verdienen auch jene Menschen Erwähnung, die seinen Haushalt geführt und ihn von den Sorgen tagtäglichen Wirtschaftens entlastet haben. Goethe hatte sein Leben lang dienstbare Geister um sich. Für ihn war es offenbar selbstverständlich, daß sie ihm zur Verfügung standen, und er hat es vor allem in späteren Jahren geschickt verstanden, sie zu Dienstleistungen zu animieren, die eine Aufopferung eigener Wünsche und Hoffnungen verlangten. Bis 1788 betreute Philipp Seidel, den Goethe schon aus Frankfurt mitgebracht hatte, den Haushalt; danach nahm sich bis 1816 Christiane Vulpius, seit 1806 Frau v. Goethe, dieser Aufgabe an. Seidel versorgte nicht nur „als völlige Haushälterin die Wirtschaft" (so seine eigenen Worte), sondern war auch Goethes Sekretär, der das volle Vertrauen seines Herrn genoß. Er entwarf die private Finanzplanung mit und führte die Ausgabenbücher, er war der ständige Begleiter auf Goethes Reisen, ihm diktierte Goethe seine Dichtungen, er führte oftmals das Tagebuch, und er war es auch, der die Verbindung mit Frankfurt aufrechthielt.
Bald schon wuchs die Zahl der Bedienten. 1776 kam Christoph Erhard Sutor hinzu, bald darauf der sechzehnjährige Georg Paul Götze. Die alte Dorothee Wagenknecht diente bis 1789, und mit Paul Götze war seine Mutter Dorothee gekommen, die fast bis zu ihrem Tod 1812 für Goethe wirtschaftete und bei den späteren langen Aufenthalten in Jena seine Köchin war. Fünf Bedienstete also im Haushalt des Junggesellen, zu dem, wie schon erwähnt, Peter im Baumgarten für einige Zeit gehörte und in den von 1783 bis 1786 Fritz v. Stein, der jüngste Sohn Charlottes, aufgenommen wurde. Goethe wollte sein väterlich freundschaftlicher Erzieher sein.
Philipp Seidel schwärmte von seinem Herrn und fühlte sich ihm eng verbunden. „Wir haben das ganze Verhältnis wie Mann und Frau gegeneinander", schrieb er am 15. Oktober 1777 einem Frankfurter Freund. „So lieb ich ihn, so er mich, so dien ich ihm, so viel Oberherrschaft

äußert er über mich. [...] Ich muß ich mögt es aller Welt sagen, was mein Herz hier empfindet und finde denn kaum einige Geschöpfe, denen ichs, und das wie eine Staatsheimlichkeit, anvertrauen mag" (JbG 1960, 155).

Seidel war ein kluger und aktiver Mann. Er versuchte, finanziell mit seiner Stellung wohl unzufrieden, schon 1778 sein Glück mit einer Leinwandspinnerei und einem Strumpfverlag, doch vergeblich. Zu Goethes Plan, eine Spinn- und Strickschule für arme Soldatenkinder einzurichten, steuerte er einen umfangreichen Entwurf bei. Während der italienischen Reisen vertraute Goethe seinem Gehilfen die Erledigung wichtiger geschäftlicher Dinge an, die auch die Ausgabe seiner Werke betrafen. Philipp Seidel war in allem der verantwortliche Verwalter heimischer Angelegenheiten. Seit 1785 in einer Stelle bei der Regierung untergebracht, besorgte er auch nach dem Auszug aus Goethes Haus 1788 noch viele Jahre die Kassenführung des Goetheschen Haushalts. Nach 1800 aber muß es zu einem tiefen Bruch gekommen sein, über den Seidels Wort „Ich lernte das Nein" nur einen kleinen Hinweis gibt. Als er 1820 starb, gedachte Goethe, soweit wir wissen, mit keinem Wort seines langjährigen hingebungsvollen Helfers.

Spielfeld Dichtung und Natur

Stücke für die Liebhaberbühne in Weimar und Tiefurt

In der bilanzierenden Rückschau des Alters nahm sich für Goethe das erste Weimarer Jahrzehnt als verlorene Zeit aus, wenn er an seine dichterische Produktivität dachte. Eckermann überliefert zwei unmißverständliche Äußerungen aus Gesprächen, die jene Lebensphase berührten. Lakonische Sätze aus dem Gespräch vom 10. Februar 1829: „Über seine ersten Jahre in Weimar. Das poetische Talent im Konflikt mit der Realität [. . .]. Deshalb in den ersten zehn Jahren nichts Poetisches von Bedeutung hervorgebracht." Am 27. Januar 1824 soll er geklagt haben:

> Mein eigentliches Glück war mein poetisches Sinnen und Schaffen. Allein wie sehr war dieses durch meine äußere Stellung gestört, beschränkt und gehindert! Hätte ich mich mehr vom öffentlichen und geschäftlichen Wirken und Treiben zurückhalten und mehr in der Einsamkeit leben können, ich wäre glücklicher gewesen und würde als Dichter weit mehr gemacht haben.

Daß sich die Schriftstellerei damals dem Leben unterordnete, wußte auch der Dreißigjährige schon (an Kestner, 14. 5. 1780), aber nie hat er sie in seinem ‚Doppelleben', das er willentlich führte, vergessen. Sein Urteil nach einem halben Jahrhundert trifft zwar zu, wenn man die später vollendeten großen Werke als Maßstab nimmt, doch deshalb kann man die Dichtungen und Versuche zwischen 1776 und 1786 nicht einfach übergehen.

Die Geschwister war das erste einer Reihe neuer Theaterstücke, die dem Weimarer Liebhabertheater zustatten kamen. Notiz im Tagebuch vom 26. Oktober 1776: „Jagd. Nach Tische zurück über Jena Die Geschwister erfunden." Goethe konnte seine poetische Erfindungsgabe nicht unterdrücken, selbst wenn er es gewollt hätte. Er scherzte einmal darüber, wie sich auf dienstlichem Ritt sein Pferd plötzlich zum Pegasus, zum Dichterroß wandle: „Und wenn ich dencke ich sizze auf meinem Klepper und reite meine pflichtmäsige Station ab, auf einmal kriegt die Mähre unter mir eine herrliche Gestalt, unbezwingliche Lust und Flügel und geht mit mir davon" (an Ch. v. Stein, 14. 9. 1780). Drei Tage nach der ‚Erfindung' der *Geschwister* war das Drama schon fertig.

Darin ging viel aus Goethes persönlichsten Erfahrungen ein. Im April hatte er im Gedicht an Frau v. Stein zu sagen gewagt: „Ach, du warst in abgelebten Zeiten / Meine Schwester oder meine Frau." Mit seiner leiblichen Schwester Cornelia hatte ihn seit frühesten Jahren eine enge Geschwisterbeziehung verbunden, die nun in ähnlicher Gemeinsamkeit mit Charlotte v. Stein möglich war. Aber auch mit jener anderen Charlotte,

der Wetzlarer Lotte Buff, konnte er nur in einem geschwisterlichen Verhältnis leben, aus dem er hatte flüchten müssen, weil seine Liebe zu ihr zu stark wurde.
Im Drama nun konnten eine Personenkonstellation und ein Geschehnisablauf erfunden werden, die ein glückliches Zusammenfinden der Liebenden erlaubten. Die Verwicklung, der das „Schauspiel in einem Akt" seine Gestalten aussetzte, löste sich leicht und geradezu selbstverständlich. Wilhelm, ein Kaufmann in schon vorgerücktem Alter, hat Marianne, die Tochter seiner verstorbenen Geliebten Charlotte, in sein Haus genommen. Das Mädchen hält ihn für ihren Bruder: Geschwister sind sie, nichts sonst. An ihrem vermeintlichen Bruder hängt sie mit liebevollster Zuneigung. Da beginnt Fabrice um sie zu werben, will sie zur Frau. Gespräche zwischen ihm und Wilhelm folgen, zwischen diesem und Marianne, in denen sie sich der Aufklärung des wahren Sachverhalts nur nähern, ihre Gefühle wieder zögern, bis Wilhelm erfährt, daß Marianne sich von ihm nicht trennen will und wie sehr sie ihn liebt. Da kann auch er sich endlich als der Liebende zu erkennen geben. Am Schluß sieht man die ‚Geschwister' als glückliches Paar vereint, und Fabrice gibt seinen Segen dazu.
In den Monologen und Dialogen, die im Ablauf des Entdeckungsspiels genau placiert sind, sprechen die Menschen fast nur von dem, was sie seelisch bewegt und belastet. Die Umgebung eines schlichten Bürgers, eines verarmten Kaufmanns war dafür geeignet; Ansprüche eines bestimmten Rollenverhaltens gab es in ihr nicht. So konnte sich der Dichter ganz darauf konzentrieren, was in den Seelen von Menschen vorging, die in jenem für ihn so bedrängenden, rätselhaften geschwisterlichen Verhältnis zusammenlebten und in Wahrheit Liebe füreinander spürten und verwirklichen wollten. Die Welt draußen ist ebenso ausgeblendet, wie die äußere Handlung verknappt ist. Nur die monologische und dialogische Sprache, die den seelischen Regungen nachspürt, füllt das ‚Spiel'. Wieder bewies Goethe, wie es sich seit der *Laune des Verliebten* und *Clavigo* angekündigt und in *Clavigo* und *Stella* schon bewiesen hatte, seine Fähigkeit zu nuancenreicher Aufhellung menschlichen Seelenlebens. Insofern waren *Die Geschwister* ein Stück auf dem Weg, der weiterführte zu *Iphigenie*, *Egmont* und *Tasso*, wenn auch die Bedeutung seiner Thematik wohl nur noch im historisch-biographischen Umfeld erfaßt werden kann und uns manche Gefühlausbrüche fern sind. Zu ihnen schwingt sich die Sprache dieses Einakters, in dem eine ungekünstelte, verständig-gesellige Redeweise vorherrscht, aber nur an wenigen Stellen auf, besonders am Schluß.

Ein Singspiel, das Goethe für den Geburtstag der Herzogin Luise am 30. Januar 1777 schrieb, sollte im fiktiven Geschehen zweifellos auf Komplikationen verweisen, die im Kreis der Aufführenden oder Zuschauenden aktuelle Bedeutung hatten. Nur ist schwer auszumachen, auf wessen Probleme das Theaterstück anspielte. Von der Urfassung aus dem Dezember 1776, die vielleicht schon den Titel *Lila* trug, besitzen wir nur Bruchstücke. Es läßt sich erschließen, daß in jener ersten Version, die wahrscheinlich nach einer französischen Vorlage gearbeitet war, ein Mann nach der (falschen) Nachricht vom Tode seiner Geliebten in tiefe Schwermut gefallen war, aus der er unter Mithilfe freundlicher Feen und ihrer aufmunternden Gesänge wieder befreit wurde. Eine zweite (erhaltene) Fassung von 1788 kehrt die Grundkonstellation um: Nun war es Lila, die in Melancholie und wahnhafte Vorstellungen versank. Noch ein weiteres Mal machte sich Goethe – für die Publikation in den *Schriften* 1790 – an eine Umarbeitung, in der dem Doktor Verazio für den Heilungsprozeß geradezu die Rolle eines Psychotherapeuten zukam, der vorschlug: „Lassen sie uns der gnädigen Frau die Geschichte ihrer Phantasien spielen" (1. Akt). Die dichterische Vorführung des Erlittenen als Therapie: das ist nicht weit entfernt von Goethes eigener Praxis, die Wetzlarer Erfahrungen durch das Schreiben des *Werther* zu bewältigen. Eine „psychische Kur" sollte die Leidende aus ihrer wahnhaften Phantasiewelt lösen, wobei sie selbst aktiv werden mußte und gütige Feen mithalfen. Später hat Goethe sein Stück, das „aus dem Stegreife geschrieben" sei, ähnlichen Opern zugeordnet, die „auch psychische Kuren eines durch Liebesverlust zerrütteten Gemüts" darstellten (an F. L. Seidel, 3. 2. 1816). Bezeichnend der Rat, den die Fee Almaide der leidenden Lila zuspricht: „Der Mensch hilft sich selbst am besten. Er muß wandeln, sein Glück zu suchen, er muß zugreifen, es zu fassen; günstige Götter können leiten, segnen" (2. Akt). Und schon vorher, als Lied im Singspiel, war ihr zugesungen worden:

Feiger Gedanken
Bängliches Schwanken,
Weibisches Zagen,
Ängstliches Klagen
Wendet kein Elend,
Macht dich nicht frei.

Allen Gewalten
Zum Trutz sich erhalten,
Nimmer sich beugen,
Kräftig sich zeigen
Rufet die Arme
Der Götter herbei.

Schon hier der eigentümliche Gedanke, daß das Verhalten des Menschen die Voraussetzung für das Tun der „Götter“ sei.
Man hat bisweilen angenommen, Goethe habe mit diesem Feen- und Festspiel um die Heilung von Menschen, die aus Liebeskummer in Schwermut und Wahn gefallen sind, eine therapeutische Dichtung für die nicht glückliche Ehe des jungen Herzogenpaares verfassen wollen, in der Luise unter dem ausschweifenden Verhalten Carl Augusts litt. Er habe nur deshalb in der Fassung für den Geburtstag der Herzogin den Mann als ‚Erkrankten‘ gewählt, damit die Anspielung nicht zu deutlich würde. Das mag so sein. Aber auch auf die spannungsvolle Konstellation Goethe – Frau v. Stein läßt sich das Grundmuster dieses Stücks beziehen. Ohnehin sind manche der frühen Stücke und Farcen mit Anspielungen gespickt, die allenfalls die damals Betroffenen entschlüsseln konnten. Lila hieß schließlich eine der Empfindsamen im Darmstädter Zirkel, an die Goethe das Gedicht *Pilgers Morgendlied* (S.173) gerichtet hatte.
In dem Stück *Der Triumph der Empfindsamkeit*, das er zum Geburtstag der Herzogin 1778 dichtete, geht es ebenfalls um fragwürdiges Verhalten, nun allerdings in bissig satirischer Form. Ein Prinz ist in eine lebensgroße Puppe verliebt, die ein getreues Abbild der Königin Mandandane ist. Deren Zuneigung zu ihm, die ihren Gatten verständlicherweise stört, wird zunichte gemacht, als man ihr vorführen kann, daß der Prinz gar nicht sie selbst, sondern jenes Abbild liebt, das er in Gestalt der Puppe überall mit sich führt. Aber er hat noch mehr auf Reisen bei sich, eine „Reisenatur“: In Kästen werden „die vorzüglichsten Glückseligkeiten empfindsamer Seelen“ zu allfälligem Gebrauch herumgeschleppt: Gesang der Vögel, Mondschein, sprudelnde Quellen. Es bedarf nur eines passenden Wandteppichs als Hintergrund, und schon kann die „Reisenatur“ installiert und eine Illusion der Natur hervorgezaubert werden, auf daß der Prinz seinen Schwärmereien frönen kann. Auch zu Hause hat er seine Räume „auf die angenehmste Weise ausgeziert, seine Zimmer gleichen Lauben, seine Säle Wäldern, seine Kabinette Grotten, so schön und schöner als in der Natur“ (JA 7, 238). Genüßlich kostet Goethe mit dieser Satire die Verspottung der Naturschwärmerei aus, und daß wieder einmal eine gehörige Portion Selbstironie im Spiel ist, merkt jeder Leser und Zuschauer. Der Höhepunkt der Satire und Selbstironie ist erreicht, als jene angebetete Puppe geöffnet wird und „eine ganze Partie Bücher, mit Häckerling vermischt“, herausfällt: „Empfindsamkeiten!“ Es sind Bücher, die den Kult übersteigerter Empfindsamkeit befördert haben. Millers *Siegwart* wird zuerst genannt, dann folgt die Regieanweisung: „Es bleibt den Schauspielern überlassen, sich hier auf gute Art über ähnliche Schriften lustig zu machen.“ Als „Grundsuppe“ wird hervorge-

kramt: „*Die neue Héloise* Rousseaus! – weiter! – *Die Leiden des jungen Werthers!* – Armer Werther!"
Dieses Spiel *gegen* den Triumph der Empfindsamkeit, gegen hemmungslose Schwärmerei, die sich in raffinierten Illusionen verliert, weil die Wirklichkeit nicht mehr genügt, enthält im vierten Akt eine Szene ganz anderen Gehalts. Ein ‚Monodrama' ist eingefügt. Wie im Drama die Gestalten ihre Monologe sprechen, so ist das Monodrama die von einer Person vorgetragene, in sich abgeschlossene dramatische Szene. Sie bietet einer einzelnen Figur die Möglichkeit, Fülle und Vielfalt ihrer Gefühle auszudrücken, ohne daß sie sich auf den übergeordneten Zusammenhang eines Dramas beziehen müßte. Von Musik eingeleitet oder begleitet, vielleicht auch in Gesang übergehend, wird ein solches Monodrama zum Melodrama. Goethe ließ die Schauspielerin der Mandandane (es war Corona Schröter) eine lange Klage der Proserpina vortragen, die, in die Unterwelt entführt, ihr Schicksal betrauert und nach dem Genuß der Granatapfelfrucht nicht mehr gerettet werden kann. Das war schon ‚Iphigenien-Ton', der hier anklang, Parzenlied-Stimmung.
Goethe ließ dieses Monodrama *Proserpina* bereits 1778 als einzelnes Stück (noch in Prosaform) im *Teutschen Merkur* drucken, löste es also aus dem *Triumph der Empfindsamkeit*, und so ist es auch aufgeführt worden (übrigens mit der Musik des Kammerherrn v. Seckendorf). In seinen Werkausgaben hat Goethe dem Stück in sog. freien Rhythmen seinen angestammten Platz im *Triumph der Empfindsamkeit* gelassen. Gewiß mag *Proserpina* für sich bestehen können und damit deutlich zu anderen Monodramen der Zeit, die an Rousseaus lyrische Pygmalion-Szene von 1770 anknüpften, sich gesellen. Aber ihm kommt innerhalb des satirischen *Triumphs der Empfindsamkeit* keine geringe Bedeutung zu. Sie ist leicht zu erkennen, trotz der nur lockeren äußeren Verbindung, die allein darin besteht, daß Mandandane gern das Monodrama vorträgt. Das wahre, ungekünstelte Gefühl, das sich hier nuancenreich ausspricht, läßt die Künstlichkeit und Scheinhaftigkeit der übersteigerten Empfindsamkeit nur um so krasser hervortreten. Unmittelbar auf das Proserpina-Monodrama folgt jene Szene, in der der Bücherschwall der „Empfindsamkeiten" aus dem Innern der Puppe herausgeholt wird.
An Spott, der auch auf eigene Kosten gehen konnte, fand Goethe Gefallen. Die frühen Farcen blieben keine Ausnahme. Scharfzüngig ließ er nicht nur Mephistopheles im *Faust* sein; er nutzte viele Gelegenheiten, um mit Scherz, Satire, Ironie und tieferer Bedeutung zu spielen. Er besaß jenen Blick, der die Mehrdeutigkeit von Sachverhalten und Geschehnissen durchdringt. Auch die subtile Ironie der späteren großen Romane zeugt davon.
Für die damalige Gesellschaft ergaben sich aus dem mit Ernst durchsetz-

ten Scherz Stunden geistvoller Unterhaltung. So wurde *Das Jahrmarktsfest zu Plundersweilern* vom Liebhabertheater aufgeführt, und zu Weihnachten 1781 präsentierte Goethe der Fürstin Anna Amalia als Gabe *Das Neueste von Plundersweilern.* Die „deutsche Literatur der nächstvergangenen Jahre in einem Scherzbilde" durchzuhecheln war die Absicht. So trat Goethe hier als Marktschreier von Plundersweilern auf, begleitet vom Harlekin, rezitierte das Gedicht, und die lustige Person bezeichnete auf einem Bild die einzelnen Gegenstände, „wie sie eben vorkamen, mit der Pritsche" (JA 7, 358). Den Dichter des *Werther* ließ er in seinen Versen den Leichnam des Selbstmörders auf dem Rücken schleppen: „So trug er seinen Freund durchs Land / Erzählt den traurigen Lebenslauf / Und fordert jeden zum Mitleid auf" (JA 7, 194). Die Literaturkritik bekam reichlich Seitenhiebe.

> Sie hat zwar weder Leut' noch Land,
> Auch weder Kapital noch Pfand,
> Sie bringt auch selber nichts hervor
> Und lebt und steht doch groß im Flor:
> Denn, was sie reich macht und erhält,
> Das ist eine Art von Stempelgeld;
> Drum sehn wir alle neuen Waren
> Zum großen Tor [des Kritikerhauses] hineingefahren. [. . .]

Schon früher hatte der junge Goethe, selbst Schriftsteller und Kritiker, über Autoren und Rezensenten sarkastisch gespottet und seine Verse („Da hatt ich einen Kerl zu Gast [. . .]") über jemanden, der sich bei ihm „pumpsatt gefressen" und dann beim Nachbarn über das Essen beschwerte, drastisch enden lassen: „Schlagt ihn tot, den Hund! Es ist ein Rezensent."

Auch in dem kleinen Stück „nach dem Aristophanes" *Die Vögel* von 1780 tauchte als „Schuhu" ein herrscherlicher urteilsfreudiger (oder -versessener) ‚Großkritiker' auf, der von sich sagen konnte:

> Ich habe meine echte Freude, allen Vögeln bange zu machen. Es wird keinem wohl, wenn er mich nur von weitem wittert. Sie führen ein Gekreische und Gekrächze und Gekrakse und können, wie ein schimpfendes altes Weib, gar von dem Orte nicht wegkommen, wo man sie ärgert. Es ist aber auch einer oder der andere sich bewußt, daß ich ihm seine Jungen anatomiert habe, um ihm zu zeigen, wie er ihnen hätte sollen rüstigere Flügel, schärfere Schnäbel und wohlgebautere Beine anschaffen (JA 7, 285).

Auch dieses – kaum noch zu dechiffrierende – Stück spielte auf vielerlei an, wohl vor dem Hintergrund der Reise in die Schweiz im Jahr zuvor.

Wieder mitunter kesse Deutlichkeiten. Auf die Frage, was sie eigentlich suchten, antworteten die Wandernden:

> Wir suchen eine Stadt, einen Staat, wo wir uns besser befänden als da, wo wir herkommen. [. . .] Eine Stadt, wo es einem nicht fehlen könnte, alle Tage an eine wohlbesetzte Tafel geladen zu werden. [. . .] So eine Stadt, wo vornehme Leute die Vorteile ihres Standes mit uns Geringern zu teilen bereit wären. [. . .] Eben eine Stadt, wo die Regenten fühlten, wie es dem Volk, wie es einem armen Teufel zu Mute ist.

Der Ernst der Proserpina-Szene und mythologischer Stoff der Antike kehrten wieder in der *Iphigenie*, die Goethe in jenem von politischen Sorgen beunruhigten und mit dienstlichen Verpflichtungen angefüllten Frühjahr 1779 schrieb. Schon im April wurde sie zweimal in Weimar, im Juli dann in Ettersburg aufgeführt, mit Corona Schröter als Iphigenie, Goethe als Orest, v. Knebel als Thoas, und den Pylades spielte mal Prinz Constantin, mal Carl August. Diese Urfassung der *Iphigenie* war in Prosa geschrieben, deren Rhythmus freilich schon zum Vers drängte, in den Goethe sie einige Jahre später umformte. Die Erwähnung soll vorerst genügen.

Ebenfalls nur registriert sei *Jery und Bätely*, „eine kleine Operette, worin die Akteurs Schweizerkleider anhaben und von Käs und Milch sprechen [. . .]. Sie ist sehr kurz und blos auf den musikalischen und theatralischen Effekt gearbeitet" (Goethe an v. Dalberg, 2. 3. 1780). Schon der Titel zeigt, daß die jüngste Schweizer Reise bei diesem Gelegenheitsstück Pate stand, in dem ein Mädchen endlich zum Eingeständnis seiner Liebe gelangt, einem – nach Goethes Worten – „leichten, gefälligen" Singspiel, „worinn so viele andre Leidenschaften, von der innigsten Rührung biss zum ausfahrendsten Zorn u. s. w. abwechseln" (an P. C. Kayser, 20. 1. 1780). Im Zusammenhang mit seinen fortdauernden Bemühungen ums Singspiel, die ihn zu Umarbeitungen früherer Stücke veranlaßten, ist Goethe später noch einige Male auf dieses Werk zurückgekommen.

Das letzte in der Reihe der neuen Stücke für das Liebhabertheater, *Die Fischerin*, verdankte seine Entstehung einem Ort und seinen landschaftlichen Reizen, die seit einiger Zeit die Weimarer Gesellschaft anlockten. Der von Goethe dem Titel des kleinen Singspiels beigefügte Zusatz wies eigens darauf hin: „Auf dem natürlichen Schauplatz im Park zu Tiefurt an der Ilm vorgestellt". Tiefurt: der Name des kleinen Dorfes nahe bei Weimar kann als Stichwort für den Wunsch der höfischen Mitglieder des ‚Weimarer Musenhofes' gelten, in ländlicher Umgebung ‚Natürlichkeit' zu finden und selbst naturnah, ländlich-einfach zu leben, wenigstens gelegentlich, und damit „die höheren geistigen Vergnügungen" zu ver-

binden (L. v. Göchhausen an v. Knebel, 12. 8. 1787). „Schloß" Tiefurt war eigentlich nur das Pächterhaus eines großen Gutshofes am Rande des Dorfes, mit Gelände zur Ilm hin. 1776 beanspruchte es der Hof als Wohnstätte für den Prinzen Constantin (geb. 1758), der hier, mit Carl Ludwig v. Knebel als Erzieher, einige Jahre mit eigener kleiner Hofhaltung verbrachte. Ab 1781 nutzte Anna Amalia das Gebäude als Sommersitz, fast bis zu ihrem Tod 1807. Diese Tiefurter Zeit mit ihren kulturellen Veranstaltungen und geselligen Zusammenkünften ist ein beachtenswerter Teil der Geschichte des ‚klassischen Weimar'. Hier waren interessante Persönlichkeiten willkommene Gäste, Goethe, Wieland, Herder, Schiller, Knebel nur die bekanntesten. Zu Diskussions- und Vorleseabenden, Konzerten und Theateraufführungen versammelte man sich bei Anna Amalia in der ländlichen Ruhe Tiefurts. „Rusticieren" nannte Wieland das dortige Leben der Herzoginmutter, die mit wirklicher Landarbeit indessen nichts zu tun hatte. Knebel hatte 1776 damit begonnen, das Gelände zur Ilm als englischen Park zu gestalten, der unter Mitwirkung Goethes und Amalias in den Jahren 1782 bis 1788 vollendet wurde und noch heute den Besucher durch seine Anlage und Intimität beeindruckt. „In der Mitte freundlichster Naturumgebung", so Goethe in hohem Alter, habe die Herzogin „zugleich geist- und kunstreiche Unterhaltungen um sich her anzuregen und zu beleben gewußt" (JA 38, 156).
Zur geistreichen heiteren Unterhaltung sollte auch das „Journal oder Tagebuch von Tieffurth" beitragen, das am 15. August 1781 mit einer Ankündigung aus der Taufe gehoben wurde, eine Zeitschrift, die es nur in handschriftlichen elf Exemplaren gab und es bis 1784 auf insgesamt 47 Nummern gebracht hat (SGS 7). Hier schrieb, wer Lust und Laune hatte, Essays, Gedichte, Erzählungen, Rätsel, kurze Betrachtungen, und alle Beiträge erschienen anonym. Carl August hat ebenso an diesem *Tiefurter Journal* mitgearbeitet wie Louise v. Göchhausen, Anna Amalia, v. Seckendorf, v. Einsiedel, sowie Gäste und Freunde von auswärts. Die Ankündigung (das „Avertissement" vom 15. 8. 1781) erwähnte wie selbstverständlich die Teilnahme von Frauen. Doch so selbstverständlich war das damals keineswegs. Allerdings bereitete es bald Schwierigkeiten, rechtzeitig genug Manuskripte für eine Ausgabe zu bekommen. So hat das Journal nur bis Juni 1784 existiert. Goethe steuerte immerhin Gedichte wie „Welcher Unsterblichen / Soll der höchste Preiß seyn" (später: *Meine Göttin), Auf Miedings Tod*, „Edel sey der Mensch / Hülfreich und gut" (später: *Das Göttliche)* bei. Mancher Beitrag im *Tiefurter Journal* ist unbedeutend, unbeholfen, Schreibversuch von Dilettanten. Aber daß ein höfisch bestimmter Gesellschaftskreis, dem belletristischen *Journal de Paris* nacheifernd, eine Zeitschrift ausschließlich in deutscher Sprache kursieren ließ, ist beachtlich, wo ein halbes Jahr vorher Fried-

rich der Große in seiner Schrift *De la littérature allemande* [Über die deutsche Literatur] die Dichtung in deutscher Sprache für belanglos erklärt hatte.
Übrigens war auch Merck zur Mitarbeit eingeladen worden. Er schickte auf eine Preisfrage des ersten Heftes „Wie ist eine *unoccupirte* Gesellschaft für die Langeweile zu bewahren?" einen Artikel, der so anzüglich kritisch war, daß man ihn nicht aufnahm (Werke, Frankfurt 1968, S. 484–490).
Für Tiefurt nun schrieb Goethe das Singspiel *Die Fischerin*, das am 22. Juli 1782 abends draußen am Ufer der Ilm wie auf einer Naturbühne aufgeführt wurde. Fackeln und einzelne Feuer begannen an einer bestimmten Stelle des Stücks aufzulodern und tauchten Büsche, Bäume und Wiesen in ein schwankendes, schwebendes Helldunkel: die Stimmung Rembrandtscher Bilder wurde hervorgezaubert. Das hatte Goethe früher schon einmal zur Überraschung Anna Amalias im Weimarer Park inszeniert. „Auf diesen Moment war eigentlich die Wirkung des ganzen Stücks berechnet", merkte Goethe selbst in einer Fußnote an (JA 8, 82).
Die Handlung des Spiels war einfach. Dortchen wartet wieder einmal auf Vater und Bräutigam, die vom Fischfang nicht rechtzeitig nach Hause kommen. („Die Erdäpfel sind zu Mulm verkocht, die Suppe ist angebrannt, mich hungert, und ich schiebe von jedem Augenblick zum andern auf, meinen Teil allein zu essen, weil ich immer denke, sie kommen, sie müssen kommen." JA 8, 72) Um auch die Männer einmal in Unruhe zu versetzen, versteckt sie sich, und „es soll aussehen, als wenn ich ins Wasser gefallen wäre". Der Schluß ergibt sich schemagerecht: Suchen, Finden, Versöhnung, glückliches Ende. So aber begann das Stück:

> Unter hohen Erlen am Flusse stehen zerstreute Fischerhütten. Es ist Nacht und stille. An einem kleinen Feuer sind Töpfe gesetzt, Netze und Fischergeräte rings umher aufgestellt.
> *Dortchen* (beschäftigt, singt).
>
> Wer reitet so spät durch Nacht und Wind?
> Es ist der Vater mit seinem Kind;
> Er hat den Knaben wohl in dem Arm,
> Er faßt ihn sicher, er hält ihn warm.
> [. . .]

Dortchen singt die Ballade vom Erlkönig. Mit magischer Kraft, so erzählt das Gedicht, greift eine dämonische Naturgestalt in den menschlichen Lebensbereich ein. Zwar weiß der Vater während des abendlichen Ritts alles, was das Kind in seinen Armen geheimnisvoll spürt und erleidet, vernunftgerecht zu erklären: nicht der Erlkönig treibe sein Wesen, es sei nur ein Nebelstreif, der säuselnde Wind, es seien die grauen Weiden. Aber am Ende hilft alle Erklärung nichts:

> Dem Vater grauset's, er reitet geschwind,
> Er hält in Armen das ächzende Kind,
> Erreicht den Hof mit Müh und Not;
> In seinen Armen das Kind war tot.

Herder hatte eine dänische Ballade übertragen, und dabei war aus „ellerkonge“ (= Elfenkönig) ein Erlkönig geworden: *Erlkönigs Tochter* (1778). Aber ob Elfen- oder Erlkönig: es handelt sich um eine Verkörperung der vielgestaltigen Naturkräfte, wie sie in der Volkssage lebendig waren. Goethe konnte zum Vortrag seiner Erlkönigsballade in der *Fischerin* auch gleich die passende Naturszenerie im Tiefurter Freilichttheater an der Ilm einsetzen: „Unter hohen Erlen [...]“. Literaturhistoriker haben solche Balladen, in denen die unheimliche Natur mit dämonischen Geistern dem Menschen zur tödlichen Bedrohung wird, als ‚naturmagische Balladen‘ klassifiziert. In ihnen erscheint Natur noch als Unbewältigtes und Unbegriffenes. Da können Elementarwesen auftreten und ihre Macht behaupten. Alte heidnische Vorstellungen haben in solcher Phantasiewelt Unterschlupf gefunden. Goethes Ballade *Der Fischer* von 1778 („Das Wasser rauscht', das Wasser schwoll“) mit dem Wasserweib, das den Fischer betört und hinabzieht („Halb zog sie ihn, halb sank er hin, / Und ward nicht mehr gesehn“), dichtete die Verführung durch die Faszination, die von einem elementaren Naturwesen ausging.
Natürlich ‚glaubte‘ der bergwerkskundige und die Natur sorgfältig beobachtende Weimarer Rat Goethe nicht an eine Existenz derartiger Wesen, und es ist absurd, Schülern anhand der Balladen *Der Fischer* und *Erlkönig* ein geradezu heidnisches All-Verbundensein mit der Natur, das aus dem ‚Wesensbild‘ des jungen Goethe zu erschließen sei, weismachen zu wollen. Es war dichterische Phantasie, die Vorstellungen aufnahm, wie sie in Volkssagen lebendig waren, und die so die Erfahrung von der Größe und Gewalt der Natur, die berauschende und gleichzeitig beklemmende Schauer auslöste, in erzähltes Geschehen umsetzte.
Schon in der Straßburger Zeit und kurz danach hatte Goethe Balladen gedichtet, Erzählgedichte also, in denen ein Geschehnisablauf in geraffter, oftmals sprunghafter Knappheit und dramatischer Zuspitzung in Versform erzählt wird. Percys Sammlung alter Volksballaden *Reliques of ancient English Poetry* (1765) beeindruckte damals weithin, Herder sammelte Volkslieder, Goethe ebenso, dessen handschriftliche Sammlung von 12 Liedern vornehmlich Balladen enthielt. Dadurch angeregt, schrieb er selbst einige kurze, dichtgefügte, auf eine dramatische Situa-

tion hindrängende ‚Erzählgedichte' wie *Heidenröslein*, „Ein Veilchen auf der Wiese stand", *Der König von Thule*, „Es war ein Buhle frech genung". Die Dichtungen des ‚klassischen' Balladenjahres 1797 blieben jedoch nicht im Bannkreis des Volksliedmäßigen, Volksballadenhaften und ‚Naturmagischen', sondern nutzten die Möglichkeiten dieser besonderen Gedichtgattung zum erzählerischen Vortrag weiterer Themen.

Nicht abgeschlossene Werke

Wenn Goethe rückschauend mit seiner dichterischen Leistung im ersten Weimarer Jahrzehnt nicht zufrieden war, so dachte er wahrscheinlich daran, daß er manche Werke, die er damals begonnen, nicht hatte abschließen oder in die endgültige Form bringen können. Gerade bedeutende Projekte waren im Gedränge der Pflichten und vielseitiger Geschäftigkeit nicht zu Ende zu führen. *Iphigenie* wurde zwar vollendet und aufgeführt, aber die Prosa dieser ersten Fassung noch vor der Italienreise „in Verse geschnitten" (an Ch. v. Stein, 23. 8. 1786), die ihm dann wiederum nicht genügten, bis in Italien die endgültige Fassung gelang. Von *Egmont*, *Tasso*, *Elpenor* melden die Tagebücher „den erfindenden Tag" (30. 3. 1780, *Tasso*) oder Fortschritte in der Arbeit, mehr aber gelang ihm nicht.

Einem Roman erging es ebenso. Zum erstenmal tauchte sein Name am 16. Februar 1777 im Tagebuch auf: „In Garten dicktiert an W. Meister." Knebel kündigte er fünf Jahre später an, er solle bald „die drey ersten Bücher der Theatralischen Sendung" haben (21. 11. 1782). November 1785 war das sechste Buch fertig, aber das siebte konnte er nicht mehr vollenden. Erst 1794 machte er sich wieder energisch an diese Romandichtung, doch aus der *Theatralischen Sendung* wurden dann *Wilhelm Meisters Lehrjahre*, in denen die Theaterwelt nur ein Element der Lebenslehre neben anderen ist, denen Wilhelm Meister ausgesetzt wird.

Der Weimarische Minister Goethe schrieb also neben seinen Amtsgeschäften über acht Jahre lang an einem Roman, dessen ‚Held' sich zu einer „theatralischen Sendung" berufen fühlt und als Theaterdichter und Regisseur sein Lebensglück zu finden hofft. Welcher Kontrast zur Wirklichkeit der täglichen Pflichten des Weimarer Staatsdieners! Drückte sich in solchem Widerspruch auch die Ahnung oder das Bewußtsein von der Unmöglichkeit aus, in der gegebenen Realität der politischen und wirtschaftlichen Ordnung durch staatsmännische und verwaltende Tätigkeit zur Selbstverwirklichung zu gelangen? Zeugte andererseits der Abbruch der *Theatralischen Sendung* auch von der Erkenntnis ihres Dichters, daß bei aller Wichtigkeit des Theaters (gerade im Zusammenhang mit den

Gedanken eines deutschen Nationaltheaters) die Entwicklung Wilhelm Meisters auf viel engere Weise mit dem tätigen Leben verbunden werden müßte, als es die sechs Bücher angelegt hatten, und daß ein Verweilen in der Theaterwelt keine ‚Lösung' bedeutete, wenn Wilhelm in der Welt bestehen sollte?
Wie der ‚Urfaust' ist der ‚Urmeister' nur erhalten geblieben, weil eine Leserin sich eine Abschrift angefertigt hat: Bäbe Schultheß. Auf der ersten Reise in die Schweiz 1775 hatte Goethe Barbara Schultheß kennengelernt und sich rasch mit der vier Jahre älteren, offensichtlich ausgeglichenen und Ruhe ausströmenden Frau eines Zürcher Seidenfabrikanten angefreundet. Die Verbindung blieb bestehen; sie sandte ihm gemeinsam mit Lavater Gemälde, Skizzen und Noten nach Weimar, er schickte ihr Manuskripte oder Abschriften seiner literarischen Arbeiten. So hat sie auch die *Theatralische Sendung* erhalten und zusammen mit ihrer Tochter abgeschrieben. Erst 1910 ist diese einzige erhaltene Abschrift des ‚Urmeister' wieder aufgetaucht. Goethe traf Bäbe Schultheß, die seit 1778 verwitwet war und für den Berühmten wohl mehr als nur literarisch-kulturelle Interessen hegte, auf der zweiten Schweizer Reise wieder, verbrachte auf der Rückreise aus Italien 1788 mehrere Tage in Konstanz mit ihr, einer Tochter und einem Bekannten und sah sie 1797 noch einmal in Zürich wieder. Vor ihrem Tode 1818 vernichtete sie alle Briefe, die sie erhalten hatte, auch die Goethes.

Drei bekannte Gedichte.
Über allen Gipfeln ist Ruh'. Grenzen der Menschheit. Das Göttliche

Bekannt und berühmt gewordene Gedichte stammen aus dem ersten Weimarer Jahrzehnt. Manche hat Goethe, wie schon erwähnt, den Briefen an Frau v. Stein beigelegt oder sie in die Gedichtsammlung eingefügt, die er für sie zusammenstellte. Es sind Zeugnisse ihrer besonderen Verbindung und der Wirkung, die sie auf den „Unruhigen" ausübte. (*Jägers Nachtlied*: „[. . .] Mir ist es, denk ich nur an dich / Als säh' den Mond ich an; / Ein stiller Friede kommt auf mich, / Weiß nicht, wie mir getan.")
Diese Verse an „Lida", mit der Charlotte gemeint ist, nehmen – anders als die monologischen Gedichte der Lili-Lyrik – das angeredete Du in ein gegenseitiges Verstehen mit auf, in dem die Gedanken von Reinheit und Stille ihre Geltung beanspruchen. Zusichfinden in angestrengter Besinnung, abgekehrt von der Welt der vielen und in Einklang mit der ruhig angeschauten Natur, das ist gedichteter Wunsch: „Füllest wieder 's liebe Tal / Still mit Nebelglanz, / Lösest endlich auch einmal / Meine

Seele ganz. // Breitest über mein Gefild / Lindernd deinen Blick / Wie der Liebsten Auge, mild / Über mein Geschick. [. . .]“ *(An den Mond)*. Hier macht sich erst besänftigte Unruhe, nicht sicher errungene Ruhe bemerkbar. Die zugehörigen Briefe aus dieser Zeit sprechen eine deutliche Sprache.

Am 6. September 1780 hat Goethe mit Bleistift Verse an die Holzwand einer Jagdhütte auf dem Kickelhahn bei Ilmenau geschrieben, die als sein bekanntestes Gedicht gelten. Wenigstens hat das eine Umfrage ergeben, die 1982 zum 150. Todestag des Dichters veranstaltet wurde. Wie das Versgebilde ganz genau aussah, kann niemand mehr ermitteln: 1870 ist die Hütte abgebrannt. Eine Photographie aus dem Jahre zuvor zeigt Nachzeichnungen und Übermalungen, die sich die ursprüngliche Bleistiftinschrift in 90 Jahren hatte gefallen lassen müssen. Erst 1815 veröffentlichte Goethe das Gedicht in der Cottaschen Werkausgabe.

Dort lautet es:

Über allen Gipfeln
Ist Ruh',
In allen Wipfeln
Spürest Du
Kaum einen Hauch;
Die Vögelein schweigen im Walde.
Warte nur! Balde
Ruhest Du auch.

Als er diese Verse 1815 in seine Gedichte einordnete, ließ er sie auf *Wandrers Nachtlied* („Der du von dem Himmel bist [. . .]“) folgen und nannte sie einfach *Ein Gleiches*, eine Überschrift, die nur bei fortlaufendem Lesen der Gedichte Sinn gibt. Der Meinung, er habe die berühmten Verse deshalb so spät drucken lassen, weil ihre Aussage in seinen privatesten Bereich gehörte, den er gern nach außen abschirmte, widerspricht schon die Tatsache ihrer ersten ‚Veröffentlichung‘: Die Hütte, an die er sie 1780 schrieb, war zugänglich und wurde gerade von Mitgliedern der Weimarer Gesellschaft auf der Jagd öfter aufgesucht. Von Anfang an mußte ihr Verfasser also mit Lesern rechnen. Es kann auch niemand beweisen, daß Goethe die Zeilen erst auf dem Kickelhahn gedichtet hat, überwältigt vom Gefühl des Augenblicks. Möglicherweise hat er sie schon vorher aufgeschrieben.

Wohl über keines seiner Gedichte ist soviel geschrieben, keines so oft parodiert worden wie dieses spruchhafte Gebilde von acht Zeilen. Die Geschichte der Rezeption und Interpretationen dieser Verse könnte ebenso ein Buch füllen wie eine Sammlung ihrer Parodien, vom Kalauer bis zu Paradestücken, in denen eine kritische Auseinandersetzung mit dem Gedicht und seinem Mißbrauch geleistet wird, wie in Bertolt Brechts *Liturgie vom Hauch* (in der *Hauspostille* von 1924) oder in der 13. Szene des II. Akts des Dramas *Die letzten Tage der Menschheit* von Karl Kraus.

„Über allen Gipfeln ist Ruh'" hat man gern als unübertreffliches Meisterwerk eines ‚lyrischen Gedichts' gepriesen, in dem sich in schlichter, eindrucksvoll dichter Sprache, von allem Gedanklichen weit entfernt, auf unvergleichliche Weise abendliche Stimmung und Ruhe ausdrückten und das den Lesenden die vollkommene Ruhe gemütvoll nachempfinden ließe. Schlichtheit, Stimmung, Durchseeltheit, Ruhe, Gedankenferne, kunstvolle Einfachheit der Sprache und Reime: das erwarten nicht wenige von einem ‚echten' Gedicht überhaupt und sehen es hier verwirklicht – und müßten doch wissen, daß Lyrik auch ganz anders sein kann und darf (wie Goethes Gedichte selbst lehren): gedankenreich und stimmungsfern, artistisch konstruiert und delikat gereimt oder reimfrei, ausladend und verschlungen.

Ob die Kickelhahnverse als lyrisches Stimmungsbild der Ruhe angemessen erfaßt sind, bleibt die Frage. Ruhe allein beschreibt das Gedicht jedenfalls nicht, und ein ‚Ich', das seinen Seelenzustand, seine Stimmung unmittelbar ausspräche, erscheint ebensowenig. Vielmehr herrscht Ruhe nur in der Natur, während der Mensch erst zur Ruhe gelangen wird („Warte nur! Balde [. . .]"). So besteht im Gedicht eine Spannung zwischen der Ruhe der Natur und der noch vorhandenen Unruhe des Menschen. Daß bei der Ruhe, die bald auch den Menschen erfassen wird, der Tod mitgemeint sein kann, ist nicht abzuweisen. Immer schon konnte in Tageszeitengedichten der Abend auf den Abend des Lebens verweisen. Das Gedicht benennt in genau geregelter Folge unterschiedliche Grade der Ruhe, von ‚oben' nach ‚unten' fortschreitend: Über den Berggipfeln herrscht völlige Ruhe; in den Wipfeln ist die Ruhe geringer („kaum einen Hauch"); die Vögel sind, wie alle lebendigen Wesen, nur vorübergehend still; der Mensch schließlich ist noch nicht zur Ruhe gelangt. Die ‚Natur' erscheint so als ein gegliedertes Ganzes, das von der Region über den Gipfeln bis zum Menschen reicht. Dieser hat den geringsten Grad der Ruhe, ist sein Herz doch der „beweglichste, veränderlichste, erschütterlichste Teil der Schöpfung" *(Über den Granit*, 1784). Wie im Ablauf der Verse das Ausmaß der Ruhe abnimmt, so drückt sich zugleich das Wissen aus, daß auch der unruhige Mensch in die Ruhe der Natur aufgenommen werden wird. Es scheint, als sei es ein zwingender Vorgang der Natur, auch den Menschen in ihre Ruhe hereinzuholen und als habe er erst dann seine Erfüllung im Naturganzen gefunden.

Die Ruhe, von der das Gedicht auf differenzierte Weise spricht und die es wie ein erwünschtes Naturgeschehen vorstellt, das den Menschen einbezieht, zu dessen Leben die Unruhe und die Sehnsucht nach Ruhe gehören, – diese Ruhe darf unter bestimmten Aspekten gesehen werden: Im Treiben der Welt, auf das sich Goethe eingelassen hatte und in dem er Enttäuschungen hinnehmen mußte, war das Wissen um solche von der Natur verbürgte Ruhe Trost, Hinausgehobensein aus den Niederungen des Alltags. Jenes Wissen gewährte auch Besänftigung im prekären Verhältnis zu Frau v. Stein. Am 6. September 1780, dem Tag, der als Datum der Inschrift auf der Jagdhütte angenommen wird, schrieb Goethe: „Auf dem Gickelhahn dem höchsten Berg des Reviers den man in einer klingernden Sprache Alecktrüogallonax [nach dem Griechischen] nennen könnte hab ich mich gebettet, um dem Wuste des Städgens, den Klagen, den Verlangen, der unverbesserlichen Verworrenheit der Menschen auszuweichen“ (an Ch. v. Stein). – Die Leser der Inschrift, hauptsächlich aus dem Kreis der Weimarer Gesellschaft, konnten die Verse daran erinnern, daß es Wesentlicheres gab als das Treiben und Rollenspiel, dem sie sich überließen und das sie unruhig leben mußten. – Wird Ruhe jedoch als grundsätzlich erwünschter Zustand proklamiert, der sich von oberhalb der Gipfel bis auf die Menschen erstrecken sollte, so gilt Bertolt Brechts Einspruch; denn dann ließe die Ruhe des Menschen zu, daß auch die gesellschaftlichen Mißstände auf sich beruhen blieben. Solange Unterdrückung, Unrecht und Not Empörung und eingreifende Tätigkeit fordern, kann der Mensch nicht ruhig sein und sich auch nicht dem Glück der Ruhe über allen Gipfeln überlassen.

Zwei weitere wichtige Gedichte von geradezu programmatischem Charakter stammen ebenso aus jener Epoche: die Hymnen *Grenzen der Menschheit* und *Das Göttliche*. Das Gedicht *Grenzen der Menschheit* gehört ins Jahr 1781 oder in die letzten Jahre davor.

Wenn der uralte
Heilige Vater
Mit gelassener Hand
Aus rollenden Wolken
Segnende Blitze
Über die Erde sät,
Küss' ich den letzten
Saum seines Kleides,
Kindliche Schauer
Treu in der Brust.

Denn mit Göttern
Soll sich nicht messen
Irgend ein Mensch.
Hebt er sich aufwärts

Und berührt
Mit dem Scheitel die Sterne,
Nirgends haften dann
Die unsichern Sohlen,
Und mit ihm spielen
Wolken und Winde.

Steht er mit festen,
Markigen Knochen
Auf der wohlgegründeten
Dauernden Erde,
Reicht er nicht auf,
Nur mit der Eiche
Oder der Rebe
Sich zu vergleichen.

Was unterscheidet
Götter von Menschen?
Daß viele Wellen
Vor jenen wandeln,
Ein ewiger Strom:
Uns hebt die Welle,
Verschlingt die Welle,
Und wir versinken.

Ein kleiner Ring
Begrenzt unser Leben,
Und viele Geschlechter
Reihen sie dauernd
An ihres Daseins
Unendliche Kette.

Kaum etwas erinnert in diesen freien Rhythmen noch an das stürmische Drängen, an die Zerklüftetheit mancher großen Hymnen der frühen Jahre von 1772 bis 1774. Zweihebige Verse, vielleicht mit wenigen dreihebigen durchsetzt, bilden die fünf Strophen. Sie werden kunstvoll gesteigert, indem nach jeweils zwei Strophen die folgenden Verse um zwei Zeilen gekürzt werden. Unverkennbar: Verkündigungspathos, Eindringlichkeit des Wahrspruchs, gemessener Tonfall, als ob eine Summe von Einsichten gezogen und vorgetragen würde, feierlicher Hymnenstil.

Ein weitgeschwungener – etwas verdeckter – ‚wenn-dann-‘ Satz, dessen Großartigkeit sich kaum jemand wird entziehen können, eröffnet die Hymne und füllt die erste Strophe; eine Situationsschilderung, die aber nicht ein einmaliges Ereignis meint, sondern übliches Verhalten des Sprechenden: Der in Donner und Blitz sich demonstrierenden Macht des „uralten heiligen Vaters" ist unterwürfige Verehrung gemäß. Sowohl Zeus/Jupiter als auch dem alttestamentarischen Gott hat man Donner und Blitz als Attribute ihrer Macht zugesprochen. „O hört doch wie sein Donner rollt und was für Gedröhn aus seinem Munde geht. [...] Darum sollen ihn die Menschen fürchten, und er sieht keinen an, wie weise sie auch sind" (*Hiob* 37).

Es geht im Gedicht natürlich nicht um ein bestimmtes Zitat, sondern um die eindrucksvolle Darstellung einer Gewalt, der gegenüber dem Menschen nur eine verehrende Haltung angemessen ist. Die Strophe schafft Distanz, wenn das Prädikat „uralt" auf Dauer verweist, die Menschliches übersteigt, und das Wort „heilig" den Anspruch auf religiöse Verehrung geltend macht. Aber es sind auch „segnende" Blitze, die der Vater über die Erde „sät". So kann ihm Schauer erregende Bewunderung und kindliches Zutrauen gleichermaßen zukommen. Das Verhältnis des im Gedicht sprechenden Menschen zum „Vater" ist eindeutig: Unterwürfigkeit, Bewußtsein der Macht und des Segens, die von oben kommen, und das „treu in der Brust" besiegelt unwandelbare Anerkennung.

Der begründende Anfangssatz der zweiten Strophe ist ein Wahrspruch, der Zweifel nicht zuläßt: „Denn mit Göttern / Soll sich nicht messen / Irgend ein Mensch." Das menschliche Handeln wird in seine Schranken verwiesen, zwar nicht unmöglich gemacht, aber streng begrenzt. Strophe 2 und 3 liefern Beispiele dafür. Anschaulich wird, wie ungesichert der ‚Höhenflug' des Menschen ist; doch auch das Tun dessen, der kräftig der Erde zugewandt bleibt, wird relativiert. Schon natürlich Wachsendes wie Eiche und Rebe lassen ihn klein und schwach erscheinen. Eine Absage an alles Geniehafte ist deutlich.

Folgerichtig zielt der Schlußteil des Gedichts mit der Frage „Was unterscheidet / Götter von Menschen?" auf die grundsätzliche Differenz zwischen beiden. Die Antwort eröffnet eine neue, zusätzliche Dimension, die der Zeit. Zur Schwäche menschlichen Handelns kommt die Vergänglichkeit hinzu. Das mythologische Bild, als Antwort auf die Frage nach dem Unterschied von Göttern und Menschen, darf wohl so verstanden werden: Am Ufer des Lebensstroms schauen die Götter dem Kommen und Gehen der Menschengeschlechter zu. – Die letzte Strophe enthält philologische Probleme, die nur angedeutet seien. Der drittletzte Vers lautet in der Handschrift Goethes und in Herders Abschrift „reihen *sie* dauernd", während es im ersten Druck, den *Schriften* von 1789, heißt: „reihen *sich* dauernd". Dadurch ändert sich zwar der Sinn dieser Stelle, nicht aber die Gesamtaussage. Auch das Pronomen „ihres" in der vorletzten Zeile („ihres Daseins") ist nicht eindeutig zu bestimmen; es kann sowohl das Dasein der Götter wie das der Geschlechter meinen. Darüber hinaus ist die Bedeutung der „vielen Geschlechter" offen: Sie können sich auf die Götter oder auch die Menschen beziehen. Geht man jedoch vom durchgängigen Gegensatz Menschen – Götter aus, so ergibt sich folgender plausibler Sinn: Das Leben der Menschen ist angesichts der ihnen gewährten Zeit begrenzt; ein „kleiner Ring" ist das gemäße Zeichen dafür. Es mag sein, daß in diesem Bild gleichzeitig etwas von der Möglichkeit sinnvoller Erfüllung aufscheint, wenn der Ring des Lebens sich rundet, in und trotz seiner Begrenzung. Die Götter aber unterliegen solcher Begrenzung nicht; viele Göttergeschlechter reihen sie an die Kette göttlichen Daseins, die kein Ende kennt.

Diese Hymne, so hat man gesagt, rufe zur rechten Haltung auf: der Mensch dürfe nicht überheblich sein, nicht maßlos. Lebensweisheit also, ruhige Hinnahme der Grenzen des Menschseins, bejahte Selbstbescheidung, Wissen um gültige Gesetze: – weltanschauliche Lyrik Goethes von allgemeiner Gültigkeit, die Rückfragen nicht erlaubt. Doch damit müssen wir uns nicht zufrieden geben. Um hier eine Unterscheidung Peter de Mendelssohns zu übernehmen: Respekt ist allemal gefordert, Devotion dagegen fehl am Platz.

Goethe war seit etwa einem halben Jahrzehnt in Weimar, als er *Grenzen der Menschheit* schrieb. An Grenzen war er selbst längst gestoßen. Zwar ließ er in seiner Tätigkeit nicht nach, erfüllte die Pflichten, die er übernommen, arbeitete an öffentlichen Aufgaben im Conseil, in den verschiedenen Kommissionen, dabei immer auch „handelnd und schreibend und lesend", um die „Pyramide" seines Daseins „so hoch als möglich in die Lufft zu spizzen" (20. 9. 1780), – aber mußte erfahren, daß vieles vergeblich war. In dieser Lage, wo Resignation und Verzweiflung in manchen Stunden bedenklich nahe rückten, hielt er Ausschau nach Dauerhaftem, das Ruhe und Sicherheit geben könnte, nach größeren Gesetzen, nach etwas Allgemeinem, in dem die Verworrenheiten des Besonderen und Alltäglichen aufgehoben wären. Die Naturstudien, die er begann, dienten auch diesem Zweck. Und unter den Erfahrungen der Misere in der politisch-gesellschaftlichen Wirklichkeit erlahmte der Schwung, wie er die Hymnen der Jugendzeit beflügelt hatte. Um mit der Begrenzung, die er spürte, fertigzuwerden, um auch Enttäuschung und drohende Resignation noch aufzufangen (modern gesprochen: um sie zu ‚rationalisieren'), verkündete er sich und andern die Grenzen der Menschheit als unverrückbare Gesetzlichkeit. Das war ein Akt der Anpassung.

Es ist keine leichtfertige Schelte oder gar Besserwisserei, wenn man darüber nachdenkt, ob es nicht problematisch ist, in Unterwerfungshaltung von der Macht des „uralten heiligen Vaters" und der „Götter" zu dichten, um ihr gegenüber die Schwäche des Menschen zu betonen. Kann sich nicht zu leicht ergeben, daß menschliches Versagen und schlechte (aber sehr wohl veränderbare) Verhältnisse als etwas schicksalhaft Verhängtes an- und hingenommen werden? Ferner: In der Gestalt des Jupiter und mit seinen Insignien Blitz und Donner versehen, haben sich seit der Antike die irdischen Herrscher gern darstellen lassen. Es war Herrschaftsmerkmal und Huldbeweis zugleich, wenn der Untertan niederkniete und „den letzten Saum" des fürstlichen Kleides küssen durfte. Diese Unterwerfungshaltung ist zwar nicht das alleinige Thema des Gedichts. Aber erhielt nicht durch die sprachmächtige Rede von der angemessenen Haltung gegenüber dem „uralten heiligen Vater" auch die vom Untertanen des absolutistischen Staates erwartete Unterwerfung eine geradezu religiöse Weihe? War eben das an der Zeit? Ein kritischer Kopf wie Johann Gottfried Seume notierte bissig in seinen 1806 und 1807 geschriebenen *Apokryphen*: „Der König von Württemberg ließ sich huldigen, wie man mir aus den Zeitungen erzählte. Es heißt: ‚Alle bückten sich tief, und der König rückte etwas an dem Hute'. Das ist ausgesprochen! Ein herrliches Surrogat für die persische Proskynese, welche ich etymologisch und psychologisch richtig durch ‚Zuhundung' übersetze."

Grenzen der Menschheit verneint nicht den Sinn menschlicher Tätigkeit überhaupt. Es kann auch nicht als Generalaussage Goethes genommen werden. Zu nachdrücklich forderte und lobte Goethe an anderen Stellen das Tätigsein. Aber an seinem historischen Ort kann das Gedicht seine eigenen Grenzen nicht verleugnen, so sehr es für den Sprechenden selbst Entlastung unter dem Druck der Zeit bedeuten mochte.

Die Hymne *Das Göttliche* vom Anfang der achtziger Jahre setzt andere Akzente. Wohl kein Gedicht Goethes äußert eindringlicher die Forderung nach humanem Verhalten.

Edel sei der Mensch,
Hilfreich und gut!
Denn das allein
Unterscheidet ihn
Von allen Wesen,
Die wir kennen.

Heil den unbekannten
Höhern Wesen,
Die wir ahnen!
Ihnen gleiche der Mensch!
Sein Beispiel lehr' uns
Jene glauben.

Denn unfühlend
Ist die Natur:

Es leuchtet die Sonne
Über Bös' und Gute,
Und dem Verbrecher
Glänzen wie dem Besten
Der Mond und die Sterne.

Wind und Ströme,
Donner und Hagel
Rauschen ihren Weg
Und ergreifen
Vorübereilend
Einen um den andern.

Auch so das Glück
Tappt unter die Menge,
Faßt bald des Knaben
Lockige Unschuld,
Bald auch den kahlen
Schuldigen Scheitel.

Nach ewigen, ehrnen,
Großen Gesetzen
Müssen wir alle
Unseres Daseins
Kreise vollenden.

Nur allein der Mensch
Vermag das Unmögliche:
Er unterscheidet,
Wählet und richtet;
Er kann dem Augenblick
Dauer verleihen.

Er allein darf
Den Guten lohnen,
Den Bösen strafen,
Heilen und retten,
Alles Irrende, Schweifende
Nützlich verbinden.

Und wir verehren
Die Unsterblichen,
Als wären sie Menschen,
Täten im großen,
Was der Beste im kleinen
Tut oder möchte.

Der edle Mensch
Sei hilfreich und gut!

Unermüdet schaff' er
Das Nützliche, Rechte,
Sei uns ein Vorbild
Jener geahneten Wesen!

Spruchhaft auffordernd setzt das Gedicht ein. Die Verwirklichung ethischer Werte wird dem Menschen anbefohlen: edel, hilfreich und gut zu sein. Die nachfolgende Begründung ist überraschend; denn das geforderte Verhalten gilt als *das* Merkmal, das den Menschen von allen anderen Wesen unterscheidet. Nicht Sprache, nicht aufrechter Gang, nicht Fähigkeit und Zwang, planen und entwerfen zu können und zu müssen: allein die sittlichen Eigenschaften machen den Menschen hier zum Menschen. Unvermittelt schließt die zweite Strophe mit dem Gruß an die unbekannten höheren Wesen an, „die wir ahnen". In einer erstaunlichen Wendung wird die Möglichkeit des Glaubens an sie mit dem ethischen Verhalten des Menschen verbunden: „Sein Beispiel lehr' uns / Jene glauben." Das ist zugleich eine außerordentliche Relativierung der ohnehin unbekannten Wesen als auch eine beachtliche Würdigung des dem Menschen möglichen und aufgegebenen ethischen Verhaltens. Konsequent zu Ende gedacht, bedeutet es, daß jene höheren Wesen nicht existieren ohne das beispielhafte Handeln des Menschen, noch schärfer: ohne den Menschen selbst. Warum führt Goethe überhaupt solche „geahneten Wesen" ein? Er versetzt damit den Menschen in eine ‚Mittelstellung' und vermeidet es, ihm eine – nach Goethes Auffassung vermessene – höchste Position zuzuweisen. Zu brüchig erscheint ihm die Menschenwelt, zu deutlich sind die Begrenzungen, die er auch in der täglichen Berührung mit den widrigen Verhältnissen erfährt, als daß nicht noch höhere Wesen wenigstens geahnt werden müßten.
Drei Strophen (3–5) schildern die „unfühlende" Natur und das Treiben der Fortuna, der Glücksgöttin, die auf gutes oder böses Verhalten, auf Schuld oder Unschuld keine Rücksicht nehmen und davon nicht beeindruckt werden. Dann unvermittelt jene Verse, die unwiderruflich Gültiges einhämmern: „Nach ewigen, ehrnen, / Großen Gesetzen / Müssen wir alle / Unseres Daseins / Kreise vollenden." Diese Gesetzlichkeit muß mehr meinen als das, was zuvor beschrieben wurde; denn zu der Fühllosigkeit und daherrauschenden Gewalt der Natur und der Wahllosigkeit des Fortuna-Spiels will die ehrfürchtige Sprache von den ewigen großen Gesetzen nicht recht passen. Mancher Leser denkt hier schon an das, was die *Urworte. Orphisch* vortragen. Eine naturhafte Gesetzlichkeit scheint gemeint zu sein, an die der Mensch wie alles Lebendige gebunden ist und bleibt. Doch ketten diese nicht näher erläuterten ewigen Gesetze den Menschen nicht ganz. Ihm wird – paradoxerweise –

zugestanden, Unmögliches zu vermögen, und Verschiedenes wird aufgezählt.
Dem Menschen allein von allen Wesen ist gestattet, Belohnung und Strafe auszuteilen; er vermag zu helfen und das Irrende und Schweifende in sinnvollen Zusammenhang einzuordnen. Dieses Außerordentliche des Menschen lenkt den Blick wieder auf die unsterblichen Wesen. Was ihnen als sinnvolles Tun „im großen" zugesprochen wird, kann nur deshalb als sinnvoll und verehrungswürdig bezeichnet werden, weil ethisches menschliches Handeln überhaupt erst Sinn hervortreten und erkennen läßt, ja ihn letztlich erst schafft. Damit kehrt das Gedicht in leichter Variation zum Anfang zurück, mit der Aufforderung, der edle Mensch solle Präfiguration von Höherem sein.
Im November 1783 konnte die Tiefurter Gesellschaft, Adlige zumeist und Angehörige des Hofs, die Hymne in ihrem *Journal* lesen. Für sie mußten die Verse einen Appell bedeuten, sich stets so zu verhalten, wie gefordert wurde: edel, hilfreich und gut. Ohne Frage behält dieser Aufruf aus humanistischem Geist für immer seine Würde und Bedeutung. Und doch gibt das Gedicht auch zu Fragen Anlaß.
An wen sind die mahnenden Verse gerichtet? Offensichtlich an jeden Menschen. Die Rede vom Wesen des Menschen und den ihm zugewiesenen humanen Verhaltensweisen war damals ohne Zweifel fortschrittlich; denn sie setzte sich über die Grenzen der ständisch bestimmten Gesellschaft und ihre Regulative hinweg, im Blick auf allgemein Wahres und Gültiges. Die Aufforderung, edel, hilfreich und gut zu sein, ist gegen die Wirklichkeit gesprochen, in der Menschen diesem Prinzip nicht folgen wollen oder können; eine Mahnung, vom wirklichen zum wahren Menschen voranzustreben. In der Allgemeinheit der Forderung stecken jedoch Probleme. Der Appell ergeht an den ‚Menschen als solchen', also an die Angehörigen *aller* Stände, an den Bürger, Beamten, Handwerker, Bauer – und natürlich auch an den Fürsten. Was aber macht den *Inhalt* des Edlen, Hilfreichen und Guten aus, wenn ein Bauer in seiner unerbittlichen Fron und ein Fürst in seiner Machtfülle mit denselben ethischen Vokabeln ermahnt werden? Was dem Unabhängigen das berechtigte oder unberechtigte Bewußtsein seines Edelmuts stärken mag, wenn er sich durch das Gedicht bestätigt meint, kann den Geknechteten, Unterprivilegierten und Ausgebeuteten wie Hohn und Zynismus anmuten. In der geschichtlichen Situation, in der Goethe die Verse schrieb, hat er anscheinend nur so allgemein bleiben können, indem er auf etwas Ideales zeigte, von dem aus Wege in die Realität der wirklichen Menschen erst noch gebahnt werden mußten.
Wohlgemerkt: hier wird Goethes Gedicht nicht abgewertet, sondern über Wirkungsbereich und Wirkungsmöglichkeiten der großartigen

Rede vom Edlen, Hilfreichen und Guten nachgedacht. Fast wie ein kritischer Nachtrag lesen sich Sätze Johann Gottfried Seumes, auch wenn sie ungefähr zwanzig Jahre später, jedoch unter gleichen gesellschaftlichen Bedingungen, geschrieben sind:

> Nun kommt der Krieg. Mein Gott, der Adel wird ja nichts geben, er ist ja befreit von Auflagen. Solange der Landmann noch ziehen und fahren kann, wird sich doch auf dem Edelhofe kein Rad rühren. Wenn die Leute bei solchen Umständen noch gut und redlich sind und beitragen und fechten, so beweist das von der einen Seite das Göttliche [!] und von der andern das Eselhafte in unserer Natur. Ein Deutscher soll schlagen, damit ihm, wenn er nicht in der Schlacht bleibt, sodann der Edelmann wieder hübsch frohnmäßig in der Zucht habe. Dafür hat er denn von einem Jahrhundert in das andre die dumme Ehre, der einzige Lastträger des Staates zu sein. Wo nicht Gerechtigkeit ist, kann kein Muth sein (an Böttiger, Anfang November 1805).

Auch diese Frage stellt sich: Wer eigentlich vermag in den historischen Zuständen, in denen Goethe das Gedicht verfaßte, zu wählen und zu richten, zu lohnen und zu strafen? Nach welchen Maßstäben sind die „Guten" und „Bösen" als solche zu qualifizieren? Abstraktes Edles, Hilfreiches und Gutes, ist es auch noch so idealtypisch human gedacht, entgeht kaum der Gefahr, zur Floskel zu werden, die sich jedermann aneignen kann, ohne über die Maßstäbe Auskunft zu geben. Daß gerade solche Verse als Feierstundensprüche abgenutzt werden können, ist verständlich.

Anfänge der Naturforschung

Goethes auf Erkenntnis zielende Beobachtung der Natur, die ein geduldiges, sorgfältiges Studium des einzelnen verlangte, setzte in größerem Umfang nach seinem Einleben in Weimar ein. Der private Lebensraum im „unteren Garten", den er April 1776 in Besitz genommen hatte, die allmähliche Ausgestaltung des Weimarer Landschaftsgartens am „Stern" und des Tiefurter Parks brachten ihn in nahe Berührung mit der vielfältigen Pflanzenwelt. Die Reisen und Ritte durchs Land, die Bemühungen um das Ilmenauer Bergwerkswesen und die Sorge um die wirtschaftlichen Bedingungen des Herzogtums forderten und förderten seine Aufmerksamkeit für die Beschaffenheit des Landes, die Formationen der Erde, für Berge und Gestein. Im Zuge solchen Lebens und solcher Tätigkeit entwickelte sich Goethes längst lebendiges Interesse an allem, was man pauschal ‚Natur' nennen kann, weiter; er wurde gewissermaßen auf die Fülle des Konkreten verwiesen. In der späten *Geschichte meiner botanischen Studien* sah er es selbst so.

> In das tätige Leben jedoch sowohl als in die Sphäre der Wissenschaft trat ich eigentlich zuerst, als der edle Weimarische Kreis mich günstig aufnahm; wo außer andern unschätzbaren Vorteilen mich der Gewinn beglückte, Stuben- und Stadtluft mit Land-, Wald- und Garten-Atmosphäre zu vertauschen.
> Schon der erste Winter gewährte die raschen geselligen Freuden der Jagd, von welchen ausruhend man die langen Abende nicht nur mit allerlei merkwürdigen Abenteuern der Wildbahn, sondern auch vorzüglich mit Unterhaltung über die nötige Holzkultur zubrachte. [. . .]
> Hier tat sich nun der Thüringer Wald in Länge und Breite vor uns auf; denn nicht allein die dortigen schönen Besitztümer des Fürsten, sondern, bei guten nachbarlichen Verhältnissen, sämtliche daranstoßende Reviere waren uns zugänglich; zumal da auch die angehende Geologie in jugendlicher Bestrebsamkeit sich bemühte, Rechenschaft von dem Grund und Boden zu geben, worauf diese uralten Wälder sich angesiedelt. [. . .]
> Auch wenn von Benutzung die Rede war, mußte man sich nach den Eigenschaften der Baumarten erkundigen. [. . .]
> Hiebei möchte man bemerken, daß der Gang meiner botanischen Bildung einigermaßen der Geschichte der Botanik selbst ähnelte; denn ich war vom augenfälligsten Allgemeinsten auf das Nutzbare, Anwendbare, vom Bedarf zur Kenntnis gelangt [. . .] (13, 149 ff.).

Von Natur*wissenschaft* kann gleichwohl beim sammelnden Beobachten des frühweimarer Goethe nicht gut die Rede sein, sofern man unter wissenschaftlichem Vorgehen eine geregelte, theoretisch begründete und abgesicherte Erforschung eines bestimmten Bereichs versteht, wobei sich der Forscher der bisherigen Forschungsergebnisse der betreffenden Wissenschaft vergewissert. Goethe aber war „ein autodidaktischer Tiro [Schüler]", wie er sich selbst rückschauend nannte (13, 161). Er kam zu seinen Untersuchungsgegenständen und -verfahren aus seinen persönlichen und amtlichen Lebenszusammenhängen. Wahrscheinlich hängt es damit zusammen, daß alle seine Studien auf den Menschen bezogen blieben, so weit sie sich auch in die Gebiete der Botanik und Zoologie, Mineralogie und Geologie, Farbenlehre und Wolkenkunde vorwagten. Die Ottilie der *Wahlverwandtschaften* ließ er in ihr Tagebuch schreiben: „Dem einzelnen bleibe die Freiheit, sich mit dem zu beschäftigen, was ihn anzieht, was ihm Freude macht, was ihm nützlich deucht; aber das eigentliche Studium der Menschheit ist der Mensch" (6, 417). Dieser letzte Satz war zwar ein Zitat aus Alexander Popes *Essay on man*, der es seinerzeit aus einem französischen Traktat von 1601 übernommen hatte, aber Ottiliens Eintrag drückte zweifellos Goethes eigene Meinung aus.

Selbstverständlich suchte er bei seinem forschenden Vordringen in ihm unbekannte Bereiche dann auch den Rat von Fachleuten und beschäftigte sich außerdem mit fachwissenschaftlicher Literatur, wie er es Merck bei seinen mineralogischen Untersuchungen erläuterte: „Da ich einmal nichts aus Büchern lernen kann, so fang ich erst jetzt an, nachdem ich die meilenlangen Blätter unserer Gegenden umgeschlagen habe, auch die Erfahrungen anderer zu studiren und zu nutzen" (11. 10. 1780). Der Mineraloge Voigt nützte ihm dabei ebenso wie der agrarkundige Engländer George Batty, seit 1779 „Landkommissariusangestellter", den er sehr schätzte und dem eine neue Art der Wiesenbewässerung zu verdanken war. Der Weimarer Apotheker Buchholz war gleichfalls ein rühriger Mann, den „jede neue, vom Aus- oder Inland entdeckte chemisch-physische Merkwürdigkeit" (13, 151) interessierte (und der „denn auch eine der ersten Montgolfieren von unsern Terrassen, zum Ergötzen der Unterrichteten, in die Höhe steigen" ließ). Er gab den Anstoß zur Anlage eines herzoglichen botanischen Gartens, wozu „ältere erfahrene Hofgärtner mit Eifer sogleich die Hand boten". Und natürlich kümmerte sich Goethe darum. „Unter solchen Umständen war auch ich genötigt, über botanische Dinge immer mehr und mehr Aufklärung zu suchen" (13, 156). Die nahe Universität Jena bot ihm Gelegenheit, sich fachkundig belehren zu lassen, wo schon 1718 der Botaniker Ruppe eine *Flora Jenensis*, eine Beschreibung der Jenaer Flora, geleistet hatte. In der erst seit 1817 geschriebenen *Geschichte meiner botanischen Studien*, in der noch mehr Namen genannt sind, meinte Goethe behaupten zu können: „Linnés *Philosophie der Botanik* war mein tägliches Studium" (13, 153). Das dürfte übertrieben sein. Denn in einem Brief an Charlotte v. Stein vom 8. November 1785 ist nur zu lesen: „Ich habe Linnées Botanische Philosophie bey mir, und hoffe sie in dieser Einsamkeit [von Ilmenau] endlich einmal in der Folge zu lesen, ich habe immer nur so dran gekostet." Das war immerhin sieben Jahre, nachdem er nachweislich in Jena Informationen in botanischen Dingen eingeholt hatte. („Ich bin in Jena gewesen wo mich Steine und Pflanzen mit Menschen zusammengehängt haben", 24. 9. 1778). Linné war ihm wichtig und befriedigte ihn doch nicht ganz. Von dem schwedischen Naturforscher sei nach Shakespeare und Spinoza die größte Wirkung auf ihn ausgegangen,

> und zwar gerade durch den Widerstreit, zu welchem er mich aufforderte. Denn indem ich sein scharfes, geistreiches Absondern, seine treffenden zweckmäßigen, oft aber willkürlichen Gesetze in mich aufzunehmen versuchte, ging in meinem Innern ein Zwiespalt vor: das, was er mit Gewalt auseinanderzuhalten suchte, mußte, nach dem innersten Bedürfnis meines Wesens, zur Vereinigung anstreben.

Fülle und Vielgestaltigkeit, Wachstumsprozeß und Veränderungen der Pflanzen faszinierten den Beobachter Goethe. Mit der Erfassung, Registrierung und begrifflichen Ordnung des einzelnen mochte er sich nicht zufrieden geben. Ihn bewegte die Frage, ob sich nicht im vielen und Vielgestaltigen etwas Dauerndes durchhalte, eine „wesentliche Form, mit der die Natur gleichsam nur immer spielt".

> Das Pflanzenreich raßt einmal wieder in meinem Gemüthe, ich kann es nicht einen Augenblick loswerden, mache aber auch schöne Fortschritte [...].
> Am meisten freut mich ietzo das Pflanzenwesen, das mich verfolgt; und das ists recht wie einem eine Sache zu eigen wird. Es zwingt sich mir alles auf, ich sinne nicht mehr drüber, es kommt mir alles entgegen und das ungeheure Reich simplificirt sich mir in der Seele, daß ich bald die schwerste Aufgabe gleich weglesen kann.
> Wenn ich nur jemanden den Blick und die Freude mittheilen könnte, es ist aber nicht möglich. Und es ist kein Traum keine Phantasie; es ist ein Gewahrwerden der wesentlichen Form, mit der die Natur gleichsam nur immer spielt und spielend das manigfaltige Leben hervorbringt. Hätt ich Zeit in dem kurzen Lebensraum; so getraut ich mich es auf alle Reiche der Natur – auf ihr ganzes Reich – auszudehnen (an Ch. v. Stein, 9. 7. 1786).

So den Einzeldingen zugewandt und über sie hinausdenkend, war Goethe für eine neuerliche Beschäftigung mit dem Philosophen Spinoza in besonderer Weise bereit. Denn Spinozas Grundformel „Deus sive natura" [Gott oder Natur], daß also Gott und Welt eins seien, sicherte allen Einzeldingen Wert und Würde zu. Der Anstoß zum erneuten Nachdenken über Spinoza kam allerdings aus jener aktuellen Diskussion, in die Goethe durch Fritz Jacobi hineingezogen wurde: War Spinoza ein Vertreter des Pantheismus, zu dem sich Lessing in jenem Gespräch mit Jacobi 1781 bekannt hatte? (oben S. 209) Solche Auffassung vom Göttlichen harmonierte nicht mehr mit der christlichen Vorstellung eines persönlichen Gottes, und also galt Spinoza als Atheist. Fritz Jacobi sandte Goethe das Manuskript seiner erstaunlichen Gespräche mit Lessing, und sein Besuch in Weimar im Herbst 1784 war ein weiterer Anlaß, sich erneut Spinoza zuzuwenden. „Ich übe mich an Spinoza, ich lese und lese ihn wieder", teilte er am 12. Januar 1785 dem Jugendfreund mit. In einem kleinen Aufsatz, den Goethe Frau v. Stein wohl diktiert hat und der seit der Weimarer Ausgabe den Titel *Studie nach Spinoza* trägt, knüpfte er an den umstrittenen Philosophen aufs neue an. Es war in der Tat eine Studie *nach* Spinoza; denn sie hielt sich nicht streng an seine Ideen, ging vielmehr über sie hinaus. Für Spinoza umspannte die Formel „Deus sive natura" alles Körperlich-Stoffliche („extensio", Ausdehnung) und alles Geistige („cogitatio", Denken). Beides sind Attribute Gottes. Die Modifikationen von ‚Ausdehnung' und ‚Denken', die die Natur ausmachen, umfassen nicht alles, was der göttlichen Substanz zukommt; denn diese hat unendlich viele Attribute, von denen der Mensch nur die genannten zwei zu erfassen vermag. So galt bei Spinoza durchaus eine Abstufung zwischen Substanz – Attributen – Modifikationen. Er sicherte Wert und Würde der Einzeldinge dadurch ab, daß er ihr Sein an die göttliche Substanz zurückband. Goethes *Studie* mühte sich um solche Ableitungen nicht, sondern sprach dem Einzelding den Rang zu, durch sich selbst zu existieren: „Wir können uns nicht denken, daß etwas Beschränktes durch sich selbst existiere, und doch existiert alles wirklich durch sich selbst [. . .]. Jedes existierende Ding hat also sein Dasein in sich" (13, 7). Die *Studie* mutmaßte sogar, „ein eingeschränktes lebendiges Wesen" nehme teil „an der Unendlichkeit oder vielmehr es hat etwas Unendliches in sich". Doch bleiben Goethes Äußerungen über das Unendliche schwankend, undeutlich. „Das Unendliche aber oder die vollständige Existenz kann von uns nicht gedacht werden." Die *Studie nach Spinoza* bietet nur knappe Formulierungen, streng gefaßt wie die *Ethik* des holländischen Philosophen. Dennoch ist offenkundig, welcher Wert den Einzeldingen hier verliehen wird. Als Jacobi seine Schrift *Über die Lehre des Spinoza* (1785), der Goethes *Prometheus*-Hymne (ohne Namensnennung) beigefügt war, geschickt hatte, antwortete Goethe freundlich, aber mit kennzeichnenden Hinweisen auf den Unterschied zur Gottesauffassung Jacobis:

> Vergieb mir daß ich so gerne schweige wenn von einem göttlichen Wesen die Rede ist, das ich nur in und aus den rebus singularibus [einzelnen Dingen] erkenne, zu deren nähern und tiefern Betrachtung niemand mehr aufmuntern kann als Spinoza selbst, obgleich vor seinem Blicke alle einzelne Dinge zu verschwinden scheinen.
> [. . .]
> Hier bin ich auf und unter Bergen, suche das Göttliche in herbis et lapidibus [Pflanzen und Steinen] (9. 6. 1785).

Auf die res singulares hatte Spinoza selbst in seiner *Ethik* aufmerksam gemacht: „Quo magis res singulares intelligimus, eo magis Deum intelligimus" [Je mehr wir die einzelnen Dinge erkennen, desto mehr erkennen wir Gott]. Goethe war nach eigener Aussage (im Brief an Jacobi) nicht sonderlich tief in Spinozas Philosophie eingedrungen, aber er sah nun doch sein Eingehen auf die „res singulares" auch philosophisch hinlänglich abgestützt, da er in Pflanzen und Steinen „das Göttliche" unmittelbar anwesend wußte. Daß hier mit dem Göttlichen anderes gemeint war als jenes ethische Verhalten, das die Hymne *Das Göttliche* forderte und feierte, versteht sich von selbst.

„Ich mag und kann dir nicht vorerzählen worauf ich in allen Naturreichen ausgehe“, gestand Goethe im gleichen Brief, in dem er Fritz Jacobi von seiner Spinoza-Lektüre berichtete (12. 1. 1785). Da hatte er ein Mikroskop aufgestellt, um die Versuche v. Gleichen-Rußwurms nachvollziehen und kontrollieren zu können, der über *Auserlesene mikroskopische Entdeckungen bei Pflanzen, Blumen und Blüten, Insekten und anderen Merkwürdigkeiten* (1771–1781) berichtet hatte und dessen *Abhandlung über die Samen und Infusionstierchen* (1778) Goethe im Juni 1785 erwarb. Prompt bot er Jacobi im April 1786 scherzhaft an, er könne ihm einige Millionen Infusionstierchen verabfolgen lassen, wenn ihm damit gedient wäre (14. 4. 1786), und Frau v. Stein ließ er wissen, er habe nunmehr schon Tiere, die sich den Polypen nahten, fressende Infusionstiere (Mitte April 1786).

Mineralogie und Geologie waren weitere Gebiete für den Naturbeobachter Goethe. Er suchte Proben von allen Gesteinsarten zu bekommen, sammelte sie eifrig und ermunterte seine Bekannten, ihm dabei behilflich zu sein. Das hat die Jahrzehnte hindurch angehalten. Als er 1832 starb, war seine Sammlung auf 17 800 Steine angewachsen. Ausflüge, Wanderungen (etwa bei den zahlreichen Kuraufenthalten in böhmischen Bädern seit 1785) verbanden sich fast immer mit Beobachtung und Sammeln von Pflanzen und Steinen. Über die Einzelerkenntnis der Gesteinsarten wollte Goethe vordringen zu Einsichten in die materiale Eigenart der Erde und Erdgeschichte. Als er seinem Freund Merck am 11. Oktober 1780 verkündete, er habe sich den mineralogischen Wissenschaften „mit einer völligen Leidenschaft ergeben“, prophezeite er, jetzt habe er „die allgemeinsten Ideen und gewiß einen reinen Begriff, wie alles auf einander steht und liegt“, und könne ausführen, „wie es auf einander gekommen ist“. Jener Bergbeflissene J. C. W. Voigt, der die Stein- und Gebirgsarten der Gegend aufgenommen hatte (oben S. 368), informierte ihn über den Stand der mineralogischen und geologischen Forschung, wie er ihn beim damals berühmten Professor Abraham Gottlob Werner an der Bergakademie in Freiberg/Sachsen kennengelernt hatte. Auf Grund des vorhandenen Wissens und der Hilfsmittel, so meinte Goethe wohlgemut, müsse „ein einziger großer Mensch, der mit den Füßen oder dem Geist die Welt umlaufen könnte, diesen seltsamen zusammen gebauten Ball ein vor allemal erkennen und uns beschreiben“ können, und zwar am besten in Form eines Romans, „weil das ehrsame Publicum alles Außerordentliche nur durch den Roman kennt“ (11. 10. 1780). Einen „Roman über das Weltall“ (an Ch. v. Stein, 7. 12. 1781) hat Goethe dann selbst geplant, aber nicht ausgeführt. Vielleicht war die

Abhandlung *Über den Granit*, an der er am 18. Januar 1784 diktierte, dafür gedacht; ‚dichterisch-essayistisch' waren die wenigen Seiten in der Tat.

> Die Würde dieses Gesteins wurde von vielen trefflich beobachtenden Reisenden endlich befestigt. Jeder Weg in unbekannte Gebirge bestätigte die alte Erfahrung, daß das Höchste und das Tiefste Granit sei, daß diese Steinart, die man nun näher kennen und von andern unterscheiden lernte, die Grundfeste unserer Erde sei, worauf sich alle übrigen mannigfaltigen Gebirge hinaufgebildet.
> In den innersten Eingeweiden der Erde ruht sie unerschüttert, ihre hohe Rücken steigen empor, deren Gipfel nie das alles umgebende Wasser erreichte. So viel wissen wir von diesem Gesteine und wenig mehr.
> [. . .]
> Auf einem hohen nackten Gipfel sitzend und eine weite Gegend überschauend, kann ich mir sagen: Hier ruhst du unmittelbar auf einem Grunde, der bis zu den tiefsten Orten der Erde hinreicht, keine neuere Schicht, keine aufgehäufte zusammengeschwemmte Trümmer haben sich zwischen dich und den festen Boden der Urwelt gelegt, du gehst nicht wie in jenen fruchtbaren schönen Tälern über ein anhaltendes Grab, diese Gipfel haben nichts Lebendiges erzeugt und nichts Lebendiges verschlungen, sie sind vor allem Leben und über alles Leben [. . .] (13, 254 f.).

In diesem Gestein erblickte Goethe etwas dauernd Beständiges. Er hielt es sowohl für das ‚tiefste Feste', das allem Wandelbaren der Erde zugrundeliegt, als auch für Urgestein im Sinne des Anfänglichen, aus dem die anderen Gesteine durch Kristallisationen entstanden seien und Berge und Täler sich durch Verwitterung gebildet hätten. Beides gegenwärtig und sichtbar im Granit. Diese Auffassung hält den heutigen wissenschaftlichen Erkenntnissen der Geologie natürlich nicht stand. Damals aber waren, daran muß man sich erinnern, noch viele erdgeschichtliche Daten unbekannt. Das Alter der verschiedenen Gesteinsschichten, die Entstehungsgeschichte der Gebirge, die Eigenarten des Vulkanismus und vieles andere mehr hatte man noch nicht erforscht. Über die Vorgänge bei der Bildung der Erdrinde stritten seinerzeit Verfechter der „neptunistischen" mit denen der „vulkanistischen" Theorie. Professor Werner in Freiberg vertrat bedingungslos die Ansicht der Neptunisten, die langsame Veränderungen unter dem Einfluß des Wassers behaupteten. Ein Urmeer sei zurückgeströmt und habe dabei die Gesteine der Erdkruste ausgesondert; durch Kristallisation aus dem Wasser sei die Erdgestaltung erfolgt. Die Plutonisten sahen dagegen vulkanistische Einwirkungen als entscheidend an. Feurige Aufbrüche aus tieferen und oberen Schichten der Erde hätten die Formung der Erdrinde bewirkt. Goethe hing zeitlebens neptunistischen Vorstellungen von einer ruhigen, langsamen Entwicklung an, der Umwälzungen revolutionären Charakters fremd waren. Die vulkanistische Theorie verfluchte er als „vermaledeite Polterkammer der neuen Weltschöpfung" (13, 299). Selbst als er spät erlebte, wie sich ein gemäßigter Plutonismus durchsetzte und die Ansichten der Neptunisten nicht mehr haltbar waren, scheint er, wenigstens im Prinzip, bei seiner Anschauung geblieben zu sein; zu sehr stimmte sie mit seinem Wunsch nach langsamer Evolution überein, nach allmählichem, gesetzmäßigem Werden. Noch im zweiten Teil des *Faust* präsentieren sich Thales und Anaxagoras als Vertreter des „Wasser- und Feuerglaubens", in den sich die „geologischen Systeme teilen" (LA I 2, 298):

Thales: Nie war Natur und ihr lebendiges Fließen
Auf Tag und Nacht und Stunden angewiesen.
Sie bildet regelnd jegliche Gestalt,
Und selbst im Großen ist es nicht Gewalt.
Anaxagoras: Hier aber war's! Plutonisch grimmig Feuer,
Äolischer Dünste Knallkraft, ungeheuer,
Durchbrach des flachen Bodens alte Kruste,
Daß neu ein Berg sogleich entstehen mußte (V. 7861 ff.).

Schon Goethes Mitarbeit an Lavaters *Physiognomischen Fragmenten* hatte eine genaue Beobachtung der Gestalt erfordert. Ein Beitrag, den man als seine erste Arbeit im Felde der Naturforschung betrachten kann, bot die Beschreibung verschiedener Tierschädel. So ist es nicht verwunderlich, daß er die Gelegenheit wahrnahm, sich im Herbst 1781 in Jena von Professor Loder eingehend in Anatomie, Knochenlehre (Osteologie) und Bänderlehre unterrichten zu lassen. Noch kaum in der Gestaltkunde des Menschen erfahren, hielt Goethe schon von November 1781 bis Januar 1782 zweimal wöchentlich Vorträge über Anatomie im Weimarer „Freien Zeichen-Institut". So wichtig war es ihm, seine Kenntnisse auf diesem Gebiet an die Schüler der Zeichenschule weiterzugeben, die seit wenigen Jahren existierte und an der seit 1776 Georg Melchior Kraus für ein Jahresgehalt von 400 Talern lehrte. Auch Hofbildhauer Martin Gottlieb Klauer, dessen Porträtbüsten der Weimarer Persönlichkeiten weithin bekannt wurden, und andere Künstler erteilten dort Unterricht. „Ich weiß meine Osteologie auf den Fingern auswendig herzusagen", rühmte sich Goethe schon im Herbst 1782 (an Merck, 27. 10. 1782).

Im März 1784 gelang ihm „eine anatomische Entdeckung", die er für außerordentlich wichtig hielt. „Ich habe eine solche Freude, daß sich mir alle Eingeweide bewegen" (an Ch. v. Stein, 27. 3. 1784). Herder erfuhr in einem jubelnden Brief:

> Nach Anleitung des Evangelii [„Freut euch mit mir", Lukas 15, 6] muß ich dich auf das eiligste mit einem Glücke bekannt machen, das mir zugestoßen ist. Ich habe gefunden – weder Gold noch Silber, aber was mir eine unsägliche Freude macht –
>
> das os intermaxillare am Menschen!
>
> Ich verglich mit Lodern Menschen- und Thierschädel, kam auf die Spur und siehe da ist es. Nur bitt' ich dich, laß dich nichts merken, denn es muß geheim behandelt werden. Es soll dich auch recht herzlich freuen, denn es ist wie der Schlußstein zum Menschen, fehlt nicht, ist auch da! Aber wie! Ich habe mirs auch in Verbindung mit deinem Ganzen gedacht, wie schön es da wird [. . .] (27. 3. 1784).

Goethe hatte den Zwischenkieferknochen auch beim Menschen gefunden. Was diesem im Unterschied zum Affen und den anderen Säugetieren zu fehlen schien, war doch vorhanden: jenes *os intermaxillare*, das bei den meisten Säugetieren ein besonderer Knochen ist und im mittleren Teil des Oberkiefers die Schneidezähne trägt. Beim Menschen verwächst er schon im embryonalen Stadium, so daß allenfalls schwache Spuren einer Verwachsungsnaht übrigbleiben. Ursprünglich war also der Zwischenkieferknochen auch beim Menschen vorhanden. Goethe zeigte sich deshalb von seiner Entdeckung so begeistert, weil er damit ein Beweisstück besaß, daß das Reich der Lebewesen ein großes Ganzes war. Nun hatte er Herders Auffassung, worauf der Brief verwies, durch ein anatomisches Argument abgesichert. In dessen – etwa gleichzeitig entstandenen und gemeinsam besprochenen – *Ideen zur Philosophie der Geschichte der Menschheit* hieß es: „Nun ist unleugbar, daß bei aller Verschiedenheit der lebendigen Erdwesen überall *eine Hauptform* zu herrschen scheine, die in der reichsten Verschiedenheit wechselt" (II 4). Im Brief an Knebel vom 17. November 1784, mit dem er seine „Abhandlung aus dem Knochenreiche" übersandte, wurde besonders deutlich, wie sehr Goethe seinen Fund als Zeugnis dafür schätzte, daß jede Kreatur nur ein Ton, eine Schattierung einer großen Harmonie sei,

> daß man nämlich den Unterschied des Menschen vom Thier in nichts einzelnem finden könne. Vielmehr ist der Mensch aufs nächste mit den Thieren verwandt. Die Übereinstimmung des Ganzen macht ein iedes Geschöpf zu dem was es ist, und der Mensch ist Mensch sogut durch die Gestalt und Natur seiner obern Kinnlade, als durch Gestalt und Natur des letzten Gliedes seiner kleinen Zehe Mensch. Und so ist wieder iede Creatur nur ein Ton eine Schattirung einer grosen Harmonie, die man auch im Ganzen und Grosen studiren muß sonst ist iedes einzelne ein todter Buchstabe.

Goethes Entdeckung des Zwischenkieferknochens konnte nachträglich

seine emphatische Bekundung im Gedicht *Das Göttliche* bestätigen, daß es allein das ethische Verhalten sei, das den Menschen von anderen Wesen zu unterscheiden vermöge.
Mit der „Abhandlung aus dem Knochenreiche", in der Goethe seinen Fund erläuterte, hatte er freilich wenig Erfolg. Merck spielte den Vermittler, aber sowohl Sömmering in Kassel als auch Camper in Groningen und Blumenbach in Göttingen verhielten sich ablehnend; sie beharrten weiterhin auf dem auch im Knochenbau in Erscheinung tretenden Unterschied zwischen Affe und Mensch. Loder in Jena jedoch stimmte 1788 in seinem *Anatomischen Handbuch* Goethes Erkenntnis zu. Ohnehin hatten bereits andere Anatomen dasselbe behauptet wie Goethe, der auf seine Entdeckung so stolz war, den Stand der osteologischen Forschung aber nicht überblickte. Beispielsweise hatte der französische Arzt und Anatom Felix Vicq d'Azyr schon 1780 in den *Mémoires de l'académie* den von Goethe ‚entdeckten' Befund nachgewiesen. Goethes eigener Aufsatz erschien erst 1820 im Druck: *Dem Menschen wie den Tieren ist ein Zwischenknochen der obern Kinnlade zuzuschreiben* (13, 184–196), ein nüchterner Bericht, der von der Bedeutung, die Goethe seinem Fund beimaß, nichts zu erkennen gibt.
Seine osteologischen Studien setzte er eifrig fort, besorgte sich Tierschädel, fragte Merck, wie eigentlich das Horn des Rhinozeros auf dem Nasenknochen sitze (23. 4. 1784), und hatte schon im Juni 1784 von Sömmering aus Kassel einen Elefantenschädel bekommen: „Ich halte ihn im innersten Zimmergen versteckt damit man mich nicht für toll halte. Mein Hauswirthinn glaubt es sey Porzellan in der ungeheuren Kiste" (an Ch. v. Stein, Eisenach, 7. 6. 1784).
Vieles ließ er auf sich einstürmen, etwa neue Beobachtungen über den Magensaft, die er von Loder in Jena erfuhr, oder eine (für seine spätere Idee der Metamorphose bedeutsame) Abhandlung von John Hill über die Blumen, „die wieder neue Blumen aus ihrer Mitte hervortreiben". Da konnte er sich einen Stoßseufzer nicht versagen: „Wer doch nur einen aparten Kopf für die Wissenschafften hätte" (an Ch. v. Stein, 12. 12. 1785).

Über Karlsbad nach Italien

Im Sommer 1785 reiste Goethe zum erstenmal zur Kur nach Karlsbad. Dieses böhmische Bad war seit langer Zeit wegen seiner Quellen und seines Sprudels berühmt, wurde von Angehörigen der europäischen ‚Gesellschaft' gern aufgesucht und hatte sich ebensosehr als Heilbad wie als eleganter Treffpunkt etabliert, wo geistreiche Unterhaltung und amüsante Zerstreuung auf der Tagesordnung standen, wo man sah und gesehen wurde und, frei von den Zwängen des Alltags, interessante Begegnungen suchte und fand, erotische Abenteuer eingeschlossen. Goethe freute sich auf die Reise. Nach neun Jahren angespannter Tätigkeit war eine Erholung fällig, zumal sein Gesundheitszustand zu wünschen übrig ließ. Magenbeschwerden und rheumatische Schmerzen störten ihn, und für den Stoffwechsel war eine Trink- und Badekur höchst willkommen. Zudem litt er im Frühjahr offenbar unter einer tiefen Verstimmung; die Misere der politischen, finanziellen Lage und die Einsicht in das Vergebliche und Belanglose mancher Arbeit belasteten ihn. „Ich flicke an dem Bettlermantel der mir von den Schultern fallen will" (an Knebel, 5. 5. 1785). Auch das Unstete im Verhalten des Herzogs bereitete ihm nach wie vor Sorge, bei aller freundschaftlichen Verbundenheit.

Naturkundliche Beschäftigungen sollten auf der Reise nicht zu kurz kommen, Carl Ludwig v. Knebel war mit von der Partie; die Route über das Fichtelgebirge bot Gelegenheit, das Stein- und Pflanzenreich weiter zu erforschen. Man traf einen jungen kundigen Thüringer und engagierte ihn gleich als botanischen Fachmann: „In gebirgigen Gegenden immer zu Fuße brachte er [Friedrich Gottlieb Dietrich] mit eifrigem Spürsinn alles Blühende zusammen, und reichte mir die Ausbeute wo möglich an Ort und Stelle sogleich in den Wagen herein, und rief dabei nach Art eines Herolds die Linnéischen Bezeichnungen, Geschlecht und Art, mit froher Überzeugung aus, manchmal wohl mit falscher Betonung" (13, 154).

45 Tage, vom 4. Juli bis 17. August 1785, blieb Goethe in Karlsbad. Damit war die lange Reihe seiner Aufenthalte in den böhmischen Bädern eröffnet. Bis 1823 hat er sechzehnmal die Fahrt dorthin unternommen. Und da in Goethes Leben (fast) alles nachgerechnet worden ist, wissen wir, daß er insgesamt 1111 Tage in Böhmens Kurorten verbracht hat (in Italien 683). Viele Bekannte aus Weimar waren 1785 ebenfalls in Karlsbad, darunter Frau v. Stein, die Ehepaare Herder und Voigt. Goethe blieb länger als die übrigen, so sehr schienen ihm das Leben im weltoffenen Badeort und die neuen Bekanntschaften zu gefallen. Daran gab es genug und auch immer wieder bei späteren Aufenthalten bis 1823. Hier ist kein Platz, alle zu erwähnen, denen Goethe jetzt und später in Böhmen begegnete, und die Ausflüge und Stunden zu beschreiben, die er mit denen, die ihn beeindruckten und auf die er Eindruck machte, unternahm und verlebte. Ein Bericht über „Goethe in Böhmen" füllt mühelos einen eigenen stattlichen Band, wie Johannes Urzidils Buch beweist.

Der Geheime Rat aus Weimar, noch keine sechsunddreißig Jahre alt, bewegte sich mit selbstverständlicher Sicherheit unter den Gästen des renommierten Bades, wo der Adel beachtlich vertreten war. Vor drei

Jahren selbst in den Adelsstand erhoben, der eigenen Leistung in den Amtsgeschäften und im Literarischen bewußt, in politischen Fragen ebenso versiert wie in der Beobachtung der Natur, konnte Goethe mit jedermann souverän verkehren. Unbeschadet der formellen Ehrerbietung, die er seit Weimar stets gegenüber der gesellschaftlichen Rangordnung wahrte, besaß er jenes Selbstbewußtsein, über das er laut Eckermann einmal gesagt hat (26. 9. 1827):

> Ich will nun just eben nicht damit prahlen, aber es war so und lag tief in meiner Natur: ich hatte vor der bloßen Fürstlichkeit als solcher, wenn nicht zugleich eine tüchtige Menschennatur und ein tüchtiger Menschenwert dahintersteckte, nie viel Respekt. Ja es war mir selber so wohl in meiner Haut, und ich fühlte mich selber so vornehm, daß, wenn man mich zum Fürsten gemacht hätte, ich es nicht eben sonderlich merkwürdig gefunden haben würde. Als man mir das Adelsdiplom gab, glaubten viele, wie ich mich dadurch möchte erhoben fühlen. Allein, unter uns, es war mir nichts, gar nichts! Wir Frankfurter Patrizier hielten uns immer dem Adel gleich, und als ich das Diplom in Händen hielt, hatte ich in meinen Gedanken eben nichts weiter, als was ich längst besessen.

Zu den „Frankfurter Patriziern" im engeren Sinne haben die Goethes zwar nie gehört, rückschauend aber erschien es ihm wohl so, zumal er um die materielle Basis seiner Existenz und Entwicklung nie hatte kämpfen müssen.

Im Karlsbader Sommer 1785 gab es munteren gesellschaftlichen Umgang auch mit dem Grafen Moritz Brühl und seiner attraktiven Frau Tina (Christina, geb. Schleierweber, Tochter eines Feldwebels aus dem Elsaß). Ihnen widmete Goethe einige Verse. Er hat sich hier und später nie gescheut, zu unterschiedlichsten Anlässen Verse beizusteuern, Gelegenheitspoesie im wahrsten Sinne des Wortes, mitunter ganz belanglose Stücke, die allenfalls in einem Gedanken, einem Motiv, einer Reimfolge den großen Lyriker ahnen lassen. Er konnte solche Gelegenheitsgedichte deshalb ohne Scheu verfassen und zirkulieren lassen, weil er auf eine bestimmte Art von Gedichten nicht festgelegt war. Auf ‚Erlebnislyrik', auf Verse unmittelbarer, gefühlsbetonter Innerlichkeit und Subjektivität, wie sie spätere Generationen gerade mit seinem Namen verbunden haben, war er mitnichten eingeengt. Zu gegebenem Anlaß übte er gern das Meditieren im leichten, lockeren Vers, die Ausschmückung eines Gedankens, eines Motivs, und dabei entstanden, inmitten mancher Belanglosigkeiten, immer wieder Gebilde, die unabhängig von der Gelegenheit ihres Entstehens Bedeutung beanspruchen können – wenigstens für Liebhaber, die wissen oder vermuten, daß abseits des Bekannten und immer Zitierten manches zu entdecken ist, bis hin zu dem Dank für achtundvierzig Flaschen Rheinwein zu seinem letzten Geburtstag, *Den verehrten achtzehn Frankfurter Festfreunden am 28. August 1831*: „Heitern Weinbergs Lustgewimmel, / Fraun und Männer, tätig, bunt, / Laut, ein fröhliches Getümmel, / Macht den Schatz der Rebe kund. [. . .]“ Oft bezieht sich das jeweilige Gedicht auch nicht direkt auf die Gelegenheit oder die Person, sondern ist Ausdruck persönlichen Erfahrens und Denkens seines Verfassers, passend zugleich für diejenigen, denen es gewidmet wird. So etwa die Zeilen des Karlsbader Sommers 1785 für Tina Brühl:

Auf den Auen wandlen wir
Und bleiben glücklich ohne Gedanken,
Am Hügel schwebt des Abschieds Laut,
Es bringt der West den Fluß herab
Ein leises Lebewohl.
Und der Schmerz ergreift die Brust,
Und der Geist schwankt hin und her,
Und sinkt und steigt und sinkt.
Von weiten winkt die Wiederkehr
Und sagt der Seele Freude zu.
Ist es so? Ja! Zweifle nicht.

Auch scherzende, leichtgewichtige Hexameterverse schrieb Goethe für die Gräfin Brühl, die umschwärmt war und dies offensichtlich genoß. Ein Beispiel für die spielerischen Nichtigkeiten, die der gesellige Dichter flink zu Papier brachte:

Warum siehst du Tina verdammt, den Sprudel zu trinken?
Wohl hat sie es verdient an allen, die sie beschädigt
Und zu heilen vergessen, die an der Quelle des Lethe
Becher auf Becher nun schlürfen, die gichtischen Schmerzen der Liebe
Aus den Gliedern zu spülen und, will es ja nicht gelingen,
Bis zum Rheumatismus der Freundschaft sich zu kurieren.

Und für den Geburtstag des Grafen Brühl fabrizierte er ein langes Bänkelsängerlied, das zu passenden Bildern unter Hallo vorgetragen wurde („Ein munter Lied! Dort kommt ein Chor / Von Freunden her, sich zu ergötzen [. . .]“). Was er Carl August über seine erste Kur berichtete, gilt summa summarum für alle seine Aufenthalte in den böhmischen Bädern: „Die Wasser bekommen mir sehr wohl, und auch die Nothwendigkeit immer unter Menschen zu seyn hat mir gut gethan. Manche Rostflecken die eine zu hartnäckige Einsamkeit über uns bringt schleifen sich da am besten ab. Vom Granit, durch die ganze Schöpfung durch, bis zu den

Weibern, alles hat beygetragen mir den Aufenthalt angenehm und interessant zu machen" (15. 8. 1785).

Im nächsten Jahr 1786 ging die Badereise erneut nach Karlsbad. Wiederum waren Weimarer Freunde da, der Herzog, Frau v. Stein, Herders. Aber niemand von ihnen wußte oder ahnte, daß Goethe eine heimliche Flucht plante. Am 27. Juli kam er an, lebte wie gewohnt unter den Gästen des Kurorts und begleitete Charlotte von Stein, die schon am 14. August zurückreiste, noch bis Schneeberg in Sachsen, ohne ihr allerdings zu erklären, daß und warum er in Kürze nach Italien auf- und ausbrechen würde. Wieder nach Karlsbad zurückgekehrt, ließ er es am 23. August bei brieflichen Andeutungen bewenden: „Und dann werde ich in der freien Welt mit *dir* leben, und in glücklicher Einsamkeit, ohne Namen und Stand, der Erde näher kommen aus der wir genommen sind." Am 1. September ebenfalls nur der dunkle Hinweis auf die „Einsamkeit der Welt", in die er jetzt hinausgehe.

Der Herzog verließ Karlsbad am 28. August; auch ihn hatte Goethe in den genauen Reiseplan nicht eingeweiht. Wohl wußte er, daß sein Freund und Minister einige Zeit abwesend sein würde, aber mehr auch nicht. „Verzeihen Sie daß ich beim Abschiede von meinem Reisen und Außenbleiben nur unbestimmt sprach, selbst jetzt weiß ich noch nicht was aus mir werden soll", begann Goethe am Tag vor seinem heimlichen Verschwinden einen längeren Brief, in dem er andeutungsweise erklärte, warum er sich „in Gegenden der Welt" verlieren wollte, wo er unbekannt sei. Er gehe ganz allein, unter einem fremden Namen, und hoffe, „von dieser etwas sonderbar scheinenden Unternehmung das Beste" (2. 9. 1786). Dann, am 3. September, der Aufbruch mit allen Zeichen einer Flucht: „Früh 3 Uhr stahl ich mich aus dem Carlsbad weg, man hätte mich sonst nicht fortgelassen" (*RT* 13). In der ausgefeilten Diktion der dreißig Jahre später vollendeten *Italienischen Reise* heißt es weiter:

> Die Gesellschaft, die den achtundzwanzigsten August, meinen Geburtstag, auf eine sehr freundliche Weise feiern mochte, erwarb sich wohl dadurch ein Recht, mich festzuhalten; allein hier war nicht länger zu säumen. Ich warf mich ganz allein, nur einen Mantelsack und Dachsranzen aufpackend, in eine Postchaise und gelangte halb acht Uhr nach Zwota, an einem schönen stillen Nebelmorgen. Die obern Wolken streifig und wollig, die untern schwer. Mir schienen das gute Anzeichen. Ich hoffte, nach einem so schlimmen Sommer einen guten Herbst zu genießen. Um zwölf in Eger, bei heißem Sonnenschein; und nun erinnerte ich mich, daß dieser Ort dieselbe Polhöhe habe wie meine Vaterstadt, und ich freute mich, wieder einmal bei klarem Himmel unter dem funfzigsten Grade zu Mittag zu essen (11, 9).

Italienische Jahre

Aufenthalt im Süden, nah und fern gesehen

Goethe reiste zügig gen Süden. Am 6. September war er bereits in München, am Abend des 8. hatte er den Brenner erreicht. „Von hier fliesen die Wasser nach Deutschland und nach Welschland diesen hoff ich morgen zu folgen. Wie sonderbar daß ich schon zweymal auf so einem Punckte stand, ausruhte und nicht hinüber kam! Auch glaub ich es nicht eher als bis ich drunten bin" (*RT* 25). 1775 und 1779, auf den beiden Schweizer Reisen, hatte er, von der Höhe des Gotthards aus, Italien schon vor sich liegen gehabt und war doch wieder umgekehrt, nach Frankfurt und nach Weimar. Und ein weiteres Mal, im Herbst 1775, konnte er den Plan einer Italienreise nicht verwirklichen, als ihn in Heidelberg die Nachricht einholte, die Kutsche nach Weimar warte in Frankfurt auf ihn.

Die Eindrücke im Elternhaus und die humanistische Erziehung in den frühen Jahren legten es nahe, für einen Ausbruchsversuch das Land jenseits der Alpen zu wählen. Zu Hause hingen Kupferstiche aus Italien, stand das kleine Modell einer venezianischen Gondel, an das sich der Reisende in Venedig, in das er am 28. September einfuhr, erinnerte: „Wie die erste Gondel an das Schiff anfuhr, fiel mir mein erstes Kinderspielzeug ein, an das ich vielleicht in zwanzig Jahren nicht mehr gedacht hatte. Mein Vater hatte ein schönes Gondelmodell von Venedig mitgebracht, er hielt es sehr werth und es ward mir hoch angerechnet wenn ich damit spielen durfte" (*RT* 99).

Vom Brenner aus hatte er den Weg über Trient und den Gardasee nach Verona genommen, war dort einige Zeit verweilt, um Stadt, Amphitheater und das Leben des Volkes auf sich wirken zu lassen, war mehrere Tage in Vicenza und Umgebung geblieben, wo er „an des Palladio Werkken geschwelgt" (*RT* 77), und hatte in Padua im botanischen Garten „schöne Bestätigungen" seiner „botanischen Ideen" wiedergefunden (*RT* 95). Doch Rom zog ihn unwiderstehlich an, so daß er Oberitalien rasch hinter sich brachte. „Was aber die Nähe von Rom mich zieht drück ich nicht aus. Wenn ich meiner Ungedult folgte, ich sähe nichts auf dem Wege und eilte nur grad aus. Noch vierzehn Tage und eine Sehnsucht von 30 Jahren ist gestillt! Und es ist mir immer noch als wenns nicht möglich wäre" (*RT* 152 f.). Von unterwegs schrieb er zwar nach Weimar, an Herders, an Charlotte v. Stein, an den Herzog, aber seine Aufenthaltsorte verschwieg er beharrlich. Erst als er Rom am 29. Oktober tatsächlich erreicht hatte, lüftete er sein Geheimnis: „Endlich kann ich den Mund auftun und Sie mit Freuden begrüßen, verzeihen Sie das Geheimnis und die gleichsam unterirdische Reise hierher. Kaum wagte ich mir selbst zu sagen wohin ich ging, selbst unterwegs fürchtete ich noch

und nur unter der Porta del Popolo war ich mir gewiß Rom zu haben" (an Carl August, 3. 11. 1786).
Goethe reiste allein und wieder einmal (wie auf der ersten Harzreise) unter fremdem Namen. Als Johann Philipp Möller gab er sich aus und genoß es, aller Förmlichkeiten ledig zu sein. Auch in Rom war niemand auf sein Kommen vorbereitet. Der Flüchtige wußte indessen, an wen er sich wenden konnte: an den Maler Wilhelm Tischbein, dem er vor kurzem eine Pension des Gothaer Herzogs besorgt hatte. Tischbein war schon von 1779 bis 1781 in Rom gewesen und lebte seit 1783 wieder dort, bei seinen „guten alten Hausleuten", der Familie Collina, derer er liebevoll in seiner Autobiographie gedachte (*Aus meinem Leben* II 33 ff.). In der Casa Moscatelli an der Strada del Corso No. 20, gegenüber dem Palazzo Rondandini, war ein regelrechter deutscher Künstlerhaushalt entstanden, mit ihm, mit Georg Schütz aus Frankfurt und Fritz Bury, alles Malern, zu denen später noch der Musiker Christoph Kayser hinzukam. Gleich am ersten Abend traf sich der überraschend Angekommene im alten Albergo dell'Orso, wo er abgestiegen war, mit Tischbein, der später daran erinnerte: „Nie habe ich größere Freude empfunden als damals, wo ich Sie zum erstenmal sah [...]. Sie saßen in einem grünen Rock am Kamin, gingen mir entgegen und sagten: ich bin Goethe!" (14. 5. 1821). Schon am nächsten Tag zog er zu seinem Freund in die Wohnung der deutschen Künstler, denen er sich natürlich zu erkennen gab. Vier Monate dauerte der erste Aufenthalt in Rom. Dann ging es am 22. Februar 1787 zusammen mit Tischbein weiter nach Neapel, einen Monat später, am 29. März, nach Sizilien, nun mit dem Landschaftsmaler Christoph Heinrich Kniep, der Tischbein ablöste und die Eindrücke der Reise auf seinen Blättern festhalten sollte. Monatelang dann in Sizilien; aber Griechenland blieb unbetreten. Im Mai wieder zurück über Neapel nach Rom, wo am 7. Juni 1787 Goethes zweiter römischer Aufenthalt begann, der sich noch fast auf ein Jahr ausdehnte. Am 23. April 1788 erst brach er mit Christoph Kayser zur Rückreise in den Norden auf, in den unwirtlichen, oft beklagten, nach schmerzhaftem Abschied von Rom, worüber er noch nach Monaten gegenüber Herder bekannte: „Mit welcher Rührung ich des Ovids Verse [Tristia I 3] oft wiederhole, kann ich dir nicht sagen: Cum subit illius tristissima noctis imago, / Quae mihi supremum tempus in urbe fuit [in Riemers Übersetzung: Wandelt von jener Nacht mir das traurige Bild vor die Seele, / Welche die letzte für mich ward in der römischen Stadt]" (27. 12. 1788). Dem Verbannten Ovid fühlte er sich nun verwandt. Einige Tage blieben noch für Florenz, auch für das Treffen mit Barbara Schultheß in Konstanz, dann war mit der Rückkehr in Weimar am 18. Juni 1788 der merkwürdige, von Geheimnis umwitterte Urlaub beendet, den sich der Geheime

Rat v. Goethe, alias Philipp Möller, für fast eindreiviertel Jahre gegönnt hatte.

So die äußeren Daten der italienischen Reise.

Was aber waren die Gründe für die Flucht? Welche Ergebnisse hat die Zeit in Italien gebracht? Trotz der zahlreichen Dokumente bleiben offene Fragen. Nirgends hat Goethe zusammenhängend Auskunft über die entscheidenden Gründe für sein unerwartetes Sichdavonstehlen aus Karlsbad und damit aus dem Weimar des Jahres 1786 gegeben. Zwar finden sich in den Zeugnissen jener italienischen Zeit gewichtige Ausdrücke wie „Krise", „Wiedergeburt", „neues Leben". Was aber mit ihnen wirklich gemeint war, liegt nicht so offen zu Tage. Nur eines ist sicher: Es muß eine tiefe, die ganze Existenz betreffende Krise gewesen sein, in die der fast Siebenunddreißigjährige geraten war und der er nicht anders zu begegnen wußte als durch zeitweilige Absonderung von jener Art der Existenz, mit der er seit einem Jahrzehnt zurechtzukommen versucht hatte.

Die Dokumente aus dem Umkreis der italienischen Reise sind nicht alle in gleicher Weise authentisch. Es gibt Briefe Goethes an die Daheimgebliebenen, darunter privat-vertrauliche und solche an den „Freundeskreis in Weimar". Gelegentlich bezeichnete der Reisende seine Nachrichten als „ostensible" Blätter, mit anderen Worten: sie konnten und sollten herumgezeigt werden. Für Charlotte v. Stein, die er, was sie bestürzte und verstimmte, im unklaren gelassen hatte, schrieb er ein besonderes *Reise-Tagebuch (RT)*, das er ihr in einzelnen Sendungen aus Italien zukommen ließ. Es hat Wochen gedauert, bis die erste Nachricht bei der Verlassenen eintraf und sie erfuhr, daß und wohin sich der Freund für längere Zeit davongemacht hatte. Verärgerung konnte nicht ausbleiben. Dieses *Reise-Tagebuch*, das den Berichten aus einzelnen Orten besondere Abschnitte über „Witterung", „Gebirge und Bergarten", „Menschen" einfügte, reicht nur bis Rom, wo der Chronist am 29. Oktober notierte: „Ich kann nun nichts sagen als ich bin hier, ich habe nach Tischbeinen geschickt" (*RT* 175). Wochen später dann nur noch der lakonische Nachtrag vom 12. Dezember: „Seit ich in Rom bin hab ich nichts aufgeschrieben als was ich dir von Zeit zu Zeit geschickt habe. Denn da läßt sich nichts sagen, man hat nur genug erst zu sehen und zu hören" (*RT* 177). Ein eigenes Tagebuch Goethes liegt, wie wir schon wissen, für die Zeit von Juni 1782 bis Januar 1790 nicht vor, außer einem Heftchen aus den Rückreisetagen 1788 (SGG 58). Seine berühmte zusammenhängende Darstellung, die *Italienische Reise* (*IR*), hat er erst dreißig Jahre nach der Zeit in Italien verfaßt. Der Erstdruck von 1816 und 1817 präsentierte sich als weiterer Teil der Autobiographie *Dichtung und Wahrheit* und trug folgerichtig den Titel *Aus meinem Leben. Zweyter Abteilung Erster*

Theil (1816); *Zweiter Theil* (1817). Die Darstellung führte bis zum Aufenthalt in Sizilien und zur Rückkehr nach Neapel im Juni 1787. Erst 1829, in der Ausgabe letzter Hand, erschien die Überschrift *Italienische Reise*, und das Ganze war erweitert um den umfangreichen Teil *Zweiter römischer Aufenthalt vom Juni 1787 bis April 1788*. Da die Lücke in der Autobiographie zwischen 1775 und 1786 mit dem schwierigen Weimarer Jahrzehnt nicht hatte geschlossen werden können, bot sich der eigenständige Titel an. Diese *Italienische Reise* basiert neben dem *Reise-Tagebuch* für Frau v. Stein auf Originalbriefen und -notizen aus der italienischen Zeit und erweckt, im Präsens gehalten und mit Teilen der Briefkorrespondenz durchsetzt, den Anschein, als läge hier ein authentisches Reisetagebuch vor, das gegenwärtige Eindrücke und Erfahrungen getreu aufzeichne. Das trifft auch für die zahlreichen Stellen zu, wo Originaldokumente wörtlich wiedergegeben werden (was nicht überall nachzuprüfen ist, weil Goethe nach Abschluß der *Italienischen Reise* seine Unterlagen vernichtete). Aber der fast Siebzigjährige hatte anderes im Sinn, als ein Tagebuch aus seinem früheren Leben vorzulegen. Jetzt sollte die italienische Reise von einst als eine Phase im eigenen Bildungsprozeß erscheinen, der sich, wenn auch von Unruhe, Zweifeln und Zögern nicht frei, als fortschreitende Entwicklung vollzogen habe, als Metamorphose, als steigernde Wandlung eines Menschen, der in innerer Folgerichtigkeit zu jenen Erkenntnissen über Natur, Kunst und Menschenwesen gelangte, die als Ergebnis der langen Monate in Italien gelten. Der Weg zu ‚klassischen' Anschauungen als konsequente Weiterbildung der geprägten Form, die sich lebend entwickelt.

Um diesen Eindruck zu erreichen, waren Retuschen am vorliegenden dokumentarischen Material erforderlich. Allzu persönliche Äußerungen, die die damalige Krise zu direkt beleuchteten, wurden gemildert. Wo sich ursprünglich nur eine punktuelle Wahrnehmung neuer Einsichten abzeichnete und frühere Zeugnisse noch tastend, oft noch unsicher über die Richtigkeit des eingeschlagenen Weges von den Erfahrungen in der neuen Lebens- und Kunstwelt berichteten, sicherte die *Italienische Reise* einen Gesamtzusammenhang, in dem auch das, was zögerndes Vermuten war, aus der späteren Erkenntnis schlüssig und bedeutsam verbunden ist. Nur ein paar Hinweise: Im *Reise-Tagebuch* konnte der Besucher über den botanischen Garten in Padua am 27. September 1786, also am Beginn der Reise, nur erst dies berichten:

> Schöne Bestätigungen meiner botanischen Ideen hab ich wieder gefunden. Es wird gewiß kommen und ich dringe noch weiter. Nur ists sonderbar und manchmal macht michs fürchten, daß so gar viel auf mich gleichsam eindringt dessen ich mich nicht erwehren kann daß meine Existenz wie ein

> Schneeball wächst, und manchmal ists als wenn mein Kopf es nicht fassen noch ertragen könnte, und doch entwickelt sich alles von innen heraus, und ich kann nicht leben ohne das.

In der *Italienischen Reise*, ebenfalls unter dem 27. September, der in Wirklichkeit erst später ausgereifte Gedanke:

> Der botanische Garten ist desto artiger und munterer [als das Universitätsgebäude]. [. . .] Hier in dieser neu mir entgegentretenden Mannigfaltigkeit wird jener Gedanke immer lebendiger, daß man sich alle Pflanzengestalten vielleicht aus einer entwickeln könne. Hiedurch würde es allein möglich werden, Geschlechter und Arten wahrhaft zu bestimmen, welches, wie mich dünkt, bisher sehr willkürlich geschieht. Auf diesem Punkte bin ich in meiner botanischen Philosophie steckengeblieben, und ich sehe noch nicht, wie ich mich entwirren will. Die Tiefe und Breite dieses Geschäfts scheint mir völlig gleich.

Getilgt oder abgeschwächt wurden in der *Italienischen Reise* jene Zeugnisse, die das Dramatische der einstigen Flucht, die Schwere der Krise, die wachsenden Spannungen mit Charlotte v. Stein erkennen ließen. „Daß du krank, durch meine Schuld krank warst, engt mir das Herz so zusammen daß ich dirs nicht ausdrucke. Verzeih mir ich kämpfte selbst mit Tod und Leben und keine Zunge spricht aus was in mir vorging, dieser Sturz hat mich zu mir selbst gebracht" (23. 12. 1786). „Wie das Leben der letzten Jahre wollt ich mir eher den Tod gewünscht haben und selbst in der Entfernung bin ich dir mehr als ich dir damals war" (8. 6. 1787). „Ich habe nur *Eine* Existenz, diese hab ich diesmal *ganz* gespielt und spiele sie noch. Komm ich leiblich und geistlich davon, überwältigt meine Natur, mein Geist, mein Glück, diese Krise, so ersetz ich dir tausendfältig was zu ersetzen ist. – Komm ich um, so komm ich um, ich war ohnedies zu nichts mehr nütze" (20. 1. 1787).

Nun ist bei den schriftlichen Zeugnissen aus dem Umkreis der italienischen Reise weiter zu bedenken, daß es sich nicht um Mitteilungen handelt, die vom Gegenwärtigen und Vergangenen unvermittelt und unverhüllt, in zumindest angestrebter Objektivität und Klarheit berichten. Alle Blätter stammen von Goethes Hand, und wo immer er dort spricht, interpretiert er schon sich selbst. Überall haben wir es mit einem ‚gedeuteten' Goethe zu tun, der seine Situation und sein Verhalten andern gegenüber zu erklären suchte und um Verständnis für sich warb. Da mischten sich Interessen und Rücksichtnahmen ein. Kalkuliertes Verschweigen und inszenierte Sprachhandlungen mochte er von Fall zu Fall für angebracht halten. Um so schwieriger für uns, die wahren Gründe der Flucht zu entdecken und die Resultate des Aufenthalts in Italien einzuschätzen. Auch die plausibelsten Antworten bleiben ihrerseits Interpretationen, die auf die Dokumente des bereits ‚selbst-gedeuteten' Goethe angewiesen sind. Das gilt freilich im Prinzip für jede Benutzung autobiographischer Zeugnisse. Doch ist die Lage bei Goethes italienischer Reise besonders kompliziert, weil ihre Planung ganz im Dunkeln blieb und sich der Akteur zusammenhängende Darlegungen über Ursache und Ergebnisse dieses Aufenthalts versagt hat.

Schon die Zeitgenossen haben, nicht nur in diesem Fall, immer wieder Schwierigkeiten gehabt, Goethes Charakter auf die Spur zu kommen. Soviel er geschrieben hat, auch über sich selbst: Wer er in Wahrheit war, zeigte er nicht. Das Gefühl, im Grund allein zu sein, und der damit verbundene Wunsch nach Einsamkeit haben ihn lebenslang begleitet. Im Alter spielte er dann virtuos mit der Kunst, wie hinter wechselnden Masken unerkannt zu bleiben. Für die Mitlebenden und ihm Begegnenden war das verwirrend, und es gibt aus allen Zeiten seines Lebens Bemerkungen über ihn, die das bestätigen. „Sein ganzes Wesen ist mir noch ein Rätsel; ich weiß nicht, wie ich ihn entziffern soll", schrieb Caroline Herder ihrem Mann (14. 11. 1788), der der Unerkennbare „beinah wie ein Chamäleon" vorgekommen war (18. 8. 1788). Goethe selbst hatte schon Jahre vorher gewußt: „Mein Gott dem ich immer treu geblieben bin hat mich reichlich geseegnet im Geheimen, denn mein Schicksaal ist den Menschen ganz verborgen, sie können nichts davon sehen noch hören" (an Lavater, 8. 10. 1779). Wenige Monate vor seiner Flucht meinte Charlotte v. Stein: „Goethe lebt in seinen Betrachtungen, aber er teilt sie nicht mit. [. . .] Ich bedauere den armen Goethe: Wem wohl ist, der spricht" (an Knebel, 10. 5. 1786). Viele Jahre später schrieb die Enttäuschte über den einstigen nahen Freund, was auch die Meinung anderer war: „Goethe ist selten zu sehen, und ist immer etwas um ihn, entweder eine Wolke, ein Nebel oder ein Glanz, wo man nicht in seine Atmosphäre kann" (an Knebel, 12. 2. 1814).

Die Krise von 1786 und die Genesung des Flüchtlings aus dem Norden

Goethe hat das italienische Ereignis mit großen Worten bedacht. Bezeichnungen wie „Wiedergeburt" und „neues Leben" schienen ihm angemessen zu sein. Lassen wir auf sich beruhen, daß er immer gern hoch gegriffen hat, wenn er deuten wollte, was für ihn wichtig war. Wer von Wiedergeburt sprach und damit ein pietistisches Schlüsselwort aufgriff, das radikale Erneuerung, Umkehr, Durchbruch zum Wahren meinte und über dessen Inflation im 18. Jahrhundert schon gespottet wurde, konnte das nur, wenn ihm die vorangegangene Lebensphase tief fragwürdig erschien. Wiedergeburt setzt voraus, daß vorher Tod war, mindestens eine tödliche Krise. „Ich kämpfte selbst mit Tod und Leben", gestand der Geflüchtete der verlassenen Charlotte (23. 12. 1786), nachdem er kurz vorher, am 20. Dezember, verkündet hatte: „Die Wiedergeburt die mich von innen heraus umarbeitet, würkt immer fort, ich dachte wohl hier was zu lernen, daß ich aber so weit in die Schule zurückgehn, daß ich so viel *ver*lernen müßte dacht ich nicht." Wie bei einem pietistischen Erweckungs- und Bekehrungsereignis knüpfte der Reisende die Wiedergeburt an ein bestimmtes Datum: die endliche Ankunft in Rom, von der er nicht zu reden wagte, solange sie nicht gelungen war. „Denn es geht, man darf wohl sagen, ein neues Leben an, wenn man das Ganze mit Augen sieht, das man teilweise in- und auswendig kennt" (an den Freundeskreis in Weimar, Rom, 1. 11. 1786). „Ich zähle einen zweiten Geburtstag, eine wahre Wiedergeburt von dem Tage da ich Rom betrat" (an Herders, 2.–9. 12. 1786).

Bezeichnenderweise benutzte er den Ausdruck „Wiedergeburt", der das bisherige Leben nachdrücklich abwertete, zur Zeit der Reise (nicht aber in der *Italienischen Reise)* nur in den ganz persönlichen Briefen an Charlotte v. Stein, Herders und Knebel (mit Ausnahme eines Schreibens an den Gothaer Herzog, 6. 2. 1787), während er zu Carl August und dem „Freundeskreis" vom „neuen Leben" sprach, also das Gegenwärtige und Zukünftige betonte.

Heimlich stahl Goethe sich aus Karlsbad davon, aber in keinem der vielen Briefe, die er schon bald an die Weimaraner schrieb, fand sich eine Andeutung, daß er eine *dauernde* Trennung beabsichtigte. Im Gegenteil, er ließ nicht nach zu beteuern, wie sehr er sich den Freunden daheim verbunden wisse und daß er erneuert und froh zurückkehren werde. Charlotte v. Stein versicherte er Brief um Brief seine Liebe, seine Hoffnung auf die Zukunft, ohne zu verschweigen, wie schwer ihm manches geworden sei. Besonders dem Herzog bekräftigte er immer wieder, daß er sich zu Weimar gehörig fühle und ihm auch fernerhin als Mitarbeiter dienen wolle. Er dachte nicht daran, seine amtlichen Verpflichtungen kurzerhand zu beenden und sich im Gedankenaustausch mit Carl August von staatlich-politischen Überlegungen einfach zu dispensieren. Er hatte sein amtliches Haus wohl bestellt, als er nach Italien aufbrach, und legte seinem Herrn genaue Rechenschaft darüber ab: „Im allgemeinen bin ich in diesem Augenblicke gewiß entbehrlich, und was die besondern Geschäfte betrifft die mir aufgetragen sind, diese hab ich so gestellt, daß sie eine Zeitlang bequem ohne mich fortgehen können" (2. 9. 1786). Um soviel vorwegzunehmen: Goethe ist auch nach 1788 Weimarer Geheimer

Rat geblieben, mit etwas anderen Funktionen allerdings, und ist als Staatsminister gestorben. Wer in seiner italienischen Reise die grundsätzliche Abkehr von öffentlichen Aufgaben und Ämtern und den Abschied des Dichters vom ‚Politischen' insgesamt sieht, hat es mit der Beweisführung schwer.

Bleibt immer noch die Frage nach den Gründen der Flucht. In den Briefen vor dem Karlsbader Sommer 1786 finden sich nur verdeckte Anspielungen auf eine Fernreise, wie an Jacobi am 12. Juli 1786: „Wenn du wiederkommst werde ich nach einer andern Weltseite geruckt seyn" und in den Zeilen an Carl August vom 24. Juli. Wieder hat Goethe seine geheimsten Gedanken für sich behalten. Allein den treuen Philipp Seidel scheint er relativ früh eingeweiht zu haben, wie die Reihe der „Aufträge an Seideln" bezeugt, die er am 23. Juli aufschrieb. Er bestellte ihn förmlich zum Bevollmächtigten während seiner Abwesenheit.

Was zum Auf- und Ausbruch geführt hat, muß eine tiefe Verunsicherung der eigenen Existenz gewesen sein, für die man nicht einen bestimmten Umstand seiner äußeren Verhältnisse verantwortlich machen kann. Es war eine Identitätskrise, die von vielem geschürt wurde. Er wußte nicht mehr, was seine eigentliche Bestimmung war. Er lebte nicht mehr in Übereinstimmung mit sich; richtiger: er spürte die Nichtübereinstimmung mit sich selbst, ohne genau zu wissen, was er denn sein könne, wolle und müsse. Er war sich selbst entfremdet. Bekenntnishafte Äußerungen im *Reise-Tagebuch* und in den Briefen sind in dieser Hinsicht deutlich genug. „Nach und nach find ich mich" *(RT* 16. 9. 1786). „Ich gehe nur immer herum und herum und sehe und übe mein Aug und meinen innern Sinn" *(RT* 21. 9. 1786). Noch der späte Eintrag im *Zweiten römischen Aufenthalt* bestätigt, daß es um die Überwindung einer Identitätskrise ging: „In Rom hab' ich mich selbst zuerst gefunden, ich bin zuerst übereinstimmend mit mir selbst glücklich und vernünftig geworden" *(IR* 14. 3. 1788).

Da hatte Goethe also ein Jahrzehnt lang die „Weltrolle" geprobt, war ins Stein- und Pflanzenreich eingedrungen, hatte Anatomie studiert, zu dichten versucht, war ein inniges, wenngleich schwieriges Verhältnis mit einer Frau eingegangen, hatte nach eigenen Worten handelnd, lesend und schreibend das Leben zu bestehen gewagt, – und im Sommer 1786 bewies die aufgebrochene Krise, daß er ein Scheiternder war. Er fühlte keinen sicheren Boden mehr unter den Füßen. „Ich bin wie ein Baumeister der einen Turm aufführen wollte und ein schlechtes Fundament gelegt hatte; er wird es noch bei Zeiten gewahr und bricht gerne wieder ab, was er schon aus der Erde gebracht hat, um sich seines Grundes mehr zu versichern und freut sich schon im voraus der gewissern Festigkeit seines Baues" (an Ch. v. Stein, 29. 12. 1786). Sich des Grundes vergewis-

sern konnte er nur, wenn er von allem Abstand nahm, was ihn umgeben hatte. Alle Reflexionen in Italien bezeugen die Suche nach dem, was helfen könnte, sicheren Grund für die eigene Existenz zu legen. Es war die Suche nach Vorbildlichem, Verbindlichem, nach gültigen Maßstäben. Deshalb bemühte er sich, von sich ganz abzusehen, sich ganz zu öffnen für die Eindrücke einer anderen Welt, für deren Aufnahme er ja nicht unvorbereitet war. Seit den bewußt erlebten Jahren im Elternhaus, seit der Vermittlung der Ansichten Winckelmanns durch Adam Oeser in Leipzig, seit der Kenntnis antiker Kunstwerke wußte er, daß in Italien, wenn irgendwo, Anschauung von Großem und Bedeutendem möglich sein würde. Jetzt wollte er die Gegenstände suchen, „nach denen mich ein unwiderstehliches Bedürfnis hinzog. Ja die letzten Jahre wurd es eine Art von Krankheit, von der mich nur der Anblick und die Gegenwart heilen konnte. Jetzt darf ich es gestehen. Zuletzt durft ich kein lateinisch Buch mehr ansehn, keine Zeichnung einer italienischen Gegend" (an Carl August, 3. 11. 1786). „Ich lebe sehr diät und halte mich ruhig damit die Gegenstände keine erhöhte Seele finden, sondern die Seele erhöhen" (*RT* 24. 9. 1786). Das hatte er ähnlich schon auf der zweiten Schweizer Reise proklamiert, aber in Weimar war das nicht zu verwirklichen, nicht durchzuhalten gewesen.
Natürlich bedeutete die Krise von 1786 auch, daß er unter den Bedingungen des Weimarer Staates in seiner amtlichen Tätigkeit nicht die Erfüllung gefunden hatte, die er sich erhoffte. Beseitigen konnte er die Widerstände nicht, an denen er sich wundrieb. Eine Alternative zum Bestehenden zeichnete sich für ihn nicht ab. Nur die entschiedene Besinnung auf sich selbst wünschte er und setzte sie mit seiner Flucht durch. Danach müßte man weitersehen, dachte er, nicht etwa von Weimar gelöst, sondern dorthin zurückgekehrt, aber selbst erneuert, um dann angemessene Übereinkünfte für den eigenen Tätigkeitsbereich zu finden. Leicht sind Widersprüche in solchem Konzept eines Suchenden auszumachen, der im *Reise-Tagebuch* schrieb: „Ich kan dir nicht sagen was ich schon die kurze Zeit an Menschlichkeit gewonnen habe. Wie ich aber auch fühle was wir in den kleinen Souverainen Staaten für elende einsame Menschen seyn müssen weil man, und besonders in meiner Lage, fast mit niemand reden darf, der nicht was wollte und mögte" (25. 9. 1786). Zahlreiche Bemerkungen des Mißvergnügens an Zuständen und Menschen, mit denen sich der Geheime Rat und Kommissionsvorsitzende herumzuschlagen hatte, füllten die Briefe des ersten Weimarer Jahrzehnts. Die Reise nach Italien und zu sich selbst sollte Erleichterung bringen und den Sinn der eigenen Existenz wieder erkennen lassen. Die Lage würde glücklich sein, schrieb er aus Rom voller Hoffnung und entschlossen an Frau v. Stein,

> sobald ich an mich *allein* denke, wenn ich das, was ich solang für meine Pflicht gehalten, aus meinem Gemüte verbanne und mich recht überzeuge: daß der Mensch das Gute das ihm widerfährt, wie einen glücklichen Raub dahinnehmen und sich weder um rechts noch links, viel weniger um das Glück und Unglück eines *Ganzen* bekümmern soll. Wenn man zu dieser Gemütsart geleitet werden kann; so ist es gewiß in Italien, besonders in Rom. Hier wo in einem zusammensinkenden Staate, jeder für den Augenblick leben, jeder sich bereichern, jeder aus Trümmern sich wieder ein Häusgen bauen will und muß (25. 1. 1787).

Dennoch teilte er seinem Herzog im August desselben Jahres mit, er habe den Wunsch, sogleich nach seiner Rückkehr dessen Besitztümer zu bereisen und „mit ganz frischen Augen und mit der Gewohnheit Land und Welt zu sehen, Ihre Provinzen beurteilen zu dürfen. Ich würde mir nach meiner Art ein neues Bild machen und einen vollständigen Begriff erlangen und mich zu jeder Art von Dienst gleichsam aufs neue qualifizieren, zu der mich Ihre Güte Ihr Zutrauen bestimmen will" (11. 8. 1787). Doch an „jede Art von Dienst" dachte er im Ernst vermutlich nicht; in anderen Briefen an Carl August tastete er sich vielmehr zu einem neuen dienstlichen Arrangement vor, das seinen Neigungen und Fähigkeiten besser entspräche als der bisherige Umfang einer aufreibenden Verwaltungsarbeit in vielen Sparten.

Das Zukunftsbild, das der Geburtstagsgratulant zum 3. September 1783 im langen Rechenschaftsgedicht *Ilmenau* entworfen hatte, war Vision geblieben. Das „Ich" des (erst 1815 veröffentlichten) Gedichts, unzweifelhaft Goethe selbst, hatte sich aus dem Jahr 1783 erinnernd zurückversetzt in die Anfangszeit in Weimar, hatte die Sorgen um den noch unreifen Herzog rekapituliert, bis dann (von V. 160 an) das Bild eines „neuen Lebens" auftauchte. Fordernd berief es der Dichter als „schon lang' begonnen" (V. 165), aber ersichtlich war es die Vision einer zukünftigen „schönren Welt", Wunschbild und zugleich Leitbild für die Tätigkeit in Weimar:

> Ich sehe hier, wie man nach langer Reise
> Im Vaterland sich wiederkennt,
> Ein ruhig Volk in stillem Fleiße
> Benutzen, was Natur an Gaben ihm gegönnt.
> Der Faden eilet von dem Rocken
> Des Webers raschem Stuhle zu,
> Und Seil und Kübel wird in längrer Ruh
> Nicht am verbrochnen Schachte stocken;
> Es wird der Trug entdeckt, die Ordnung kehrt zurück,
> Es folgt Gedeihn und festes ird'sches Glück.

So mög', o Fürst, der Winkel deines Landes
Ein Vorbild deiner Tage sein!
[...]

So wie hier gewünscht, war es nicht gekommen, nicht zu erreichen gewesen. „Die Consequenz der Natur tröstet schön über die Inconsequenz der Menschen", klang es resignierend an Knebel (2. 4. 1785). Was sich zur Krise steigerte, in der nur „Flucht" und zeitweiliges „Aussenbleiben" (an Carl August, 13. 1. 1787) halfen, war lange vorbereitet.
Der Weggang nach Italien bedeutete auch eine gewollte Entfernung von Charlotte v. Stein. Zwar bekräftigten die Briefe aus Italien überschwenglich die Verbundenheit, zwar beteuerte der Briefschreiber, die Wiedergeburt sei gerade auch um ihretwillen nötig, aber Zwischentöne waren nicht zu überhören, und das heimliche Verschwinden sprach ohnehin für sich. An eine Frau sich gebunden zu fühlen, ständig sich und der Partnerin engste Verbindung zu beteuern und doch körperliche Vereinigung auszusparen: wie hätte hier eine Krise vermieden werden sollen?

> An dir häng ich mit allen Fasern meines Wesens. Es ist entsetzlich was mich oft Erinnerungen zerreißen. Ach liebe Lotte du weißt nicht welche Gewalt ich mir angetan habe und antue und daß der Gedanke dich nicht zu besitzen mich doch im Grunde, ich mags nehmen und stellen und legen wie ich will aufreibt und aufzehrt. Ich mag meiner Liebe zu dir Formen geben welche ich will, immer immer – Verzeih mir daß ich dir wieder einmal sage was so lange stockt und verstummt. Wenn ich dir meine Gesinnungen meine Gedanken der Tage, der einsamsten Stunden sagen könnte (Rom, 21. 2. 1787).

Es ist ebenso rührend wie verwunderlich zu sehen, wie noch der italienische Goethe seine Illusionen pflegte, als könnte er, nach Weimar zurückgekehrt, mit Charlotte weiter so leben wie vordem, als könnte er die neuen Erfahrungen noch mit einbringen in eine Beziehung, die nicht von dieser Welt war. Oder übten die Briefe des Abwesenden nur noch ein Sprachspiel, damit das Unausweichliche verdeckt blieb und Schmerzen vermieden würden?
Daß Goethe im Sommer 1786 die Frage nach dem Sinn seiner Existenz bedrängte, hing gewiß auch damit zusammen, daß er sich entschlossen hatte, zum erstenmal eine Ausgabe seiner Werke zu veranstalten. Nachdrucker hatten immer schon Editionen seiner Arbeiten auf den Buchmarkt gebracht und ihre Geschäfte damit gemacht. Nun wollte er selbst für eine Gesamtausgabe verantwortlich zeichnen. Er kam mit dem Leipziger Verleger Georg Joachim Göschen überein, in acht Bänden seine *Schriften* vorzulegen. Im Juli wurde das Erscheinen bereits angekündigt,

samt Inhalt der geplanten Bände, allerdings mit der Einschränkung: „Von den ersten vier Bänden kann ich mit Gewißheit sagen, daß sie die angezeigten Stücke enthalten werden; wie sehr wünsche ich mir aber noch so viel Raum und Ruhe um die angefangenen Arbeiten, die dem sechsten und siebenten Band zugeteilt sind, wo nicht sämtlich doch zum Theil vollendet zu liefern; in welchem Falle die vier letzten Bände eine andere Gestalt gewinnen würden."
Bei der Ankündigung einer Ausgabe auf noch unvollendete Werke zu verweisen war für Interessenten, die geworben werden sollten, nicht eben attraktiv. Für Goethe war ein dauernder Druck heraufbeschworen, die versprochenen acht Bände auch wirklich zu füllen, zudem möglichst termingerecht. „Egmont, unvollendet", „Tasso, zwey Akte", „Faust, ein Fragment": so war in der Ankündigung zu lesen. Für die Öffentlichkeit war Goethe nach wie vor der Dichter des *Götz* und des *Werther,* allenfalls noch des *Clavigo* und der *Stella;* von den aufsehenerregenden Jugendwerken bezog er sein Ansehen als Dichter. (Gleim dachte sich ihn als einen „Götz von Berlichingen in Rom", an Herder, 23. 9. 1787). Ein Jahrzehnt lang war er von der literarischen Bühne so gut wie verschwunden gewesen. Sollte das so bleiben? Mußte er nicht wieder durch neue Werke auf sich aufmerksam machen, wenn er weiterhin als Autor ernstgenommen werden wollte? Seit der Vereinbarung mit Göschen bedrückte ihn diese Forderung an sich selbst und spornte ihn an. Und verstärkte das Nachsinnen über seine Existenz. Immer wieder kam er in seinen Briefen auf die übernommene Aufgabe zu sprechen. So sollte der Ausbruch in die italienische Abgeschiedenheit auch helfen, die achtbändigen *Schriften* zu vollenden, wozu er sich Herders korrigierender Mithilfe versichert hatte. Er mußte dann erleben, daß der Abschluß der Ausgabe nicht in der Zeit zu schaffen war, die sein Verleger und er sich gesetzt hatten. Der letzte Band konnte erst 1790 erscheinen, und auch dort blieb *Faust* noch ein Fragment.

Worin die „Wiedergeburt" bestand, was das „neue Leben" ausmachte, suchte der Reisende in Italien und der spätere Autobiograph immer aufs neue in Worte zu fassen und wußte doch, daß er manches nur umschreiben, aber nicht direkt zum Ausdruck bringen konnte. Zunächst galt allein, sich offenzuhalten, damit ein ‚reiner Eindruck' entstünde. „Ich muß erst mein Auge bilden, mich zu sehen gewöhnen *(RT* 17. 9. 1786).

> Mir ists nur jetzt um die sinnlichen Eindrücke zu thun, die mir kein Buch und kein Bild geben kann, daß ich wieder Interesse an der Welt nehme und daß ich meinen Beobachtungsgeist versuche, und auch sehe wie weit

> es mit meinen Wissenschaften und Kenntnissen geht, ob und wie mein Auge licht, rein und hell ist, was ich in der Geschwindigkeit fassen kann und ob die Falten, die sich in mein Gemüth geschlagen und gedruckt haben, wieder auszutilgen sind *(RT* 11. 9. 1786).

Merkwürdig: da diagnostizierte er im *Reise-Tagebuch* am 30. September 1786 „die Revolution, die ich voraussah und die jetzt in mir vorgeht" (den Ausdruck „Revolution" verschwieg er in der *Italienischen Reise)* und hatte doch kurz zuvor (am 25. September) die Freude ausgedrückt, „daß keine von meinen alten Grundideen verrückt und verändert wird, es bestimmt sich nur alles mehr, entwickelt sich und wächst mir entgegen". In Rom wiederum, vier Monate später, das Eingeständnis, durchaus noch nichts Genaues über das, was mit ihm vorgehe, zu wissen: „Es dringt zu eine große Masse Existenz auf einen zu, man muß eine Umwandlung sein selbst geschehen lassen, man kann an seinen vorigen Ideen nicht mehr kleben bleiben, und doch nicht einzeln sagen worin die Aufklärung besteht" (an Ch. v. Stein, 17. 1. 1787).
Der Hinweis auf die „alten Grundideen", die nicht verändert würden, läßt sich erklären. Es war wohl gemeint, daß in Natur, Kunst und Leben große Gesetzlichkeiten wirkten und aufzuspüren seien. Aber die Berufung auf alte Grundideen war auch ein Behelfsargument, das verbinden wollte, was schwerlich noch zusammenstimmte. Er mochte an seine alte Auffassung denken, daß auch in der Kunst die Gesetze der wirkenden Natur ihre Geltung behalten und daß der Künstler sich bemühen müsse, gemäß der ewig-bildenden großen Natur sein Werk zu schaffen. Doch *was* nun als Ausdruck der Naturwahrheit in der Kunst angesehen wurde, war etwas ganz anderes, als dem einstigen Lobredner auf das Straßburger Münster, dem Dichter der Sturm-und-Drang-Hymnen, des *Götz* und des *Werther* vorgeschwebt hatte. Was einst gefeiert wurde, läßt sich mit der abschätzigen Charakteristik nicht mehr zusammenreimen, über die nun die Bewunderung des „herrlichen Architekturgebildes" eines antiken Tempelgebälks triumphierte: „Das ist freilich etwas anderes als unsere kauzenden, auf Kragsteinlein übereinandergeschichteten Heiligen der gotischen Zierweisen, etwas anderes als unsere Tabakspfeifensäulen, spitze Türmlein und Blumenzacken; diese bin ich nun, Gott sei Dank, auf ewig los!" *(IR,* Venedig, 8. 10. 1786). Allerdings, das ist Deutung der *Italienischen Reise.* Aber im nachhinein markiert sie um so deutlicher die Abwendung von Früherem, die Goethe in Italien endgültig vollzog und dann später oft genug bekräftigt hat.
In der Krisensituation des Herbstes 1786 wurde Goethe vieles im Sinne des Wortes frag-würdig. Es ist ein hoffnungsloses Unterfangen, die Verwerfungen solch krisenhaften Denkens um einer bündigen Interpreta-

tion willen einzuebnen. Bedeutete es nicht, zum gänzlichen Abschied vom künstlerischen Tun bereit zu sein, wenn er am 5. Oktober 1786 in Venedig die erstaunliche Bemerkung notierte, die Zeit des Schönen sei vorüber, weil anderes an der Tagesordnung sei? „Auf dieser Reise hoff ich will ich mein Gemüth über die schönen Künste beruhigen, ihr heilig Bild mir recht in die Seele prägen und zum stillen Genuß bewahren. Dann aber mich zu den Handwerckern wenden, und wenn ich zurückkomme, Chymie und Mechanik studiren. Denn die Zeit des Schönen ist vorüber, nur die Noth und das strenge Bedürfniß erfordern unsre Tage." Und dann gab er sich Monate dem Studium der Künste hin, um das Große, Wahre, Schöne zu begreifen! Wilhelm Meister freilich, dessen Geschichte er abgebrochen hatte, ließ er Jahre später nicht mehr in der Kunstwelt des Theaters sein Lebensziel erreichen, sondern Arzt werden, damit er für die Forderungen des Tages brauchbar sei.

Die Erkenntnisse, die der „nordische Flüchtling" (*RT* 128) gewann, sind den Texten zu entnehmen, die er in der italienischen Zeit und danach verfaßte. Wir sind gewohnt, die *Italienische Reise* zur Hand zu nehmen, wenn wir seine Eindrücke und Anschauungen, die sich mit dem Erlebnis Italien verbinden, kennenlernen wollen. Für uns ist der ‚italienische Goethe' der Goethe der *Italienischen Reise.* Für die Zeitgenossen konnte er das nicht sein, da die große Selbstdarstellung 1816/1817 und samt *Zweitem römischen Aufenthalt* erst 1829 erschien. Da Goethe viele Originalunterlagen zwar aufgenommen und verarbeitet, dann aber vernichtet hat, ist es trotz des genannten Befundes berechtigt, immer wieder auch die späte *Italienische Reise* heranzuziehen, wenn wir uns um das Verständnis seiner ‚italienischen' Einsichten bemühen. Dem Publikum damals waren an betrachtenden Schriften jedoch nur jene Aufsätze bekannt, die in Wielands *Teutschem Merkur* 1788/1789 erschienen (von denen *Einfache Nachahmung, Manier, Stil* besonders wichtig ist), ferner das *Römische Carneval* (1789) und *Die Metamorphose der Pflanzen* (1790).

Die Lage kompliziert sich noch mehr. In Italien und danach arbeitete Goethe an Werken weiter, die er schon in Weimar begonnen hatte, um sie für die Ausgabe der *Schriften* bei Göschen zu vollenden oder umzuarbeiten, etwa an der *Iphigenie auf Tauris,* am *Egmont,* am *Torquato Tasso.* Im Süden wurde aber auch Neues gedichtet und entworfen: das Lustspiel *Der Groß-Cophta,* die Gedichte *Amor als Landschaftsmaler,* „Cupido, loser, eigensinniger Knabe" und die Pläne zu antikischen Dramen (wie *Nausikaa* und *Iphigenie auf Delphos).* Aufschlußreich ist, wie Goethe selbst seine Dichtungen einander zuordnete und, die bisherige Lebensarbeit überblickend, gliederte. Am 11. August 1787 ersuchte er seinen Herzog, er möge ihn noch bis Ostern 1788 in Italien lassen. Bis dahin würde er es in der „Kunstkenntnis“ so weit gebracht haben, um dann für sich weitergehen zu können. Danach der Blick auf seine literarischen Arbeiten:

> Noch eine andre Epoche denke ich mit Ostern zu schließen: meine erste (oder eigentlich meine zweite) Schriftsteller-Epoche. Egmont ist fertig, und ich hoffe bis Neujahr den Tasso, bis Ostern Faust ausgearbeitet zu haben, welches mir nur in dieser Abgeschiedenheit möglich wird. Zugleich hoffe ich sollen die kleinen Sachen, welche den fünften, sechsten und siebenten Band füllen fertig werden und mir bei meiner Rückkehr ins Vaterland nichts übrig bleiben, als den achten zu sammeln und zu ordnen.

Doch zunächst noch einmal zum Flüchtling zurück! Für ihn war wichtig: Abstand zu gewinnen, für eine Zeitlang das Gewohnte und bedrükkend Gewordene hinter sich zu lassen, sich ganz auf sich zurückzuziehen (darum das Incognito), sich neuen Eindrücken zu öffnen. Aber das geschah nicht ohne bestimmte Erwartungen. Er reiste nicht irgendwohin, sondern in jenes Land, in dem er Heilung von der Krise erhoffte. So sehr er in seinen Tagebuchaufzeichnungen betonte, wie unvoreingenommen er alles auf sich wirken lassen wolle („es spricht eben alles zu mir und zeigt sich mir an“, *RT* 15), so war doch seine Aufnahmefähigkeit von seinen Erwartungen gesteuert. Wofür er aufgeschlossen war, das ergab sich aus seinen Hoffnungen auf Italien als das Land der Antike und bedeutender Kunst und – im Kontrast dazu – aus den erlittenen Erfahrungen im kleinen thüringischen Lebenskreis, den er fluchtartig verlassen hatte. So war er empfänglich für Größe anstatt wichtigtuerischer Belanglosigkeiten, für Wahres anstatt scheinhaften Getriebes, für Dauerndes anstatt alltäglicher Vergänglichkeiten, für Konsequenz in Natur und Kunst anstatt der Inkonsequenzen der Menschen.

Was aber nicht nur auf Goethe zutrifft: Die Maßstäbe der Wahrnehmung sind selbst dem Wandel unterworfen, wie bereits der Spott über die „gotischen Zierweisen“ belegte. Wieviel ‚Großes‘ und ‚Bedeutendes‘ hat der Italienreisende Goethe *nicht* wahrgenommen! Kein Blick für die große Kunst des Barock; Bernini nennt kein Register der *Italienischen Reise,* obwohl der Vater ihn auf seiner Fahrt beachtet hatte; Giotto keiner einzigen Erwähnung wert; Mittelalterliches wie ausgeblendet aus dem Erwartungshorizont dieses Touristen; – müßig, die Liste der Lükken zu vervollständigen. Goethe reiste ja nicht, um Kunstgeschichte zu studieren, sondern nahm auf, was ihm gemäß war. Es ging ihm um Aneignung bedeutender Kunst für das eigene Leben, das in die Krise geraten war. Jetzt wurde er ganz zum Anhänger Winckelmanns, jetzt erst erschlossen sich ihm völlig dessen Ansichten vom Wesen antiker

Kunst, von ihrer „edlen Einfalt“ und „stillen Größe“, und Goethe war die berühmte Stelle gewiß unverkürzt gegenwärtig, wo an die griffigen Formeln sofort die Erläuterung anschloß: „So wie die Tiefe des Meers allezeit ruhig bleibt, die Oberfläche mag noch so wüten, eben so zeiget der Ausdruck in den Figuren der Griechen bei allen Leidenschaften eine große und gesetzte Seele“ *(Gedanken über die Nachahmung der griechischen Werke).*

Natürlich hatte Goethe einen zeitgenössischen ‚Reiseführer‘ bei sich, Johann Jacob Volkmanns *Historisch-kritische Nachrichten von Italien* (1770/1771), einen Baedeker in drei Bänden, der zwar die Wege zu den Sehenswürdigkeiten wies, dessen Beschreibungen aber äußerlich blieben. Einen „blind in den Tag Hineinreiser und alles Aufschreiber“ titulierte ihn der kundige Wilhelm Heinse in seinem *Italienischen Tagebuch.* Doch war ein solcher Führer damals längst nötig geworden, nachdem die Zahl der Besucher, die seit Beginn des 17. Jahrhunderts das Land südlich der Alpen als Reiseziel wählten, im 18. Jahrhundert weiter angestiegen war.

Von „drei großen Weltgegenden“ sprach der alte Goethe (13, 103), denen er sich in den italienischen Jahren zugewandt habe: der Kunst, der Natur, den „Sitten der Völker“. Überall suchte er die beständigen Muster zu erkennen, nach denen sich das einzelne zum Ganzen zusammenfügte. Auf Modelle der Kunst- und Lebensorganisation war sein Blick gerichtet. Im botanischen Garten in Padua, dann in Palermo, wovon die *Italienische Reise* unter dem 17. April 1787 berichtet, glaubte er die geistige Anschauung der „Urpflanze“ endlich gewonnen zu haben. „Eine solche muß es denn doch geben! Woran würde ich sonst erkennen, daß dieses oder jenes Gebilde eine Pflanze sei, wenn sie nicht alle nach einem Muster gebildet wären?“ *(IR* 17. 4. 1787) Im Brief an Frau v. Stein klang es am 9. Juni noch begeistert: „Die Urpflanze wird das wunderlichste Geschöpf von der Welt über welches mich die Natur selbst beneiden soll. Mit diesem Modell und dem Schlüssel dazu, kann man alsdann noch Pflanzen ins Unendliche erfinden, das heißt: die, wenn sie auch nicht existieren, doch existieren könnten und nicht etwa malerische oder dichterische Schatten und Scheine sind, sondern eine innerliche Wahrheit und Notwendigkeit haben. Dasselbe Gesetz wird sich auf alles übrige Lebendige anwenden lassen.“ In der *Italienischen Reise* relativierte der Berichterstatter seinen ‚Fund‘, indem er das, was ihm im Garten von Palermo „im Angesicht so vielerlei neuen und erneuten Gebildes“ wieder eingefallen war, als „alte Grille“ abtat. Die Schrift von 1790, in der er seine botanischen Erkenntnisse der Öffentlichkeit vorlegte, handelte ja auch von der *Metamorphose der Pflanzen,* dem Prozeß der Gestaltung, Umgestaltung, nicht mehr von der Urpflanze. Sein Blick hatte sich vom

erdachten und erschauten Gemeinsamen aller Pflanzen auf ihren Gestaltungsvorgang gerichtet.
Was ihn bei der Begegnung mit Kunstwerken überwältigte und wovon er sich ganz gefangennehmen ließ, war die Erscheinung des Vollkommenen, dessen innerer Wahrheit er nachspürte. Jetzt begann er, sich Antikes als zeitlos Vorbildliches anzueignen und von den Griechen zu träumen als dem Volk, „dem eine Vollkommenheit, die wir wünschen und nie erreichen, natürlich war, bei dem in einer Folge von Zeit und Leben sich eine Bildung in schöner und steigender Reihe entwickelt, die bei uns nur als Stückwerk vorübergehend erscheint", wie es später in der *Einleitung in die Propyläen* hieß (12, 38). Was er in der Natur erblickte: die in sich ruhende, notwendige und vollkommene Lebensorganisation, sah er auch in den Werken der Kunst, die für ihn bedeutend waren. Der berühmte Ausruf in Venedig angesichts der „Wirthschafft der Seeschnecken" und Taschenkrebse am Meer: „Was ist doch ein *Lebendiges* für ein köstlich herrliches Ding. Wie abgemeßen zu seinem Zustande, wie wahr! wie *seyend!*" (*RT* 9. 10. 1786) wird sich ihm ebenso vor einem vollkommenen Kunstwerk aufgedrängt haben. Die frühe Eintragung im *Reise-Tagebuch* (16. 9. 1786), „ein Wort was auf die Wercke der Alten überhaupt gelten mag", ist in höchstem Maß symptomatisch für Goethes innere Verfassung und die Richtung der gesuchten Befreiung:

> Der Künstler hatte einen grosen Gedancken auszuführen, ein groses Bedürfniß zu befriedigen, oder auch nur einen wahren Gedancken auszuführen und er konnte gros und wahr in der Ausführung seyn wenn er der rechte Künstler war. Aber wenn das Bedürfniß klein, wenn der Grundgedancke unwahr ist, was will der grose Künstler dabey und was will er daraus machen? Er zerarbeitet sich den kleinen Gegenstand groß zu behandeln, und es wird was, aber ein Ungeheuer, dem man seine Abkunft immer anmerckt.

Nach der ersten Begegnung mit antiker Baukunst, dem Minervatempel in Assisi, notierte er: „Dieses ist eben der alten Künstler Wesen das ich nun mehr anmuthe als jemals, daß sie wie die Natur sich überall zu finden wußten und doch etwas Wahres etwas Lebendiges hervorzubringen wußten" (*RT* 170). „Großes" und „Wahres" erkannte Goethe vor allem in den antiken Kunstwerken und in Schöpfungen von Künstlern wie Palladio und Raffael. „Zwey Menschen denen ich das Beywort *groß* ohnbedingt gebe, hab ich näher kennen lernen Palladio und Raphael. Es war an ihnen nicht ein Haarbreit *Willkührliches*, nur daß sie die Gränzen und Gesetze ihrer Kunst im höchsten Grade kannten und mit Leichtigkeit sich darinn bewegten, sie ausübten, macht sie so groß" (*RT* 158). Beim Aquädukt in Spoleto brachte er ähnlich auf seine Begriffe, was er gesucht und gefunden hatte: „wieder so schön natürlich, zweckmäsig und wahr. Diesen grosen Sinn den sie gehabt haben!“ (*RT* 172) Und in der *Italienischen Reise* zog er unter dem 6. September 1787 die Summe:

> So viel ist gewiß, die alten Künstler haben ebenso große Kenntnis der Natur und einen ebenso sichern Begriff von dem was sich vorstellen läßt und wie es vorgestellt werden muß, gehabt als Homer. [. . .] Diese hohen Kunstwerke sind zugleich als die höchsten Naturwerke von Menschen nach wahren und natürlichen Gesetzen hervorgebracht worden. Alles Willkürliche, Eingebildete fällt zusammen, da ist die Notwendigkeit, da ist Gott.

Aber auch der Unterschied zwischen Natur und Kunst wurde Goethe mehr und mehr bewußt, um dessen Klärung er sich in der Folgezeit intensiv bemühte, zumal im Gedankenaustausch mit Schiller. Im Brief an den Herzog kam er am 25. Januar 1788 beiläufig darauf zu sprechen. Habe er bisher „nur den allgemeinen Abglanz der Natur in den Kunstwerken“ bewundert und genossen, so habe sich nun „eine andre Natur, ein weiteres Feld der Kunst“ vor ihm aufgetan, „ja ein Abgrund der Kunst“.

Mit Hingebung wandte sich Goethe in Italien dem Leben des einfachen Volkes zu. Nie vorher und nie später ist er dem ‚Volkstümlichen‘ so nah gewesen wie unter südlichem Himmel. Er beschönigte in seinen Berichten nichts, suchte alles als unbekümmerte Regungen des Lebens zu verstehen. Er ließ Schmutz Schmutz sein, das Durcheinander ein buntes Chaos, den Übermut eine freundliche Leidenschaft und die Aufdringlichkeit muntere Vitalität. Schöne, unverkünstelte Natürlichkeit sah er, „ein nothwendiges unwillkürliches Daseyn“ (*RT* 29. 9. 1786). Von der Not der Armen kam nicht allzuviel zur Sprache. Sie schien für ihn gelindert durch das Klima, das zu preisen er nicht müde wurde, durch das Leben im Freien, das bis in die Nacht auf Straßen und Plätzen pulsierte. Hier fühlte er sich körperlich wohl, und ihm wurde bewußt, daß er und die andern in Weimar „unter einem bösen Himmel“ (*RT* 40) zu leiden hatten. „Ich habe doch diese ganze Zeit keine Empfindung aller der Übel gehabt die mich in Norden peinigten und lebe mit eben derselben Konstitution hier wohl und munter, so sehr als ich dort litt“ (an Ch. v. Stein, 19. 1. 1788). Wenn er später wehmütig an die Zeit in Italien zurückdachte, machte sich immer auch die Sehnsucht nach dem südlichen Klima bemerkbar. „Das Clima ganz allein ists, sonst ists nichts was mich diese Gegenden jenen [im Norden] vorziehen machte“ (*RT* 10. 10. 1786). Obgleich er zu Anfang seines Aufenthalts im Süden die Natürlichkeit, den freien Mut, die gute Art der Einheimischen „nicht genug loben“ konnte

(RT 84), so blieb auf Dauer Italien doch nur das Land der großen Kunst und des angenehmen Klimas, aber „mit diesem Volke hab ich gar nichts gemein" (an Knebel, 18. 8. 1787).

Römischer Reigen

Ein ins einzelne gehender Bericht über Goethes Leben jenseits der Alpen würde etliche Kapitel füllen. Welchen Personen er begegnete, welchen Kunstwerken er seine besondere Aufmerksamkeit widmete, wie er sie zu deuten versuchte und dabei den Schaffensvorgang im Künstler nachvollzog, an welchen Volksfesten, kulturellen und kirchlichen Veranstaltungen er als staunender oder befremdeter Besucher teilnahm, wohin überall auf der Halbinsel und auf Sizilien er gelangt ist: das alles findet man in vorzüglichen Kommentaren zum *Reise-Tagebuch* und zur *Italienischen Reise* erläutert und mit einläßlichen Interpretationen versehen. Hier nur noch ein paar Einzelheiten.
Goethe war in Italien nicht nur Kunst*betrachter*, sondern wollte die Zeit ernsthaft nutzen, um sich selbst als Künstler weiter auszubilden. Er zeichnete, aquarellierte, begann zu modellieren. Rund 850 Zeichnungen aus seiner italienischen Zeit sind erhalten. Sie zeigen keineswegs einen einheitlichen Stil, doch ist das Bestreben unverkennbar, bei den eigenen Versuchen klare Linienführung zu erreichen, das Bild genau zu komponieren und die Objekte in den sie bestimmenden Strukturen zu erfassen. Kunst und Landschaft Italiens beeinflußten den praktizierenden Künstler ebenso wie den Schriftsteller, der in seinen Aufzeichnungen von den Gesetzen in Kunst und Natur sprach, wie er sie jetzt erkannte. In der *Italienischen Reise* (3. 4. 1787) berichtete er von den Eindrücken auf der Überfahrt nach Sizilien: „Hat man sich nicht ringsum vom Meere umgeben gesehen, so hat man keinen Begriff von Welt und von seinem Verhältnis zur Welt. Als Landschaftszeichner hat mir diese große, simple Linie ganz neue Gedanken gegeben." Überwältigend bei der Fahrt auf Palermo zu „die Reinheit der Konture, die Weichheit des Ganzen, das Auseinanderweichen der Töne, die Harmonie von Himmel, Meer und Erde". Daraus wollte er für die Zukunft lernen und hoffte, „die Kleinheit der Strohdächer" aus seinen „Zeichenbegriffen" zu verdrängen. Trotz allem: seine Bemühungen als bildender Künstler endeten in der Einsicht: „Täglich wird mir's deutlicher, daß ich eigentlich zur Dichtkunst geboren bin [...]. Von meinem längern Aufenthalt in Rom werde ich den Vorteil haben, daß ich auf das Ausüben der bildenden Kunst Verzicht tue" *(IR* 22. 2. 1788). Das trat jedoch nicht ein. Goethe hat in Weimar weiterhin gezeichnet, im Zusammenhang mit seinen naturwis-

senschaftlichen Studien und seinen dienstlichen Verpflichtungen (bei der Leitung des Theaters und der Aufsicht über die „Anstalten für Wissenschaft und Kunst“), aber auch zum bloßen Vergnügen, aus Lust an kreativer Betätigung. Mehr als 1500 Zeichnungen und Skizzen aus den vier Jahrzehnten zwischen 1789 und 1832 liegen vor.

Ungefähr achtzig Künstler aus dem deutschen Sprachraum waren damals in Rom. Vielleicht ein Drittel davon lernte Goethe kennen. Der Kontakt mit Wilhelm Tischbein war besonders eng und freundschaftlich. Kurz nach Italien kühlte sich das Verhältnis freilich merklich ab; denn der Künstler lieferte für den Herzog v. Gotha nicht, was dieser für die von ihm gezahlte Pension erwartete, und Goethe schalt ihn deswegen der Faulheit und Unzuverlässigkeit (im Brief an Herder, 2. 3. 1789). Im römischen Sommer 1787 indes vollendete Tischbein jenes berühmt gewordene großformatige Bild, auf dem Goethe in liegend aufgestützter Pose, in einen weißen Mantel gehüllt, mit breitem Hut auf dem Kopf, majestätisch in die Campagna hinausblickt. „Ich habe“, so Tischbein an Lavater, „sein Porträt angefangen und werde es in Lebensgröße machen, wie er auf denen Ruinen sitzet und über das Schicksal der menschlichen Werke nachdenket“ (9. 12. 1786). Ein Bild, gut und bedeutend gemeint, das den Porträtierten mit der Aura des Exzeptionellen umgibt und ihn den Betrachtern nicht nahebringt, sondern von ihnen entfernt in jene Region, wo die Klassiker gewöhnlich aufbewahrt werden: verehrt und wenig gelesen. Eine aquarellierte Tuschzeichnung Tischbeins (Goethe am Fenster seiner Wohnung am Corso) war anspruchsloser, aber lebensnäher.
Johann Heinrich Lips, dem er schon in der Schweiz begegnet war, traf Goethe in Rom wieder. 1789 berief er ihn an die Zeichenschule nach Weimar, von wo aus der Maler und Kupferstecher 1794 nach Zürich zurückging. Regelmäßiger Gast war Goethe sonntags und einmal wöchentlich bei Angelica Kauffmann, der „zarten Seele“ und „Madam Angelica“, wie sie in der *Italienischen Reise* apostrophiert wird. Sie lebte, mit dem venezianischen Maler Antonio Zucchi verheiratet, seit 1782 in Rom und war als Malerin empfindsamer Bildnisse und Historien geschätzt. „Angelika malt mich auch, daraus wird aber nichts. Es verdrießt sie sehr, daß es nicht gleichen und werden will. Es ist immer ein hübscher Bursche, aber keine Spur von mir“ (*IR* 27. 6. 1787).
In Neapel lernte Goethe den Landschaftsmaler und Kupferstecher Philipp Hackert kennen. Ihn, der bei König Ferdinand IV. von Neapel beschäftigt war, mochte Goethe in seiner Art so sehr, daß er nach seinem Tode (1807) aufgrund autobiographischer Materialien eine besondere Würdigung publizierte: *Philipp Hackert. Biographische Skizze, meist*

nach dessen eigenen Aufsätzen entworfen (1811). Es war wohl eher persönliche Zuneigung, die hier die Feder führte, als die uneingeschränkte Bewunderung eines künstlerischen Werkes, das sich mit möglichst getreuer Nachahmung der Natur begnügte.

Von geradezu lebensgeschichtlicher Bedeutung für die Beteiligten wurde die Bekanntschaft mit zwei anderen Männern. Drei Teile des stark autobiographischen Romans *Anton Reiser* von Karl Philipp Moritz lagen 1785 vor. In Rom entwickelte sich zwischen diesem Schriftsteller, der eine bittere Jugend hinter sich hatte, und dem Geheimen Rat, der sich in einen privatisierenden Maler und Autor verwandelt hatte, eine enge Freundschaft. Wochenlang pflegte und besuchte er den unglücklichen Moritz, der sich den Arm gebrochen hatte. „Er ist wie ein jüngerer Bruder von mir, von derselben Art, nur da vom Schicksal verwahrlost und beschädigt, wo ich begünstigt und vorgezogen bin. Das machte mir einen sonderbaren Rückblick in mich selbst. Besonders da er mir zuletzt gestand, daß er durch seine Entfernung von Berlin eine Herzensfreundinn betrübt" (an Ch. v. Stein, 14. 12. 1786). Gerade in den Unterhaltungen mit Karl Philipp Moritz bildeten sich kunsttheoretische Anschauungen aus, die für die ‚klassische' Auffassung grundlegend wurden. Ausformuliert in Moritzens Schrift *Über die bildende Nachahmung des Schönen* (1788), waren sie Goethe so wichtig, daß er ihre Hauptgedanken bereits 1789 im Juliheft des *Teutschen Merkur* referierte und später ein zentrales Kapitel in seiner *Italienischen Reise* abdruckte (11, 534–541). Der schon 1793 gestorbene Moritz, dessen Weg vom *Anton Reiser* zur *Bildenden Nachahmung des Schönen* wie eine Variation der Wandlung Goethes vom ‚Sturm und Drang' zur ‚klassischen' Ästhetik anmutet, dachte seinerseits mit Dank und Bewunderung an die römische Begegnung: „Der Umgang mit ihm [Goethe] bringt die schönsten Träume meiner Jugend in Erfüllung, und seine Erscheinung, gleich einem wohltätigen Genius, in dieser Sphäre der Kunst, ist mir, so wie mehreren, ein unverhofftes Glück" *(Reisen eines Deutschen in Italien in den Jahren 1786–1788;* 1792/1793).

Wie der in den italienischen Papieren oft erwähnte Gothaische und russische Hofrat Reiffenstein, Kunstenthusiast und alter Freund Winckelmanns, war auch der Schweizer Johann Heinrich Meyer zunächst nichts anderes als ein Kunstsachverständiger, dessen Kenntnisse Goethe zustatten kamen. Aus der Bekanntschaft wurde eine lebenslange Freundschaft und Arbeitsgemeinschaft in Sachen Kunst und Kunstförderung. 1791 siedelte Meyer ganz nach Weimar über, lebte in Goethes Haus, war und blieb der Sachwalter einer Kunstauffassung, die sich nie von den Positionen eines Raphael Mengs und Winckelmann löste und unerbittlich die Kunst der Griechen und der italienischen Hochrenaissance als allein gül-

tigen Maßstab und unübertreffliches Muster zuließ. Eine Reihe von Beiträgen (in den *Horen,* den *Propyläen,* Goethes Sammelwerk *Winckelmann und sein Jahrhundert)* diente der Begründung und Befestigung reiner klassizistischer Kunsttheorie. Auf neue Strömungen und Stilrichtungen reagierte Meyer mit seinem Glaubensbekenntnis von der uneingeschränkten Gültigkeit jener einzigen Kunstauffassung, rigoros, unduldsam, einseitig. Alles Romantische war in seinen Augen Abfall vom Wahren, war Verwilderung und Willkür, wie das Manifest von 1817 *Neu-deutsche religios-patriotische Kunst* im ersten Band von Goethes Zeitschrift *Über Kunst und Altertum* propagierte. Goethe schätzte diesen ‚Kunschtmeyer', wie er als Schweizer und ortsbekannte Person in Weimar genannt wurde, wegen seiner Detailkenntnisse und seiner Sicherheit, mit der er Kunstwerke betrachtete und beurteilte.
Rätselhaft bleibt allemal, weshalb Goethe, wo er doch schon bis Süditalien vorgedrungen war, die Reise nach Griechenland nicht gewagt hat. Seine nach Tauris entrückte Iphigenie hatte er (in der Prosafassung) klagen lassen: „Denn mein Verlangen steht hinüber nach dem schönen Land der Griechen und immer möcht ich übers Meer hinüber, das Schicksal meiner Vielgeliebten teilen" („Und an dem Ufer steh ich lange Tage, / Das Land der Griechen mit der Seele suchend", lautete es dann im Vers.) Er selbst aber zögerte, als der Fürst von Waldeck ihn einlud, mit ihm nach Griechenland und Dalmatien zu reisen. Obwohl er behauptet hatte, diesmal habe er die *eine* Existenz, die er habe, *ganz* gespielt (20. 1. 1787), kommentierte er in der *Italienischen Reise* (28. 3. 1787) seine Ablehnung der Griechenlandfahrt mit einer Spruchweisheit, die für jedes Zurückweichen vor einem Aufbruch ins Ungewisse taugt: „Wenn man sich einmal in die Welt macht und sich mit der Welt einläßt, so mag man sich ja hüten, daß man nicht entrückt oder wohl gar verrückt wird." Ob hier insgeheim die Befürchtung mitspielte, die Wirklichkeit könne vielleicht dem Traum von den Griechen und ihrer Kunst nicht standhalten? An die Tempel in Paestum hatte sich Goethe zunächst gewöhnen müssen. Beim ersten Besuch *(IR* 23. 3. 1787) erschienen ihm „diese stumpfen, kegelförmigen, enggedrängten Säulenmassen lästig, ja furchtbar". Erst als er sie im Mai, nun nicht mehr unvorbereitet, wiedersah, offenbarten sie ihm die, „fast möcht ich sagen, herrlichste Idee, die ich nun nordwärts vollständig mitnehme" *(IR* 17. 5. 1787). Auch Winckelmann, Heinse, Schiller, Hölderlin, die Prediger des Griechentraums, haben das Land mit der verklärten Vergangenheit nie betreten. Emanuel Geibel war der einzige namhafte deutsche Dichter vor 1900, der Griechenland gesehen hat. Die andern schwärmten davon – und blieben in Italien. Für Schiller hat es nicht einmal bis dorthin gelangt.

Wie stand es neben den Freundschaften und Bekanntschaften mit Goethes Liebesbeziehungen in Italien? Populäre Darstellungen täuschen vor, es könne und müsse über den Liebhaber in Rom ein spannendes Kapitel geschrieben werden, so als brauchte man nur die Langverse der *Römischen Elegien* in eine effektvolle erotische Geschichte zu übersetzen, mit Faustine als schöner Partnerin und dem Dichter als glücklichem Geliebten: „Oftmals hab' ich auch schon in ihren Armen gedichtet / Und des Hexameters Maß leise mit fingernder Hand / Ihr auf den Rücken gezählt." In Wirklichkeit aber wissen wir nichts Genaues über Goethes Liebesleben in Italien. Die *Erotica Romana*, wie die *Römischen Elegien* zunächst überschrieben waren, entstanden von Herbst 1788 bis Frühjahr 1790, nach der Rückkehr aus Rom. Wenn sie auch noch so lebendig den Anschein erwecken, als sei in ihren antikischen Versen Erlebtes getreu nacherzählt, so ist doch darauf zu beharren, daß sie Dichtung sind und einen direkten Rückschluß auf römische Realitäten nicht ohne weiteres zulassen. Ihre Gestalten sind Kunstfiguren. Was an persönlicher Erfahrung des Dichters, der im Herbst 1788 übrigens schon Christiane Vulpius begegnet war, in den zahlreichen erotischen Elegien aufbewahrt ist, mag der Phantasie des einzelnen überlassen bleiben. Ein paar Andeutungen sind in Goethes Briefen an Carl August zu lesen, der im Herbst 1787 am preußischen Feldzug nach Holland teilnahm und dem Goethe, indem er ihm „das Glück bey Frauen das Ihnen niemals gefehlt hat" wünschte, am 29. Dezember 1787 über die „Liebeskanzley" in Rom berichtete:

> Mich hat der süße kleine Gott in einen bösen Weltwinckel relegirt. Die öffentlichen Mädchen der Lust sind unsicher wie überall. Die Zitellen (unverheurathete Mädchen) sind keuscher als irgendwo, sie lassen sich nicht anrühren und fragen gleich, wenn man artig mit ihnen thut: *e che concluderemo* [und was wollen wir abmachen]? Denn entweder man soll sie heurathen oder sie verheurathen und wenn sie einen Mann haben, dann ist die Messe gesungen. Ja man kann fast sagen, daß alle verheurathete Weiber dem zu Gebote stehn, der die Familie erhalten will. Das sind denn alles böse Bedingungen und zu naschen ist nur bey denen, die so unsicher sind als öffentliche Creaturen. Was das *Herz* betrifft; so gehört es gar nicht in die Terminologie der hiesigen Liebeskanzley.

Bei solchen Verhältnissen werde man ein „sonderbar Phenomen begreifen, das ich nirgends so starck als hier gesehen habe, es ist die Liebe der Männer untereinander." Doch dieses Thema, meinte Goethe, solle für künftige Unterhaltungen aufgespart werden.

Ein etwas späterer Brief fiel deutlicher aus. Dem Herzog war in Holland bei seinem Glück mit Frauen Mißliches widerfahren. Bei der ersten Nachricht von dessen Krankheit war Goethe „gutmüthig genug" gewesen, „an Hämorroiden zu dencken und sehe nun freylich daß die Nachbarschaft gelitten hat" (16. 2. 1778). Im Brief nach Mainz, wo Carl August zur Genesung einige Zeit blieb, gestand er ihm etwas von eigenen Erfahrungen. Diese Zeilen seien hier ohne Kommentierung zitiert:

> Sie schreiben so überzeugend, daß man ein *cervello tosto* [vertrocknetes Gehirn] sein müßte, um nicht in den süßen Blumen Garten gelockt zu werden. Es scheint daß Ihre gute Gedancken unterm 22. Jan. unmittelbar nach Rom gewürckt haben, denn ich könnte schon von einigen anmutigen Spazirgängen erzählen. So viel ist gewiß und haben Sie, als ein *Doctor longe experientissimus* [sehr erfahrener Arzt], vollkommen recht, daß eine dergleichen mäßige Bewegung, das Gemüth erfrischt und den Körper in ein köstliches Gleichgewicht bringt. Wie ich solches in meinem Leben mehr als einmal erfahren, dagegen auch die Unbequemlichkeit gespürt habe, wenn ich mich von dem breiten Wege, auf dem engen Pfad der Enthaltsamkeit und Sicherheit einleiten wollte (16. 2. 1788).

Auf Schritt und Tritt kam Goethe in Italien mit Bauten und Bräuchen der Kirche in Berührung. Anschauliche Schilderungen religiöser Riten und Kunstwerke gehörten wie selbstverständlich in die Berichte aus Italien. Aber ein gläubiger Christ war es nicht, der Tagebuch führte und später die *Italienische Reise* vorlegte. Über Goethes Verhältnis zum Christentum ist viel geschrieben, auch gerätselt worden, weil es ein breites Spektrum unterschiedlicher Äußerungen gibt. Seit Jugendtagen beschäftigten ihn christlicher Glaube und christliche Lebensführung in unterschiedlichen Ausprägungen; christlich durchsetzter Hermetik begegnete er ebenso wie strengem Herrnhutertum; Spinoza stärkte seinen Glauben an das Göttliche in dieser Welt; im brieflichen und mündlichen Disput mit Lavater und Jacobi kamen Kernfragen christlicher Überzeugung auf den Prüfstand. Und das Spiel um Faust wird im „Prolog im Himmel" vorbereitet, mit dem „Herrn" und den „himmlischen Heerscharen"; es endet mit der Bergschluchten-Szene, wo die „Mater dolorosa" herbeischwebt und der „Chorus mysticus" das Schlußwort erhält.

Doch blieb *eine* Grundposition in Goethes eigenem Verhältnis zum Christentum unverrückt: Den Glauben an Jesus als Christos, den Wiederauferstandenen und Sohn Gottes, konnte er nicht annehmen. Er glaubte nicht an die von den christlichen Kirchen verkündeten Heilsgewißheiten und war überzeugt, daß sich nur derjenige, der fest an sie glaubte, zu Recht Christ nennen dürfe. Insofern traf seine Bemerkung im Brief an Lavater vom 29. Juli 1782 genau zu: daß er zwar kein Widerchrist, kein Unchrist, aber doch ein dezidierter Nichtchrist sei. Er konnte die christliche Ethik hochschätzen und ebenso die Worte Glaube, Liebe, Hoffnung als Anspruch und Verheißung übernehmen; er konnte die Glaubenstreue anderer bewundern und gelten lassen; es lag ihm auch nichts daran, geistige Kämpfe gegen den christlichen Glauben zu inszenieren, – und eben deshalb fühlte er sich nicht als „Widerchrist" oder „Unchrist", sondern als einen nicht an Jesus als Christos glaubenden und folglich „dezidierten Nichtchristen." Gleichwohl griff er auf christliche Symbole und Gestalten der christlichen Mythologie in eigenen Dichtungen zurück, weil er dabei von jenem Zentrum christlichen Glaubens absehen konnte.

Gerade in den italienischen Aufzeichnungen gab sich seine Einstellung eines entschiedenen Nichtchristen, der durchaus zu polemischen Ausfällen fähig war, an manchen Stellen deutlich zu erkennen. Die Bauart von S. Marco in Venedig schien ihm „jeden Unsinns werth der jemals drinne gelehrt oder getrieben worden seyn mag" (*RT* 103). Bei Raffaels „Cäcilie" reichte ihm ein Nebensatz, um sich von der Zumutung des Glaubens zu befreien: „Fünf Heilige neben einander, die uns alle nichts angehn, deren Existenz aber so vollkommen ist daß man dem Bilde eine Dauer in die Ewigkeit wünscht" (*RT* 155). Charlotte v. Stein berichtete er am 8. Juni 1787 aus Rom: „Gestern war Fronleichnam. Ich bin nun ein für allemal für diese kirchlichen Cerimonien verdorben, alle diese Bemühungen eine Lüge gelten zu machen kommen mir schaal vor und die Mummereyen die für Kinder und sinnliche Menschen etwas Imposantes haben, erscheinen mir auch sogar wenn ich die Sache als Künstler und Dichter ansehe, abgeschmackt und klein. Es ist nichts groß als das Wahre und das kleinste Wahre ist groß." Päpstlicher Prunk faszinierte ihn und war ihm gleichzeitig zuwider. „Auf alle Fälle ist der Papst der beste Schauspieler der hier seine Person producirt" (an Carl August 3. 2. 1787). Die Messe des ersten Ostertags 1788 erlebte er auf einer der Tribünen an den Pfeilern im Petersdom: „Man glaubt in gewißen Augenblicken seinen Augen kaum, was da für eine Kunst, ein Verstand, ein Geschmack durch Jahrhunderte zusammengearbeitet haben um einen Menschen bey lebendigem Leibe zu vergöttern! Ich hätte in dieser Stunde ein Kind, oder ein Gläubiger seyn mögen um alles in seinem höchsten Lichte zu sehen" (an Carl August, 2. 4. 1788). Dem Generalsuperintendenten Herder, der seine Italienreise absolvierte, schrieb er zustimmend zu dessen Deutung von Jesus als Lehrer und Verkünder der Humanität (im 17. Buch der *Ideen zur Philosophie der Geschichte der Menschheit*): „Es bleibt wahr: das Mährchen von Christus ist Ursache, daß die Welt noch 10/m Jahre stehen kann und niemand so recht zu Verstand kommt, weil es ebenso viel Kraft des Wissens, des Verstandes, des Begriffs braucht, um es zu vertheidigen als es zu bestreiten"

(4. 9. 1788). Früher hatte er sich einmal, ebenfalls gegenüber Herder, sehr drastisch geäußert: „Wenn nur die ganze Lehre von Christo nicht so ein Scheisding wäre, das mich als Mensch als eingeschräncktes bedürftiges Ding rasend macht so wär mir auch das Objeckt lieb" (etwa 12. 5. 1775). Überflüssig anzumerken, daß nicht schon unreligiös ist, wer den christlichen Auferstehungsglauben ablehnt.

Der Blick in die Zukunft

Besonders ausführliche Briefe hat Goethe aus Italien seinem Herzog geschrieben. Es waren geschickt formulierte Schreiben: freundschaftlich, anhänglich-verehrungsvoll, informativ, stets auch Carl Augusts und Weimarer Probleme berücksichtigend – und ständig die eigene Situation beleuchtend. Er wiederholte, daß er nach dem selbsterteilten und gnädig gewährten Urlaub für jede Art von Dienst wieder bereitstünde und vertraute bei dieser Zusicherung (11. 8. 1787) zweifellos auf das Gespür seines Freundes, daß ihm im prophezeiten „neuen Leben" die alte Verwaltungslast unterschiedlichster Ressorts nicht wieder zugemutet würde. Leider sind die Antwortbriefe Carl Augusts vernichtet. Aber wenn nicht alles täuscht, so haben beide in diesen italienischen Jahren, auf der Grundlage gegenseitigen Respekts und Vertrauens, ihre Interessengebiete abgesteckt und dabei, auf weiteres Zusammenleben und -wirken bedacht, das Unterschiedliche eher angedeutet als unterstrichen. Keiner mochte auf den anderen verzichten. Goethe beobachtete seit längerem, wie der Herzog sich in Fragen der großen Politik engagierte und, sich eng an seinen Schwager Friedrich Wilhelm II. von Preußen, den Nachfolger Friedrichs des Großen, lehnend, den Fürstenbund weiterzuentwickeln suchte. 1787 trat der Weimarer Fürst zudem als Generalmajor in den preußischen Militärdienst ein, was seinen soldatischen Neigungen entsprach, ihm aber durch die Teilnahme am preußischen Hollandfeldzug wohl noch zusätzliches politisches Gewicht geben sollte. Wie das Geheime Consilium in Weimar wird auch Goethe diese Aktivitäten außerhalb des heimatlichen Herzogtums mit einiger Beklommenheit verfolgt haben. Jedenfalls hatte sich die Konstellation von 1776, als er die „Weltrolle" als Geheimer Rat übernommen hatte, auch durch solche politischen Entwicklungen gewandelt. Im Grunde war Goethes eigenes Konzept der endsiebziger Jahre gescheitert: mit einem Fürsten als Freund in einem überschaubaren Bezirk helfend und bessernd tätig zu sein und sich selbst handelnd, lesend und schreibend zu verwirklichen. Was nach der Krise, die die Flucht nach Italien signalisierte, blieb, war der Versuch, sich neu zu arrangieren – oder den Dienst völlig zu quittieren und gänzlich unabhängig zu werden. Merkwürdigerweise scheint Goethe diesen Gedanken nie ernsthaft erwogen zu haben, trotz teilweiser Sicherung durch das elterliche Vermögen. Das Leben eines freien Schriftstellers war für ihn keine Alternative. Er brauchte die Bindung an ein offizielles Amt und die Belastung durch entsprechende Verantwortung.

In einem langen Brief vom 17./18. März 1788 sondierte er abermals das Terrain. Von der Bereitschaft, jede Art von Dienst zu übernehmen, war nun nicht mehr die Rede. Überzeugt, daß der Herzog seiner jetzt nicht unmittelbar „im Mechanischen" bedürfe, bat er, auch nach der Rückkehr noch weiteren Urlaub gewährt zu bekommen. „Mein Wunsch ist: [...] mich an Ihrer Seite, mit den Ihrigen, in dem Ihrigen wiederzufinden, die Summe meiner Reise zu ziehen und die Masse mancher Lebenserinnerungen und Kunstüberlegungen in die drey letzten Bände meiner Schriften zu schließen." Dann bilanzierte er:

> Ich darf wohl sagen: ich habe mich in dieser anderthalbjährigen Einsamkeit selbst wiedergefunden; aber als was? – als Künstler! Was ich sonst noch bin, werden Sie beurtheilen und nutzen. Sie haben durch Ihr fortdauerndes würckendes Leben, jene fürstliche Kenntniß: wozu die Menschen zu brauchen sind, immer mehr erweitert und geschärft, wie mir jeder Ihrer Briefe deutlich sehen läßt; dieser Beurtheilung unterwerfe ich mich gern. Nehmen Sie mich als Gast auf, laßen Sie mich an Ihrer Seite das ganze Maas meiner Existenz ausfüllen und des Lebens genießen; so wird meine Kraft, wie eine nun geöffnete, gesammelte, gereinigte Quelle von einer Höhe, nach Ihrem Willen leicht dahin oder dorthin zu leiten seyn. Ihre Gesinnungen, die Sie mir vorläufig in Ihrem Briefe zu erkennen geben sind so schön und für mich bis zur Beschämung ehrenvoll. Ich kann nur sagen: Herr hie bin ich, mache aus deinem Knecht was du willst. Jeder Platz, jedes Plätzchen die Sie mir aufheben, sollen mir lieb seyn, ich will gerne gehen und kommen, niedersitzen und aufstehn.

Er hatte wohl Grund, Anhänglichkeit zu bekunden, wenn er nicht ganz ins Freie wollte. Denn in allen Phasen seit dem Karlsbader Herbst 1786 hatte sich der Herzog verständnisvoll gezeigt. Das Gehalt war ungekürzt weitergezahlt worden, und die Briefe hatten erkennen lassen, daß das zukünftige Tätigkeitsfeld neu bemessen sein würde. So geschah es dann auch tatsächlich. Er war weiterhin Geheimer Rat, jedoch ohne mit der kanzleimäßigen Erledigung der Geschäfte belastet zu sein. Er wurde nun von Fall zu Fall tätig, in speziellen Angelegenheiten, vor allem im Bereich von Wissenschaft und Kunst, aber auch weiterhin als Berater des Herzogs.

„Herr hie bin ich, mache aus deinem Knecht was du willst." Goethe bestätigte mit diesen Worten seine Entscheidung für Weimar, die er damals getroffen hatte, auch nach seiner Flucht. Man kann es als Anachronismus bezeichnen, daß sich ein Autor, dessen frühere Texte als Beispiele eines antihöfischen, bürgerlichen Tätigkeitsdranges und Änderungswillens aufgefaßt worden waren und deshalb so großen Widerhall gefunden hatten, noch nach den Enttäuschungen des ersten Weimarer Jahrzehnts so vorbehaltlos an einen absolutistischen Hof band. Für Unternehmungen, die gegen Adel und Hof oder an ihnen vorbei auf gesellschaftliche Veränderungen zielten, war er damit verloren. Kritiker haben es leicht, Goethe dem resignativen Teil des deutschen Bürgertums zuzurechnen. In seiner Sicht aber stellte sich die Lage anders dar. Er versprach sich in der Tat etwas von einem Zusammenwirken von Adel und Bürgertum, weil Umsturz nur ins Chaos führen könne. Schon auf der letzten Seite des *Römischen Carnevals* merkte er an – und das schrieb er bereits 1788, ein Jahr vor der Französischen Revolution –, „daß Freiheit und Gleichheit nur in dem Taumel des Wahnsinns genossen werden können" (11, 515). Dennoch verstand er sich nicht als blinden Verehrer des Bestehenden und hat, wie Eckermann unter dem 27. April 1825 berichtet, vehement dagegen protestiert, als „Fürstendiener" abgestempelt zu werden. Allerdings betonte er im gleichen Zusammenhang: „Ich hasse jeden gewaltsamen Umsturz, weil dabei ebensoviel Gutes vernichtet als gewonnen wird." Er freue sich über jede Verbesserung, aber „jedes Gewaltsame, Sprunghafte ist mir in der Seele zuwider, denn es ist nicht naturgemäß." Solcher Begründung konnte und kann natürlich nicht zustimmen, wer von der Notwendigkeit radikaler Umwälzung unter bestimmten historischen Bedingungen überzeugt ist und es für illusorisch hält, daß angemaßte Herrschaft auf dem Wege einer gewünschten evolutionären Entwicklung ihre Ansprüche preisgebe.

Wie sehr Goethe der Abschied aus Rom zu schaffen machte, hat er dem Schlußkapitel der *Italienischen Reise* anvertraut. Wenn er später darauf zurückkam, überfiel ihn immer wieder die Trauer über Unwiederbringliches. Mit seinem Zustand in Rom verglichen, sei er nachher nie wieder froh gewesen (E 9. 10. 1828). „Seit ich über den Ponte Molle heimwärts fuhr, habe ich keinen rein glücklichen Tag mehr gehabt" (KM 30. 5. 1814). Trotz dieser emphatischen Beteuerungen hat er die Stadt am Tiber nie wieder aufgesucht.

Die Rückreise dauerte immerhin fast zwei Monate. Christoph Kayser, der Musiker, begleitete ihn. Mit ihm pflegte er seit Jahren intensiven Gedankenaustausch über Möglichkeiten der Oper und des Singspiels, und Kayser versuchte sich an Kompositionen zu Goethes Stücken. Auch

in Italien standen solche Fragen auf dem Programm; denn für die *Schriften* sollten Singspiele wie *Erwin und Elmire* und *Claudine von Villa Bella* umgearbeitet werden, und schon seit 1784 bestand der Plan, die Burleske *Scherz, List und Rache* zu einer Opera buffa zu machen. Auch zum *Egmont,* so war Goethes Wunsch, sollte Kayser, den er außerordentlich schätzte (und, wie sich erwies, überschätzte), die Musik schreiben. Grund genug, gemeinsam in Rom die Projekte zu erörtern und voranzubringen. Seit Oktober 1787 wohnte der Komponist, gebürtiger Frankfurter, im deutschen Künstlerhaushalt am Corso, von Goethe versorgt, und die Berichte in der *Italienischen Reise* bezeugen, wie freundschaftlich das Zusammenleben und die gemeinsame Arbeit damals waren. Die Nachricht vom Fehlschlag der Opera buffa *Scherz, List und Rache* hat Goethe dann selbst übermittelt: „Alles unser Bemühen [. . .], uns im Einfachen und Beschränkten abzuschließen, ging verloren, als Mozart auftrat . Die ‚Entführung aus dem Serail' schlug alles nieder, und es ist auf dem Theater von unserm so sorgsam gearbeiteten Stück niemals die Rede gewesen" *(IR* November 1787).
Christoph Kayser hat auf der Rückreise vom 24. April bis 18. Juni 1788 ein Ausgabenheft geführt, dem wir die Kenntnis der Route beider Reisenden verdanken. Über Siena, Florenz (mit allein elftägigem Aufenthalt), Bologna, Parma gelangten sie nach Mailand, wo es Goethe schien, als habe man für den Bau des Doms „ein ganzes Marmorgebirg in die abgeschmacktesten Formen gezwungen [. . .]. Dagegen ist das Abendmal des Leonard da Vinci noch ein rechter Schlußstein in das Gewölbe der Kunstbegriffe" (an Carl August, 23. 5. 1788). Nichts deutet darauf hin, daß sie den Lago Maggiore besucht haben, wie man oft vermutet hat, weil die Gegend um den See im *Wilhelm Meister* so wichtig ist. Weiter ging's durch die Schweiz; in Konstanz Tage mit Barbara Schultheß; kein Bedürfnis, die Vaterstadt Frankfurt wiederzusehen und die Mutter zu besuchen; durch Schwaben (wo das Ulmer Münster keinen Eindruck hinterließ) nach Nürnberg und weiter nordwärts über Erlangen, Bamberg und Coburg ins Thüringische. „Ja, mein Lieber", schrieb der Heimgekehrte am 21. Juli 1788 an Jacobi, „ich bin wieder zurück und sitze in meinem Garten, hinter der Rosen Wand, unter den Aschenzweigen und komme nach und nach zu mir selbst." Jetzt ging es darum, sich in der heimischen Umgebung wieder zurechtzufinden. Wie schwierig das werden würde, konnte der Rückkehrer nicht ahnen.
Vor ihm waren in Weimar schon die beiden Dramen eingetroffen, die er in Italien vollendet hatte, die *Iphigenie* im Januar 1787, der *Egmont* im Herbst 1787. Den *Tasso* trug er noch bei sich, von dem er erst Anfang August 1789 erleichtert sagen konnte, nun sei er fertig.

In Italien vollendet

Iphigenie auf Tauris

In wenigen Wochen des Frühjahrs 1779 hat Goethe die erste Fassung der *Iphigenie auf Tauris* in Prosa geschrieben, bzw. diktiert, in jener Zeit also, die von amtlicher Tätigkeit randvoll gefüllt war. Im Geheimen Consilium war zu überlegen, wie der Forderung Friedrichs des Großen zu begegnen war, im Weimarischen Rekruten anzuwerben; die Leitung der Kriegskommission hatte Goethe gerade übernommen; die wirtschaftliche Lage bereitete Sorgen; in Apolda waren, so die Notiz im Tagebuch vom 6. März, seit der Neujahrsmesse Strumpfwirker an hundert Stühlen ohne Arbeit, und in Dornburg hörte der reisende Geheime Rat Klagen über Mängel der Viehzucht und eine schonungslose Ausnutzung der Triftrechte durch die Pächter (3. März). Zwischen Notizen solcher Art und in Briefen aus diesen Wochen immer wieder die Erwähnung der Iphigeniendichtung, vom 14. Februar („Früh Iphigenia anfangen dicktiren") bis zum 28. März („Abends: Iphigenie geendigt"). Proben der Liebhaberbühne begannen unmittelbar nach Abschluß des Stücks; am 6. April war Premiere, mit Corona Schröter als Iphigenie und Goethe als Orest.

Es bedeutete nichts Neues, aus der antiken Sage um Iphigenie etwas nachzudichten. Der Stoff war in vielfältigen Variationen im Altertum und seit dem 16. Jahrhundert gestaltet worden, auch auf dem Operntheater. Eine ungefähre Kenntnis des Iphigenienmythos konnte bei einigermaßen gebildeten Lesern und Zuschauern vorausgesetzt werden. Agamemnon, Oberfeldherr der Griechen auf dem Zug nach Troja und Vater Iphigeniens, sollte in Aulis der Göttin Artemis (römisch: Diana) die eigene Tochter opfern. Nur so wären günstige Winde für die Weiterfahrt der Schiffe zu erlangen, hatte der Seher Kalchas geweissagt. Aber die Göttin entführte die zur Opferung Ausersehene nach Tauris und ließ sie dort Priesterin in ihrem Heiligtum sein. Opferung der eigenen Tochter und wunderbare Rettung und Entrückung durch die Göttin Artemis: das ist das Kerngeschehen um Iphigenie *in Aulis*. Das Schicksal der zu den Taurern entrückten Priesterin ist der wichtige andere Komplex der Iphigeniensage und entsprechender Dichtungen. Mit ihm verband sich das Geschehen um die Heilung des Orest. Er war zum Muttermörder geworden, war zur Blutrache an Klytemnestra gezwungen gewesen, die ihren Ehemann Agamemnon nach seiner Rückkehr von Troja hinterrücks (auch aus Empörung über die beabsichtigte Opferung der gemeinsamen Tochter Iphigenie) umgebracht hatte. Von den Erinnyen (Eumeniden), den Rachegöttinnen verfolgt, wurde Orest in den Wahnsinn getrieben; erst Apoll verhieß ihm Rettung: er solle das Bild der Artemis von den Taurern nach Attika holen. Dort aber hatte die Priesterin Iphigenie die grausige Pflicht, alle Fremden, die in Tauris landeten, der Göttin zu opfern, und es fehlte nicht viel, daß auch Orest und sein Freund Pylades, in Tauris angekommen, getötet worden wären, hätten sich nicht Iphigenie und Orest, Schwester und Bruder, noch rechtzeitig erkannt. Mit dem Götterbild, den Spruch des Apoll erfüllend, flohen sie in die Heimat.

Euripides ließ sein Drama *Iphigenie bei den Taurern* (416 v. Chr.) damit schließen, daß Iphigenie, List und Lüge einsetzend, mit Orest und Pylades die gemeinsame Flucht arrangiert und Thoas, König der Taurer, seinen Kampf gegen die Griechen beginnen will. Da aber erscheint plötzlich Athene und gebietet Einhalt. Sie, die Göttin, regelt den weiteren Ablauf: Die Griechen sollen das Artemisbild nach Attika bringen, um dort einen neuen Kult der Göttin zu stiften, und Iphigenie habe als Priesterin der Artemis in Brauron zu leben. Scharf geschieden wurde im antiken Drama des Euripides die Welt der Götter und der Menschen, in einem öffentlichen Schauspiel, das dazu diente, die Legende eines Kultes dichterisch zu begründen: der Artemis Tauropolos in Attika und der Verehrung des Iphigeniengrabes in Brauron.

Es kann sein, daß äußere Anlässe Goethe zur ersten Niederschrift seiner Iphigeniendichtung bewogen haben. Der Geburtstag der Herzogin Luise fiel auf den 30. Januar; am 3. Februar 1779 hatte sie eine Tochter zur Welt gebracht: Gründe genug, für die nachträgliche Geburtstagsfeier und die Festlichkeiten der Prinzessinnengeburt mit einer neuen Dichtung aufzuwarten. Ein Stück mit einer weiblichen Heldin im Mittelpunkt, zumal einer Fürstin, war speziell für Feste am Hof geeignet. Auch an das für Goethe mit so viel Bedeutung beladene schwesterliche Verhältnis zwischen ihm und Cornelia, ihm und Frau v. Stein ist zu erinnern, wenn man Gründe für sein Interesse an der Iphigenie/Orest-Dichtung aufspüren will. Doch kommt man über Vermutungen nicht hinaus.

Jedenfalls war in jenen Frühjahrswochen 1779 Goethes Beschäftigung mit dem antiken Stoff das ganz andere im Verhältnis zu seinen amtlichen Sorgen und Verpflichtungen, und zwar in einem mehrfachen Sinn. Der Schaffensprozeß selbst bedeutete für den dichtenden Minister eine Abwendung von der Misere gegenwärtiger Wirklichkeit. „Ein Quatro neben in der grünen Stube, sizz ich und rufe die fernen Gestalten leise herüber“ (an Ch. v. Stein, 22. 2. 1779). Er konnte es sich leisten, im Nebenzimmer ein Quartett zu seiner poetischen Aufmunterung spielen zu lassen. Als Werk formte das Drama mit seinem Handlungsverlauf bis hin zum Verzicht des Thoas und seinen Schlußworten „Lebt wohl!“ den Entwurf von ‚gelingender Menschlichkeit‘, ein Gegenbild zur mangelhaften Realität. Daß seine Iphigeniendichtung Appellfunktion haben

sollte, beweist Goethes Bemerkung, die Aufführung möge einigen guten Menschen Freude machen und „einige Hände Salz ins Publikum" werfen (an Knebel, 14. 3. 1779). Das ‚ganz andere' blieb die *Iphigenie* ebenso, als sie seit 1786 „in Verse geschnitten" (an Ch. v. Stein, 23. 8. 1786) und dann in Italien endgültig in das Maß fünffüßiger Jamben überführt worden war; ja die in die Zucht des Blankverses genommene Sprache rückte das Schauspiel noch weiter von der Wirklichkeit in die Sphäre der Kunst. Lessings *Nathan der Weise* (1779) und Schillers erste Akte des *Don Carlos* (1785 veröffentlicht) hatten den reimlosen fünffüßigen Jambus endgültig als maßgebenden Vers des ‚hohen' Dramas etabliert.
Im langen Monolog der ersten Szene beklagt Iphigenie, Priesterin auf Tauris, im Hain vor Dianas Tempel ihr Los. Schon manches Jahr dient sie hier, fern von Eltern und Geschwistern, und weiß noch nichts von deren Geschick.

Doch immer bin ich, wie im ersten, fremd.
Denn ach mich trennt das Meer von den Geliebten
Und an dem Ufer steh ich lange Tage,
Das Land der Griechen mit der Seele suchend,
Und gegen meine Seufzer bringt die Welle
Nur dumpfe Töne brausend mir herüber (V. 9 ff.).

Gutes indessen hat sie schon bewirken können: Fremde, die dort landen, werden nicht mehr geopfert. Aber dem Begehren des Thoas, des Königs von Tauris, seine Frau zu werden, widersetzt sie sich. Als er wiederum um sie wirbt, gibt sie sich zu erkennen: als Angehörige des Geschlechts der Tantaliden, über das die Götter, aus Zorn über die Vermessenheit des Tantalus, den Fluch unablässiger Greueltaten verhängt haben. Dennoch wünscht Thoas Iphigenie zur Frau, und als sie sich weiterhin weigert, will er den alten Brauch der Opferung der Fremden wieder eingeführt wissen.
Manche Einzelmotive der Goetheschen *Iphigenie* sind auch in anderen Iphigeniendichtungen zu finden. Seine dichterische Gestaltung betrifft vor allem die Heilung des Muttermörders Orest, die glückliche ‚Lösung' des Schlusses und den Wirkungsbereich der Götter. Für die Grundkonstellation des Dramas, den Konflikt und die gelingende Lösung ist von entscheidender Bedeutung, daß Iphigenie die einzige ihres Geschlechts ist, die noch nicht vom Fluch, der auf den Tantaliden lastet, gezeichnet und entstellt ist. Generation für Generation ist Verbrechen auf Verbrechen gehäuft worden, nachdem Tantalus, von den Göttern zum Tischgenossen erwählt, der Hybris, der Vermessenheit, verfallen war. (Andere Untaten des Tantalus werden in Goethes Stück nicht erwähnt.) Der Fluch der Götter erbte sich fort. Von Söhnen und Enkeln galt: „Zur Wut

ward ihnen jegliche Begier, / Und grenzenlos drang ihre Wut umher" (V. 334 f.). Iphigenie aber ist noch frei von Schuld. Und sie ist entschlossen, sich selbst zu behaupten. Sie hofft, trauernd in der Fremde, auf Heimkehr, die eine Ehe mit Thoas unmöglich machen würde; deshalb die Absage an sein Werben. Aber auch deshalb, weil sie – schon der Anfangsmonolog zeigt es – die Rolle der Frau in der Ehe, ihre Unterordnung unter den herrschenden Mann, nicht übernehmen möchte. Diese Iphigenie, die auf die Hilfe der Göttin hofft, die sie schon einmal errettet hat, will sie selbst bleiben, ihre Identität wahren.

Das Geschehen, in das sie verwickelt wird, setzt sie schweren Prüfungen aus. Thoas als einsamer König, der seinen Sohn früh verloren hat, drängt, sie solle sich für ihn entscheiden. Mit Recht glaubt er seine Forderung stellen zu dürfen: Seitdem die Priesterin in Tauris ist, fehlt es „an Segen nicht der mir von oben kommt" (V. 283). Nachdrücklich beteuert er und verspricht:

> Es fordert dies kein ungerechter Mann.
> Die Göttin übergab dich meinen Händen,
> Wie du ihr heilig warst, so warst du's mir,
> Auch sei ihr Wink noch künftig mein Gesetz;
> Wenn du nach Hause Rückkehr hoffen kannst,
> So sprech ich dich von aller Fordrung los (V. 289 ff.).

Dieses Versprechen ist es, das er am Ende tatsächlich einlöst.

Iphigeniens Weigerung, seine Frau zu werden, beantwortet der Enttäuschte mit der Weisung, die bisher unterlassene Opferung der Fremden wieder zu vollstrecken. So fordere es das alte Gebot der Göttin Diane; daran zu deuteln sei unziemlich. Iphigeniens Gegenargumentation stützt sich auf eine grundsätzlich andere Auffassung vom vermeintlichen Willen der Götter: „Der mißversteht die Himmlischen, der sie / Blutgierig wähnt, er dichtet ihnen nur/Die eignen grausamen Begierden an" (V. 523 ff.). Die Ankunft der beiden Fremden Orest und Pylades, die zu opfern sind, führt (mit dem zweiten Akt) jene Notsituation herbei, vor der Iphigenie bewahrt sein will: „O enthalte vom Blut meine Hände!" (V. 549) Doch nun beherrscht bis zum Beginn des vierten Aktes das Geschehen um Orest die Szenen: seine Verzweiflung über die Schuld, die auf ihm als Muttermörder lastet; Pylades' listenreiches Nachdenken über mögliche Rettung angesichts des Todes, der ihnen hier bestimmt ist; das Wiedererkennen der Geschwister, der Verzweiflungsausbruch Orests und seine Heilung. Wie sie sich in Goethes *Iphigenie* vollzieht, ist in der Tat erstaunlich. Leser und Zuschauer haben es schwer zu begreifen, was in diesem Prozeß der Heilung vom Schuld- und Reuebewußtsein, das ihn bis zum Wahnsinn trieb, wirklich vor sich geht. Denn in der

Orestdichtung Goethes ist alles nach innen verlagert; der Text selbst bietet die erwartete Erläuterung nicht. Dieser Orest ist ein Orest ohne wirklich erscheinende Furien, die ihn jagen und quälen. In Glucks Oper *Iphigenie auf Tauris* (die kurz zuvor in Weimar aufgeführt worden war) trieben sie noch als leibhaftige Gestalten ihr Unwesen. „Ohne Furien ist kein Orest", bemerkte Schiller (an Goethe, 22. 2. 1802) und wies damit auf die Problematik, wie Gewissensnot und Erlösung Orests im dramatischen Spiel vorgestellt werden könnten. Die Verinnerlichung der Vorgänge sei durchaus „ungriechisch" und bezeuge den Geist des Modernen.

Wie kann überhaupt ein so grausiges Verbrechen wie der Muttermord gesühnt werden? Wie vermag von der Schuld befreit zu werden, wer eine solche Tat begangen? Zwar ist die Schuldzuweisung undurchsichtig (auch schon in antiken Texten), weil die Tat unter dem von Göttern verhängten Fluch, ja auf ihr Geheiß geschehen und zugleich als Untat bewertet ist. Aber auf jeden Fall müssen Sühne und Heilung des Täters erfolgen, der von den Erinnyen, den Rachegöttinnen, unerbittlich verfolgt wird. Bei Goethe tritt die Frage der Schuld hinter der nicht minder komplizierten zurück, wie der Muttermörder mit dem Geschehenen ins reine kommen könne. Widersinnig, absurd ist eine Welt, wo ein Verbrechen zugleich als geboten erscheint und die Rachegeister auf den Plan ruft, wo eine Tat zugleich gerechtfertigt und verurteilt wird. Der erlösenden Hilfe einer Gottheit allein können da Sühne und Heilung nicht mehr überantwortet werden.

Goethes Orest leidet bis zum Wahnsinn unter dem inneren Ansturm der Furien, und doch kann er am Ende des dritten Akts, zu Iphigenie gewandt, verkünden:

> Es löset sich der Fluch, mir sagt's das Herz.
> Die Eumeniden ziehn, ich höre sie,
> Zum Tartarus und schlagen hinter sich
> Die ehrnen Tore fernabdonnernd zu.
> Die Erde dampft erquickenden Geruch
> Und ladet mich auf ihren Flächen ein
> Nach Lebensfreud und großer Tat zu jagen (V. 1358 ff.).

In Phasen der Rückerinnerung und visionären Schau ist Orest bis hierhin gelangt, immer in der Nähe der Schwester Iphigenie. Auf die höchste Verzweiflung mit dem Wunsch nach dem Tod als einzig möglicher Befreiung (III 1) folgte die Vision des aus seiner Betäubung Erwachenden (III 2): er erblickt im Hades die Atriden endlich friedlich vereint, versöhnt, „wir sind hier alle der Feindschaft los" (V.1288). Nur der Ahnherr, Tantalus, den die anfängliche Schuld trifft, bleibt ausgeschlossen.

Auf solche Weise erfüllt von der Vision möglicher Befriedung, freilich immer noch in der Vorahnung des Totenreichs, in das er, zum Opfer bestimmt, als neuer Gast (V.1316) einziehen wird, wendet sich Orest Iphigenie zu (III 3): „Laß mich zum erstenmal mit freiem Herzen / In deinen Armen reine Freude haben!“ (V. 1341 f.) Und unmittelbar vor jenem Vers „Es löset sich der Fluch, mir sagt's das Herz“ nochmals die Bitte: „O laßt mich auch in meiner Schwester Armen, / An meines Freundes Brust was ihr mir gönnt, / Mit vollem Dank genießen und behalten“ (V. 1355 ff.). Im Monolog, der den neuen, vierten Akt eröffnet, bezeugt Iphigenie (V. 1392 f.), sie habe Orest aus ihren Armen nicht loslassen mögen. Im Bühnenspiel selbst ist davon jedoch nichts sichtbar geworden; eine entscheidende Phase der Heilung Orests, das Aufgehobensein in den Armen der Schwester, ist ausgespart. Nur in der ‚Pause‘ zwischen dem dritten und vierten Akt kann sich ereignet haben, wovon die Beteiligten nur sprechen. „Dein Bruder ist geheilt!“ (V. 1536) kann Pylades endlich glücklich ausrufen (IV 4).

Goethes Orest scheint in dem Augenblick geheilt zu sein und, unter den besonderen Bedingungen des Geschehens in jener absurden Welt, auch hinreichend gesühnt zu haben, als er das Furchtbare ganz nachvollzogen, seine Schuld angenommen und die reinigende Nähe der Schwester erreicht hat, die noch frei von den Entstellungen durch die Vergehen ist, die Generation für Generation das Geschlecht der Atriden heimgesucht hat, und die ihre Reinheit zu bewahren trachtet. Nicht die Götter helfen hier, und nicht mehr an die Rückführung eines Kultbildes ist die Entsühnung gebunden. Von den Göttern, besser: von der Deutung ihrer Ratschlüsse und Orakelsprüche, wird zwar oft gesprochen, aber sie selbst erscheinen nicht. In der Konstellation dieses Stücks vollziehen sich Sühne und Heilung durch die Menschen, die sich vom Zwangszusammenhang des Atridenfluchs (der möglicherweise auch religiöse Vorstellungen wie die Erbsünde versinnbildlicht, die für ein aufgeklärtes 18. Jahrhundert ein Ärgernis waren) freihalten wollen (Iphigenie) und visionär wenigstens ahnen, daß Befriedung, Harmonie möglich sei (Orest). Daß sich die – in der Tat einem Wunder gleichkommende – Heilung des Orest ereignet, dokumentiert nichts anderes, als daß solche Heilung überhaupt möglich ist. Demgegenüber ist der leicht zu führende Nachweis, das dramatische Geschehen sei keineswegs konsequent motiviert, nebensächlich. Auf solche Schwächen haben Interpreten wiederholt aufmerksam gemacht: Orests Heilung ist gar nicht mehr, wie es doch die Grundkonzeption vorzeichnet, an die von Apoll gebotene Rückführung der Schwester (oder des Kultbildes) gebunden, und seine Worte (V. 2119 ff.): „Von dir [Iphigenie] berührt / War ich geheilt, in deinen

Armen faßte / Das Übel mich mit allen seinen Klauen / Zum letztenmal" entbehren jeglichen Zusammenhangs.

Nach der Wiedererkennung, nach der Heilung Orests ist für Iphigenie die Lage nicht leichter, sondern weitaus verwickelter geworden. Sie scheint ausweglos – wenn Agamemnons Tochter von Schuld frei bleiben will. Denn nun wird sie in die Überlegungen des listenreichen Pylades, wie Rettung und Flucht zu bewerkstelligen seien, einbezogen und kann sich ihnen unmöglich verschließen. Das Leben ihres Bruders und der Griechen steht auf dem Spiel. Ehrlichkeit gegenüber Thoas, der sich ihr gegenüber stets edel und gütig gezeigt hat, ist jetzt nicht mehr durchzuhalten. Iphigenie kommt um eine Entscheidung nicht herum, und sie wählt, was in der Welt der Verwicklungen das Vernünftige, Normale ist und wofür Pylades so wortreich zu streiten weiß: die List und die Täuschung. Die Opferung der angeblich Fremden, die ihre Nächsten sind, glaubt sie anders nicht abwenden zu können. Von den Verhältnissen zu Lüge und Verstellung gezwungen, droht auch sie der alte Fluch einzuholen. So scheinen denn doch die Götter beschlossen zu haben, auch ihre sittliche Existenz zu zerstören, auch sie ihrer Identität zu berauben. „Ich muß ihm [dem Pylades und seinem Plan] folgen denn die Meinigen / Seh ich in dringender Gefahr. Doch ach! / Mein eigen Schicksal macht mir bang und bänger. [. . .] Soll dieser Fluch denn ewig walten? Soll / Nie dies Geschlecht mit einem neuen Segen / Sich wieder heben?" (V. 1689 ff.) In dieser Situation, eingeklemmt in die Zwänge, aus denen sich kein Ausweg zeigt, entsinnt sie sich (übrigens ganz folgerichtig) an „das Lied der Parzen das sie grausend sangen, / Als Tantalus vom goldnen Stuhle fiel" (V. 1720 f.). Es ist das Lied von der schrankenlosen Macht und Willkür der olympischen Götter:

> Es fürchte die Götter
> Das Menschengeschlecht!
> Sie halten die Herrschaft
> In ewigen Händen
> Und können sie brauchen
> Wie's ihnen gefällt.
> [. . .]

Von ihnen fühlt sich nun auch Iphigenie im Stich gelassen, verstoßen, in Ausweglosigkeit gestürzt, und sie fürchtet, daß in solcher Verfinsterung ihres Geschicks der alte Haß der Tantaliden gegen die Olympier in ihr aufkeimen könne. „Rettet mich / Und rettet euer Bild in meiner Seele" (V.1716 f.). An das Gute der Götter zu glauben kann ihr nur noch ermöglicht werden, wenn sie heil, unversehrt, in Übereinstimmung mit sich aus der Verstrickung hinausgelangt. Das gelingt ihr, aber nicht durch das Eingreifen irgendwelcher Gottheiten, sondern dadurch, daß sie selbst, ganz autonom, die „unerhörte Tat" (V. 1892) wagt, von Lug und Trug sich abzuwenden und alles auf die Wahrhaftigkeit zu setzen. Das „Lied der Parzen" hat sie mit einer vieldeutigen Strophe weitergedichtet:

So sangen die Parzen!
Es horcht der Verbannte,
In nächtlichen Höhlen
Der Alte die Lieder,
Denkt Kinder und Enkel
Und schüttelt das Haupt.

Sinnt Tantalus, „der Alte", an das grausige Schicksal der Kinder und Enkel denkend, kopfschüttelnd darüber nach, ob denn nicht einer endlich vom Fluch freizukommen vermag? Iphigenie ist es, die im unmittelbar anschließenden fünften Akt auf den Weg freier Selbstentscheidung gelangt, die den Zwangszusammenhang des Gewesenen aufsprengt.
Im entscheidenden Moment bringt sie es nicht über sich, bei der Lüge zu bleiben. Sie hält die Sprache der Täuschung nicht durch, sie fällt ins Stammeln: „Sie sind – sie scheinen – für Griechen halt ich sie" (V. 1889), um dann, „nach einigem Stillschweigen", als „unerhörte Tat" etwas anderes zu bezeichnen und zu bezeugen als nur die kämpferische Heldentat eines Mannes, wie es üblich ist. Sie bekennt die wahren Zusammenhänge und pocht auf Thoas' Großmut. Und er folgt tatsächlich dem Appell an seine Menschlichkeit und läßt die Griechen ziehen. Ein „Lebt wohl!" besiegelt seinen Verzicht.
Ohne ein künstliches Arrangement kommt Goethe beim brüchigen Motivationsgeflecht seines Schauspiels allerdings nicht aus. Als Thoas, der auf die Wahrung der Würde seines Landes gegenüber den Griechen bedacht sein muß (V. 2098 ff.), der kampflosen Preisgabe des „heiligen Bildes der Göttin" nicht zustimmen kann, weiß Orest flugs die neue, die richtige Auslegung des Apollschen Spruches: Nicht das Kultbild der Diana, der Schwester Apolls also, sei gemeint, sondern seine eigene, Orests Schwester, Iphigenie. Damit erst ist die Voraussetzung der glücklichen Lösung geschaffen; denn Iphigenie kann den Taurerkönig nun an das einst gegebene Versprechen mahnen, sie ziehen zu lassen, wenn sie „nach Hause Rückkehr hoffen" kann (V. 293). Es ist also nicht ein allgemeiner Appell an Menschlichkeit, dem Thoas gehorcht, sondern er hält ein einmal gegebenes Versprechen.
Die Besonderheit dieser Handlungskonstruktion verändert indes nicht das Gewicht jener „unerhörten Tat", die erst die guten Folgen ermög-

lichte. Wenn Menschen sich so verhalten, und nur dann, erweist sich, daß ‚Götter' nicht das Böse wünschen. Der geheilte Orest und die Iphigenie der autonomen Entscheidung für Wahrhaftigkeit sind es, denen im Spiel des Dramas der wahre, zum versöhnlichen Ende führende Sinn des Orakels geöffnet wird. Thoas beweist durch sein Handeln: durch die Einlösung seines Versprechens, durch den Verzicht auf Rache, Strafe und herrscherliche Machtausübung, daß er fähig ist, die „Stimme / Der Wahrheit und der Menschlichkeit" (V. 1937 f.) zu vernehmen und auf sie zu antworten.

Dieser König von Barbaren (eine der im 18. Jahrhundert beliebten Gestalten des ‚edlen Wilden', die die Zivilisierten durch ihr menschliches Verhalten beschämen) bleibt am Ende allein, vereinsamt zurück. Er ist es, der in dem Musterspiel um Humanität, das in der *Iphigenie* inszeniert ist, die Zeche zahlt; er ist es, der – wie Selim Bassa in Mozarts *Entführung aus dem Serail* – tätigen Verzicht leistet und in der Schlußszene fast gänzlich verstummt. Ob verstört oder verbittert, ob betroffen oder nachsinnend: wer könnte das entscheiden? „So geht" und „Lebt wohl!" sind die einzigen Worte, die er in den vielen Versen, die Orest und Iphigenie gehören, noch zu sagen hat, und es steht dahin, ob er den Scheidenden „zum Pfand der alten Freundschaft", wie Iphigenie es wünscht (V. 2173), wirklich die Hand zu reichen vermag. Die Humanität geht auf seine Kosten. Was wird aus ihm, von dem es hieß: „er fürchtet / Ein einsam hülflos Alter, ja vielleicht / Verwegnen Aufstand und frühzeitgen Tod" (V. 161 ff.)? Das Volk der Taurer, für das Iphigeniens Anwesenheit humanisierende Wirkung bedeutete, gerät ganz aus dem Blick, obwohl Arkas gemahnt hatte: „Denn nirgends baut die Milde die herab / In menschlicher Gestalt vom Himmel kommt, / Ein Reich sich schneller als wo trüb und wild / Ein neues Volk voll Leben, Mut und Kraft / Sich selbst und banger Ahndung überlassen / Des Menschenlebens schwere Bürden trägt" (V. 1477 ff.). Wenn in einer Versuchsanordnung in Sachen Humanität ein Teil die Aufwendungen zu erbringen hat und der andere Teil die Ergebnisse genießen kann, die auch zu Lasten derer gehen, die auf Hilfe angewiesen wären, bleiben offene Fragen.

Ohnehin ist in der Modellkonstruktion der Goetheschen *Iphigenie auf Tauris* nicht alles so licht und klar, wie es manche landläufige Meinung von der humanitären Botschaft der Iphigenienwelt gern wahrhaben möchte. Tantalus bleibt unerlöst, der sich, Goethes Mitleid besitzend, bei den Olympiern „nicht untergeordnet genug betragen" (*DuW*; 10,49). Auch das „Lied der Parzen" ist kein Abgesang; es hält vielmehr die Erinnerung an immer noch mögliche Willkür der Götter und Aufbegehren dagegen wach. Schatten von Unterdrückung und Aufstand bleiben im Hintergrund sichtbar.

Weit ist das Exempelspiel der Wirklichkeit entrückt. Die Ferne des Mythos und die kunstvolle Sprache im Blankvers lassen alles in einer Distanz, die bewußt machen kann, daß hier nicht vorgeführt wird, was ist, sondern was sein könnte und müßte. Insofern betonen Stoff und Form die Appellfunktion des Stücks auf eindringliche Weise. Sie mag sich auswirken oder nur im schönen, aber fernen Modell bestaunt werden. Schon nach der Premiere der Prosafassung notierte ihr Dichter: „Iph. gespielt. gar gute Würckung davon besonders auf reine Menschen" (Tagebuch, 6. 4. 1779). Zwei Tage später eine Eintragung mit bemerkenswerter Einschränkung: „Man thut Unrecht an dem Empfindens und Erkennens Vermögen der Menschen zu zweifeln, da kan man ihnen viel zu trauen, nur auf ihre Handlungen muss man nicht hoffen." Goethe hat sein Drama recht kritisch beurteilt. Als er 1802 „hie und da hineingesehen" hatte, kam es ihm „ganz verteufelt human" vor (an Schiller, 19. 1. 1802). Beim flüchtigen ‚Hineinsehen' wurde ihm wohl bewußt, daß die Grundführung der Orest- und Iphigenienhandlung allzu glatt Konflikte löst und das Individuum, sofern es nur das Humane will, zu sicher vor dem Scheitern gefeit erscheint.

Egmont

Über viele Jahre hat sich Goethes Arbeit am *Egmont* hingezogen. Am 15. und 18. August 1787 konnte er Göschen und Philipp Seidel endlich melden: „Egmont ist fertig!" Der Abschluß der Dichtung, so schrieb er nach Ausweis der *Italienischen Reise* am 3. November, sei eine unsäglich schwere Aufgabe gewesen, die er „ohne eine ungemessene Freiheit des Lebens und des Gemüts nie zustande gebracht hätte. Man denke, was das sagen will: ein Werk vornehmen, was zwölf Jahre früher geschrieben ist, es vollenden, ohne es umzuschreiben." Dieses Drama hat ihn also durch das ganze voritalienische Weimarer Jahrzehnt begleitet, und wenn er 1778 von der Reise nach Berlin berichtete, er „scheine dem Ziele dramatischen Wesens immer näher zu kommen", da es ihn nun immer näher angehe, „wie die Grosen mit den Menschen, und die Götter mit den Grosen spielen" (an Ch. v. Stein 14. 5. 1778), dann konnten solche Erfahrung und Erkenntnis gerade auch in das Schauspiel um den lebensfrohen, seinem Dämon vertrauenden Grafen Egmont einfließen, dessen Leben das Todesurteil der spanischen Herrschaftsmacht auslöschte. *Iphigenie* und *Egmont:* beiden Dichtungen widmete sich Goethe im gleichen Lebensabschnitt, in gleichen Lebenszusammenhängen und formte sie zu ganz unterschiedlicher Gestalt. Das antikische Stück, beinahe festspielartig, Kunst gegen die Misere der Wirklichkeit setzend, wurde zum strengen Gebilde, in dem Szene für Szene in die geschlossene Ordnung von Ort, Zeit, Handlung gefügt und eineVerssprache geschaffen war, die das alltägliche Reden vergessen machte. Im *Egmont* dagegen Episodenreichtum, lockere Reihung der Auftritte, Volksszenen und ungekünsteltes, lebensnahes Sprechen. Noch und wieder praktizierte der Stückeschreiber Goethe, was er bei Shakespeare glaubte gelernt zu haben und in der Szenenfolge des Götz erprobt hatte.

Zu Ostern 1788 erschien der fünfte Band der *Schriften* bei Göschen; im September brachte die *Allgemeine Literaturzeitung* in Jena eine ausführliche Besprechung des *Egmont*, deren Beginn uns bekannte Zusammenhänge rekapituliert:

> Dieser fünfte Band der Goethischen Schriften, der durch eine Vignette und Titelkupfer, von der Angelika Kaufmann gezeichnet und von Lips in Rom gestochen, verschönert wird, enthält außer einem ganz neuen Stück, „Egmont", die zwei schon längst bekannten Singspiele „Claudine von Villa Bella" und „Erwin und Elmire", beide nunmehr in Jamben und durchaus sehr verändert (SA 16, 179).

Niemand anders als Friedrich Schiller war der Rezensent (der mit Goethe noch nicht in nähere Berührung gekommen war). Von einer gattungstheoretischen Argumentation ausgehend, suchte er die charakteristischen Züge des neuen Stücks zu erfassen. Dem tragischen Dichter, so die Unterscheidung, dienten als Stoff entweder „außerordentliche *Handlungen* und *Situationen*," „*Leidenschaften*" oder „*Charaktere*". Wenn auch oft „alle diese drei, als Ursach und Wirkung, in *einem* Stücke sich beisammen finden, so ist doch immer das eine oder das andere vorzugsweise der letzte Zweck der Schilderung gewesen." Die alten Tragiker hätten sich „beinahe einzig auf Situationen und Leidenschaften eingeschränkt". Darum finde man bei ihnen auch nur „wenig Individualität, Ausführlichkeit und Schärfe der Charakteristik". Erst in neueren Zeiten und in diesen erst seit Shakespeare sei die Tragödie mit der dritten Gattung bereichert worden. „In Deutschland gab uns der Verfasser des ‚Götz von Berlichingen' das erste Muster in dieser Gattung" (SA 16, 180).

> Zu dieser letzten Gattung nun gehört das vorliegende Stück [...]. Hier ist keine hervorstechende Begebenheit, keine vorwaltende Leidenschaft, keine Verwickelung, kein dramatischer Plan, nichts von dem allem; – eine bloße Aneinanderstellung mehrerer einzelnen Handlungen und Gemälde, die beinahe durch nichts als durch den Charakter zusammengehalten werden, der an allen Anteil nimmt und auf den sich alle beziehen. Die Einheit dieses Stücks liegt also weder in den Situationen noch in irgendeiner Leidenschaft, sondern sie liegt in dem *Menschen.*

In den zweihundert Jahren, in denen man seitdem über Goethes *Egmont* nachgedacht hat, machte diese Beobachtung des frühen Rezensenten Schule: daß Egmont die Einheit stiftende und Zusammenhang verbürgende Gestalt des Dramas sei.
Ohne daß er selbst auftritt, ist in den drei Szenen des ersten Akts („Armbrustschießen", „Palast der Regentin", „Bürgerhaus") der Titelheld als geheimer Mittelpunkt, auf den sich alles bezieht, gegenwärtig. Die Bürger schwärmen von ihm („Warum ist alle Welt dem Grafen Egmont so hold? Warum trügen wir ihn alle auf den Händen? Weil man ihm ansieht, daß er uns wohlwill; weil ihm die Fröhlichkeit, das freie Leben, die gute Meinung aus den Augen sieht; weil er nichts besitzt, das er dem Dürftigen nicht mitteilte, auch dem, der's nicht bedarf"). Margarete von Parma, die Regentin in den spanischen Niederlanden, ist zwar skeptisch hinsichtlich der politischen Folgen, die Egmonts Verhalten bringen könnte, bewundert und beargwöhnt seine Selbstsicherheit („Er trägt das Haupt so hoch, als wenn die Hand der Majestät nicht über ihm schwebte"), muß sich aber von ihrem Berater Machiavell sagen lassen: „Die Augen des Volks sind alle nach ihm gerichtet, und die Herzen hängen an ihm." Und Klärchens Leben ist von Grund auf verändert, seit sie die Geliebte des niederländischen Grafen ist: „Diese Stube, dieses kleine Haus ist ein Himmel, seit Egmonts Liebe drin wohnt" (4, 386). Bewunderung und Zuneigung, Respekt und Argwohn, grenzenlose Liebe bringen die Menschen dem entgegen, über den nur erst gesprochen wird. Was Goethe nach seinen eigenen Worten in *Dichtung und Wahrheit* dem Helden mitgegeben hat, läßt er im Eröffnungsakt durchscheinen: „die ungemeßne Lebenslust, das grenzenlose Zutrauen zu sich selbst, die Gabe alle Menschen an sich zu ziehn (attrattiva) und so die Gunst des Volks, die stille Neigung einer Fürstin, die ausgesprochene eines Naturmädchens" zu gewinnen (10, 176).
Eine meisterhafte Exposition, wie der erste Aufzug aus verschiedenen Perspektiven die Hauptfigur vorstellt und in jene Bereiche einführt, in denen alles weitere Geschehen angesiedelt ist: die Welt der Brüsseler Bürger samt ihren Emotionen und divergierenden Meinungen; das glatte Parkett der großen Politik, wo der Graf sich zu bewegen hat; die private Sphäre um Klärchen und ihren Geliebten. Je weiter das Stück fortschreitet und Egmont in unterschiedlichen Situationen zeigt, desto deutlicher tritt das Besondere seines Charakters hervor und desto klarer zeichnen sich die politischen Auffassungen und Mächte ab, die in der krisenhaften geschichtlichen Epoche in Widerstreit geraten. Denn das Trauerspiel *Egmont* führt nicht nur die „attrattiva", die Anziehungskraft und Lebensfülle einer besonderen Individualität vor, sondern ebenso den Kampf zwischen politischen Grundauffassungen von den Rechten und

dem Freiheitsspielraum, die den Menschen einzuräumen sind. Es klingt banal, muß aber betont werden: Egmont gerät nicht nur wegen seiner Sorglosigkeit, seiner heiteren Lebenszuversicht, seines Vertrauens auf die nachtwandlerische Richtigkeit seines Verhaltens in den Untergang (wiewohl das alles ihn mitherbeiführt), sondern er scheitert in einer bestimmten politischen Konstellation, in der seine Vorstellungen sich nicht (nicht mehr oder noch nicht) verwirklichen können. Wäre das nicht so und ginge es nur um die dichterische Darstellung der faszinierenden Lebenszugewandtheit und Anziehungskraft einer außergewöhnlichen Persönlichkeit und ihres Scheiterns in der Welt, dann wäre es belanglos, von welcher Art die Widerstände wären, an denen er zerschellte.

Ähnlich wie im *Götz von Berlichingen* hat Goethe wieder eine historische Umbruchsituation gewählt. Es ist die Zeit kurz vor dem Ausbruch des Kampfes der Niederländer gegen die spanische Herrschaft im 16. Jahrhundert. Margarete von Parma, Schwester des spanischen Königs Philipp II., residiert als Regentin in Brüssel; Egmont ist einer der Statthalter in den Niederlanden. Goethes Drama setzt ein, als sich die Lage zwischen Spaniern und Einheimischen zu verschärfen beginnt. Protestantische Bilderstürmer in Flandern schaffen Unruhe; die Bürger selbst wissen nicht recht, was sie davon halten und wie sie sich überhaupt verhalten sollen. Die regierende Besatzungsmacht, bisher von der Regentin einigermaßen milde und mit Verständnis für die Traditionen und angestammten Rechte der Niederländer repräsentiert, schaltet auf Härte und Unnachgiebigkeit um: Herzog Alba löst Margarete von Parma ab und garantiert für kalkulierte Grausamkeit und unerbittliche Durchsetzung einer menschenverachtenden Staatsräson, die er überdies mit eiskalter Ratio zu begründen weiß. Wilhelm von Oranien, einer der Statthalter, bringt sich rechtzeitig in Sicherheit; Egmont aber, auf sein ‚Schicksal' vertrauend, bleibt, erscheint sogar zur Audienz bei Alba, disputiert mit ihm, freimütig, um Verständnis für die Unterdrückten werbend – und weiß nicht, daß seine Verhaftung bereits beschlossen ist. Das Todesurteil folgt; denn zu wenig hat er bisher bezeugt, was Alba ihm entgegenhält: „Gehorsam fordre ich von dem Volke – und von euch, ihr Ersten, Edelsten, Rat und Tat, als Bürgen dieser unbedingten Pflicht" (4, 432). Im Kerker endet Goethes Trauerspiel, vor der Hinrichtung, mit einer Traumvision von der „Freiheit im himmlischen Gewande", die die Züge Klärchens trägt; ein Schluß, über den seit Schillers beißender Kritik gestritten wird.

Egmont erscheint zum erstenmal in der zweiten Szene des zweiten Akts, wo er mit seinem Sekretär geschäftliche Dinge zu regeln hat. Er entscheidet rasch, entschlußfreudig, und innerhalb seiner Möglichkeiten plädiert er von Fall zu Fall eher für Milde denn für Strenge. Doch die knappe

Erledigung einzelner Punkte ist nur wie ein Vorspiel zu seiner Selbstdarstellung und Selbstinterpretation, zu der ihm die Antwort auf das Schreiben des Grafen Oliva Gelegenheit gibt. Dieser ist der „Sorgliche“ (4, 399), der Vorausschauende, der Abwägende, der mahnt, sich den Gegebenheiten anzupassen und zu bedenken, welche Folgen unbedachte, wenn auch in geselligem Übermut getane Äußerungen haben können. Eben das will Egmont nicht: sich von der Sorge leiten lassen. Wie ein Leitmotiv ziehen sich Geltungsanspruch der Sorge und dessen Ablehnung durch das Stück. Unbesorgt zu sein, zurück- und vorausdenkendes Überlegen abzulehnen, im Auskosten des jeweils Gegenwärtigen leben zu wollen: das kennzeichnet den Grafen Egmont und unterscheidet ihn von den sorgsam Voraus- und Zurückblickenden. „Der Treue, Sorgliche! Er will mein Leben und mein Glück, und fühlt nicht, daß der schon tot ist, der um seiner Sicherheit willen lebt. [...] Ich handle, wie ich soll, ich werde mich schon wahren. [...] Daß ich fröhlich bin, die Sachen leicht nehme, rasch lebe, das ist mein Glück; und ich vertausch es nicht gegen die Sicherheit eines Totengewölbes. [...] Leb ich nur, um aufs Leben zu denken? Soll ich den gegenwärtigen Augenblick nicht genießen, damit ich des folgenden gewiß sei?“ Er mag die ständigen Ermahnungen nicht. „Sie machen nur irre, sie helfen nichts. Und wenn ich ein Nachtwandler wäre, und auf dem gefährlichen Gipfel eines Hauses spazierte, ist es freundlich, mich beim Namen zu rufen und mich zu warnen, zu wecken und zu töten? Laßt jeden seines Pfades gehn; er mag sich wahren. [...] Scheint mir die Sonne heut, um das zu überlegen, was gestern war? und um zu raten, zu verbinden, was nicht zu erraten, nicht zu verbinden ist, das Schicksal eines kommenden Tages?“

In einem Bild, das den Mythos von Phaëton, dem Sohn des Sonnengottes Helios, streift, drückt Egmont auf dem Höhepunkt des Gesprächs seine Lebensauffassung aus: „Wie von unsichtbaren Geistern gepeitscht, gehen die Sonnenpferde der Zeit mit unsers Schicksals leichtem Wagen durch; und uns bleibt nichts, als mutig gefaßt die Zügel festzuhalten, und bald rechts, bald links, vom Steine hier, vom Sturze da, die Räder wegzulenken. Wohin es geht, wer weiß es? Erinnert er sich doch kaum, woher er kam“ (4, 400 f.). So wichtig waren Goethe diese Sätze, daß er mit ihnen seine Autobiographie *Dichtung und Wahrheit* beendete. In den Bildern des Nachtwandlers und des Wagenlenkers versinnbildlicht Egmont das Wesen seiner Existenz, wie er sie begreift: Auf instinktive Sicherheit vertraut er bei seinem Lebensweg; in Übereinstimmung mit sich, von außen nicht gestört und nicht verwirrt, will er leben, sich ausleben. Aber das Bild vom Wagenlenker verdeutlicht auch, daß er nicht nur in nachtwandlerischer Unbewußtheit leben kann. Zwar wird die Fahrt des Wagens (das eigene „Schicksal“) von Mächten bestimmt, die unerkannt bleiben und von denen allenfalls in mythologischer Umschreibung zu reden ist („unsichtbare Geister", „Sonnenpferde der Zeit"), aber immerhin bleibt es dem Lenker möglich und wird von ihm gefordert, bei der vorbestimmten Fahrt gegenzusteuern, wenn Unfälle drohen. Genau diese Mischung aus Vertrauen in schicksalhaft Verhängtes, in das Leben aus dem eigenen Schwerpunkt, und Einsicht in die Notwendigkeit, auch handeln und entscheiden zu müssen, kennzeichnet den niederländischen Grafen.

Die anschließende Unterredung mit Wilhelm von Oranien bringt Egmont in die Situation, eine Entscheidung fällen zu müssen, „vom Steine hier, vom Sturze da, die Räder wegzulenken". Oranien erkennt die Gefahr, die heraufzieht: der König werde eine neue härtere Politik verfolgen, nämlich „das Volk zu schonen und die Fürsten zu verderben" (4, 403), werde Treulosigkeit nennen, „was wir heißen: auf unsre Rechte halten". Die Entsendung Albas in die Niederlande beweise es. Es sei dringlich angezeigt, nicht zu dessen Begrüßung zu erscheinen, sondern Brüssel sofort zu verlassen. So wie es sich zieme, sich für Tausende hinzugeben, so zieme es sich auch, sich für Tausende zu schonen. Egmont, der noch nicht an die befürchtete Entwicklung glaubt, argumentiert seinerseits mit einer präzisen politischen Überlegung (was leicht übersehen wird, wenn man sich vom Reiz seiner „attrattiva" überwältigen läßt). Denn er stellt in Rechnung, daß eine Weigerung, Alba als den neuen Regenten zu begrüßen, diesem erst recht den Vorwand zum Krieg liefern könnte. „Bedenke", hält er Oranien entgegen, „wenn du dich irrst, woran du schuld bist: an dem verderblichsten Kriege, der je ein Land verwüstet hat. Dein Weigern ist das Signal, das die Provinzen mit *einmal* zu den Waffen ruft, das jede Grausamkeit rechtfertigt, wozu Spanien von jeher nur gern den Vorwand erhascht hat" (4, 405). Also bleibt Egmont in Brüssel, erscheint zur Audienz bei Alba, und es erweist sich mit tödlicher Konsequenz, daß er die Nähe der Bedrohung nicht richtig eingeschätzt hat. „Er kennt keine Gefahr, und verblendet sich über die größte, die sich ihm nähert", urteilte Goethe später über ihn (10, 176). Im Gespräch mit Oranien hatte sich in Egmonts politische Argumentation auch immer wieder jene vitale Sorglosigkeit eingeschlichen, die ihn am Ende der Szene in tragischer Ironie ausrufen läßt: „Daß andrer Menschen Gedanken solchen Einfluß auf uns haben! Mir wäre es nie eingekommen; und dieser Mann trägt seine Sorglichkeit in mich herüber. – Weg! – das ist ein fremder Tropfen in meinem Blute. Gute Natur, wirf ihn wieder heraus!" (4, 407)

In seiner Argumentation gegen Oranien verknüpft Egmont auf etwas verdeckte Weise das „grenzenlose Zutrauen zu sich selbst" (10, 176) mit seinen politischen Grundüberzeugungen. Egmont möchte sich nicht entfernen, sondern beim Volk bleiben. Müßte sich, so gibt er zu bedenken, Oranien nach Verlassen Brüssels und nach Ausbruch eines fürchterlichen Krieges, in dem die zugrunde gingen, „für deren Freiheit" er die Waffen ergriff, nicht „still sagen", daß er in Wahrheit für die eigene Sicherheit gestritten habe? Egmont als volksverbundener Graf, der seine „ungemeßne Lebenslust" ausleben will und dabei zugleich für Rechte und Freiheit des Volkes eintritt, sie repräsentiert und in seiner Person beispielhaft vorlebt: so tritt er auf, so wird er gesehen. Aber Egmont ist kein Freiheitskämpfer im Sinne eines Vorkämpfers für Rechte und Freiheiten, die allen Menschen in gleichem Maße zu gewähren seien. Er hat anderes im Sinn: die Erhaltung der althergebrachten Rechte und Freiheiten, wie sie im vorabsolutistischen feudalen Ständestaat jedem Stand (samt seinen „Privilegien") eingeräumt waren. In solcher Ordnung haben die vielen adligen Herren ihren angestammten Platz, wahren die Rechte der anderen und ihre eigenen, leben (wie die Idealgestalt Egmont) in patriarchalischer Fürsorge für das Volk, wissen, was ihm frommt und schadet, und wehren das Fremde ab, das die gewachsene Tradition beeinträchtigen oder gar zerstören könnte. Justus Mösers Auffassungen sind in solchen Gedanken lebendig. *Der jetzige Hang zu allgemeinen Gesetzen und Verordnungen ist der gemeinen Freiheit gefährlich* war einer seiner Aufsätze in den *Patriotischen Phantasien* 1775 überschrieben. Alles „auf einfache Grundsätze zurückgeführet" zu sehen widerspreche „dem wahren Plan der Natur". Damit werde der „Weg zum Despotismus" gebahnt, „der alles nach wenigen Regeln zwingen will und darüber den Reichtum der Mannigfaltigkeit verliert". Eben diese Ansichten vertritt Egmont in seinem Streitgespräch mit Alba (4. Akt). Er befürchtet, der spanische König sei nicht nur darauf aus, „die Provinzen nach einförmigen und klaren Gesetzen zu regieren", sondern mehr noch: „sie unbedingt zu unterjochen, sie ihrer alten Rechte zu berauben, sich Meister von ihren Besitztümern zu machen, die schönen Rechte des Adels einzuschränken, um derentwillen der Edle allein ihm dienen, ihm Leib und Leben widmen mag" (4, 429).

Alba als Gegenspieler ist bei Goethe nicht ein schlichter Bösewicht. Er vertritt die Staatsauffassung eines Absolutismus, der allerdings die Züge eines aufgeklärten Herrschaftssystems, das wenigstens dem Prinzip nach auch das Wohlergehen der Untertanen sichern will, abgestreift und das Volk in den Stand unmündiger, mit unnachsichtiger Härte zu behandelnder Kinder herabgesetzt hat. Er argumentiert für die Veränderung des alten Bestehenden, für zentralistische Gewalt und einheitliche Regeln gegen den „Reichtum der Mannigfaltigkeit" (Möser). Ihm gegenüber ist Egmont der Konservative, der bewahren und Fremdes abwehren will. Goethe hat selbst darauf hingewiesen, daß die politische Konfrontation im *Egmont* für ihn zeitgeschichtliche Aktualität bekam: „Um mir selbst meinen ‚Egmont' interessant zu machen, fing der römische Kaiser [Joseph II.] mit den Brabantern Händel an" (*IR* 10. 1. 1788). Wie sich jetzt, Ende des 18. Jahrhunderts, die Niederländer gegen die imperialistische Machtpolitik Josephs II. und seine absolutistische ‚Reform' mit ihrem gleichschaltenden, durchrationalisierten Bürokratismus auflehnten, so kämpften damals, zur Zeit Egmonts, die Rebellen für die „alten Rechte" und gegen das Neue, Fremde. Auf wessen Seiten die Sympathien des Ministers Goethe lagen, ist offenkundig. Den Aufstand der Niederländer zu begrüßen und die Französische Revolution abzulehnen, wie Goethe es tat, ist daher kein Widerspruch, sondern folgerichtig. Denn die Revolution in Frankreich richtete sich gegen das Hergebrachte, gegen „alte Rechte" und „Privilegien", gegen die traditionelle Ordnung und verkündete die gleichen Rechte für alle Menschen; der Dichter des *Egmont* dagegen glaubte schon 1788 zu wissen, „daß Freiheit und Gleichheit nur in dem Taumel des Wahnsinns genossen werden können" (11, 515).

Das Volk hat seinen Grafen Egmont ins Herz geschlossen, und er selbst fühlt sich in Übereinstimmung mit seinen Niederländern. Das Volk sieht in der Art, wie er lebt und tapfer gekämpft hat, gewünschte Lebensverwirklichung, und er wiederum ist überzeugt, dessen Wünsche zu kennen und sich ihnen gemäß als adliger Herr zu verhalten.

Daß eine Regierung der „Edlen" und eine ständische Ordnung nötig seien, steht für Egmont unverrückbar fest. „Dem edlen Pferde, das du reiten willst, mußt du seine Gedanken ablernen, du mußt nichts Unkluges, nichts unklug von ihm verlangen", sucht er Alba zu überzeugen. „Darum wünscht der Bürger seine alte Verfassung zu behalten, von seinen Landsleuten regiert zu sein, weil er weiß, wie er geführt wird, weil er von ihnen Uneigennutz, Teilnehmung an seinem Schicksal hoffen kann" (4, 430). Freiheit in Egmonts Sinn bedeutet die Bewahrung des Alten, in langer Tradition Gewordenen und die Abwehr des Fremden, das ihm widerspricht. Als Egmont so nachdrücklich betont, der Bürger wolle von dem regiert sein, „den er als seinen Bruder ansehen kann", genügt freilich eine einzige Bemerkung Albas, um dieses Brüderlichkeitspathos in Zweifel zu ziehen und als Ideologie zu entlarven: „Und doch hat der Adel mit diesen seinen Brüdern sehr ungleich geteilt" (4, 431). Egmonts Erwiderung ist schwach und könnte einer energischen kritischen Nachfrage kaum standhalten: „Das ist vor Jahrhunderten geschehen und wird jetzt ohne Neid geduldet."

Wie auch immer Goethe, der die Kontrahenten solche Meinungen austauschen ließ, die Stichhaltigkeit ihrer Argumente bewertete, so ist doch nicht zu bezweifeln, daß er in Egmont das Wunschbild eines regierenden Edelmanns gestaltet hat. In ihm ist mehreres zur Anschauung gebracht,

das sich nicht bruchlos zusammenfügt. Er ist der Mensch, der voll im Gegenwärtigen zu leben wünscht, die „Sorglichkeit" abweist und seinem Geschick vertraut. Er ist der Graf, der die „alten Rechte" verteidigt und für die „Freiheit" eintritt, die die Freiheit von Fremdherrschaft und eine Freiheit meint, die jedem nach seinem Stand zukommt. In ihm erkennt sich das Volk in erwünschter Lebensverwirklichung wieder, und er fühlt sich seinerseits dem wahren Wesen des Volkes verbunden. Der alte Goethe sprach von „Volkheit", wenn er Wesen und Wollen eines Volkes begrifflich zu fassen suchte. Was in den *Maximen und Reflexionen* aufgezeichnet ist, steht der *Egmont*-Welt nicht fern: Das Gesetz soll und kann „der allgemein ausgesprochene Wille der Volkheit sein, ein Wille, den die Menge niemals ausspricht, den aber der Verständige vernimmt, und den der Vernünftige zu befriedigen weiß und der Gute gern befriedigt" (12, 385). Mit demokratischen Vorstellungen heute wie damals ist diese Auffassung natürlich nicht zu versöhnen, bei der die Frage unbeantwortet bleibt, wer aufgrund welcher Fähigkeiten erkennt und festsetzen darf, was den „Willen der Volkheit" ausmacht (wie umgekehrt die Mehrheit von Stimmen nicht prinzipiell schon die Wahl des Richtigen verbürgt).
Egmonts Verbundenheit mit dem Volk drückt sich auf rührende Weise in seiner Liebe zu Klärchen aus. So jedenfalls soll sie aufgefaßt werden, nicht als beiläufige erotische Eskapade eines hohen Herrn mit einem Mädchen aus dem Volk. Um einen solchen Egmont zu dichten, mußte Goethe „der historischen Wahrheit Gewalt antun" (Schiller, SA 16, 184). Der geschichtliche Egmont war verheiratet, hatte viele Kinder, „durch eine prächtige Lebensart sein Vermögen äußerst in Unordnung gebracht und *brauchte also* den König [...]." Seine Entfernung aus dem Lande hätte ihn um seine Einkünfte und um den Besitz seiner Güter gebracht. Daß der historische Egmont zusammen mit dem Grafen Hoorn (den Goethe nicht erwähnt) am 5. Juni 1568 auf dem Brüsseler Markt hingerichtet wurde und daß die Ereignisse im Drama zeitlich gerafft sind (zwischen Verurteilung und Hinrichtung vergingen in Wirklichkeit neun Monate), sei nur am Rande vermerkt. Schiller gestand dem Dichter selbstverständlich zu, sich von der geschichtlichen Wahrheit zu entfernen. Doch müsse es Ziel des Dramatikers sein, „das Interesse seines Gegenstandes zu *erheben*, aber nicht [...] zu *schwächen*". Das aber sei im *Egmont* geschehen, wo uns ein „Liebhaber von ganz gewöhnlichem Schlag" geboten werde, der, „mit dem besten Herzen zwar, zwei Geschöpfe unglücklich macht, *um die sinnenden Runzeln von seiner Stirne wegzubaden*" (so Egmonts Worte nach dem Disput mit dem besorgten Oranien). Unbestritten: sieht man in der Liebe Egmont/Klärchen nur das erotische Freizeitvergnügen eines Adligen, dann ist solche Kritik

unausweichlich. Den Schluß des Trauerspiels mit der auf die Bühne gebrachten „Erscheinung“ hat Schiller als einen „Salto mortale“ verurteilt, durch den der Zuschauer „in eine Opernwelt“ versetzt werde. Hinter Egmonts Lager im Gefängnis, so die Regieanweisung Goethes, „scheint sich die Mauer zu eröffnen, eine glänzende Erscheinung zeigt sich. Die Freiheit in himmlischem Gewande, von einer Klarheit umflossen, ruht auf einer Wolke. Sie hat die Züge von Klärchen und neigt sich gegen den schlafenden Helden. [. . .] Sie heißt ihn froh sein, und indem sie ihm andeutet, daß sein Tod den Provinzen die Freiheit verschaffen werde, erkennt sie ihn als Sieger und reicht ihm einen Lorbeerkranz“ (4, 452 f.). Ein Traumbild Egmonts, der eingeschlafen war und nach der „Erscheinung“ erwacht. Ihn hatte im Gefängnis für Momente die „Sorge“ eingeholt. Dann hatte er noch einen höchsten Beweis seiner „attrattiva“ erhalten, indem Ferdinand, Albas Sohn, sich zu ihm bekannte. Noch einmal hatte er Gelegenheit, seine Lebensmaxime im Angesicht des Todes zu bekräftigen. Auf Ferdinands Frage, ob ihn denn niemand gewarnt habe, gesteht er: „Ich war gewarnt“ und schließt an: „Es glaubt der Mensch, sein Leben zu leiten, sich selbst zu führen; und sein Innerstes wird unwiderstehlich nach seinem Schicksale gezogen“ (4, 451). „Leichtsinniges Selbstvertrauen“ (Schiller) und die erläuterten politischen Erwägungen hatten ihn den Weg zu Alba antreten lassen, ins Verderben. Eine geschichtliche Macht vernichtete ihn. Auch ihr hat Goethe das Prädikat des Dämonischen zuerkannt, als er in *Dichtung und Wahrheit* erläuterte:

> Das Dämonische, was von beiden Seiten im Spiel ist, in welchem Konflikt das Liebenswürdige untergeht und das Gehaßte triumphiert, sodann die Aussicht, daß hieraus ein Drittes hervorgehe, das dem Wunsch aller Menschen entsprechen werde, dieses ist es wohl, was dem Stücke, freilich nicht gleich bei seiner Erscheinung, aber doch später und zur rechten Zeit, die Gunst verschafft hat, deren es noch jetzt genießt (10, 176 f.).

Dieses „Dritte“ leuchtet am Schluß auf. Erst und nur als Vision samt Egmonts deutenden Worten erscheint, was gewünscht und erhofft ist: die verwirklichte „Freiheit“, das Zusammenstehn von Volk und Held, der Sieg über die fremden Unterdrücker. Dieser Vision verdankt Egmont den Glauben an einen Sinn seines Todes, der über die gelassene Hinnahme persönlichen Schicksals („ich habe mir genug gelebt“) hinausreicht. „[. . .] mein Blut und vieler Edlen Blut. Nein, es ward nicht umsonst vergossen. Schreitet durch! Braves Volk! Die Siegesgöttin führt dich an!“ Vision und Egmonts Deutung sind nicht Wirklichkeit, sondern Ausdruck der Hoffnung, des Wunsches. In Wahrheit haben die Bürger

(in Goethes *Egmont*) nicht gehandelt, sind nicht dem Aufruf Klärchens gefolgt, und einen siegreichen Kampf gegen die Fremden hat es nicht gegeben. Mehr und mehr unterdrückt, haben die Bürger, wie sie in vier Szenen auftreten (I 1, II 1, IV 1, V 1), zudem uneins, die Fähigkeit zum geschlossenen Handeln nicht bewiesen, und die Parolen des agitierenden Vansen betrafen gerade nicht jene „Freiheit", an die Egmont dachte.
Das Wunschbild eines Menschen, der die Sorge verbannt und ausschließlich der Gegenwart lebt, der seinem Dämon folgt („und vertrauet, scheiternd oder landend, / Seinen Göttern" schloß Goethes Gedicht *Seefahrt*), das Ideal eines regierenden Edelmanns, der sich mit dem Volk verbunden weiß und in dem sich das Volk wiedererkennt: Zeigen Untergang und Vision der Erfüllung an, daß solches für den Weimarer Goethe, der seine Erfahrung gesammelt hatte, nur Wunsch, nicht Wirklichkeit sein konnte? Knebel schrieb er am 21. November 1782: „Wenn du nicht wiederkommen willst, biß Harmonie im Ganzen ist, [...] so werd ich dich ewig entbehren müssen."

Mit der Besprechung seines *Egmont* hat Goethe in *Dichtung und Wahrheit* grundsätzliche Äußerungen über das Dämonische verbunden. Im Alter benutzte er gern dieses und verwandte Wörter, um auf etwas hinzudeuten, was sich nach seiner Meinung menschlichem Begreifen entzog. Er sprach vom „Dämonischen", vom „Dämon", auch von „Dämonen", und diese Bezeichnungen konnten Verschiedenes meinen. In der Gedichtfolge *Urworte. Orphisch* überschrieb das griechische „ΔΑΙΜΩΝ, Dämon" jene Verse, die mit den Zeilen schließen: „Und keine Zeit und keine Macht zerstückelt / Geprägte Form, die lebend sich entwickelt." Goethe kommentierte: „Der Dämon bedeutet hier die notwendige, bei der Geburt unmittelbar ausgesprochene, begrenzte Individualität der Person, das Charakteristische, wodurch sich der Einzelne von jedem andern bei noch so großer Ähnlichkeit unterscheidet" (1, 403). Die in jedem Menschen angelegte Kraft zu eigener Lebensverwirklichung, das „Unveränderliche des Individuums" konnte folglich als „Dämon" bezeichnet werden.
In einigen außergewöhnlichen Menschen sah Goethe die Kraft zur Lebensverwirklichung besonders machtvoll und eindrucksstark ausgeprägt; sie titulierte er als „dämonische Naturen". Napoleon war es für ihn „im höchsten Grade, so daß kaum ein anderer ihm zu vergleichen" sei. Herzog Carl August zählte er ebenfalls dazu; er sei eine „dämonische Natur" gewesen, „voll unbegrenzter Tatkraft und Unruhe, so daß sein eigenes Reich ihm zu klein war, und das größte ihm zu klein gewesen wäre" (E 2. 3. 1831). Lord Byron, Friedrich II. von Preußen, Peter den Großen zeichnete er gleichermaßen aus. Im selben Gespräch mit

Eckermann beharrte er jedoch darauf, daß man nur solche Naturen dämonisch nennen könne, in denen sich das Dämonische „in einer durchaus positiven Tatkraft" äußere; Mephistopheles rechne nicht dazu, er sei ein „viel zu negatives Wesen".

Auch von „Dämonen" redete Goethe gelegentlich, manchmal eher scherzhaft, dann wieder mit unverkennbarem Ernst, wie zwei Stellen aus Briefen an Zelter zeigen: „Dieses aber sowie manches andere sei den Dämonen empfohlen, die ihre Pfoten in all dem Spiel haben" (6. 11. 1830). „Ich erkenne aber auch diese Gunst der Dämonen und respektiere die Winke dieser unerklärlichen Wesen" (1. 2. 1831). Sich selbst sah er nicht als „dämonische Natur". „In meiner Natur liegt es nicht, aber ich bin ihm unterworfen", gestand er Eckermann (2. 3. 1831) und faßte den Bereich unbegreiflicher Mächte und Wirkungen in die knappste Formel: „Das Dämonische ist dasjenige, was durch Verstand und Vernunft nicht aufzulösen ist."

Das Dämonische, so erläuterte Goethe, manifestiere sich „auf die verschiedenste Weise in der ganzen Natur, in der unsichtbaren wie in der sichtbaren. Manche Geschöpfe sind ganz dämonischer Art, in manchen sind Teile von ihm wirksam" (E 2. 3. 1831). Keineswegs erhob er das Dämonische zu einem Welt und Geschichte beherrschenden Prinzip. Das „Dämonische" zu zitieren bedeutete für ihn lediglich, daß nicht alles von Verstand und Vernunft bewältigt werden könne. Freilich, da die Bezeichnung auf etwas verweist, was seinerseits als unbegreiflich gilt, bietet auch das gewichtige Wort keine Hilfe zum Verständnis. Vor fragwürdiger Anwendung war und ist jener Begriff nicht sicher. Historische Gestalten, mächtig wirkende Täter zu „dämonischen Naturen" zu erklären, könnte zur Folge haben, daß hingenommen und (in Schrecken und Bewunderung) bestaunt wird, was kritisch analysiert und begriffen werden könnte.

Aus der Alterssicht von *Dichtung und Wahrheit* schien es Goethe so, als habe sich bei ihm schon in frühen Jahren die merkwürdige Vorstellung vom Dämonischen gebildet. Als er auf seine Egmontdichtung einging, formulierte er zwar seine Gedanken über das unbegreifliche „Es", konnte aber doch nur Umschreibung auf Umschreibung aneinanderreihen:

> Es war nicht göttlich, denn es schien unvernünftig, nicht menschlich, denn es hatte keinen Verstand, nicht teuflisch, denn es war wohltätig, nicht englisch [engelhaft], denn es ließ oft Schadenfreude merken. Es glich dem Zufall, denn es bewies keine Folge, es ähnelte der Vorsehung, denn es deutete auf Zusammenhang. Alles, was uns begrenzt, schien für dasselbe durchdringbar, es schien mit den notwendigen Elementen unsres Daseins willkürlich zu schalten, es zog die Zeit zusammen und dehnte den Raum aus. Nur im Unmöglichen schien es sich zu gefallen und das Mögliche mit

> Verachtung von sich zu stoßen. Dieses Wesen, das zwischen alle übrigen hineinzutreten, sie zu sondern, sie zu verbinden schien, nannte ich dämonisch, nach dem Beispiel der Alten und derer, die etwas Ähnliches gewahrt hatten. Ich suchte mich vor diesem furchtbaren Wesen zu retten, indem ich mich, nach meiner Gewohnheit, hinter ein Bild flüchtete.

Während er im Gespräch mit Eckermann die „durchaus positive Tatkraft" einer „dämonischen Natur" hervorhob, trat in der weiteren Darstellung im 20. Buch von *Dichtung und Wahrheit* die grenzensprengende, in sittliche Normen nicht mehr einzuordnende Wirkkraft dämonischer Existenzen hervor:

> Obgleich jenes Dämonische sich in allem Körperlichen und Unkörperlichen manifestieren kann, ja bei den Tieren sich aufs merkwürdigste ausspricht; so steht es vorzüglich mit den Menschen im wunderbarsten Zusammenhang und bildet eine der moralischen Weltordnung, wo nicht entgegengesetzte, doch sie durchkreuzende Macht, so daß man die eine für den Zettel, die andere für den Einschlag könnte gelten lassen. [...] Am furchtbarsten aber erscheint dieses Dämonische, wenn es in irgend einem Menschen überwiegend hervortritt. Während meines Lebensganges habe ich mehrere teils in der Nähe, teils in der Ferne beobachten können. Es sind nicht immer die vorzüglichsten Menschen, weder an Geist noch an Talenten, selten durch Herzensgüte sich empfehlend; aber eine ungeheure Kraft geht von ihnen aus, und sie üben eine unglaubliche Gewalt über alle Geschöpfe, ja sogar über die Elemente, und wer kann sagen, wie weit sich eine solche Wirkung erstrecken wird? Alle vereinten sittlichen Kräfte vermögen nichts gegen sie; vergebens, daß der hellere Teil der Menschen sie als Betrogene oder als Betrüger verdächtig machen will, die Masse wird von ihnen angezogen. Selten oder nie finden sich Gleichzeitige ihresgleichen, und sie sind durch nichts zu überwinden, als durch das Universum selbst, mit dem sie den Kampf begonnen; und aus solchen Bemerkungen mag wohl jener sonderbare aber ungeheure Spruch entstanden sein: Nemo contra deum nisi deus ipse [Niemand gegen Gott, wenn nicht Gott selbst] (10, 175 ff.).

Neuanfang
an alter Stelle.
Wieder in Weimar

Bilanz der italienischen Reise

In der Krise des Herbstes 1786 hatte Goethe keinen anderen Ausweg gewußt, als sich heimlich nach Italien zu flüchten. Seit dem 18. Juni 1788 war er nun wieder dort, von wo es ihn fortgetrieben hatte. Noch während er sich zur Rückreise von Rom anschickte, hatte „Urfreund" Knebel in Weimar prophezeit: „Ich fürchte, daß er sich so bald nicht wieder an deutsche Luft gewöhnen möchte. Freilich ists ja in Deutschland überall schlecht, und die Luft wäre noch am ersten zu ertragen. Aber unser elendes Reichssystem, Vorurtheile aller Art, Dumpfheit, Plumpheit, Ungefühl, Unart, Ungeschmack und Unsinn, Stolz und Armut, das sind Dinge, die noch schlimmer sind als die schlimmste Luft" (an die Schwester, 18. 4. 1788). Knebel behielt recht. Das Wiedereinleben fiel schwer, und was Vorurteile in Sachen Moral vermögen, bekam der Heimgekehrte bald zu spüren, seit er inoffiziell mit Christiane Vulpius zusammenlebte.

Was hatte Goethe in der italienischen Zeit gewonnen, was konnte sie für ihn bedeuten? Frohe Bekenntnisse über das, was er sah, erlebte und auf neue Weise begriff, hatte er, wie wir wissen, aus Italien an die Freunde in Deutschland geschrieben. Die spätere *Italienische Reise* orchestrierte dann vielstimmig die Erfahrungen der beiden Jahre. Trotzdem bleibt es für den Betrachter schwierig, eine Summe zu ziehen. Was Goethe über die drei großen Bereiche seines Interesses, „höchste Kunst", „Natur", „Sitten der Völker" (13, 102), ausführte, erläuterte nicht, was das alles für die Klärung und Überwindung jener eigenen Krise bedeutete, in der ihm nur die Flucht in den Süden übriggeblieben war. Sich einen „reinen, vorurteilsfreien Kunstgenuß zu bereiten", der Natur „abzumerken", „wie sie gesetzlich zu Werke gehe", zu lernen, wie im Leben des Volkes „aus dem Zusammentreffen von Notwendigkeit und Willkür" ein Drittes hervorgehe, das Natur und Kunst zugleich sei: was trugen derartige Erkenntnisse, wie sie Goethe 1817 in einem Bericht über die Entstehung des Aufsatzes *Die Metamorphose der Pflanzen* zusammenfaßte (13, 102), zur Lösung der persönlichen Probleme bei? Auch die Weimarer Zeitgenossen konnten keine klare Auskunft geben, wie und in welcher Weise Goethe sich verändert hatte. Daß er anders war als früher, merkten sie wohl.

Seinen Aufenthalt in Italien hat Goethe stets als einen glücklichen empfunden. Obwohl er mit einer positiven Bewertung eigener Lebensabschnitte äußerst sparsam gewesen ist, zögerte er nie, die italienischen Jahre von 1786 bis 1788 uneingeschränkt zu loben. Aus Konstanz, auf der Rückreise, grüßte er Herder in Rom mit der Bemerkung, er sei dort in seinem Leben „das erstemal unbedingt glücklich" gewesen (Juni

1788). „Ich war in Italien sehr glücklich", hieß es ebenso im Brief an Jacobi bald nach der Rückkehr (21. 7. 1788). Nur in Rom habe er empfunden, „was eigentlich ein Mensch sei", will Eckermann noch am 9. Oktober 1828 von ihm gehört haben.

Was Goethe in Italien für sich erreicht hat, kann man nur annäherungsweise umschreiben. Er wollte sich seiner selbst vergewissern; deshalb machte er sich frei vom Rollenzwang der letzten Jahre und setzte sich willentlich neuen Eindrücken aus. Er gab sich im ganzen ungezwungen natürlich. Tischbein zeichnete ihn, wie er in Kniebundhose und leichtem Hemd aus dem Fenster der Wohnung am Corso lehnte. („Übrigens bin ich ganz entsetzlich verwildert", warnte er Carl August auf dem Rückweg, 23. 5. 1788.) Er probierte aus, ob das, was er auf der Reise erwartete, ihn noch ansprechen, noch erreichen würde: das Große, das Bedeutende, das, was schon Dauer bewiesen hat und dauern wird. Und es erreichte ihn in der von ihm geahnten und gewünschten Eindringlichkeit. Er ließ sich frei, um für das Neue offen zu sein, übte „völlige Entäußerung von aller Prätention" (an Herders, 10. 11. 1786), setzte der jahrelangen inneren Unruhe das ruhige Anschauen von Landschaft und Kunst entgegen. Und er gewann schon nach kurzem, was er „Solidität" nannte: „Es ist eine innere Solidität mit der der Geist gleichsam gestempelt wird; Ernst ohne Trockenheit und ein gesetztes Wesen mit Freude" (10. 11. 1786). „Wer mit Ernst sich hier umsieht und Augen hat zu sehen muß solid werden", schrieb er ebenso an Charlotte v. Stein (7. 11. 1786). Als er seinem Herzog bekannte, er habe sich „in dieser anderthalbjährigen Einsamkeit selbst wiedergefunden", und zwar als Künstler, zeigte dieses Geständnis vor allem den Willen, sich künftig auf das zu konzentrieren, was ihm gemäß schien, um dort produktiv zu sein. Denn er ist ja weiterhin nicht nur als „Künstler" tätig gewesen. Das Sichwiederfinden als „Künstler", so optimistisch Goethe dies äußerte, bedeutete freilich auch die Zurücknahme seines Lebensplanes aus dem Ende der siebziger Jahre, als Praktiker in Staatsgeschäften eingreifend zu wirken und mit Aussicht auf beachtlichen Erfolg. Was er in Italien und der Folgezeit an Vorstellungen über Art und Aufgabe der Kunst entwickelte, war mitbestimmt von den enttäuschenden Erfahrungen im Bereich gesellschaftlicher Praxis, und die Intensität seiner naturwissenschaftlichen Studien wurde immer auch von der resignativen Erkenntnis genährt: „Die Consequenz der Natur tröstet schön über die Inconsequenz der Menschen" (an Knebel, 2. 4. 1785).

Als Goethe im Sommer 1788 nach Weimar zurückgekehrt war, erzählte er viel von dem, was er gesehen und erfahren hatte. Zeitgenossen haben davon berichtet, ohne allerdings genauer darzulegen, was sie an Goethes Erzählungen irritierte oder gar befremdete. Er selbst geriet in eine Isolation, die weniger den geregelten Umgang mit anderen Menschen als seine innere Verfassung betraf. Das ist ihm lebhaft in Erinnerung geblieben. Noch 1817 begann er den Bericht über die Entstehung der Abhandlung *Die Metamorphose der Pflanzen* mit dem Abschnitt:

> Aus Italien dem formreichen war ich in das gestaltlose Deutschland zurückgewiesen, heiteren Himmel mit einem düsteren zu vertauschen; die Freunde, statt mich zu trösten und wieder an sich zu ziehen, brachten mich zur Verzweifelung. Mein Entzücken über entfernteste, kaum bekannte Gegenstände, mein Leiden, meine Klagen über das Verlorne schien sie zu beleidigen, ich vermißte jede Teilnahme, niemand verstand meine Sprache. In diesen peinlichen Zustand wußt' ich mich nicht zu finden, die Entbehrung war zu groß, an welche sich der äußere Sinn gewöhnen sollte, der Geist erwachte sonach, und suchte sich schadlos zu haten (13, 102).

Sinnliche Liebe. Christiane Vulpius

Erst wenige Wochen war Goethe wieder in Weimar zurück, als eine zufällige Begegnung sein privates Leben völlig veränderte. Christiane Vulpius, dreiundzwanzigjährig, Arbeiterin in Bertuchs Fabrik für künstliche Blumen, überbrachte dem einflußreichen Geheimen Rat an einem Tag im Juli ein Bittgesuch ihres schriftstellernden Bruders August, der in Schwierigkeiten geraten war. Im Park an der Ilm sollen sie sich begegnet sein. Spontan muß den fast Neununddreißigjährigen Zuneigung zu dem einfachen, natürlichen, vielleicht wegen seines Auftrags etwas befangenen Mädchen ergriffen haben. Der „den heiteren Himmel" des Südens mit „einem düsteren" vertauscht hatte, sich nur mühsam wieder einleben konnte, menschliche Nähe suchte, vielleicht schlichte Unbekümmertheit diesseits gesellschaftlicher Zwänge und angestrengter Intellektualität, handelte rasch. Und Christiane nahm die Einladung an. Sie konnte nicht ahnen, daß sie damit über ihre Zukunft entschied. Die Bücher, in denen die Daten von Goethes Leben aufgezählt sind, nennen den 12. Juli 1788 als entscheidenden Tag: an dem sich beide begegneten und/oder ihre ‚Lebensgemeinschaft', ihre ‚Gewissensehe' begann. (Im Brief an Schiller vom 13. Juli 1796 datierte Goethe: „Heute erlebe ich auch eine eigne Epoche, mein Ehstand ist eben 8 Jahre und die französische Revolution 7 Jahre alt.") Das Gartenhaus wurde nun der vertrauliche Ort ihrer Gemeinsamkeit. Die Weimarer Gesellschaft erfuhr anfangs kaum etwas über diese Liaison. Caroline Herder schrieb ihrem Mann am 14. August nach Italien, Goethe sei bei ihr gewesen und habe „viel Lustiges, ich möchte sagen Betäubendes über seine häusliche menschliche Situation gesagt. [...] Ihm sei es jetzt gar wohl, daß er ein Haus habe, Essen und

Trinken hätte und dergleichen." Und dergleichen: Caroline konnte sich gewiß wenig dabei denken oder mußte rätseln. Erst am 8. März 1789 bekam Herder die Nachricht: „Ich habe nun das Geheimnis von der Stein selbst, warum sie mit Goethe nicht mehr recht gut sein will. Er hat die junge Vulpius zu seinem Klärchen und läßt sie oft zu sich kommen usw. Sie verdenkt ihm dies sehr." Christiane Vulpius in der Rolle von Egmonts Klärchen. Die Neuigkeit mußte für manche Weimarer Hof- und Bürgersleute aufregend und skandalträchtig sein. Wer war schon die Blumenbinderin aus Bertuchs Fabrik, mit der sich Herr von Goethe zusammengetan hatte?!

Christiane hatte es in ihrem jungen Leben schwer gehabt. Zwar waren unter den Vorfahren Pastoren und der Großvater hatte als „Juris Practicus", als Rechtskundiger, mit dem späteren Titel eines „Hochfürstlich-Sächsischen-Hof-Advocatus" gearbeitet, aber dem Vater war es schlecht ergangen. Ein Studium hatte er, als seine Mutter mittellose Witwe geworden war, nicht zu Ende führen können; als „Amtskopist" und „Amtsarchivar" verdiente er in Weimar geringes Geld, schlechterdings als Schreiber. Der Wunsch nach einer besser dotierten Stelle wurde ihm nicht erfüllt. Festlichkeiten des Hofes und Not subalterner Beamter waren in der Residenzstadt Weimar benachbart. Aus der ersten Ehe stammten Christian August (geb. 23. 1. 1762), Christiane (geb. 1. 6. 1765) und vier weitere Kinder, aus einer zweiten (neben drei anderen Kindern) die Tochter Ernestine, die hinterher zusammen mit Christiane in Goethes Haus lebte. 1782 verlor der Archivar Vulpius wegen einer Verfehlung im Amt plötzlich seine Stelle. Mit der Abrechnung von Gebühren hatte etwas nicht gestimmt. Geheimrat Goethe mußte den „dimittierten Amtsarchivar V." im Wegebau unterbringen, dessen Direktion ihm bekanntlich übertragen war. Vier Jahre später starb der glücklose Mann. Nun mußte der Sohn August die Geschwister ernähren, Christiane arbeitete in der Blumenfabrik des Herrn Bertuch. Auch August Vulpius konnte sein Studium, das ihm der Vater trotz allem ermöglicht hatte, nicht abschließen. Die Schriftstellerei faszinierte ihn, aber damit allein war der Unterhalt nicht zu verdienen. Natürlich beeindruckte ihn wie viele andere der jungen Generation der Dichter des *Werther*, der jetzt in Weimar in Amt und Würden war. August Vulpius wagte es, sich an ihn zu wenden und um Unterstützung zu bitten, damit er seine schriftstellerischen Vorhaben nicht aufgeben müsse. Aus einem Brief Goethes an Fritz Jacobi geht hervor, daß der Minister und Dichter tatsächlich geholfen hat, ohne daß wir wissen, auf welche Weise: „Ich habe mich seiner vor einigen Jahren angenommen, in meiner Abwesenheit verlohr er jede Unterstützung und ging [...] nach Nürnberg" (9. 9. 1788). Dort drohte dem jungen Vulpius, der ohnehin als Sekretär bei einem Baron v. Solden schlecht entlohnt wurde, im Sommer 1788 die Entlassung, weil ein anderer für weniger Geld zu arbeiten bereit war. Noch einmal wollte er Goethe um Hilfe bitten, und Schwester Christiane fand sich bereit, das Schreiben zu überbringen. Verständlich, daß sich der Angesprochene für den Bruder verwendete, und zwar bei Jacobi wie auch bei Göschen. Einige Jahre blieb August Vulpius in Leipzig und anderwärts, half in Göschens Verlag und schriftstellerte fleißig, war ein ausgesprochener Vielschreiber, dichtete Bühnenstücke, gab (seit 1789) mehrbändige *Skizzen aus dem Leben galanter Damen* heraus und dachte an einen großen Roman über einen Außenseiter, der gegen die Gesellschaft rebelliert. Daß man zum aufbegehrenden Außenseiter werden konnte, hatten ihn die Jahre gelehrt. 1793 wurde er als Dramaturg, dann als Sekretär beim Weimarer Hoftheater angestellt, und seit 1797 hatte er seine feste Position als Bibliothekar an der Hofbibliothek. Bei damaligen Lesern war er gegen Ende des Jahrhunderts gewiß so bekannt wie Goethe. Denn sein Roman über den Außenseiter, *Rinaldo Rinaldini, der Räuberhauptmann,* hatte riesigen Erfolg, war spannende Lektüre, ein Paradestück der Unterhaltungsliteratur, die man mit dem Etikett Trivialliteratur zu versehen pflegt. Mehr als sechzig Romane und dreißig Theaterstücke hat der unermüdlich produzierende (spätere) Schwager Goethes bis zu seinem Tod 1827 verfertigt.

Es war abzusehen, daß Goethes Verhältnis zu Charlotte v. Stein angesichts der neuen Konstellation zerbrechen würde. Selbstverständlich suchte der aus Italien Heimgekehrte, der in seinen Briefen mit Beteuerungen der Verbundenheit nicht sparsam gewesen war, sogleich wieder den Kontakt mit der Frau, der er am 12. März 1781 versprochen hatte: „Meine Seele ist fest an die deine angewachsen, ich mag keine Worte machen, du weist daß ich von dir unzertrennlich bin und daß weder Hohes noch Tiefes mich zu scheiden vermag." Charlotte aber hatte noch nicht verwunden, daß er sie heimlich verlassen hatte und nach Italien geflohen war. Mitte Juli 1788 ging ein Zettel Goethes an die unsicher gewordene, verärgerte und verstörte Frau: „Heute früh komm ich auch noch einen Augenblick. Gerne will ich alles hören was du mir zu sagen hast, ich muß nur bitten daß du es nicht zu genau mit meinem jetzt so zerstreuten, ich will nicht sagen zerrißnen Wesen nehmest. [...]" Man begegnete sich weiterhin, aber Distanz wurde spürbar. Im September fuhren Caroline Herder, Sophie v. Schardt (die Schwägerin Charlottes), Fritz v. Stein und Goethe nach Schloß Kochberg, um Frau v. Stein zu besuchen, „die uns alle freundlich empfing, doch ihn ohne Herz. Das verstimmte ihn den ganzen Tag" (Caroline Herder an ihren Mann, 12. 9. 1788). Von Kochberg machte man übrigens einen Ausflug nach Rudolstadt ins Haus der Frau v. Lengefeld, der späteren Schwiegermut-

ter Schillers. Dort haben Goethe und Schiller zum erstenmal miteinander gesprochen. Freilich war die Gesellschaft, wie der Jüngere an seinen Freund Körner berichtete, „zu groß und alles auf seinen Umgang zu eifersüchtig, als daß ich viel allein mit ihm hätte sein oder etwas anders als allgemeine Dinge mit ihm sprechen können" (12. 9. 1788).
Als Charlotte v. Stein erfahren hatte, wie es mit Goethe stand, daß er mit einem jungen Mädchen, einer Arbeiterin in Bertuchs Blumenfabrik, leidenschaftlich zusammenlebte, stürzte für sie eine Welt zusammen. Was der Freund ihr geschrieben und geschworen hatte, mußte sich für sie zur Lüge verkehren. Daß ihre merkwürdige, unsinnliche Verbindung mit dem geliebten Freund anderen Ansprüchen würde nachgeben müssen, konnte sie nicht ertragen. Zuneigung schlug um in Verbitterung, Verachtung, Spott. Auch Haß brach in den nächsten Jahren gelegentlich durch, wie in ihrem Schauspiel *Dido* (1794) mit dem unerfreulichen Dichter Ogon. Bei der ruhigen Resignation im Brief an Charlotte v. Lengefeld, Schillers Braut, vom 29. März 1789 blieb es nicht: „Der andere mir mühsame Begriff von meinem ehemaligen, vierzehn Jahre lang gewesenen Freund liegt mir auch manches Mal wie eine Krankheit auf und ist mir nun wie ein schöner Stern, der mir vom Himmel gefallen."
Als die Spannungen schwer erträglich wurden, schrieb Goethe am 1. Juni 1789 an Charlotte, die in Bad Ems kurte, einen Brief, der einer Abrechnung gleichkam. Durch seine Rückkehr aus Italien habe er bewiesen, wie sehr er seine Pflicht gegen sie und Fritz kenne (den er wie seinen Sohn behandelte). Wenn er aber die Art bedenke, wie sie und auch andere ihn aufgenommen, müsse er sich sagen, er hätte auch wegbleiben können. „Und das alles eh von einem Verhältnis die Rede sein konnte das dich so sehr zu kränken scheint." Es folgten jene Sätze, die den Unterschied zwischen seiner Beziehung zu Christiane Vulpius und der zu Charlotte v. Stein eindeutig machten: „Und welch ein Verhältnis ist es? Wer wird dadurch verkürzt? Wer macht Anspruch an die Empfindungen die ich dem armen Geschöpf gönne? Wer an die Stunden die ich mit ihr zubringe?" Er sei nicht teilnahmsloser, untätiger für seine Freunde als früher, „und es müßte durch ein Wunder geschehen, wenn ich allein zu dir, das beste, innigste Verhältnis verloren haben sollte". Doch müsse er gestehen, die Art, wie sie ihn bisher behandelt habe, nicht ertragen zu können. Eine Woche später folgte diesem Brief eine mildere Nachschrift, noch einmal mit der Bitte: „Schenke mir dein Vertrauen wieder, sieh die Sache aus einem natürlichen Gesichtspunkte an, erlaube mir dir ein gelaßnes wahres Wort darüber zu sagen und ich kann hoffen es soll sich alles zwischen uns rein und gut herstellen" (8. 6. 1789). Doch über „die Sache" ließ sich nicht mehr gelassen reden. Man schwieg. Erst nach Jahren spielte sich wieder ein ungezwungener Umgang ein, und

spät, besonders nach Christianes Tod, wurde es ein freundschaftlicher Verkehr zwischen zwei alt gewordenen Menschen, denen die Erinnerung an die gemeinsamen frühen Jahre geblieben war.
Im Weimar von 1789 und danach wucherten indessen Klatsch und Häme. Besonders die Damen der Gesellschaft hatten Gesprächsstoff. Diffamierende Bemerkungen über Goethes Geliebte aus niedrigem Haus machten die Runde. Caroline Herder kolportierte ihrem Mann nach Italien: Goethe habe, wie die Steinin glaube, sein Herz „ganz von ihr gewendet und sich ganz dem Mädchen, die eine allgemeine H – vorher gewesen, geschenkt" (8. 5. 1789). Weniger das Faktum an sich als die Intensität und Dauerhaftigkeit dieser Verbindung waren es wohl, was die Gemüter erregte. Goethe setzte sich über das Gerede hinweg, Christiane litt darunter. Noch im Winter 1798 mußte sie klagen: „Itzo gehen bei uns die Winterfreuden an, und ich will mir sie durch nichts lassen verbittern. Die Weimarer thäten es gerne, aber ich achte auf nichts. Ich habe Dich lieb und ganz allein lieb, sorge für mein Bübchen und halte mein Hauswesen in Ordnung, und mache mich lustig. Aber sie können einen gar nicht in Ruhe lassen" (an Goethe, 24. 11. 1798). Goethes Liebe und ihre Zuneigung zu ihm halfen Christiane, sich in die – was die Öffentlichkeit betraf – schwierige Lage zu finden. Gedichte wie *Der Besuch* („Meine Liebste wollt ich heut beschleichen"), *Morgenklagen* („O du loses leidigliebes Mädchen"), *Frech und froh* („Liebesqual verschmäht mein Herz") drückten Goethes Glücksgefühl in jener Zeit aus, in dem er sich nicht irre machen ließ. Von der Reise nach Schlesien im Herbst 1790, als der gemeinsame Sohn schon geboren war, gestand er Herders:

> Es ist all und überall Lumperei und Lauserei, und ich habe gewiß keine eigentlich vergnügte Stunde, bis ich mit euch zu Nacht gegessen und bei meinem Mädchen geschlafen habe. Wenn Ihr mich lieb behaltet, wenige Gute mir geneigt bleiben, mein Mädchen treu ist, mein Kind lebt, mein großer Ofen gut heizt, so hab' ich vorerst nichts weiter zu wünschen (11. 9. 1790).

Im Herbst 1789 zog Goethe aus der Stadtwohnung am Frauenplan aus und richtete in Absprache mit dem Herzog im sog. Jägerhaus vor dem Frauentor an der Marienstraße, das Herzog Ernst für seine Forstleute und Jäger gebaut hatte, zwei Wohnungen ein, eine für sich und im oberen Stockwerk die andere für Christiane, die ein Kind erwartete. Ihre Tante und die Halbschwester Ernestine zogen mit ein, so daß es Hilfe bei den häuslichen Arbeiten gab. Gewiß ein Umzug, der sowohl Christiane ein festes Zuhause bot als auch gesellschaftliche Schwierigkeiten vermeiden half, die sich beim ‚illegitimen Zusammenleben' in der Wohnung am Frauenplan ergeben hätten. Am 25. Dezember 1789 wurde der Sohn August Walther geboren, und der Herzog war, allem Klatsch zum Trotz, Taufpate. Im Juli 1792, als das Haus am Frauenplan vollständig zur Verfügung stand, siedelte Goethe mit der ganzen Familie wieder in das stattliche Anwesen um, das ihm der Herzog 1794 zum Geschenk machte. Das Gebäude war für alle Bedürfnisse umgebaut worden: für die familiären und die repräsentativen, für die des Sammlers, Wissenschaftlers und Dichters. Es blieb Goethes Wohnhaus bis zu seinem Tod.

Eine Frau war in unerschütterlicher Lebenssicherheit über alle moralisierenden Bedenken gegen das freie Zusammenleben erhaben: Goethes Mutter in Frankfurt. Mit mütterlicher Zuneigung nahm sie Christiane an, weil ihr Sohn sie gewählt hatte. Einige Zeugnisse der hinreißenden Briefschreiberin sprechen in ihrer Herzlichkeit für sich. Als Goethe auf dem Weg zur ‚Belagerung von Mainz' im Mai 1793 die Mutter in Frankfurt besuchte, schenkte sie ihm für die ferne Geliebte „einen sehr schönen Rock und Caraco" (Weste mit schoßartiger Verzierung), die Goethe sogleich mit Grüßen der Mutter nach Weimar schickte (17. 5. 1793). Christiane war gerührt. Wer achtete sie denn als würdige Lebensgefährtin des Geheimen Rats? „Lieber", antwortete sie am 7. Juni, „ich habe das schöne Tuch und alles erhalten und mich herzlich gefreut, aber der Gruß von der lieben Mutter ging mir über alles, ich habe vor Freuden darüber geweint. Ich habe was ohne Dein Wissen gethan, ich habe an die liebe Mutter geschrieben und mich bei ihr bedankt [...]." Die Antwort der Mutter aus Frankfurt ließ nicht auf sich warten. „Daß Ihnen die überschickten Sachen Freude gemacht haben, war mir sehr angenehm – tragen Sie dieselben als ein kleines Andenken von der Mutter deßjenigen den Sie lieben und hochachten und der wircklich auch Liebe und Hochachtung verdient. [...] Nun leben Sie wohl und vergnügt! Dieses wünscht von gantzem Hertzen Ihre Freundin Goethe" (20. 6. 1793). Als im Herbst 1795 wieder einmal die Geburt eines Kindes bevorstand, schob die Frau Rat resolut ihren Kummer, wegen der besonderen Verhältnisse keine Geburtsanzeige aufgeben zu können, beiseite:

> Auch gratulire zum künftigen neuen Weltbürger – nur ärgert mich daß ich mein Enckelein nicht darf ins Anzeigenblättgen setzen laßen – und ein öffendlich Freudenfest anstellen – doch da unter diesem Mond nichts Vollkommenes anzutrefen ist, so tröste ich mich damit, daß mein Häschelhans vergnügt und glücklicher als in einer fatalen Ehe ist – Küße mir deinen Bettschatz und den kleinen Augst – und sage letzterm – daß das Christkindlein Ihm schöne Sachen von der Großmutter bringen soll (24. 9. 1795).

Christiane und Goethe haben das damalige Los vieler Eltern geteilt: Mehrere Kinder wurden geboren, aber die Kindersterblichkeit war hoch. Das zweite Kind kam im Oktober 1791 tot zur Welt; Caroline lebte nur wenige Tage (21. 11. 1793 – 4. 12. 1793); Karl, am 30. Oktober 1795 geboren, starb am 18. November 1795, Kathinka (geb. 18. 12. 1802) schon nach drei Tagen.
Erst 1806 legalisierte Goethe seine Verbindung mit Christiane durch eine förmliche Eheschließung. Aber schon aus dem Jahre 1790 ist sein Ausspruch überliefert: „Ich bin verheiratet, nur nicht mit Zeremonie" (G 1, 174). Wenn er auch durch testamentarische Verfügungen Christiane und seinen Sohn August frühzeitig zu sichern suchte, so bleibt es doch schwer zu verstehen, daß er fast zwei Jahrzehnte lang Geliebte und Kind in gesellschaftlicher Diskriminierung leben ließ. Zwar bewegte sich Christiane bald, als ihre Beziehung auf Dauer gesichert schien, ungezwungen im kleinen Weimar und ließ sich Vergnügungen nicht entgehen (ihre Tanzfreude war berüchtigt). Aber offiziell war sie von der Welt des Geheimen Rats getrennt. Niemand kennt die Beweggründe für sein Verhalten. Möglicherweise beherrschte ihn auch hier noch sein Wunsch nach (wenigstens äußerlicher) Bindungslosigkeit; vielleicht wollte er seinen persönlichen Schaffensbereich von allen Zumutungen beurkundeter Ehe- und Familienverpflichtungen freihalten. Er brauchte offenbar die Möglichkeit, für sich sein zu können, wann immer es ihn danach verlangte. Oft war er für längere Zeit in Jena, das ihm fast zum zweiten Wohn- und Arbeitsort wurde; Wochen, manchmal Monate verweilte er in den böhmischen Bädern. Sollte die freie Lebensgemeinschaft mit Christiane sie vor den gesellschaftlichen Ansprüchen bewahren, die sie überfordert hätten? Oder hielt er es für geraten, Christiane, für die Bücher und Wissenschaft, Kunst und Staatsverwaltung eine fremde Welt waren, ihrem häuslichen Bereich zu überlassen, weil es sonst für beide Schwierigkeiten und Peinlichkeiten hätte geben können? Diese Fragen dürfen ruhig gestellt werden, da am lebenslangen Aneinanderfesthalten selbst kein Zweifel aufkommen kann. Ihre Beziehung war von elementarer Natürlichkeit; da konnten die Tätigkeitsbereiche geschieden sein. Und Anteil nahm Christiane durchaus an Dichten und Tun ihres „lieben, guten Geheimraths", wie sie ihn bisweilen in ihren Briefen anredete. Elisa von der Recke begriff, „daß ihr anspruchsloser, heller, ganz natürlicher Verstand Interesse für unsern Goethe haben konnte" (JbG 1892, 143) „Sollte man wohl glauben", so ein Ausspruch Goethes um 1808, „daß diese Person schon zwanzig Jahre mit mir gelebt hat? Aber das gefällt mir eben an ihr, daß sie nichts von ihrem Wesen aufgibt und bleibt, wie sie war" (G 1, 554). Friedrich Riemer, der viele Jahre in Goethes Haus gelebt hat, urteilte:

> Nur ein solches weibliches Wesen bedurfte er zu freier und möglichst ungehinderter Entwicklung seiner selbst, und keine auf Rang und Titel Anspruch machende, in gelehrtem Zirkel wohl gar selbst als Schriftstellerin glänzenwollende Dame hätte sie fördern, oder nur sein häusliches Behagen und eheliches Glück machen können, wie ihn ganz nahe berührende Erfahrungen früher und später belehren sollten. Soviel bleibt ausgemacht gewiß, daß [...] in diesem häuslichen und wirtschaftlichen Zusammenleben nicht die gewöhnlichen Ehestandsscenen und Gardinenpredigten vorfielen, die selbst in dem legitimsten Ehestande seiner nächsten Freunde nicht selten waren.

Christianes Reich war die häusliche Wirtschaft. Ihre Briefe an den Hausherrn sind voll von Berichten über alltägliche Arbeiten und Sorgen, aber auch über ihre Vergnügungen auf Bällen und Ausflügen, die sie sich, was Goethe begrüßte, nicht nehmen ließ, und über viele Theaterbesuche, die sie schätzte. Sie wußte, daß zwei ‚Ungleiche' sich gefunden hatten und zusammengeblieben waren, und sprach scherzhaft darüber:

> Mit Deiner Arbeit ist es schön: was Du einmal gemacht hast, bleibt ewig; aber mit uns armen Schindludern ist es ganz anders. Ich hatte den Hausgarten sehr in Ordnung, gepflanzt und alles. In Einer Nacht haben mir die Schnecken beinahe alles aufgefressen, meine schönen Gurken sind fast alle weg, und ich muß wieder von vorne anfangen. [...] Doch was hilft es? ich will es wieder machen; man hat ja nichts ohne Mühe. Es soll mir meinen guten Humor nicht verderben (30. 5. 1798).

Die Korrespondenz zwischen Christiane und Goethe umfaßt trotz großer Verluste immer noch über sechshundert Briefe. Auf Rechtschreibung nahm Christiane ebensowenig Rücksicht wie Goethes Mutter (und viele andere Briefschreiber der damaligen Zeit). Manchmal ist der Sinn ihrer Buchstabenfolgen allerdings nur mit Mühe zu erfassen. Eine Edition kommt um eine Neuschreibung in verständliches Deutsch nicht herum. Die Briefe sind Dokumente ihres privaten Lebens, mit besonderen Redensarten, die nur die beiden etwas angingen. Man erinnerte sich an die „Schlampamps-Stündchen" zu Hause; der Entfernte sehnte sich „nach den Schlender- und Hätschelstündchen"; sie fühlte sich „hasig", wenn sie auf ihn wartete, und den Reisenden warnte sie, er solle nicht „so viel Äuglichen" machen. Von „Krabskrälligkeit" sprachen sie in Zeiten der Schwangerschaft, auch immer wieder von sogenannten „Pfuiteufelchen". Von Anfang bis Ende aber durchziehen ihren Briefwechsel gegenseitige Beteuerungen wie: „Ich muß Dich einmal wieder an mein Herz drücken und Dir sagen, daß ich Dich recht lieb habe" (Goethe, 7. 3. 1796). „Lebe recht wohl und liebe mich" (Goethe, 25. 4. 1813). „Behalte mich nur so lieb, wie ich Dich habe" (Christiane, 31. 5. 1815).

Fünfundzwanzig Jahre nach ihrer ersten Begegnung sandte Goethe seiner Christiane mit Datumsangabe das bekannte, anspielungsreiche Gedicht

Ich ging im Walde
So vor mich hin,
Und nichts zu suchen,
Das war mein Sinn.

Im Schatten sah ich
Ein Blümchen stehn,
Wie Sterne blinkend,
Wie Äuglein schön.

Ich wollt es brechen,
Da sagt' es fein:
Soll ich zum Welken
Gebrochen sein?

Mit allen Wurzeln
Hob ich es aus
Und trugs zum Garten
Am hübschen Haus.

Ich pflanzt es wieder
Am kühlen Ort;
Nun zweigt und blüht es
Mir immer fort.

26. August 1813.

Forderungen des Tages und italienische Nachklänge

Das Wiedereinleben in Weimar war Goethe nach der Italienreise schwer gefallen. An Tätigkeit, schriftstellerischer Arbeit, Begegnungen und Besuchen mangelte es nicht. „Ich fühle nur zu sehr, was ich verloren habe, seit ich mich aus jenem Elemente wieder hieher versetzt sehe; ich suche mir es nicht zu verbergen, aber mich so viel als möglich auch hier wieder einzurichten. Ich fahre in meinen Studien fort [...]" (an Herder, 27. 12. 1788). *Torquato Tasso* war immer noch nicht abgeschlossen, *Faust* nach wie vor ein Fragment, und beides sollte doch in den *Schriften* bei Göschen erscheinen, deren erste Bände seit 1787 ausgeliefert waren. Unterdessen reizte es ihn, Gedichte in der Form antiker Elegien zu schreiben, in denen er sein Italienerlebnis mit der gegenwärtigen, neuen persönlichen Erfahrung verbinden konnte: die *Erotica Romana*, die *Römischen Elegien*. Die Schilderung des römischen Karnevals war für den

Druck vorzubereiten; die Abhandlung über die Metamorphose der Pflanzen wollte er abschließen, und Wieland bot er für seinen *Teutschen Merkur* eine Folge kleiner Aufsätze aus dem Umkreis der Italienreise an.

Die „Amtlichen Schriften" Goethes verzeichnen ab September 1788 ein paar Stellungnahmen für den Herzog, Stichworte für einen Vortrag über „Maßnahmen zur Verbesserung der Universität Jena", und ein ausführlicher Bericht des Geheimen Rats an das Geheime Consilium empfahl am 9. Dezember 1788, Friedrich Schiller nach Jena zu berufen. Er habe zugesagt, eine außerordentliche Professur für Geschichte anzunehmen, „wenn auch selbige vorerst ihm ohne Gehalt" übertragen würde. Am 26. Mai 1789 hielt der neue Professor seine Antrittsvorlesung *Was heißt und zu welchem Ende studiert man Universalgeschichte?* vor einem überfüllten Auditorium, weil man den Dichter der *Räuber*, von *Kabale und Liebe* und des *Don Karlos* erleben wollte. Der Zulauf zu seinen Lehrveranstaltungen hielt jedoch nicht an.

Als der Herzog im Frühjahr eine Kommission zum Wiederaufbau des Schlosses einsetzte, berief er auch Goethe als Mitglied. Über Jahrzehnte zogen sich die Bauarbeiten hin; die Aufwendungen überstiegen die Finanzkraft des kleinen Landes; ab 1804 – nach Errichtung des Ost- und Nordflügels – lag der Bau still. Erst 1822–1834 konnte Clemens Wenzeslaus Coudray, seit 1816 Oberbaudirektor in Weimar, den Westflügel aufbauen.

Ein Besuch Gottfried August Bürgers, des Dichters der *Lenore*-Ballade, muß im Frühjahr 1789 unerfreulich verlaufen sein, wenigstens für den Besucher, der kurz zuvor ein Exemplar seiner Gedicht-Ausgabe übersandt hatte. Es war die erste persönliche Begegnung der beiden, die früher gelegentlich miteinander korrespondiert hatten. Über die kühle Aufnahme ist damals mancherlei erzählt worden. Fichte berichtete (freilich im Abstand von einigen Jahren), Bürger habe wohl durch Goethes Einfluß in Jena etabliert werden wollen, und weil dieser das nicht wünschte, habe er sich „kalt" gezeigt. „Bürger ärgerte sich darüber entsetzlich und machte über diesen Vorgang ein Epigramm" (Bo II 126). Aus anderer Quelle ist zu erfahren, daß ein Kammerdiener den Besucher in ein Audienzzimmer geführt habe, Goethe einem freundschaftlichen Gespräch ausgewichen sei und den Gast „mit einer gnädigen Verbeugung" entlassen habe (Bo II 90). Bürgers Epigramm lautete:

Mich drängt' es, in ein Haus zu gehn,
Drin wohnt' ein Künstler und Minister.
Den edeln Künstler wollt ich sehn
Und nicht das Alltagsstück Minister.

Doch steif und kalt blieb der Minister
Vor meinem trauten Künstler stehn,
Und vor dem hölzernen Minister
Kriegt ich den Künstler nicht zu sehn:
Hol ihn der Kuckuck und sein Küster! (Bo II, 91)

Über ‚Steifheit' und ‚Kälte' des Ministers Goethe wurde öfters geklagt. Er schirmte sich durch solches Verhalten ab, um von sich fernzuhalten, was ihm unbequem oder nicht (mehr) gemäß schien. Im Fall Bürgers wich er einer Wiederbegegung mit dem ‚Sturm und Drang' aus; vermutlich hätte auch ein Gespräch über Bürgers Gedichte nicht viel erbracht. Denn Goethe hätte wohl ebenfalls an ihnen vermißt, was Schiller in einer Rezension (*Über Bürgers Gedichte*) vergeblich suchte: „Idealisierung, Veredlung, ohne welche er [der Dichter] aufhört, seinen Namen zu verdienen". Das bloß „Individuelle und Lokale" müsse der Poet „zum Allgemeinen" erheben (SA 16, 236)

Von Eindrücken und Erkenntnissen, die Goethe in Italien gesammelt hatte, erfuhren die literarisch interessierten Zeitgenossen zum erstenmal durch Beiträge, die er 1788/1789 in Wielands *Teutschem Merkur* veröffentlichte. Es waren Aufsätze, die sich vornehmlich mit Fragen der Kunst befaßten und italienisches Volksleben schilderten. Als eigene Publikation erschien zudem Ostern 1789 mit zwanzig handkolorierten Tafeln *Das Römische Carneval.* Wo Goethe in den *Merkur*-Artikeln über Kunst sprach, richtete er sein Augenmerk auf ihre besonderen Bedingungen und ihre spezifische Bedeutung. Auch der größte und geübteste Künstler könne die Eigenschaften der Materie, in welcher er arbeite, nicht verändern (*Material der bildenden Kunst,* JA 33, 48 f.). Erfindungs- und Einbildungskraft müßten sich „gleichsam unmittelbar mit der Materie" verbinden. In der Kunst der Alten sei das gelungen. Goethes Erkenntnis, sich auf das jeweils Mögliche einzulassen und dort Meisterschaft anzustreben, äußerte sich hier ebenso wie die Forderung, den besonderen Charakter des gegebenen Materials zu erfassen. Am biographischen Ort, nach dem ersten Weimarer Jahrzehnt, liest sich die (fast beiläufige) verallgemeinernde Bemerkung wie eine nun gewonnene Lebensregel: daß „Menschen nur dann klug und glücklich werden können, wenn sie in der Beschränkung ihrer Natur und Umstände mit der möglichsten Freiheit leben" (JA 33, 48).

Goethe versuchte unter verschiedenen Aspekten, Kunst in ihrem eigenen Wert zu bestimmen. Ein kleiner Essay lief darauf hinaus, den künstlerischen Sinn des merkwürdigen Faktums zu verdeutlichen, daß Männer auf dem römischen Theater Frauenrollen spielten (*Frauenrollen auf dem römischen Theater durch Männer gespielt,* JA 36, 134–138). Gerade dadurch bleibe dem Zuschauer „der Gedanke an Kunst immer lebhaft" gegenwärtig. Es wird zwar das Wesen und Betragen der Frauen nachgeahmt, doch bleibt sichtbar, daß es sich um Nachahmung handelt: Illusion durch Kunst. „Man empfand hier das Vergnügen, nicht die Sache selbst, sondern ihre Nachahmung zu sehen, nicht ihre Natur, sondern durch Kunst unterhalten zu werden."

Wie es um das künstlerische Verhältnis zu den Objekten der Darstellung bestellt sei und wie es auf einer höchsten Stufe beschaffen sein solle, erörterte mit einer geradezu lehrhaften Entschiedenheit der Aufsatz *Einfache Nachahmung, Manier, Stil,* in dem Goethe wesentliche italienische Erkenntnisse auf den Begriff brachte. Seit der Antike galt (und gilt) Mimesis, Nachahmung der Natur, als ein grundlegendes Prinzip der Gestaltung in allen Sparten der Kunst. Leicht einzusehen, daß es eine nicht abzuschließende Diskussion über die Frage gab (und gibt), was auf welche Weise und zu welchem Endzweck ‚nachgeahmt' werden soll. Kunsttheoretiker, die sich seit der Renaissance wieder eingehend diesen Fragen widmeten, hatten mehrfach versucht, verschiedene Arten und Grade von Nachahmung zu bestimmen. Goethe argumentierte also innerhalb einer jahrhundertealten Tradition. Den Ausdruck „Nachahmung" bezog er nun allerdings nur auf eine bestimmte Art, weil es ihm darauf ankam, die höchste Stufe der zu erreichenden Nachahmung mit einem besonderen Begriff zu bezeichnen. Die künstlerische Leistung auf der untersten der drei Stufen zeigt sich nach Goethes Auffassung in der Treue und Genauigkeit, mit der Gegenstände der Natur in Gestaltung und Farbe wiedergegeben werden. Holländische Blumenstilleben etwa seien dafür ein Beispiel. Auch diese „einfache Nachahmung" „schließt ihrer Natur nach und in ihren Grenzen eine hohe Vollkommenheit nicht aus" (12, 31). Hält die „einfache Nachahmung" sich streng und liebevoll an das gewählte Objekt, so herrscht in der „Manier" die Subjektivität des Künstlers vor. Er „erfindet sich selbst eine Weise, macht sich selbst eine Sprache, um das, was er mit der Seele ergriffen, wieder nach seiner Art auszudrücken". Auch hier beeilte sich Goethe zu betonen, daß er von solcher Kunst „in einem hohen und respektablen Sinne spreche"; nur dürfe sich „Manier" nicht so weit von der Natur entfernen, daß sie leer und unbedeutend werde, bloß noch subjektivistische Spielerei. Mit „Stil" jedoch bezeichnete der vom Eindruck klassischer Kunst überwältigte Heimkehrer aus Italien den „höchsten Grad", welchen „die Kunst je erreicht hat und je erreichen kann".

Damit „Stil" im pointiert Goetheschen Sinne erlangt werde, reicht „einfache Nachahmung" nicht aus, weil sie am Äußeren haften bleibt, und „Manier" nicht, weil sie den Gegenstand nicht tief genug erfaßt. „Stil" entsteht nur dann, wenn der Künstler das „Wesen der Dinge", die er gestalten will, erfaßt hat. „So ruht der *Stil* auf den tiefsten Grundfesten der Erkenntnis, auf dem Wesen der Dinge, insofern uns erlaubt ist, es in sichtbaren und greiflichen Gestalten zu erkennen" (12, 32). Die Forderung ist deutlich: Wer „Stil" will, muß alles Zufällige an der Erscheinung des Gegenstandes durchdringen und die Eigengesetzlichkeit, die sein Wesen bestimmt, erkennen. Das ist die notwendige Voraussetzung der künstlerischen Gestaltung. Kunst folglich als Anschaulichmachen des verborgenen Wesensgesetzes. So hat es Goethe an der für ihn vorbildlichen Kunst der Alten und der ihr nacheifernden begriffen.

Immer bringen derart allgemeine Bestimmungen von Kunst Schwierigkeiten mit sich. Es ist ja nicht zu bestreiten, daß sich in der jahrtausendelangen Geschichte der Kunst sehr unterschiedliche ‚Stile' ausgebildet haben und daß nicht allein ein bestimmter Stil dem – nach „genauem und tiefem Studium der Gegenstände" erkannten – „Wesen der Dinge" entsprechen kann. Selbstverständlich wußte auch Goethe, daß kein Mensch „die Welt ganz wie der andere [betrachtet], und verschiedene Charaktere werden oft den gleichen Grundsatz, den sie sämtlich anerkennen, verschieden anwenden" (*Einleitung in die Propyläen*, 12, 41). Ebensowenig zweifelhaft ist auch, daß Goethe seine Ansicht vom „Stil" in der Begegnung mit jenen Kunstwerken gewonnen hat, die ihn in Italien faszinierten. Sie können aber nicht ein zeitloses Muster für „Stil" sein, auch wenn Goethe sie damals so eingeschätzt hat. Bezeichnend und verräterisch, wie er, ebenfalls im *Merkur* von 1788, über die „nordischen Kirchenverzierer", über „gotische Baukunst" spottete (*Baukunst*, JA 33,47).

Raffael und Picasso, griechische Plastik und Henry Moore, antiker Tempel und Straßburger Münster, ein Bau Palladios und eine Barockkirche: angesichts ihrer ganz unterschiedlichen Merkmale hilft ein Bekenntnis zum „Stil" nicht recht weiter. Es sei denn, man nehme die Forderung nach „Stil", „der auf den tiefsten Grundfesten der Erkenntnis, auf dem Wesen der Dinge" ruht, nur als Verpflichtung, der sich jeder Künstler unterwirft, der „den höchsten Grad" von Kunst erreichen will. Dann bleibt für den Betrachter, wie Goethe durch eigene Urteile beweist, immer noch die Frage, in welcher künstlerischen Gestaltung denn das „Wesen der Dinge" erfaßt und „Stil" verwirklicht sei.

In Goethes Lebenssituation gehörten die Überlegungen in der Skizze *Einfache Nachahmung, Manier, Stil* zum italienischen und nachitalienischen Bemühen, dem Künstlerischen objektive Bedeutung zu sichern. Schuf das Genie in der Sicht des jungen Goethe kraft seines Schöpfertums Werke, denen die Prädikate „innere Form", „charakteristische Kunst" zukamen, so wurde nun wahre Kunst an die Erkenntnis des „Wesens der Dinge" gebunden. Genaueste Sachkenntnis ist dazu ebenso erforderlich wie Einschätzung der Möglichkeiten des Materials und der eigenen Fähigkeiten.

Zur Herbstmesse 1788 erschien eine kleine Publikation von Karl Philipp Moritz: *Über die bildende Nachahmung des Schönen.* Goethe hielt sie für so beachtenswert und identifizierte sich so sehr mit ihren Gedanken, daß er einen „Auszug aus dieser kleinen interessanten Schrift" (JA 33, 63) in der Reihe seiner nachitalienischen Beiträge im *Teutschen Merkur* veröffentlichte. Von Dezember 1788 bis zum Februar des nächsten Jahres war Moritz Goethes Gast in Weimar. Zweifellos haben beide während dieser Zeit die Fragen weiterdiskutiert, die sie schon in Rom beschäftigt hatten. Das höchste Schöne, so meinte Moritz, ist im Zusammenhang der ganzen Natur verwirklicht. Das vermögen wir insgesamt nicht aufzunehmen; es stellt sich „nur dem Auge Gottes dar" (Schriften, Tübingen 1962, 154). Die Kunst aber kann und soll ein Abbild des höchsten Schönen sein: „Jedes schöne Ganze der Kunst ist im Kleinen ein Abdruck des höchsten Schönen im Ganzen der Natur" (JA 33, 61). Dieses Schöne hat seinen Wert ganz in sich selbst. Es muß nicht nützlich sein. „Es ist nämlich ein Vorrecht des Schönen, daß es nicht nützlich zu sein braucht." Es ist herausgehoben aus dem bloßen Verwertungszusammenhang der Realität. Es hat seinen Zweck in sich. Wenn es nicht etwas anderes bezweckt, muß es „ein für sich bestehendes Ganzes sein und seine Beziehung in sich haben". Damit waren kirchliche oder höfische Ansprüche an Kunst zurückgewiesen, und auch die Auffassung von Dichtung als einer Morallehre in angenehmem Gewand hatte ihr Recht verloren.

Dem Weimarer Goethe hat es freilich bis ins Alter nichts ausgemacht, Dichtungen für seinen Hof zu schreiben und allegorische Maskenzüge, die bei den Redouten beliebt waren, mit passenden Texten zu versehen. Er sah das weniger als höfische Dienstverpflichtung an denn als künstlerischen Beitrag für gutwillige Repräsentanten einer Gesellschaftsordnung, an deren Berechtigung zu zweifeln er sich versagte, weil er nichts anderes erkennen konnte, das die Mängel des Bestehenden durch etwas grundsätzlich Besseres beseitigt hätte. Nur in der frühen Weimarer Zeit äußerte er gelegentlich seinen Unmut: „Man übertäubt mit Maskeraden und glänzenden Erfindungen offt eigne und fremde Noth. [...] Wie du die Feste der Gottseeligkeit ausschmückst so schmück ich die Aufzüge der Thorheit" (an Lavater, 19. 2. 1781). Später nahm er die für die Maskenzüge geschriebenen Texte sogar in seine *Werke* auf (Cotta 1806 ff.).

Goethe hat die Anschauung vom Eigenwert der Kunst und vom Kunstwerk als einem autonomen Gebilde bereits in Rom von Karl Philipp Moritz erfahren können. Dieser hatte 1785 in der *Berlinischen Monats-*

schrift das Schöne als „in sich selbst Vollendetes“ bestimmt, das „in sich ein Ganzes ausmacht, und mir um sein selbst willen Vergnügen gewährt“ (*Versuch einer Vereinigung aller schönen Künste und Wissenschaften unter dem Begriff des in sich selbst Vollendeten*). „Man betrachtet es nicht, in so fern man es brauchen kann, sondern man braucht es nur, in so fern man es betrachten kann“ (Schriften, 4). Das schöne Kunstwerk als etwas für sich Seiendes, in sich gesetzmäßig und notwendig zusammenhängend wie die Gestaltungen der Natur. Dasselbe, was Moritz beim Schönen als „in sich selbst Vollendeten“ betonte, hatte einst der junge Goethe am Straßburger Münster gefeiert: „Wie in Werken der ewigen Natur, bis aufs geringste Zäserchen, alles Gestalt, und alles zweckend zum Ganzen“ (*Von deutscher Baukunst*; 12, 12). Was damals der schöpferischen Genialität Erwin v. Steinbachs zugemessen und ihr nachempfunden worden war, wurde nun, von Moritz wie von Goethe, an einer bestimmten, als zeitlos musterhaft geltenden Kunst abgelesen und streng angewandt. Der frühe Ausspruch „alles Gestalt, und alles zweckend zum Ganzen“ könnte durchaus der italienischen Kunsterfahrung Goethes entstammen. Aber jetzt würde er ihn der gotischen Kunst verweigern. So zeigt sich, daß Goethe zwar immer in der Kunst das in sich zum Ganzen Gefügte suchte und lobte, die allgemein gehaltenen Formeln aber mit unterschiedlichen Inhalten gefüllt werden konnten, nicht ohne das Risiko von Leerformeln. Die natürliche Schönheit des menschlichen Körpers, in der griechischen Plastik idealisiert, Ausgewogenheit, Maß, Klarheit und Harmonie waren jetzt verbindliche Maßstäbe.

Jedenfalls behauptete Karl Philipp Moritz – und Goethe stimmte ihm sichtlich zu – einen Eigenbereich der Kunst, der sich gerade dadurch auszeichnete, daß er von aller möglichen Misere der Wirklichkeit getrennt war. Moritz hatte eine schlimme Jugend hinter sich, Elend und Härte erlebt, Hoffnungen auf das Theater schwinden sehen. Doch meinte er, der Mensch besitze die Möglichkeit, „sich mit einem einzigen Schwunge seiner Denkkraft über alles das hinwegzusetzen, was ihn hienieden einengt, quält und drückt“ (Schriften, 19). So wurden die Kunst und das Schöne als das ganz andere von der schlechten Wirklichkeit abgehoben. Wie mußte eine solche Vorstellung Goethe entgegenkommen, der aus widrigen Verhältnissen, die ihn bedrängten, geflüchtet war!

Jene Überlegungen bezogen sich nicht nur auf die bildende Kunst, sondern ebenso auf die Dichtung. In einigen Sätzen des ersten Kapitels seiner *Götterlehre oder Mythologische Dichtungen der Alten* (1791) formulierte Moritz prägnant: „Ein wahres Kunstwerk, eine schöne Dichtung ist etwas in sich Fertiges und Vollendetes, das um sein selbst willen da ist und dessen Wert in ihm selber und in dem wohlgeordneten Verhältnis seiner Teile liegt [...].“ Eine schöne Dichtung spiegele „in ihrem großen oder kleinen Umfange die Verhältnisse der Dinge, das Leben und die Schicksale der Menschen“. Sie lehre auch Lebensweisheit, aber das sei den „dichterischen Schönheiten untergeordnet und nicht der Hauptzweck der Poesie; denn eben darum lehrt sie besser, weil Lehren nicht ihr Zweck ist“.

Solche Kunstauffassung hat die Vollendung von Goethes *Torquato Tasso* mitbestimmt. Das Schauspiel will nichts lehren, sondern „die Verhältnisse der Dinge, das Leben und die Schicksale der Menschen“ in der strengen Geschlossenheit des Kunstwerks veranschaulichen. Gerade deshalb fahnden Interpreten hier auch vergeblich nach einer Be- oder gar Verurteilung der handelnden Personen.

Zwiespältige Künstlerexistenz. Torquato Tasso

Goethes Arbeit am *Torquato Tasso* hat sich über Jahre hingezogen. In sein Tagebuch trug er am 30. März 1780 ein: „Zu Mittag nach Tiefurt zu Fus Gute Erfindung Tasso.“ Am 25. August des nächsten Jahres ist vermerkt, er habe der Herzogin Luise den „Tasso vorgelesen“. Über diesen ‚Ur-Tasso‘ wissen wir aber nichts. Für die *Schriften* bei Göschen wurde für den siebten Band nur angekündigt: „Tasso, zwey Akte.“ Auch in Italien gelangte das Drama nicht zum Abschluß. Erst Ende Juli 1789 wurde es fertig, und Göschen erhielt die beiden letzten Akte für den Druck.

Natürlich verlockt das Schauspiel über einen Dichter bei Hofe, der in äußerste Schwierigkeiten mit sich und der Gesellschaft gerät, zur Suche nach Ähnlichkeiten in Goethes eigener Existenz. Tasso am Hof zu Ferrara – Goethe am Hof zu Weimar: Spiegelt das Drama vom italienischen Poeten des 16. Jahrhunderts die eigenen Probleme des Weimarer Dichters? Wenn behauptet wird, der *Tasso* reflektiere Komplikationen des bürgerlichen Dichterdaseins bei Hofe, wie sie Goethe im ersten Weimarer Jahrzehnt zu schaffen gemacht hätten, so muß man daran erinnern, daß er in jener Zeit weit eher die Funktionen eines Antonio, des Staatsmanns, wahrnahm. Wenn Tasso über seinen Fürsten klagt: „Hat er von seinem Staate je ein Wort, / Ein ernstes Wort mit mir gesprochen?“ (V. 2367 f.), so trifft für Goethe in seinem Verhältnis zu Carl August von Weimar das genaue Gegenteil zu. Wenn Tasso als Dichter gesehen wird, der sich, weil er seiner Phantasiewelt unbedingt leben will, nicht in die von Maß und Sitte bestimmte Gesellschaft zu schicken weiß und deshalb an den Rand des Scheiterns gerät, so ist es wiederum gewagt, Parallelen zum Weimarer Goethe zu ziehen. Denn er selbst hatte diesen möglichen Konflikt früh bewältigt und bereits im *Ilmenau*-Gedicht ein selbstkritisches Resümee gezogen. Wenn angenommen wird, der Imperativ „Erlaubt ist was sich ziemt!" spreche die gültige Lebensregel aus, der auch ein Tasso-Goethe zu genügen habe, so ist auf eine merkwürdige Konstellation aufmerksam zu machen. Als Goethe im August 1789 die letzten Teile des *Tasso*-Manuskripts an seinen Verleger schickte, lebte er schon ein Jahr lang mit Christiane Vulpius in freier Lebensgemeinschaft zusammen, die sich nach damaligen gesellschaftlichen Ansprüchen keineswegs ziemte.

Goethes *Torquato Tasso* spielt in einer Art Versuchsanordnung mögliche Konflikte durch, ohne daß sein Autor Wertungen vornimmt. In diese experimentelle Konstellation konnte er zwar einbringen, was er an Erfahrungen in langen Jahren gesammelt hatte, in Weimar, in Italien und der ersten nachitalienischen Zeit, und die Verse „Frei will ich sein im Denken und im Dichten, / Im Handeln schränkt die Welt genug uns ein" (V. 2305 f.) lassen sich als Ausdruck von Goethes eigenem Wunsch lesen, nach seiner Rückkehr aus Italien so zu leben. Aber es ging nicht darum, eigenes Leben ‚nachzudichten'. Er führte im Probespiel vor, was geschehen könnte, wenn ein Dichter der Art Tassos unter den Gegebenheiten höfischer Gesellschaft lebt und produktiv sein will.

Tasso, der Dichter des Heldenepos vom *Befreiten Jerusalem* (*Gierusalemme liberata*), war Goethe seit seiner Jugend vertraut. Bereits der Leipziger Student legte der Schwester Cornelia nahe, das Epos zu lesen. Auch biographische Darstellungen über den historischen Tasso waren Goethe bekannt. Auf welche einzelnen Ereignisse aus dem wirklichen Leben des Renaissancedichters er in seinem Drama anspielte, mag hier auf sich beruhen bleiben. Schon den Zeitgenossen erschien Tasso als ein extravaganter, melancholischer, hypochondrischer Künstler; von Ärger am Hof von Ferrara wurde berichtet, von Rivalitäten um literarische Anerkennung und persönliche Gunst, von Auseinandersetzungen mit seinem herzoglichen Gönner, auch von einer längeren Unterbringung als Geisteskranker.

So spärlich die äußere Handlung des Goetheschen Kammerspiels um Torquato Tasso ist, so schwerwiegend sind die Konflikte, die aufbrechen. Über sie reden die fünf Beteiligten in einer Verssprache, die an Wohlklang und genau kalkulierter Fügung kaum zu überbieten ist. Noch wo Leidenschaft und Verzweiflung sich äußern, werden sie im Maß und der Ordnung eines stilisierten, kunstbewußten Sprechens gehalten. Wie in der *Iphigenie* wird die Strenge des ‚klassischen' Dramas gewahrt, damit ein Kunstgebilde entsteht, das in seiner formalen Geschlossenheit in sich ruht und als ganzes den schönen Schein erweckt, es wolle in der Ausgewogenheit seiner Teile und im kunstvollen Gewebe der aufeinander verweisenden Bilder und Motive nur es selbst sein, nichts sonst. Schönheit organisierter Form schließt Schärfe der Konflikte nicht aus, besänftigt auch nicht die Erschütterung, die die Gestalten heimsucht, mildert nicht tragische Ausweglosigkeit. Aber sie hält alles in der berechneten Geschlossenheit und durchkomponierten Harmonie des anzuschauenden Gegenüber. Im *Tasso* ist Kunstgesinnung verwirklicht, die sich in und nach Italien ausgebildet hat. Strenge des ‚klassischen' Dramas heißt: Monolog und Dialog verlautbaren in wohlgesetzter Rede, was sich in den Gestalten abspielt und ihr Mit- und Gegeneinander bestimmt. Äußeres Geschehen ist auf wenige Ereignisse reduziert, da die inneren Regungen wortwörtlich zur Diskussion stehen. Szene auf Szene folgt unumkehrbar in konsequenter Entwicklung auf- und auseinander, und strikt wird die Überschaubarkeit von Ort, Zeit und (minimaler äußerer) Handlung gewahrt.

Auf dem Lustschloß Belriguardo bei Ferrara überreicht Torquato Tasso seinem herzoglichen Gönner Alfons II. das endlich fertige Epos vom befreiten Jerusalem, auf das der Fürst schon ungeduldig wartete. Seine Schwester, Leonore von Este, die sich mit ihrer Freundin Leonore Sanvitale, Gräfin von Scandiano, in Belriguardo aufhält, bekränzt Tasso mit einem Lorbeerkranz, mit dem sie zuvor die Büste Vergils geschmückt hatte. Eine freundliche höfische Geste ist diese Dichterkrönung Tassos, kaum mehr, wenn auch die Bewunderung beider Leonoren für den Dichter groß und aufrichtig ist. Bei ihm jedoch bewirkt die Bekränzung Unvermutetes. „O nehmt ihn weg von meinem Haupte wieder", ruft er aus (V. 488). Es ist, als habe die Auszeichnung in ihm die schlummernden Zweifel am Sinn seiner jetzigen dichterischen Tätigkeit geweckt, als ahne er, was sein müßte, wenn Dichtung, fern von rituellen Gebärden und Zwängen, ihren wahren Sinn erfüllen solle, und er träumt zurück (und voraus) in eine Zeit, wo „gleiches Streben Held und Dichter bindet" (V. 551), wo keine Fremdheit zwischen der Welt des Handelns und der Dichtung herrscht.

Sogleich in der nächsten Szene (I 4) präsentiert sich ein Mann tätigpolitischen Handelns, Staatssekretär Antonio, der von erfolgreicher diplomatischer Mission zurückgekehrt ist. Der erfahrene, den Gegebenheiten sich geschmeidig anpassende Weltmann, der politisch Kluge und auf seine Verdienste Stolze kann nicht verhehlen, daß ihm die Ehrung Tassos mißfällt. Voller kritischer Anspielungen sind seine Worte, auch wenn sie im Rahmen höfischen Sprechens bleiben und gewählte Sentenzen stanzen. Aber er will verletzen, wenn er verkündet, daß Wissenschaft zu nützen habe und Kunst zu schätzen sei, „sofern sie ziert" und: „Was gelten soll, muß wirken und muß dienen" (V. 667, 671).

Im Saal des Schlosses umkreisen Tasso und die Prinzessin in einem langen Gespräch zu Anfang des zweiten Akts grundsätzliche Fragen des Verhaltens des Dichters in dieser von höfischen Normen bestimmten Umwelt. Die Prinzessin empfindet viel für Tasso, versteht ihn besser als die andern, und er fühlt sich ihr verbunden. Antonio hat ihn unsanft „aus einem schönen Traum" aufgeweckt, er ist verwirrt, in Zweifel an seiner wirklichen und geträumten Dichterexistenz gestürzt. „Je mehr ich horchte, mehr und mehr / Versank ich vor mir selbst, ich fürchtete / Wie Echo an den Felsen zu verschwinden, / Ein Widerhall, ein Nichts mich zu verlieren" (V. 797 ff.). In die schöpferische Einsamkeit fühlt er sich gezogen und will doch gleichzeitig die Gemeinschaft mit den Menschen, die ihn umgeben, auch die Freundschaft mit Antonio, der „besitzt, / Ich mag wohl sagen, alles was mir fehlt" (V. 943 f.) Aber gerade im Gespräch mit der Prinzessin bricht der Unterschied auf, der ihn von der Welt trennt, die nach ihren Regeln höfisch sanktionierter Werte (Gemessenheit, Selbstdisziplinierung, zeremoniellen Verhaltens) lebt. Auch die beiden Leonoren gedenken gern der „goldnen Zeit", doch im Spiel der Konventionen, in dem man sich schäferlich geben darf. Für Tasso ist der Traum von der „goldnen Zeit" viel mehr, ja etwas ganz anderes. Er nimmt ihn wörtlich, verbindet mit ihm jedenfalls den immerwährenden Wunsch nach zwangfreier Verwirklichung menschlicher Lebensmöglichkeiten. Er will nicht wahrhaben, was die Prinzessin ihm entgegenhält: „Die goldne Zeit, womit der Dichter uns / Zu schmeicheln pflegt, die schöne Zeit, sie war, / So scheint es mir, so wenig als sie ist, / Und war sie je, so war sie nur gewiß, / Wie sie uns immer wieder werden kann" (V. 998 ff.). Sie war und kann wieder werden, wo „verwandte Herzen" sich treffen und dem Wahlspruch folgen „Erlaubt ist was sich ziemt" (V. 1006). So berichtigt die Prinzessin Tassos Wort, das an das Einst erinnerte und fordernd auch auf die Gegenwart gemünzt war: „Erlaubt ist was gefällt" (V. 994). Tasso ließe sich den Wahlspruch der Prinzession schon gefallen, wenn „aus guten edlen Menschen nur / Ein allgemein Gericht bestellt entschiede, / Was sich denn ziemt". Aber „wir sehn ja, dem Gewaltigen, dem Klugen / Steht alles wohl, und er erlaubt sich alles" (V. 1007 ff.). Schon im Schäferspiel *Aminta* des historischen Tasso hatte der Chor der Hirten den Spruch gesungen, den Goethes Tasso zitiert. Hirten mochten mit ihrer niederen Moral verkünden, daß erlaubt sei, was gefällt; für die Sittlichkeit der höfisch-zivilisierten Welt durfte das nicht gelten, und Giovanni Battista Guarini hatte bereits dem Spruch aus Tassos *Aminta* mit der Sentenz widersprochen, daß erlaubt sei, was sich ziemt.

Schon gegen Ende des Gesprächs mit der Prinzessin deutet sich an, daß Tasso nicht zu erfassen vermag, was als geziemend gilt. Denn er glaubt, daß die erhoffte Liebe zwischen ihm und ihr wirklich werden könnte. „Nicht weiter, Tasso!" wehrt Leonore von Este ab und fordert wiederum Respekt vor dem Verhaltensmuster dieser Gesellschaft:

> Viele Dinge sind's
> Die wir mit Heftigkeit ergreifen sollen:
> Doch andre können nur durch Mäßigung
> Und durch Entbehren unser eigen werden.
> So, sagt man, sei die Tugend, sei die Liebe,
> Die ihr verwandt ist. Das bedenke wohl! (V. 1119 ff.)

Es ist Wahn, in den sich Tasso in seinem Monolog (II 2) steigert, weil er zwar verspricht, alles zu tun, was die Fürstin auch fordern mag, zugleich aber seiner Emotionalität und Phantasie freien Lauf läßt.

Wie sehr Spontaneität und ungezügelte Emotionen Tasso trotz der Mahnung der Prinzessin überwältigen können, zeigt sein Versuch, sich Antonio freundschaftlich zu nähern, und sein Mißlingen. Auch die Prinzessin hatte gewünscht, Tasso möge die Freundschaft Antonios suchen, damit er aus seiner Einsamkeit, aus der Introvertiertheit und seinen wirklichkeitsfernen Phantasien herausgeführt werde. Aber *wie* Tasso nun (II 3) um Antonio wirbt, mit welcher Aufdringlichkeit und drängenden Eile, das stößt den zur Gemessenheit und Abwägung jeder Handlung erzogenen Diplomaten ab. Tasso, voll Argwohn, nicht in seinem Wert erkannt und zurückgewiesen zu werden, steigert sich in höchste Erregung und – zieht den Degen. Diesen schweren Verstoß gegen Schicklichkeit des Benehmens ahndet Herzog Alfons milde, indem er Tasso auf sein Zimmer verbannt. Doch der bekränzte Dichter sieht nicht die Milde der Strafe, er gerät vielmehr in eine tiefe Krise. Zu sehr haben Bemerkungen Antonios sein Selbstverständnis als Dichter getroffen, als daß er seine aggressive Handlung verurteilen und die Berechtigung der Strafe einsehen könnte. Zu tief hat ihn die Zurückweisung berührt, als daß er noch die Dichterkrone tragen möchte. Er gibt sie hin. Und hatten ihn schon vorher Zweifel am Wert seines Dichtens und Daseins bedrängt, so ist er von nun an ganz auf sich zurückgeworfen, fühlt sich verkannt und verkennt die andern. Mangel an Wirklichkeitssinn, Fehleinschätzung seiner Existenz (freilich unter den herrschenden höfischen Bedingungen) diagnostiziert nicht nur Antonio bei ihm. „Wo schwärmt der Knabe hin? Mit welchen Farben / Malt er sich seinen Wert und sein Geschick?" (V. 1599 f.)

Es sind keineswegs Hochmut und Herablassung, die die Gespräche der kleinen höfischen Gesellschaft (im 3. Akt) über den schwierigen Dichter bestimmen, im Gegenteil! Man versucht, sich über seine Eigenarten Klarheit zu verschaffen. Man möchte ihm helfen, aus seiner Einsamkeit hinauszufinden, zur realen Einschätzung der Wirklichkeit und ihrer Be-

dingungen zu gelangen, und auch Antonio ist zu einer Versöhnung bereit. Gibt es aber von der Warte höfischer Lebensregeln aus überhaupt die Möglichkeit, den Dichter zu verstehen, der seinen Phantasien lebt und dem, was sie sich dichterisch von alten Vorstellungen „goldner Zeiten“ aneignen, mehr Bedeutung zuspricht, als nur Spiel und Zierde eines höfisch bestimmten Daseins zu sein, das auf Repräsentation angewiesen ist? Kann Tasso, der seine Subjektivität gegen die Objektivität gesellschaftlicher Normen setzt, noch in den Kreis, in dem er zu leben gewohnt war und sich wohl fühlte, integriert werden?
Tassos Verehrung für den Herzog, der sein Mäzen, sein Gönner, ist und dem er Dichtung zum Ruhme seiner fürstlichen Existenz liefert, war groß, ja überschwenglich. Nun, da die Krise ausgebrochen ist, kennt sein Mißtrauen ebensowenig Maß und Grenzen. Das Charakterbild, das Antonio von Tasso zeichnet, der zwischen den Extremen schwankt, ist nicht verzerrt, auch wenn es ein kritischer Beobachter entworfen hat:

> Ich kenn ihn lang, er ist so leicht zu kennen,
> Und ist zu stolz sich zu verbergen. Bald
> Versinkt er in sich selbst, als wäre ganz
> Die Welt in seinem Busen, er sich ganz
> In seiner Welt genug, und alles rings
> Umher verschwindet ihm. Er läßt es gehn,
> Läßt's fallen, stößt's hinweg und ruht in sich –
> Auf einmal, wie ein unbemerkter Funke
> Die Mine zündet, sei es Freude, Leid,
> Zorn oder Grille, heftig bricht er aus:
> Dann will er *alles* fassen, *alles* halten,
> Dann soll geschehn was er sich denken mag;
> In einem Augenblicke soll entstehn,
> Was Jahre lang bereitet werden sollte,
> In einem Augenblick gehoben sein,
> Was Mühe kaum in Jahren lösen könnte (V. 2117 ff.).

Eine Annäherung zwischen Antonio und Tasso, nach Ende des ‚Arrests‘, bringt nicht viel. Denn was der Dichter wünscht, will Antonio nur ungern erfüllen: dem Herzog Tassos Wunsch vorzutragen, er wolle fort, fort von hier, um in Rom das Gedicht, das er erst „geendet“ habe, wirklich zu vollenden (V. 2589 ff.). Tasso fühlt sich verkannt, umsponnen von Falschheit, steigert sich in Verfolgungswahn. „Es brennen mir die Sohlen / Auf diesem Marmorboden“ (V. 2702 f.). „Deutlich seh ich nun / Die ganze Kunst des höfischen Gewebes“ (V. 2748 f.). Jetzt will er selbst sich verstellen lernen. „Wohin er tritt, glaubt er von Feinden sich umgeben“, weiß Antonio Alfons zu melden, wobei sich allerdings zeigt,

daß Antonio den Kern von Tassos Dichterexistenz, schöpferisch tätig sein zu wollen, nicht zu begreifen vermag (V 1).
Noch einmal verletzt Tasso die Etikette höfischen Zusammenlebens, als er beim Abschied von der Prinzessin, wirkliche Liebe wähnend, ihr in die Arme fällt und sie fest an sich drückt. Entsetzen erfaßt die Hofgesellschaft. Wo Neigung zur Leidenschaft wird, sind Grenzen überschritten. Die Prinzessin, die sich Tasso verbunden fühlte wie sonst niemand, kann nur noch, „ihn von sich stoßend und hinweg eilend", das Wort der Trennung rufen: „Hinweg!" (V. 3284)
Allein Antonio und Tasso stehen in der letzten Szene des Schauspiels beieinander und führen einen Dialog, den auszuloten ein langes Kapitel fordern würde. Tasso ist nun ganz auf sich selbst zurückgeworfen. „Ich fühle mir das innerste Gebein / Zerschmettert, und ich leb um es zu fühlen" (V. 3370 f.). Aber Antonio, alles andere als überheblich und abweisend, spricht in den langen Monolog des in Verzweiflung Versunkenen die helfend gemeinten Sätze: „Besinne dich! Gebiete dieser Wut!" (V. 3362) „Ich werde dich in dieser Not nicht lassen; / Und wenn es dir an Fassung ganz gebricht, / So soll mir's an Geduld gewiß nicht fehlen" (V. 3377 ff.). Eine paradoxe Situation: Jetzt, da Tasso ganz von der höfischen Welt entfernt ist, bleibt Antonio als derjenige nah, „tritt zu ihm und nimmt ihn bei der Hand", an den sich der Verzweifelte zuletzt anklammert: „Ich fasse dich mit beiden Armen an!" (V. 3451) Es ist, als würde in der Fülle der Bilder, die Tassos Sprechen in dieser Schlußszene wie in dichtender Selbstdeutung entwirft, anschaulich und ihm selbst begreiflich, daß ihm als einziges bleibt – und das ist nicht sinnlos –, durch Leid hindurchzugehen und von ihm zu „sagen". Die Natur

> ließ im Schmerz mir Melodie und Rede,
> Die tiefste Fülle meiner Not zu klagen:
> Und wenn der Mensch in seiner Qual verstummt,
> Gab mir ein Gott zu sagen, wie ich leide (V. 3430 ff.).

Tasso scheitert in der Welt, in der er sich, im Schutze des Mäzenatentums, wohl und sicher wußte. Er scheitert nicht als Dichter, zumindest ist der Schluß des Stücks in dieser Hinsicht ‚offen'. „Ein Schauspiel" nannte Goethe seine Dichtung, nicht ‚Eine Tragödie'. Was weiter aus Tasso wird, steht dahin. Dichtung zum Ruhm und zur Zierde des Hofes zu liefern, dazu wird dieser Dichter allerdings kaum mehr imstande sein.

Was hier über Goethes *Torquato Tasso* gesagt wurde, sind nur skizzenhafte Andeutungen, die den geduldigen Leser vielleicht an das vielschichtige Drama heranführen können, das Szene für Szene, Gespräch für Gespräch und Monolog für Monolog aufs dichteste gefügt ist und dessen Bild- und Motivgeflecht, Vorausdeutungen und Rückverweise, Anspielungen und ironische Brechungen nur in einer ausführlichen Analyse aufgeschlüsselt werden könnten. Das Schauspiel entwirft auch nicht nur ein Psychogramm Tassos, sondern spürt ebenso subtil den Empfindungen und verborgenen Sehnsüchten der beiden Leonoren nach.

Wenigstens die grundsätzliche Frage, wie die von Goethe konzipierte Dichtergestalt aufzufassen und einzuschätzen sei, soll uns noch beschäftigen. Wie unterschiedlich die Antworten darauf ausfallen, dokumentiert jede neue Inszenierung des schwierigen und interpretationsbedürftigen Stücks. Sicher ist, daß Tasso nicht den Dichter schlechthin repräsentiert; er ist eine besondere Dichterpersönlichkeit. Züge eines solchen Poeten hatte Wieland schon 1782 in einem *Brief an einen jungen Dichter* (im *Teutschen Merkur*) beschrieben (und dabei zu Anfang auch den „Lorbeerkranz" und das „dunkle Kämmerchen des göttlichen Tasso" erwähnt). Der „innere Beruf" des Adressaten scheine in der Tat keinem Zweifel unterworfen zu sein, da er unter anderem besitze: „eine Einbildungskraft, die durch einen unfreiwilligen innern Trieb alles einzelne idealisiert, alles Abstrakte in bestimmte Formen kleidet und unvermerkt dem bloßen Zeichen immer die Sache selbst oder ein ähnliches Bild unterschiebt, [. . .] eine zarte und warme, von jedem Anhauch auflodernde Seele, ganz Nerv, Empfindung und Mitgefühl, die sich nichts Totes, nichts Fühlloses in der Natur denken kann, sondern immer bereit ist, ihren Überschwang von Leben, Gefühl und Leidenschaft allen Dingen um sich her mitzuteilen, [. . .] ein Herz, das bei jeder edeln Tat hoch emporschlägt, von jeder schlechten, feigherzigen, gefühllosen mit Abscheu zurückschaudert", einen „angebornen Hang zum Nachsinnen, zum Forschen in sich selbst, zum Verfolgen seiner Gedanken, zum Schwärmen in der Ideenwelt". Mit solchen Worten könnte auch Goethes Tasso beschrieben werden. Wieland verschwieg jedoch nicht, was ihn um seinen jungen Dichter zittern mache: daß er nämlich, wenn er sich seinem Hang überlasse, *ganz Dichter* wäre und also für alle anderen Lebensarten verloren.

Ist Tasso eine besondere Dichterpersönlichkeit, so ist er es allerdings in einer bestimmten Situation. Sind es wirklich seine privaten Eigenschaften, sein maßloser Subjektivismus, seine Überspanntheit, die ihn zu dem machen, der er ist? Die DDR-Schriftstellerin Christa Wolf läßt ihren Heinrich v. Kleist bei seinem fiktiven Gespräch mit Caroline v. Günderrode ganz anderes vermuten: „Es kränkt mich, daß das Zerwürfnis des Tasso mit dem Hof auf einem Mißverständnis beruhn soll. Wie, wenn nicht Tasso dem Fürsten, besonders aber dem Antonio, Unrecht täte, sondern die ihm. Wenn sein Unglück nicht eingebildet, sondern wirklich und unausweichlich wäre? Wenn nicht Überspanntheit, sondern ein scharfes, gut: überscharfes Gespür für die wirklichen Verhältnisse ihm den Ausruf abpreßte: ‚Wohin beweg ich meinen Schritt, dem Ekel zu entfliehn, der mich umsaust, dem Abgrund zu entgehn, der vor mir liegt‘?“ (*Kein Ort. Nirgends*, 1979, 106 f.). Zweifellos ist es eine höfische Umgebung, wo Goethes Tasso scheitert, wo er in Widerspruch zu geltenden Maßstäben gerät und wo die Ansprüche seines „inneren Berufs“, Dichter zu sein, ihn überwältigen. Aber einseitige Schuldzuweisungen nimmt das Schauspiel nicht vor. Werden sie ausgesprochen, beruhen sie auf einseitigen Interpretationen und Inszenierungen. Zu problematisch sind manche Eigenarten Tassos, als daß sie der Autor des *Torquato Tasso* als wahre Äußerungen dichterischer Produktivität gutheißen könnte. Zu freundlich und human stellen sich die Personen des Hofes vor, als daß ihnen und ihrem Verhaltenskodex allein die Not des Dichters angelastet werden dürfte. Christa Wolfs Kleist sprach eine eindeutig verurteilende Vermutung aus; Richard Wagner war sich nicht so sicher: „Wer hat hier Recht? wer Unrecht? Es sieht ein jeder, wie er sieht, und nicht anders sehen kann“ (an Mathilde Wesendonck, 15. 5. 1859). Man sollte sich eingestehen, daß hier Fragen bleiben.

Sicherlich gestaltet Goethe seinen Tasso als den Dichter, dessen schöpferische Individualität mit höfischen Auffassungen kollidiert und der sich im Schonraum und Zwangsbezirk, den fürstliches Mäzenatentum bedeutet, als Dichter nicht verwirklichen kann. Tasso fühlte sich seinem herzoglichen Gönner noch aufs engste verbunden („O könnt ich sagen wie ich lebhaft fühle / Daß ich von *euch* nur habe was ich bringe!“ V. 426 f.) und wird dann zu Aussprüchen gedrängt wie: „Frei will ich sein im Denken und im Dichten, / Im Handeln schränkt die Welt genug uns ein“ (V. 2305 f.) und:

> Ich halte diesen Drang vergebens auf
> Der Tag und Nacht in meinem Busen wechselt.
> Wenn ich nicht sinnen oder dichten soll,
> So ist das Leben mir kein Leben mehr.
> Verbiete du dem Seidenwurm zu spinnen,
> Wenn er sich schon dem Tode näher spinnt (V. 3079 ff.).

Diesem Tasso reicht nicht aus, sein Gedicht „geendet“ zu haben, wie es dem Gönner gefällt; er wünscht, daß es „vollendet“ wäre (V. 2590). Er sieht sich den Ansprüchen ausgesetzt, die das Kunstwerk um seiner selbst willen stellt. So wie er in der Kunst auf un-bedingte Vollendung aus ist, so drängt er auch in seinem persönlichen Verhältnis zur Prinzessin über die gesetzten Begrenzungen hinaus, damit Liebe wirklich Liebe werde. Doch Leonore kann nur zur Mäßigung mahnen. In den Begrenzungen solcher Wirklichkeit ist Tasso nicht mehr zu halten. Aber indem er sich den Ansprüchen ‚wahren' Dichtertums, ‚wahrer' zwischenmenschlicher Beziehungen überläßt, die er nicht mehr abweisen kann, enthüllen sich auch die Gefahren der Übersteigerung, des Verkennens, der Wirklichkeitsferne. Wer so auf sich selbst zurückgeworfen ist und Wirklichkeit für seine dichterischen Phantasien einklagt, dem bleibt nur übrig, von seinem Leid zu „sagen" – und sich zuletzt noch an den ‚Mann der Realitäten' zu klammern, auf ungewisse Zukunft hin, damit er nicht völlig zuschanden werde.

Auch auf die ‚Gegenseite' fallen Licht und Schatten. Im Kontrast zu Tassos Wünschen tritt die Einschnürung durch höfische Verhaltensnormen deutlich hervor. Unter der Oberfläche der geltenden Schicklichkeit, des ‚Decorum', können Rivalitäten und Egoismen gären. Antonios Verhältnis zu Tasso ist auch von Neid auf den großen Poeten durchsetzt, und die Selbstsicherheit seines Auftretens als Mann von Welt steigert sich zur Überheblichkeit. Aber was er von Wirken und Nützlichsein berichtet und wie er mit seinem Herzog Alfons den in Einsamkeit und Wahn versinkenden Tasso auf das Hier und Jetzt zu lenken sucht, das kann nicht abgetan werden mit dem Hinweis auf sowieso fragwürdige höfische Zusammenhänge. „Der Mensch gewinnt, was der Poet verliert", gibt Alfons zu bedenken (V. 3078). Caroline Herder überliefert, Goethe habe ihr im Vertrauen „den eigentlichen Sinn" des *Tasso* gesagt: „die Disproportion des Talents mit dem Leben" (an Herder, 20. 3. 1789). Das bedeutet immerhin auch, daß das „Leben" berechtigte Forderungen anzumelden hat.

Der Autor des *Torquato Tasso* stellt nur dar und urteilt nicht. Er läßt die Gestalten sprechen und gibt keinen Kommentar. Wenn man diese Dichtung in den biographischen Zusammenhängen Goethes und an ihrem historischen Ort sieht, erkennt man ihre Bedeutung. Goethe stellt einen Dichter dar, der nichts als Künstler sein will. Tasso kommt in dem existenzsichernden Schonraum, den auch für ihn das Mäzenatentum der höfischen Gesellschaft bedeutete, nicht mehr zurecht. Seine Ansprüche gehen in ihren nicht mehr auf. (Wo aber soll man die Herkunft solcher Ansprüche, die nicht mehr mit höfischen Vorstellungen in Einklang zu bringen sind, anders ansiedeln als in bürgerlichen Anschauungen?) Zugleich läßt Goethe auch die Problematik eines Dichters anschaulich werden, der nichts als seine Kunst will, der von der Leidenschaft zum vollendeten Werk verzehrt wird, das seine eigenen Forderungen stellt und den Künstler von der Gesellschaft absondert, die Ansprüche geltend macht, deren Berechtigung nicht einfach abgewiesen werden kann.

Studien der Natur. Die Metamorphose der Pflanzen

Goethes Betrachtung und Erforschung der Natur stand in und nach Italien unter der leitenden Frage: Was sind die „bleibenden Verhältnisse", die sich in allem Wandel durchhalten? In seinem Brief vom 23. August 1787 schrieb er in der *Italienischen Reise:* „So entfernt bin ich jetzt von der Welt und allen weltlichen Dingen, es kommt mir recht wunderbar vor, wenn ich eine Zeitung lese. Die Gestalt dieser Welt vergeht, ich möchte mich nur mit dem beschäftigen, was bleibende Verhältnisse sind [...]." Damit ist die lebensgeschichtliche Situation Goethes genau bezeichnet, die ihm die Suche nach Grundmustern und Grundgesetzlichkeiten besonders wichtig werden ließ: in und nach der Identitätskrise des Jahres 1786, nach der belastenden Vielfalt der Geschäfte und der beklagten Inkonsequenz der Menschen.

Wie eine Studie über ein ‚Grundmuster' italienischen Volkslebens liest sich Goethes Beschreibung des Römischen Karnevals. 1789 erschien als selbständiges Buch bei Unger in Berlin *Das Römische Carneval* mit handkolorierten Stichen von Georg Melchior Kraus, in dem der Text nicht dominierte, sondern zur Erläuterung der Illustrationen diente, die vor allem Kostüme und Masken zeigten. Doch konnte die Prosa auch für sich bestehen, so daß ihr später der Autobiograph den uns vertrauten Platz im *Zweiten römischen Aufenthalt* der *Italienischen Reise* zuwies. Schon in den ersten Sätzen wird die Perspektive eines distanzierten Beobachters deutlich:

> Indem wir eine Beschreibung des Römischen Karnevals unternehmen, müssen wir den Einwurf befürchten, daß eine solche Feierlichkeit eigentlich nicht beschrieben werden könne. Eine so große lebendige Masse sinnlicher Gegenstände sollte sich unmittelbar vor dem Auge bewegen und von einem jeden nach seiner Art angeschaut und gefaßt werden.
> Noch bedenklicher wird diese Einwendung, wenn wir selbst gestehen müssen, daß das Römische Karneval einem fremden Zuschauer, der es zum erstenmal sieht und nur sehen will und kann, weder einen ganzen noch einen erfreulichen Eindruck gebe, weder das Auge sonderlich ergötze, noch das Gemüt befriedige (11, 484).

Was im Karnevalstreiben aufbricht, ist etwas Elementares; eine „überdrängte und vorbeirauschende Freude" regiert; „der Unterschied zwischen Hohen und Niedern scheint einen Augenblick aufgehoben: alles nähert sich einander, jeder nimmt, was ihm begegnet, leicht auf, und die wechselseitige Frechheit und Freiheit wird durch eine allgemeine gute Laune im Gleichgewicht erhalten" (11, 485). In einer Folge kleiner Kapitel schildert der Beobachter Einzelheiten, ordnet auf diese Weise und ‚bewältigt' wenigstens so, was ihm in mancher Hinsicht nicht geheuer ist: den Tumult, das unübersehbare Gedränge, das Überbordende der Fröhlichkeit. Im Schlußkapitel „Aschermittwoch" spricht der Autor, der nicht die autobiographische Ich-Form wählt, sondern im Abstand schaffenden „Wir" erzählt und beschreibt, diese Absicht aus:

> So ist denn ein ausschweifendes Fest wie ein Traum, wie ein Märchen vorüber, und es bleibt dem Teilnehmer vielleicht weniger davon in der Seele zurück als unsern Lesern, vor deren Einbildungskraft und Verstand wir das Ganze in seinem Zusammenhange gebracht haben (11, 514).

Mit dem „entsetzlichen Gedränge" des Karnevals kam der Berichterstatter nur zurecht, indem er Einzelheiten beschrieb, und zwar solche, die das Ganze auf geheimnisvolle und verblüffende Weise denn doch zu ‚strukturieren' schienen. Bei der Naturbetrachtung des nachitalienischen Goethe war es ähnlich. Schon die Berufstätigkeit in Weimar hatte den das Land bereisenden, den Garten pflegenden und in Bergwerke steigenden Geheimen Rat auf die Besonderheit einzelner Sachverhalte aufmerksam werden lassen, denen mit spekulativen Gesamtvorstellungen vom harmonischen Ganzen der Natur nicht beizukommen war. Nie hat er freilich den Glauben an eine große, sinnvolle Ordnung, in der dem einzelnen sein Platz zukomme, aufgegeben. Ihr mochte die Formel Gott-Natur entsprechen, womit keine bestimmte christliche Konfession gemeint war, sondern der Wirklichkeit nur der höchste Begriff von Sinn, Ordnung und Vollkommenheit zugesprochen wurde.
Ein kleiner Aufsatz ist in dieser Hinsicht bemerkenswert. Wahrscheinlich Ende 1788 hatte Goethe einen Brief seines Freundes Knebel erhalten, in dem dieser die Eisblumen an seinen Fensterscheiben mit echten Blumen verglich. Unter fiktivem Ort und Datum („Neapel, den 10. Januar 178-"), wodurch er das Vorzutragende mit seinen im Süden gewonnenen oder bestätigten Erkenntnissen verband, publizierte Goethe im Januar 1789 im *Teutschen Merkur* unter dem Titel *Naturlehre* seinen Widerspruch gegen solches Analogisieren. „Sie möchten gern diese Kristallisationen zum Range der Vegetabilien erheben" (JA 39, 10), doch: „Wir sollten, dünkt mich, immer mehr beobachten, worin sich die Dinge, zu deren Erkenntnis wir gelangen mögen, von einander unterscheiden, als wodurch sie einander gleichen. Das Unterscheiden ist schwerer, mühsamer als das Ähnlichfinden, und wenn man recht gut unterschieden hat, so vergleichen sich alsdann die Gegenstände von selbst." Selbstverständlich dachte auch der Schreiber der Mahnung nicht daran zu leugnen, „daß alle existierende Dinge unter sich Verhältnisse haben" und auf

erkenntnisfördernde Analogien zu achten sei. Diesen Aufruf zu methodischer Besinnung, der bei Knebel einige Verstimmung hervorrief (die Goethe in einer sogleich anschließend gedruckten *Antwort* besänftigte), kann man wie eine späte Abrechnung mit jener analogiefreudigen hermetischen Naturphilosophie lesen, der sich der Frankfurter Jüngling einst gewidmet hatte.

Die programmatischen Blätter gegen Knebels „Ähnlichfinden" von Eisblumen und pflanzlichen und animalischen Bildungen geben auch zu erkennen, daß Goethe hier im Zusammenhang mit modernen naturwissenschaftlichen Ansichten seiner Zeit argumentierte. Neuerdings hat man wiederholt darauf aufmerksam gemacht, daß der Weimarer Naturforscher zwar seine eigenwilligen Wege gegangen sei, sehr wohl aber Kontakte mit der Naturforschung seiner Zeit gehabt habe. Die reichhaltigen Erläuterungsbände zu seinen „Schriften zur Naturwissenschaft" in der „Leopoldina-Ausgabe" (Weimar 1947ff.) können Kennern und Liebhabern detaillierte Auskunft geben. Die Kritik an Knebels Analogievergnügen traf immerhin eine von namhaften Wissenschaftlern vertretene Auffassung eines bestimmten Systems der Natur: Alle natürlichen Dinge seien in einer großen Kette miteinander verknüpft, von den einfachsten Stoffen, den Elementen, den Mineralien über Pflanzen und Tiere bis zum Menschen – und noch darüber hinaus zu den Engeln und zu Gott. In konsequenter Einheitlichkeit erschien so die Welt. Von einer „échelle des êtres naturelles" sprach der berühmte Charles Bonnet in den *Contemplations de la nature* von 1764. Und daß es eine geordnete Stufenfolge gab, in der es vom weniger Vollkommenen zum Vollkommeneren aufwärts ging, war weithin geltende Ansicht. Behauptungen über die Zugehörigkeit zu bestimmten Stufen oder über den als lückenlos behaupteten Zusammenhang aller Dinge berührten daher Grundpositionen der Naturauffassung ebenso wie Grundpfeiler christlichen Glaubens, an den sich die Naturforschung gebunden fühlte. Immer mußte (und wollte) Naturerkenntnis dem Glauben an den christlichen Schöpfergott und seinem Schöpfungsplan entsprechen. Der Spielraum, in dem das möglich blieb, war freilich ziemlich groß.

Zu behaupten und nachzuweisen, auch der Mensch besitze den Zwischenkieferknochen, bedeutete zum Beispiel, die gültige Stufenfolge infragezustellen. Denn die maßgeblichen Anatomen waren damals überzeugt, der Mensch unterscheide sich gerade dadurch von den übrigen Wirbeltieren, daß ihm dieser eine Knochen fehle. – Die Polemik gegen Knebels Analogisieren berührte ebenfalls Wesentliches. Denn sie behauptete eine Trennung zwischen dem Unbelebten und Lebendigen wie auch zwischen pflanzlichem und tierischem Leben. Außer Knebel wird sich auch Herder über Goethes *Merkur*-Essay nicht gefreut haben, hatte er doch in den *Ideen zur Philosophie der Geschichte der Menschheit* geschrieben: „Die unermeßliche Kette [der Wesen] reicht vom Schöpfer hinab bis zum Keim eines Sandkörnchens" (II 1). Goethes ‚Entdeckung' des Zwischenkieferknochens beim Menschen hatte 1784 noch die Herdersche Vorstellung unterstützt, daß „eine Hauptform" allen lebendigen Wesen zugrundeliege. Jetzt argumentierte Goethe unter einem anderen Gesichtspunkt (der seine Übereinstimmung mit Herder bei der Bewertung des Zwischenkieferknochens natürlich nicht betraf): Der genaue Beobachter der Natur werde „die drei großen in die Augen fallenden Gipfel, Kristallisation, Vegetation und animalische Organisation, niemals einander zu nähern suchen" (JA 39,11). So hat es denn auch Goethe selbst gehalten, als er seine naturwissenschaftlichen Studien weiterführte.

Andere Gelehrte hatten ebenfalls betont, daß Unterscheidungen nötig seien. Ihnen reichte das Erklärungsmodell nicht aus, wonach ein Organismus eine Masse von unterschiedlichen, aber unveränderlichen Korpuskeln sei, die sich nach bestimmten Kausalitäten bewegen und damit dessen Leben ausmachen. So nahmen sie, denen der Mikrobereich der modernen Biologie noch verschlossen war, eine spezielle ‚Lebenskraft', einen ‚Bildungstrieb' oder ähnliches an, wodurch die organischen Lebens- und Bildungsvorgänge gelenkt würden. Damit war die Kontinuität vom Einfachsten bis zum Höchsten nicht mehr zu halten; denn zwischen Unbelebtem und Belebtem mußte eine Unterbrechung angenommen werden.

Mit der Pflanzenwelt war Goethe, seit er in Weimar lebte, zwar in ständiger Berührung, im eigenen Garten, im Park, aber ernsthafte botanische Untersuchungen scheint er vor Italien nicht unternommen zu haben. Es blieb die Sammlung von Informationen, wozu natürlich auch die Kenntnisnahme von Linnés System gehörte. Das Bestimmen der Pflanzenarten, wie es der schwedische Forscher konsequent durchgeführt und durchgesetzt hatte, hielt sich an bestimmte äußerliche Merkmale der Pflanzen. Für Goethe aber enthielt das Linnésche System die Schwierigkeit, daß sich die pflanzlichen Organe innerhalb bestimmter Grenzen veränderten. „Wenn ich an demselben Pflanzenstengel erst rundliche, dann eingekerbte, zuletzt beinahe gefiederte Blätter entdeckte, die sich alsdann wieder zusammenzogen, vereinfachten, zu Schüppchen wurden und zuletzt gar verschwanden, da verlor ich den Mut irgendwo einen Pfahl einzuschlagen, oder wohl gar eine Grenzlinie zu ziehen" (*Der Verfasser teilt die Geschichte seiner botanischen Studien mit;* 13, 161). Angesichts solcher Verwandlung hielt Goethe nach dem Einheitlichen in der Vielfalt Ausschau. Wie Herder „*eine* Hauptform" in der Verschiedenheit

der lebendigen Wesen annahm, so glaubte Goethe die „Urpflanze" behaupten zu können, die Vorstellung eines gemeinsamen Bauplans, in dem alle höheren Pflanzen zusammenstimmten. „Eine solche muß es denn doch geben! Woran würde ich sonst erkennen, daß dieses oder jenes Gebilde eine Pflanze sei, wenn sie nicht alle nach einem Muster gebildet wären" (*IR*, Palermo, 17. 4. 1787). Dieses ‚geschaut-gedachte' Gebilde, die „sinnliche Form einer übersinnlichen Urpflanze" (13,164), konnte mit keiner bestimmten Pflanze identisch sein. Aber es enthielt in der Vorstellung die Merkmale des Urbilds, repräsentierte Einheit in der Mannigfaltigkeit.
Auch Buffon hatte in seiner *Histoire naturelle* (deutsche Ausgabe 1752) ein tierisches Grundmuster angenommen: „Es gibt in der Natur bei jedweder Art ein allgemeines Urbild, wornach jedwedes einzelne Tier gebildet ist: welches sich aber, wenn es zur Wirklichkeit kömmt, nach den Umständen zu verschlimmern oder vollkommener zu werden scheint [...]" (LA II 9A, 520).
Doch verfolgte Goethe die schwierige ‚Ausgestaltung' der „Urpflanze" nicht weiter. Sein Augenmerk richtete sich nicht mehr auf ein Grundmuster des ganzen Pflanzenreichs, sondern auf die einzelne Pflanze: auf ihre Verwandlungen und das sich in ihnen Durchhaltende. Das in aller Umgestaltung identische Organ war für ihn das Blatt; diese Hypothese baute er bereits in Italien aus. „Hypothese Alles ist Blat, und durch diese Einfachheit wird die größte Manigfaltigkeit möglich" (LA II 9A, 58). Im Bericht der *Italienischen Reise* erinnerte er unter dem 17. Mai 1787 daran:

> Es war mir nämlich aufgegangen, daß in demjenigen Organ der Pflanze, welches wir als Blatt gewöhnlich anzusprechen pflegen, der wahre Proteus [verwandlungsfähiger Gott] verborgen liege, der sich in allen Gestaltungen verstecken und offenbaren könne. Vorwärts und rückwärts ist die Pflanze immer nur Blatt, mit dem künftigen Keime so unzertrennlich vereint, daß man eins ohne das andere nicht denken darf (11, 375).

So ging Goethe dem Gestaltwandel der einjährigen Blütenpflanze vom Blatt bis zur Frucht nach und glaubte, die ursprüngliche Identität aller Pflanzenteile erkannt zu haben. Die Wirkung, „wodurch ein und dasselbe Organ sich uns mannigfaltig verändert sehen läßt" (13, 64), nannte er „Metamorphose". 1790 veröffentlichte er als seine erste naturwissenschaftliche Schrift, die in nüchterner Prosa die Ergebnisse der Beobachtungen vortrug, den *Versuch die Metamorphose der Pflanzen zu erklären*. Die Fragestellung, die Goethe behandelte, war ebensowenig ungewöhnlich wie der Ausdruck „Metamorphose". Ovids *Metamorphosen*, die Geschichten der Verwandlung von Göttern oder Menschen in Tiere

und Pflanzen, waren den literarisch Gebildeten geläufig, und man benutzte das Wort in der Wissenschaft, um damit stufenweise Entwicklungen und miteinander verwandte Umgestaltungen zu bezeichnen. Als neu bei Goethe gelten für Fachkundige die Konsequenz, mit der er die Pflanzenmetamorphose durchgeführt, und die Genauigkeit, mit der er die Organe und Übergänge an der Pflanze bestimmt und beschrieben hat. Auch ging er über eine bloße Beschreibung hinaus und fragte nach Ursache und Wirkung der Metamorphose.
Im Sommer 1798 versuchte Goethe Christiane die Metamorphosenlehre zu veranschaulichen, indem er sie ihr im Gedicht in gefälliger poetischer Bildlichkeit vortrug, ohne dabei die Genauigkeit im einzelnen zu vernachlässigen. So erscheint hier die Metamorphose als Gestaltungs- und Umgestaltungsprozeß, der sich im Bereich der „übersinnlichen Urpflanze" vollzieht. Eindringlich spricht das Gedicht *Die Metamorphose der Pflanzen* im antiken Elegienmaß die Überzeugung von einer Grundgesetzlichkeit aus, die in der „tausendfältigen Mischung" der Pflanzen herrsche.

> Dich verwirret, Geliebte, die tausendfältige Mischung
>   Dieses Blumengewühls über dem Garten umher;
> Viele Namen hörest du an, und immer verdränget
>   Mit barbarischem Klang einer den andern im Ohr.
> Alle Gestalten sind ähnlich, und keine gleichet der andern;
>   Und so deutet das Chor auf ein geheimes Gesetz,
> Auf ein heiliges Rätsel. [...]

Welche Bedeutung dem Gedanken der Metamorphose insgesamt, weit über die speziellen Beobachtungen an der einjährigen Blütenpflanze hinaus, in Goethes Lebensanschauung zukommt, ist leicht zu erkennen; die *Metamorphose*-Elegie deutet darauf hin. Metamorphose meint den Prozeß von Gestaltung und beständiger Umgestaltung organischer Wesen, in dem sich Identisches bewahrt, einen Bildungs- und Umbildungsprozeß, der zugleich Steigerung bedeutet. Das Lehrgedicht in der Art eines Liebesgedichts an Christiane bekräftigt die Gültigkeit der „ew'gen Gesetze" (wenn auch „in verändertem Zug") für Tier und Mensch, wenn die Summe gezogen ist:

> Jede Pflanze verkündet dir nun die ew'gen Gesetze,
>   Jede Blume, sie spricht lauter und lauter mit dir.
> Aber entzifferst du hier der Göttin heilige Lettern,
>   Überall siehst du sie dann, auch in verändertem Zug.
> Kriechend zaudre die Raupe, der Schmetterling eile geschäftig,
>   Bildsam ändre der Mensch selbst die bestimmte Gestalt. [...]

Römische Erotica

Während seines Aufenthalts in Italien und noch danach mußte Goethe seine dichterische Arbeit auf den Abschluß der ersten Gesamtausgabe seiner Werke bei Göschen konzentrieren, auf die Vollendung der *Iphigenie*, des *Egmont*, des *Tasso*. Neues kam außer zwei (!) Gedichten (*Amor als Landschaftsmaler* und „Cupido, loser, eigensinniger Knabe!“) nicht zustande. Zwar dachte er in Sizilien, betört vom Zauber südlichen Landes und wieder im Homer lesend, über ein Drama um Odysseus und Nausikaa, die Tochter des Phäakenkönigs, nach, aber er hat es nie vollendet. Nur etwas mehr als 150 Verse des *Nausikaa*-Fragments sind überliefert, darunter einige, in denen die Atmosphäre jener Landschaft unvergleichlich eingefangen ist:

> Ein weißer Glanz ruht über Land und Meer
> Und duftend schwebt der Äther ohne Wolken
>
> Und nur die höchsten Nympfen des Gebürgs
> Erfreuen sich des leichtgefallnen Schnees
> Auf kurze Zeit (5, 72).

„Unter Taormina, am Meer“ (*IR* 8. 5. 1787), auf Orangenästen sitzend, mit dem Blick auf den Ätna, dort mag er solche Verse gefunden haben.

Im Frühling 1790 war dann eine Folge von Gedichten abgeschlossen, die sich mit nichts vergleichen lassen, was Goethe bisher in der Lyrik auszusprechen gewagt hatte. Sie ungekürzt dem Publikum vorzulegen, traute man sich jedoch nicht. Noch heute stehen in Goethe-Ausgaben die 24 zusammengehörigen Gedichte in den seltensten Fällen beieinander, falls überhaupt die anstößigen vier Gedichte aufgenommen sind, die über den inzwischen sanktionierten zwanzigteiligen Zyklus der *Römischen Elegien* hinausreichen. Die Geschichte der Veröffentlichungen, Besprechungen und Nichtbesprechungen dieser offensichtlich ärgerniserregenden Verse ist ein besonderes Kapitel der Goethe-Philologie, kläglich und erheiternd zugleich. Ängstliche Prüderie war dabei ebenso am Werk wie das Bestreben, den großen deutschen Dichter nur ja auf dem Olymp der Verehrung zu halten, ihn nicht in die angeblichen Niederungen der Sexualität hinabzuziehen. Als 1914 die beanstandeten Texte endlich in der maßgebenden „Weimarer Ausgabe“ zugänglich gemacht wurden, hielt der Herausgeber tatsächlich noch die Bemerkung für angebracht, es sei nicht anzunehmen, daß die Gefahr bestehe „irgend jemand könnte der hier erfolgten Veröffentlichung einen andern Sinn geben als den reiner

Wissenschaftlichkeit“ (WA I 53, 452). Aber schon Goethe war gezwungen gewesen, Selbstzensur zu üben.
Zwischen Herbst 1788 und Frühjahr 1790 sollen jene Gedichte entstanden sein. Ob Goethe schon in Rom einige konzipiert oder geschrieben hat, ist ungewiß. Diese Elegien zu publizieren, die zunächst den Titel *Erotica Romana* trugen, war er durchaus nicht abgeneigt, aber: „Herder widerriet mirs und ich habe blindlings gefolgt“ (an Knebel, 1. 1. 1791). Auch der Herzog hielt eine Veröffentlichung nicht für ratsam. Als Goethe dann einige Jahre später Schiller die Gedichte für die *Horen* anbot, der sie als „eine wahre Geister-Erscheinung des guten poetischen Genius“ lobte (an Goethe, 28. 10. 1794), wußte er sich für den Druck nicht anders zu helfen, „als daß man die 2te und die 16te wegläßt: denn ihr zerstümmeltes Ansehn wird auffallend seyn, wenn man statt der anstößigen Stellen nicht etwas Currenteres [Gängigeres] hinein restaurierte, wozu ich mich aber ganz und gar ungeschickt fühle“ (an Schiller, 12. 5. 1795). Gemeint sind die beiden Gedichte, die beginnen „Mehr als ich ahndete schön, das Glück, es ist mir geworden“ und „Zwei gefährliche Schlangen, vom Chore der Dichter gescholten“. So galt als ‚anstößig‘, wie das erste schließt:

Uns ergötzen die Freuden des echten nacketen Amors
Und des geschaukelten Betts lieblicher knarrender Ton.

Das andere preist die Sorglosigkeit der Liebe im Altertum, als es noch keine Geschlechtskrankheiten gab.

Jetzt wer hütet sich nicht, langweilige Treue zu brechen!
Wen die Liebe nicht hält, hält die Besorglichkeit auf.
Und auch da, wer weiß! gewagt ist jegliche Freude,
Nirgend legt man das Haupt ruhig dem Weib in den Schoß.

Doch gebe es ein Mittel, das Quecksilber, alchimistisch „Merkurius“ genannt, mit dem die Syphilis zu heilen versucht würde, und so sei es angebracht, „Hermes (=Merkur), den heilenden Gott“, zu verehren. Für sich selber aber bittet der Dichter, der diese Elegie schrieb, als er mit Christiane zusammenlebte, freimütig und anspielungsreich:

Schützet immer mein kleines, mein artiges Gärtchen, entfernet
Jegliches Übel von mir; reichet mir Amor die Hand,
Oh! so gebet mir stets, sobald ich dem Schelmen vertraue,
Ohne Sorgen und Furcht, ohne Gefahr den Genuß.

Zu den *Erotica Romana* gehörten noch zwei weitere Gedichte, die Goethe nicht wagte für die *Horen* in Betracht zu ziehen. Sie sind an Priapus

gerichtet, den antiken Fruchtbarkeitsgott, dessen holzgeschnitzte Figur mit dem stattlichen Phallus einst in den Gärten stand, als ihr Hüter oder zur Vogelscheuche herabgekommen. „Priapeia" hießen in und seit der Antike deftige Verse auf diesen Gott und das männliche Glied; eine berühmte Sammlung lateinischer „Priapeen" ist überliefert. Nach der Rückkehr aus Italien beschäftigte sich Goethe mit ihnen, und für Carl August verfaßte er eigens einen lateinischen Aufsatz mit philologischem Kommentar zu neun der priapeischen Gedichte aus jener alten Sammlung (WA I 53, 197–202; deutsche Übersetzung: BA 18, 696–700).
Vieles spricht dafür, daß die beiden priapeischen Gedichte Goethes die *Erotica Romana* eröffnen und beschließen sollten. „Hier ist mein Garten bestellt, hier wart ich den Blumen der Liebe, / Wie sie die Muse gewählt, weislich in Beete verteilt", beginnt das erste und weist damit auf den gesamten Zyklus. Priap soll Wächter sein und die „Heuchler" aufspüren, und wenn einen von ihnen „ekelt an Früchten der reinen Natur, so straf ihn von hinten / Mit dem Pfahle, der dir rot von den Hüften entspringt". Im Schlußgedicht hat Priapus selbst das Wort und bedankt sich beim „redlichen Künstler", der ihm, dem vernachlässigten und verachteten Gartengott, mit seiner Dichtung freier Sinnlichkeit und ausschweifenden Geschlechtsgenusses wieder Achtung verschafft habe. So schließt Priap zum Dank mit dem passenden Wunsch:

> Dafür soll dir denn auch halbfußlang die prächtige Rute
> Strotzen vom Mittel herauf, wenn es die Liebste gebeut,
> Soll das Glied nicht ermüden, als bis ihr die Dutzend Figuren
> Durchgenossen, wie sie künstlich Philänis erfand.

Noch die ironische Übertreibung dieses Schlusses, mit dem Hinweis auf ein antikes Buch sexueller Raffinessen, das unter dem Namen der Hetäre Philänis bekannt war, sichert dem Reigen der erotischen Gedichte ihren Kunstcharakter und hält sie frei von schwüler Lüsternheit.
Aber das Ganze der 24 Elegien konnte dem Publikum anscheinend nicht angeboten werden. So erschien in den *Horen* nur die gereinigte Fassung mit 20 Gedichten, die seit dem Inhaltsverzeichnis der *Werke* von 1806 *Römische Elegien* genannt werden. Goethe hat die anrüchigen vier Elegien nicht mehr zum Druck befördert. Er wird gewußt haben, warum. Karl August Böttiger, seit 1791 Direktor des Weimarer Gymnasiums, meinte zwar, es brenne „genialische Dichterglut" in den Elegien, berichtete aber auch, alle „ehrbaren Frauen" seien „empört über die bordellmäßige Nacktheit. Herder sagte sehr schön, er [Goethe] habe der Frechheit ein kaiserliches Insiegel aufgedrückt. Die ‚Horen' müßten nun mit dem u gedruckt werden. Die meisten Elegien sind bei seiner Rückkunft im ersten Rausche mit der Dame Vulpius geschrieben. Ergo –" (an

Schulz, 27. 7. 1795). Da begegnet man Weimarer Klatsch in komprimierter Fassung, wobei freilich zu bedenken ist, daß Böttiger sich als besonders versierter Lästerer und Zuträger einen Namen machte. („Freund ubique" war sein Spitzname.) Goethe selbst hielt die damaligen Zeitgenossen für ein angemessenes Verständnis nicht reif. Im Alter äußerte er gegenüber Eckermann, als die Rede auf Gedichte kam, die „so ohne allen Rückhalt natürlich und wahr" sind, „daß die Welt dergleichen unsittlich zu nennen pflegt": „Könnten Geist und höhere Bildung ein Gemeingut werden, so hätte der Dichter ein gutes Spiel; er könnte immer durchaus wahr sein und brauchte sich nicht zu scheuen, das Beste zu sagen" (25. 2. 1824).

Es versteht sich bei dieser Textsituation von selbst, daß eine ins einzelne gehende Gesamtinterpretation, die alle 24 Gedichte der *Erotica Romana* einbezieht, zu etwas anderen Ergebnissen kommt als eine Betrachtung, die sich auf jene 20 *Römischen Elegien* beschränkt, die Goethe dem Druck anzuvertrauen wagte. Vom ‚ersten Gedichtzyklus Goethes' zu sprechen, wie es bisweilen geschieht, ist ebenfalls fragwürdig, wenn man vergißt, daß ihr Dichter allein aus Rücksicht auf die Prüderie des Publikums zwei Gedichte ausgeschlossen hat, und zwar mit genauer Stellenangabe im ‚Zyklus' („die 2te und die 16te", an Schiller, 12. 5. 1795). Ohnehin müßte man sich darüber verständigen, wann eine Reihe von Gedichten ein Zyklus genannt werden kann. Im strengen Sinn wohl nur, wenn jedes Gedicht seinen bestimmten Platz in der Reihenfolge einnimmt, weder umgestellt noch einfach weggelassen werden kann. Freilich, ein dichtes Geflecht von Bildern und Motiven verbindet die Elegien, so daß der Eindruck des Zyklischen, im nicht zu strengen Sinn, gewahrt bleibt.

Ohne Frage: in den *Erotica Romana* verschmilzt das Erlebnis Roms und die Aneignung antiker Elegiendichtung mit dem Erlebnis der Liebe Goethes zu Christiane zu einer künstlerischen Einheit. Eine eigentümliche Verschränkung vollzieht sich: In Goethes gegenwärtiger Liebe zu Christiane lebt seine Erinnerung an Rom auf und drängt zur poetischen Gestaltung, während in seiner römischen Zeit die Dichtung schwieg. Eine elegische Reminiszenz also an die auf südlichem Boden erlebte Wiedergeburt, die nun dem Gegenwärtigen besondere Bedeutung verleiht. Und was das Thema Liebe angeht: In dieser Weise hatte Goethe bisher nie Erotisches gestaltet, als freie, sinnenfrohe Geschlechtlichkeit. Es hat den Anschein, als habe erst der fast Vierzigjährige in Italien und kurz danach sexuelle Befreiung erfahren und als sei er in früheren Jahren (wie Psychoanalytiker meinen nachweisen zu können) von Störungen belastet gewesen. So zeigten denn die *Erotica Romana* eine neue, unverstellte, uneingeschränkte Sinnlichkeit, waren Ausdruck auch des Zusam-

menlebens mit Christiane Vulpius. Es mag durchaus sein, daß Goethe in der Beziehung zu einer Römerin sexuelle Erfüllung erfahren hatte und seine Erinnerung daran sich mit der Liebe zu Christiane in der Idylle der Elegien verband. Doch lassen sich einzelne Fakten aus jenen Jahren von 1788 bis 1790 in der Kunstwelt der Gedichte nicht nachrechnen.
Carl Ludwig v. Knebel war damals damit beschäftigt, Elegien des römischen Dichters Properz zu übersetzen. Goethe ermunterte ihn, damit fortzufahren „und die Erotica den schönen Herzen" nahezulegen. „Ich leugne nicht daß ich ihnen im stillen ergeben bin" (an Carl August, 6. 4. 1789). Auch Catull und Tibull las Goethe erneut, so daß er in einem seiner Gedichte die „Triumvirn" (die drei Männer, Meister der römischen Liebesdichtung) einfach zitierte. Das eigene Elegiendichten hielt jedoch nicht lange an. Schon im April 1790, in Venedig, meinte er davon Abschied nehmen zu sollen. Doch dann entstanden von 1796 bis 1798 neue Gedichte in der Form der antiken Elegie, die in den Ausgaben bis heute als zweites Buch der Goetheschen Elegien erscheinen.
Die Gattungsbezeichnung „Elegie" war und ist nicht eindeutig festgelegt. Rein formal kann damit ein Gedicht in Distichen (die aus einem Hexameter und Pentameter bestehen) bezeichnet werden. In etwas speziellerem Sinn ist eine Elegie ein Gedicht der Klage, der Trauer und Wehmut über Verlorenes, Vergangenes oder zum Untergang Bestimmtes. Goethes *Euphrosyne* (im zweiten Buch) zählt dazu. Elegie darf aber ebensogut ein Gedicht heißen, in dem etwas Erinnerungs- und Bedenkenswertes veranschaulicht und darüber reflektiert wird. Wie Brechts *Buckower Elegien* zeigen, kann dies bis zu offener oder verschlüsselter Belehrung reichen.
Die Elegien der römischen „Triumvirn" waren locker gefügt; mancherlei wurde zwanglos erwähnt, poetischen Einfällen Raum gelassen, wenn sich eine Assoziation zum beherrschenden Thema, meist einer Liebes*klage*, herstellen ließ. Auch jene Elegien Goethes, die ausschließlich das nachdenkliche Lob der Liebe dichten, schweifen bisweilen wie spielerisch von Motiv zu Motiv. Aber diese Virtuosität des dichterischen Spiels löst sich nirgends vom Sinnzusammenhang, der alle Elegien, die veröffentlichten und unterdrückten, dicht verbindet. Man kann ihn mit den Stichworten Liebe, Rom, Antike und Mythologie andeuten. Eines spiegelt sich im andern, gewinnt dadurch an Bedeutung, an räumlicher und historischer Vertiefung. Die Liebesbegegnung zwischen dem ‚Nordländer' und der Römerin vollzieht sich in jener idealisierten Welt, in der Antikes, also Vorbildliches und Vollkommenes, einmal war und noch gegenwärtig ist, und Rom eröffnet sich gerade dem Liebenden in seinem Reichtum. Mythologische und historische Gestalten werden wie Beispielfiguren herbeigerufen, so als sollten Liebender und Geliebte ih-

nen gleichgestellt und ihre Liebe zeitlos beispielhaft werden. Und wenn in der XI. Elegie (der zwanzig) an den „herrlichen Sohn“ des Bacchus (Dionysos) und der Cythere (Aphrodite) erinnert wird, so ist Priapus gemeint, dem unter den olympischen Göttern sein Platz zukommen sollte.

Man darf nicht vergessen, daß Goethe seine *Erotica Romana* schrieb, als ihn, ebenso wie Karl Philipp Moritz, jene Anschauungen vom Eigenrecht der Kunst beeindruckten. In solcher eigengesetzlichen Sphäre der Kunst sind Bilder und Motive derart modelliert und kalkuliert ins Versmaß eingefügt, daß eine Anschaulichkeit entsteht, die vom Alltäglichen abgesetzt ist. Dort darf völlig selbstverständlich zur Sprache kommen, was sonst lasziv oder obszön wirken könnte.

Eine der berühmtesten Elegien ist die fünfte:

> Froh empfind' ich mich nun auf klassischem Boden begeistert,
> Vor- und Mitwelt spricht lauter und reizender mir.
> Hier befolg' ich den Rat, durchblättre die Werke der Alten
> Mit geschäftiger Hand, täglich mit neuem Genuß.
> Aber die Nächte hindurch hält Amor mich anders beschäftigt;
> Werd' ich auch halb nur gelehrt, bin ich doch doppelt beglückt.
> Und belehr' ich mich nicht, indem ich des lieblichen Busens
> Formen spähe, die Hand leite die Hüften hinab?
> Dann versteh ich den Marmor erst recht: ich denk' und vergleiche,
> Sehe mit fühlendem Aug', fühle mit sehender Hand.
> Raubt die Liebste denn gleich mir einige Stunden des Tages,
> Gibt sie Stunden der Nacht mir zur Entschädigung hin.
> Wird doch nicht immer geküßt, es wird vernünftig gesprochen;
> Überfällt sie der Schlaf, lieg' ich und denke mir viel.
> Oftmals hab' ich auch schon in ihren Armen gedichtet
> Und des Hexameters Maß leise mit fingernder Hand
> Ihr auf den Rücken gezählt. Sie atmet in lieblichem Schlummer,
> Und es durchglühet ihr Hauch mir bis ins Tiefste die Brust.
> Amor schüret die Lamp' indes und denket der Zeiten,
> Da er den nämlichen Dienst seinen Triumvirn getan.

„Klassischer Boden“, „Vor- und Mitwelt“, „Werke der Alten“: damit ist der besondere Ort genannt, und das Einstige, die Zeit der Triumvirn, wird am Schluß mit dem Gegenwärtigen verknüpft, wodurch dessen Bedeutung beglaubigt wird. Nicht nur literarische Werke beschäftigten bekanntlich den Lernenden, sondern gleichermaßen die Werke der Kunst, der antiken und jener neueren, die klassische Züge trägt. Das alles ist Gegenwart römischen Bodens, die den Elegiker begeistert. Aber, so setzt das dritte Distichon ein, die Nächte hindurch beschäftigt Amor den Fremdling auf andere Weise. Natürliche Sinnlichkeit hält ihn gefangen und entrückt ihn aus dem Bezirk der Kunst in den der gern gewährten und genossenen körperlichen Liebe. Kunst und Natur, die Werke der Alten und freie Sinnlichkeit gehören zusammen. In der Schönheit des nackten menschlichen Körpers wird die Gesetzlichkeit der Natur anschaulich, die auch die bewunderte Kunst bestimmt.

Und belehr' ich mich nicht, indem ich des lieblichen Busens
  Formen spähe, die Hand leite die Hüften hinab?
Dann versteh' ich den Marmor erst recht.

Auf genau jenes Ineinander von Natur und Kunst wird artistisch delikat in den Versen dieser Elegie angespielt:

Oftmals hab' ich auch schon in ihren Armen gedichtet
  Und des Hexameters Maß leise mit fingernder Hand
Ihr auf den Rücken gezählt.

Gerade im Hexameter und Pentameter, Versen, die Maß und Freiheit vorschreiben und gewähren, läßt sich deutlich konturiertes Sprechen ausformen. Oft treten kleine, klar umrissene Blöcke zusammen: „Sehe mit fühlendem Aug', fühle mit sehender Hand". Künstlerischer Intellekt ist hier am Werk, der solche Verse baut. Das ist europäische Tradition, insbesondere römisch-lateinische Dichtungstradition. Die „Triumvirn" haben es vorgemacht.

Schon in den Weimarer Jahren vor der italienischen Reise hat Goethe Gedichte in Distichen geschrieben (*Erwählter Fels*, *Einsamkeit*, *Ländliches Glück*, *Ferne*, *Der Park* und andere). Doch die *Erotica Romana* eröffneten das Jahrzehnt, in dem er besonders oft in diesem antiken Versmaß dichtete. Nach der Bewunderung und Aneignung des ‚Klassischen' war auch für ihn Gewißheit, was Wilhelm v. Humboldt meinte: „Der ursprünglichste und älteste Vers der Griechen, der Hexameter, ist zugleich der Inbegriff und der Grundton aller Harmonien des Menschen und der Schöpfung" (*Latium und Hellas*).

Während Goethe seinen *Tasso* vollendete, die *Metamorphose der Pflanzen* zum Druck brachte und an den *Erotica Romana* arbeitete, nahm ein weltgeschichtliches Geschehen seinen Lauf, dessen volle Bedeutung erst später zu ermessen war: die Französische Revolution.

Bitte umblättern:

Deutschland erzählt

Herausgegeben von Benno von Wiese

Das vierbändige Sammelwerk ›Deutschland erzählt‹ enthält eine Auswahl von etwa 75 deutschsprachigen Erzählungen aus den letzten 150 Jahren. Der Herausgeber, Benno von Wiese, hat nicht die pathetische Absicht, einen für alle Zeiten geltenden Kanon aufzustellen, seine Auswahl lädt vielmehr ein zur Diskussion. Mancher wird Namen vermissen, die ihm lieb geworden sind; oft muß ein Autor mit seiner Darstellungsweise stellvertretend für andere stehen. Andererseits wird wohl jeder Leser in diesen Bänden Gelegenheit zu überraschenden Wiederbegegnungen und beglückenden Entdeckungen finden.

Der Herausgeber verfolgt mit seiner Auswahl zwei Absichten: Er will seine Leser unterhalten und möchte ihnen zugleich Zugang verschaffen zu den nicht immer leicht erreichbaren Schätzen der deutschen erzählenden Literatur.

Deutschland erzählt

Von Arthur Schnitzler bis Uwe Johnson
Band 500

Von Georg Büchner bis Gerhart Hauptmann
Band 711

Von Johann Wolfgang von Goethe bis Ludwig Tieck
Band 738

Von Rainer Maria Rilke bis Peter Handke
Band 1660

Fischer Taschenbuch Verlag

fi 374/2

DEUTSCHE LITERATURKRITIK

Herausgegeben von Hans Mayer
in vier Bänden

Meisterwerke deutscher Literaturkritik von Lessing bis zur Gegenwart, sonst in Gesamtausgaben, als Vorreden zu entlegenen Werken oder in nicht mehr greifbaren Zeitschriften versteckt, hat Hans Mayer in seiner großangelegten Sammlung wieder zugänglich gemacht. Die Auswahl der Texte berücksichtigt innerhalb der jeweiligen Epochen vor allem Dichter, Schriftsteller und Literaten von Rang und Namen, und zwar als Kritiker wie auch als Objekte der Kritik, so daß die Vielfalt der geistigen Strömungen sichtbar wird. Einleitende Essays des Herausgebers zu den einzelnen Bänden, selbst Meisterwerke kritischer Kunst, umfangreiche Anmerkungen und Quellennachweise ergänzen dieses Lesebuch deutscher Geistes- und Literaturgeschichte zu einem unentbehrlichen Handbuch.

Band 1
Von Lessing bis Hegel
Band 2008

Band 2
Von Heine bis Mehring
Band 2009

Band 3
Vom Kaiserreich bis zum Ende der Weimarer Republik
Band 2010

Band 4
Vom Dritten Reich bis zur Gegenwart
Band 2011

Fischer Taschenbuch Verlag

fi 267/2

Literaturwissenschaft

Eine Auswahl

Jan Berg
Sozialgeschichte der deutschen Literatur von 1918 bis zur Gegenwart
Band 6475

Hansjürgen Blinn
Informationshandbuch »Deutsche Literaturwissenschaft«
Band 7318

Wolfgang Leppmann
Goethe und die Deutschen
Band 5653

Edgar Lohner
Passion und Intellekt
Die Lyrik Gottfried Benns
Mit einem Anhang: Auszüge aus dem Briefwechsel zwischen Gottfried Benn, F.W. Oelze und Edgar Lohner
Überarbeitete und erweiterte Ausgabe
Band 6495

Wolfgang Promies
Der Bürger und der Narr oder das Risiko der Phantasie
Sechs Kapitel über das Irrationale in der Literatur des Rationalismus
Band 6872

Gisela von Wysocki
Weiblichkeit und Modernität
Über Virginia Woolf
Band 6459

Fischer Taschenbuch Verlag

fi 97/3